WIND WEAVER

WIND WEAVER

A GUARDIÃ DO VENTO

JULIE JOHNSON

Tradução
Ray Tavares

1ª edição

Galera
RIO DE JANEIRO
2025

PREPARAÇÃO
Wendy Campos

REVISÃO
Cristina Freixinho
Angélica Andrade

DIAGRAMAÇÃO
Abreu's System

DESIGN DE CAPA
Katie Anderson

ILUSTRAÇÃO DE CAPA
Tom Roberts

TÍTULO ORIGINAL
Wind Weaver

CIP-BRASIL. CATALOGAÇÃO NA PUBLICAÇÃO
SINDICATO NACIONAL DOS EDITORES DE LIVROS, RJ

J65w
Johnson, Julie
Wind Weaver : a guardiã do vento / Julie Johnson ; tradução Ray Tavares. – 1. ed. – Rio de Janeiro : Galera, 2025.

Tradução de: The wind weaver
ISBN 978-65-5981-585-2

1. Ficção americana. I. Tavares, Ray. II. Título.

25-96723.0 CDD: 813
CDU: 82-3(73)

Gabriela Faray Ferreira Lopes – Bibliotecária – CRB-7/6643

Texto revisado segundo o Acordo Ortográfico da Língua Portuguesa de 1990.

Direitos exclusivos de publicação em língua portuguesa somente para o Brasil adquiridos pela
EDITORA GALERA RECORD LTDA.
Rua Argentina, 120 – Rio de Janeiro, RJ – 20921-380 – Tel.: (21) 2585-2000,
que se reserva a propriedade literária desta tradução.

Impresso no Brasil

ISBN 978-65-5981-585-2

Seja um leitor preferencial Record.
Cadastre-se e receba informações sobre nossos lançamentos e nossas promoções.

Atendimento e venda direta ao leitor:
sac@record.com.br

EDITORA AFILIADA

A Stevie Nicks, por compor a música "Rhiannon".
Sem essa inspiração, Rhya Fleetwood — a
protagonista deste livro — não existiria.

PRÓLOGO

O MASSACRE
Canção anwyvniana da Revolta

A era dos homens mortais começou
Quando os exércitos de ferro
Para o norte marcharam

Um reinado feérico transformado em cinzas
Com sangue mágico
Derramado

Ouça!

Um fim para as trapaças perversas
Corroendo a terra
Dos reis

Um adeus ao vento maligno
Sussurrando pelas
Árvores

Ouça!

O domínio da espada e do punho
O poder do homem
Incontestável

A caça aos halflings começa agora
Suas linhagens sujas
Exterminadas

UM

A corda esfola, feito um colar da morte.

Sinto minha pulsação — estável, em *staccato* — batendo sob a pele frágil do pescoço. Não sinto medo. Não mais. Senti antes, com as mãos cruéis e os cães rosnando, que me perseguiram pelo pântano. E desapareceu junto do sol, deslizando sobre o horizonte em uma escuridão esmagadora.

O que Eli sempre dizia?

O medo só significa que você ainda tem algo a perder.

Agora não tenho mais nada. Nada além da minha vida, e isso não vale muito para ninguém.

Com certeza não para os meus algozes.

— Vadiazinha ardilosa, não é? — Uma voz rouca solta uma gargalhada em algum lugar à minha esquerda. — Foi preciso metade do nosso pelotão para localizá-la. Doze homens. Passamos três dias naquele maldito pântano com vespas, cobras e aranhas. Com lama, musgo e todo tipo de merda até os joelhos. Ela quase escapou do nosso cerco quando escureceu ontem. — Uma cusparada atinge a minha bochecha. — *Escória feérica.*

Outra voz mais jovem responde, hesitante. Talvez seja um novo recruta, ainda não rendido por essa guerra sangrenta e interminável que os mortais insistem em travar.

— Ela é… tão jovem.

— Não deixe seus olhos te enganarem, rapaz. Isso é só feitiçaria feérica. Eles mascaram a real natureza com rostos bonitos e sorrisos doces, como uma flor venenosa. Dizem que, antigamente, alguns deles lançavam feitiços tão poderosos que faziam você ver o que quisessem. Marchar direto para o penhasco, acreditando que estava saltando num campo de margaridas.

O soldado mais novo solta um suspiro alto. Seu terror é palpável mesmo através da minha venda.

— Não se preocupe, filho. Magia assim não é vista por aqui há quase dois séculos. — A voz rouca solta uma risada. — Os que caçamos, como essa vadiazinha aqui, são, em sua maioria, halflings. Resquícios de antes do Massacre, quando a mistura de raças não era proibida. Eles têm tantos poderes mágicos quanto você ou eu.

Há uma pausa profunda. Um abismo de silêncio se abre entre os dois homens.

— Claro, isso não os torna indefesos — acrescenta o soldado mais velho, quase na defensiva. — Ela nos esfaquearia durante o sono na primeira oportunidade. Nunca duvide disso.

— Como vocês a capturaram?

— Nós a encurralamos perto do Abismo Vermelho. O minério naquelas rochas é o suficiente para confundi-los. Turva o senso de direção, confunde as mentes. — Ele solta um longo suspiro. — Nenhum inimigo é invencível, nem mesmo uma maldita *pontuda*.

Fico tensa ao ouvir o insulto, as amarras apertando meu peito, apesar das minhas tentativas de permanecer imóvel. *Pontuda*. Os soldados que me fizeram prisioneira usam esse insulto com frequência, sussurrando-o entre dentes quando trocam de turno, lançando-o em conversas casuais à beira da fogueira. Como se reduzir uma raça inteira ao nosso traço físico mais marcante — a orelha pontuda — de alguma maneira tornasse a barbárie que praticam mais fácil de suportar. Toda vez que ouço isso, algo dentro de mim ruge em uma fúria silenciosa. Uma fera ferida, consumida por uma sede de vingança que jamais conseguirei saciar.

Deuses no céu, concedam-me vingança na próxima vida.

— Na verdade, não é tão difícil matá-los. É só uma questão de encontrar a arma certa — gaba-se o soldado mais velho, exalando a sabedoria da experiência. — O melhor é o ferro, claro. Mas, juro pelos deuses, espetá-los com qualquer coisa afiada é tiro e queda. Os pontudos sangram, como qualquer outro animal na floresta. Seu pai não te levou para caçar, filho? Você nunca estripou uma corça?

— Não... Eu... Nós... — O mais jovem muda de posição, as botas triturando folhas secas. — Somos agricultores, senhor.

— Agricultores?

— Sim, senhor. Cultivamos uma área no litoral. A maior parte é de amoras de gelo.

O soldado mais velho zomba.

— Bom, vou te dizer, você vai precisar é de bagas de gelo para essa missão. É frio pra cacete lá perto das Cimérias.

Por trás da venda, imagino a cena. Um acampamento de soldados castigados pelo clima depois de semanas na estrada. Uma fogueira crepitante para espantar o frio — e os lobos. Uma refeição modesta cozinhando sobre as brasas.

O cheiro de carne chega até mim com o vento, e meu estômago responde com um ronco de desdém. É provável que seja lebre, ou um bezerro. Talvez um javali, se algum deles for habilidoso o suficiente com um arco. Porque decerto há caçadores entre eles. Homens capazes de encontrar alguma presa além de mim e da minha espécie. Embora, se fôssemos comestíveis, talvez eles nos comessem também.

Tem sido um inverno implacável.

Eu me pergunto a qual reino eles pertencem, a qual dos reis em guerra eles juraram lealdade. Talvez o mesmo que enviou seus exércitos para Seahaven e incendiou a Floresta Starlight — e, com ela, o único lar que conheci.

A mão de alguém puxa os grilhões em volta dos meus pulsos em carne viva. Ouço o sibilar um instante antes da dor me atravessar. O cheiro de pele carbonizada invade minhas narinas.

Minha própria carne, queimando.

É preciso todo o meu autocontrole para não gritar, mas não darei essa satisfação aos soldados. Respirando fundo, pressiono minha coluna com mais força contra o tronco da árvore à qual estou amarrada, tentando não perder a consciência.

Deuses no céu, isso dói.

— Viu como forma bolhas? — pergunta o soldado mais velho. — Parece que eu a toquei com uma tora em chamas.

— S-sim — gagueja o jovem. — Estou vendo.

Os ferros provocam uma onda incessante de agonia que nunca passa. Nem mesmo agora, depois que meus pulsos estão queimados quase até os ossos e tendões. Cada movimento nas correntes desencadeia um novo fluxo de angústia.

— Quando… — O jovem recruta pigarreia. — Quando eles vão…

— Enforcá-la? Não vai demorar muito agora. O Comandante Scythe vai chegar à meia-noite. O capitão disse que não podemos tocá-la até que ele dê a ordem.

— Por quê?

— Acho que ele gosta de ter certeza de que estão realmente mortos. Chutar um pouco as cinzas, certificar-se de que nada se mexe. Para mim é exagero, mas é uma ordem do rei Eld, então faço o que me mandam. Enforque-os e depois queime-os. — Ouço o som de uma rolha sendo aberta, depois de uma garganta engolindo o conteúdo de um cantil; e então de uma respiração para recuperar o fôlego. — As pessoas tendem a ser um pouco supersticiosas quando se trata de execuções dos feéricos. Você vai ver, rapaz.

— Certo… — O jovem não parece convencido. — Quando eu me alistei, não achei que caçaríamos halflings. Não sabia que ainda existiam.

— Não há muitos hoje em dia. Ainda mais aqui nas Terras Médias. Os habitantes das Terras do Sul têm… práticas diferentes. Você deveria agradecer aos céus por não ter sido enviado para a fronteira com Reaches. Pelo que dizem, são de revirar o estômago. E olha que nem ouvi muito.

Meu coração gela. Não fui poupada dos rumores sobre o que acontece com os halflings nas Terras do Sul. Não por completo. Certa noite, Eli me deu um breve vislumbre da barbárie, entre goles de uísque.

Eles podem até não te matar de imediato, Rhya, mas, depois do que farão com você, vai preferir que tivessem…

Afasto meus pensamentos desse caminho sombrio. Não leva a nenhum lugar bom.

— Filho, apenas mantenha a cabeça baixa, as mãos firmes e guarde as perguntas para si mesmo. Você vai se sair bem. É um trabalho como outro qualquer, não importa o que a ralé daqui te diga. — O homem mais velho baixa o tom de voz. — Juro, as calças de alguns homens ficam apertadas ao ver feéricos se contorcendo na ponta de uma corda. Um tipo diferente de sede de sangue, entende?

— Isso é nojento!

— Sim. Mas não deixa de ser verdade. — Ele toma mais um longo gole do cantil. — Há muito tempo, quando eu não passava de um jovem como você, os pontudos eram um pouco mais comuns por aqui. Meu pelotão encontrou uma família inteira um dia, escondida nas cavernas sob uma cachoeira. Tinham a pele esverdeada e cabelos como grama de rio...

Pele esverdeada?

Cabelos como grama de rio?

De onde eles tiram essas histórias ridículas? De contos de ninar? Exceto pelas orelhas, os halflings são quase indistinguíveis dos seres humanos. Mas... deve ser mais fácil justificar a morte de um monstro mitológico do que de um ser vivo. *Algo*, não alguém.

A voz do soldado se reduz a quase um sussurro.

— Perdemos muitos no Estreito de Avian. A batalha mais sangrenta dos últimos cem anos. E os homens de Soren não paravam de avançar, nos forçando a recuar, de novo e de novo. O moral estava baixo. Nosso exército... precisava de uma vitória. Então, quando aqueles feéricos apareceram no nosso caminho...

Um calafrio inquietante percorre meu corpo, apesar da agonia abrasadora em meus pulsos. Fecho os olhos por trás da venda, desejando poder tapar os ouvidos com a mesma facilidade. Não quero ouvir sobre o assassinato de uma família inocente. Não conseguirei suportar os detalhes de uma mãe, um pai e seus filhos sendo massacrados por soldados ensandecidos pela guerra. Não com minha morte iminente pressionando tão forte minha traqueia.

Uma bota arranha o chão, e o homem pigarreia.

— Posso dizer que as coisas que eu vi naquele dia... Bom, é o tipo de cena que não se esquece. Mesmo depois de dez anos.

Faz-se outro momento de silêncio. O homem mais jovem não diz nada, talvez chocado com a terrível imagem descrita por seu companheiro. Não sou ingênua o suficiente para pensar que seu silêncio é fruto de compaixão por mim. O mais provável é que ele esteja apenas fazendo o que foi aconselhado — guardando suas opiniões para si mesmo.

Ele será um bom soldado.

O silêncio é preenchido pelo baque de uma mão batendo em um ombro.

— Você está pálido como um fantasma, filho. Vá comer um bocado de carne de veado antes que acabe. E me traga um pouco, pode ser? Eu fico de olho na prisioneira.

Ouço o som de passos se afastando seguido pelo suspiro de um corpo recostando em uma árvore. Ao longe, o murmúrio de conversas — outros soldados, devorando o jantar ao redor da fogueira. Depois de um momento, percebo o leve deslizar de uma faca contra um bloco de madeira. Deixo minha imaginação tentar adivinhar o que meu vigia solitário está esculpindo.

Um totem para o deus que ele adora? Um presente para a esposa que ficou na terra que ele chama de lar? Um brinquedo para presentear a filha pequena quando ele finalmente retornar da conquista?

Dez anos, ele disse. Dez anos de batalhas. Dez anos sendo um soldado. Dez anos sangrando, lutando e matando.

Com certeza há uma vida além de tudo isso. Com certeza esse homem tem uma família esperando por ele em algum lugar. Será que ele vai contar sobre a garota feérica que matou para mantê-los seguros? Deleitá-los com os detalhes do monstro se contorcendo na corda, com o rosto marcado e a língua para fora, como uma máscara grotesca iluminada pela luz das tochas?

O herói valente que matou a fera.

Viva!

Depois da maneira como ele falou com o jovem colega, acho que não. Ele não vai se alegrar com a tarefa; mas a executará mesmo assim, cumprindo as ordens do seu capitão sem pensar duas vezes.

Os galhos rangem acima da minha cabeça, uma sentença de morte ecoando no ar.

Fico feliz por eles planejarem me matar à noite, sob as estrelas. De alguma forma, seria pior morrer com o sol brilhando e uma leve brisa soprando a grama aos meus pés. As sombras são um cenário mais adequado para o estalar do meu pescoço sendo quebrado.

O último suspiro de Rhya Fleetwood.

Pupila do renomado Eli Fleetwood.

Órfã.

Feérica.

Halfling.

Fugitiva.

Pontuda.

De certa forma, será um alívio. Finalmente descansar depois de tantos meses de fuga. Desde que executaram Eli, desde que queimaram a Floresta

Starlight e nosso chalé, não há mais refúgio para mim neste mundo. Nenhum braço forte e protetor para onde correr quando o meu cabelo se enrosca nos espinheiros ou meu tornozelo torce em uma pedra no leito do rio. Nenhuma cama quente para me deitar no final de um dia fresco de outono.

Não tenho ideia de onde estou. Antes de eles me caçarem, eu estava perdida havia semanas, vagando em busca de um consolo que não existe mais, sobrevivendo de cogumelos borrachudos escavados da terra densa e trutas frias pescadas em riachos gelados. Quando me deparei com um vilarejo há cinco dias, o cheiro de pão fresco no parapeito de uma janela se provou tentador demais para ser ignorado.

Eu poderia amaldiçoar a minha própria estupidez. Sei o que Eli diria se estivesse aqui. *O coração te torna fraca. O estômago te torna vulnerável. Ignore seus impulsos fugazes. É na sua mente que você deve confiar.*

Mas, em um momento de fraqueza, ignorei todos os ensinamentos. A fome me deixou descuidada, entorpecendo a clareza dos meus sentidos para além da razão. Sou ágil por natureza, mas, naquele dia, não fui rápida o bastante. Quando corri da linha das árvores para a casa em ruínas na entrada da floresta, não ouvi o estalar de uma bota no chão de pedra lá dentro, nem o ruído de uma flecha encaixada no arco, até que ela zunisse logo acima da minha cabeça. E, então, já era tarde.

Tarde demais.

Daquele momento em diante, minha vida se tornou uma fuga desenfreada. Corri até que o ar deixasse meus pulmões, até que a força se esvaísse dos meus ossos, até que meus pés descalços deixassem um rastro de pegadas ensanguentadas nas rochas e nas margens dos rios. Eles me rastrearam — primeiro os próprios aldeões, depois os soldados que eles convocaram — através de uma floresta, de um campo e, finalmente, de um pântano lamacento. Quase os despistei lá, naquele lodo borbulhante e traiçoeiro, onde o ar era espesso como xarope e nuvens de insetos encobriam o sol do meio-dia.

Quase.

Eu não tinha como saber que estava sendo conduzida para uma ravina profunda. Os soldados a chamam de Abismo Vermelho, devido à cor de ferrugem das suas profundezas vertiginosas. Lá, a rocha é impregnada de densos depósitos de ferro. Densos o suficiente para drenar todas as minhas forças em um dia bom — e aquele não era um dia bom.

Senti o minério sugando minhas forças a cada passo à medida que os homens se aproximavam. Minhas pernas fraquejaram, ameaçando ceder. Mas, mesmo que conseguisse me manter de pé, não havia mais para onde correr quando cheguei à beira do penhasco. A menos que eu quisesse me atirar no abismo, despencando para a morte.

Em retrospecto, amarrada a uma árvore com o ferro em brasa prendendo os meus pulsos, uma corda grossa em volta do pescoço e uma pira em meu futuro próximo... Talvez eu prefira aquela queda rápida. Pelo menos assim minha morte estaria em minhas mãos. Seria minha própria escolha.

Minha última escolha.

Deuses, estou cansada. A corda é tão pesada que não consigo mais manter a cabeça erguida. Sem forças, eu me apoio contra as amarras, feliz por Eli não estar aqui para me ver. Ele me criou para lutar. Para ser feroz. Com determinação inabalável, mente forte e coração puro.

Falhei com ele.

Falhei comigo mesma.

O pensamento me dá vontade de chorar, só que não tenho mais forças para lágrimas. Não consigo me lembrar da última vez que comi algo ou tomei um gole de água. Minha língua está seca como areia, a lembrança de uma refeição quente é tão estranha para mim quanto a terra em que fui capturada.

Tento me concentrar em meio à dor e à exaustão que paralisam meu corpo. O que o soldado disse?

Rei Eld.

O Estreito de Avian.

A batalha mais sangrenta em cem anos.

Na minha mente enuviada pela dor, há um mapa, repleto de reinos. Terras feudais em constante transformação, com reis de papel em constante mudança. *Reis de papel.* É assim que Eli sempre os chama — quer dizer, *chamava*. Seu domínio não é um direito divino, mas autoproclamado por tinta e pena; a posse de seus títulos tão frágil quanto o pergaminho no qual foi decretada, um soberano facilmente riscado e trocado por outro.

Não vale a pena memorizar, resmungou Eli uma vez, com as mãos envelhecidas espalmadas sobre sua vasta coleção de mapas abertos. *Essas malditas fronteiras mudam a cada grande batalha...*

Devo ter estudado esses mapas centenas de vezes, mas, neste momento, minhas lembranças parecem etéreas, impossíveis de trazer ao foco. Os reinos, esfacelados como pedaços de um escudo estilhaçado, se dissolvem antes que eu consiga lhes dar forma.

Carvage.

Eastwood.

Lordale.

Nythia.

Dymmeria.

Reaches.

Os nomes se embaralham, as letras se tornam borrões de tinta. Indecifráveis. Sem qualquer sentido. Meu espírito retornará aos céus, não importa onde meu corpo seja queimado. Não é um grande consolo, mas eu me apego a ele mesmo assim.

Estou longe de casa, isso eu sei. Para onde quer que tenham me levado, é uma terra árida. Não apenas fria, mas desprovida de vida. Não consigo sentir o pulsar de poder emanando do solo aos meus pés, nem ouvir os sussurros ancestrais ecoando pelo bosque de árvores moribundas. E mesmo que conseguisse... estou tão fraca depois de dias de fuga frenética — cães em meu encalço, flechas zunindo ao meu redor, tochas me encurralando feito um animal selvagem — que duvido que fizesse alguma diferença.

Nem a luz do sol é capaz de salvar uma flor à beira da morte.

De qualquer forma, não importa, digo a mim mesma, me apoiando com mais força na árvore onde serei enforcada. O som da lâmina do guarda no bloco de madeira faz uma medida constante, contando os segundos até minha execução. *Nada mais importa, Rhya. Pela manhã, você será um monte de cinzas.*

DOIS

Devo ter apagado em algum momento, porque acordo com um sobressalto ao ouvir o barulho de cascos. Um cavaleiro solitário, movendo-se entre as árvores com velocidade.

O comandante finalmente chegou.

O chão sob meus pés descalços vibra quando o recém-chegado entra no acampamento. Ouço o tilintar da cota de malha e a batida da bota no chão quando ele desmonta. Não consigo enxergar nada com a maldita venda sobre meus olhos, é como se a noite já escura se transformasse em puro breu. Aguçando meus ouvidos, eu me esforço para captar trechos da conversa.

— Comandante Scythe. É uma honra tê-lo aqui, senhor. Uma honra.

— Burrows. — A resposta é seca.

— Senhor, se me permite dizer, suas táticas na Batalha de Ygri na última primavera foram simplesmente inspiradoras. Aqueles vermes nythianos caíram como pés de milho na colheita! Nunca vi nada igual em todos os meus anos como…

— Capitão, se eu quisesse ser bajulado, estaria em um bordel. Leve-me até a prisioneira. Agora.

— S-sim, senhor — gagueja Burrows. — Agora mesmo.

Os passos ficam mais altos à medida que se aproximam. Respiro fundo, tentando me preparar. Ainda assim, meu coração dá um salto quando a mão se esgueira e arranca a venda dos meus olhos.

A luz da tocha brilha, fazendo meus olhos arderem depois de tantas horas na escuridão. Pisco rápido para dissipar os pontos brilhantes, mas não adianta muito. Estrelas cintilam em meu campo de visão. Dedos fortes agarram meu cabelo sujo, erguendo minha cabeça abaixada com um puxão brusco. A outra mão se enrola na corda e a puxa com força, comprimindo minha traqueia. É impossível respirar.

Pensei que já havia superado esta sensação — o medo.

Estava enganada.

O rosto que surge lentamente faz meu coração falhar. Pelo menos o que consigo ver dele sob o pesado elmo preto. Uma ponte metálica sobre o nariz divide suas feições em duas metades implacáveis. Em ambos os lados, sobrancelhas grossas franzidas e, logo abaixo delas, um par de olhos tão escuros que parecem dois poços sem fundo olhando para mim. Na luz bruxuleante da tocha, ele parece mais um demônio do que um homem.

— Onde você a encontrou, em um cemitério? — Ele agarra meu cabelo com força, até meu couro cabeludo queimar. — Ela está fedendo como um cadáver de uma semana.

— No Pântano de Frogmyre — diz o homem de barba espessa à esquerda do comandante. Capitão Burrows. Eu o reconheço no mesmo instante, foi ele quem colocou a corda no meu pescoço quando me capturaram no penhasco. Ele amarrou a outra ponta em sua sela e me obrigou a correr atrás dele para não ser arrastada até o acampamento. Depois de quase uma hora, quando meus pés ensanguentados finalmente cederam e desabei no chão, ele esfregou meu rosto nos excrementos do cavalo, rindo com um prazer sádico.

A sujeira ainda está entranhada em meu cabelo, as mechas claras manchadas com o tom marrom opaco do esterco seco. O fedor faria até um estômago de aço se revirar. Sob o protetor nasal, as narinas do comandante se dilatam. Lábios comprimidos em uma linha severa, o olhar sombrio percorre meu corpo, da cabeça aos pés, parecendo memorizar cada detalhe, a pele coberta de lama, as saias rígidas pela sujeira, os olhos arregalados de terror.

— Está em péssimo estado, não?

— Perseguimos a vadia pontuda por três dias — sibila Burrows, olhando para mim com desdém. — Ela tem sorte de não termos feito algo pior.

Vários dos soldados ao redor murmuram em concordância. O ressentimento deles é palpável, assim como a impaciência. Estão ansiosos para me ver balançar na ponta de uma corda.

Scythe não comenta. Tampouco se digna a olhar para os subordinados. Sua atenção parece se concentrar em meus pulsos, onde os ferros carbonizaram minha pele, deixando uma ferida em carne viva. A agonia está me deixando zonza. Ou talvez seja a falta de ar; o aperto na corda não cede nem por um instante.

Burrows sorri, com um lampejo de dentes pequenos manchados de marrom de tanto mastigar folhas de tibéa.

— O ferro é uma coisa linda, não é mesmo?

— No futuro, lembre-se, Burrows... execuções são a minha jurisdição, não a sua. Se você me trouxer um halfling nesse estado novamente, farei com que você não consiga se sentar na sela por quinze dias.

O silêncio recai sobre os homens. Não é uma ameaça vazia, e se torna ainda mais ameaçadora pelo tom em que é proferida: tão frio e impassível que ele poderia estar falando das condições climáticas. Sua expressão — o pouco que consigo ver sob o elmo — é tão neutra quanto seu tom, e igualmente arrepiante.

Os soldados mal conseguem olhar na direção do comandante sem se encolher. Apenas minhas amarras me impedem de fazer o mesmo. Com a corda tão apertada no pescoço, não consigo me mover, nem mesmo quando ele aproxima o rosto do meu, me olhando como um lobo encara o jantar.

Se eu tivesse forças, poderia lhe dar uma cabeçada. Cuspir nele. Ou, pelo menos, lhe lançar um olhar desafiador. Mas, no estado em que estou, apenas permanecer consciente já é uma tarefa desafiadora. Meus pulmões gritam por ar. Lampejos cintilantes ofuscam minha visão, fragmentando o mundo ao meu redor em um delírio induzido pela privação de oxigênio

Se Scythe percebe o meu desconforto, ele não se importa muito.

— Você disse que havia algo... — murmura ele — *estranho*... nessa aqui.

— Sim, senhor. — Burrows engole em seco e se aproxima. — Tem um símbolo estranho tatuado na pele dela. Uma marca do mal, na minha opinião. Nunca vi nada parecido em todo o meu tempo caçando pontudos.

Com isso, Scythe, já imóvel, parece paralisar até a alma.

— Que marca?

— No começo, pensamos que era uma marca de escravizada. Está em relevo, como uma cicatriz, mas é mais sinistra do que o pau do demônio. — Alguns homens riem, mas há uma pitada de nervosismo nas risadas. — Talvez seja uma tatuagem — continua Burrows. — Mas nem mesmo os melhores tatuadores de Carvage têm esse tipo de habilidade. Veja por si mesmo. Ali, embaixo do vestido, bem no meio dos... — Burrows se engasga em silêncio quando a cabeça do comandante se vira em sua direção.

— *Embaixo* do vestido? — Ele faz uma pausa e o próprio ar parece prender a respiração, como nos momentos que precedem a queda da guilhotina. — Eu não tinha ideia de que o seu processo de inspeção de prisioneiros era tão minucioso, capitão.

— Não era... Não estávamos... — Os ombros de Burrows se enrijecem diante da insinuação. Seu rosto fica pálido com o peso do olhar de Scythe. — Vimos quando estávamos colocando a corda no pescoço dela, só isso. Mas quando um dos meus homens cometeu o erro de tocar...

Burrows balança a cabeça, como se ainda não conseguisse entender o que aconteceu quando seu segundo imediato rasgou a parte da frente do meu vestido na beira daquele penhasco e abaixou a fina bata por baixo dele, deixando-me perigosamente exposta ao deleite de um regimento inteiro de soldados.

O que quer que aquele homem pretendia fazer comigo — e eu podia quase adivinhar, pelo brilho lascivo em seus olhos — tornou-se impossível assim que os seus dedos tocaram minha estranha marca de nascença.

— O que é isso? — murmurou ele, com o hálito fétido atingindo meu rosto enquanto se inclinava e deslizava a ponta de dois dedos pelo meu esterno, que subia e descia rapidamente em meio a arfadas de pânico. Antes que eu conseguisse recuar, algo dentro de mim se projetou do centro do meu peito. Não sei *o que* era, só sei que está aqui há muito tempo, esperando como uma cobra pronta para dar o bote em uma oportunidade como essa. O soldado recuou como se tivesse sido atacado, agarrando a mão com um gemido que ecoou pelo Abismo Vermelho, e então com um coro nauseante de agonia.

Fiquei tão perplexa ao vê-lo se contorcer no chão diante de mim, que levei alguns instantes para puxar a bata de volta para o lugar, cobrindo o desenho espiralado mais uma vez. Eu o toquei com cuidado, enquanto fechava novamente os laços da frente do vestido, com dedos trêmulos, receosa de que estivesse em brasa. Mas a marca estava fria ao toque como sempre, apenas um pouco mais fria que o restante da minha pele, como de costume, não importa se estou ardendo em febre ou me esforçando até a exaustão.

O grupo de soldados alternava os olhares entre mim e o companheiro ferido, os olhos cheios de apreensão. Como se eu tivesse ferido o homem de propósito. Como se eu pudesse atacá-los a qualquer momento.

Se ao menos eu pudesse.

Tal poder seria especialmente útil em um momento como este. Mas, na verdade, eu não fiz nada para esfolar as pontas dos dedos do homem. Não de propósito, pelo menos. Tampouco consegui reproduzir a façanha depois que seus companheiros me prenderam com ferros — embora com muito mais cautela sobre onde colocavam suas mãos — e me trouxeram até este acampamento.

— Aqui — diz Burrows abruptamente, estendendo a mão em direção ao meu corpete. — Vou te mostrar.

A figura imponente de Scythe se coloca na frente do capitão, impedindo-o de avançar antes que um dedo me toque.

— Você não vai tocá-la.

— Só estou tentando ajudar! Se tivesse visto o que isso fez com o meu soldado...

— *Você não vai tocar nela.*

Uma expressão de surpresa surge no rosto de Burrows, mas logo se transforma em raiva silenciosa. Ele não gosta de ser repreendido. E gosta menos ainda de ter a autoridade questionada diante de seus homens. Mas ele seria um tolo em desafiar Scythe. Cerrando os dentes, engole qualquer reclamação e dá um passo para trás.

Ainda presa dolorosamente pelas amarras, não consigo me esquivar quando Scythe agarra o decote do meu vestido com uma das mãos, desatando os laços com movimentos metódicos. O peso dos olhares da multidão ao meu redor me oprime, embora sua figura imponente me proteja da visão dos demais. Meu coração bate tão forte contra minhas costelas que acho que ele consegue ouvi-lo.

O ar frio roça a parte superior dos meus seios quando o comandante puxa a bata para baixo, não mais do que o estritamente necessário, apenas alguns centímetros, expondo a metade superior da marca de nascença triangular. Humilhação e pavor se misturam dentro de mim. Eu ofegaria se conseguisse respirar direito, mas a mão acima da minha cabeça ainda agarra firme a corda, permitindo que apenas um pouco de ar chegue aos meus pulmões.

Observo seu rosto enquanto ele examina o estranho desenho, tentando decifrar a expressão no rosto do comandante. Mas ele está impassível. Uma página em branco, suas intenções tão inescrutáveis quanto as formas e espirais entrelaçadas que ele observa com tanta atenção.

Desejo que a marca o atinja, como fez com o homem na beira do penhasco; desejo que aquela serpente de poder imprevisível ataque mais uma vez e mutile esse novo inimigo diante de mim. Ela não obedece. Permanece fria e inerte em meu peito, suas presas recolhidas e silenciosas, sua existência tão misteriosa quanto sua origem.

De acordo com Eli, eu a tenho desde o dia em que ele me encontrou, uma bebê recém-nascida de cabelo platinado, olhos peculiares e uma marca misteriosa no peito, tão escura que parecia infundida pela essência da noite.

É melhor mantê-la coberta, Rhya, ele me dizia, de novo e de novo, tantas vezes que me cansei de ouvir antes mesmo do quinto aniversário do meu nome. *Algumas pessoas podem pensar que é uma marca amaldiçoada, pequena.*

Depois dos acontecimentos no penhasco, receio que as pessoas possam estar certas.

Scythe não me toca, sábio o suficiente para ouvir os avisos de Burrows. Mas seu olhar é tão intenso que quase posso senti-lo queimando minha carne enquanto ele ajeita lentamente o meu vestido, seus dedos hábeis refazendo os laços com facilidade. Não sei ao certo por que ele se dá ao trabalho, já que em alguns instantes serei uma pilha de cinzas, mas estou com uma sensação estranha de alívio por não passar meus últimos momentos neste mundo com meu corpo exposto para a diversão de estranhos.

— A tocha — grita Scythe, de repente, a mão livre estendida a esmo para a esquerda. — Traga-a aqui. Preciso de luz.

Um jovem recruta dá um passo à frente, com o braço tremendo enquanto estende a tocha. Tento me debater enquanto Scythe a aproxima do meu rosto, mas as amarras me mantêm imóvel. A chama tem um brilho insuportável e escaldante. Minha pele formiga com a promessa da dor e, por um momento, minha mente se apaga de pânico.

Ele vai colocar fogo em mim, aqui e agora.

Meus olhos se fecham involuntariamente, bloqueando o rosto do meu inimigo, meu destino inevitável. No entanto, a tocha nunca se aproxima. Em vez disso, ouço um rosnado baixo de exasperação quando Scythe finalmente solta a corda do meu pescoço. O ar entra em minha garganta, invadindo meus pulmões, que queimam em agonia. Minhas arfadas irregulares são recebidas com risadas pelos soldados ao redor.

— Não vale a pena enforcá-la — comenta Burrows. — Ela já está quase morta. Desperdício de uma corda muito boa, na minha opinião.

Uma cusparada é lançada em minha direção. Não me dou ao trabalho de checar se me atingiu. Estou muito ocupada tentando recuperar o fôlego.

Mal tive tempo de encher os pulmões de ar quando uma mão grande agarra meu ombro e o sacode. A impaciência de Scythe é evidente a cada chacoalhão. A onda de choque reverbera até meus ossos.

— Os olhos. Abra.

Mal consigo ouvir a ordem sob o rugido ensurdecedor da minha pulsação em meus ouvidos. O aperto no meu ombro se intensifica até que a dor se torna insuportável. Terei mais hematomas ao amanhecer… se ainda estiver viva até lá.

— *Abra.*

Obedeço, espiando por entre as pálpebras semicerradas. Com a tocha no alto, o comandante me encara com uma intensidade assustadora. Ele é enorme, com ombros largos e uma estatura tão colossal que bloqueia minha visão do restante do mundo. Uma figura saída de um pesadelo. Preciso de toda a minha coragem hesitante para sustentar seu olhar enquanto ele se fixa ao meu.

Ele quer me olhar nos olhos enquanto me mata? Ver a luz se esvair enquanto sua lâmina desliza entre minhas costelas?

Eu me recuso a piscar. Se este é meu último momento, devo vivê-lo de olhos bem abertos. Eu me preparo para a dor, mas então…

Os lábios de Scythe, comprimidos com severidade, se entreabrem, apenas por um momento, um deslize que ele esconde tão rápido que eu não teria visto se ele não estivesse tão perto. Mas, por um breve instante, eu vejo… uma expressão que parece de surpresa.

Será mesmo surpresa?

— Impossível — sussurra ele com um tom sombrio que dispara um arrepio em minha espinha.

— O que disse, senhor? — pergunta Burrows, alguns passos atrás. — Não consegui te ouvir.

— Nada. — A voz de Scythe recuperou a rispidez habitual, mas ele não se vira para encarar o capitão. Seus olhos ainda estão fixos nos meus, como se procurasse alguma revelação oculta em suas profundezas. Mas seus olhos são indecifráveis. Duas piscinas escuras, refletindo apenas a luz bruxuleante da tocha em sua mão. Seria mais fácil adivinhar os pensamentos de uma estátua.

Nossos olhares se fixam por um longo tempo. Seus dedos, ainda segurando a tocha, se apertam alguns milímetros. Na quietude, sinto sua inspiração profunda, um gesto imperceptível aos olhos.

— Então, vamos enforcá-la? — pergunta Burrows, cansado. — É quase meia-noite e vamos para o fronte sul ao amanhecer. O rei Eld pediu reforços. Parece que alguns nythianos nas fronteiras estão causando proble...

O capitão não termina a frase. A palavra *problemas* ainda está presa na garganta quando a espada do comandante a trespassa, cortando sua traqueia com um golpe certeiro. Eu nem sequer vi Scythe pegar a arma embainhada nas costas. E, ao que parece, nem os soldados. As ovelhas estão indefesas diante do lobo entre elas.

A cabeça de Burrows ainda não havia caído no chão quando Scythe se vira, segurando uma tocha na mão e a espada na outra, e atravessa os dois homens mais próximos com a lâmina, como se cortasse flores em um jardim. Outro giro e mais dois homens desabam no chão, seus membros retorcidos como pétalas amassadas.

Cinco mortos em um único batimento cardíaco.

Quando os soldados restantes percebem o que está acontecendo e tentam sacar as armas, já é tarde demais. Scythe se move como um borrão, tão rápido que é difícil acompanhar seus movimentos, quanto mais bloqueá-los. Um soldado é golpeado no rosto com uma tocha acesa e seus gritos angustiantes ecoam pela noite. Outros seis são atingidos no pescoço por pequenas adagas lançadas com precisão, caindo como pedras enquanto seu sangue se espalha pelo chão. Os demais, que fogem para o abrigo da floresta escura o mais rápido que suas pernas conseguem levá-los, são caçados e abatidos com a confiança e a destreza de um assassino experiente.

Enquanto Scythe persegue suas presas condenadas, pela primeira vez desde a minha captura, me vejo sozinha. Ainda amarrada à árvore, com o chão ao meu redor repleto de corpos dos homens que me fizeram prisioneira, estou apavorada demais para sentir alívio. No silêncio repentino, acho que meu coração vai saltar para fora do peito, estourando as costelas e caindo aos meus pés.

Meus olhos varrem o acampamento sombrio, arregalados de horror. O cadáver mais próximo de mim é pouco mais que um menino. Seus olhos estão abertos, fixos em um céu noturno que ele não consegue mais ver. Seria ele o jovem recruta que ouvi pedindo conselhos há apenas poucas horas? Acho que não importa, embora eu não consiga evitar a pontada de compaixão injustificada que aperta o meu coração.

Ele teria assistido com prazer a você ser enforcada, Rhya, me repreendo com rispidez. *Quando foi que você se tornou tão fraca?*

Não tenho tempo para compaixão boba — nem mesmo por um inocente que foi apenas um dano colateral. Problemas maiores estão por vir. Pois, ainda que Scythe tenha matado meus captores, ele não é meu salvador. Disso, tenho certeza.

Menos de cinco minutos se passam até ele voltar para a clareira, com sua capa esvoaçando tal qual um ceifador dos contos antigos, o elmo brilhando em prata escura sob o luar da meia-noite. Com eficiência sinistra, ele retira as adagas da jugular dos soldados caídos, devolvendo-as, uma a uma, aos espaços na bandoleira presa ao peito.

Ele não está nem ofegante.

A espada larga em sua mão está manchada de sangue. Na luz tênue da fogueira quase se apagando, eu o vejo limpá-la no corpo decapitado de Burrows. Quando a lâmina volta a brilhar, ele endireita a postura e inspira fundo, exibindo toda a sua estatura.

Lentamente, sua cabeça se vira em minha direção. A respiração fica presa na minha garganta quando seus olhos se fixam nos meus, imobilizando-me com mais eficácia do que as amarras ao redor da minha cintura. Em dois passos, ele está diante de mim. Tento não gritar quando ele ergue a espada, mas não consigo conter o leve gemido de pavor que escapa dos meus lábios.

Ao ouvir o som, ele fica imóvel. Uma sobrancelha se ergue, como se estivesse surpreso, embora seus lábios permaneçam comprimidos em uma linha severa. Nós nos encaramos por um momento, nenhum dos dois parece respirar no silêncio da noite.

Vá em frente. Eu o encaro com a parca coragem que consigo criar. *Acabe logo com isso.*

Como se tivesse ouvido meu desafio, a mão da espada se move e, em um golpe suave, a lâmina corta. Não o meu pescoço, mas a corda que o prende. Ela cai no chão enquanto a espada corta novamente, dessa vez me livrando das amarras em volta do meu tórax.

Enfim livre, desabo na terra. Minhas pernas sentem o alívio e são incapazes de suportar meu peso, e meus pulsos, ainda presos aos grilhões de ferro, pouco podem fazer para amortecer minha queda. A dor explode em minha têmpora quando minha cabeça se choca contra o solo duro. O ar escapa dos meus pulmões em um grande sopro, e luto para recuperar o fôlego.

Quando consigo abrir os olhos, fico cara a cara com uma familiar barba espessa e duas bochechas cobertas de marcas. A cabeça decepada de Burrows está perto o suficiente da minha boca. Eu grito e rolo para o lado, tentando me apoiar nas mãos acorrentadas, os movimentos desajeitados pelo desespero. A terra sob meu corpo está encharcada de sangue dos soldados. Tento ignorar a visão enquanto me arrasto com movimentos bruscos, os dedos se agarram à lama e às folhas caídas, passando por partes de corpos e raízes de árvores enquanto avanço. Cada centímetro de progresso é uma agonia para meus pulsos machucados.

— Levante-se.

A voz é fria. Decido ignorá-la.

Acho que ouço um suspiro, mas não tenho certeza. Estou muito concentrada na minha tentativa de fuga um tanto patética. Consigo avançar cerca de dois palmos antes de Scythe se abaixar, me agarrar pelo cabelo e me levantar à força. Grito de dor, mas ele não cede, apenas me arrasta como um cão desobediente.

Atravessamos a clareira em segundos, deixando para trás os homens massacrados e o acampamento ainda intacto. A fogueira quase se apagou; não há mais ninguém vivo para alimentá-la. Na borda da clareira, uma manada de cavalos pasta ao lado de uma árvore. Em meio ao mar de pelagens tordilhas e focinhos brancos e macios, um se destaca — um garanhão preto reluzente, sua cor é a camuflagem perfeita para cavalgar à noite sem ser detectado. Ele é vários palmos mais alto do que os outros e usa uma sela com armadura, própria para campos de batalha. Uma cota de malha recobre seu focinho largo.

Não há dúvida de a quem ele pertence.

Scythe solta o meu cabelo, mas apenas para me jogar com força, de bruços, na garupa do gigantesco cavalo, as pernas penduradas de um lado e as mãos acorrentadas do outro. Segundos depois, a correia de couro do alforje é apertada em volta do meu corpo, prendendo-me no lugar.

Estou exausta demais para protestar contra minha posição indigna.

A presença ameaçadora do comandante se afasta por um instante para soltar os cavalos amarrados. Ouço o estalar da sua língua, o tapa firme que deu em diversos lombos. As batidas ansiosas dos cascos desaparecem na noite quando os cavalos deixam o acampamento — e seus mestres mortos — para trás. Espero que eles encontrem paz em sua aposentadoria precoce, em algum lugar na natureza. Não mais obrigados a levar cavaleiros para a batalha, livres dos caprichos de reis sedentos de sangue. Apenas dias cheios de sol e vento, e intermináveis campos para pastar.

Infelizmente acho que meu destino não será tão tranquilo.

Com um grunhido baixo, o comandante monta na sela e, batendo com as botas nas laterais do cavalo, nos conduz para a escuridão.

TRÊS

É quase impossível adormecer pendurada na garupa do cavalo, cada batida dos cascos no chão reverbera pelos meus ossos como o martelo de um ferreiro em uma bigorna. No entanto, a exaustão deve ser maior do que o desconforto, pois, quando meus olhos se abrem, a aurora está surgindo, seus dedos rosados cortando o céu.

Pelos deuses, sinto dores por toda parte.

Meu corpo parece mais torcido do que um pano úmido. Fraco e sem vida. Com a correia tão apertada ao redor do meu tronco, é difícil respirar. Não consigo ver nada além do flanco suado do cavalo, o calcanhar da bota do meu captor em um estribo enlameado, o chão passando em um borrão de cores.

Estamos cavalgando rápido. A noroeste, a julgar pela posição do sol no céu nublado. Longe dos pântanos, fora da floresta... embora eu não tenha ideia de onde. Vasculho meu cérebro por qualquer detalhe significativo que os soldados tenham deixado escapar na noite passada. O que Burrows disse?

Estamos indo para o fronte sul ao amanhecer. O rei Eld pediu reforços.

O rei Eld de...

Reaches?

Não.

Dymmeria?

Não.

Westlake?

Não.

Maldita seja a minha memória. Maldita seja eu mesma por não ter sido uma aluna mais aplicada. Maldito seja Eli por não ter sido mais duro, em vez de me encorajar com expectativas modestas.

Lágrimas ameaçam transbordar ao pensar em Eli. Por duas décadas, ele foi meu protetor. Se ele estivesse aqui, se ainda estivesse vivo, ficaria arrasado ao me ver assim. Uma boneca imunda e quebrada, nas mãos do mesmo inimigo de quem Eli dedicou a vida para me proteger. Sou grata por não ter energia para chorar.

O sol se inclina mais alto no céu enquanto cavalgamos, os cascos do garanhão tamborilando no chão. Não tenho a menor ideia de em que parte do mundo estamos. Anwyvn é uma terra vasta e, até as últimas semanas, vi muito pouco dela. A península isolada de Seahaven foi meu lar desde o dia em que Eli me encontrou enrolada dentro de uma cesta, na praia branca, até a noite em que os exércitos invasores chegaram com suas tochas flamejantes.

Deixamos a parte mais densa da floresta para trás. Não há mais os imponentes bordos, os altos freixos que me abrigaram no último mês. As árvores aqui são mais espaçadas, um bosque de pinheiros esparsos com agulhas em tom de cobre desbotado, que cobrem o solo árido.

É quase meio-dia quando finalmente paramos. Estou tão exausta que não consigo nem levantar a cabeça para observar os arredores. Sinto Scythe se mover na sela e, em seguida, ouço o ruído abafado das botas na terra. Elas aparecem no meu campo de visão quando ele levanta a mão para soltar a correia que me prende, e observo a simplicidade do material.

Sem esporas, sem ponteiras de aço. Uma espessa camada de poeira nos cadarços. Couro desgastado por várias estações. Fico surpresa. Imaginei que um soldado da sua posição pudesse estalar os dedos e receber equipamentos novos sempre que quisesse.

— Desça.

Sua voz grave está rouca pelas horas de silêncio, e não é gentil. Tento forçar meus membros a se moverem, mas eles estão rígidos demais para cooperar. Permaneço dependurada de um jeito patético na garupa do garanhão, com a coluna em um arco desconfortável. Temo que ela nunca mais se endireite.

Scythe suspira e, sem um pingo de delicadeza, me empurra pela cintura. Um grito alto escapa dos meus lábios quando deslizo em direção ao rabo do cavalo e, sem conseguir me segurar, desabo no chão. Aterrisso de costas, lançando uma nuvem de pólen no ar. O impacto é ligeiramente amortecido por uma cama de agulhas de pinheiro, mas ainda assim consegue me deixar sem fôlego. Por um longo tempo, fico ali deitada, incapaz de fazer qualquer coisa, exceto piscar para o céu sem graça, volta e meia soltando um gemido de dor.

Scythe leva o cavalo até um riacho próximo. Escuto os dois bebendo com vontade, e minha língua ressecada raspa contra os meus lábios com inveja. Uma parte de mim — uma parte pequena, mas, ainda assim, uma parte — gostaria que ele tivesse me matado no acampamento. Não sei por que adiou minha morte. Talvez planeje me arrastar com ele até que a desidratação me reduza a um esqueleto.

Será uma morte lenta.

De repente, uma sombra se projeta sobre mim, bloqueando o sol. Meu captor retornou. Meus olhos se abrem e se fixam nos dele. São pretos, mesmo sob a luz forte do meio-dia. Ele ainda usa o pesado elmo, que esconde a maior parte das suas feições. A ponte metálica sobre o nariz se afunila em uma ponta afiada na parte inferior, dando a ele uma aparência quase reptiliana, um dragão à solta pelos campos. Quando me encara, sua boca se curva para um lado em sinal de repulsa ou desdém.

Pelos deuses, como eu o odeio.

Um odre de couro cai no chão, ao lado da minha cabeça.

— Beba.

Não o pego. Não movo um único músculo. Prefiro morrer de sede a obedecer suas ordens. Por mais absurda que seja, essa pequena resistência é o único resquício de autonomia que me resta.

— Como preferir. — Com um dar de ombros, ele se vira e se afasta. Suas palavras seguintes voltam com o vento, quase como uma reflexão tardia. — Não vamos parar novamente até o anoitecer.

São necessárias três tentativas distintas para eu conseguir me sentar direito, meus membros tensos gritando em protesto o tempo todo. Estou zonza por causa da dor e da falta de comida, mas, de alguma forma, consigo colocar o odre de água no colo. Os grilhões tilintam, o ferro machuca minha pele já ferida quando o levo aos lábios e dou um longo gole.

Tem gosto de paraíso.

Esvazio o odre com uma rapidez constrangedora. Meu estômago, vazio há tanto tempo, protesta contra a estranha sensação de saciedade, mas ainda estou desesperadamente sedenta. Observando o córrego próximo, que gorgoleja sobre um leito de pedras cobertas de musgo, penso em me arrastar até a margem para tomar mais alguns goles refrescantes. Se estiver bem hidratada, minha cabeça talvez pare de girar. Se minha cabeça parar de girar, talvez eu consiga descobrir para onde Scythe está me levando… e como fugir antes de chegarmos… e…

De repente, sou colocada de pé e o odre vazio é arrancado das minhas mãos em um piscar de olhos. Meu guincho de protesto se transforma em um sibilo de medo quando sua mão grande aperta o meu ombro, muito forte.

— Hora de ir — murmura Scythe, rebocando-me de volta para o seu cavalo. Eu finco meus calcanhares descalços na terra, mas não adianta. Ele se livra da minha resistência como se fosse um inseto incômodo zumbindo em seu ouvido. Não tenho sequer a chance de reclamar antes que ele me levante e me jogue de volta na garupa do garanhão. Sinto a água se espalhar desconfortavelmente no meu estômago, enquanto ele me prende com o mesmo desinteresse que usaria para amarrar um saco de grãos.

Ao voltar para a sela, o comandante estala a língua. O cavalo responde no mesmo instante, partindo em um galope que sinto reverberar por todo o meu corpo maltratado.

Aguente até o anoitecer, digo a mim mesma, tentando amainar o desespero. *Você consegue, Rhya.*

Mas o anoitecer está muito longe.

EM ALGUM MOMENTO, tomo consciência do fato de que estou bastante doente. A febre chegou sorrateira após a sede e a exaustão, disfarçada sob o véu de uma miríade de outras dores que assolam meu corpo. Mas, à medida que a tarde passa, não há como negar o calor que queima em minhas veias, apesar do clima frio do norte pelo qual cavalgamos. Minha pele fica quente, depois fria, depois quente novamente. Agradeço pela correia que me prende no lugar; caso contrário, a força dos meus tremores me derrubaria no chão.

Não vejo sentido em contar ao comandante sobre a minha condição. Qual seria a sua reação?

Vamos acampar. Eu te trago sopa quente e faço cafuné até que você fique boa novamente, como Eli costumava fazer quando você era criança.

Posso até estar enganada, mas duvido muito que isso aconteça.

Ainda não é crepúsculo quando paramos abruptamente na beira da floresta, onde as árvores dão lugar a uma larga estrada de terra. Eu me pergunto se vamos acampar mais cedo, mas Scythe não desmonta, nem explica nossa parada repentina depois do ritmo intenso que manteve o dia todo.

Eu me movo o melhor que posso, levanto a cabeça para ver melhor e, com uma voz atordoada pela febre, balbucio um incoerente:

— Hã?

Scythe se vira na sela.

— *Silêncio.*

A ordem é dada em um sussurro ameaçador que faz minha garganta se fechar. Não tenho dúvida de que, se eu não obedecer, ele não hesitará em me deixar inconsciente. O motivo da sua severidade logo fica evidente. Nem trinta segundos depois, meus ouvidos captam o som de vozes ao vento. Mais trinta, e a estrada diante de nós está tomada por uma tropa de homens marchando em fileiras organizadas, com escudos erguidos e espadas embainhadas nas costas. Vinte e cinco, talvez mais. Seus uniformes não são verdes, como os do Capitão Burrows e seu pelotão, mas vermelhos como sangue. Os estandartes têm o símbolo de dois torques entrelaçados, com franjas escarlates ondulando na brisa.

Eles não nos veem, pois estamos camuflados pelas folhas e pelos galhos. É nítido que essa é a intenção de Scythe. Qualquer que seja o motivo, ele não quer revelar nossa presença.

Talvez...

Uma leve centelha de esperança se acende no meu peito, mas logo se apaga. O fato de eles serem inimigos de Scythe não os torna meus amigos. Não há nenhuma garantia de que eles não cravarão uma espada no meu coração no momento em que eu pedir ajuda. E nada me garante que Scythe não seja capaz de aniquilar esse grupo de homens com a mesma facilidade com que abateu os doze na noite passada.

Observo os soldados passarem, meu coração aperta quando eles desaparecem em uma curva. Esperamos até que as suas botas se tornem um ruído distante, e depois desapareçam por completo. Quando o mundo se aquieta, restando apenas o som constante da respiração de Scythe, o ocasional movimento do rabo do garanhão, o lamento baixo do vento nas árvores, e a certeza de que os soldados já se foram, o comandante nos conduz pela estrada, para fora da floresta e em direção à relva alta do outro lado.

Chegamos às planícies.

Nos campos planos e extensos, sem a necessidade de desviar de raízes de árvores e detritos caídos, nosso ritmo aumenta de um trote para um galope. Cada batida dos cascos do garanhão reverbera no meu crânio dolorido. Embora ele não demonstre verbalmente, sinto uma nova tensão no meu captor, uma urgência que não estava presente pela manhã.

Se minha cabeça estivesse melhor, eu conseguiria lembrar onde vi o símbolo da tropa, aqueles torques vermelhos entrelaçados no fundo preto. Talvez eu percebesse a ameaça que nos ronda, mas não consigo. Meus pensamentos estão confusos. Estou olhando para o mundo através da neblina, meu corpo de um lado, minha mente do outro. Não consigo conectar os dois através da névoa.

As planícies parecem não ter fim, uma extensão interminável de pastagens não cultivadas. Como o restante das Terras Médias, esse trecho específico foi devastado pela guerra. Uma terra arrasada após dois séculos de derramamento de sangue. Campos onde antes havia plantações agora são valas comuns, com os homens que cuidavam deles enterrados há muito tempo no solo estéril.

Não vemos mais soldados. Na verdade, não vemos ninguém. A maioria dos viajantes se atém à estrada, eu acho, aproveitando uma estalagem à beira do caminho ao anoitecer, bebendo cerveja no calor da lareira com uma tigela quente de ensopado, trocando suas montarias cansadas por novas. Com o cavalo de Scythe, não há necessidade de tais medidas. O grande animal que nos carrega parece nunca se cansar, não importa quantas léguas ele percorra, não importa o terreno. Em meu delírio, me pergunto se ele não seria descendente dos grandes corcéis Paexyri. A lenda diz que eles conseguiam correr sem parar por dias, transportando os cavaleiros feéricos de um lado a outro de Anwyvn sem nem sequer uma pausa para beber água. Alguns acreditam que eles tinham grandes asas, pois a velocidade que atingiam se aproximava de um voo.

Tais pensamentos são, de fato, absurdos, mesmo para a minha mente febril. Se os Paexyri realmente existiram, foram todos extintos bem como seus cavaleiros durante o Massacre. Essa revolta sangrenta não poupou nem um ser de origem elemental, desde o todo-poderoso imperador até os mais frágeis fyrewisps. Assim como todas as outras criaturas mágicas, eles foram erradicados com a mesma eficiência brutal que os mortais agora usam uns contra os outros em suas guerras intermináveis. Reis de papel desprovidos de visão, usurpando e minando, massacrando e devastando, até que não reste quase nenhuma terra apta a ser governada. Até que eles tenham reduzido tudo a cinzas, destruindo toda a beleza que Anwyvn já teve.

As únicas criaturas que encontramos em nosso caminho são, sem dúvida, comuns, como vacas de pelagem desgrenhada e ovelhas sem tosa, pastando ao sol, embora até mesmo a presença dessas criaturas se torne escassa e esparsa à medida que o terreno muda de campos planos para colinas onduladas e, finalmente, para um aclive acentuado. Pedra e rocha logo substituem grama e relva. Conforme subimos, inspiro com mais dificuldade, sem saber se a falta de ar se deve ao avanço da doença ou à altitude cada vez maior.

Minha febre piora à medida que o sol se põe. Quando paramos para pernoitar, minha mente oscila entre a consciência e o torpor. Não me lembro de ter descido do cavalo e, no entanto, aqui estou eu, de pé, sentindo o chão se mover. Ou será que minhas pernas estão finalmente cedendo? Não sei dizer ao certo.

Um punho firme me agarra enquanto o mundo se inclina para o lado. O rosto severo de Scythe surge diante dos meus olhos. Ele está me encarando mais uma vez.

— Pelos deuses, você está ardendo em febre.

Estou flutuando?

Ele está me carregando?

Será que algum dia ele vai parar de franzir a testa?

Uma risada delirante pressiona o interior dos meus lábios, pronta para escapar. Eu me agarro desesperadamente à consciência, mas isso se torna mais difícil a cada momento que passa. A escuridão está se aproximando novamente, mais escura do que o céu noturno, puxando-me para suas garras.

— Tola teimosa — sibila Scythe baixinho, e então me deita em uma cama de pedra. A sensação fria é uma bênção em minha pele. — Você não me serve de nada morta.

Alguém está rindo. Talvez seja eu.

— Ei. — Ele dá um tapa na minha bochecha. — Fique comigo. *Fique comigo.*

Pisco com força, tentando mantê-lo em foco. Talvez seja a febre confundindo minha mente, mas posso jurar que vejo algo nos seus olhos semicerrados, algo que não estava lá antes, um lampejo de preocupação, que desaparece tão rápido que é fácil me convencer de que não passou de uma ilusão criada pela névoa febril.

Seus olhos pretos são a última coisa que vejo quando as garras pegajosas da febre se fecham em volta do meu pescoço e apertam até que a luz do mundo se apague.

QUATRO

Acordo sozinha.

Luto contra minhas pálpebras que se recusam a abrir, pesadas de exaustão. Estou em um lugar que parece uma caverna, encostada em uma parede de pedras cobertas de musgo. O chão é de cascalho firme. O céu está completamente bloqueado por um teto de pedra, com exceção de uma fenda em forma de flecha por onde entra um fraco raio de sol.

Não tenho qualquer lembrança deste lugar.

Lembranças da noite voltam em fragmentos. Momentos de lucidez em meio ao delírio. O brilho de um elmo metálico à luz do luar. Uma grande mão pressionando minha testa e verificando minha temperatura. A faísca de uma pedra contra uma pederneira, acendendo uma fogueira. Olhos insondáveis, encarando os meus. E uma voz, um sussurro suplicante no torpor da escuridão.

Fique comigo.

O comandante não está na caverna, mas há vestígios dele por toda parte. Uma grossa capa preta foi estendida sob meu corpo. A alguns passos de distância, uma pequena fogueira arde sem fumaça, lançando um brilho tênue no espaço mofado. Algo está assando nas brasas — um coelho, eu acho, embora o cheiro seja tão bom que eu o comeria mesmo que fosse um rato de rio. Meu estômago protesta de fome com um ronco alto.

Quando pressiono a mão em meu abdômen para acalmar os protestos, a liberdade do gesto me pega desprevenida. Em algum momento da noite, os grilhões foram retirados. Estou com eles há tantos dias que meus braços parecem estranhamente leves. A dor constante causada pelo ferro venenoso se foi, ainda que os vestígios dele na minha pele nunca se curarão completamente. Olhando para meus pulsos doloridos e em carne viva, tento não pensar nas cicatrizes que carregarei pelo resto da vida. A vaidade é uma busca inútil em comparação com preocupações mais urgentes. A infecção chegou quase até o osso; terei sorte se recuperar os movimentos o suficiente para voltar a usar um arco ou suturar uma ferida.

Algum animal daninho invisível se agita no canto, e me levanto de um pulo. O movimento repentino me desequilibra. A febre desapareceu, mas uma dor oca lateja dentro do meu crânio. Tento ignorar e me concentro nos meus próximos passos.

Água.

Primeiro para beber, mas também para tomar banho. Se eu já estava imunda antes de ser capturada, devido ao lodo do pântano, ao esterco de cavalo e às semanas em fuga sem tomar banho, agora estou abominável. O cheiro de suor, sangue e fluidos corporais é um odor nocivo no espaço fechado, agredindo minhas narinas.

Seguindo a luz, atravesso a caverna até encontrar a entrada, minha mão na parede coberta de líquen para guiar o caminho. Quando saio, fico surpresa ao encontrar o sol já alto no céu da tarde.

Alguns passos me levam a uma clareira rochosa. A caverna, habilmente escondida em uma encosta escarpada de pedras gigantescas, é um esconderijo perfeito. Mais alguns passos e não conseguirei mais ver a entrada em meio aos arbustos espinhosos.

— Ah, você ainda está viva — comenta uma voz distante, vinda de trás de mim.

Estremeço, mas não me viro para encará-lo. Não consigo.

— Como parece que você vai sobreviver... tem uma piscina de água doce logo depois dos arbustos. Vá se limpar. — Scythe não parece particularmente interessado no meu bem-estar agora, à luz do dia, mas não me esqueci do seu olhar na noite passada, quando eu estava com febre. Tampouco me esqueci da sua confissão.

Você não me serve de nada morta.

Ele precisa de mim viva. Se não precisasse, já teria me matado, ou simplesmente deixado a febre seguir seu curso mortal. Ainda assim, isso não significa que eu possa confiar nele.

— Anda logo — ordena ele, com rispidez. — Os lobos costumam caçar nessas colinas à noite, e você está fedendo tanto que pode atrair todas as matilhas da região.

A vergonha me atravessa, afiada como uma lâmina. Fico feliz por ele não poder ver meu rosto, pois minhas bochechas estão em chamas sob a sujeira. Dou alguns passos hesitantes, e então ele fala novamente.

— E não tente fugir. — Ele solta um suspiro cansado. — Você só vai me obrigar a te caçar, o que vai me deixar de péssimo humor.

Para ser honesta, se este é ele de bom humor, não estou muito ansiosa para descobrir o que ele considera um péssimo humor. Sem mais um segundo de hesitação, saio da clareira o mais rápido que as minhas pernas vacilantes conseguem me carregar. Sigo o som da água corrente até encontrar a piscina natural, alimentada por uma cachoeira suave. A superfície banhada pelo sol é tão transparente que consigo enxergar o fundo, onde pequenos peixes se movem entre as pedras. Seixos arredondados, lisos como seda, pressionam meus calcanhares. Há uma barra de sabão em uma pedra plana na margem, em cima de uma fina pilha de tecido branco. Após analisar com cuidado, descubro que se trata de uma túnica de lã. Masculina, a julgar pelo tamanho — com minha baixa estatura, vai servir mais como um vestido do que como uma camisa — e pelo cheiro, uma mistura inebriante e masculina de suor, fumaça e especiarias.

É um gesto estranhamente atencioso do meu temível captor, mas não me permito pensar muito nisso enquanto tiro o vestido e as roupas íntimas. O tecido está muitíssimo sujo, sua cor original era um lindo tom de verde-claro, e agora está marrom pela lama, sangue e todo tipo de sujeira imaginável.

Jogo minhas roupas na água e, após pegar o sabão, mergulho. Está gelada. Sinto um calafrio percorrer meus braços quando afundo, mas não me importo. É bom matar a sede, e ainda melhor esfregar a grossa camada de sujeira do corpo. Salpicos de sangue seco, tanto meu quanto dos soldados abatidos, mancham a minha pele. Lama escorre do meu cabelo em filetes. São necessárias três lavagens para revelar seu brilho platinado sob a sujeira. Esfrego minha pele até ficar vermelha, me ensaboando com mais esmero do que nunca.

Depois, começo a trabalhar nas roupas. Primeiro, o vestido e as roupas íntimas, depois a bata. Quando termino, o tecido já está quase verde novamente, embora eu saiba que algumas das piores manchas nunca sairão. Em casa, eu teria dado o vestido por perdido e o jogaria no fogo, ou talvez o transformasse em pano de chão. Aqui, manchado ou não, ele terá que ser o suficiente.

Por mais tentador que seja me esticar em uma pedra ensolarada enquanto meu vestido seca, não tenho certeza de quanto tempo tenho até o comandante vir me procurar. Com certeza não quero ser pega completamente nua se ele aparecer. Torço minhas roupas íntimas o melhor que posso antes de vesti-las. Apesar dos meus esforços, o frio úmido do algodão provoca uma onda de calafrios que chegam até os ossos. Hesito antes de vestir a bata e o vestido, olhando por um bom tempo para a túnica de lã branca sobre a pedra.

Não tenho vontade de vesti-la. A ideia da camisa de Scythe contra a minha pele nua é desagradável demais para ser considerada. No entanto, a curandeira que há em mim sabe que não devo desprezar qualquer fonte de calor. É lamentável, mas estou despreparada para sobreviver na natureza. Meu traje foi feito para dias quentes em Seahaven, não para este clima gelado.

Eu me forço a vesti-la, tentando não respirar fundo demais enquanto sou envolvida pelo cheiro almiscarado de homem. A bainha da túnica vai quase até meus joelhos; as mangas cobrem os pulsos. Mas, graças aos deuses, ela está seca. Por mais irritante que seja admitir, fico feliz com a camada adicional de isolamento conforme o peso úmido da bata e do vestido se acomodam sobre ela.

Olho para trás, em direção à caverna, apreensão fervilhando nas minhas veias. A ideia de fugir na direção oposta é tentadora, mas sei que é melhor não ceder a ela. Se eu fugir, Scythe vai me perseguir com tanta facilidade quanto fez com os soldados que me aprisionaram. Fugir é uma ideia ridícula. Especialmente no meu estado: faminta e ferida. Não vou conseguir ir muito longe com estes pés ensanguentados.

Fazendo uma careta, eu os examino. Agora que estão limpos da sujeira e dos detritos, o dano é muito mais aparente. Bolhas cobrem as solas machucadas. Vários cortes profundos — um vestígio da minha fuga pela floresta — são dolorosos ao toque. A pele ao redor deles lateja furiosamente, vermelha com indícios de infecção.

Não é um bom sinal. Se os ferimentos não forem tratados, não tenho dúvida de que a minha febre retornará. Preciso muito de remédios. Ou, no mínimo, de sapatos para evitar mais lesões. Infelizmente, acho que minhas chances de encontrar um sapateiro são muito pequenas aqui no meio do nada.

Rasgo uma tira fina de algodão da bainha da bata e envolvo os pés da melhor forma que posso, estremecendo ao puxar os nós com força. Não é a solução perfeita, mas é melhor do que nada.

Exceto pelo incidente com o pão que levou à minha captura, não pegar minhas botas ao lado da porta, naquela noite terrível, quando os exércitos sitiaram a península de Seahaven, foi meu maior erro. Mas não havia tempo. Nem para pegar uma capa, juntar alimentos ou levar um pacote de ervas medicinais que poderiam ter ajudado a curar meus ferimentos. O fogo agiu rápido, e as tochas flamejantes que o espalharam eram empunhadas por mãos cruéis, ansiosas por violência.

Afasto a lembrança das chamas rastejantes e das espirais de fumaça. Do choque de metal, dos lamentos atormentados. E da voz de Eli, ecoando enquanto ele me empurrava para um lugar seguro.

Corra, Rhya. Corra como o vento.

Então eu corri.

Diretamente para os braços do inimigo.

Scythe está sentado na entrada da caverna, afiando a espada em uma pedra de amolar. Ele não desvia os olhos da tarefa quando eu entro mancando na clareira. A única indicação de que notou minha presença é um leve gesto com a cabeça em direção a um toco de árvore próximo, onde um coelho assado repousa sobre uma grande folha de tília.

— Coma. Antes que você desmaie.

Fico tensa com sua rispidez. Minha boca se abre para retrucar, mas engulo o impulso. Brigar com ele não vai me ajudar em nada e, na verdade, estou com fome. *Faminta* talvez seja o termo mais exato. Durante o banho, passei os dedos pelas costelas, cada saliência uma prova de como as minhas refeições foram escassas nas últimas semanas.

A batida ritmada da sua lâmina contra a pedra não cessa enquanto eu me aproximo do toco e arranco um pedaço de coelho com a ponta dos dedos. O cheiro é divino e, ao colocar um naco na boca, descubro que o gosto é ainda melhor. Qualquer hesitação desaparece no momento em que a primeira mordida atinge meu estômago vazio. No espaço de um minuto, devoro tudo, roendo até o osso, tal como um cão de rua diante dos restos de um farto jantar. Eu poderia ter sugado o tutano, se não tivesse uma plateia. Quando acaba, sinto quase como se fosse explodir, mas, de alguma maneira, ainda estou faminta.

Os cabelos da minha nuca se arrepiam com o peso de um olhar. Reunindo o que resta da minha dignidade, largo o osso que ainda está em minhas mãos e limpo os dedos na folha de tília. Viro-me lentamente e encontro Scythe me observando do outro lado da clareira. A espada agora repousa em suas mãos.

Se a minha aparência após o banho o assusta, ele não demonstra. Por baixo do elmo, seus olhos escuros percorrem o meu rosto com uma intensidade que me faz tremer. Por um longo momento, ficamos nos encarando em um impasse silencioso. Não vou agradecer a ele por me alimentar; um pássaro em uma gaiola não canta para o homem que o aprisionou. Assim como ele não pretende revelar para onde está me levando, ou o que planeja quando chegarmos lá; um caçador não explica seus motivos para a presa em sua armadilha.

O ar fica carregado à medida que o silêncio se prolonga. Meu queixo se ergue em desafio. Por fim, Scythe pigarreia.

— Sugiro que você descanse um pouco. Partiremos ao amanhecer, com ou sem febre. Você já nos atrasou demais.

Sinto meu corpo enrijecer, de repente tomado por uma fúria avassaladora.

— Ah, perdão, eu odiaria atrasar meu próprio sequestro. — Meu braço se ergue para apontá-lo acusadoramente, o movimento provocando um espasmo de dor no meu pulso ferido. — Preciso lembrar que eu não estaria doente se não fosse por você me arrastando pelos campos para sabe-se lá onde?

Suas sobrancelhas escuras se erguem, embora o restante do rosto permaneça impassível. Quando ele fala, seu tom é irritante de tão calmo.

— Eu estava começando a achar que eles tinham cortado sua língua.

— Bem que você *queria* — respondo antes que consiga me conter. — Eu estava me saindo muito bem antes de você me caçar como... como... como se eu fosse um cervo selvagem para empalhar e pendurar na sua parede.

Ele me observa por um longo momento.

— É assim que você se lembra? Talvez a febre tenha deixado você confusa. Porque, do meu ponto de vista, eu salvei seu pescoço ingrato da morte certa nas mãos dos soldados de Eld.

— Ah, lógico, tudo em nome de seus próprios interesses cruéis.

Ele tem a audácia de deixar escapar uma risada de desdém.

— Você… — Meus dentes se cerram. — Você disse que partiremos ao amanhecer, para onde? Para onde você está me levando? A qual rei você serve? Não é ao rei Eld, porque você matou os homens dele sem pestanejar, ainda que eles parecessem achar que era um deles.

Ele não responde.

— Responda, seu maldito!

Mas ele apenas me encara, totalmente indiferente — um homem esculpido em mármore. Tenho vontade de esganá-lo. Mordo o lábio para me impedir de perguntar mais alguma coisa, embora mil outras perguntas fervilhem na ponta da minha língua. A fúria se agita no meu peito, um furacão pressionando as costelas. Minha capacidade de controlar o temperamento é, de fato, frágil. Eli sempre disse que meu humor é como uma tempestade de verão, surgindo de surpresa e capaz de causar grandes estragos se não fosse cuidadoso.

Infelizmente, o comandante não parece se abalar. Com uma despreocupação irritante, ele embainha a espada e se levanta. Agulhas de pinheiro grudam em sua calça; e ele não se preocupa em limpá-las. Mesmo aqui, no mais escondido dos lugares, está pronto para a batalha. A tira de couro que atravessa o peito por cima da túnica está recheada de facas de arremesso. Uma adaga está presa na coxa esquerda; outra espreita por cima da bota. Quando ele está de pé, seu elmo roça os galhos de uma árvore próxima. Acho que o objeto deve ter se fundido permanentemente à sua cabeça, pois nunca o vi tirá-lo.

Que tipo de vida é essa? Armado até os dentes o tempo todo, preparado para lutar a qualquer momento? Sempre em guarda contra inimigos invisíveis?

— Ao amanhecer — diz Scythe, sua voz ríspida quebrando o silêncio —, esteja pronta para partir. Não me importo se você estiver quase morta.

— Prefiro estar morta de verdade a passar mais um dia na sua companhia — digo, jogando o cabelo por cima do ombro enquanto entro na caverna, ignorando a dor nas solas dos pés. As saias úmidas balançam em volta dos tornozelos, o tecido chicoteando a pele exposta.

Será uma noite fria, dormindo neste estado. A pequena fogueira dentro da caverna oferece apenas o mínimo de calor contra o frio do inverno rigoroso. Dou poucos passos para dentro antes de ouvir Scythe murmurar algo em voz baixa.

— Acho que preferia quando ela estava calada.

CINCO

Ainda está escuro quando Scythe me sacode para acordar. Na verdade, ele me chuta, a ponta da bota cutucando minha omoplata dolorida. Dormir em uma cama de pedras deixou muito a desejar.

— Levante-se — sussurra ele. — Está na hora de ir.

Eu o amaldiçoo em voz baixa enquanto me ergo. Está muito frio dentro da caverna. Ele já apagou a fogueira ao lado da qual adormeci encolhida, deitada sobre a capa do meu inimigo. Tremi por horas até finalmente cair no sono. Por algum milagre, minha febre não voltou à noite.

Scythe se abaixa para pegar a capa, sacudindo o cascalho com um movimento rápido. Sem dizer mais nada, ele sai da caverna e me deixa sozinha no escuro. Eu o sigo, mancando, tremendo de frio ao sair para o alvorecer gelado. Flocos de neve caem, cobrindo o mundo como uma fina camada de açúcar em uma torta de maçã. Eles se prendem nos meus cílios, agarram no meu cabelo, grudam no tecido fino das mangas do meu vestido.

O cavalo já está selado, esperando pacientemente sob os galhos de uma árvore baixa. Ao assovio de Scythe, ele se aproxima num trote. Fico tensa quando o comandante se vira para mim.

— Nem pense nisso — sibilo, recuando para fora do seu alcance.

Ele fica paralisado, com as sobrancelhas erguidas.

— Não sou um alforje para ser amarrado ao cavalo, nem um saco de cevada para ser jogado por aí de qualquer jeito.

— É verdade — murmura ele. — A cevada seria uma companhia muito mais agradável.

Eu o encaro.

— Se você quer que eu o acompanhe sem lutar, vai começar a me tratar com respeito.

— É mesmo?

Minhas bochechas ruborizam de raiva.

— Você pode começar me dizendo para onde está me levando. Acho que tenho o direito de saber que destino me aguarda no final desta viagem.

Ele elimina a distância entre nós com um passo, assomando sobre mim. Preciso de muita força de vontade para não recuar.

— Meu respeito é algo que se faz por merecer, não é dado a garotinhas alienadas, movidas por ingenuidades delirantes sobre nosso mundo e aqueles que o habitam.

— *Alienada?* — zombo. — Você baseia sua avaliação em quê? Na minha idade? Na minha aparência? Na meia dúzia de palavras que trocamos nesses últimos dias de fuga em que fiquei calada?

— Eu me baseio no fato de que você acredita estar em posição de negociar comigo.

Eu negociaria com o próprio Deus da Morte se isso significasse sair ilesa do submundo, mas duvido que eu consiga algum favor comparando-o abertamente com o mal encarnado. Inspiro fundo e me acalmo.

— Eu só quero cavalgar… sentada, sem grilhões ou cordas. Não vou fugir. Eu te dou minha palavra.

— Sua palavra?

Assinto.

Sua expressão é neutra, mas vejo um lampejo de curiosidade no fundo dos seus olhos. Flocos de neve salpicam seus cílios.

— E quanto vale, exatamente, a palavra de uma halfling? — pergunta ele, com a voz perigosamente suave.

— Mais do que a palavra de um assassino, com certeza.

Seu movimento é quase imperceptível, mas estou perto o suficiente para notá-lo. Seus olhos brilham como chamas escuras quando ele se inclina. O ar nos meus pulmões se esvai com a proximidade.

— Acho que está um tanto equivocada. Você só existe porque eu quero. Seu coração continua a bater porque decidi assim. Isso significa que você não tem voz sobre para onde estamos indo ou sobre a maneira como escolho levá-la até lá. Isso também significa que não tem direito a nada, nem à informação, nem à gentileza, muito menos a uma babá para baixar uma febre que você mesma provocou por pura teimosia.

Minha boca se abre.

— Você fala como se eu tivesse pedido para ficar doente!

— É quase como se tivesse! Aqui, na natureza, um descuido pode significar uma sentença de morte. Um ferimento deixado à própria sorte a matará mais rápido do que qualquer inimigo que ronda essas colinas.

— Por incrível que pareça, não fiquei doente apenas para irritar você. Garanto que a viagem teria sido muito mais agradável se eu estivesse me sentindo bem.

— Não me importo muito com o que você acha agradável.

— Sim, isso é óbvio. — Cerro os dentes. — Suponho que isso signifique que cavalgar sentada não está aberto a discussão.

— Você se faz de estúpida ou é limitada mesmo? — Sua pausa está repleta de uma fúria bem controlada. — Ou talvez só queira me provocar com toda essa teimosia?

Curvo os lábios em um sorriso doce.

— De onde tirou você tirou essa ideia?

— Não me provoque, garotinha. E nunca se esqueça de quem tem o poder aqui. — Seus olhos se estreitam. — Talvez eu devesse recolocar os grilhões. Você parecia gostar muito do ferro.

Meu estômago dá uma cambalhota.

— Ou talvez eu faça outro laço para rebocá-la com meu cavalo enquanto cavalgo. Você já viu como ele é rápido. Decerto não terá dificuldade em acompanhá-lo...

Meu rosto empalidece quando ele fala. O comandante percebe, a julgar pelo sorriso cruel que retorce seus lábios.

— O que foi? Acabaram as objeções? — Ele se afasta, e eu volto a respirar. — Ótimo. Suba no maldito cavalo. De barriga para baixo, como um bom saco de grãos.

Eu obedeço.

ACAMPAMOS MAIS TRÊS vezes ao longo da jornada, sempre em cavernas úmidas ou em pequenos aclives rochosos, buscando abrigo momentâneo contra o rigoroso clima no calor de uma fogueira. Em todas as ocasiões, Scythe desaparece por um curto período, retornando com um coelho ou alguma outra presa inerte em suas mãos grandes e ensanguentadas. Como em silêncio, sabendo que preciso recuperar minhas forças, por mais que eu deteste aceitar ajuda do meu inimigo.

Ele é um companheiro de viagem um tanto peculiar. Não fala muito mais do que uma ordem ríspida vez ou outra. Mas não me faz mal. Na verdade, apesar de alegar o contrário, ele parece bastante interessado no meu bem-estar.

Quando a febre finalmente se dissipa em minha mente, começo a prestar mais atenção nas suas ações. Na capa com a qual ele me cobre enquanto cavalgamos, para me proteger do pior da neve. No par de grossas meias de lã deixado ao lado da minha cabeça enquanto durmo, e serve como um substituto precário para sapatos, mas ainda é melhor do que nada. No pote de pomada curativa, colocado nas minhas mãos sem uma palavra. Na maneira como ele me observa à luz da fogueira, com uma estranha intensidade no olhar, enquanto aplico o medicamento nos ferimentos e enrolo novamente meus pulsos com as tiras da bata.

Nunca o vejo descansar. Ele permanece constantemente em alerta contra inimigos invisíveis, monitorando nossos arredores com uma vigilância que me deixa inquieta. Com frequência, penso nos soldados marchando com seus emblemas vermelhos e pretos. Será que são eles que estão nos caçando? Ou são os próprios homens de Scythe — companheiros daqueles que ele massacrou — que estão nos rastreando por entre os montes de neve cada vez maiores?

Ele não me dá respostas.

Também há a questão do elmo. Ainda não o vi tirá-lo. Às vezes me pego curiosa para saber a cor do cabelo escondido por baixo dele, ou se a ausência do metal seria capaz de suavizar um pouco suas feições angulosas... Mas esses pensamentos são rapidamente banidos para o fundo da minha mente. O que importa se meu captor tem cabelos claros ou escuros? Esses detalhes supérfluos não mudarão a minha situação.

Durmo quando posso. Apesar de toda a minha bravata, ainda estou exausta além da conta. Aprendo a descansar até mesmo em cima do cavalo, embalada em uma espécie de sono sacolejante pelo bater rítmico dos cascos do garanhão. Mas meus sonhos são cheios de visões sombrias: espadas se chocando, sangue pingando e nuvens escuras pairando sobre uma terra de gelo; pássaros carniceiros circulando pelos céus cobertos de fumaça sobre um mar de areia. Os horrores do passado e do futuro se agitam em minha mente, na mais violenta das tempestades.

Durante três dias, cavalgamos pelas colinas. Sempre para cima, sempre para o norte, nossa altitude aumenta à medida que a temperatura despenca. As colinas escarpadas se transformam em picos íngremes, que se projetam para o céu escuro. O ar fica mais frio a cada hora que passa, uma espessa camada de neve se acumula nas copas das árvores, envergando os galhos dos pinheiros baixos, nativos desta região montanhosa.

De bruços sobre o lombo do cavalo, observo o chão passar, um borrão constante de branco, e tremo tanto que meus ossos parecem um chocalho. Para afastar o frio, ocupo minha mente com lembranças calorosas. Lendo ao lado da lareira, um grosso cobertor enrolado no colo. Bigodinho, o gato que Eli resgatou do espinheiro, cochilando em uma réstia de sol. Uma xícara de sidra na mão. Tomas, o aprendiz de padeiro, contrabandeando bolos de mel nas exuberantes noites de verão. Braços fortes envolvendo os meus ombros, lembrando-me de que estou segura.

A indignidade da minha posição fere meu orgulho, mas não há muito o que eu possa fazer a respeito. Protestar não me levou a lugar algum. Tento me concentrar nos aspectos positivos. Os grilhões foram removidos. Com a ajuda do unguento, meus pulsos estão começando a se curar mais rápido do que eu imaginava ser possível. Minha febre continua baixa, pelo menos por enquanto. Meu estômago está cheio, minha sede foi saciada. E meu tempo com o meu captor está quase no fim.

Tem que estar.

Admito que meu conhecimento geográfico de Anwyvn é insuficiente, mas sei que em algum momento chegaremos às Montanhas Cimérias. E ninguém viaja para além delas. Não se planeja voltar. Há apenas uma passagem que atravessa os picos irregulares e nevados. O Estreito de Avian, uma passagem pequena, com largura suficiente apenas para alguns homens marchando lado a lado. Ao longo dos últimos dois séculos, inúmeros exércitos sucumbiram ali, mortos por flechas vindas do norte ou soterrados em avalanches inesperadas, cujos corpos nunca foram recuperados. As pessoas dizem que a terra sob a neve profunda está manchada de vermelho, resultado de muitas tentativas vãs de conquistar as Terras do Norte.

Pouco se sabe com certeza sobre os reinos para além das montanhas. Se as lendas forem reais, são lugares gelados e inóspitos, onde monstros desfigurados vagavam livres na era da magia. Desde o Massacre, o único monstro conhecido que ainda chama o norte de lar é um homem. Um rei. Até o mais simplório dos camponeses já ouviu falar do rei Soren de Llŷr, cuja crueldade rivaliza com a dos senhores da guerra do sul.

É o reino dele que fica do outro lado do Estreito de Avian, um território que ele defende sem piedade dos habitantes das Terras Médias. É o rosto dele que as crianças evocam em seus pesadelos mais terríveis. As esposas rezam para que seus maridos nunca o enfrentem em combate. Soldados experientes falam das suas táticas de batalha com vozes vacilantes pelo medo.

Não desejo saber em primeira mão se o terror deles é justificado. Garanto a mim mesma que nem mesmo Scythe é imprudente o suficiente para considerar Llŷr um esconderijo viável contra os inimigos que estão em nosso encalço. No entanto, quanto mais viajamos para o norte, mais certezas caem por terra… e mais apertado fica o nó em meu estômago.

QUANDO PARAMOS NOVAMENTE, o céu está escuro. Não sei dizer a hora. O mundo é escuro à sombra das montanhas, mesmo ao meio-dia. A promessa de neve iminente nos pressiona, impregnando cada respiração com uma densa umidade.

O garanhão desacelera em um pequeno bosque de pinheiros rente a um penhasco saliente. Esticando o pescoço, vejo que é uma queda vertiginosa. Para mim, parece sem fundo. As profundezas da ravina estão envoltas em uma sombra escura. Do outro lado desse abismo profundo, as Montanhas Cimérias se aproximam, seus picos gelados bloqueando o sol.

Scythe coloca dois dedos na boca e solta um assobio que lembra o grasnar estridente de um falcão. Sinto um arrepio quando o som reverbera no cânion de pedra, ecoando para longe.

Esperamos.

O mundo se aquieta quando os ecos se dissipam, apenas os barulhos ocasionais do garanhão mudando de posição, de casco para casco, e os ruídos abafados da neve caindo dos galhos das árvores quebram o silêncio. Não sei bem o que estamos esperando, até que, alguns instantes depois, um grasnar de resposta chega trazido pelo vento, estridente e inconfundível, como o de um falcão.

Alguém está do outro lado da ravina. Alguém que aguardava um sinal de Scythe.

Um sinal... Para quê? De quem?

Não tenho muito tempo para considerar. Assim que ouve o grasnado, Scythe põe o cavalo em movimento, cavalgando ao longo da beira da ravina com energia renovada. De cabeça para baixo, é difícil ver muita coisa, mas meu coração se aperta quando vejo o quanto estamos perto da beirada. Um passo em falso, e despencaremos para a morte.

Não há uma estrada, pelo que consigo ver. Por sorte, o cavalo parece conhecer o caminho. Depois de um curto percurso, paramos mais uma vez. Então Scythe desmonta e solta minhas amarras. Antes que ele tenha a chance de me empurrar para o chão, como se tornou um terrível costume sempre que me movo devagar demais para o seu gosto, deslizo para trás e coloco meus pés no chão por conta própria. Tenho que segurar no estribo para evitar que minhas pernas cedam, mas pelo menos estou de pé. Minha alma lateja em desafio quando me viro para Scythe.

Ele nem sequer está olhando para mim; sua atenção está voltada para a ravina.

— Vamos atravessar aqui — diz. — Devagar. Fila única. Você conduz o cavalo, e eu vou na retaguarda.

Meus olhos se arregalam quando dou um passo à frente e vislumbro pela primeira vez sua intenção. Do outro lado do grande abismo de rocha e sombra, há uma ponte precária. As cordas grossas que a suspendem de cada lado da ravina parecem desgastadas pelo tempo. As ripas de madeira são espaçadas demais, na minha opinião. Algumas parecem nem estar mais lá. Ela balança com a brisa, rangendo perigosamente.

— Você não pode estar falando sério. — Solto um suspiro, horrorizada.

— Não sou conhecido pelo meu senso de humor.

— Não tem como isso aguentar nosso peso!

— Vai, sim. Tem que aguentar. — A voz de Scythe é baixa. — É a única maneira de atravessar, a menos que você esteja pensando em criar asas e voar.

— Estou pensando é em não atravessar coisa nenhuma! Prefiro despencar para a morte a ir para aquelas montanhas esquecidas pelos deuses.

— A gente pode fazer acontecer.

Cruzando os braços, eu o encaro.

— Nós dois sabemos que você precisa de mim viva.

Seus olhos se voltam para os meus.

— Será?

— Se não precisasse, eu já estaria morta.

Um grunhido é tudo o que recebo como resposta.

Olho de relance para as montanhas. Mesmo com a cabeça inclinada para trás, não consigo ver o cume além da densa cobertura de nuvens.

— Sejam lá quais forem os inimigos que nos perseguem, com certeza não podem ser mais aterrorizantes do que os monstros que nos aguardam nesse lugar.

A risada sombria de Scythe me faz estremecer.

— Você sabe pouco sobre monstros, garota. — Ele faz uma pausa. Uma pitada de hesitação se insinua no seu tom de voz. Seria apreensão? — Ainda assim, não podemos ficar aqui. Os homens que estão nos perseguindo não estão muito longe. Temos meio dia de vantagem sobre eles, na melhor das hipóteses. Se eles nos alcançarem... Digamos que você vai implorar por um gigante de gelo.

— Gigante de gelo? Você disse *gigante de gelo*?

— Vamos. — Sua mão agarra o meu braço e ele começa a me rebocar em direção à ponte. O terror salta no meu peito. Finco os calcanhares no chão, sem nenhum orgulho de implorar por uma mudança de planos.

— Espera! Espera! — imploro, tentando inutilmente desvencilhar seus dedos do meu braço. — Se realmente precisamos ir para o norte, deve haver outro caminho que possamos tomar.

— Não se quisermos chegar vivos.

Com os olhos arregalados, encaro o vazio que se aproxima e as montanhas que se erguem do outro lado. De perto, elas são ainda mais ameaçadoras.

— Você está se referindo ao Estreito de Avian, não é?

Scythe me olha de soslaio, mas não contradiz minhas suspeitas.

— O que uma camponesa das Terras Médias sabe sobre o Estreito?

— Apenas que aqueles que tentam atravessá-lo têm igual probabilidade de serem atingidos por uma flecha no peito ou serem soterrados por uma avalanche. — Minhas feições se contorcem em uma carranca. — Embora eu ache que um túmulo de gelo seja melhor do que a morte nas mãos daquele monstro que o povo do norte chama de rei.

Há uma pausa calculada.

— Então você já ouviu falar do Soren.

— Isso surpreende você? As façanhas sanguinárias dele são sussurradas nos quatro cantos desta terra, desde as caravanas de areia de Carvage até as praias brancas de Seahaven. Os reis rivais de Anwyvn têm pouco em comum, mas, neste ponto, todos parecem estar totalmente de acordo: o rei Soren é uma ameaça que precisa ser eliminada.

Quando Scythe não diz nada em resposta, olho para ele. Seus olhos parecem brilhar na escuridão, mergulhados em pensamentos que não consigo decifrar. Seu rosto demonstra o que, em qualquer outro homem, poderia ser irritação.

Pigarreio e mudo de assunto.

— Achei que o Estreito de Avian fosse o único caminho para cruzar as montanhas. — Olho para a ponte de corda. — Aparentemente, meu tutor estava enganado.

— Há outros caminhos. Caminhos mais antigos. Poucos os conhecem hoje em dia.

— Mas você conhece. — Minha mente está girando. — Como? Como pode um soldado, mesmo um da sua patente, de uma unidade das Terras Médias, saber dessas coisas? A menos que...

A menos que ele não seja das Terras Médias.

Ele não me responde. Mas aprendi a decifrá-lo durante nosso tempo juntos. A rigidez da sua boca confirma o que eu já suspeitava havia dias. Seja lá quem for — ou quem esteja fingindo ser —, ele não é um soldado comum das florestas, nem um guerreiro qualquer das planícies. Nenhum rei de papel o chama de súdito.

Ele é das Terras do Norte.

Tenho certeza disso agora.

Abro a boca para questioná-lo novamente, mas ele já terminou de falar. Então me puxa até chegarmos ao início da ponte, onde dois gigantescos pilares de pedra se erguem como sentinelas, sustentando as cordas, cada uma mais grossa do que a largura da minha cintura. Paramos ali.

Meu estômago gela quando olho para o caminho oscilante à minha frente. Ele é largo o suficiente para que apenas uma pessoa atravesse de cada vez. De perto, parece ainda mais instável, com um declive acentuado no ponto mais central e uma extensão aparentemente infinita antes de chegar ao outro lado. Todo o aparato geme como um homem à beira da morte cada vez que uma rajada de vento atravessa a ravina.

— Vá em frente.

Encaro Scythe. O que consigo ver da sua expressão, por baixo do elmo, é intransigência.

— Acho que prefiro tentar a sorte no Estreito de Avian.

— Não é uma escolha sua. — Ele levanta a cabeça. — *Anda logo.*

— Eu... — Engulo em seco. — Não sou fã de alturas.

— Ah, agora mais essa! Pelos deuses, eu deveria ter deixado você com aqueles homens na floresta, por todos os problemas que já me causou.

— Por que não fez isso? — retruco. — Não me lembro de ter pedido para você me salvar.

Seu aperto no meu braço é doloroso. Devo ter emitido algum som de aflição, porque ele me solta no mesmo instante com um grunhido de exasperação. Seu peito se expande enquanto ele respira fundo.

— Não é possível que uma pirralha tão teimosa seja...

Minhas sobrancelhas se erguem quando ele se interrompe. Abro a boca para perguntar o que ele quer dizer, mas Scythe dá um passo à frente, usando sua imponente figura para me empurrar adiante. Quando não consigo pisar na ponte por vontade própria, ele pressiona a parte inferior das minhas costas. Choramingo baixinho quando minha meia toca a primeira ripa. A madeira lascada emite outro rangido sob meu peso, e eu congelo quando o medo toma conta do meu coração.

— *Vai logo* — sibila Scythe atrás de mim.

Mas não consigo me mover. Estou paralisada, olhando para baixo através da abertura entre as duas primeiras ripas, para o abismo escuro como breu. A escuridão parece não ter fim.

Será uma queda terrível.

Ele me empurra novamente, e eu me agarro às cordas para não tropeçar.

— Você vai mesmo acabar comigo — murmura ele.

Minha resposta é ofuscada por um estrondo metálico. Minha cabeça gira a tempo de ver uma flecha ricochetear no pilar de pedra poucos centímetros à nossa esquerda, e depois cair no chão. As penas na extremidade são pretas e vermelhas.

Os olhos de Scythe encontram os meus por um momento congelado no tempo. Suas narinas se dilatam. Quando saem, suas palavras são afiadas, cortando-me com sua intensidade.

— *Eles estão aqui.*

SEIS

Outra flecha voa pelo ar, zunindo perto o suficiente para agitar os fios de cabelo ao redor do meu rosto. De repente, a perspectiva de despencar para a morte na ravina não parece tão assustadora; não com a alternativa cada vez mais evidente. A morte brilha nos olhos dos soldados vestidos de vermelho, que saem da linha das árvores a menos de cinquenta passos de distância, alguns segurando tochas, outros empunhando espadas e escudos. Estão perto o suficiente para que eu possa ver os torques entrelaçados estampados nas suas túnicas.

— Pelo amor dos deuses, *vai*! — grita Scythe, enquanto me empurra para a frente com mãos impacientes. — Corre!

Não há tempo para incertezas, para hesitações. Corro pelas ripas, meus pés protegidos só pelas meias batem na madeira que geme, minhas mãos se agarram ao corrimão de corda, enquanto a ponte balança. É como tentar se equilibrar de pé em um barco a remo — um deslocamento de peso errado pode significar um desastre. Faço o possível para não olhar para o precipício, nem para trás, para os soldados que se aproximam depressa. Suas vozes ecoam no ar noturno; um capitão dando ordens, seus homens respondendo. Muito em breve, eles chegarão à ponte.

Não me permito imaginar se ela aguentará o peso de um pelotão inteiro. Os cascos do garanhão mantêm um ritmo constante atrás de mim. A maioria dos cavalos se recusaria a fazer tal travessia, mas ele é uma criatura destemida, mesmo sob o cerco constante de flechas dos arqueiros no penhasco, que chovem ao nosso redor, perto o suficiente para nos deixar angustiados.

— Se formos mais devagar, seremos atingidos! — berra Scythe rispidamente da retaguarda.

— Se formos mais rápido, vamos cair! — grito de volta.

— É melhor despencar no precipício do que levar uma flechada no coração!

Com os batimentos pulsando duas vezes mais rápido do que o normal, aumento o ritmo. Ainda não chegamos no meio da ponte, onde há um declive; ainda há um longo caminho a percorrer antes de chegarmos a solo firme. Se eu forçar bem a vista, consigo distinguir os pilares de pedra idênticos na margem oposta.

Em uma corrida desesperada, com os olhos fixos no outro lado, estou tão concentrada — nas flechas cada vez mais próximas, em saltar o vão sem ripa — que não vejo a ripa quebrada até que seja tarde demais. Meu pé a atravessa como um punho atravessa papel e, enquanto ela se desintegra e despenca no penhasco, sinto que estou caindo também.

Grito enquanto minhas pernas pedalam no ar, procurando inutilmente por algo sólido para se apoiar. Meu impulso trabalha contra mim, arremessando todo o meu corpo pelo buraco. Afundo como uma pedra, sem conseguir evitar meu destino. Minha mente paralisa, e apenas um pensamento prevalece sobre o ruído emanado pelo pânico.

Vou morrer.

Minhas pernas já estão no vão quando as palmas das minhas mãos batem em uma ripa. Eu me agarro a ela no desespero, cravando as unhas na superfície. A madeira é áspera, cheia de farpas e frágil demais. Enquanto suas bordas rasgam minhas palmas, acho que ela também cederá, mas me mantenho firme. Meu coração bate tão forte no peito que é difícil respirar.

O cavalo se afasta com um relincho de angústia, evitando por pouco uma colisão. Ouço Scythe gritar algo por cima do barulho dos cascos, mas a minha cabeça está tão dominada pelo medo que não consegue processar as palavras, atormentada por imagens de uma queda fatal, as sombras engolindo tudo, o impacto devastador. Pois, embora eu tenha conseguido me segurar, isso é apenas metade da batalha. Conseguir me içar será muito mais difícil.

O medo pulsa potente em minhas veias, intenso como um elixir. Meus músculos ficam mais tensos a cada momento que passa, enquanto continuo dependurada, minha mente fazendo cálculos desesperados.

Por quanto tempo mais vou conseguir me segurar?

Tenho mais quanto tempo até a ripa ceder?

A voz de Scythe me traz de volta à realidade.

— Você está ferida?

— Não — respondo. A palavra fica presa na minha garganta. — Mas a ripa... quebrou. Eu escorreguei.

O silêncio é profundo antes de ele responder.

— Não consigo alcançar você daqui. Consegue se erguer?

— S-sim — digo, ofegante. — Acho que sim.

— Então é melhor você fazer isso logo. — Ouço um xingamento baixo. — Por enquanto, estamos fora do alcance das flechas, mas eles não vão ficar esperando do outro lado para sempre. Vão arriscar a travessia, e virão com espadas. — Outra pausa. — Mesmo que eu consiga abater um a um, duvido que...

Meus olhos se fecham. Ele não precisa terminar a frase; eu já sei o que ele vai dizer. A ponte não aguentará tempo suficiente para que ele lute com todos. Estaremos mortos no fundo do abismo muito antes de o primeiro soldado nos alcançar no centro, em um emaranhado de ossos quebrados e cordas arrebentadas.

Ciente de que o tempo está se esgotando rapidamente, tento me erguer duas vezes, só que não consigo. Talvez seis meses atrás, seis semanas atrás, até mesmo seis dias atrás, eu tivesse força suficiente. Mas estou fraca, meus músculos estão atrofiados por causa das refeições escassas e das muitas noites sem dormir. Meus pulsos feridos ainda não estão curados o bastante para fazer muito além de me manter dependurada até que minha resistência se esgote.

A gravidade me puxa para baixo, cada vez mais implacável, exigindo minha rendição. As saias se emaranham ao redor das minhas pernas, enquanto meus pés se movem inutilmente no vazio, buscando apoio onde não há nenhum.

Vamos lá, Rhya, eu me incentivo, ignorando a agonia que se espalha pelos meus braços tensos. *Você não chegou até aqui e sobreviveu a tanta coisa para morrer por causa de uma ripa quebrada.*

Um grito se forma em minha garganta quando tento de novo. E *falho* mais uma vez. O som é quase inaudível em meio ao crescente rugido do vento na ravina. Porque, enquanto eu luto, seja por mero infortúnio ou outro capricho do destino, o vento aumenta de um sussurro para um grito, uma mudança tão abrupta que parece desafiar as leis da natureza. De repente, correntes de ar rodopiam ao nosso redor em um vórtice imprevisível, balançando a ponte de um lado para o outro com tanta força que acho que vamos enfim despencar. As cordas gemem, a madeira range, testada até o limite enquanto balançamos e giramos.

Qualquer tentativa de me erguer cessa de imediato. Tudo o que posso fazer é me agarrar para salvar minha vida, enquanto balançamos de um lado para outro. Minha mente mergulha em um turbilhão de puro terror, uma força esmagadora que ecoa dentro do meu crânio. Espasmos tomam conta do meu corpo à medida que é testado além das suas capacidades.

Aguente firme, aguente firme, aguente firme.

As rajadas são tão fortes que lágrimas escorrem dos meus olhos e meu cabelo chicoteia violentamente próximo ao meu rosto. Minhas saias se transformam em uma vela mortífera. Tento respirar e descubro que não consigo. Meus pulmões parecem congelados. A marca de nascença no meu esterno está tão fria que queima.

Atrás de mim, o cavalo relincha alto, o som carregado de medo. Scythe grita outra vez, mas não consigo entender suas palavras por causa do rugido da ventania. Não consigo fazer absolutamente nada, pois, em meio à tempestade repentina, minhas forças enfim chegaram ao limite.

Estou fraquejando.

Caindo.

Meu punho cede, as mãos escorregam da madeira lascada enquanto deslizo pelo vão. Meu coração vai parar na garganta. Ao meu redor, o vento uiva como uma criatura selvagem. Ou será que sou eu?

O resto do mundo se reduz a sensações indistintas. Escuridão, vento, derrota. Meus olhos se fecham, recusando-se a testemunhar minha rendição.

Eu o verei em breve, Eli.

Será que é esse último apelo que me salva? Será que algum espírito guardião está me observando dos céus, estendendo a mão em meu socorro? Acho que nunca saberei. Mas, seja um milagre divino ou um mero capricho do destino, no exato momento em que começo a despencar, a ponte é arremessada para cima com uma grande guinada. Em vez de mergulhar no vazio, sinto meu corpo colidir com algo sólido.

Quando encontro forças para abrir os olhos, estou deitada na ponte com apenas os pés pendendo no vão. Luto por ar, a mente confusa, os braços doendo, o coração batendo forte com alívio e medo na mesma medida.

— Mas que diabos foi is...? — As palavras de Scythe chegam até mim. Sua voz é sombria no silêncio repentino, pois o rugido cessou de vez.

O vento se foi.

Tão rápido quanto chegou, desaparecendo no intervalo entre um batimento cardíaco e o seguinte. As ripas de madeira sob meu corpo estão quase imóveis, balançando suavemente em uma leve brisa.

Será que imaginei tudo isso?

— Você... está bem? — pergunta Scythe, parecendo tão abalado quanto eu.

Bem? Não.

Viva? Sim.

— Estou bem.

Mal consigo compreender como, mas não é hora de fazer perguntas. Não com o inimigo tão perto. Fico de pé, joelhos tremendo ao me levantar, mãos agarrando as cordas laterais. Meus pulmões doem. Na verdade, meu peito todo dói, uma chama gélida que se intensifica a cada inspiração.

Quando viro para trás, os olhos cintilantes do cavalo estão fixos em mim. Eles brilham com uma consciência que parece quase humana, enquanto seu focinho aveludado se aproxima da minha mão. Atrás do seu corpo robusto, consigo ver o brilho metálico do elmo de Scythe e, além dele, tochas acesas na escuridão à beira do penhasco.

Eles estão se aproximando.

As cordas gemem sob o novo peso, enquanto os soldados se amontoam na ponte.

Scythe xinga novamente.

— Não temos mais tempo. Eles estão chegando. Precisamos sair daqui. Agora. — Ele respira fundo. — Seja mais cuidadosa daqui para a frente, está bem?

Engolindo uma resposta mordaz, pego a rédea do garanhão e o conduzo o mais rápido que posso sobre a ripa ausente. Eu me movo com atenção, mantendo meus passos leves antes de colocar todo o meu peso sobre as ripas. Sacrificarei de bom grado um pouco de velocidade se isso significar sobreviver a essa oscilante armadilha mortal.

A cada momento que passa, a tensão aumenta no ar, até que o próprio céu parece crepitar. A ponte balança sob as botas pesadas enquanto os homens nos perseguem, ganhando terreno de forma lenta, mas constante. Não sei ao certo quantos são. Só me resta esperar que a ponte resista tempo suficiente para chegarmos ao outro lado.

Quarenta passos.

Apenas quarenta passos até a terra firme.

Duas vezes a largura do chalé de Eli.

Uma distância que você já percorreu dez mil vezes.

Meu coração dá uma cambalhota a cada passo arriscado, mas continuo avançando, mesmo quando as flechas voltam a cruzar o céu ao nosso redor.

Eles estão nos alcançando.

Vinte passos.

Metade da extensão do prado onde você e o Tomas passaram tantas noites escondidos.

Você consegue, Rhya.

Os passos ecoam no ar. Vozes agitam o vento, proferindo insultos que prometem dor. O crepitar das tochas ecoa em meus ouvidos.

Eles estão perto.

Dez passos.

— Rápido — instiga Scythe, sem necessidade.

Meus olhos estão fixos nos dois pilares de pedra que sustentam as cordas. Eu me concentro no musgo verde-escuro que os recobre enquanto percorro o trecho final. Quando uma flecha passa zunindo a centímetros de mim e se aloja na grama, eu mal desvio; estou tão aliviada por sentir a terra sob os meus pés que não sobra espaço para medo. Eu poderia beijar o chão, de tão feliz por estar em terra firme.

O garanhão me segue para fora da ponte, o branco dos olhos se agita enquanto as flechas caem feito chuva. No instante em que seus cascos estão em segurança, ele trota com astúcia para fora do alcance dos arqueiros, dirigindo-se para o abrigo próximo de um afloramento rochoso. Tento segui-lo, mas um rugido de dor interrompe meus movimentos.

Ao me virar, vejo que Scythe foi atingido por uma flechada no ombro. A ponta se projeta logo acima do coração; não é um golpe letal, mas quase. Sua boca se contorce em agonia enquanto ele se inclina para a frente, agarrando as últimas ripas da ponte.

Ele não se levanta.

Por um momento, nem se move.

Continuo parada, congelada pela indecisão, dividida entre o desejo de abandonar meu captor e a estranha culpa que acompanha o sentimento.

Fuja, Rhya.

Você não deve nada a ele.

Tenho pouco tempo para ponderar minhas opções. Cruzando o meio da ponte — não muito longe do local onde quase encontrei meu fim —, um pequeno contingente de homens está avançando, as tochas iluminam suas feições na escuridão. Eles estão se movendo depressa agora, tão perto que já consigo ver o vermelho das suas túnicas. Em questão de instantes, eles nos alcançarão.

O gemido de Scythe chama a minha atenção de volta para ele. Sua dor é evidente, e ele se levanta com dificuldade, apoiando-se com toda a força na corda lateral. O braço esquerdo pende frouxamente ao lado do corpo. Sangue escuro pinga das pontas dos seus dedos, um fluxo constante. Quando seus olhos se voltam para os meus, ele estremece como se estivesse surpreso ao me ver ali. Como se tivesse esperado que eu o abandonasse.

Por que não o abandonei?

— Você devia ter fugido, sua idiota — rosna ele, cambaleando para a frente, com um andar instável.

Ele agarra a corda com a outra mão, grunhindo de dor enquanto se arrasta. Na verdade, ele está certo, sou mesmo uma idiota, porque, em vez de fugir como ele sugeriu, disparo em direção à ponte, ao encontro do perigo que se aproxima. Antes que ele possa dizer qualquer coisa, apoio seu braço não ferido sobre meu ombro.

— O que você está fazendo?

— O que você acha? — retruco, enquanto cruzamos as últimas ripas a passos cambaleantes. Pelos deuses, ele é pesado.

Assim que pisamos em terra firme, ele se desvencilha do meu apoio. Seu rosto é uma máscara de dor e raiva quando me empurra para trás de um dos pilares. Ele se apoia contra o pilar oposto, com a respiração pesada. Inspiro profundamente para me acalmar quando as minhas costas batem na pedra, grata pelo alívio... mesmo que passageiro.

Flechas voam ao nosso redor. Ouço-as atingirem o outro lado dos pilares e depois ricochetearem no desfiladeiro. Se eu correr para as árvores agora, Scythe não será o único com uma flecha atravessada no corpo.

— Você deveria ter fugido quando teve a chance — sussurra ele, cada palavra carregada de dor. Sua boca está comprimida em uma linha severa. Ele parece mais pálido do que o normal; perdeu muito sangue.

— Desculpe por tentar salvar sua vida, seu ingrato!

— Eu não precisava ser salvo.

— Não foi o que pareceu. — Aponto com o queixo para o ferimento em seu ombro. — Acha que vai chegar muito longe com essa flecha espetada no corpo? Não dá para fugir desses arqueiros.

— Não pretendo fugir deles.

Ergo as sobrancelhas. Abro a boca para perguntar o que ele quer dizer com isso, mas não tenho chance porque ele já saiu de trás da proteção do seu pilar.

Ele perdeu o juízo?

Deve estar delirando. Não dá para lutar contra todos eles. Muito menos, com o ombro ferido.

Logo percebo que essa não é sua intenção. Com o braço livre, Scythe se levanta, desembainha a espada presa nas costas e golpeia. Ele corta o lado esquerdo da ponte em um golpe certeiro, atravessando as grossas cordas de suspensão, soltando um grunhido baixo.

Os soldados gritam quando a ponte se inclina, lutando para se segurar no lado que permanece intacto. Suas tochas e arcos caem na ravina, rapidamente devorados pela escuridão. Eles estão perto o suficiente para que eu possa ver os nós esbranquiçados em seus dedos, suas pernas vacilando. Perto o suficiente para que possa ouvir o terror nos seus pedidos de socorro. Perto o suficiente para que possa ler o medo nos seus rostos quando olham desesperados em nossa direção.

Conheço esse medo. Eu o senti ainda agora quando minhas pernas balançavam sobre as sombras que ameaçavam me engolir inteira. Mas esses soldados são mais fortes do que eu, são homens experientes em batalhas. Eles resistirão mais do que eu. Quando estivermos longe daqui, eles conseguirão escalar de volta para a segurança.

O braço da espada de Scythe se ergue novamente.

— Espere! — grito, avançando em sua direção.

Mas ele não espera. A espada golpeia, cortando o lado direito. Horrorizada, assisto à ponte cair, retorcendo-se como uma fita ao vento. Os gritos dos soldados chegam até nós muito depois de desaparecerem de vista.

No silêncio atordoante que se segue, olho para o outro lado do abismo, onde os destroços da ponte pendem contra o penhasco. Em terra firme, os soldados restantes observam da beirada. Não consigo ver os detalhes das suas feições, mas consigo distingui-los por causa das chamas bruxuleantes das suas tochas.

Eu me pergunto se eles estão me olhando do outro lado do abismo desejando vingança em seus corações. Eu me pergunto se, assim como eu, eles vão carregar o som daqueles gritos até que suas almas cheguem aos céus.

SETE

— Vamos — diz Scythe, em voz baixa.

Não há remorso em sua voz. Nenhuma culpa ou pesar pelo fato de ele ter acabado de executar um pelotão inteiro de homens, e ainda pela segunda vez em poucos dias.

Eu o encaro, engolindo o nó de horror alojado na minha garganta. Meus pensamentos parecem muito distantes da realidade. Quando consigo falar, as palavras soam vazias na quietude do amanhecer.

— Todos aqueles homens... você os matou.

— Se não tivesse feito isso, eles teriam nos matado. Ou pior. — Há uma breve pausa. — Você me acha insensível?

— Acho que um homem capaz de sacrificar tantas vidas para se salvar, com a mesma facilidade com que troca moedas no mercado, não é um homem, mas algo completamente diferente. — Balanço a cabeça, incapaz de dissipar as imagens horríveis. — Algo mais parecido com um monstro.

Se ele se ofende com meu julgamento insolente, não demonstra. Apenas embainha a espada e suspira fundo.

— Melhor ser o monstro do que a presa que ele devora.

— Poderíamos ter escapado sem... sem... — Faço um gesto para o abismo. — Você não precisava matá-los.

— Eles teriam nos perseguido até as montanhas. Mesmo com a ponte derrubada, não estamos seguros. Não por muito tempo. Eles vão acabar encontrando outro caminho para atravessar. — Suas narinas se dilatam em uma expiração profunda, e sua voz fica mais baixa, quase como se falasse consigo mesmo. — Antes, talvez, quando estavam perseguindo apenas rumores, eles não teriam se incomodado. Teriam nos deixado escapar, procurado outras recompensas para encher o bolso sem fundo do seu mestre. Mas agora... agora, não vão desistir. Agora que viram... — Ele me encara com severidade. — Não vão parar até que nos capturem. Ele não permitirá.

— *Ele?* Ele quem?

Scythe estreita os olhos para mim.

— Será que é possível você ser tão alienada?

— Será que é possível receber uma resposta direta sua a uma única pergunta?

— Você está testando a minha paciência, garota.

— Eu não sabia que você tinha alguma para ser testada.

— Confie em mim, dez minutos na sua presença enlouquecedora esgotariam o estoicismo de um druida.

— Que hilário, vindo do homem mais irritante que eu já conheci.

— Poupe-me de suas ironias. Em vez disso, tente demonstrar alguma gratidão.

— *Gratidão?* Pelo quê, exatamente? Por me sequestrar? Por me fazer participar não de um, mas de dois massacres? Por me arrastar para uma cadeia de montanhas da qual poucos homens voltam ilesos?

— Você preferiria que eu a tivesse deixado para morrer?

— Talvez! — retruco. — Pois que tipo de vida é possível com tanto sangue nas mãos?

— Não tenho tempo nem disposição para ouvir seus idealismos distorcidos.

Em minha fúria, me esqueço de ter medo dele. Dou dois passos em sua direção, meus olhos fixos nos dele.

— Aqueles homens eram soldados, agindo sob as ordens de um rei que provavelmente nunca nem conheceram. Eles tinham vidas além dessa matança sem fim. Colheitas para cuidar. Casas para proteger. Esposas para abraçar. Filhos para... para... — Mordo o lábio e pisco para conter as lágrimas de raiva. Emoções não me ajudarão em nada. Não com ele. Seria mais fácil atravessar uma muralha de pedra do que tocar o coração desse homem com minhas lágrimas.

— É curioso — diz ele, sem emoção na voz. Seu olhar frio se fixa na umidade em minhas bochechas. — Você não hesita em lamentar o destino do seu inimigo... mas caminha por dias com as solas ensanguentadas sem derramar uma lágrima sequer pelo próprio infortúnio. Não sei dizer se isso é sinal de disciplina ou de ilusão infantil. — Seus olhos se estreitam ao encarar os meus. — A segunda opção, com certeza. Se você tivesse a mais vaga noção da gravidade da sua situação, estaria chorando, chamando pelos seus pais como um bebê arrancado do seio antes do tempo.

— O fato de você não conseguir entender minha determinação não significa que não seja real. Não fale de coisas sobre as quais você não sabe nada. Meus pais, por exemplo. — Inspiro fundo para me acalmar enquanto o encaro através do pequeno espaço entre nós. — E quanto à nossa situação, é mesmo de admirar que eu não consiga compreender sua natureza obscura quando você se recusou a me dar qualquer explicação em todas as oportunidades que teve.

Sua risada é quase um rosnado.

— Será que nunca te ocorreu nesses últimos dias, enquanto cavalgávamos a um galope alucinante, que poderíamos estar fazendo isso por um motivo além de apreciar a sensação do vento no cabelo? Você nunca cogitou a possibilidade de estarmos dormindo ao relento em vez de em estalagens, atravessando campos em vez de estradas, com um propósito que vai além de apreciar a solitude da natureza?

Eu o encaro, surpresa.

Até esse momento, presumi que eu era a causa principal da hostilidade de Scythe. Talvez eu tenha me enganado. Talvez sua hostilidade seja um sintoma de outra coisa. Algo maior. Ainda não sei a dimensão completa do que está acontecendo aqui, mas, é evidente que isso é mais do que uma mera retaliação pelo que ele fez ao pelotão de Burrows. Algo mais do que uma caçada a uma halfling fugitiva.

Quero perguntar sobre os homens de vermelho, quem são eles, por que estão tão obstinados em sua perseguição, mas, como sempre, ele não me dá oportunidade.

— Não. Lógico que não. — Sua mandíbula se contrai. — Você, com o seu coração inútil e sentimental. Incapaz de sentir desprezo. Mais preocupada em chorar pelo inimigo do que em encarar a dura realidade da própria situação.

— Pode ser uma surpresa para uma criatura emocionalmente atrofiada como você saber que os seres evoluídos são mais do que capazes de nutrir duas crenças contraditórias ao mesmo tempo. Meu *coração inútil e sentimental* pode sentir compaixão e desprezo por esses homens. — Ergo o queixo, em um gesto arrogante. — E, para deixar registrado, ter sido criada com ternura não é um defeito fatal.

— Só porque isso ainda não matou você, não significa que não o fará no futuro. — Ele suspira e balança a cabeça, exasperado. — Empatia no momento errado não lhe renderá favores neste mundo. Aliás, nenhum tipo de empatia. Seria prudente aprender a se blindar contra ela.

— Por quê? Para que eu fique parecida com você? Não, obrigada. — Enxugo minhas lágrimas com a manga. — Eu não esperaria que você entendesse os motivos por trás das minhas ações. Um homem como você não é movido por sentimentos, apenas por maquinações frias e calculistas.

— Não se esqueça da irritação — murmura ele incisivamente. — Ela tem dado trégua nos últimos dias. Na verdade, pode-se dizer que fiz um favor a esses soldados ao jogá-los naquele penhasco. Agora, eles estão livres para sempre da específica frustração causada pela sua companhia.

Dou um passo para trás, perplexa.

— Como você pode brincar com essas coisas? Você não tem consciência?

— Se você acha que sou um vilão insensível, por mim, tudo bem. — Ele dá de ombros, fazendo uma careta quando a flecha no seu ombro se move. — Não me importo muito com a sua opinião. Tenho apenas um objetivo: manter você viva até chegarmos ao outro lado das montanhas.

— E quando chegarmos lá? O que vai acontecer?

Nesse fronte, porém, não obtenho resposta. Ele já se afastou de mim, assobiando para o seu cavalo. O garanhão trota obedientemente das sombras, parece ileso, apesar da nossa travessia dramática pela ponte.

— Onyx — murmura Scythe com uma suavidade surpreendente, passando a mão ao longo do flanco reluzente do garanhão. — Meu valente e fiel companheiro.

Desvio o olhar, me recuso a vê-lo agir assim. Não quero saber que ele é capaz de ser gentil, de se conectar, mesmo que apenas com seu cavalo. É muito mais fácil imaginá-lo como um bruto irremediável, sem nuances de humanidade emergindo pelas arestas.

Scythe retira algo de um dos alforjes e, em seguida, caminha até uma pedra plana. Um gemido baixo de dor escapa da sua boca quando ele se senta.

— Venha aqui, garota.

Imóvel, cruzo os braços. Quando não obedeço à ordem, ele ergue os olhos.

— Não está me ouvindo? *Venha aqui.*

— Não sou seu cão perdigueiro.

— Hmm. Está mais para um terrier raivoso, sempre pronto para me atacar.

— Você acha que insultar alguém é o melhor jeito de pedir ajuda?

Um músculo da sua mandíbula se contrai enquanto ele tenta controlar o temperamento.

— Eu preciso...

Sei do que ele precisa, mas, neste momento, sou mesquinha o suficiente para esperar pelas palavras que ele reluta em dizer.

— *Sim?*

— A flecha. — Ele faz uma careta. — Não posso cavalgar assim.

— E?

— Não consigo tirá-la sozinho, como pode perceber. — Seu rosto se transforma em uma careta. — Eu... preciso da sua ajuda.

Pela sua expressão, admitir isso em voz alta é mais doloroso do que a flecha cravada em seu ombro. Meus lábios se curvam em um sorriso irônico.

— Você não estava agora mesmo me dando um sermão sobre os perigos da empatia pelo inimigo?

— Não sou seu inimigo.

Eu me sobressalto, surpresa com a convicção imperturbável em sua voz.

— Está bem. O que você é, então?

— Você vai me ajudar ou não? — retruca ele, evitando uma resposta direta. À luz do dia que se aproxima, seu rosto parece bastante abatido; a dor deve estar intensa. Decido não provocá-lo mais. Com um suspiro resignado, dou alguns passos hesitantes para a frente, minhas meias rangendo na terra coberta de neve.

É estranho. Eu o chamei de monstro. Eu o vi fazer coisas monstruosas. E, no entanto, ao diminuir a distância entre nós, não tenho medo de que ele me machuque. Em algum momento ao longo do caminho, deixei para trás minha desconfiança em relação a ele. Ainda não é confiança, exatamente — pois quem poderia confiar em um homem desses? —, e sim uma percepção relutante de que, apesar de seus métodos questionáveis, seja qual for o fim sombrio que me aguarda nas Terras do Norte... ele fará o que for preciso para me manter viva. Ao pensar nisso, encontro uma forma distorcida de consolo, tal como um porco, eu imagino, gordo e satisfeito sob os cuidados do mesmo fazendeiro que acabará por levá-lo ao abate.

Scythe segura uma adaga curta, com a ponta afiada e letal e o cabo gravado com glifos indecifráveis. Ela brilha sob a luz pálida do amanhecer.

— Tem certeza de que é sensato me dar uma arma? — pergunto, sustentando seu olhar. — Como já ficou evidente, não gosto muito de você.

— Acho engraçado você acreditar que é uma ameaça para mim. Mesmo com uma lâmina nas mãos.

— Se quiser minha ajuda, acho melhor parar de me insultar.

Sem dizer nada, ele estende a adaga em minha direção, com o cabo voltado para mim. Eu a pego sem comentar e, depois de uma certa hesitação, me inclino para examinar o ferimento. É o mais próximo que já estive dele. Cada expiração sua agita os cabelos finos nas minhas têmporas.

Minha boca fica seca enquanto uma mistura vertiginosa de apreensão e adrenalina percorre minhas veias. É a mesma sensação que tive no outono passado, quando me deparei com um jovem lince preso em uma das minhas armadilhas. Decidi libertá-lo, consciente de que, no momento em que conseguisse, ele poderia rasgar minha garganta como agradecimento.

No final, o lince apenas se afastou, mancando, para lamber as próprias feridas.

Scythe é muito menos previsível.

Embora eu concentre toda a minha atenção na ponta da flecha encharcada de sangue, é preciso esforço para ignorar os detalhes na minha visão periférica. A barba escura crescendo ao longo de uma mandíbula angulosa. O prateado reptiliano recobrindo o nariz. O cheiro de suor, cavalo e especiarias — o mesmo aroma inebriante que senti em sua túnica na piscina natural três dias atrás.

Isso foi há apenas três dias?

Parece uma eternidade.

— Você vai ter que serrar a flecha — instrui Scythe, o timbre baixo da sua voz vibrando no ar ao meu redor. — Mantenha as mãos firmes. Vá devagar. E tente não desmaiar. Vai sangrar muito e você vai ter que aplicar pressão.

— Com o quê?

— Sua mão vai servir.

— Minha mão *não* vai adiantar — digo, irritada. — Não a menos que você queira ver todo o seu sangue escorrer para a neve.

— Achei que isso a deixaria feliz.

Reviro os olhos em direção ao céu.

— Apesar do que você pensa de mim, não sou idiota. Sei que não sobreviveria muito tempo sozinha nestas montanhas, com avalanches, soldados inimigos e só os deuses sabem o que mais.

Não me esqueci do seu comentário sobre os gigantes de gelo. Tampouco posso ignorar o fato de que, mesmo que eu encontre o caminho para o sul, não tenho um lar para onde voltar, nenhum aliado à minha espera. Minha vida, para todos os efeitos, foi reduzida a cinzas junto com a Floresta Starlight. Não tenho escolha a não ser ajudar Scythe agora, na esperança de que, mais tarde, surja outra oportunidade de escapar.

Pigarreio.

— Sem a ponte, não tenho a menor ideia de como voltar para as Terras Médias. Então parece que estou presa aqui. Presa a você.

— Não precisa ficar tão feliz com isso.

A resposta morre na minha língua quando meus olhos encontram os dele. Estão ameaçadoramente perto. Pela primeira vez, vejo sua verdadeira cor — um bronze profundo, quase metálico, como brasas de uma fogueira quase apagada. Nas bordas de cada íris, listras mais claras de um dourado avermelhado criam um nítido contraste. O mais estranho de tudo é que suas pupilas não são perfeitamente redondas, mas ligeiramente alongadas de uma forma que não é... totalmente humana.

Esses olhos pertencem a um lobo, não a um homem, penso, desviando meu olhar do dele. Mesmo concentrada no chão, posso sentir o peso do seu olhar no meu rosto. Queima como ferro em brasa, como um contraste febril com o frio penetrante que pulsa no centro do meu peito.

Pelos deuses, será que a minha marca de nascença nunca vai parar de latejar?

— Você tem uma capa de reserva? — pergunto, com uma voz estranhamente grave. — Algo que eu possa usar para estancar o ferimento?

— Dê uma olhada nos alforjes. Deve ter alguma coisa.

Caminho em direção ao garanhão sem dizer mais nada, de repente muito ansiosa por um pouco de espaço para respirar. A criatura se agita um pouco quando começo a vasculhar os compartimentos de couro. Por estarem pouco abastecidos, não demoro muito para fazer um inventário do conteúdo: algumas maçãs passadas, duas barras de sabão bruto, um machado, um pedaço de corda enrolada. Nada de útil até que, finalmente, vejo um grande lenço de algodão enrolando alguns pães velhos. Não está muito limpo, mas, em uma emergência, deve servir.

Ao pegá-lo, meu olhar se volta para algo prateado no fundo da bolsa onde há um frasco fino com rolha de cortiça. Cheiro o conteúdo, franzindo o nariz quando os fortes vapores de álcool invadem meus sentidos. Uma bebida potente. Recoloco a rolha e levo o frasco até Scythe junto do lenço, a adaga e o pote de pomada que estou usando nos meus pulsos. Já está quase vazio agora.

Um lado de sua boca se contrai ao ver a bebida.

— Está precisando de um pouco de coragem líquida?

— Não exatamente. — Rasgo uma tira do lenço e a encharco com uma dose generosa. Antes que ele possa me questionar, pressiono o tecido saturado nas bordas do ferimento, onde a haste da flecha se projeta da sua pele.

— *Pelos deuses!* — Um sibilo de dor escapa dos seus lábios. — Você poderia ter me avisado.

— Arde, mas vai evitar infecção.

Há um silêncio profundo. E quando ele fala, sua voz contém um toque de surpresa.

— Ora, então você entende alguma coisa sobre tratamentos?

— O suficiente para alinhar um osso, preparar unguentos, fazer um chá para baixar a febre... — Meu olhar encontra o dele mais uma vez. — E o suficiente para remover essa flecha, se você parar de me distrair.

Suas sobrancelhas estão tão erguidas que desapareceram sob a borda do elmo. Não tenho certeza se devo me sentir lisonjeada ou ofendida pela sua surpresa ao descobrir que não sou totalmente desprovida de habilidades. Não que isso importe. Não me importo com o que ele pensa de mim.

A adaga é leve. Ela se encaixa bem na palma da minha mão, não muito diferente da que eu usava em casa para cuidar do jardim que Eli e eu plantamos ao lado do nosso chalé muitas estações atrás. Desde que eu tinha idade suficiente para memorizar nomes, meu mentor me ensinou sobre as diferentes plantas e sua ampla gama de propriedades curativas. Consigo diferenciar solidago de erva-de-são-tiago em uma floresta densa, distinguir matricária de camomila sob um dossel de galhos, discernir erva-férrea de urtiga em um campo de flores silvestres. Sei quais cogumelos farão a pessoa ver demônios, quais serão particularmente saborosos em um ensopado e quais farão o seu coração parar de bater. Essa é uma das habilidades que me mantiveram viva durante todas aquelas semanas sozinha na floresta.

Gostaria de ter acesso a algumas dessas ervas agora, mas basta um rápido olhar ao nosso redor para perceber que este é um lugar inóspito e estéril. As únicas coisas que crescem com frequência são os montes de neve e gelo que pesam sobre os galhos das árvores.

Eu suspiro.

Sem ervas. Sem água fervente. Sem ataduras limpas. Sem infusão de carvalho para amenizar a dor. Sem um conselho tranquilizador de Eli. Se estivesse aqui, ele me fitaria com aqueles olhos firmes e sussurraria palavras de sabedoria ao meu ouvido.

Respire, Rhya. Você tem as habilidades necessárias; não permita que o nervosismo a domine.

Respiro fundo e coloco a mão no ombro de Scythe para mantê-lo firme. Seus músculos são duros como granito sob a ponta dos meus dedos.

— Isso vai doer — aviso inutilmente. Sei, sem nem perguntar, que esse homem já resistiu a coisas piores na vida do que uma flecha no ombro.

— Só acabe logo com isso — retruca ele, com os dentes cerrados.

Serro a haste o mais rápido que posso, fazendo o possível para que ela não se mova. Por sorte, a adaga é bem afiada; depois de apenas alguns movimentos rápidos para a frente e para trás, a ponta da flecha cai no chão, deixando para trás uma extremidade arredondada de madeira que se projeta do seu peito.

— Quase lá — murmuro.

Movendo-me para trás da Scythe, agarro a extremidade posterior da haste. As penas vermelhas e pretas fazem cócegas na minha palma. Apoiando a outra mão na borda do ferimento, mordo o lábio inferior.

— Pronto? — pergunto.

Ele grunhe.

Tomando isso como uma confirmação, arranco a flecha em um único puxão. Deve ter doído, mas Scythe quase não se mexe. Exceto por uma inspiração profunda, ele não esboça qualquer reação. Deixando a haste cair na terra, pressiono o ferimento com uma nova tira do lenço. Quando ele está encharcado de sangue, jogo o pano de lado e o troco por um limpo. O sangramento é considerável, mas não o suficiente para colocar sua vida em perigo. Fico aliviada quando, depois de alguns instantes, o sangue se reduz a algumas gotas.

Cubro o buraco com o que resta da pomada cicatrizante e enfaixo o seu ombro da melhor maneira possível, passando uma tira de tecido abaixo da clavícula e dando um nó apertado para que não se desloque quando ele se mexer. Ele é um paciente exemplar, mantendo-se perfeitamente imóvel. Acho que ele nem está respirando enquanto os meus dedos deslizam pelo seu ombro para esticar o tecido. Por outro lado, parece que estou respirando rápido o suficiente por nós dois.

Eu me esforço para manter a mente lúcida, confiando na memória muscular para concluir a tarefa. *Ele não é ninguém importante*, digo a mim mesma enquanto me aproximo, meu nariz quase roçando seu pescoço, meu pulso rugindo em meus ouvidos. *Apenas mais um paciente que precisa de cuidados. Você faria o mesmo por qualquer aldeão doente de Seahaven que procurasse Eli para receber tratamento.*

— Você não vai conseguir usar o braço por alguns dias — digo diante da parte de trás do seu elmo quando termino. O metal é cinza-escuro sob a luz fraca.

— Eu me curo rápido. — É tudo o que ele diz em resposta.

Afastando-me, ajoelho para limpar as mãos na neve. O sangue tinge o montinho branco de vermelho-vivo. Quando me ergo, encontro Scythe de pé com a mão estendida em minha direção.

— A adaga.

Droga. Achei que ele não tinha percebido que a escondi no bolso do vestido. Ergo o queixo em desafio.

— Vou ficar com ela.

— Não.

— Sim — rebato, sabendo muito bem que ele pode facilmente tirá-la de mim, mesmo com um braço incapacitado. — Considere como pagamento pela minha ajuda.

Ele me encara por um instante, depois suspira e se vira, como se decidisse que não vale a pena discutir.

— É melhor irmos andando. O sol não atravessa a névoa da montanha muito depois do meio-dia. Vai escurecer novamente em algumas horas e ainda temos um longo caminho pela frente.

Eu o sigo até o cavalo. Apesar de todo o esforço para esconder minha surpresa, tenho certeza de que ele percebe a expressão de espanto no meu rosto quando, em vez de me jogar sobre o lombo do cavalo, ele envolve a minha cintura com o braço ileso e me impulsiona para cima da sela. Os arreios não foram projetados para um cavaleiro de vestido, mas eu me posiciono da melhor maneira possível, com as pernas para um dos lados e as mãos no cepilho.

Antes que eu possa questionar a mudança repentina na minha posição de montaria, Scythe surge atrás de mim. Seu peito pressiona minhas costas. Suas mãos pendem ao lado dos meus quadris, cercando meu corpo.

Inspiro fundo.

Talvez fosse melhor viajar amarrada na garupa como uma carga, afinal de contas.

— Pegue as rédeas — ordena ele, sua respiração quente na minha nuca. — Onyx sabe o caminho.

Deixando para trás a ponte caída, cavalgo em direção às montanhas envoltas em névoa com as rédeas na mão, o inimigo às minhas costas e o coração comprimindo minha garganta.

OITO

O caminho é íngreme; um estreito zigue-zague de pedra congelada, quase vertical. Uma espessa camada de nuvens se agarra às montanhas, como colônia no pescoço de uma cortesã. Ao subirmos, não consigo enxergar mais do que dez passos à frente. Embora qualquer vista seja melhor do que ficar de cabeça para baixo.

Seguro as rédeas, mas não conduzo, pois Scythe não exagerou: Onix de fato conhece o caminho. Seus cascos nunca hesitam enquanto ele trota ao redor de pedras e galhos de árvores caídos, sobre bancos de neve e camadas de gelo, em uma constante marcha subindo o morro. Bem abaixo, a ravina é uma presença constante, ficando ainda mais profunda à medida que subimos. Ela se estende por toda a cordilheira, um veio escuro que demarca a fronteira entre a civilização e a barbárie.

As Terras do Norte.

De todos os lugares para onde pensei que minha jornada me levaria, jamais imaginei que acabaria aqui. Não neste inferno. Tão bem quanto sei meu próprio nome, tenho certeza de que encontrarei meu fim nestas montanhas. Suponho que seja um lugar tão bom quanto outro qualquer para morrer. Se meus ossos forem deixados para apodrecer sob o sol frio das Cimérias por toda a eternidade… ao menos não resta mais ninguém para chorar por mim.

O ar é rarefeito nos meus pulmões, e cada respiração é contaminada pelo cheiro de erva-fantasma. Minha respiração é superficial e tento não tremer quando o vento açoita meu rosto. Sentindo meus tremores maldisfarçados, Scythe pressiona o corpo contra as minhas costas e ajusta a capa ao redor de nós. Consigo sentir os músculos rígidos do seu peito mesmo através do tecido do meu vestido, tão quente que é como se eu estivesse encostada na parede de uma fornalha. As tiras de couro da sua bandoleira são um lembrete do perigo que nos persegue pela montanha.

— Estou b-b-bem — digo, batendo os dentes.

— Você é teimosa, isso, sim. — Quase posso ver sua expressão irritada pelo tom da sua voz. — Prefere morrer de frio a admitir fraqueza.

— Sinceramente, de todas as maneiras que p-p-pensei que fosse morrer n-n-nos últimos dias, congelar até a m-m-morte parece quase agradável.

Ele não se digna a responder meu comentário sarcástico. E interrompo meus protestos, pois, embora me doa admitir, a viagem é indiscutivelmente mais tolerável assim. Pressionada contra o peito de Scythe como estou, um calor lento começa a irradiar pelo meu corpo, começando na coluna e se espalhando, até que eu consiga voltar a mexer meus dedos congelados. Depois de alguns instantes, meus calafrios diminuem e, enfim, cessam por completo.

Por um tempo, seguimos em silêncio, o cavalo trilhando um caminho cuidadoso na encosta escorregadia. Perguntas me atormentam, E digo a mim mesma para não expressá-las em voz alta, mas por fim sou vencida pela minha curiosidade implacável.

— Você já fez esse trajeto muitas vezes?

— O suficiente para conhecer o caminho. — Sucinto como sempre.

— O que significa que você é… o quê, exatamente? Um espião, enviado às Terras Médias por algum rei do norte planejando uma invasão?

— Não sei por que de repente você se acha no direito de perguntar.

— Ah, lógico. — Abaixo o tom para imitar sua voz grave. — *Prisioneiros não têm direito a informações.*

Ele ignora o comentário.

Solto um longo suspiro.

— Que diferença faz me contar alguns detalhes insignificantes? Vou acabar descobrindo a quem dedica sua lealdade assim que chegarmos ao destino. Vou saber quem é o soberano cujas botas você lambe quando você me jogar aos pés dele.

Ainda assim, Scythe permanece em um silêncio teimoso.

Pelos deuses, que homem insuportável.

Com uma das mãos, aperto as rédeas, desejando poder controlar meu temperamento com a mesma facilidade. Com a outra, toco a lâmina fina enterrada no bolso do vestido. Para o bem de ambos, espero que não falte muito para o fim da jornada. Se passarmos mais tempo voando no pescoço um do outro, um deles acabará aberto.

VÁRIAS HORAS DEPOIS, fico muito aliviada quando o caminho sinuoso se afasta do cume e entra em um vale entre dois picos adjacentes. À medida que a subida interminável se torna plana, reúno forças para abrir os olhos. Minhas pálpebras estão rígidas. O restante do meu corpo está dormente há muito tempo. Uma garota esculpida em gelo, gelada até os ossos. Nem mesmo o calor semelhante ao de uma fornalha emanada por meu captor é suficiente para afastar o frio implacável desta altitude.

Em algum momento durante a subida, minha teimosia perdeu a batalha contra o ar ártico. Agora, estou totalmente apoiada em Scythe, tanto para me aquecer quanto para não escorregar no desnível traiçoeiro da sela. O corpo dele é tão quente que chega a ser irritante. Mais quente do que ele tem o direito de estar, para ser honesta, quando estou prestes a congelar. A indignidade disso — *precisar dele* — me contamina como veneno. Forçando meus membros congelados a se moverem, agarro o cepilho e me endireito na sela para abrir um pouco de distância entre nós.

O arrependimento me atinge na mesma hora. Longe do calor do seu corpo, sinto o ar gelado me morder com dentes famintos. Faço o possível para conter os calafrios que assolam meu corpo, mas é um esforço inútil. Até meus ossos estão tremendo.

Se Scythe percebe o meu reposicionamento repentino, não comenta. Como isso exigiria que ele se dignasse a falar comigo, não posso dizer que estou muito surpresa com esse fato.

No alto, um fraco sol de inverno brilha, dissipando a espessa névoa da montanha à medida que se eleva no céu. Feixes de luz refletem nos picos, um branco ofuscante. Estreito os olhos, tentando distinguir o que nos rodeia. Diante de nós há uma extensão de neve que parece infinita. Com exceção de algumas árvores verdes, a paisagem tem apenas uma cor. O vento agita os montes de neve em vórtices que dançam pela superfície do vale.

Onyx para de repente, sua cota de malha tilintando. Atrás de mim, Scythe se inclina na sela, grunhindo baixinho de desconforto ao levantar o braço ferido. Com os dedos nos lábios, ele solta um assobio agudo, semelhante ao de um pássaro.

O som em si não deveria me surpreender; já o ouvi antes, lá na ponte. No entanto, na caótica sequência do ataque, de alguma maneira me esqueci de perguntar o que significava. Também não perguntei quem, exatamente, enviou o assobio de resposta que ecoou em nossa direção do outro lado do cânion.

Não que ele vá me dizer.

Dessa vez, quando chega, o assobio de resposta soa muito mais próximo. Quem quer que esteja nos esperando não está muito longe. Não posso deixar de me perguntar onde estavam quando fomos atacados. Com um estalo da língua, meu captor instiga Onyx a acelerar o passo. Fico grata por minhas mãos já estarem agarradas ao cepilho; é tudo o que posso fazer para me segurar enquanto o garanhão galopa em meio a uma trovoada de cascos, levantando uma nuvem de neve ao redor.

O ritmo frenético não diminui até chegarmos ao outro lado do vale. Lá, a infinita imensidão branca é quebrada por uma formação de rochas caídas, resultado de alguma avalanche de muito tempo atrás. Ao nos aproximarmos, vejo uma fenda escura entre as pedras. É a entrada de uma caverna alta o suficiente para nem precisarmos desmontar enquanto Onyx nos leva para baixo do dossel rochoso. Prendo a respiração quando passamos debaixo de estalactites de gelo do tamanho das minhas pernas, suas pontas em formato de lança prometem uma morte instantânea caso se soltem no momento errado.

Minha visão tem dificuldade de se ajustar à súbita transição entre o branco ofuscante e o breu total, conforme as paredes de terra nos cercam por todos os lados. O espaço é sinistro, mas amplo. Imensas sombras se projetam por todos os lados. As batidas, agora lentas, dos cascos de Onyx reverberam até desaparecerem nas profundezas subterrâneas. Estou tão grata por estar protegida do vento que não noto a figura que se aproxima para nos cumprimentar, até que uma voz se destaca na escuridão.

— *Ei!*

Eu me assusto com o som inesperado e quase me desequilibro da sela. Scythe me segura no mesmo instante, com uma mão firme na lateral do meu corpo. Seu toque não demora nem um segundo a mais do que o estritamente necessário.

— Já era hora de você aparecer — diz a mesma voz irônica, dando um passo à frente quando Onyx para. — Fiquei esperando o dia todo. Minhas bolas estão quase congeladas.

— Os sinos dos bordéis de toda a região vão tocar, celebrando a notícia — responde Scythe na mesma hora.

O homem ri. É um som estrondoso que preenche a caverna, ricocheteando nas paredes em um coro. Meus olhos, que aos poucos se ajustam à escuridão, se arregalam de surpresa. Até este momento, eu não sabia que o meu captor tinha senso de humor. Permaneço imóvel, atônita com a revelação, enquanto ele desce da sela com agilidade. Os homens se abraçam com uma familiaridade que revela uma longa amizade.

— O que você está fazendo aqui, Jac? Da última vez que eu te vi, você estava bêbado em uma taberna em Coldcross, recém-saído da sua última campanha. Você dizia a quem quisesse ouvir que não queria mais a vida de soldado e que planejava se casar com uma mulher chamada Beatrice.

— Se eu dissesse que me lembro dessa conversa, estaria mentindo, levando em consideração a quantidade de cerveja que bebi naquela noite. — O estranho faz uma pausa. — Acontece que a Beatrice não era tão bonita à luz do dia. Eu me alistei de novo assim que fiquei sóbrio. Achei que era melhor encarar outra campanha do que ficar de braços cruzados esperando você voltar para casa cheio de ordens. Mas se eu soubesse que Yale ia me colocar na Divisão das Cimérias, talvez tivesse ficado com a Beatrice, com monocelha e tudo. Melhor do que dez meses patrulhando desfiladeiros nas montanhas e afugentando malditos demônios do gelo, rezando para que a minha virilidade não congele.

— Talvez seja melhor assim, se pensar na situação da sua vida amorosa.

— Ah, aí está a sensibilidade de que tanto senti falta — retruca Jac, com uma risada de desdém. — De qualquer forma, graças à minha gloriosa nova posição, eu estava por perto quando um dos meus batedores ouviu o sinal na passagem. Achei que poderia ser você.

— Achou certo.

— Você só deveria voltar daqui a dois meses. Aconteceu alguma coisa?

Scythe grunhe.

— Pode-se dizer que sim.

— Vejo que trouxe excesso de bagagem.

Os dois homens se viram para me olhar. Mesmo à luz fraca, consigo distinguir expressões idênticas de contemplação solene.

— Então é ela? — pergunta Jac. Scythe solta outro grunhido, mas ele continua: — Só pode ser, para você decidir retornar antes do previsto. Não é do seu feitio mudar de plano.

— Não tive escolha — admite Scythe, em voz baixa. — Tirá-la de lá foi... complicado.

Jac resmunga um palavrão.

— Mas então seu disfarce foi descoberto?

— Supondo que os generais de Eastwood já estejam cientes de que um dos seus comandantes eliminou um pelotão inteiro, eu diria que sim.

— Você nunca foi de sutilezas. — Jac dá uma cotovelada em Scythe, acertando seu ferimento. A única indicação de dor é uma inspiração profunda, mas ela não passa despercebida. — Você está ferido.

— Estou bem.

— A bandagem ensanguentada diz o contrário.

— Não é nada. A flecha me acertou no ombro. Já estou quase curado.

— Foi cortesia das tropas de Eld? — pergunta Jac. Sua indagação é respondida com um longo silêncio. Nesse meio-tempo, ele parece ler as respostas não ditas, pois sua voz assume um tom de incredulidade atônita. — Foram os homens de Efnysien?

Efnysien?

O nome estranho atiça a minha mente, de um jeito familiar, embora eu tenha certeza de que nunca o ouvi. Será que é o mesmo homem a quem Scythe se referiu mais cedo? O misterioso "ele" que não vai parar até que sejamos capturados?

Scythe grunhe uma confirmação.

— Tão ao norte? — A boca de Jac se abre. — O que diabos eles estão fazendo por estas bandas?

Mais uma vez, Scythe não diz nada, mas seu olhar parece se fixar em mim. No escuro, seus olhos brilham como brasas.

— *Ela?*

Se eu tivesse alguma noção real do que eles estão falando, talvez me sentisse ofendida com a descrença absoluta que permeia o tom de Jac. Mas, na condição atual, só consigo olhar de volta para Scythe, presa no seu olhar de fogo sombrio. Perguntas fervilham em minha cabeça, sem controle.

Eu?

Por que alguém estaria procurando por mim?

Não sou ninguém.

— Vamos conversar sobre isso mais tarde — diz Scythe ao companheiro.

Lógico. Ele nunca discutiria nada importante na frente de uma prisioneira insignificante. Quase reviro os olhos diante da previsibilidade. Mas, em vez disso, forço o meu olhar a se desvencilhar do dele e desmonto com um baque que estremece meus ossos. O solo está congelado. Mesmo aqui, no abrigo da caverna, cada respiração cria uma névoa em frente ao meu rosto.

Quando me viro para encarar os homens, ambos estão me observando atentamente — Scythe com sua típica máscara indecifrável, Jac com um sorriso largo de boas-vindas tão inesperado que me faz cambalear um passo para trás. Minhas omoplatas batem em Onyx, que relincha baixinho em resposta.

O recém-chegado observa minha reação, as sobrancelhas erguidas em seu belo rosto. Ele usa roupas simples, mas bem-feitas, projetadas para se misturar com a neve, o tecido cinza espesso com um colete de couro por cima e botas reforçadas que vão até o joelho. Uma pele de lobo reveste a gola de sua capa. Sem estandartes ou insígnias que declarem sua lealdade, nem cores de reinos facilmente identificáveis. Seja ele quem for, qualquer que seja sua função, ele age de forma furtiva.

Há duas bainhas atadas às suas costas, uma contendo uma espada, a outra um machado de duplo corte com um cabo de madeira ornamentado e lâminas extremamente afiadas. Ele tem cabelo louro-escuro quase na altura dos ombros e um corpo esguio e atlético que o faz parecer mais jovem do que seus vinte e tantos anos. Suas orelhas são arredondadas... Orelhas de um humano, não de um halfling.

— Você espera que eu acredite — começa ele, com a cabeça inclinada para o lado enquanto me examina, um leve sorriso ainda brincando nos lábios — que essa criatura desmilinguida é a resposta para nossas preces?

Mais perguntas surgem, enchendo minha mente já confusa.

Eu?

Uma resposta às preces?

Absurdo.

— Jac — adverte Scythe.

— Se eu sou a resposta para suas preces, talvez estejam rezando para os deuses errados. — Luto para manter minha voz calma. — Garanto que não sou... quem quer que vocês pensem que eu sou.

— Não? — pergunta Jac, com o sorriso se alargando ainda mais.

Balanço a cabeça.

— Quem é você, então?

— Ninguém importante — digo prontamente. — Apenas uma garota comum de uma casa comu...

— Ela tem uma marca Remanescente. — O comentário direto de Scythe atravessa a caverna como... uma foice, tal qual seu nome sugere.

Minha boca se fecha.

Remanescente?

Nunca ouvi esse termo antes. Mas, ao que parece, Jac, sim. Sua cabeça gira para examinar o amigo, o ar descontraído desaparece de imediato.

— Tem certeza?

— Eu teria arriscado a minha posição com os homens do Eld se não fosse?

— Você tem certeza — murmura Jac.

— O capitão de Eastwood que a capturou disse que um dos seus homens quase perdeu a mão quando ele tentou... — as mãos de Scythe se fecham em punhos — ... tentou tocá-la.

— Pelos deuses. — Jac olha para mim novamente. — *Ninguém importante*, uma ova.

— Olha só — interrompo, tentando soar conciliadora.

Na verdade, estou começando a entrar em pânico. Já é ruim o suficiente ser uma prisioneira, e nas Terras do Norte ainda por cima, à mercê do homem mais assustador que já vi na vida e de seu compatriota um pouco menos assustador, mas ainda assim preocupante. Ouvir esses homens falando a meu respeito, como se eu fosse uma espécie de criatura estranha e mítica prestes a ser colocada em um zoológico contra minha vontade — ou pior, empalhada e pendurada em uma parede —, é mais do que consigo suportar.

— Seja lá o que vocês acham que sabem sobre mim, quem quer que vocês pensem que eu sou... Estão redondamente enganados. *Remanescente?* Eu nem sei o que é isso. E, com certeza, não tenho uma marca dessas. — Dou risada, mas o som está carregado de pânico. — Vocês estão loucos se me arrastaram até aqui por causa de uma simples marca de nascença...

Os homens trocam olhares.

— *Simples marca de nascença* — murmura Scythe. — Pelos deuses.

— Será que ela realmente não sabe? — Jac parece perplexo.

— Os reinos das Terras Médias foram forjados com sangue e ignorância. — Scythe dá de ombros. — É possível que ela tenha vivido tão protegida que nunca tenha tido a oportunidade de usá-la até agora.

Jac franze as sobrancelhas, pensativo.

— Talvez alguém a tenha protegido de propósito. Para mantê-la segura. Sem ser identificada. São tempos sombrios para uma halfling, especialmente com um desequilibrado como Eld no trono.

Os dois me encaram de novo. Por impulso, levanto a mão e a pouso sobre o meu corpete, onde o triângulo de espirais está gravado entre os meus seios. A marca começa a formigar, ferroadas geladas na pele. Como se soubesse que eles estão falando dela. Como se de fato tivesse alguma habilidade adormecida.

A ideia me deixa inquieta. Meus dedos pressionam com mais força, desejando acalmar a dor gélida. Não permitindo ser acalmada, a marca parece pressionar de volta, empurrando para cima, a superfície um pouco elevada pulsando com a energia inquietante que passei a vida inteira tentando ignorar. Algo mais profundo do que o frio. Algo mais antigo. Algo... vivo.

Desperta, ela parece sussurrar. *Finalmente desperta.*

Estremeço, apreensiva. Não gosto muito da ideia de que há algo senciente à espreita, sob minha pele. Meu corpo é invadido por algo que não consigo controlar.

Durante toda a minha vida, a marca tem sido uma fonte secreta de vergonha. Algo que nunca deveria ser discutido abertamente. Nem mesmo com Eli. Algumas das minhas primeiras lembranças são do meu mentor, com olhos tão sérios quanto o tom de voz, instruindo que eu a mantivesse coberta o tempo todo. Sem exceções.

Por que é tão perigoso se eles a virem?, perguntei a ele uma vez, quando tinha oito anos e tudo o que mais queria era ir nadar com as outras crianças do vilarejo. Já era raro o suficiente elas me convidarem para brincar, afinal eu era a pirralha halfling sem amigos; não fazia sentido não aceitar tal oferta. E, no entanto, ele balançou a cabeça, uma negativa inequívoca.

Não houve meios de impedir a cachoeira de lágrimas. *Sou amaldiçoada, Eli? Sou... má?*

Não, Rhya. Não é má. Apenas... diferente, ele explicou daquele jeito sério. *A humanidade teme o desconhecido, acima de tudo. Você deve sempre se lembrar: as coisas que a tornam única são as primeiras armas que eles usarão contra você. É melhor não dar a eles essa vantagem. É melhor não chamar a atenção, sempre que puder. Você não pode esconder suas orelhas, mas deve esconder sua marca de nascença. Entendido?*

Assenti. Mas, na verdade, eu não havia entendido naquele dia, sentada sob a minha árvore favorita na margem do rio, observando as crianças humanas jogando água e brincando nas ondas, suas risadas um doloroso lembrete da minha solidão.

Agora eu entendo.

Ser diferente é perigoso.

Pela maneira como Jac e Scythe olham para mim... sinto como se estivesse prestes a ser estripada, minhas entranhas examinadas em busca de alguma prova de mutação. Quero refutar tudo o que eles estão dizendo, insistir que sou exatamente como Eli sempre me garantiu que eu era: uma garota normal, apesar de todas as evidências contrárias. Mas, parada ali, minha mente volta ao Abismo Vermelho, para o momento em que fui capturada.

O soldado rasga meu vestido... Está prestes a me tocar com más intenções... Então eu sinto — uma rajada de poder se libertando. Uma serpente de autodefesa, emergindo das profundezas, atacando antes que eu possa ser ferida...

Não foi algo sob meu controle, não foi algo que invoquei. Foi instintivo. Inerente. Natural como respirar. Inconsciente como piscar.

Algo desperto.

Algo *vivo.*

Desejo, com uma saudade sufocante, poder conversar com Eli sobre tudo isso. Ele saberia exatamente o que dizer. Entraria em ação, examinando textos antigos da sua coleção até encontrar alguma referência ao termo *Remanescente*, alguma confirmação dessas estranhas alegações...

Só então percebo que os olhares de Scythe e Jac estão fixos na minha mão que pressiona o corpete, como se, com concentração suficiente, fossem capazes de enxergar o estranho símbolo através do tecido. Rapidamente, movo o braço de volta para a lateral do corpo.

— Ela não é de Eastwood.

Eu me sobressalto com a avaliação direta de Scythe.

— Não? — pergunta Jac, arqueando as sobrancelhas. — Eu pensei...

— Eu a encontrei lá. Mas olhe as roupas. O tecido é fino, feito para climas mais quentes.

Os olhos de Jac me examinam da cabeça aos pés. Ciente do meu estado desgrenhado e sujo, faço o possível para evitar que meus ombros se encolham de vergonha.

— Você tem razão — concorda ele, balançando a cabeça. — Ela não está usando aquela moda horrorosa de gola alta que adotaram por lá nos últimos anos.

— Quem é você, garota? — indaga Scythe, sem rodeios, ignorando o amigo. Ele formula como uma pergunta, mas seu tom inflexível me informa que não tenho escolha a não ser responder.

Meu queixo se ergue ainda mais.

— Eu já disse. Não sou ninguém. Você cometeu um erro ao me trazer aqui.

— De onde você é?

— Das Terras Médias.

— As Terras Médias são vastas — comenta ele, com os olhos brilhando. — Seja mais específica.

Cerro os dentes. Não quero contar nada. Muito menos de onde venho. Ou das pessoas em minha vida. Eli pode ter retornado aos céus, mas não vou trair sua memória contando um único detalhe sobre ele a um inimigo desconhecido. Não colocarei Seahaven, ou o que quer que tenha restado dela após a invasão, na mira de mais caçadores.

— Minha paciência está se esgotando — informa Scythe.

— Westlake — minto, escolhendo o extenso reino florestal ao sul de Seahaven, vizinho ao território do rei Eld. Nunca estive lá, só o vi em mapas. Procuro na mente o nome de uma cidade aleatória, tentando vasculhar na memória as palavras gravadas em um pergaminho desbotado. Com o tempo se esgotando, eu disparo: — Um vilarejo perto de Narbeth.

Scythe olha para mim e repete:

— Narbeth.

— Sim. É uma cidade de comércio na fronteira de Westlake e Eastwood — acrescento. Ou, pelo menos, eu *acho* que é.

— E como uma garota de Narbeth acaba nas mãos de alguém como Burrows?

Minha mente se apressa em conjurar detalhes que possam dar corpo a minhas invenções simplórias. Não sou uma boa mentirosa. Decido tecer os fios de uma história que já conheço, uma que ouvi em primeira mão de uma garota refugiada que Eli e eu tratamos na última primavera. Sua família havia chegado a Seahaven doente e faminta, como tantas outras que fugiram das Terras Médias, buscando desesperadamente um alívio da guerra, da peste e da fome.

Fizemos tudo que podíamos... mas há moléstias que nem os melhores remédios são capazes de reverter. Poucos dias depois da sua chegada, a menina morreu nos meus braços, seus pulmões frágeis cheios de líquido. Seus pais logo seguiram o mesmo caminho, um depois do outro. Queimamos os três juntos em uma pira de madeira na praia, e depois jogamos as cinzas no mar.

Onde quer que a garota esteja agora, espero que ela não se importe que eu pegue emprestados alguns detalhes da sua história.

— Meu pai é fazendeiro. Minha mãe faz sabonetes e bálsamos para vender no mercado uma vez por mês, fica a meio dia de viagem da fazenda, na nossa carroça. — Engulo em seco, tentando parecer que não estou mentindo descaradamente. — Minha mãe adoeceu há duas semanas, então fui ao mercado sozinha para vender os produtos. Precisávamos do dinheiro e, no passado, sempre foi seguro. Achei que valia a pena o risco. Mesmo as pessoas que não aprovam que halflings façam negócios são, no mínimo, tolerantes, desde que a gente não cause problemas e mantenha a cabeça baixa. Mas dessa vez... a situação foi diferente.

Scythe espera, impassível.

Finjo medo em minha voz.

— Havia soldados lá, soldados de Eld, espalhados pelo mercado. E sacerdotes do Massacre, pregando sobre os perigos da miscigenação, alertando sobre as consequências para quem fosse pego abrigando halflings. Eles devem ter me visto. Ou talvez alguém tenha me denunciado. Não sei. Tudo o que sei é que, quando tentei fugir, os guardas me perseguiram. Minha carroça tombou. Meu cavalo fugiu. Corri por três dias, tentando voltar para casa. Mas não consegui. Fui capturada por Burrows e seus homens. — Faço uma pausa. — Você... bom, você sabe o resto.

Faz-se um longo silêncio.

Espero que as minhas mentiras sejam convincentes. Mantenho o rosto neutro e os olhos bem abertos, tentando parecer inocente e confiável.

— Uma fazendeira — diz Scythe, por fim, com os olhos me examinando de cima a baixo. — De Narbeth.

Engulo em seco mais uma vez.

— Exatamente.

Ele dá um passo brusco para a frente, diminuindo um pouco a distância entre nós, e sinto o coração disparar. Ele já é perigoso o suficiente a cinco passos; a quatro, ele é letal. Acabo pressionada contra o flanco de Onyx, desejando ter mais espaço para recuar, para ir até algum lugar bem longe daqueles olhos ardentes como brasa, cravados em meu rosto com intensidade implacável.

— Em primeiro lugar — murmura ele, a voz suave como uma lâmina deslizando entre uma costela e outra —, fazendeiras não usam expressões como "redondamente enganados" ou "maquinações frias e calculistas" ou "emocionalmente atrofiada". E, com certeza, elas não fazem sermões sobre moralidade depois de testemunharem um massacre. Não quando sua rotina é abater animais.

Minha irritação aflora.

— Imagino que você já tenha conhecido muitas fazendeiras...

— O suficiente para saber que você não é uma. Da próxima vez que fingir que passa os dias fabricando sabão com sebo e soda cáustica, certifique-se de que tenha os calos necessários. Você tem mãos de uma curandeira, não de uma lavadeira.

Sinto meu corpo enrijecer.

— Isso não é...

— Em segundo lugar. — Ele dá mais um passo, aproximando-se tanto que quase posso sentir o calor que irradia do seu corpo. Tão perto que minha respiração falha e minha garganta se fecha, como se uma corda invisível apertasse meu pescoço. — Narbeth não é uma cidade fronteiriça. Sequer fica perto de Eastwood, ou da floresta onde você foi encontrada.

Fecho os olhos com a informação. *Talvez a garota tenha dito Naxton, não Narbeth...*

— E, por fim — prossegue Scythe, dando um último passo, desferindo o golpe fatal quando seu corpo para bem diante do meu —, você já estava fugindo havia algum tempo quando Burrows e seus homens a encontraram. Não foram três dias. Um mês inteiro, eu diria, a julgar pelo estado do seu vestido.

— Burrows não me recebeu exatamente com banho quente e luxo. — A raiva ferve dentro de mim. — Como ele planejava me executar, minha aparência não fazia muita diferença.

— Não estou falando do fedor. Você está pele e osso. Esse vestido está largo, não serve para o corpo que está por baixo dele.

— Os tempos são difíceis — respondo com altivez, agarrando-me às minhas mentiras que esfarelam cada vez mais.

— Sem sapatos, sem uma capa adequada. — Seus olhos percorrem meu corpo. — Você fugiu, e correndo. Sem aviso.

Cerro os dentes para me manter em silêncio.

— Do que você estava fugindo?

Lembranças daquela noite terrível — tochas e chamas, a Floresta Starlight em chamas. O padeiro, o sapateiro, o alfaiate, todos incinerados dentro das suas oficinas antes que pudessem fugir. Meu prado favorito reduzido a cinzas. Crianças chamando por mães que não conseguiram salvá-las, seus apelos cortando o céu coberto de fumaça.

Mordo a língua para manter as lembranças guardadas dentro de mim.

— Você vai me contar. — É uma afirmação. Uma promessa. Suas palavras são tão inabaláveis quanto o seu olhar. — Hoje, amanhã. Talvez daqui a uma semana. Você vai me contar a sua história, garota. Tudo.

— Não vou te contar nada — sibilo.

Atrás de nós, Jac ri baixinho.

Scythe permanece sério.

— Teimosa. Tão teimosa. Não é de admirar que você tenha conseguido escapar deles por tanto tempo. — Ele meneia a cabeça, a frustração estampada no rosto. — Um contingente treinado de soldados, alguns dos melhores homens do rei Eld. Pelos deuses.

Se eu já não o conhecesse um pouco, juraria que há uma pitada de respeito relutante enterrada em algum lugar sob toda a exasperação.

— Você foi treinada — diz ele, com convicção. — Alguém te ensinou como sobreviver. Como se mover pela floresta em silêncio, como se manter viva em meio às adversidades. — Ele faz uma pausa. — Isso sem falar que sabe como estancar o sangramento causado por uma flecha e como tratar um ferimento com rapidez e eficiência.

Fico em silêncio, concentrada em não parar de respirar. Uma façanha e tanto, dada a proximidade de Scythe.

— Você não é uma halfling comum, mesmo sem a marca Remanescente. E com certeza não é a filha de um fazendeiro de Westlake. Então vou perguntar pela última vez... — Scythe se inclina um pouco mais para perto e o mundo ao nosso redor parece parar, o vento uivante na entrada da caverna cessa de repente, deixando para trás um silêncio penetrante. — Quem diabos é você?

NOVE

A parte de trás da caverna se estreita em uma passagem com teto baixo que leva às profundezas da montanha. Caminhamos em silêncio, Jac na frente, eu no meio e Scythe logo atrás. Dois cavalos seguem na retaguarda; primeiro Onyx, depois a montaria de Jac, uma égua tordilha apatacada que eu não tinha visto escondida nas entranhas da caverna durante o tenso embate com Scythe.

Não respondi a suas perguntas, não contei a ele quem eu sou ou de onde venho, permanecendo em um silêncio teimoso, mesmo diante da sua crescente irritação. Por fim, ele pareceu decidir que não valia a pena o esforço, afastando-se com repulsa e gritando que era hora de partir.

Jac me lançou uma piscadela travessa antes de assobiar para sua égua e nos levar até a passagem.

Não quero gostar dele, mas há algo inegavelmente cativante no seu jeito descontraído, ainda mais em contraste com a hostilidade latente de Scythe. Também não posso negar meu alívio com a sua presença. Viajar sozinha com Scythe é um pouco como estar trancada em uma jaula com um lobo selvagem. Um que não come há semanas e que não hesitará em devorá-lo no momento em que você deixar de servir aos seus propósitos.

A passagem fica mais estreita à medida que seguimos, o caminho de pedra se inclina gradualmente. Está frio sob os meus pés apenas de meias, mas não protesto. Temo que, se abrir a boca por qualquer motivo, estarei incentivando mais perguntas dos meus captores. Por enquanto, é melhor ficar quieta e em silêncio. Quanto menos eles souberem sobre mim, mais difícil será me localizar quando eu conseguir escapar das suas garras.

O brilho bruxuleante da tocha de Jac dança pelas paredes, lançando sombras estranhas sobre os depósitos de sal pontiagudos que pendem do teto como presas afiadas na boca de uma fera. Aqui, nas profundezas, o mundo parece desprovido de vida. Um reino de total quietude. Exceto pelo gotejar ritmado de pingos ecoando ao nosso redor, não há sinal de vida na escuridão.

Caminhamos por um longo tempo, uma fila única que se move para cada vez mais fundo, cada vez mais para baixo. Caminhamos por tanto tempo que me convenço de que nunca mais sentirei a luz do sol no rosto, ou o beijo do vento na pele. Uma espécie de pânico começa a se agitar dentro de mim, provocada pela claustrofobia sufocante deste túmulo subterrâneo. O ar saturado entra e sai dos meus pulmões, com gosto de poeira e podridão, mofo e estagnação, e luto para manter a calma.

Para alguém como eu — criada nas costas selvagens e de ventanias de Seahaven, com suas ondas furiosas e mar revolto, correndo nas águas rasas salpicadas de sol, com sal na pele e espuma do mar no cabelo, as saias emaranhadas de areia, o coração pulsando no compasso da maré —, esse tipo de confinamento subterrâneo é como andar em uma cripta. Uma da qual nunca vou escapar. Não apenas meu corpo, mas minha própria alma parece cada vez mais aprisionada sob a montanha, incapaz de encontrar o caminho para os céus.

Justamente quando acho que meus nervos estão por um fio, quando acho que não vou suportar mais um momento dessa claustrofóbica marcha fúnebre e estou prestes a implorar a Jac — ou até, que os deuses me ajudem, a Scythe — por um alívio desse tormento… a passagem se alarga mais uma vez. Cruzamos um arco rudimentar e entramos em outra caverna, e no mesmo instante somos recebidos por um coro de vozes: masculinas, abafadas, ressoando de todos os lados, de modo que é difícil identificar a origem.

Puxo o ar ligeiramente menos saturado para os meus pulmões quando contornamos uma curva e nos deparamos com algo parecido com um acampamento. Uma fogueira fraca e sem fumaça crepita alegremente. Três homens estão sentados ao redor dela, armados até os dentes, portando espadas presas às costas e adagas enfiadas nas botas. Um arco e uma aljava pousados sobre um saco de dormir. Uma enorme besta de madeira repousa ao lado de uma bolsa de lona, acompanhada por dezenas de flechas pesadas. Um trio de cavalos castanho-escuros descansa junto à parede mais distante, prontos para serem montados.

— *Ei!* — chama Jac, com um sorriso. — Vocês poderiam pelo menos fingir que estão patrulhando. Eu treinei todo mundo aqui para não ser pego desprevenido. Ou vocês deixam qualquer um entrar no acampamento?

— Você anda como um bêbado depois da saideira — retruca o homem mais próximo. — Eu te ouvi chegando a uma légua de distância.

— É verdade — concorda o homem de cabelos vermelhos à sua frente. — Jac, você anda com a sutileza de uma avalanche.

— Isso é jeito de falar com o líder do batalhão? — pergunta Jac, fingindo irritação.

Rindo, os homens se levantam e, um a um, cumprimentam Jac com um aperto no antebraço, os dedos na altura do cotovelo, segurando pelo tempo de dois batimentos cardíacos. Quando as saudações terminam, o homem de cabelos vermelhos volta a atenção para mim. Sua boca se abre em curiosidade diante da minha presença inesperada, mas ao ver Scythe parar ao meu lado, ele me ignora completamente. Seus olhos se arregalam e um largo sorriso se espalha em seu rosto.

— Não acredito! Penn! Que diabos você está fazendo aqui?

Penn?

Meus olhos disparam na direção de Scythe. Seu olhar já está fixo em mim, a resignação estampada nas suas feições sob o elmo. Ele não quer revelar sua verdadeira identidade para mim tanto quanto não quero revelar a minha para ele. Arqueio uma sobrancelha inquisidora e sua boca se aperta em uma linha ainda mais severa.

— Farley — responde Scythe, em saudação, dando um passo à frente para apertar o antebraço do ruivo. — Há quanto tempo.

— Tempo demais. Não acredito que você está aqui! Pensei que não te veríamos até o primeiro degelo da primavera.

— Os planos mudam.

O olhar verde-claro de Farley desliza para mim.

— Estou vendo.

— Com fome? — interrompe outro homem de longos cabelos grisalhos e olhos serenos acinzentados. — Temos um pouco de carne seca de veado. Não há muito o que caçar nesta altitude, mas tivemos um pouco de sorte semana passada. — Seu queixo se volta para o ruivo. — Farley é um ótimo arqueiro vez ou outra, quando ele para de tagarelar por tempo o suficiente para não assustar o jantar.

O ruivo responde com um gesto obsceno.

Meu estômago ronca alto. Scythe olha para mim por um instante, antes de balançar a cabeça, rejeitando a oferta de comida.

— Precisamos seguir para o Portal Apex. Quero estar em Caeldera ao anoitecer.

Jac e seus homens assentem em sincronia.

— Nós o acompanharemos até a travessia, mas não podemos ir com você. — Jac suspira. — Receio que tenhamos mais quatro meses nesta geleira miserável antes de conseguirmos uma folga.

— Vai passar voando — assegura Scythe. Ou seria Penn? — Se você ficar com frio aqui em cima, pense em Beatrice com sua linda monocelha, esperando por você nos lençóis quentes da taberna.

Uma explosão de risadas irrompe entre os homens. Ela é interrompida abruptamente quando o chão sob nossos pés começa a tremer e a se mover. Os tremores são tão violentos que acho que a montanha deve estar desabando ao nosso redor, uma avalanche de pedra e gelo que nos enterrará vivos.

Já passei por terremotos antes, claro. Eles se tornaram cada vez mais comuns nos últimos anos; tremores intensos e imprevisíveis que me fazem pensar que Anwyvn repousa sobre as costas de uma grande fera adormecida que está despertando após uma longa hibernação. Eles não costumam durar mais do que alguns segundos, sacudindo xícaras em seus pires e derrubando livros das prateleiras.

Mas agora é diferente.

Esses tremores são mais concentrados e muito mais rápidos do que qualquer outra coisa que eu tenha experienciado antes. É tão intenso que temo que o chão da caverna se abra sob nossos pés, uma fenda mortal nos lançando diretamente para as entranhas da terra. Os três cavalos castanhos perto da parede oposta fogem antes que seus cavaleiros consigam alcançá-los.

Sem pensar, estendo a mão na direção de Scythe, agarrando seu braço para me manter de pé. Meu medo é tão grande que não percebo que estou pressionando seu ferimento ainda recente. Se meu aperto lhe causa dor, o homem não parece perceber. Ele já está em movimento, sacando a espada da bainha nas suas costas com a mão oposta, enquanto me empurra para mais perto da fogueira e posiciona o corpo para proteger o meu.

Espio por cima de seus ombros largos e vejo que o restante dos homens assumiu posições semelhantes, de costas para a fogueira, espadas em punho, uma formação treinada para repelir um ataque iminente. Seus joelhos estão levemente dobrados para absorver as ondas de tremor contínuas. Assumo a mesma posição, e na mesma hora sinto meus pés mais estáveis.

Eles estão em silêncio, mas suas expressões dizem tudo. Seja lá o que estiver se aproximando — fazendo o chão da caverna tremer e ondular como água em um balde —, não será uma presença bem-vinda.

— O que é isso? — Atrevo-me a sussurrar na penumbra inquietante, detestando o medo que permeia minha voz. — São... gigantes de gelo?

A cabeça de Scythe se vira, não a ponto de encontrar meus olhos, mas o suficiente para que eu veja as linhas severas do seu perfil sob a pesada proteção nasal. Ele franze a testa e murmura:

— É pior.

Pior?

Abro a boca para perguntar o que poderia ser pior do que um gigante de gelo, mas não dá tempo. Porque, nesse momento, os inimigos se revelam. E, ao ver as pernas ágeis, as pinças estalando e os olhos brilhantes, descubro que Scythe está certo.

Seja qual for o pavor que um gigante do gelo possa provocar...

Isso é muito, muito pior.

Elas não vêm da entrada da caverna, como eu imaginava. Brotam do chão ao nosso redor em uma violenta explosão de pedra e terra. Mais de vinte, talvez mais. Não há tempo para contar quando a luta começa.

Centopeias.

Não aqueles pequenos insetos asquerosos que vi correndo pelo chão do depósito no chalé de Eli. Essas são de uma variedade gigante que nunca vi, nem sequer imaginei, exceto, talvez, em lendas antigas. Cada uma delas tem o comprimento de um cavalo e a largura de um barril, com uma centena de pernas que se projetam de cada lado dos seus corpos encouraçados. Têm um tom de branco pálido e pútrido que lembra larvas. E cheiram mal, um fedor ácido que fere minhas narinas e faz meus olhos lacrimejarem.

A primeira delas irrompe do chão de terra ao lado de Farley. Observo, horrorizada, enquanto a mandíbula serrilhada se fecha ao redor da canela do homem e, com a facilidade de quem quebra um galho, parte o osso em dois. Mesmo enquanto cai, gritando de agonia, Farley meneia a espada e decepa a cabeça da fera com um golpe certeiro. Gosma verde jorra do seu corpo decapitado, uma enxurrada de fluido venenoso. Suas pernas ainda se contorcem e batem no chão mesmo muito depois da sua morte.

— Fique perto da fogueira — grita Scythe, estripando outra centopeia que se ergue diante dele, puxando a lâmina antes que eu tenha tempo de piscar. — Os cyntroedis não suportam o fogo.

Tento responder, mas minha garganta parece selar. Só consigo observar enquanto os homens enfrentam as criaturas horrorosas. Uma após a outra, após a outra. O machado de duplo corte de Jac decepa metade das pernas de uma das criaturas que se lança de umas rochas, deixando-a com dificuldades em círculos cambaleantes. Do outro lado da fogueira, o homem de olhos cinzentos, cujo nome ainda não sei, luta contra dois cyntroedis ao mesmo tempo. De joelhos, Farley continua lutando, golpeando qualquer coisa ao alcance da sua espada. Enquanto o outro, um homem careca, com corpo atarracado e pele retinta, permanece perto do amigo caído, disparando flecha após flecha com uma gigantesca besta.

Apesar de toda a carnificina, é de Scythe que não consigo desviar os olhos. Eu o vi matar homens antes, testemunhei sua eficiência sombria ao massacrar Burrows e os outros soldados que me amarraram àquela árvore. Mas agora, enquanto o observo girar e golpear, perfurar e estripar, percebo que, até este momento, eu ainda não havia tido sequer um vislumbre de toda a sua habilidade. O homem que enfrenta de uma vez só meia dúzia de monstros enviados diretamente do reino dos pesadelos parece inumano. Incrivelmente rápido, seus movimentos são apenas um borrão, seu elmo, um brilho escuro à luz do fogo.

E com um ombro ferido, ainda por cima.

Ele se move como um homem possuído, tomado pela fúria da batalha. Vez ou outra, entre uma morte e outra, seus olhos perscrutam a caverna e encontram os meus. Parecem acesos, o fogo em suas profundezas queimando apesar da escuridão, não mais uma brasa, mas uma chama. Sua espada também parece incandescente, como se tivesse sido deixada sobre a brasa por horas a fio. *Com certeza, é apenas uma ilusão de ótica*, digo a mim mesma, abalada pela visão.

Os homens, pelo menos por um tempo, parecem estar em vantagem. Até que a terra começa a tremer mais uma vez, novas ondas anunciando a chegada de um segundo grupo de cyntroedis. É então que finalmente me liberto do terror paralisante que me imobilizava. Meu olhar varre o espaço ao meu redor, pousando no arco. É maior do que o que eu usava em casa; é um arco de homem, feito para abater presas muito mais ferozes do que as que costumava caçar nos bosques tranquilos de Seahaven. Contudo eu o pego mesmo assim, colocando a aljava nas costas e encaixando uma flecha com uma facilidade à qual já estou acostumada.

Há poucos dias, quando vi o estado dos meus pulsos feridos pelo ferro, me perguntei se algum dia seria capaz de empunhar um arco novamente. Mas a pomada de Scythe tem propriedades curativas que nunca vi em todos os meus anos misturando tônicos e preparando chás com Eli. Minha pele está praticamente curada, as feridas abertas cicatrizadas de um jeito que não deveria ser possível, não antes de algumas semanas.

Talvez nem em uma vida inteira.

No entanto, não há mais do que uma pontada de dor de leve, um pequeno protesto nos tendões enquanto me posiciono, levanto o arco e o ancoro contra o corpo. Minha respiração está acelerada, o arfar do meu peito dificulta a mira enquanto puxo a corda do arco. Inspiro fundo e prendo o ar em meus pulmões. Meus olhos se estreitam e miram em uma centopeia que acaba de irromper da terra atrás de Scythe. A criatura se aproxima dele, com a intenção de atacá-lo desprevenido.

Disparo a flecha.

Sempre fui uma boa arqueira. Desde que era apenas uma criança, quando Eli colocou um arco de iniciante em minhas mãos, eu me destaquei. Primeiro com os alvos fixos que ele montava para mim nos jardins, depois com alvos mais distantes, escondidos na densa folhagem, projetados para me desafiar. Aos quinze anos, já era responsável por prover toda a caça, garantindo um suprimento constante de animais para abastecer nossa mesa. E nossos cofres. Eu vendia uma boa quantidade de carne para aldeões famintos demais para se importarem de negociar com uma halfling. Então, mesmo com o arco grande, mesmo com os meus pulsos doloridos, meu tiro acerta o alvo — não exatamente onde eu miro, não direto na cabeça, mas no centro do corpo encouraçado. A criatura solta um grito de dor e suas pinças estalam no ar enquanto ela se contorce. Os olhos brilhantes se fixam em mim, e todo o meu corpo treme.

Mais rápido do que jamais imaginei ser possível, a criatura avança em minha direção, cruzando a caverna sobre uma centena de pernas esguias. Travo os joelhos para conter os tremores de medo, mal tenho tempo de engatilhar e disparar outra flecha antes que ela me alcance.

Desta vez, minha mira é certeira. A flecha atinge em cheio entre os olhos da criatura. Ela cai no chão da caverna com um baque, as pinças estalando uma última vez enquanto seus fluidos repugnantes escorrem ao redor em uma poça esverdeada. Deixo escapar um sorriso enquanto alcanço outra flecha na aljava.

O sorriso congela no meu rosto quando meus olhos buscam um novo alvo, mas, em vez disso, encontram os de Scythe. Ele está no lado oposto da caverna, lutando com dois cyntroedis especialmente grandes. E não parece nada satisfeito. Se os prisioneiros não têm direito a informações, imagino que também não tenham direito a armas.

Ah, paciência. Ele pode me dar bronca mais tarde. De preferência, quando não estivermos sendo atacados por insetos do tamanho de cavalos.

— Jac! — grita o homem de cabelos grisalhos, com uma voz tensa. — Preciso de ajuda aqui!

Observo um borrão de cabelos loiro-escuros passar correndo, derrubando monstros à medida que avança. Eu o acompanho com o olhar, abatendo as criaturas que o perseguem, dando-lhe cobertura enquanto ele se move. Duas, quatro, seis. Perco a conta, atirando sem hesitação. Sem pensar.

O cheiro ácido de veneno se espalha pelo ar à medida que os corpos encouraçados se empilham, cobrindo o chão da caverna até que tudo o que consigo ver são pernas. Pernas, pinças e carcaças brancas e pútridas, um cemitério de invertebrados.

Um forte relincho de angústia faz minha cabeça girar na direção oposta. Meu coração dispara quando a dócil égua tordilha de Jac é derrubada por três cyntroedis, a uns dez passos de mim. Onyx recua e bate com os cascos em um deles, esmagando-o na hora. Disparo duas flechas em rápida sequência, abatendo os outros. Mas é tarde demais para a égua. Ela não tem salvação, cortes profundos no seu couro jorram sangue de um jeito irreparável. O veneno já está se espalhando pelo seu organismo, causando danos que nem mesmo os melhores curandeiros de Anwyvn poderiam reverter.

No fundo, sei que é inútil, mas meu coração irracional se recusa a admitir. Caminho em direção a ela, com lágrimas turvando meus olhos. Se eu conseguir chegar até lá, talvez possa fazer alguma coisa. Ao menos tenho que tentar...

Não dou mais do que alguns passos. O assobio agudo de Scythe soa do outro lado da caverna. A princípio, acho que é para chamar a minha atenção.

Estou enganada.

Ele está chamando seu cavalo.

Onyx responde de imediato ao sinal do mestre. Ele trota até meu lado e, com uma inteligência muito superior à de um cavalo normal, me empurra de volta para a segurança da fogueira. Seus olhos brilhantes estão arregalados, tomados pelo mesmo medo que fervilha em minhas veias. Eu me permito acariciar seu flanco uma única vez, na tentativa de acalmá-lo, antes de voltar para a batalha com o meu arco em punho.

— Preciso de ajuda aqui!

Desta vez, é o soldado atarracado e careca, que luta ao lado de Farley. Fico alarmada ao ver que foi deslocado de sua posição, puxado para o meio da batalha, deixando Farley de joelhos, totalmente desprotegido. Os cyntroedis estão invadindo seu território, conquistado a duras penas, atraídos pelo banquete fácil.

Desviando de Onyx, contorno a fogueira para ficar ao lado de Farley. Estou com poucas flechas, mas não penso nisso enquanto pego minha aljava quase vazia e disparo. Uma vez, duas... três. Meus braços doem muito, o esforço está cobrando seu preço. Já faz muito tempo que não uso meu corpo para nada além de correr, me esconder e me encolher. Sou uma sombra do que já fui.

Pele e osso, a voz de Scythe sussurra na minha cabeça.

Ele tem razão. Mesmo com munição ilimitada, ainda seria inútil, incapaz de levantar os braços para disparar. Essa triste constatação me assombra quando pego a última flecha.

— Os rapazes dizem que eu sou bom com o arco — diz uma voz rouca ao meu lado. — Mas não chego aos seus pés, Ace!

Olho para baixo e encontro um par de olhos verde-claros. Estão enevoados pela dor. O rosto de Farley está pálido, a respiração em arfadas rápidas.

A perna esquerda está dobrada em um ângulo estranho, e sei que o osso está em pedaços abaixo do joelho. Uma fratura difícil de ser corrigida. Mesmo com o melhor dos tratamentos, ele provavelmente mancará pelo resto dos seus dias. O fato de ainda se manter firme — ainda brandindo a espada —, em vez de encolhido no chão, aos prantos, é uma prova de sua determinação.

É um milagre que ele tenha matado a criatura tão rápido quando foi atacado. Caso contrário, ela poderia ter arrancado sua perna. Ou pior, injetado o veneno mortal que teria parado seu coração em segundos. Em comparação, uma fratura é uma bênção.

— Se sairmos desta vivos, Penn deveria recrutar você para a Guilda Flamejante. — Ele sorri em meio à agonia. — Talvez valha a pena viver com uma perna ruim, só para ver isso acontecer.

Não faço ideia do que está falando, mas sorrio para ele enquanto encaixo a flecha.

— É a última — digo, puxando a corda do arco com um encolher de ombros.

— Use-a com sabedoria — murmura ele, levantando a espada quando outra centopeia irrompe da terra a cinco passos de distância e avança na nossa direção. Nós a abatemos juntos — minha flecha atravessa o flanco esquerdo e a espada de Farley, o direito. Quando a criatura está se contorcendo, pouso o arco inútil no chão e tiro a aljava vazia do ombro dela. Farley a observa cair no chão e depois olha para mim.

— Você deveria fugir.

Minha boca abre, surpresa.

— O quê?

— Você não precisa morrer aqui com a gente. — Ele inclina o queixo em direção ao centro da caverna, onde os soldados lutam; Scythe, Jac e os outros dois ainda travam combates mortais contra o que parece ser um ataque interminável de gigantescos predadores carnívoros. — Elas vão continuar chegando. Onda após onda. — Seus olhos se fixam nos meus, calmos apesar do evidente sofrimento. Eu me esforço para ouvir as palavras em meio ao incessante barulho da batalha. — Você ficou. Ajudou. Fez o que pôde. Já está de bom tamanho. Não é covardia se salvar agora.

— Mas eu nem sei onde...

— Há uma passagem logo atrás de nós. Não muito longe da fogueira. Uns dez passos no máximo, escondida atrás de uma pedra. — Seu peito estremece e sei que o ferimento está drenando toda a energia que ainda resta. — Corra. Não pare. Quando chegar a uma bifurcação, vá para a esquerda. Há uma escada de pedra que leva direto para as montanhas. Quando chegar lá, estará segura. Essas coisas — ele aponta com o queixo mais uma vez, dessa vez em direção à pilha de corpos esqueléticos e contorcidos — só ficam aqui embaixo, no escuro.

Hesito. Não sei por quê. Ele acabou de me dar uma chance de liberdade. Uma chance que eu deveria agarrar assim que me foi oferecida. Não devo lealdade a ninguém aqui; não ao homem ferido aos meus pés, muito menos ao temível guerreiro que luta do outro lado da caverna, como um general treinado pelo próprio Deus da Guerra.

Scythe não é meu amigo.

Não é meu protetor.

Não é meu salvador.

Mas...

Ele lhe deu meias.

Ele trouxe pomada.

Ele a manteve aquecida, alimentada e segura.

Ele salvou sua vida, mais de uma vez.

Silencio a indesejável voz da consciência no fundo da mente com um rápido balançar da cabeça. Scythe só fez essas coisas para o próprio benefício. Ele precisa de mim; não sei ao certo para qual finalidade, mas duvido de que seja algo bom. Acredita que a marca no meu peito é algum tipo de símbolo, uma fonte de poder a ser explorada. Até onde eu sei, ele pode estar planejando me sacrificar em um altar de sangue assim que chegarmos ao nosso destino.

— Pelo amor dos deuses, menina, *vá*! — insiste Farley, com a voz fraca. — Pegue uma tocha e saia daqui.

Encaro seus olhos cheios de dor por mais um longo tempo.

E então faço o que ele me disse.

DEZ

Estou correndo.

Correndo com meus pés inúteis e ainda não totalmente curados, protegidos apenas por meias. Correndo por minha vida. Não olho para trás. Não suportaria ver quão perto estou da minha morte, quão perto estou de ser empalada por mandíbulas afiadas. Mantenho o olhar fixo à frente, enquanto corro pela passagem escura como breu, com apenas uma tocha fraca para iluminar meu caminho. Mas minha mente está de volta ao acampamento, de volta à cena sangrenta que deixei para trás quando fugi para a escuridão…

Covarde.

Deixo a culpa de lado e me concentro na passagem. Eu a encontrei exatamente onde Farley descreveu, escondida atrás de uma pedra a dez passos da fogueira. Precisei, em uns momentos, me desvencilhar de Onyx, que parecia determinado a não me deixar passar. No final, somente a fidelidade ao seu mestre o impediu de me seguir para fora da caverna.

Sua lealdade inabalável ressalta ainda mais a sensação de estar sendo desleal. Nem sequer olhei para Scythe antes de desaparecer de vista.

Ele é seu inimigo, digo a mim mesma, de novo e de novo.

Então por que me sinto como o pior tipo de traidora?

Os gritos e o tilintar de espadas me perseguem pelo túnel estreito, para longe do banho de sangue. Agarro a tocha, desejando ter uma arma melhor. Pois, embora ela possa afastar as sombras furtivas, se um único cyntroedi me seguir, não estarei muito melhor do que o pobre Farley. Estarei pior, na verdade… Ele, pelo menos, tem uma espada para lutar.

Depois de um tempo, chego à bifurcação que ele descreveu. O túnel da direita mergulha na escuridão. O da esquerda oferece a salvação na forma de um lance de escadas. Corro em direção a ela sem pensar duas vezes, ignorando a dor que atravessa minhas costelas, puxando o ar para dentro dos pulmões em arfadas irregulares, tão concentrada na fuga que não percebo as ondas de tremor até que seja tarde demais para reverter.

A centopeia que emerge do chão à minha frente é maior do que qualquer outra que vi no acampamento. Ao lado dela, Onyx pareceria um pônei em miniatura. Ela desliza para fora do buraco, a mandíbula branca estalando e o veneno espumoso já revestindo cada pinça serrilhada com um brilho tóxico. Seu corpo é mais largo do que o das outras, suas pernas são mais grossas e cobertas de fibras que parecem afiadas o suficiente para perfurar carne e osso.

Se esse enxame de criaturas tem uma alfa... aqui está ela, em todo o seu abominável esplendor.

Recuo às pressas, tentando criar alguma distância, com a tocha estendida à frente, como um escudo. Não posso deixar de notar que ela está quase apagando.

Quando a criatura se prepara para me atacar, agito a tocha com um golpe ameaçador. Ela hesita, como se reconsiderasse o plano de ataque. Não me atrevo a dar as costas para ela. Sei que é melhor não tentar fugir. Apesar do tamanho, ela é mais rápida do que eu jamais poderia ser e, quando se ergue à altura máxima, com suas inúmeras pernas articuladas golpeando o ar, guinchando com o que só posso descrever como uma expectativa sinistra pelo momento em que minha tocha irá se apagar... tudo o que posso fazer é rezar por uma morte rápida e indolor.

Não quero morrer como a égua.

Fecho minha mão livre ao lado do corpo, pressionando com força minha coxa enquanto observo a criatura me encarar. Meu punho encontra uma resistência inesperada; algo duro me pressiona através do bolso do vestido.

A adaga.

Aquela que eu peguei de Scythe esta manhã. Eu havia me esquecido completamente. Não que ela vá me ajudar muito — que dano uma lâmina fina pode causar a uma criatura tão gigantesca? —, mas é melhor do que nada. Em um movimento rápido, eu a pego. Agito a adaga e a tocha, uma arma em cada mão, os nós dos meus dedos pálidos enquanto me afasto.

A criatura sibila e avança outra vez.

— Para trás! — grito para ela, agitando a tocha. — Para trás!

A criatura para. Sua cabeça angulosa se inclina para um lado e para o outro enquanto a minha voz ecoa pelo túnel. Os olhos não são como os das suas companheiras menores, as da caverna. São turvos, perolados pela idade. Lembram os das pessoas em situação de rua que eram cegas no mercado, com as mãos estendidas a esmo para pedir esmolas.

Ela consegue me ver?, eu me pergunto de repente, a respiração presa na garganta. *Ou será que todos esses anos na escuridão a deixaram cega?*

Se for o caso, ela está rastreando minha voz, meu pulso acelerado, minha respiração ofegante. Está localizando minha posição a partir das vibrações dos meus pés contra a terra a cada movimento.

Fecho a boca com força para não deixar escapar mais bravatas tolas que denunciem minha posição, faço um esforço para desacelerar a respiração e deslizo para trás com a maior delicadeza possível, agradecida — pela primeira vez em semanas — por estar sem sapatos. A criatura fica imóvel, como se de fato tentasse me ouvir. A esperança reacende em meu peito. Ridícula, mas ainda assim esperança.

Talvez eu consiga escapar. Não passando por ela, não pelas escadas, não para a liberdade... mas de volta ao acampamento. Talvez, contra todas as probabilidades, os homens tenham sobrevivido. Talvez...

Meu pé chuta uma pedra solta.

Ela rola pelo chão, uma cacofonia estrondosa em uma passagem que, até então, estava silenciosa. No instante seguinte, a centopeia avança direto para a minha garganta.

Eu a vejo chegando. Vejo minha morte nos seus olhos leitosos e assassinos. Vejo meu destino se aproximar no estalar das suas pinças serrilhadas em minha garganta.

Eu a vejo chegando e não grito. Não corro. Mantenho minha posição, com a tocha estendida ao lado da insignificante adaga. Porque, se vou morrer, não morrerei sozinha, de jeito nenhum. Serei a última vítima desse monstro.

E ela será a minha.

Minhas armas ainda estão estendidas quando vejo a cabeça se separar do corpo. Sinto um lampejo de calor — uma lâmina brilhante se move na minha visão periférica —, e então a cabeça desaba aos meus pés. Um segundo depois, o corpo contorcido segue o mesmo destino.

A criatura está morta.

Definitiva e inquestionavelmente morta.

Um jato de gosma verde me atinge, cobrindo a frente do meu vestido, queimando minha pele como soda cáustica. Eu me afasto apressada, com os olhos fechados enquanto limpo o rosto em desespero, rezando para que nenhuma gota do veneno fétido tenha entrado na minha boca. Ainda estou me limpando quando uma mão grande afasta meus dedos das bochechas, me agarra com força pelo queixo e puxa minha cabeça para trás. Ao olhar para cima me deparo com um par de olhos em brasa. A mão aperta ainda mais minha mandíbula, a raiva latejando em cada dedo.

— Quando eu disser para você ficar perto da fogueira — grita Scythe, o rosto sombrio pela fúria —, *fique perto da maldita fogueira.*

POR ALGUM MILAGRE, todos os homens sobreviveram.

De volta à caverna, Uther e Mabon — o sujeito alto de cabelos grisalhos e seu colega careca e atarracado, conforme descubro após breves apresentações — estão desmontando o acampamento. Jac está limpando as armas, com uma careta de nojo no rosto que costuma estar alegre, enquanto remove a gosma verde de lâmina após lâmina.

A pilha de cyntroedis mortos é enorme. Quase alcança o teto. Deve haver uma centena deles. Eu me arrepio com a visão e desvio o olhar depressa.

— A arqueira retorna! — Farley me cumprimenta com um sorriso fraco. Ele está sentado perto da fogueira, apoiado em sua mochila. A perna está presa em uma tala improvisada de madeira e corda. Parece que ele mesmo a fez. — Estou feliz em te ver ainda respirando, Ace. Você não se importa se eu te chamar de Ace, não é? Já que eu não sei seu nome verdadeiro…

— É R… — Eu me interrompo bem a tempo, engolindo o deslize. — Pode me chamar do que quiser.

— Que tal *estúpida*, *idiota* ou *insuportável tormento da minha existência*? — resmunga Scythe ao meu lado.

Lanço um olhar sombrio em sua direção. Ele ainda está fervilhando de raiva, isso é evidente. Ficou furioso ao descobrir que eu havia me afastado, desobedecendo à sua ordem direta de ficar perto da fogueira. A fúria se transformou em um ódio incontrolável quando ele me encontrou na passagem, enfrentando o que mais tarde descobri não ser um macho alfa, e sim a rainha do enxame de cyntroedis, com seu corpo enorme carregado de ovos.

Ainda bem que, agora que ela está morta, há pouca chance de outro ataque. De acordo com Jac, as criaturas restantes vão se esconder e se reagrupar até que uma nova rainha nasça para liderá-las. Essa notícia deveria ser reconfortante. Mas, em meio à carnificina, só consigo pensar em sair deste lugar. De volta à luz, de volta ao ar, longe do cheiro acre de decomposição dos bichos mortos.

— Você a viu? — pergunta Farley a Mabon, apontando para mim com indisfarçável alegria. — Uma arqueira excelente! Uma mira certeira! Ela deve ter abatido umas vinte criaturas. Pegou o arco e começou a disparar. Sem nem pestanejar.

— Eu vi — resmunga o careca, olhando em todas as direções, menos para a minha. Ele é esperto o suficiente para perceber que qualquer elogio feito a mim só servirá para incitar a ira do vulcão de fúria ao meu lado.

— É óbvio que você viu! — Farley não se intimida. — Não tinha como não ver. Ela salvou o nosso traseiro.

— O seu traseiro era o único que precisava ser salvo — diz Uther, mas seus olhos cinzentos têm uma centelha de provocação. — Visto que você passou a maior parte da batalha sentado.

Mabon solta uma risada.

— Eu derrubei tantos quanto você! — grita Farley, exasperado. — Mesmo sentado!

Uther olha para mim, faz uma careta e balança a cabeça. Comprimo os lábios para conter o sorriso.

— Podemos dar o fora daqui? — rosna Scythe. — Antes que vocês atraiam mais algum monstro que habite esta montanha?

Todos se calam e se apressam em recolher o restante dos pertences. Em poucos instantes, o acampamento está desmontado. Com a perda dos outros cavalos, os alforjes de Onyx estão abarrotados de equipamentos. Espero que os três que fugiram tenham se saído melhor do que aquela pobre égua. Meu olhar pousa por um momento sobre seu corpo imóvel, antes de sairmos em fila da caverna, Uther e Mabon carregam Farley como se ele não pesasse mais do que uma pena, Onyx os segue com um tintilar dos arreios. Scythe fica para trás, esperando para assumir a retaguarda, como de costume.

Jac para ao meu lado, perto da rocha, e toca de leve meu queixo com o punho fechado. Meus olhos encontram os dele.

— Ninguém importante... — murmura ele, repetindo as palavras com as quais me descrevi. — Entendi, *Ace.*

Com um sorriso rápido e um balançar da cabeça, ele me conduz para fora da caverna. É preciso esforço para não olhar para trás, à procura de Scythe, enquanto seguimos para a bifurcação no final da passagem. O trajeto parece muito mais curto agora que não estou fugindo para me salvar.

— Ele já vem — me informa Jac, calmo. — Ele está limpando a caverna para os próximos viajantes infelizes que passarem por aqui.

— Você acha que as criaturas vão voltar?

Ele dá de ombros.

— Espero que tenhamos feito um estrago suficiente para impedir que um novo ninho colonize este túnel em particular. Mas monstros crescem na escuridão. Enquanto houver sombras, sempre haverá criaturas à espreita.

O calor do fogo se propaga pela passagem às nossas costas. Deve ser um incêndio enorme. Eu me pergunto como ele conseguiu. Exceto pela pilha escassa de gravetos ao lado da fogueira, não vi lenha extra em lugar algum da caverna. Nenhum acelerante para espalhar as chamas tão rápido... A menos que o asqueroso veneno verde seja altamente inflamável.

Eu poderia perguntar ao Jac. Talvez ele até me respondesse. Mas estou cansada demais para satisfazer minha curiosidade com mais perguntas. Permaneço em silêncio, concentrada em manter meus passos firmes ao longo da passagem, levantando um pé de cada vez, desviando de propósito o olhar do corpo decapitado da rainha quando chegamos à bifurcação. Não preciso de mais lembranças dela gravadas na minha mente. As que já tenho me assombrarão o suficiente.

Ondas de exaustão inundam meu corpo à medida que o pico de adrenalina se esvai. Após a luta, cada fibra do meu ser dói. Os músculos dos meus braços gritam em protesto ao menor movimento. Estou coberta de sujeira e gosma seca, minhas saias estão rígidas e pesadas. O simples fato de levantá-las para subir os degraus exige um esforço monumental. Somente a promessa de ar fresco e liberdade me impede de desabar.

Jac logo me ultrapassa, subindo a passos firmes atrás de seu pelotão, não parece cansado, apesar da batalha que acabou de travar. Tenho de parar de tempos em tempos para recuperar o fôlego. Eu poderia encostar em uma das paredes para me apoiar, se não estivesse com tanto medo de que algo emergisse dela a qualquer momento para me devorar.

Quem pode dizer o que mais habita essas profundezas?

Meu progresso é tão lento que Scythe acaba me alcançando. Ele cheira a cinzas e fumaça misturadas ao fedor acre de cadáveres de animais queimados. Posso ouvir sua respiração um passo atrás, o calor do seu corpo tão intenso que aquece o ar entre nós.

— Se formos mais devagar, vamos andar para trás. — Ouço seu cumprimento irônico depois de alguns instantes.

Faço uma careta.

— Eu preferiria que as centopeias tivessem te devorado.

Ele solta uma gargalhada. O som sai áspero de sua garganta, como se ele não risse há muito tempo. Fico tão assustada que tropeço na saia e quase caio de cara no chão. Porém, ele se move como um raio, ampara minha queda e me puxa de volta para ficar de pé.

— Estamos quase lá. — Sua voz é baixa. Posso sentir os músculos do seu peito contra as minhas costas. A bandoleira de lâminas pressiona com firmeza minha coluna. — Mais dez passos e este lugar será apenas uma lembrança.

Assinto, incapaz de confiar na minha própria voz, e ele me solta. De alguma maneira, consigo subir o trecho final sem cair outra vez. Quando saio para a luz, semicerrando os olhos para o brilho ofuscante do sol, tenho vontade de chorar de alegria. Mesmo que eu jamais retorne às entranhas da terra, ainda não será tempo suficiente. Nunca fiquei tão emocionada em ver a tundra estéril das Montanhas Cimérias; nunca fiquei tão feliz ao sentir o cortante vento ártico nas bochechas. Me seguro para não rodopiar feito uma criança, ciente dos cinco pares de olhos masculinos sobre mim.

De algum jeito, eles conseguiram colocar Farley na sela de Onyx. Ele parece ainda mais pálido do que nas cavernas, o rosto abatido. A perna quebrada está amarrada ao estribo. Alguém retirou suas botas. Apesar da dor evidente, ele tenta sorrir quando nossos olhares se cruzam.

— Não olhe para mim desse jeito, Ace. Ainda não estou morto. Assim você vai ferir o meu ego.

— Ele precisa de um curandeiro — anuncio sem rodeios, olhando para Scythe.

— Pensei que você fosse uma — responde ele.

— Consigo fazer algumas coisas, mas não aqui. — Gesticulo para a paisagem árida. — Não sem as ferramentas adequadas, não sem ervas. Esse osso precisa ser reposicionado, e ele não pode se apoiar na perna por pelo menos dois meses.

Farley parece estarrecido com a notícia.

— Dois *meses*? Ela disse dois malditos meses?

— Se você quiser voltar a andar, sim. — Coloco as mãos nos quadris, um movimento do qual me arrependo na mesma hora, já que o tecido está coberto com todos os tipos de fluidos nojentos. — Onde fica a cidade mais próxima? Deve haver uma estalagem em algum lugar desta montanha. Até mesmo os inconsequentes o bastante para viajar nesta altitude precisam de um lugar para dormir e beber cerveja.

Scythe e Jac se olham por um longo momento, um diálogo silencioso se desenrola entre eles. Quando desviam os olhares, Scythe contrai a mandíbula com uma expressão descontente, mas sua voz está firme como sempre.

— Vamos para Vintare. Não é longe, fica do outro lado do vale. Podemos passar a noite na estalagem e partir pela manhã.

— Penn… — Jac meneia a cabeça, franzindo o cenho. — Não podemos atrasar sua viagem. O Portal Apex fica na direção oposta.

— E?

— *Vá*. Vocês estarão em Caeldera ao anoitecer. Podem ir, nós daremos um jeito.

— O restante do pelotão está a mais de um dia de viagem daqui. Como você espera se juntar a eles sem montaria? E o Farley?

— Não se preocupe comigo — interrompe o ruivo. — Não vou ser um fardo.

Scythe balança a cabeça, o metal do elmo reluzindo sob o sol fraco encoberto pela névoa.

— Vai escurecer em uma hora. Você pretende carregar um homem ferido por essa planície de gelo?

Um silêncio tenso paira sobre o grupo.

— Achei que não — murmura Scythe.

Jac passa a mão pelo cabelo loiro-escuro, soltando um longo suspiro.

— Te devemos uma, velho amigo.

— Vou adicionar à lista.

— Tem uma lista?

— Hmm… uma bem longa.

— Droga. — Jac balança a cabeça, rindo baixinho. Seus olhos se voltam para mim, mas suas palavras são para Scythe. — Pensando bem, talvez não seja a pior ideia se limpar um pouco antes de entrar na sala do trono. Seu excesso de bagagem está um pouco avariado. E embora você não se importe com o que os outros pensam… um banho seria bem útil antes de jogá-la para os lobos da corte.

Lobos da corte?

Isso soa sinistro — muito mais do que qualquer variedade selvagem que eu possa encontrar na floresta. Ergo o queixo, disfarçando o desconforto com meu olhar mais penetrante. Estou bastante ciente da minha aparência horrorosa sem seus comentários.

— *Perdão.* Não tive muito tempo para me embelezar para agradar a você — disparo, irritada. — Tenho estado um pouco ocupada tentando não ser morta, estripada ou devorada viva. Da próxima vez que eu for sequestrada e arrastada para as Terras do Norte, trarei uma criada comigo para manter a aparência fresca como uma margarida na primavera. A menos que você queira se voluntariar para o cargo. É bom em fazer tranças? — Meus olhos se estreitam para sua longa cabeleira loira. — Visto que seu cabelo parece não ver uma escova desde que você deixou a civilização, imagino que não seja lá essas coisas.

Farley gargalha tão alto que Onyx bate os cascos dianteiros na neve em protesto. Mabon e Uther parecem engasgar com o riso. Jac apenas sorri para mim, nem um pouco ofendido, e se volta para Scythe.

— É melhor fazer o que puder para deixá-la apresentável. O temperamento encantador dela não vai angariar muitos amigos na corte.

Os lábios de Scythe se contorcem.

— Não tenho como discordar.

— Além disso, está na hora de você se livrar dessas roupas do exército de Eld. Parece um porco das Terras Médias. Sei que estava tentando parecer um deles, mas, pelos deuses, se essa merda de péssima qualidade é o que eles dão aos comandantes, o que os soldados de infantaria usam?

— Normalmente, tudo o que eles conseguem roubar, coletar ou arrancar dos cadáveres no campo de batalha antes que os corpos fiquem rígidos — conta Scythe, em um tom sombrio.

— Que lugar detestável. — Jac faz uma careta. — Ainda bem que você já terminou por lá. Estava mais do que na hora de você voltar para casa. É uma pena que não estaremos lá para o Fyremas, mas faremos uma comemoração adequada quando essa temporada nas montanhas finalmente terminar e toda a guilda estiver reunida mais uma vez em Caeldera. Trate de encomendar cerveja assim que chegar; você só tem alguns meses para importar as boas. Nada daquela porcaria insossa de Frostlands. Quero gim Titã lá de Prydain.

Minha mente se esforça para gravar às pressas os termos que ele menciona. *Caeldera. Frostlands. Prydain.* Nenhum deles me soa no mínimo familiar. Isso não é exatamente uma surpresa. Nenhum dos muitos mapas de Eli abrangia as Terras do Norte. Certa vez, quando perguntei o motivo, ele me disse que todos haviam sido queimados.

O Massacre poupou poucos registros feéricos. Até os mapas foram destruídos quando o império ruiu. Os reis mortais estavam decididos a apagar quaisquer vestígios de magia. Desejavam se livrar não só daqueles que sabiam usá-la, mas de todos os aspectos da cultura deles — da sua cultura, Rhya.

Parecia uma medida desnecessária. Uma reação exagerada. Eu disse isso a Eli, mas ele me lançou um de seus olhares sábios e, gentil, discordou.

Para aniquilar uma raça, é preciso fazer mais do que matar o povo. É preciso matar a música, o trabalho artístico, a arquitetura. Os costumes, as tradições, as religiões. É preciso erradicar a beleza, de modo que apenas o horror permaneça nas memórias dos sobreviventes. Para que ninguém tente reconstruí-la, nem sequer se recorde por que desejaria fazê-lo.

— Ah, só isso? — murmura Scythe, arrancando-me dos meus pensamentos.

Jac ignora o sarcasmo e acrescenta:

— Um barril de cerveja de Daggerpoint também não cairia mal.

— Sem problemas... — Scythe solta uma risada divertida que forma uma pequena nuvem no ar gelado. — Pode me usar como a próxima desculpa para se embriagar.

— Não seja ridículo. Quando foi que eu precisei de uma desculpa?

— Justo.

Os dois sorriem. A visão daquele sorriso radiante no rosto do Scythe é tão inesperada que tenho que desviar o olhar. Por sorte, não tenho muito tempo para pensar nisso. Logo retomamos a jornada; eu calçando um par de botas ridiculamente grandes emprestadas de Farley, que declarou, com bastante veemência, que não as estava usando, então eu deveria calçá-las em meus malditos pés e manter minha maldita boca fechada sobre isso. Os cadarços estão apertados ao máximo, mas elas ainda estão frouxas ao redor das panturrilhas a cada passo que dou pela neve quebradiça.

Mabon e Uther lideram o caminho, Onyx avança lentamente atrás deles com o pesado carregamento de equipamentos e o peso adicional de um Farley mal-humorado em seu dorso. Fico ao lado do cavalo durante a jornada, ignorando solenemente quando Scythe coloca a capa em volta dos meus ombros ao passar por mim antes de se juntar a Jac na retaguarda do nosso bando maltrapilho.

Está deliciosamente quente e tem cheiro de fogo.

Como ele.

Para fazer companhia, converso com Farley enquanto atravessamos o vale. Ele parece desesperado por uma distração do seu ferimento, fazendo uma pergunta atrás da outra, até que eu não tenha escolha a não ser responder.

— Onde você aprendeu a atirar daquele jeito?

— Caçando.

— Caçando o quê?

— Corças, principalmente. Às vezes, um ou outro javali, mas só se eles estivessem estragando os jardins. — Faço uma pausa, com um leve encolher de ombros. — Posso ter uma boa pontaria, mas não costumava caçar com o meu arco lá em casa.

— Por que não?

— Nunca gostei de explorar demais a floresta. Os rebanhos ficam menores a cada ano. — Nas últimas primaveras, a caça estava tão escassa que eu podia passar dias sem ver um único cervo. — Além disso, sempre me pareceu um desperdício matar um animal grande quando eu poderia sobreviver apenas com as minhas armadilhas. Às vezes, eu conseguia vender a carne extra, mas... — mordo o lábio inferior — muitas pessoas não compram de uma halfling.

Farley solta um grunhido baixo e triste.

— Ignorantes malditos.

Não digo nada, um tanto surpresa com sua reação tão enfática. Lógico, ele e os outros me trataram melhor do que o último grupo de soldados com o qual lidei... mas duvido que os habitantes das Terras do Norte como um todo sejam um exemplo de tolerância. O Massacre afetou toda Anwyvn, um extermínio que se estendeu do gelado Mar do Norte até as profundezas desérticas de Carvage. Esquecer isso seria uma grande tolice.

— Enfim... — Farley preenche o silêncio incômodo. — Você disse que usava armadilhas? Para que tipo de animal?

— Raposas. Lebres. Às vezes esquilos, se a situação ficasse desesperadora.

— A situação ficava desesperadora com frequência?

Sorrio com um ar irônico.

— Presumo que você não tenha passado muito tempo nas Terras Médias, se precisa perguntar.

— Não parece o paraíso, isso é verdade.

Um suspiro amargurado escapa da minha boca.

— O paraíso foi queimado há muito tempo. Tudo o que restou foram as cinzas.

Ele fica em silêncio por um momento, absorvendo minhas palavras.

— Então, Ace, algum dia você vai nos dizer seu verdadeiro nome?

— Por que eu diria?

— Por que não diria? — rebate ele, brincalhão. — Somos todos amigos aqui.

— *Amigos?*

— Já batalhamos juntos. Lutamos lado a lado. Se isso não nos torna amigos, nada mais tornará.

— Farley — começo com um tom enfático, como se ele fosse um pouco lento de raciocínio —, você sabe que sou uma prisioneira aqui, não sabe?

Ele solta uma gargalhada e só se cala quando percebe que não estou rindo com ele. Virando-se na sela, seus olhos se voltam para a retaguarda do grupo. Não me viro para ver, mas sei que está olhando para Scythe.

— Penn! — Aquele nome de novo. — Por que a Ace acha que é prisioneira?

— Farley — a resposta é ríspida —, continue falando e sua perna não será o pior dos seus ferimentos.

— Sempre de mau humor. — O ruivo volta sua atenção para mim. — Confie em mim, Ace. Você não precisa ser tão fechada, nós não vamos te machucar. Bom, o Penn talvez, mas ele só late, não morde. Na maioria das vezes.

— Que reconfortante.

— Ah, não seja assim. Ele acabou de voltar de uma missão. Não posso culpá-lo por estar de mau humor depois de passar todo esse tempo nas Terras Médias. Isso seria o suficiente para levar uma sacerdotisa fyre a beber, se quer saber. Ele vai demorar um tempo para se adaptar à vida normal de novo. Dê mais ou menos uma semana. Logo conseguiremos fazê-lo voltar a rir. — Ele faz uma pausa, a boca se retorcendo. — Duas semanas, no máximo.

Contemplo a ideia de uma versão diferente do Scythe que conheci. Uma que faz os rostos dos seus companheiros se iluminarem de alegria. Uma que ri com os amigos. Uma que não seja tão ranzinza e faça algo além de franzir o cenho e me insultar.

Sinceramente, parece inimaginável.

Farley deve ter lido a dúvida na minha expressão.

— Apesar do que você pensa, Ace... você está segura com a gente. Eu prometo.

Sorrio sem muita convicção. Parece uma mentira nos meus lábios.

Segura?

Não estou segura. Não me sinto segura há tanto tempo que mal me lembro da sensação. E depois de tudo o que sofri nas últimas semanas nas mãos de homens humanos, duvido que algum dia me permita confiar em outro.

Não digo isso a Farley. Porque gosto dele. Pelos deuses, gosto até de Jac, Mabon e Uther. Mas meus sentimentos em relação ao homem que me tornou sua prisioneira com certeza são menos óbvios.

Não há absolutamente nada de *seguro* no Comandante Scythe.

Penn.

Ou seja lá quem ele for.

Por mais agradável que seja a ideia de ter companheiros genuínos outra vez, depois de tanto tempo sozinha... não existe a menor chance de eu baixar a guarda perto desses homens.

Nem hoje.

Nem nunca.

Deslizo as mãos para dentro dos bolsos profundos do meu vestido enquanto continuamos a caminhar e seguro a adaga escondida. Embora eu saiba que meus movimentos estão ocultos do seu ponto de vista, não consigo me livrar da sensação de que o homem de elmo que caminha dez passos atrás de mim pode, de alguma maneira, ver minha mão envolvendo o punhal, mesmo através das dobras da sua capa nos meus ombros.

Aperto a adaga com tanta força que, ao chegarmos aos arredores de Vintare, meus dedos estão dormentes, e não só por causa do frio.

ONZE

Vintare é mais um posto avançado para viajantes com frio do que uma cidade. Escondido no fundo do vale entre dois picos irregulares, o disperso conjunto de construções — algumas não mais do que choupanas para se proteger do vento — forma um quadrado central de neve compactada. Grandes fogueiras dentro de barris pontilham a área, bastiões de boas-vindas que nos convidam a fugir do clima inóspito.

Estamos quase na metade da tarde e o crepúsculo já se abate sobre nós, o curto dia cedendo lugar à noite voraz. Nesta altitude, o céu parece tão perto que temos a impressão de que bastaria estender a mão para tocar uma nuvem e pegar um punhado de névoa diretamente dos céus. Enquanto observo o assentamento que se espalha diante de mim, um pequeno oásis de calor contra o frio inclemente, não posso negar que há algo de tão belo que chega a ser extraordinário. Apesar do frio cortante, apesar das circunstâncias infelizes que me trouxeram até aqui, meus olhos se arregalam para captar cada detalhe.

As pessoas perambulam pela cidade em trajes de montanha disformes. Elas nos olham com cautela quando entramos andando com dificuldade nos limites da cidade, cobertos de veneno seco, imundos pelos longos dias na natureza, os homens tão carregados de armas que mais parecem arsenais ambulantes. Ninguém nos cumprimenta. A maioria evita olhar diretamente para nós.

Não os culpo pelos olhares furtivos, tampouco por se apressarem para desviar de nosso caminho. Somos um grupo de causar arrepios. Na melhor das hipóteses, parecemos encrenca, e nosso cheiro é ainda pior.

A estalagem é facilmente reconhecível, já que é a única estrutura com mais de um andar. Vários cavalos estão amarrados a postes na frente; animais da montanha com longos pelos dourados nas patas e pelagem densa e felpuda, criados para suportar as temperaturas glaciais. Ao lado deles, para meu inesperado deleite, vejo dois grupos de cães de pelagem preta e branca atados a um par de trenós ricamente entalhado, aguardando o retorno dos seus donos. São tão grandes que quase os confundo com lobos... até que vejo suas línguas de fora e os rabos abanando.

Com Onyx preso a um poste do lado de fora, mastigando alegremente do cocho de feno compartilhado, e Farley mais uma vez amparado por Uther e Mabon, subimos os degraus da entrada e nos aproximamos da porta da frente. O prédio é construído em um estilo de troncos empilhados, com janelas foscas dispostas em intervalos irregulares. Através das grossas vidraças, a luz e o riso invadem a noite, mas as risadas cessam assim que cruzamos a porta, a neve acumulada em nossas botas derretendo no piso de madeira.

Todas as cabeças se voltam para a porta com uma curiosidade evidente. As conversas param no meio. A melodia do violinista é interrompida com um ruído desafinado de cordas. Por um longo tempo, há apenas silêncio enquanto eles nos examinam, e nós a eles. Vintare pode ser um posto nas montanhas, acostumado com viajantes de todos os tipos, mas a nossa aparência é tal que consegue abalar o inabalável.

A dona da estalagem, abençoada seja, é a primeira a se recompor. Sem dizer uma palavra para nós, ela estala os dedos para os dois empregados atrás do balcão e aponta para Farley.

— Levem o homem para os aposentos do curandeiro. Façam o possível para deixá-lo confortável.

Os empregados não hesitam em entrar em ação. A palavra dela é lei, sua autoridade, absoluta. Enquanto Farley é transferido para os cuidados deles, a estalajadeira volta sua atenção para o restante de nós. Ela me vê, a única figura feminina em meio a um bando de guerreiros selvagens, e vem em minha direção com um farfalhar das saias marrons.

Scythe e Jac ficam tensos ao meu lado, mas ela nem sequer lhes digna um olhar. Seu corpo robusto se dirige diretamente a mim e, ao ver o meu rosto de perto, ela solta um som surpreso.

— Pelos deuses, senhorita! O que aconteceu com você?

— Você acreditaria em mim se eu te dissesse que fui sequestrada no meio de uma execução, quase morri de febre, escapei por pouco de um fim trágico em uma ponte de corda acabada e lutei contra um enxame de cyntroedis carnívoros?

Ela me encara, os olhos redondos e grandes.

O cotovelo de Scythe cutuca minhas costelas, um aviso evidente para que eu cale a boca. Sua voz sai tensa.

— Precisamos de dois quartos. Adjacentes, se possível.

A estalajadeira nem sequer olha para ele. Seu olhar está fixo no meu rosto, o retrato da preocupação maternal. Ou o que eu imagino ser preocupação maternal, já que nunca tive uma mãe.

— Ela vai tomar um banho, antes de mais nada. Não sei de onde vocês, pagãos, vieram, mas na minha estalagem...

— Madame — interrompe Jac, seu tom carregado de diversão mal disfarçada —, talvez seja melhor verificar com quem está falando antes de começar a proferir insultos.

Seus olhos castanho-claros se voltam primeiro para Jac, depois para Scythe, então ela empalidece e na mesma hora começa a pedir desculpas.

— Ah! Pende... quero dizer, príncipe Penn! Vossa Alteza... — Um rubor sobe pelas suas bochechas enquanto ela se esforça para lembrar o título correto. Suas mãos agarram, nervosas, a frente do avental. Por fim, ela se decide por "príncipe Pendefyre", com a respiração ofegante e trêmula. — Eu não o reconheci com o elmo. Eu devia ter reconhecido. Peço perdão pelo mal-entendido. Juro que isso não voltará a acontecer. — Ela se inclina em uma reverência tardia, seus movimentos desajeitados pela falta de prática.

Meu corpo paralisa, cada músculo se transformando em pedra enquanto processo suas palavras.

Príncipe.

Ela disse *príncipe.*

Príncipe Pendefyre.

Acho que isso explica o fato dos seus homens o chamarem de Penn.

Porque seu verdadeiro nome não é Scythe.

Eu já sabia. Lógico que já sabia. Assim que percebi que ele não era de fato leal ao exército do rei Eld, presumi que até seu nome era falso. Ainda assim, suspeitar de uma coisa e ouvir sua confirmação oficial são duas realidades muito diferentes. Minha mente reorganiza tudo o que vi e ouvi nos últimos dias, desde que nossas vidas se cruzaram. Eu me esforço para conciliar a criatura brutal ao meu lado com a realeza.

Realeza.

Ele é um príncipe de algum dos sanguinários reinos das Terras do Norte. Mas qual deles?

Consigo visualizar os territórios do norte, uma extensão de tundra glacial que se estende além das Montanhas Cimérias, mas, no momento, só consigo me lembrar do nome mais famoso. O mais cruel.

Llŷr.

O rei Soren governa o iceberg congelado além do Estreito de Avian, com uma brutalidade tão implacável quanto as flechas dos seus arqueiros em batalha. Ao menos, posso agradecer por não ter caído nas mãos *dele*... Embora, pelo pouco que sei, o príncipe Pendefyre pode muito bem ser um parente direto desse famoso tirano.

Será um irmão, talvez?

Um primo?

Um filho?

— Não se preocupe — diz Scythe, ou melhor, *Penn*, ao meu lado. — Pretendemos fazer a travessia sem nenhum alarde, sem anunciar nossa presença. Ridículos protocolos reais só chamam uma atenção desnecessária. É melhor que nos trate como qualquer outro de seus hóspedes. Espero que entenda.

Ela já está pálida, mas, de algum jeito, parece ficar ainda mais ao endireitar o corpo após a reverência apressada.

— É lógico. Sinto muito, Vossa Alte... Quero dizer, meu senhor. — Sua garganta se contrai enquanto ela engole o nervosismo. — Vou providenciar seus aposentos agora mesmo. — Seus olhos se voltam para mim mais uma vez. — Suponho que a senhorita terá seus próprios aposentos...

— Sua suposição é infundada.

Meu coração estremece diante de sua negativa categórica. A estalajadeira deve ter percebido meu olhar horrorizado, pois, príncipe ou não, ela encara Penn com um olhar determinado que sugere que é melhor não mexer com ela.

— Essa jovem mal consegue ficar de pé. Ela precisa de um bom banho e roupas limpas e, é muito provável, um momento de paz também, a julgar por sua aparência abatida. — Então ela dá um passo firme para a frente, passa um braço ao redor dos meus ombros e me tira do grupo de guerreiros que me cerca por todos os lados. — Venha, querida. Vamos limpá-la e colocá-la na cama. Nada como uma refeição quente e lençóis limpos depois de uma provação.

Ouço Penn suspirar, um profundo ruído de resignação, mas ele não reclama. Estou cansada demais para protestar enquanto a bondosa mulher me conduz pela taberna até uma escada barulhenta atrás do bar.

Não olho na direção dos homens.

Mas sinto que eles me observam enquanto me afasto — assim como todos os olhares curiosos da estalagem.

FICO PERPLEXA AO ver a garota que me encara no espelho embaçado pelo tempo. Meu reflexo está irreconhecível. Se eu cruzasse comigo na rua do mercado, passaria direto. Pareço uma desconhecida em pele e osso. Uma sombra do que fui um dia; as bochechas fundas, os ossos salientes. Por baixo da camada de sujeira, olheiras escuras circundam os tons prateados de um olhar exausto e cauteloso. A imagem me faz estremecer.

— Venha, senhorita.

Eu me viro para olhar para a estalajadeira. Enquanto eu usava o penico escondido discretamente atrás de um biombo — o que é um luxo, depois de semanas agachada nos arbustos para me aliviar — e examinava o meu reflexo pavoroso, ela e duas criadas encheram uma banheira com água fumegante, um balde de cada vez. Sua eficiência faz com que a árdua tarefa pareça fácil, embora eu saiba que pode ser tudo, menos fácil.

— Não precisa me chamar assim. — Dou um meio sussurro, sentindo um calor tomar minhas bochechas.

— Chamá-la de quê?

— De senhorita.

— Ora! — Suas sobrancelhas se arqueiam. — E por que não? Você é minha hóspede, não é?

— É que... — Faço um gesto hesitante para minhas orelhas, as extremidades pontiagudas salientes em meio ao cabelo platinado e desgrenhado. — Não sou uma dama. Sou apenas... uma halfling.

A postura da mulher se enrijece.

— E por que esse detalhe deveria importar?

Eu apenas a encaro, sem saber o que dizer. Pois esse mesmo detalhe tem sido muito importante para muitas pessoas, desde que aprendi como o mundo funciona.

Ela dá um passo decidido em minha direção e, com um gesto preciso e deliberado, coloca uma mecha do cabelo curto atrás da orelha... uma orelha com uma ponta afilada.

Uma orelha igual à minha.

— Você está nas Terras do Norte, querida — diz ela com simplicidade, ignorando o ruído espantado que deixo escapar. Como se isso explicasse tudo. Como se as Terras do Norte não fossem tão traiçoeiras quanto qualquer outra região de Anwyvn, se não mais.

Decido não insistir em uma explicação quando suas mãos seguram as minhas e ela me puxa com gentileza em direção à banheira.

— Vamos lá. Vamos ver o que há debaixo de toda essa sujeira, está bem? — Ela estala os dedos para as duas moças que estão ao lado da banheira. — Marta, Inga, me ajudem a tirá-la desse vestido. Enquanto vocês a lavam, vou encontrar algo apropriado para ela vestir. Acho que ela é do tamanho da minha sobrinha... E isso... — Ela faz uma careta ao olhar para a minha roupa, antes verde-menta, agora de muitos tons, o tecido coberto por uma infinidade de manchas fétidas. — Precisamos colocar fogo nisso agora mesmo.

Eu poderia me sentir ofendida se não fosse a mais pura verdade dos deuses. A esta altura, o vestido não serve nem como pano de chão. Não reclamo quando Marta e Inga o despem, junto da túnica de lã e minha bata esfarrapada, resmungando baixinho ao verem minhas costelas salientes, meu quadril e abdômen magérrimos depois que os amargos meses de fuga consumiram minhas antigas curvas, dia após dia. Elas olham por um longo momento para o estranho desenho triangular entre os meus seios, mas reprimem a curiosidade, e fico muitíssimo grata. Não tenho o que falar quando se trata da suposta marca Remanescente que carrego.

Elas são gentis quando descalçam minhas botas e meias, desenrolando as ataduras que fiz da última vez que acampamos. Antes da ponte, antes da montanha, antes dos cyntroedis. Antes de Jac, Farley, Mabon ou Uther. Antes de eu saber que Scythe era Penn, e ainda por cima um príncipe.

Tudo isso aconteceu na noite passada?

Não parece possível.

Lágrimas brotam em meus olhos quando me afundo na banheira quente. Preciso de toda a minha força para impedir que elas escorram pelo meu rosto enquanto as jovens começam a me lavar, usando conchas de água para molhar minha cabeça, ensaboando o meu cabelo com sabão que cheira a pinheiro. Há muito tempo ninguém me toca com algo remotamente parecido com gentileza.

O contato físico sempre foi algo natural em todos os meus anos de juventude. Conforme crescia, nunca houve um momento em que eu estivesse a mais do que alguns passos de braços fortes ou um abraço acolhedor. Eli pode não ter compartilhado meu sangue ou minha raça, mas, ainda assim, me deu todo o carinho de um pai. A maioria dos meus vizinhos eram pessoas boas e gentis, que me aceitavam sem ressalvas, apesar de eu ser diferente. Enquanto os halflings do continente estavam sendo executados em massa, a península continuava sendo um refúgio de tolerância.

E então, no verão passado, Tomas apareceu. O aprendiz de padeiro com um sorriso fácil e mãos sempre sujas de farinha. Ele pode nunca ter pensado em um futuro sério com a halfling ajudante do curandeiro — não quando podia escolher qualquer garota perfeita no nosso vilarejo isolado —, mas ele tocou meu corpo com reverência e me chamou de linda, na penumbra, quando não havia ninguém por perto para ouvir.

Não era para durar. Não por muito tempo, não por mais do que algumas noites furtivas em um prado de verão. Mas, em seu abraço, tive meu primeiro vislumbre de um conforto diferente, do tipo que faz o coração doer e a pele queimar. Do tipo que acende um fogo em suas veias, quente o suficiente para afastar o frio da solidão.

Desde que abandonei Seahaven, me agarrei a cada centelha de calor que consegui conjurar. O mundo real é mais frio. Mais cruel. É raro encontrar alguém disposto a oferecer conforto, em vez de buscar a própria satisfação; que doa de coração aberto, em vez de apenas tomar. Comecei a me perguntar se algum dia voltaria a sentir o toque de outra pessoa de alguma maneira que não fosse através da violência. E assim, enquanto dedos trabalham nos muitos nós e emaranhados do meu cabelo, enquanto minhas unhas são limpas e meus membros cansados são enxugados com toalhas perfumadas, eu me permito flutuar para fora do corpo por um tempo, minha mente completamente desconectada de tudo, exceto da sensação da água ao meu redor, me embalando como um abraço quente.

São necessárias duas trocas para que a água fique transparente e eu seja considerada, enfim, limpa. Minha pele está vermelha por causa da esfregação e já está esponjosa. As pontas dos meus dedos estão enrugadas. Marta e Inga me enrolam em uma toalha quente e secam meu corpo antes que eu pegue um resfriado.

Edwynna, a estalajadeira, retorna apressada à sala de banho com uma trouxa de roupas nos braços. Não pergunto onde ela conseguiu as roupas íntimas e o vestido, apenas lhe agradeço. São grandes demais para mim, mas graças aos deuses estão limpos, o vestido de musselina grossa cheira a sabão e é tingido de um tom avermelhado desbotado que realça as mechas douradas do meu cabelo platinado. Elas amarram uma faixa trançada cor de bronze na minha cintura, ajustando o tecido ao meu corpo. Suas borlas pendem quase até meus pés, enfiados em chinelos marrons um número maior.

Quando estou vestida, Inga me senta em um banco acolchoado em frente ao espelho da penteadeira e escova meu cabelo úmido com movimentos suaves que me fazem querer ronronar como um gato. Ele cresceu bastante desde o meu último corte, chegando bem abaixo da cintura. Seus dedos hábeis trabalham depressa, trançando a metade superior em uma espessa coroa ao redor da minha cabeça, deixando o resto solto para escorrer pelas minhas costas em uma cascata de cachos soltos.

— Pronto. — Ela sorri para mim, fitando meus olhos pelo reflexo. — Está adorável, senhorita.

Adorável é um exagero, embora eu esteja bem melhor do que antes. Ainda estou abatida, meus olhos marcados pela exaustão implacável... mas estou limpa, usando um vestido recém-lavado e fui penteada e arrumada com mais gentileza do que em qualquer outro momento recente. Eu me sinto uma nova mulher.

— Obrigada — murmuro, com uma tentativa de sorriso. Ele não chega aos meus olhos azul-prateados quando me viro para Marta, que segura uma braçada de toalhas molhadas. — A vocês duas.

— O prazer é nosso, senhorita.

Eu esperava ir direto para a cama depois do banho, mas fui logo conduzida para fora da sala de banho, descendo as escadas até a taberna. Durante minhas horas afastada, uma energia vibrante tomou conta do salão do bar. As mesas estão lotadas de clientes que se espremem ombro a ombro, erguendo canecas de metal cheias de hidromel e cerveja que transbordam quando eles brindam à boa saúde. O violinista está animado, uma música alegre emana das cordas enquanto o arco vai e vem como uma onda obstinada que beija a costa.

Inga mantém uma mão na parte inferior das minhas costas enquanto me guia pela multidão. Além de Edwynna e as jovens, noto apenas mais uma mulher em todo o salão — uma comerciante de peles de aparência intimidadora, com um capote de pele de urso-branco, observando a porta como se esperasse que uma ameaça entrasse a qualquer momento. Seus olhos frios se voltam para mim, e por instinto desvio meu olhar para o chão.

Ela não é a única a me observar. Sinto o peso de muitos olhares enquanto Inga me conduz adiante. Quando vejo para onde estamos indo, alívio e pavor travam uma batalha dentro de mim. Jac e seus homens — com exceção do ruivo com a perna quebrada e o riso fácil — estão reunidos em torno de uma grande mesa de carvalho encostada na parede ao fundo, uma posição de honra ao lado da lareira crepitante. Todos parecem recém-saídos do banho, com os cabelos ainda úmidos e a pele avermelhada pela fricção vigorosa com sabão.

Nas sombras mais próximas da parede, consigo distinguir apenas a silhueta de outro homem. A largura dos ombros, os contornos definidos do torso. O rosto está escondido pela escuridão, suas feições disfarçadas sob o elmo que ele ainda usa.

Paro a alguns passos de distância, fincando os calcanhares no assoalho de madeira quando Inga tenta me incentivar a continuar. Jac é o primeiro a me ver. Seu olhar, sempre vigilante, perscruta a multidão animada em busca de possíveis ameaças. A princípio, ele não me nota, mas então sua cabeça se volta na minha direção com um sobressalto. Ele se endireita na cadeira enquanto seus olhos me absorvem, varrendo meu corpo da cabeça aos pés.

— Céus! — Ele assobia de um jeito tão parecido com o de um lobo que, apesar dos meus esforços, sinto um calor subir às bochechas. — Quase não te reconheci sem aquela gosma no cabelo, Ace!

Parece que o apelido pegou.

Mabon e Uther se viram nos seus bancos para me observar. Inga pressiona minha coluna, forçando meus pés a se moverem, e sorrio enquanto me rendo, caminhando em direção ao banco desocupado ao lado de Uther.

Digo a mim mesma que é porque seus olhos cinzentos são gentis. E não porque é a posição mais distante possível do canto escuro onde Sua Alteza está sentado.

— Caramba! Você parece quase... feminina.

— *Quase?* — Reviro os olhos. — Que elogio galanteador. Muito obrigada, Jac.

Mabon solta uma risada abafada dentro da caneca de cerveja.

Sento na banqueta, os chinelos balançando no ar, e aceno para Inga, que se afasta para cuidar de seus afazeres. Jac a observa, seus olhos fixos no traseiro atraente com evidente interesse.

— Ela é casada — informo a ele, repassando a informação que descobri enquanto ela escovava o meu cabelo. — Há cinco anos. O marido é um comerciante de óleo de baleia em Frostlands. Mais felizes, impossível. Eles estão esperando o primeiro filho para o meio do verão.

Uther ri e dá uma cotovelada em Jac, que me olha com uma careta.

Meu sorriso se alarga quando Mabon empurra uma caneca de cerveja intocada na minha frente. Minhas mãos tremem um pouco quando a levo aos lábios e dou um longo gole, a espuma cobrindo meu lábio superior.

— Obrigada, Mabon.

— É o mínimo que posso fazer, moça. — Ele coça a cabeça careca, parecendo envergonhado. — Depois da sua ajuda na caverna, quero dizer.

— Não fiz muita coisa.

— Você poderia ter feito muito menos — comenta Uther, seus olhos cinzentos serenos como sempre ao encarar os meus. — A maioria dos soldados mais experientes teria desmaiado na hora, ou corrido chamando as mães aos gritos.

— Eu nunca tive mãe — revelo, sem pensar. — E não tenho mais ninguém vivo para quem correr, aos gritos ou não.

O silêncio paira sobre nossa mesa, uma ilha de seriedade em um mar de risos e música.

— Como está o Farley? — pergunto depois de um longo gole, achando conveniente mudar rápido de assunto.

— Fazendo um estardalhaço absurdo, como sempre. — Jac esvazia a caneca de cerveja. — Um belo espetáculo dramático. Quando ele voltar para Caeldera, deveria fazer um teste para uma trupe de atores itinerantes. Para testar seu talento no palco.

— A perna dele está quebrada. — Sinto-me obrigada a ressaltar. — Ele deve estar com muita dor.

Mabon emite um grunhido de concordância.

— O curandeiro deu algo para aliviar a dor? — pergunto, olhando de um homem para o outro. — Ou ao menos o colocou para dormir enquanto o osso era colocado no lugar?

— Houve um pequeno contratempo com o curandeiro. — Jac suspira. — Acontece que ele não está aqui.

— O quê?

— Ele foi chamado para o posto do outro lado da cordilheira. O ferreiro teve uma situação desastrosa com uma forja quente ontem. Uma cena horrível, segundo os relatos.

Meus olhos se arregalam; não pelo incidente, mas ao perceber que não há curandeiro aqui. O que significa que Farley…

Desço da banqueta e dou a volta na mesa antes que qualquer um dos homens tenha tempo de reagir. Passo da lareira e dou mais três passos quando uma mão emerge das sombras, me agarra pela faixa na cintura e me puxa para trás. O ar escapa dos meus pulmões quando tropeço nos meus chinelos e colido com algo duro como granito. Um tórax, percebo, quando uma voz grave ressoa diretamente no meu ouvido.

— E aonde você pensa que está indo?

— Colocar a perna do Farley no lugar — respondo no mesmo instante, ignorando o arrepio que percorre minha espinha. — Mesmo que o curandeiro não esteja aqui, tenho certeza de que há um estoque de ervas e suprimentos. Eu vou…

— Coma.

Livrando-me do seu aperto, eu me viro para encará-lo. Nas sombras, os olhos de Penn são duas brasas incandescentes.

— Como é que é?

— Você vai comer.

Minha coluna se enrijece.

— Eu já disse que…

— Pode me dizer o que quiser. Mas, antes disso, você vai se sentar e colocar uma comida quente no estômago.

— Você não pode me obrigar…

— Eu vou alimentar você à força, se for preciso — rebate ele. — Mas eu não deveria ter que chegar a esse ponto. Se você é esperta o bastante para consertar um osso quebrado, também deve ser inteligente o suficiente para perceber que vai precisar de uma mente lúcida. Sem mencionar uma boa dose de força. Se quer ajudar o Farley, faça isso sem a cabeça tonta de fome.

Minha boca se fecha.

Maldição dos deuses.

Ele tem razão. Uma refeição me fará bem, vai ajudar a dissipar um pouco da névoa em minha cabeça exausta. Por mais que odeie admitir, no estado atual, não serei de grande utilidade para Farley.

Penn vê em meu rosto o exato momento em que cedo à sua lógica. Ele não diz mais nada, apenas gesticula com o queixo para o banco do outro lado da mesa e, com a mão larga na minha cintura, ele me empurra gentilmente para longe do seu canto na penumbra. Mantenho os olhos fixos no chão, incapaz de encarar alguém enquanto tropeço de volta ao meu assento com meus chinelos grandes demais. Meu estômago revira quando engulo meu orgulho.

O gosto é amargo.

Ainda bem que o ensopado que Marta traz, instantes depois, não tem nada de amargo. O caldo, encorpado e saboroso, está repleto de cenouras macias e pedaços de carne tenra. A colher treme em minha mão enquanto resisto ao impulso de devorar tudo em uma velocidade constrangedora.

Enquanto comemos, os homens — principalmente Jac e Uther — conversam sobre sua jornada, descrevendo uma batalha travada na semana anterior, contra um clã de saqueadores vindo da plataforma de gelo na costa oeste, que tem se aproximado das fronteiras soberanas de forma ameaçadora. Descubro que as Montanhas Cimérias são consideradas território neutro. Muito vastas e selvagens para serem governadas por um único rei, elas são compartilhadas pelos habitantes dos três reinos das Terras do Norte: Llŷr, Frostlands e Dyved.

Os nomes ressurgem no meu mapa mental de Anwyvn, como se sempre tivessem estado lá, apenas apagados por um tempo. Dyved se estende a oeste. Llŷr domina o leste. Enquanto Frostlands, um território bem menor, ocupa o estreito glacial entre eles, na ponta mais ao norte de Anwyvn.

Cada reino protege suas principais rotas comerciais que atravessam as montanhas, mas, fora isso, deixa que a cordilheira se autogoverne. Assim, a região se tornou uma terra sem lei, lar tanto de exilados e fugitivos quanto de monstros e criaturas da neve. Os homens sorriem ao me contar isso, como se fosse uma piada divertida e não um fato aterrorizante que me fará perder o sono.

Nos últimos dez meses, o pelotão deles foi designado para patrulhar um trecho específico de passagens nevadas que dão acesso ao reino que eles chamam de lar.

Dyved.

— Não podemos deixar que algum monstro chegue até Caeldera. — Jac engole seu último gole de cerveja e acena para o homem atrás do balcão, pedindo outra. — A única fera que tem permissão para rondar aquelas ruas atende pelo nome de Pendefyre.

— Jac — adverte uma voz grave vinda do canto.

O sorriso de Jac está retorcido pela bebida, mas ele consegue abafar a voz.

— Ah, sim. *Discrição*. Entendi.

Penn permanece nas sombras. Dada a reação de Edwynna mais cedo, quando descobriu que sua estalagem estava hospedando a realeza, acho que é uma escolha sensata. Não é de admirar que ele nunca tire o elmo. Mesmo aqui, tão no alto das montanhas, um príncipe de Dyved seria facilmente reconhecido. Sem falar que poderia se tornar um alvo dos nefastos saqueadores de quem tanto ouvi falar.

Meus olhos percorrem a taberna, examinando os homens nas mesas ao redor. Uma mistura de cores de cabelo, raças e tipos físicos, com barbas grisalhas e bochechas queimadas pelo vento. Suas capas são forradas de pele, os ombros revestidos de couro de animais. A maioria tem machados de duplo corte apoiados ao lado dos bancos enquanto se diverte com um jogo de cartas que não reconheço. Alguns deles lançam olhares em nossa direção enquanto novas mãos são distribuídas e novas apostas são feitas. Espero que seja por curiosidade, e não por más intenções. Já temos muito com o que lidar sem acrescentar mais inimigos à nossa lista de preocupações.

Bebo meu último gole de chá — deixei a cerveja de lado assim que percebi que precisaria de minhas habilidades de curandeira — e pulo do banco. Meus olhos se voltam para o canto escuro de onde sei que Penn está me encarando.

— Farley — digo, sem mais explicações.

Eu me viro e me afasto da mesa. Desta vez, nenhuma mão se estende para me impedir. Depois de um momento, ouço o barulho específico de vários pares de botas ecoando no assoalho, seguindo meu rastro.

DOZE

A fratura não é tão ruim quanto eu temia.

Agradeço por isso. Já faz algum tempo desde a última vez que coloquei um osso no lugar, ainda mais sem a orientação atenta de Eli. Ajoelho ao lado do estrado onde Farley está deitado, consciente de que Mabon, Uther e Penn observam todos os meus movimentos como falcões circulando a carniça.

Assim como fiz há dois verões, quando o filho mais novo do nosso vizinho caiu de uma árvore e quebrou o pulso, passo os dedos ao longo da perna descoberta, mantendo um toque leve ao explorar a extensão das fraturas. Sob o mosaico colorido de hematomas, sinto duas partes distintas de osso. Sem fragmentos, nem perfurações na pele. Uma única ruptura ao longo da canela.

— Sem estilhaços — anuncio a Farley.

— Isso é uma boa notícia, certo?

Sorrio para seu rosto pálido.

— Ótima. É uma fratura limpa. Você vai estar curado em pouco tempo.

Ele retribui com um sorriso sutil, mas aliviado. Nos seus olhos, vejo que a mistura entorpecente que encontrei no depósito do curandeiro está fazendo um bom trabalho. Suas pálpebras estão pesadas enquanto a dor é banida para os confins mais remotos de sua mente, não sendo páreo para os efeitos da raiz de valeriana e do extrato de verbena.

— Descanse agora — digo a ele. — Quando acordar, vai se sentir muito melhor.

Não há resposta. Ele já está inconsciente.

A porta se abre. Jac entra, os ombros da capa salpicados de neve fresca, as mãos segurando o gelo que eu pedi que buscasse.

— Lá fora está mais congelado do que o pau de um gigante de gelo — declara, sentando-se ao meu lado no palete. — Onde ponho isso?

Pego o bloco de neve dura de suas mãos, sentindo minhas palmas formigarem por causa do frio, e a aplico aos poucos ao redor da fratura.

— O que você está fazendo?

— Entorpecendo o ferimento — murmuro, concentrada na minha tarefa. — O gelo vai reduzir a inflamação depois que eu realinhar os ossos. Será menos doloroso quando o efeito das ervas passar em algumas horas.

— Você não pode apenas dar mais?

— Remédio em excesso pode matar um homem mais rápido do que qualquer ferimento de batalha. Mais de uma dose por dia, e ele pode nunca mais acordar do torpor.

Jac solta um suspiro alto, mas não faz mais perguntas e se junta aos outros homens ao lado da porta. Continuo aplicando gelo na fratura, secando a água com um lençol sobressalente à medida que a neve derrete em pequenos filetes. Só levanto a cabeça quando sinto que a perna está completamente dormente. Meu olhar imediatamente se prende ao de Penn. Engulo em seco e encaro os olhos cinzentos e serenos de Uther.

— Vou precisar de alguém para segurar os ombros de Farley. O tônico deve mantê-lo sedado, mas há uma chance de ele acordar e, se isso acontecer, a última coisa de que eu preciso é que ele se debata e agrave ainda mais os ferimentos.

Faz-se um instante de silêncio enquanto os homens se olham.

— Estou meio bêbado — anuncia Jac em um tom alegre. — Então estou fora da missão.

— O Mabon é o mais forte — sugere Uther, olhando para o homem atarracado ao seu lado.

Mabon se remexe, desconfortável, coçando o pescoço como se insetos rastejassem sob sua pele.

— Acho que…

— Eu faço.

Não olho para Penn quando ele fala. De alguma maneira, eu sabia que seria ele quem me ajudaria, mesmo antes de eu pedir. Apenas concordo com a cabeça e volto minha atenção para a tarefa que tenho em mãos.

Ao meu lado, uma pilha de materiais surrupiados das prateleiras bem organizadas do curandeiro está pronta para uso: ripas de madeira e um rolo de tecido para a tala, tiras finas de couro para fixá-la, uma cavilha para apertar os nós quando a tala estiver no lugar.

Eu consigo fazer isso.

Eu *vou* fazer isso.

Assim que minhas mãos pararem de tremer.

Ergo os olhos para encarar Penn. Ele está agachado ao lado da cabeça de Farley, segurando firmemente os ombros do homem adormecido, pronto para contê-lo, se necessário.

— Vou começar agora — aviso, sem necessidade.

Ele assente com a cabeça.

Mordo o lábio inferior.

— Você já fez algo assim antes?

Ele nega com a cabeça.

É óbvio que não fez. Ele é um *príncipe*, pelo amor dos deuses. É provável que haja uma equipe de curandeiros reais a postos sempre que ele pega um resfriado.

— É bastante simples — explico, na tentativa de tranquilizar Penn e a mim mesma. — Os ossos estão desalinhados. Preciso puxar a perna até que eles se separem e, então, recolocá-los na posição correta. Feito isso, vou imobilizar a perna com uma tala para que os ossos não se desloquem durante a cicatrização.

Ele arqueia uma sobrancelha escura.

— Você está me perguntando ou me informando?

— Estou informando — respondo, subitamente irritada.

— Ótimo.

Seus olhos, como chamas escuras, permanecem fixos nos meus. Não consigo ler a emoção neles. Não o conheço bem o suficiente para decifrar o jeito como ele me observa nesse momento. Mas sei que, por algum motivo, ficar irritada com ele me acalma. Faz com que eu me reconecte comigo mesma. Desacelera meu coração disparado e acalma minhas mãos trêmulas.

Estou pronta.

Olho para a perna machucada de Farley, exposta do joelho para baixo. Seguro com firmeza seu tornozelo. E, com uma respiração profunda, começo o meticuloso processo de colocar os ossos no lugar.

A PORTA SE abre com um estalo.

Meus olhos também se abrem.

Encaro fixamente o teto de madeira, de repente alerta. A julgar pela exaustão que ainda pesa como chumbo nos meus membros, devo ter dormido apenas alguns minutos. Depois da provação com Farley, consegui subir as escadas e entrar no modesto quarto no último andar, com a ajuda de Marta. Trocamos poucas palavras enquanto ela me ajudava a vestir uma camisola branca folgada e me colocava na cama, apagando as velas e alimentando o fogo com mais lenha antes de fechar a porta. Mal ouvi o trinco se fechar antes de mergulhar num sono profundo.

Botas pesadas ecoam no assoalho, se aproximando. Eu me sento em meio à confusão de cobertas. A adaga na minha mesa de cabeceira — que peguei de Edwynna antes de ela levar meu vestido velho para incinerar — está na minha mão em um piscar de olhos.

Os passos cessam.

— Planejando me apunhalar?

É Penn.

Pisco em meio à escuridão.

— Talvez.

— Talvez? — Seu tom de voz é mais descontraído do que nunca. — O que está te impedindo? Esse senso de moralidade intransigente que você ostenta como uma medalha de guerra?

— Fico surpresa que você consiga reconhecer moralidade em alguém, já que não tem nenhuma.

— Acredite, sou capaz de reconhecer muitos defeitos que não me afligem; a ingenuidade, por exemplo.

— Você veio aqui só para me insultar?

Há uma pausa profunda.

— Não.

— Então o que está fazendo no meu quarto? — resmungo mal-humorada. — Eu estava dormindo.

E estava mesmo. Em uma cama, inclusive. A primeira em que tive a sorte de me deitar desde que fui obrigada a abandonar a minha, na calada da noite. Claro, o colchão é cheio de caroços e tem um leve cheiro de mofo. Mas, ainda assim, é uma cama. Uma que, até a rude interrupção de Penn, eu desfrutava feliz.

— Não seja por isso, continue — murmura, caminhando até a penteadeira ao lado da janela, onde um raio de luar atravessa a vidraça.

Quando minha visão se ajusta à escuridão, consigo distinguir os detalhes da sua silhueta imponente. Ele está vestido de preto, como de costume, mas não com o uniforme do Comandante Scythe. São roupas típicas dos habitantes das Terras do Norte; o tecido é mais grosso, mais resistente, feito para cortar o vento e aplacar o frio. Não há nada de extravagante ou pomposo no traje, mas ele é claramente bem-feito, confeccionado com esmero por um alfaiate habilidoso. A camisa tem uma fileira de botões pretos na frente. Suas pesadas botas de couro chegam até os joelhos e foram polidas recentemente. Enquanto observo, ele se abaixa para desamarrar os cadarços.

Eu me sobressalto.

— O que você está fazendo?

— Achei que estivesse dormindo.

— Não consigo dormir com você aqui!

— Então sua noite será bem longa.

Ele tira as botas, que caem no chão, uma de cada vez. Cada batida me faz estremecer.

— Mas... Você... Eu... — Minha voz está rouca de pânico. — Não consigo acreditar nisso!

— Pois acredite.

O cansaço contido nessas duas palavras me faz ignorar sua arrogância implícita. Ele parece cansado. Exausto, na verdade. Talvez até mais do que eu. E, embora não devesse, isso me surpreende. Porque, até agora, ele parecia tão incansável. Tão inesgotável. O formidável Comandante Scythe. Nunca dorme, nunca relaxa. Nunca sucumbe a fraquezas mortais como a fome ou a fadiga.

Estou com ele há quase uma semana e nunca o vi descansar, nem mesmo quando acampávamos à noite. Quando não estava cuidando da minha saúde quando tive febre, ele estava caçando para nos manter alimentados ou cortando lenha para manter a fogueira acesa. Cavalgava sem trégua todos os dias, montava guarda todas as noites. Lutava contra homens e monstros em sua determinação incansável de nos levar para o norte.

Para nos manter a salvo.

Desisto de protestar quando o encaro, minha mão apertando a adaga com uma força mortal. Ele está parado sob a luz do luar, virado para o outro lado, as costas largas rígidas de tensão. Há um longo silêncio. Então ele ergue as mãos e faz algo que faz meu coração disparar dentro do peito. Algo que, percebo, eu venho esperando. Há dias. Uma semana. Na verdade, desde o primeiro momento em que o vi, parado diante da árvore onde eu seria enforcada, olhando para mim como se minha existência fosse a pior coisa que já lhe aconteceu.

Ele tira o elmo.

Ouço o baque oco do metal contra a mesa. Ele apoia as mãos de ambos os lados do elmo, os dedos estendidos ao longo da superfície de madeira, e inspira fundo. Observo os músculos das suas costas tensionarem sob a camisa enquanto ele expira aos poucos, liberando o que parece ser uma torrente de energia reprimida. Sua cabeça está virada para o outro lado, os cabelos escorrendo ao redor, como uma cortina desgrenhada.

Eu me pego imaginando sua expressão neste momento tenso; imaginando como seria sua aparência com os raios do luar pintando seu rosto em tons de prata. Quando ele se vira para mim, já esculpiu a máscara de indiferença fria que aprendi a conhecer tão bem. Ainda assim, sinto minha língua ressecar, minha boca árida como o deserto ao vê-lo sem as linhas severas do elmo, sem o protetor nasal com ares reptilianos que dividia suas feições inegavelmente bonitas.

Engulo em seco.

Não é a beleza juvenil de um ator de teatro, nem o charme vulgar dos homens que oferecem companhia em frente aos bordéis em Bellmere, o principal porto de Seahaven, que vi nas raras ocasiões em que Eli me permitia acompanhá-lo à cidade. O rosto de Penn é anguloso e simétrico, com contornos bem definidos, sobrancelhas grossas e nariz reto.

Concluo que seu rosto é ainda mais bonito do que eu me permitia imaginar, todas aquelas noites em que fiquei acordada ao lado da fogueira, imaginando se algum dia teria a chance de vê-lo por inteiro. Seu cabelo, tal qual as sobrancelhas — que tantas vezes vi franzidas para mim em sinal de frustração — tem um exuberante tom castanho-escuro. Nem longo nem curto, mas algo intermediário. Eu me pergunto se ele o usa mais curto quando não está disfarçado nas Terras Médias. As pontas se enrolam abaixo das orelhas...

Suas orelhas!

Minha respiração fica presa na garganta e meus olhos se arregalam. Porque suas orelhas...

São pontudas.

Ele é feérico.

Aperto a adaga com tanta força que acho que os nós dos meus dedos vão se partir. Meu coração dispara, minha pulsação passa de um murmúrio para um rugido em um instante.

— Você — sussurro, incapaz de dizer qualquer outra coisa. Incapaz de pensar em qualquer outra coisa. Incapaz até mesmo de respirar direito. — Você é...

Um halfling.

Como eu.

Ele não se move. Não fala. Não faz nada além de ficar ali, parado sob o luar, olhando para mim.

— Você é feérico. — Balanço a cabeça, recusando-me a aceitar as palavras mesmo enquanto as pronuncio. — Isso é... Isso não é... Você não *pode* ser.

Ele arqueia as sobrancelhas escuras.

— Não posso?

— Mas... você é um príncipe! — disparo, atônita.

— E?

— Como um halfling pode ocupar tal posição? — Ainda devo estar sonhando. — Como alguém com uma gota de sangue feérico pode ter uma posição tão... *visível*... sem ser caçado por ousar existir?

— As coisas são diferentes nas Terras do Norte. — Ele dá de ombros. — Não temos os costumes mais primitivos dos nossos vizinhos ao sul.

Apenas o encaro. Estou perplexa.

— Então, em Dyved... há mais pessoas como eu? Como... nós?

— Quase todos que vivem além das montanhas têm, ao menos em parte, sangue feérico. É raro ver um humano puro além da cordilheira.

— Seus homens não são feéricos — ressalto.

— São, sim.

Balanço a cabeça.

— Mas as orelhas deles...

— Há glifos costurados nos uniformes. Encantamentos. Nada muito poderoso, mas o suficiente para lançar um pequeno feitiço que permite a quem os veste se passar por humano. Se você apurar seus sentidos, conseguirá enxergar através da ilusão facilmente. — Ele faz uma pausa. — Tente fazer isso da próxima vez que olhar para um deles. Verá por si mesma.

— Eu não consigo ver através de feitiços.

— Consegue, sim. — Sua voz soa cada vez mais irritada. — Apenas negligenciou essa habilidade, junto de todas as outras.

Minha coluna se enrijece com a insinuação.

— Você parece acreditar que eu tenho algum tipo de poder por causa... *do quê*, exatamente? Por uma estranha marca de nascença no meu peito? Acho que você consegue perceber o quanto isso parece absurdo. Não existe mais magia em Anwyvn desde o Massacre. Ela foi erradicada quando eles exterminaram todos os altos feéricos. Todo mundo sabe disso.

Ele fica em silêncio por um instante. E quando fala, sua voz sai com uma suavidade aterrorizante.

— Então o que aconteceu naquele penhasco? E com aquele homem que tentou te estuprar?

Estremeço.

— Eu não sei.

— Sabe, sim.

— Não, não sei! — Eu mordo o lábio inferior, tentando reprimir a onda de pânico crescente. — Tudo o que eu sei é que, em um minuto, ele estava rasgando o meu vestido e, no outro, estava no chão se contorcendo de dor. O que quer que tenha acontecido com ele, não fui eu que fiz.

Ao menos, não de maneira consciente.

Sua voz ainda é suave. Uma suavidade que me deixa inquieta. Imperturbável como uma serpente, pouco antes do bote fatal.

— E qual é a sua explicação para o que aconteceu na ponte? Hein? Como você distorceu a realidade para se encaixar nas suas ilusões de segurança, naquele caso?

— Na ponte?

— Quando você caiu naquela ripa quebrada. O que aconteceu?

— Eu... — Balanço a cabeça outra vez, um rápido movimento confuso. — Tive sorte, eu acho. A ponte balançou com o vento... e fui jogada para cima.

— *Sorte* — murmura ele. — Pelos deuses!

— Sim, *sorte*! — retruco, irritada. — O que mais haveria de ser?

— Você está falando sério?

Quase corto os lábios tentando conter minhas respostas mais furiosas, mas consigo dizer apenas:

— *Sim.*

— Tudo bem. Vamos falar um pouco sobre esse vento da sorte. — Penn se aproxima um pouco mais da cama, o que me deixa na mesma hora em alerta. Ele para bem perto dos pés entalhados, não o suficiente para me tocar, mas perto demais para o meu gosto. — Um vento que surgiu do nada, tão de repente que desafiou as leis da natureza. Um vento que não se moveu em uma única direção, em uma corrente, mas girava em um curioso vórtice ao redor de *você*. Um vento que impulsionou seu corpo pendurado de tal forma que você se livrou, sã e salva, de uma morte quase certa. Um vento que desapareceu em um piscar de olhos assim que você estava em segurança. — Ele faz uma pausa, deixando suas palavras penetrarem na espessa névoa de negação e confusão que me envolve como um cobertor. — Já vi coisas estranhas no meu tempo nesta terra. Coisas inexplicáveis. Coisas monstruosas, até. Mas nunca, em toda a minha vida, vi algo como aquele vento.

Se antes minha pulsação era uma batida de tambor, agora é o estrondo de um trovão. O barulho do sangue pulsando em meus ouvidos é tão alto que mal consigo ouvir meus pensamentos.

— Foi uma rajada de vento — argumento, com a voz fraca, sem acreditar em minhas palavras, mas, ainda assim, sentindo a necessidade de dizê-las. — Um vendaval bizarro...

— Não foi uma rajada de vento, e você sabe disso. Sabe a verdade. Só não quer acreditar.

— E que verdade é essa?

Ele dá mais um passo em minha direção. Seus olhos não desgrudam dos meus, enquanto ele ergue a mão esquerda para segurar o dossel da cama.

— Você *invocou* aquele vento. Você o criou do nada.

— Isso... Isso não é possível.

— É.

— O que...? — Respiro fundo. Dentro da minha cabeça, meus pensamentos estão puro caos. Cada pergunta gera mais duas, até que a minha mente é tomada por uma inquietação crescente. — O que você está dizendo?

A paciência de Penn está por um fio.

— Estou dizendo que essa marca no seu peito não é uma marca de nascença. É uma marca Remanescente. Um símbolo de poder elemental. Eu a reconheci no momento em que a vi.

As lembranças voltam a mim, lançando-me de volta no tempo para a árvore onde eu seria enforcada. A corda ao redor do pescoço, o ferro nos pulsos. E dois olhos em brasa fixos em mim com tamanha intensidade que pareciam queimar minha pele, enquanto Penn soltava os laços do meu vestido para examinar as espirais gravadas entre meus seios.

Ele soube desde aquele momento.

O que essa marca significa.

O que eu sou.

De alguma maneira, parece errado que ele saiba tanto tempo antes de mim. Que eu *ainda* não saiba. Não de verdade. E, mesmo agora, ainda estou frustrada e confusa quanto à minha identidade.

— O que eu sou? — sussurro, horrorizada, mais para mim mesma do que para ele.

Para a minha surpresa, Penn responde.

— Quando a encontrei, eu suspeitava, mas não sabia muito bem qual dos quatro elementos você controlava. Depois da ponte, eu tive certeza. — Ele me encara, os olhos brilhando. — Você é uma guardiã do vento. Você é o Ar. O Ar, desperto.

Alguma coisa vibra dentro de mim, como a batida grave de uma maceta em um tambor, reverberando por cada terminação nervosa em uma corrente silenciosa.

Ar.

Ar, desperto.

A marca formiga, uma pontada gelada e familiar.

Desperta, agora.

Finalmente desperta.

Um tom ofegante, quase descontrolado, se insinua em minha voz. Meu último suspiro de negação.

— Você não acha que, se eu pudesse invocar o vento, eu o teria usado a meu favor nesses últimos dias? Contra, sei lá... *você*?

— Se você tivesse se preocupado em aprender a controlar sua magia, em vez de deixá-la se manifestar de um jeito imprevisível sempre que sua vida está em perigo — diz Penn, em um murmúrio —, acho que sim. Você poderia muito bem tê-la usado contra mim. Mas, até onde pude ver, você ignora todo o legado que carrega. O poder latente que há dentro de você.

— Poder — repito, e meus lábios lutam com a palavra, enquanto minha mente se esforça para entender tudo o que ele está dizendo.

Por mais absurdo que pareça, uma parte de mim — uma voz distante sussurrando das profundezas mais obscuras da minha mente — sente um grande alívio ao ouvir alguém confirmar o que havia muito tempo eu suspeitava.

Há algo de errado comigo.

Algo que me distingue dos outros. Algo além da marca na minha pele ou das minhas orelhas pontudas. Uma estranheza inata, uma peculiaridade entranhada em meus ossos, que sussurra na escuridão da noite que jamais terei uma vida normal. Que estou destinada a algo diferente. Algo distante das praias ensolaradas de Seahaven. Algo além de um casamento tranquilo e previsível com um homem de fala mansa como Tomas.

Algo grandioso.

Essa voz foi silenciada por tanto tempo — primeiro, por insistência de Eli.

É melhor mantê-la coberta, Rhya.

É melhor não deixar ninguém se aproximar demais, Rhya.

É melhor não chamar a atenção, Rhya.

E, mais tarde, por conta própria.

Seja boa.

Seja normal.

Seja comum.

Eu tentei. Ah, como tentei. Dia após dia, ano após ano. Reprimi minha inquietação, silenciei a voz que me atormentava, sussurrando que eu era diferente... errada... amaldiçoada. Eu a enterrei de novo e de novo, toda vez que ela ressurgia, até que esqueci que ela existia.

Mas agora essa voz está berrando, cada palavra aumentando de um sussurro para um grito que não consigo ignorar. Não consigo sufocar.

Guardiã do vento, a marca parece zombar, seu murmúrio tão antigo quanto o próprio tempo, sua ferroada fria tão intensa que chego a tremer. *Sílfide dos céus... chega de se esconder...*

Pressiono a mão livre sobre a marca através do tecido da camisola emprestada, tentando acalmar a voz indesejada. Meu coração pulsa forte em minhas veias, enquanto meus olhos se erguem para Penn, a alguns passos de distância. Sua mão aperta firme o dossel da cama, os nós esbranquiçados dos seus dedos se destacam na penumbra.

— E se eu não quiser? — pergunto, as palavras quase inaudíveis. — Esse... *Remanescente*. Esse... poder.

O sorriso que distorce seus lábios tem um toque cruel. Seus olhos brilham com uma fúria contida.

— Então eu deveria ter deixado você ser enforcada e me poupado de uma semana de esforço desperdiçado.

Meus lábios se abrem em um suspiro de choque.

— Agora — diz ele, soltando o dossel da cama —, estou exausto. Faltam quatro horas para o amanhecer. Não pretendo usar esse tempo repetindo a mesma coisa.

Ele contorna a cama, aproximando-se a passos lentos. Eu me afasto, tentando manter alguma distância, mas não tenho para onde ir. Minhas omoplatas batem na cabeceira da cama. Pressiono minha coluna contra a madeira enquanto Penn se senta, e seu peso afunda o colchão, então lentamente estende seus longos membros em uma posição de repouso sobre as cobertas. Sua cabeça afunda no travesseiro ao lado do meu enquanto suas pálpebras se fecham.

Por um momento, tudo está silencioso. Fico ali sentada, acuada contra a cabeceira da cama, olhando para o homem deitado a centímetros de distância. Seus pés descalços estão cruzados na altura dos tornozelos. O braço está jogado sobre os olhos para protegê-los da luz da lua.

— Ou me apunhala de uma vez ou coloque essa adaga na mesa de cabeceira — murmura ele. — A essa altura, tanto faz.

Eu me sobressalto, olhando para a minha mão. Havia me esquecido completamente da adaga, mas ainda estou apertando o cabo, a ponta dos dedos pálida pela falta de circulação.

Engolindo em seco para dissipar o nó entalado em minha garganta, eu me aproximo e pouso a arma na mesa de cabeceira com um leve tilintar metálico. Meus dedos formigam quando o sangue volta a fluir. Ao olhar para Penn, ele está na mesma posição — tornozelos cruzados, braço sobre os olhos —, como se não se importasse com o fato de que eu possa apunhalá-lo enquanto dorme. Sua respiração está regular, o peito subindo e descendo em um ritmo constante. A boca está relaxada, um pouco entreaberta. Os lábios parecem mais cheios na ausência da carranca severa que ele costuma exibir quando olha para mim.

Será que ele já está dormindo?

Uma leve ruga vinca sua testa, franzindo as sobrancelhas. Eu me pergunto se ele está sentindo muita dor por causa do ferimento no ombro, mas não ouso perguntar, não quero desperdiçar uma oportunidade tão rara. Observá-lo sem conhecimento dele é um privilégio perigoso. Ele está sempre em alerta, seu olhar capta tudo ao mesmo tempo, nenhum detalhe é insignificante demais para escapar da sua atenção. Mesmo agora, com seus olhos fechados, uma parte de mim sente que ele me observa de alguma maneira, sua percepção é tão aguçada que ele não precisa olhar para mim para me ver.

Forço meus olhos a se desviarem do seu rosto.

Apesar da minha profunda exaustão, duvido que eu consiga dormir. Não depois de tudo o que ele me disse. E muito menos com ele deitado ao meu lado.

Não é uma cama grande, e ele é um homem imenso.

Com o coração na garganta, deslizo o máximo que posso para o meu lado da cama sem cair no chão, viro de costas para ele e me encolho em uma bola, abraçando os joelhos que estão contra o peito. Eu me aperto com força enquanto encaro o escuro, meus pensamentos correndo em círculos em minha mente como um cachorro atrás do próprio rabo.

Penso em legados e ventos estranhos, em marcas *Remanescentes* e elmos de metal. Em pontes caídas e soldados aos gritos, flechas com plumas vermelhas e feridas ensanguentadas. Penso em olhos leitosos e mandíbulas serrilhadas, gosma esverdeada e ossos quebrados. Nas Terras do Norte e no que elas me reservam. Acima de tudo, penso no estranho deitado ao meu lado, sua respiração uma lufada constante para a melodia inquieta das preocupações que fervilham em minha mente.

De algum jeito, embalada por essa estranha canção, caio no sono.

TREZE

Quando a porta se abre mais uma vez, é com um estrondo, não um estalo. Os ombros largos de Jac preenchem o vão, contornados pela luz das velas que tremulam nas arandelas do corredor.

— Saqueadores — anuncia ele, urgência irrompendo de cada sílaba.

— Porra! — É a única resposta de Penn.

Ele me empurra de cima do seu peito e tira meu braço enroscado em sua cintura — pois, para meu total horror, durante o sono, aninhei meu corpo ao dele, buscando calor como um gato enrolado diante de uma lareira de inverno. Não há tempo para ficar morta de vergonha pelas minhas ações inconscientes. Penn já está fora da cama, calçando as botas antes mesmo que eu saia de baixo das cobertas.

Com as bochechas em chamas, levanto apressada do colchão, tropeçando na barra da camisola longa. Eu teria batido a cabeça na penteadeira se Penn não tivesse emergido das sombras bem na minha frente. Ele me segura com uma das mãos e com a outra pega o vestido do gancho na parede, onde Marta o deixou mais cedo.

— Vista-se. Você tem dois minutos para estar sentada em uma sela.

— Mas…

— *Dois minutos.*

A porta bate, e ele já se foi. Sem escolha, pisco para afastar a névoa do sono, tiro minha camisola e me esforço para vestir a bata e o vestido de musselina vermelha. Mal terminei de amarrar a faixa nos quadris quando a porta se abre outra vez. Fico tensa, esperando Penn, mas é Edwynna. Seu cabelo está um pouco bagunçado, as madeixas com alguns fios grisalhos escapando sob uma touca de dormir, mas seus olhos estão atentos quando ela entra apressada no quarto.

— Aqui — diz ela, enquanto me entrega um par de botas de couro de bezerro — Calce isso.

Não a questiono. Eu me curvo e calço as botas por cima das grossas meias de lã, grata por elas se ajustarem muito melhor do que as de Farley. Mal terminei de amarrar os cadarços quando Edwynna me puxa para cima e coloca uma capa branca sobre meus ombros. A gola e os punhos são forrados com pele de raposa-do-ártico.

— Era da minha sobrinha — explica ela, enquanto ajusta os fechos de latão no meu pescoço. — Ela a deixou para trás quando se mudou para Llŷr na primavera passada. Com certeza não há necessidade de peles em Hylios.

— Não posso...

— Você pode e deve. — Ela agarra meus ombros. — Agora, vá. Os homens já devem estar com os cavalos selados. Se os fizer esperar mais, eles vão acordar minha estalagem inteira aos gritos.

— Obrigada, Edwynna — digo, ficando na ponta dos pés para dar um beijo rápido na sua bochecha. — Por tudo.

Ela pisca depressa, parecendo um pouco atordoada pelo inesperado gesto de afeto, mas não diz uma palavra enquanto começa a me levar até a porta. Consigo pegar minha adaga na mesinha de cabeceira antes de sair para o corredor e ser praticamente rebocada pela escada até a taberna escura e vazia.

Não há bolsos no vestido vermelho, mas minha nova capa tem vários para escolher. Estou sonhando com todo o potencial de armamento que posso guardar no corpo quando saio para a fria madrugada. Jac, Mabon e Uther já estão esperando, montados em robustos cavalos de pelagem longa.

— *Finalmente*, olha quem resolveu aparecer... — Os olhos de Jac se estreitam para mim, sem a centelha brincalhona de sempre. — Mais um pouco e teríamos deixado você para trás.

Eu paro, minhas sobrancelhas se erguem com uma pitada de esperança. Talvez escapar de Penn seja apenas uma questão de enrolar no meu quarto até que ele fique tão irritado que vá embora sem mim...

— Mas, claro, sem a nossa proteção, você seria morta em uma hora — acrescenta Jac com leveza.

Claro.

Meu estômago se contrai.

— O que está acontecendo?

— Saqueadores — murmura Mabon, como se essa única palavra fosse explicação suficiente.

— Aqueles contra quem vocês lutaram?

Jac assente, com um ar distraído.

— Alguns deles estavam na taberna ontem à noite enquanto comíamos. Eles nos viram, reconheceram Penn e enviaram um aviso para os demais. Por sorte, Uther ouviu parte da conversa, caso contrário, estaríamos todos mortos ainda na cama antes do amanhecer.

Minha respiração fica presa na garganta. Dou dois passos pela varanda, de repente querendo estar o mais perto possível de meus companheiros de viagem fortemente armados.

— Para onde estamos indo?

— Planejávamos escoltar vocês até o Portal Apex para que seguissem até Caeldera, mas não há chance de seguir por lá agora. Eles estarão vigiando. Esperando por isso. Teremos que pegar o caminho mais longo e torcer para que eles não nos sigam. — Jac faz uma careta, como se isso fosse um grande inconveniente. — Meu pelotão está a dois dias de viagem daqui. Três, se formos pelo Desfiladeiro da Viúva para evitar sermos vistos.

— Seu pelotão... — repito, lutando para acompanhar.

— Uma escolta armada até a fronteira enviará uma mensagem, alta e clara. Uma demonstração de força. Entende?

Não... nem de longe. Mas um pensamento muito mais importante me ocorre. Um que me faz prender a respiração.

— E o Farley?

— Ele fica aqui. — Os olhos de Jac examinam a praça vazia, como se estivessem em alerta máximo. — Não pode cavalgar com aquela perna. Enviaremos uma carroça daqui a alguns dias.

— Ah, ele vai adorar isso. — Mabon solta uma risada. — E voltar para Caeldera como uma mulher grávida.

— Mas não podemos só deixá-lo aí — grito. — Ele será um alvo fácil!

— Relaxa, Ace. Ele não estava com a gente na taberna ontem à noite. Eles nem sabem que devem procurá-lo.

Isso é um pequeno alívio.

— Mesmo assim, ele não deveria ficar sozinho. Não na condição em que está. Se os ossos se deslocarem ou se ele tiver febre, preciso estar aqui para tratá-lo.

— Não, não precisa.

Minha cabeça se vira de uma vez ao ouvir a voz de Penn. Ele surge das sombras, elmo na cabeça, rédeas na mão e Onyx a reboque. Uma capa forrada de pele cobre seus ombros. Seus olhos estão voltados para mim, mas, assim como os outros, sua atenção parece dividida em monitorar os arredores em busca de uma ameaça invisível.

— Mas...

— O curandeiro estará de volta amanhã. — Penn ignora minhas objeções. — E Edwynna administra este posto avançado há mais tempo do que você respira. Ela já viu milhares de ferimentos de batalha e brigas de bares. Acho que consegue lidar sozinha com um ruivo rabugento por uns dias. — Ele faz uma pausa, estende a mão em minha direção e flexiona os dedos com impaciência. — Vamos.

Engolindo qualquer outra objeção, corro para o seu lado. Assim que estou ao seu alcance, ele praticamente me joga para cima do cavalo. Tenho menos de um segundo para me acomodar antes que ele monte na sela. Um braço envolve minha cintura, puxando meu corpo contra o dele. A outra mão pega as rédeas e, instigando Onyx a avançar, ele nos conduz através da praça deserta e coberta de neve, desviando das fogueiras se apagando em direção aos limites de Vintare.

CAVALGAMOS COMO SE houvesse uma centena de cyntroedis famintos em nosso encalço, parando apenas quando o sol já está alto no céu, para dar aos cavalos um breve descanso do ritmo exaustivo. Ao contrário de Onyx, as montarias emprestadas não têm uma reserva inesgotável de energia e precisam tomar água regularmente nos córregos das montanhas.

Fico grata por estar longe da sela, mesmo que seja por apenas alguns instantes. Meus músculos doloridos precisam de alívio. No instante em que as minhas botas atingem o solo congelado, corro em direção aos pinheiros esparsos, desesperada por um tipo diferente de alívio. Não tive tempo de usar o penico antes da nossa partida apressada, e passei as últimas duas horas em crescente desconforto. Rezo para que Penn não tenha sentido minhas coxas pressionando as dele enquanto eu me contorcia e me remexia na sela, lutando contra a bexiga cheia a cada batida dos cascos.

Minha corrida desenfreada para a floresta é frustrada quando uma forma imponente surge em meu caminho. Engulo um grito de fúria e paro de repente.

— Aonde diabos você está indo? — Penn me encara com uma cara fechada.

— Contar segredos para os seus inimigos, claro — retruco, fazendo uma careta de volta para ele. Eu me agarro à raiva para disfarçar a pontada de humilhação que surge em meu peito. Não posso, *não vou*, pedir permissão para me aliviar como um cão obediente arranhando a porta, esperando que o dono perceba.

— Não é seguro — avisa Penn, ríspido. — Você não deve ir a lugar algum sem acompanhante até que estejamos dentro das fronteiras de Dyved.

— Então como vou dizer aos saqueadores qual é o melhor lugar para uma emboscada?

Ele me olha fixamente, sem achar graça.

— Eu preciso... — Mudo de posição, de um pé para o outro. A crescente necessidade no meu abdômen passa de desconforto a desespero. — Preciso de um momento de privacidade. — Minha voz é tão gélida que quase espero ver o ar congelar entre nós. — Se não se importa, *Vossa Alteza.*

Sua mandíbula se contrai, mas ele não se dá ao trabalho de responder à provocação. Ele sai do meu caminho, mas, antes disso, enfia a mão no bolso da capa e retira uma haste oca de madeira pendurada em um fino cordão de couro. Não é maior do que meu dedo médio, com vários pequenos orifícios de um lado para permitir a passagem de ar. Um apito rudimentar. Ele o pressiona na palma da minha mão e fecha meus dedos ao redor dele.

— É para emergências. — Ele aperta mais a mão. — Se estiver em perigo... basta três apitos curtos, e nós viremos correndo.

— Está bem — sussurro, ainda olhando para a mão dele sobre a minha.

— Se você demorar mais do que cinco minutos, nós viremos correndo de qualquer jeito.

— Está bem — repito.

— Não vá longe.

Sua mão desaparece. E eu praticamente corro para a floresta. Espero até estar a uma boa distância, bem longe da vista, antes de parar e passar o cordão de couro pela cabeça, levantando o cabelo para que o cordão se acomode bem junto ao pescoço. Por baixo da capa, o apito desliza e se aninha bem em cima da minha marca Remanescente.

Quatro minutos e meio depois, volto para os homens que me esperam. Evito os olhos de Penn enquanto ele me ergue de volta para a sela. Não trocamos uma única palavra — nem quando seu braço envolve minha cintura, nem quando minhas costas se encaixam em seu peito numa posição que já se tornou familiar, nem enquanto seguimos nossa jornada rumo ao norte atravessando a interminável cadeia de picos cobertos de gelo. Mas, de vez em quando, levo a mão ao apito no meu pescoço e me pergunto por que ele parece tão reconfortante na palma da minha mão.

MONTAMOS ACAMPAMENTO AO anoitecer, em um estreito vale onde fontes termais naturais borbulham sob as montanhas. O ar que sopra das superfícies fumegantes das piscinas naturais tem um leve cheiro de enxofre, mas mantém afastado o pior do frio da noite. Agradeço silenciosamente Edwynna quando encontro um par de luvas de couro em um dos muitos bolsos da capa, e as visto, grata por mais uma camada de proteção.

Não me importo de dormir sob as estrelas. Ainda mais se a alternativa for outra caverna. Depois do incidente com os cyntroedis, não estou ansiosa para voltar às profundezas da terra. Duvido que os homens também estejam.

Mabon e Uther cuidam dos cavalos enquanto Jac e eu montamos o acampamento. Não há muito o que fazer. Pegamos os lençóis e cobertores dos alforjes e depois fazemos uma fogueira baixa e sem fumaça, para não chamar atenção indesejada.

— Nunca use mais do que duas ou três toras de madeira aqui na natureza, Ace. Se o fogo ficar mais alto do que isso... Bom, é como se você enviasse um sinal de fumaça para todos os que estiverem próximos dizendo: "Venham nos matar enquanto dormimos" — explica Jac, cutucando as brasas com um graveto. — Não queremos facilitar muito as coisas para os saqueadores que estão em nosso encalço.

— Você acha que eles estão perto?

Ele dá de ombros.

— Eles não são bons rastreadores, estão mais para oportunistas. Pegam o que aparece no caminho. Não é assim que costumam agir. Isso é algo pessoal para eles.

— Pessoal como?

— Saqueadores odeiam feéricos. Sempre odiaram. E como é o vizinho mais próximo, o reino de Dyved carrega o peso desse preconceito. Eles não querem apenas que cedamos nossas terras fronteiriças. Eles querem rendição total, como uma espécie de declaração absurda da supremacia dos mortais.

Há facções semelhantes nas Terras Médias. Já os vi nas cidades portuárias — os sacerdotes do Massacre, vestidos com túnicas brancas feito ossos, pregando sobre os pecados profanos da magia para qualquer um que queira ouvir. Sua única missão na vida é denunciar halflings para que sejam caçados e enforcados. Depois que passaram a destilar ódio venenoso na costa de Seahaven, Eli parou de me deixar acompanhá-lo em suas viagens para Bellmere.

Quando menciono os sacerdotes a Jac, ele apenas balança a cabeça.

— Os saqueadores não são os únicos que nos odeiam, mas demonstram esse ódio com uma brutalidade única. Você se lembra do que te dissemos ontem à noite? Nosso pelotão — ele ergue o queixo em direção a Mabon e Uther — entrou em conflito com esse clã específico algumas vezes. Eles estão invadindo as fronteiras de Dyved. Testando a nossa determinação, vendo até onde podem nos provocar antes de retaliarmos.

Concordo com a cabeça enquanto arrumo a pilha de gravetos.

— Eles exageraram na ousadia há cerca de duas semanas e perderam alguns dos homens para os nossos melhores arqueiros. Foi o resultado desse erro de cálculo. Então enviamos os corpos de volta para serem enterrados, mas também como um aviso.

Ergo os olhos, empalidecendo diante da casual admissão de assassinato.

Ele percebe. E então dá de ombros, com indiferença.

— É o custo da guerra, Ace. Eles sabiam, quando começaram a brincar com fogo, que havia uma chance de se queimarem. Eles têm sorte de não termos feito pior. Poderíamos ter usado suas ações como um pretexto para uma invasão total. Tomado aquela plataforma de gelo inóspita que eles chamam de lar *assim* — ele estala os dedos bruscamente — e massacrado até o último deles.

Se ele está tentando me confortar, não está conseguindo.

— Não preciso nem dizer — continua Jac — que eles não ficaram muito satisfeitos ao verem seus planos frustrados e os melhores guerreiros abatidos. Eles ainda querem um pedaço das nossas terras, mas não podem se dar ao luxo de perder mais homens. Então estão encurralados. — Ele faz uma pausa. Seus olhos estão sérios quando encaram os meus. — Isso tudo muda se encontrarem algo com o que negociar. Algo que Dyved queira tanto a ponto de ceder. Algo tipo... o único herdeiro do trono, por exemplo.

Meu coração dispara.

Eles estão atrás de Penn.

— Na visão deles, se a rainha Vanora começar a receber pedaços do irmão mais novo em blocos de gelo, ela pode acabar cedendo parte do território. Entendeu agora?

— Entendi — murmuro.

— Ótimo.

Ele se levanta e começa a desenrolar os sacos de dormir, arrumando-os em um círculo ao redor da fogueira. Eu o ajudo em silêncio, tentando manter uma expressão neutra. Mas meus pensamentos estão muito além do alcance do brilho suave da fogueira, presos na floresta tomada pelo gelo que Penn entrou logo após nossa chegada, com um arco de caça pendurado em um dos ombros.

Se alguém não deveria ter permissão para deixar o grupo sem acompanhante, esse alguém é ele. No entanto, ele não recebeu nenhum sermão. Não foi perseguido nem recebeu um apito de emergência para o caso de ser surpreendido pelos inimigos.

— Não preocupe sua linda cabecinha com o Penn — comenta Jac, me encarando por cima das chamas. — Se os saqueadores o encontrarem, serão as piras funerárias deles que queimarão. Não as dele.

— *Preocupada, eu?* — Uma risada estrangulada irrompe dos meus lábios. — Não estou preocupada. Não seja ridículo.

— Você parece preocupada. Ou parecia, um segundo atrás.

Ignoro o comentário.

— Por que diabos eu me preocuparia com ele, Jac? Ele é meu inimigo.

— Ace...

— Quanto antes ele for sequestrado pelos saqueadores ou devorado por monstros, mais rápido eu vou poder sair desta maldita montanha e voltar para o lugar a que pertenço!

— E onde seria isso, hein? Nas Terras Médias? — Ele balança a cabeça. — Você não parece ter muito para o que voltar naquele lugar miserável. Ou já se esqueceu de que eles quase te enforcaram?

— Não importa para onde eu vá, contanto que eu não fique *aqui*! — sibilo, o coração disparado de fúria e de algo que talvez seja medo. — Não quero ter nada a ver com o que me espera em Dyved, seja lá o que for. Não quero me envolver com *nada disso*. Tudo o que eu quero, tudo o que eu sempre quis, é uma vida simples. Chega de falar de Remanescentes. Chega de fugir dos saqueadores. Chega de noites sem dormir. — Respiro com dificuldade, quase ofegante. — Mas eu nunca vou conseguir o que eu quero enquanto seu precioso príncipe só se preocupar com o que *ele* quer. Inclusive, ele nem se deu ao trabalho de compartilhar os detalhes comigo.

— Ele tem estado um pouco ocupado tentando mantê-la viva.

Estreito os olhos.

— E por quê, Jac? Qual é o objetivo dele? Por que ele precisa de mim, para começo de conversa?

— Não sei, Ace. Isso está além da minha alçada. Tudo o que sei é que você está irritada demais para alguém que se diz indiferente à existência dele.

— Pela última vez, eu não estou preocupada com o maldito príncipe Pendefyre! — grito, me agarrando à raiva. — Até onde eu sei, se ele morrer, estarei *livre*.

A expressão de Jac é de decepção. Não gosto de ver esse olhar enquanto seus olhos me observam. Gosto menos ainda do fato de esse olhar me incomodar tanto; de que a desaprovação dele seja o suficiente para abalar minha determinação.

Eu me importo com o que ele pensa de mim, percebo, atônita.

Pior ainda...

Ele tem razão: *estou* preocupada com Penn. E meu súbito rompante de hostilidade tem tanto a ver com meus sentimentos conflitantes quanto com o comentário certeiro de Jac. Por mais que minha mente insista que é um absurdo me preocupar com o bem-estar do homem que me arrastou, esperneando e gritando, para as Terras do Norte... meu coração rejeita cheio de teimosia cada argumento lógico que apresento.

Por mais horrível que possa ser, meu rude, monossilábico e quase selvagem captor...

É *importante* para mim.

Eu me importaria se ele fosse morto.

Eu me importaria muito.

Jac ainda me olha como se eu o tivesse decepcionado. Abro a boca para amenizar o clima quando um baque seco ecoa na noite. Uma corça morta cai na neve a menos de dois passos de distância. Meu olhar se move do seu peito repleto de tufos brancos para os olhos sem vida e, então, para um par de botas pretas plantadas no chão ao lado do corpo.

No instante em que vejo a expressão impassível de Penn, sei que ele ouviu cada palavra que eu disse. Parece que todo o sangue é drenado do meu rosto de uma só vez. Eu me esforço para engolir o nó de emoções preso em minha garganta, mas é inútil. O emaranhado de arrependimento e vergonha está entalado, bloqueando minhas vias aéreas.

Se ele morrer, estarei livre.

— Acredite em mim — diz Penn, a voz completamente desprovida de sentimentos. Ele me encara como se eu fosse um monte de esterco grudado na sola da ferradura do seu cavalo. — O sentimento é mútuo.

O DIA SEGUINTE é, em uma palavra, gélido. Não só pela temperatura, mas também pelo comportamento dos homens.

Penn me ignora totalmente. Jac evita qualquer contato visual. Até mesmo Mabon e Uther parecem se esforçar para manter distância na única ocasião em que paramos para descansar os cavalos e comer tiras de carne de veado assadas com fatias grossas e crocantes do pão que Edwynna colocou nos alforjes.

O silêncio deles fala por si só.

Minhas duras palavras de ontem à noite não ficarão impunes. Minha falta de lealdade é uma afronta direta à lealdade deles.

Para passar o tempo, observo a paisagem árida. Não há muita variação. Nenhuma vegetação brota do solo congelado, nenhum pássaro voa no ar rarefeito. Os picos envoltos em névoa se projetam nas nuvens. Os vales entre eles são extensões de neve, ofuscantes e brancas, sem um pingo de cor para quebrar a monotonia.

Eu me pergunto se as passagens principais são menos tediosas. Pegamos o que os homens chamam de Desfiladeiro da Viúva, uma rota raramente usada que serpenteia pelos picos em uma altitude maior do que aquela em que boa parte dos viajantes ousa se aventurar, onde a neve é densa e as árvores, esparsas. Seguimos por uma estrada que não consigo identificar e não encontramos mais povoados como Vintare. Minhas perguntas sobre quando chegaremos ao nosso destino são solenemente ignoradas. Recebo apenas detalhes vagos: que vamos nos reunir com os homens de Jac, os quais nos escoltarão até Dyved, e que estamos fazendo o caminho mais longo, graças aos saqueadores.

— Não falta muito agora — diz Uther, quando eu o encurralo durante a pausa no meio do dia. Seus olhos cinzentos evitam os meus. — Só mais um dia, se o tempo se mantiver assim.

Quando o sol começa a se pôr no céu, já estou exausta e entediada, sem nada para ver, exceto o ocasional balançar do rabo de um cavalo. Já memorizei praticamente cada detalhe da parte de trás da cabeça de Jac. Pensei em contar os fios do seu cabelo, só para ter algo para fazer.

Meu olhar vaga, sem foco em nada em particular, quando acontece. O ar ao redor do cabelo louro-escuro de Jac parece ondular, um cintilar translúcido sob a fraca luz do sol poente, como uma miragem dançando no horizonte em um dia quente de verão. Certa de que os meus olhos estão me pregando uma peça, pisco — com força — para dissipar a névoa.

No entanto, quando pisco, em vez de voltar ao normal, minha visão de alguma maneira... *enxerga* nitidamente. É como se lâminas brotassem dos meus olhos. Lâminas que atravessam uma venda invisível, uma que eu nem sequer tinha percebido que estava usando.

Dou mais uma piscada, e os brilhos se desfazem em fragmentos translúcidos. Mais uma, e eles desaparecem completamente. De repente, me vejo olhando para um par de orelhas feéricas pontudas, em vez das orelhas humanas arredondadas que vi ao longo dos últimos dias.

O feitiço.

Eu vi através do feitiço.

Exatamente como Penn disse que eu seria capaz.

Recuo contra o peito dele, soltando um ruído surpreso. Ele grunhe baixinho com o impacto. Estou tão surpresa com a lucidez repentina que me invade que me viro, girando o pescoço para encontrar seus olhos. E a expressão em meu rosto faz suas sobrancelhas arquearem em questionamento.

— O que foi?

Minha boca se abre, mas se fecha outra vez ao ver o olhar frio em seu rosto.

— Nada — murmuro. — Deixa pra lá.

Viro para a frente, meu coração disparado. O feitiço de Jac está de volta, suas orelhas mais uma vez em seu disfarce de mortal. Estou prestes a estreitar os olhos quando sinto um leve pulso de poder na marca Remanescente. O encantamento desaparece no mesmo instante e seu brilho inconfundível se dissipa num piscar de olhos.

Atordoada com meu sucesso, olho além de Jac, para Uther e Mabon, cavalgando na frente do grupo. Ambos têm auras brilhantes ao redor da cabeça. Agora que as vi, não acredito que nunca tenha notado.

Meus olhos se estreitam. A marca Remanescente pinica. Consigo atravessar as duas auras brilhantes ao mesmo tempo — com tanta facilidade que quase comemoro em voz alta.

Consigo ver através de feitiços.

É inacreditável. Sinto uma onda de euforia como nunca senti. Mas com a onda vem uma enxurrada de perguntas.

Será que sempre tive essa habilidade?

Será que simplesmente a reprimi?

E, se sim... que outras habilidades estão adormecidas sob as espirais escuras gravadas em meu peito?

CATORZE

Estamos quase chegando.

Isso é evidente por vários motivos. Primeiro, porque o nosso caminho pelos picos se torna um declive, nossa altitude diminui a cada hora que passa. Segundo, porque Jac disse que seria uma viagem de dois dias e, como já acampamos duas vezes sob as estrelas, ouso ter esperança. E, por fim, porque nosso ritmo aumenta de passadas lentas para um galope constante enquanto descemos em direção a um vale salpicado de pinheiros. Entre eles, vejo rastros de fumaça, do que devem ser pelo menos três fogueiras, projetando-se no céu.

Ao vê-los, meu coração dá um salto.

A passagem se alarga na entrada do vale, o declive cada vez mais plano à medida que contornamos uma curva congelada e passamos por um bosque de árvores. Aqui o clima é mais ameno, protegido do vento. Não que eu sinta frio ao cavalgar com Penn. Seu corpo irradia calor, como se houvesse uma fornalha interna acesa sob sua pele. Se ele fosse qualquer outra pessoa, eu já teria mandado que se deitasse e aplicado uma infusão de matricária em suas mãos, achando que estava doente.

— Não estamos longe — anuncia Jac, virando-se em sua sela com um sorriso. — Há uma clareira à frente, onde montamos acampamento na semana passada. Vamos torcer para que haja algo saboroso na panela.

Ele está de bom humor. Até me dá uma piscadela brincalhona para provar que não está mais me punindo pela minha explosão de duas noites atrás. Mas o rosto de Uther não está tão alegre quando ele diminui a velocidade da sua montaria até emparelhá-la ao lado de Onyx. Sua voz é sombria quando ele olha para Penn.

— Não há sentinelas — avisa ele, em um sussurro.

Penn enrijece, seu peito se transforma em uma parede de pedra.

— Nenhum?

— Não nos dois últimos postos pelos quais passamos.

— Porra. — O xingamento de Penn é um estrondo baixo. Ele faz uma pausa, depois murmura: — Olhos abertos, armas prontas. Vamos devagar.

Uther assente com a cabeça e bate com os calcanhares nos flancos do cavalo, conduzindo-o mais à frente. Ele mantém uma das mãos nas rédeas; e com a outra pega a espada. Ao seu lado, Mabon já está com a pesada besta pronta.

— Foi só um descuido — insiste Jac, embora seu rosto esteja pálido de tensão sob a luz do fim da manhã. Seus dedos brincam com o punho de madeira entalhado do seu machado de batalha. — Tenho certeza de que está tudo bem...

Mas não está tudo bem.

Isso fica bem evidente no momento em que nossos cavalos saem da floresta e chegam à clareira do acampamento. As barracas estão montadas, as fogueiras ainda acesas embaixo das panelas onde o mingau espesso borbulha. Os soldados estavam no meio do café da manhã.

Agora, todos estão mortos.

Carnificina.

Essa é a única palavra em que consigo pensar; a única que consegue descrever tudo que estou vendo. O horror. A brutalidade. Um pelotão inteiro de homens, seu sangue tingindo a neve de um rio vermelho. Uma pilha de cadáveres esquartejados, que se projeta em direção ao céu.

O rugido de agonia de Jac rasga o céu.

Sinto o gosto de vômito na boca, bile queimando no fundo da garganta. Engulo, com dificuldade de respirar. Não há tempo para me desesperar. Não há tempo para nada. Porque, neste exato momento, eles chegam — surgindo de trás das árvores do outro lado da clareira, brandindo os machados de batalha como uma promessa letal enquanto avançam em nossa direção, os rostos com pinturas pretas de guerra enquanto cravam os olhos em nós.

São os saqueadores.

PENN SALTA DA sela antes que eu possa piscar, agarrando as rédeas e levando seu cavalo em direção ao abrigo da linha das árvores. Por instinto, eu me inclino sobre o pescoço de Onyx, a bochecha pressionada em sua pelagem, as mãos agarradas à crina. Tento olhar para trás — para acompanhar Mabon, Uther e Jac, que esporeiam seus cavalos em direção à multidão de bárbaros —, mas não tenho chance.

O rosto de Penn surge diante do meu. Estremeço ao ver a ferocidade de sua expressão. Há morte nos seus olhos, uma promessa nas profundezas ardentes — sedenta por vingança, por retaliação. Pelo sangue dos seus inimigos. Suas mãos anseiam pela espada.

— Pegue isso — grita, a voz carregada de impaciência enquanto empurra o arco de caça e uma aljava cheia de flechas em minhas mãos trêmulas. Nem sequer o vi pegando. — Volte para o local onde acampamos ontem à noite. Lá você deve ficar segura. Se alguém te seguir, atire no coração.

— Eu vou ficar — insisto, colocando a aljava sobre o ombro. — Vou lutar...

Ele não está nem ouvindo.

— Espere por mim lá. Eu volto para te buscar.

— Penn...

— *Eu preciso que você vá.* — Sua voz falha, um som desesperado que faz meu coração tremer e minhas palavras falharem. Seus olhos não desgrudam dos meus, e posso jurar que vejo um outro tipo de promessa ardendo nas profundezas. Uma que não tem nada a ver com derramamento de sangue ou campos de batalha. — Eu preciso que você fique segura. Fique viva. Mesmo que tenha que matar para isso. Mesmo que isso ofenda sua maldita moralidade.

— Penn...

Ele ergue a mão e, antes que eu possa reagir, seus dedos deslizam para meu pescoço, agarrando uma espessa mecha de cabelo da minha nuca. Ele me puxa mais para perto, até que nossos rostos estejam a um fio de cabelo de distância. Seu olhar desce para os meus lábios e parece ficar preso ali.

Paro de respirar.

Por um breve instante, acho que ele vai fazer algo impensável, algo inconcebível — como pressionar sua boca na minha e me beijar. Não sei se fico mais aliviada ou decepcionada quando ele não o faz. Seus olhos voltam a encontrar os meus, e a intensa agonia brilhando sob a fúria da batalha abala os alicerces de tudo o que acreditava sobre esse relacionamento.

— Se ficar sem flechas — sussurra ele, com o rosto tão próximo que cada palavra faz meus lábios formigarem —, não se esqueça de que você tem outra arma à disposição. — Sua outra mão se levanta, pressionando o tecido da minha capa, diretamente sobre a marca Remanescente. — *Use-a.*

Então suas mãos se afastam, ele se distancia e, com o estalo da palma da mão no lombo de Onyx, ele nos manda em disparada de volta por onde viemos. Por cima da trovoada de cascos e do eco distante dos gritos de dor dos homens, ouço o som da sua espada deslizando da bainha. O ranger das suas botas na neve, levando-o para a clareira.

Quando consigo controlar as rédeas, me firmar na sela e me virar para procurá-lo…

Ele já desapareceu.

FAÇO O QUE Penn me pediu, cavalgando pela floresta até a passagem que leva ao topo da montanha. Eu não queria, mas obedeço. Porque ele pediu. Porque… ele implorou.

Eu preciso que você vá.

Eu preciso que você fique segura.

Então eu fujo. Mas uma parte de mim continua naquele acampamento banhado de sangue, com Jac, Mabon e Uther, os soldados que conquistaram um lugar em meu coração e se tornaram meus amigos, apesar das circunstâncias. E com Penn, o homem que me salvou repetidas vezes, mesmo tendo que lidar com a minha rebeldia.

A cada batida dos cascos de Onyx, minha consciência grita que sou uma covarde por fugir, por tê-los deixado para trás, em tamanha desvantagem numérica. Havia tantos saqueadores. Uma onda interminável saindo de trás daquelas árvores.

O que quatro homens podem fazer contra quarenta?

As chances são sombrias demais para pensar. Os resultados, dolorosos demais para contemplar.

Ouço os gritos de dor antes que Onyx me leve para fora do alcance e me pergunto de que lado eles vêm. Ouço outros sons também. O choque de aço, o zunido das flechas da besta. O mais estranho é um rugido sombrio e distante que se propaga com o vento, cuja origem não consigo identificar. Talvez meus ouvidos estejam me pregando peças, o medo conjurando sons fantasmas enquanto fujo para a floresta.

Mas não consigo chegar ao cume.

Quando Penn me lançou em disparada por entre as árvores, ele não sabia que um segundo contingente de saqueadores havia nos cercado por trás, bloqueando a passagem para impedir que escapássemos pela montanha. Eu os vejo um segundo antes que me notem — um grupo de homens vestidos com couro e pele, seus corpos adornados com um metal escuro familiar. Ferro. Pequenas hastes e argolas de ferro perfuram lóbulos e sobrancelhas, trespassam narinas, mamilos e lábios. Os peitos nus e os rostos pálidos estão pintados com listras pretas, o que lhes dá uma aparência sobrenatural, apesar das orelhas humanas arredondadas que se projetam dos seus crânios.

A aparência dos saqueadores é uma representação visceral do ódio que nutrem pelos halflings. Por todos os seres mágicos. Jac disse que eles preferiram lutar para sobreviver nos confins selvagens das Montanhas Cimérias a jurar lealdade a um reino feérico como Dyved. Seus ancestrais não apenas participaram do Massacre como se deleitaram com o derramamento de sangue, caçando halflings e altos feéricos apenas pelo prazer da matança.

Não resta dúvida sobre o que farão se me capturarem. Talvez mantivessem Penn vivo para usá-lo em negociações, torturas e coisas horríveis demais para sequer imaginar. Mas o restante de nós está condenado a um fim muito mais rápido.

Quando vejo a passagem bloqueada, nem penso em tentar lutar. Nem sequer pego o arco preso às minhas costas. Embora esse grupo seja menor do que o que estava no acampamento, ainda há muitos deles para enfrentar. Mais homens do que as flechas em minha aljava. Mais do que eu poderia esperar derrotar sozinha.

Puxo as rédeas bruscamente para a direita. Onyx responde de imediato, mudando de direção sem hesitar, contudo nenhuma agilidade será suficiente para nos salvar. Ouço gritos guturais — "Ali! Peguem a vadia pontuda!" — quando eles me avistam entre as árvores, suas palavras um dialeto entrecortado e distorcido da língua comum. O alerta se espalha, e botas trovejam em meu encalço.

Eles não estão a cavalo, mas são rápidos e conhecem esta floresta de uma maneira que não conheço. Cavalgo a esmo pelos pinheiros espessos, escolhendo direções aleatórias, procurando um lugar para me esconder ou uma rota de fuga. O vento começa a uivar quando meu caminho é obstruído, de novo e de novo, seja por uma fenda profunda na terra, larga demais para saltar, ou por um paredão de rocha íngreme demais para escalar, ou até por um rio meio congelado, muito fundo para atravessar. Meu cabelo ricocheteia contra as bochechas. No meu peito, a marca Remanescente queima, a ferroada fria do medo impregna cada respiração que entra e sai dos meus pulmões.

Mais alto do que o uivo cortante do vento, ouço os saqueadores se aproximando, reduzindo a distância entre nós cada vez que me deparo com outro beco sem saída, seus passos quebrando galhos secos, seus gritos ecoando em rugido urgente. Meu pânico aumenta em sintonia com o vento, uivando como um animal selvagem preso em uma armadilha. Onyx relincha, os olhos arregalados. Acaricio o pescoço dele para acalmá-lo, embora meus nervos estejam à flor da pele.

Fui eu que causei isso? Será que, de algum jeito, invoquei esse vendaval furioso dos céus, como Penn afirmou que eu conseguiria?

Mesmo que tenha causado, não há oportunidade para me perguntar como. Não com os guerreiros pintados se aproximando. Posso ouvi-los agora mesmo, avançando pela vegetação rasteira.

Não estão longe.

Não mesmo.

Pressiono os calcanhares contra os flancos de Onyx, guiando-o para longe do rio congelado. Galopamos ao longo da margem, procurando um ponto de travessia, mas o leito só se alarga à medida que descemos a montanha, a superfície meio sólida com placas de gelo e água lamacenta. Cada batida de casco nos leva para mais longe do Desfiladeiro da Viúva, onde deveríamos encontrar refúgio, para mais longe da clareira, onde os meus companheiros lutam por suas vidas.

Se é que ainda estão vivos para lutar.

Afasto o pensamento assim que ele surge.

Continuamos, seguindo o curso do rio montanha abaixo. Pequenos flocos de neve começam a cair. Ou é o que eu penso em um primeiro momento. Logo percebo que não é neve, mas cinzas, carregadas pelas correntes de ar que invoquei com meu pânico. Por um breve instante, fico confusa, mas ao observar as brasas que caem, a verdade me atinge como um raio.

Aquele rugido que ouvi ao fugir da batalha não foi só impressão. Era o crepitar de um incêndio avassalador. Mesmo agora, a dois quilômetros de distância, se me concentrar, consigo ouvi-lo, um murmúrio grave e constante sob o ruído do vento.

Arrisco um olhar por cima do ombro, e meus olhos se arregalam. Quando chegamos ao vale, há menos de uma hora, a paisagem era idílica, uma extensão de pinheiros coberta de neve e abetos iluminados por um sol fraco. Um raro dia sem nuvens na cordilheira.

A paisagem mudou tão rápido. O céu agora está escuro; não com nuvens de tempestade, mas com fumaça preta, que se ergue por entre as árvores no coração da floresta íngreme, onde o fogo arde com mais fúria.

O acampamento.

Só pode ser.

Estremeço com a visão, rezando para que nenhum dos meus companheiros esteja preso naquele incêndio descomunal. Pois não é um incêndio normal. É uma força voraz. Uma parede de chamas que varre o caminho em meio ao vale, movendo-se com velocidade implacável, devorando tudo o que vê pela frente. Fomentada pelo vento cortante. Atraída por ele, alimentando-se dele, perseguindo-o...

Diretamente em minha direção, percebo, atônita.

Se eu estivesse no cume, se estivesse onde deveria estar, estaria longe do seu alcance. Segura e protegida, bem acima das suas garras ardentes. Mas, agora, estou bem no meio do caminho.

— Vamos! — Incito Onyx a correr mais rápido, virando as costas para o fogo. — Vamos, garoto!

O fogo avança pelo vale, reduzindo a cinzas o bosque de pinheiros, perseguindo-nos através da folhagem com suas garras ávidas e vorazes. Tão veloz, tão brilhante, que é como se as chamas infernais do submundo tivessem se libertado sobre a terra.

Ouço os gritos de pânico dos saqueadores que me seguiram pela encosta enquanto a fumaça e as chamas os engolem. Ouço os pedidos de socorro, ouço sua agonia cortando os céus. E então não ouço nada. Nada além do rugido do fogo, do lamento do vento.

Não importa o quão rápido eu cavalgue, o inferno é mais rápido. O cheiro da fumaça engrossa o ar, fazendo meus olhos lacrimejarem e minha garganta arder. A fumaça me sufoca, fechando-se ao meu redor em uma nuvem tóxica que obscurece minha visão. Tusso e tomo fôlego em busca de ar, piscando para afastar as lágrimas enquanto me agarro às rédeas.

Com um relincho angustiado, Onyx diminui a velocidade, lutando para manter o ritmo na escuridão crescente. Eu o incito a avançar, sentindo o círculo da morte se aproximar, mas damos apenas mais alguns passos antes de suas patas traseiras travarem e ele empinar, com os cascos dianteiros golpeando o ar. Quase sou arremessada para longe, mas minhas unhas se cravam na sela enquanto luto para não cair.

— Calma, garoto — digo, a voz rouca pelas cinzas. Minha mão trêmula acaricia seu pescoço. — Sei que você está com medo. Eu também estou.

Ele bufa em protesto, chacoalhando a cabeça. E se recusa a seguir adiante.

Meu corpo está tenso como a corda de um arco. Se não nos afastarmos da chama... se não encontrarmos um caminho para seguir...

Mas como?

Estou sem opções. Sem tempo. Sem esperança.

A menos que...

Use-a, disse Penn.

Será que é tão simples assim?

A Remanescente no meu peito está silenciosa. Mortalmente imóvel. Como se aguardasse meu próximo passo. Esperando para ver se, após todo esse tempo, eu enfim terei coragem de mergulhar nas profundezas do meu ser e despertar o que está adormecido.

Guardiã do vento... Algo se agita nos meus ossos. Um sussurro. Uma resposta. *Mestra dos céus...*

Invocar o próprio ar... Devo ter perdido o juízo mesmo. Devo estar fora de mim, só de cogitar a ideia. O vento sempre me pareceu uma coisa selvagem. Vivo, intangível. Uma força que não pode ser domada ou controlada.

Mas enquanto me engasgo com a fumaça letal, não tenho o luxo de pesar os prós e contras. Não tenho tempo para debater.

Apenas para agir.

Confiar que Penn não está enganado sobre mim ou sobre as minhas habilidades.

Em desespero, fecho os olhos e procuro aquele estranho pulso de poder que senti quando consegui ver através do feitiço de Jac pela primeira vez. A onda que percorreu meu corpo na beira do penhasco, diante dos homens de Burrows. Na ponte, enquanto eu estava pendurada, perto da morte. Na noite em que fugi da terra destruída de Seahaven. E, se eu for honesta comigo mesma, várias outras vezes antes daquele dia. Momentos que preferi ignorar, agarrando-me à segurança de ser...

Nada.

Ninguém.

A órfã sem nome.

A halfling indefesa.

A pontuda insignificante.

Sinto um formigamento frio no peito, um beijo gelado.

Guardiã do vento... Um sussurro que vem do meu âmago. *Chega de se esconder...*

Eu me agarro a essa voz como se fosse um fio solto, enrolando-o no dedo e puxando, puxando, puxando até que um carretel se desenrole dentro de mim. Em algum lugar escondido. Na minha medula. No tecido do meu ser. Nas costuras da minha própria alma. Em algum lugar tão profundo que nunca seria encontrado, mesmo que me cortassem com lâminas e espiassem dentro do meu peito ensanguentado.

O formigamento se transforma em uma pulsação; a pulsação se transforma em uma onda. Ela flui dentro de mim, uma torrente gelada que invade meu corpo como uma maré avassaladora até atingir o ápice em um momento de revelação.

Essa sensação não me é estranha.

Já a senti muitas vezes antes.

Nas praias arenosas, agitando minhas saias, borrifando sal e maresia pela minha pele enquanto observo o mar. No cume da montanha, o frio cortante cristaliza cada respiração em meus pulmões, congela cada centímetro de pele exposta. Na calada da noite, assobiando entre as árvores, carrega uma tempestade elétrica em suas asas. Na aurora tingida de rosa, agita os frágeis botões das flores da primavera.

Vento.

Ar.

Céu.

Ela vibra sob minha pele, uma corrente viva. Não consigo controlá-la — nem tento. Mas, à medida que ela percorre meu corpo, em vez de tentar reprimi-la, contê-la, mantê-la aprisionada como sempre fiz... inverto o curso. Empurro-a para fora. Eu a liberto do controle que mantive por vinte anos. E, ao fazê-lo, lanço um apelo desesperado a quaisquer deuses que estejam ouvindo.

Deixem-me respirar.

Uma rajada de vento irrompe de mim em uma onda de choque, um vórtice violento que explode sob a minha pele. O próprio céu grita com a força avassaladora, alto o suficiente para romper meus tímpanos.

Ou será que sou eu que estou gritando?

Não posso fazer nada além de me agarrar à sela enquanto ondas de vento atravessam meu corpo. Rasgando-me de dentro para fora. É como se minha pele estivesse prestes a se romper, levando a alma junto. O frio em meu peito é tão intenso que quase perco a consciência.

Algo escorre pelo meu rosto. É sangue, percebo, ao sentir o gosto metálico nos lábios. Ele escorre do meu nariz como se eu tivesse levado um soco, manchando a minha bela capa branca como lágrimas de rubi. Com o sabor do cobre na língua, eu me agarro à sela, resistindo às correntes que reverberam numa tempestade indomável.

Eu me concentro na minha respiração. Inspiro e expiro, para dentro e para fora. De novo e de novo, até que as ondas de choque diminuam. Até que eu consiga respirar outra vez.

Minha respiração se estabiliza.

A fumaça desapareceu.

Meus olhos se abrem. A visão que tenho é um choque para os sentidos. O fogo arde a menos de vinte passos de distância, uma muralha de chamas e morte que me encurrala contra a margem gelada do rio... mas não continua avançando. Algo o detém. Uma barreira invisível, feita de ar impenetrável, o repele, resistindo à sua investida implacável. Labaredas furiosas chicoteiam a superfície, faíscas crepitam na base, vapores tóxicos se contorcem pelo ar... mas o inferno não se aproxima. Bloqueei seu caminho.

Mas por quanto tempo?

A Remanescente lateja em meu peito como uma ferida aberta. Não me surpreenderia se sangue brotasse através do meu vestido. Minha cabeça gira tanto por causa do sangramento nasal quanto pela visão vertiginosa da minha... não sei bem como chamá-la.

De cerca?

De barreira?

Escudo talvez seja o termo mais adequado. Um escudo de ar solidificado.

Digo a mim mesma para me mexer, mas estou apavorada demais para obedecer. Apavorada com a possibilidade de que, se minha concentração fraquejar por um instante que seja, a muralha que impede minha morte desmorone. Essa breve hesitação já é suficiente para sentir minhas forças diminuindo, minha energia se esvaindo. Não tenho ideia de como controlar o meu poder. Foi pura sorte, mais do que qualquer outra coisa, eu ter conseguido me salvar.

Rezo para que a sorte continue do meu lado enquanto pressiono os calcanhares contra os flancos de Onyx e o incentivo a seguir em frente. Sua cabeça se mexe para a frente e para trás, o bridão tilintando. Ele não gosta dessa situação tanto quanto eu. Mas, acima de tudo, ele é leal. Ao meu comando, ele trota alguns passos para longe do fogo, seu dorso rígido de tensão sob a sela. Como se também esperasse para ver se a muralha vai desmoronar ou nos acompanhar.

Meu estômago revira no instante em que vejo as chamas avançarem, engolindo o pedaço de terra intocada que surge assim que meu escudo de ar se desloca para a frente. Com as mãos trêmulas nas rédeas, paro Onyx mais uma vez, para testar uma teoria. O avanço do fogo é interrompido assim que paramos.

Está funcionando.

O alívio me invade. Parece seguro o suficiente continuar andando. Se eu fosse um pouco menos covarde — ou um pouco mais imprudente —, poderia cavalgar direto pelo incêndio, de volta ao acampamento, de volta ao Desfiladeiro da Viúva, confiando no meu poder para repelir a morte. Mas já é aterrorizante o bastante ver as chamas se aproximarem de uma direção. Imaginá-las ao meu redor... avançando de todos os lados...

Estremeço e desvio o olhar.

Por enquanto, preciso chegar a um lugar seguro. Encontrar abrigo. E quando o fogo tiver se apagado, voltarei às cinzas fumegantes. Vou procurar meus amigos.

Encontrar Penn.

Continuo cavalgando, seguindo o riacho que serpenteia pelo vale. De vez em quando, dou uma olhada para trás para me certificar de que o fogo se mantém do outro lado do escudo, sem se aproximar mais do que vinte passos.

Ele se mantém a uma distância segura.

Depois de um certo tempo, crio coragem suficiente para fazer uma breve pausa em uma curva do rio, onde as águas rasas correm calmas e claras. Desmonto de Onyx e o levo até a margem. Ele bebe avidamente, enquanto eu me agacho e mergulho as mãos enluvadas na água gelada, sorvendo goles desesperados. Minha garganta está irritada de tanto gritar, de tanta fumaça. Lavo o gosto de fogo e sangue, bebendo até saciar minha sede. Jogo água no rosto, esfregando os vestígios do sangramento nasal. Mas receio que minha capa branca ficará manchada para sempre.

É um esforço me levantar. Cambaleio, desequilibrada, piscando para afastar os pontos brilhantes que dançam diante dos meus olhos. O ar parece mais pesado do que o normal. Cada passo é como caminhar atolada até a cintura em um lamaçal. Eu me apoio em Onyx, sentindo o cansaço pesar em meus ossos. Exausta demais até para voltar à sela.

Minha Remanescente lateja, uma pulsação constante que drena cada vestígio de força que ainda me resta. Não demorará muito até que ela se esgote por completo... ao contrário do incêndio, que não dá sinais de estar se apagando. Ele continua a rugir ao longe, varrendo o vale com uma fome insaciável.

Meus olhos se voltam para o rio. Aqui, as águas são mais calmas, muito menos agitadas do que perto do cume. Não há corredeiras na superfície. O leito é estreito, com cerca de doze passos de largura. Uma distância que, em circunstâncias normais, eu poderia nadar em segundos.

Mas as circunstâncias atuais não têm nada de normal.

O frio será de tirar o fôlego, sem dúvida. Mas, se conseguirmos atravessar, não fará diferença quando meu escudo enfim falhar. Estaremos seguros do outro lado, protegidos pela barreira natural da água.

— O que você acha, garoto? — pergunto a Onyx, passando meus dedos pela sua longa crina preta. — Devemos arriscar?

Seus olhos brilhantes não me oferecem uma resposta.

— Acho que não temos escolha — confesso, encostando minha testa no seu pescoço. Respiro com dificuldade enquanto minha mente luta contra a exaustão.

Ele relincha baixinho em resposta.

— Juntos — digo. — Vamos conseguir juntos.

Ou, pelo menos, vamos tentar.

Em um golpe de sorte, a travessia não é tão ruim quanto eu imaginava. Embora o rio parecesse profundo visto da margem, a água não ultrapassa a altura da minha cintura. Minhas saias pesam, encharcadas, mas me agarro ao bridão de Onyx enquanto avançamos juntos.

A água é congelante. Quase tão gelada quanto a Remanescente em meu peito. Mas a correnteza é suave, roçando levemente minhas pernas. Às vezes, quase parece me guiar, como dedos líquidos me impulsionando para a frente. Mesmo assim, chegar à margem oposta consome o que resta das minhas forças. Quando finalmente piso em terra firme, estou ofegante.

Solto a rédea e caio de joelhos, mal conseguindo evitar desabar no chão. Minhas luvas de couro se plantam contra a terra coberta de gelo, enquanto arfadas irregulares entram e saem dos meus pulmões. Sinto meu poder por um fio, o controle do escudo perigosamente instável.

Sem me dar ao trabalho de levantar, olho por cima do ombro para a muralha de chamas. Está a cinco passos da margem oposta e parece pressionar a barreira invisível. Como se testasse minha determinação. Como se esperasse o momento em que minhas forças vão se esgotar.

Rezo para que, quando isso acontecer, o rio seja o suficiente para mantê-la afastada.

Os arreios de Onyx tilintam enquanto suas patas se movem inquietas. Seu relincho é uma advertência. Viro a cabeça na sua direção, mas paraliso no meio do caminho quando meu olhar se fixa em algo plantado no chão à minha frente. Perto o suficiente para tocar.

Um par de botas.

Como chegaram até ali, como não as ouvi se aproximarem — estou exausta, mas não a ponto de meus sentidos falharem totalmente — é um completo mistério para mim. Minha cabeça se ergue bruscamente, meu olhar desliza por um par de coxas masculinas musculosas envoltas em calças azul-marinho, passando por um peito largo até encontrar o par de olhos mais estranhos que já vi.

Olhos feéricos, sem dúvida. As pupilas são ligeiramente alongadas, as íris de um azul tão brilhante que as safiras mais deslumbrantes de Anwyvn pareceriam sem graça em comparação. Pertencem a um rosto que faz com que minha respiração paralise e meus dedos se cravem na terra.

Enquanto os encaro, seus olhos se desviam por um breve instante, fixando-se no instável escudo de ar. Quando se voltam aos meus, exibem um brilho predatório. Seus lábios se retorcem enquanto ele me examina esparramada aos seus pés. A cabeça se inclina em uma contemplação irônica.

— Ora, ora — murmura o estranho em uma voz profunda e melodiosa que flui feito água sobre as pedras do rio. — Você é mesmo interessante.

E, então, tudo se apaga.

QUINZE

Sonho com um mar enorme e sombrio.

Com ondas e água. Com maresia e frio cortante. Uma vasta extensão de oceano, insondável como o tempo. E eu, um pequeno destroço, lançada aos caprichos da maré. Afogando-me lentamente, enquanto minha cabeça afunda, para nunca mais voltar à superfície.

Eu deveria estar com medo, mas já tive esse sonho antes. Nadei nesse mar milhares de vezes, minha mente adormecida retornando de novo e de novo às profundezas vorazes, às ondas que se chocam ao meu redor em cristas de espumas brancas, às correntes que me acariciam e seduzem enquanto me arrastam para o fundo, sussurrando palavras doces enquanto me matam.

O mar letal dos meus sonhos não é a costa ensolarada de Seahaven, mas outro lugar onde nunca estive. Uma invenção da imaginação alimentada pelo sono. Pois se esse lugar existe, nunca o vi. No entanto, parece tão real, tão vívido, que às vezes penso que deve ser uma lembrança de uma vida passada, transportada pelo éter quando minha alma foi trazida à existência.

Quando desperto com um arquejo, ainda consigo sentir o gosto do sal marinho nos lábios.

Demoro um pouco para me livrar dos resquícios do sonho. Meus olhos arregalados examinam o ambiente, tentando me situar, procurando por ameaças. Mas não há nenhuma.

Estou sozinha.

Sozinha em uma cama desconhecida, em um quarto desconhecido. Não há sinal dos meus pertences. Nem o arco, nem a aljava, nem a adaga, nem minhas roupas. A colcha que minhas mãos agarram é azul-clara; o colchão macio de plumas embaixo de mim é da melhor qualidade. O quarto em si é cor de areia, e o piso é de um reluzente ladrilho marfim.

Parece um quarto comum — apesar da decoração luxuosa —, cada detalhe ricamente trabalhado em madeira de tons claros, desde a escrivaninha entalhada até as mesinhas de cabeceira e o guarda-roupa. Do lado oposto à cama, uma grande janela com painéis de vidro em padrão de losango domina a parede.

Jogo os cobertores grossos para longe e caminho descalça em direção à janela, as pernas tremem como gelatina a cada passo. Não sei por quanto tempo fiquei inconsciente, apenas que não foi o suficiente para aplacar a exaustão. Estou esgotada, como se cada gota de energia tivesse sido drenada dos meus ossos. Este cansaço profundo, que eu nunca havia experimentado, não é apenas físico. Ele lateja na marca gravada em meu peito, como uma pontada na têmpora que depois irradia pelo corpo todo.

Fica evidente que usar o meu poder tem um preço.

Eu me pergunto onde estão minhas botas enquanto o frio do ladrilho se infiltra pelas solas dos meus pés; me pergunto quem as tirou quando me vestiu com a fina camisola que estou usando. Meu coração bate forte quando um rosto surge nos meus pensamentos: o homem que encontrei na margem do rio. Seus olhos azuis brilhantes são a última coisa de que me lembro antes de tudo escurecer. Aquele brilho predatório. Aquele sorriso de satisfação. Aquela voz, como uma cascata mortal, serpenteando pelo ar.

Ora, ora. Você é mesmo interessante.

Não gosto de pensar que foi ele quem me deixou completamente nua e vestiu em mim esta roupa. A camisola é quase indecente, o tecido é tão leve e diáfano que mal cobre minha pele. Não é seda, mas algo muito mais refinado. A costura é tão delicada e precisa que é quase invisível. O tecido flui ao meu redor como líquido quando paro diante da janela.

Fico de boca aberta.

Enquanto estava inconsciente, fui levada a uma altitude muito mais baixa. As Montanhas Cimérias se estendem à minha frente; ou melhor, acima de mim. Onde quer que eu esteja, fica na base da cordilheira. Se eu estreitar os olhos em direção ao cume da montanha mais central, consigo ver uma mancha escura em meio às coníferas cobertas de neve. Uma cicatriz fumegante, ferindo a face da montanha — o único vestígio do incêndio voraz. Ele parece ter consumido metade da encosta antes de finalmente se apagar.

Ao olhar para aquilo, mal posso acreditar que saí ilesa. Meus olhos ardem com lágrimas não derramadas quando penso em Penn e seus homens, lutando por suas vidas. Eles estavam no coração do incêndio. Mesmo que tivessem sobrevivido aos saqueadores…

Será que alguém seria capaz de sobreviver a um incêndio como aquele?

A porta se abre de repente, sem nem uma batida de aviso. Esqueço as lágrimas e me viro para encarar o intruso. Recuo um passo quando vejo que é o homem feérico do rio; minhas costas pressionam o peitoril com tanta força que, sem dúvida, deixará um hematoma.

— Você está acordada — diz ele, entrando no quarto como se fosse dono do lugar. O que, me ocorre, é provável que seja. — Ótimo.

Ele para a seis passos de distância. Ficamos nos olhando em silêncio, avaliando um ao outro. Ele é tão perigosamente atraente quanto eu me lembrava. Uma figura imponente e poderosa envolta em um traje azul-marinho sob medida. Uma pele queimada de sol, quase dourada. Cabelos escuros e exuberantes emoldurando um rosto capaz de levar um pintor às lágrimas. Uma estrutura óssea digna de inspirar mil sonetos. Suas feições são equilibradas pelos olhos cristalinos e pela mandíbula tão delineada que escultores poderiam trabalhar por uma vida inteira sem nunca capturar as nuances mais finas.

— Dormiu bem?

Se eu dormi bem?

Como se eu tivesse tirado um cochilo em um campo de flores silvestres, e não sido deixada inconsciente e arrastada montanha abaixo. Ele só pode estar fora de seu juízo perfeito.

— O que você fez comigo?

Ele arqueia uma única sobrancelha diante do tom acusatório em minha pergunta.

— O que *eu* fiz com você?

— Você… — Balanço a cabeça, tentando organizar os meus pensamentos. — Você me trouxe aqui.

— E daí?

E daí? Isso não é suficiente?

— Você... você me deixou inconsciente! Deve ter me drogado ou me batido...

— Não. — Um músculo salta em sua bochecha quando sua mandíbula se contrai. — Eu não encostei um dedo em você, exceto para carregá-la até aqui quando você foi tola a ponto de esgotar seus poderes até a exaustão e desabou aos meus pés feito um trapo patético. Mas se eu soubesse que era esse tipo de agradecimento que me aguardava... — Ele dá de ombros com uma indiferença que não me convence, nem por um segundo. — Talvez nem tivesse me incomodado.

Um silêncio gélido paira no ar.

— Ah — sussurro, com a voz fraca, após alguns segundos.

— Sim. — Seus olhos cintilam. — *Ah*.

— E Onyx?

— Está se deliciando com feno nos meus estábulos.

— Onde estão minhas roupas?

— Sendo lavadas pelos criados. Estavam encharcadas e cobertas de sangue.

Assinto, aceitando a explicação. Tento manter a voz calma.

— E presumo que também devo agradecer a você por esta — gesticulo para mim mesma — roupa que estou usando?

Ele não responde. Seus olhos estão fixos na camisola, como se tivessem seguido meu gesto e ficado presos, incapazes de se desviar. Não é um olhar lascivo, mas de inegável fascínio. Pois, sob a luz do sol que entra pelas janelas, as espirais escuras da minha Remanescente são nítidas sob o tecido transparente colado aos meus seios.

Quando ele se aproxima de mim, meu corpo todo se tensiona de medo. Ele para imediatamente, e seus olhos se voltam para os meus.

— Não vou te machucar.

Não respondo. Palavras valem tanto quanto as ações que as acompanham.

Ele ergue as mãos em um gesto de rendição e dá um largo passo para trás. Meu suspiro audível de alívio parece diverti-lo.

— Não precisa ter medo de mim. Eu só queria olhar mais de perto. Não é todo dia que vemos um Remanescente.

Então ele sabe o que eu sou. Mas, mesmo sem a marca, ele saberia. Ele me viu invocar um escudo de ar na montanha.

Meus ombros se enrijecem à medida que a desconfiança se instala.

— E o que você quer de mim?

— Talvez eu quisesse apenas dar uma olhada no novo bichinho de estimação do príncipe Pendefyre.

Esperança e medo se agitam dentro de mim quando ele pronuncia o nome de Penn. Esperança de que ele ainda esteja vivo e, neste exato momento, vindo ao meu encontro; medo porque esse estranho, quem quer que seja, não parece ter um grande apreço pelo Príncipe Herdeiro de Dyved.

— Se só quisesse me ver — sussurro baixinho —, duvido que tivesse me trazido até aqui.

— Pendefyre não costuma compartilhar seus brinquedos. — Seus lábios se retorcem de um lado. — Eu quis garantir que tivéssemos a chance de nos conhecer melhor. Sem interrupções.

— Com que objetivo?

— Pode chamar de... curiosidade.

— A meu respeito?

— Sim — confirma, seus olhos examinando os meus. — Sua presença na estalagem de Vintare foi alardeada aos quatro cantos, e não apenas pelos meus batedores. Durante dias, corvos cruzaram os céus para os quatro cantos das Terras do Norte, espalhando a notícia entre camponeses e cortesãos. — Sua voz ganha um tom de escárnio. — O tão aguardado herdeiro de Dyved finalmente retornou ao norte. E não veio sozinho, mas trazendo uma garota feérica a reboque. Uma criatura frágil, com estranhos olhos prateados.

Minha respiração fica presa na garganta.

— E foram perseguidos até as montanhas, de acordo com os rumores. E por nada mais nada menos que homens de Efnysien — continua ele, inclinando a cabeça para um lado enquanto me encara. — Não costumo me interessar por fofocas fúteis, ainda mais quando envolvem Pendefyre. Mas devo admitir que essa história em particular despertou meu interesse.

Os homens de vermelho e preto. Os homens de *Efnysien*. Já ouvi esse nome antes. Ainda me lembro da pergunta perplexa de Jac para Penn no alto da montanha — "Tão ao norte? O que diabos eles estão fazendo por estas bandas?" —, mas hesito em revelar isso ao estranho. Em vez disso, dou de ombros com a mesma despreocupação calculada que ele usa para contrabalancear a intensidade de seu olhar.

— Bom, agora você me viu. — Engulo em seco. — Imagino que seu interesse tenha passado e que me deixará partir.

— Para Dyved.

Não digo nada.

— Com Pendefyre.

O silêncio se prolonga.

— Que os deuses te ajudem. — Ele solta uma risada sem humor. — Que os deuses ajudem a todos nós.

— Para onde eu irei não te interessa — rebato, com rispidez. — Por mais que eu esteja agradecida por me trazer a um lugar seguro, o que farei daqui para a frente não é da sua conta. Portanto, se não se importar em devolver minhas roupas, vou preparar Onyx e seguir meu caminho.

Ele continua a falar como se não tivesse me ouvido.

— Não faz ideia do que você é, faz?

Cerro os dentes.

— Diante de suas tentativas desajeitadas de usar seu poder, isso é óbvio — continua ele. Sua expressão fica sombria, tão repentina quanto uma tempestade de verão. — O que aquele tolo estava pensando, colocando você em risco? Expondo você a todo tipo de perigos? Que imprudência. Imprudência estúpida. Até mesmo para ele.

— Ele está longe de ser um tolo — retruco, sem pensar. — Fomos atacados por saqueadores.

— Olha como ela é rápida em defendê-lo. — Seu sorriso é cruel e cortante como o fio de uma navalha. — Acho que isso significa que ele não te contou por que está tão ansioso para levá-la de volta à terra dele.

Tento não reagir. Tento não ceder às óbvias provocações. A ideia de que Penn possa ter um motivo oculto não é nova. Suspeitei disso desde o momento em que ele decepou a cabeça de Burrows e me jogou no lombo do seu cavalo. No entanto, por alguma razão, pensar nisso é mais doloroso agora. Por alguma razão... comecei a acreditar quando ele disse que não era meu inimigo. A desejar que Farley não estivesse mentindo quando disse que éramos amigos.

Penn pode não ser um tolo, mas você com certeza é, Rhya Fleetwood.

— Imagino que ele não tenha contado muita coisa a você — continua o estranho de olhos azuis, cada palavra um novo golpe. — Ele não gosta muito de compartilhar, não é?

— E suponho que você, sim? — retruco. — Eu não te conheço, mas você não parece ser um livro aberto.

Seu sorriso afiado como navalha se aguça.

— O que você quer saber?

— Para começar, quem é você e o que realmente quer comigo.

Ele me encara fixamente por um longo tempo. Não diz uma palavra quando leva as mãos à camisa. Ela tem um estilo atemporal, parecendo, ao mesmo tempo, muito antiga e imaculadamente nova. O tecido é de um azul tão escuro que, à primeira vista, parece preto. Os botões na frente são pedras polidas, entalhadas com padrões intrincados. Meus olhos se arregalam quando ele começa a desabotoá-los, um por um.

— O que diabos você está fazendo? — grito, pressionando o corpo contra o peitoril da janela, em alarme, meu coração galopando como um ataque de cavalaria.

— Não é o que você está pensando. — Ele continua a trabalhar nos botões, seus dedos hábeis se movendo depressa pela linha até que a camisa se abre. Com um gesto gracioso, ele a tira, revelando um peito musculoso que parece esculpido em mármore. O tecido azul-marinho cai nas tábuas do assoalho.

Então eu solto um som surpreso.

Não com a visão de um torso masculino nu — já vi muitos em meus anos curando aldeões doentes com Eli —, mas com as espirais escuras que marcam a pele queimada de sol e imaculada no lado esquerdo do peito. Um padrão triangular se desenrola em espiral a partir do centro, espalhando-se pelo peitoral. Mais escura que o breu e ligeiramente em relevo em relação ao resto da pele, quase como uma queimadura.

Não há como negar o que é.

Uma marca Remanescente.

É igual à minha, mas, ao mesmo tempo, diferente. Não apenas a posição, mas o próprio desenho. Enquanto as espirais da minha marca são etéreas, quase diáfanas, as dele são mais tangíveis. Há uma fluidez nas espirais onduladas, mas também uma força inquestionável nas linhas mais grossas, nos contornos mais definidos. Se a minha marca é uma brisa na superfície do mar, a dele é a correnteza rugindo nas profundezas.

Sem pensar no que estou prestes a fazer, dou dois passos à frente. Minha mão se ergue para tocar o desenho intrincado, preciso confirmar que o que estou vendo está realmente lá, que é real.

Que *ele* é real.

O sujeito inspira fundo quando as pontas dos meus dedos a tocam, mas eu mal noto. Sua pele é um pouco fria e surpreendentemente macia, como um cetim recobrindo o aço do seu peito musculoso. Quando começo a traçar as ondas e espirais da sua Remanescente, um som rouco vibra no fundo da sua garganta — um misto de gemido e rosnado. Sua mão dispara em direção ao meu pulso e o afasta, interrompendo minha análise quase antes de começar.

— Isso é sensível. — Sua voz é um sussurro.

Céus.

Eu deveria estar envergonhada. Tenho certeza de que sentirei vergonha mais tarde, mas, neste momento, estou nervosa demais para processar meu estado emocional. Olho de relance para o rosto do estranho, inclinando a cabeça totalmente para trás para conseguir vê-lo. Ele é bem alto. Seus dedos fortes ainda agarram meu pulso; não o suficiente para machucar, mas também não é um toque gentil. Embora eu diga a mim mesma para me afastar, fico paralisada pelo peso penetrante dos seus olhos. Azuis e infinitos como o oceano.

— Quem sou eu? — A boca do estranho se contorce em um meio-sorriso quando ele enfim responde à minha pergunta. — Eu sou… a *Água*.

DESÇO AS ESCADAS quando minha cabeça para de girar.

Depois de revelar sua marca Remanescente, meu enigmático anfitrião não disse mais nada. Simplesmente se inclinou, pegou a camisa do chão e me deixou sozinha para me recompor, com ordens para encontrá-lo no terraço quando me sentisse pronta.

Para ser honesta, duvido que algum dia me sinta pronta para as revelações que me aguardam, mas, pelo menos, estou vestida de maneira adequada. Encontrei um vestido no guarda-roupa — como ele havia instruído — e o vesti, contorcendo os braços para amarrar os laços nas costas.

O vestido é de um estilo que nunca vi antes, com mangas esvoaçantes, um corpete justo com um decote escandaloso, saias longas e leves feitas do mesmo tecido diáfano da camisola, mas tingido em uma infinidade de tons de azul. Camadas transparentes e sobrepostas de azul-marinho e cerúleo, turquesa e safira, lápis-lazúli e índigo, ondulam em torno dos meus calcanhares quando me movo. O efeito é hipnotizante, como se a pessoa que o veste estivesse envolta no próprio oceano, caminhando sobre a crista de uma onda.

É de uma beleza indescritível.

Odeio o quanto gosto dele. Tenho vergonha de admitir que passo um bom tempo examinando o meu reflexo no espelho antes de sair do quarto. Ainda estou muito magra, contudo não pareço mais tão febril ou desnutrida como da última vez que me vi. Em contraste com minha pele clara, o vestido até que me caiu bem. Belisco minhas bochechas pálidas para dar um pouco de cor e passo os dedos pelo cabelo platinado. Sem nenhuma habilidade com fitas e grampos, deixo as mechas escorrerem livres pelos ombros e costas.

Quando me viro para sair, meu olhar se detém nos meus pulsos refletidos na superfície brilhante do espelho. A pele que espreita sob as mangas esvoaçantes está quase completamente curada. Mal consigo ver as cicatrizes onde os grilhões de ferro queimaram até os tendões. Resta apenas uma leve cicatriz onde, dias atrás, havia marcas vermelhas e inflamadas.

É um milagre. Impossível... Ninguém se cura tão rápido.

Ninguém normal.

Tento não me concentrar nisso; caso contrário minha mente começará a fervilhar com pensamentos inquietantes que não tenho tempo nem disposição para analisar. Não agora, quando desço o último degrau polido da íngreme escadaria de pedra e sou imediatamente conduzida por dois empregados de passos leves e silenciosos, por um corredor curto que leva a uma sala de estar ensolarada.

Assim como a decoração do quarto, o mobiliário é bem trabalhado, mas pouco, quase utilitário. Não há obras de arte, nenhum adorno à vista. A única distração visual vem da parede de janelas. Deste ponto de vista, toda a imensidão da cordilheira se revela. Todo o esplendor das Cimérias se estende diante de mim, um fluxo interminável de picos e vales. Há uma beleza rara nas encostas cobertas de neve, uma pureza inegável na forma como se projetam em direção ao céu. A única imperfeição nessa vista espetacular é o homem parado no terraço do lado de fora — de costas para mim, os olhos fixos no horizonte.

Um dos criados me conduz pela sala até as portas duplas e praticamente me empurra para elas. Meu anfitrião se vira quando me aproximo e me olha da cabeça aos pés.

— Uma guardiã do vento usando minhas cores. Confesso que nunca pensei que veria isso novamente.

Suas cores.

Quem é esse homem?

Um general?

Um lorde?

Alguém poderoso, sem dúvida. Mas até agora não sei sequer seu nome ou a que reino pertence. Não sei se ainda estamos na região independente das Cimérias ou se entramos em território soberano.

Paro a uma boa distância dele, viro a cabeça para as montanhas e apoio as mãos no parapeito de pedra. Apesar da neve, o terraço está bem aquecido. Fogueiras idênticas ardem em sulcos de pedra que atravessam o espaço do piso de ambos os lados, lançando um brilho acolhedor por todo o terraço.

— Onde estamos, exatamente?

— Na Fortaleza de Acrine.

Mantenho meu olhar fixo nas montanhas.

— Eu deveria saber onde fica isso?

— Você saberia, se fosse das Terras do Norte. — Ele faz uma pausa. — O que, obviamente, não é o caso. Mas, me conte, onde o principezinho te encontrou depois de todo esse tempo?

Enfim olho para ele, com as sobrancelhas erguidas.

— Você parece saber bastante sobre as atividades do Penn.

Ele me encara de um jeito mordaz quando casualmente deixo escapar o apelido.

— Faço questão de saber muito sobre muitas pessoas — argumenta ele, com uma lentidão quase dolorosa. — Você, por outro lado, permanece um enigma. Especialmente porque não respondeu a nenhuma das minhas perguntas, enquanto eu respondi a várias das suas.

— Pelo contrário, você parece saber mais sobre mim do que eu mesma.

Ele arqueia uma sobrancelha em uma pergunta silenciosa.

Solto um longo suspiro. Não tem sentido me fazer de desentendida. Ele já sabe o que sou. E se alguém pode me dar uma explicação sobre meu destino… imagino que seja alguém que o compartilhe.

— A verdade é que, até uns dias atrás, eu nunca tinha ouvido o termo *Remanescente* — revelo. — Além da marca no meu peito, nunca houve qualquer indicação de que eu fosse algo além de uma halfling comum. Nunca explorei esse poder. Nem sabia que ele existia.

Ele não esboça qualquer reação.

— Eu não entendia que a marca significava que eu era... — Balanço a cabeça. — Na verdade, ainda não tenho certeza se realmente entendo o que significa.

Um silêncio pesado domina o ambiente, seguido por um xingamento baixo e irritado.

— *Maldito Pendefyre.*

Abro a boca para retrucar, mas ele não me dá chance. Ele gira nos calcanhares e atravessa até o outro lado do terraço, onde seus criados arrumaram uma bela mesa de jantar. É grande o suficiente para seis pessoas, mas está posta apenas para duas, com mais comida do que vi em muito tempo.

— Venha — chama ele por cima do ombro, o lampejo de raiva já suavizado. — Vamos nos sentar. Comer e conversar.

Hesito por um momento antes de segui-lo. É preciso esforço para não me encolher quando ele puxa a cadeira para mim. Juro que ouço o eco fantasmagórico de uma risada quando ele me acomoda à mesa como um perfeito cavalheiro antes de se sentar na outra ponta.

Nossos olhos se encontram por cima das travessas de comida e se fixam por um longo momento. Nenhum de nós parece saber por onde começar. Ou talvez ele apenas não queira. Então o estranho me estuda, seus olhos absorvendo os ângulos do meu rosto, as ondas claras que o emolduram, as espirais escuras da minha marca espreitando pelo corpete decotado do vestido.

— Vinho — murmura ele com a voz tensa, despejando um líquido dourado em duas taças de vidro. Os músculos da sua mandíbula se contraem. — Vinho vai ajudar.

Ele desliza uma taça em minha direção, depois esvazia a sua em dois goles e a enche outra vez até a borda.

— Vamos começar pelo que aconteceu na montanha.

— Você quer dizer os saqueadores? — pergunto. — Ou o incêndio?

— Eu me refiro ao deprimente espetáculo de estupidez que presenciei.

Meu corpo se enrijece.

— Como é que é?

— Será que... Você é tão menina, tão inexperiente, que não consegue entender o risco que correu ao fazer o que fez?

Minhas sobrancelhas se erguem quando ele me chama de menina. Posso estar franzina demais agora, mas não sou uma criança. No meu vilarejo, metade das garotas da minha idade já estava casada no décimo sexto aniversário de seus nomes; aos vinte anos, já posso ser considerada uma solteira convicta.

Além disso, ele próprio não parece tão mais velho. Quando o vi pela primeira vez na montanha, estimei que tivesse mais ou menos a idade de Penn, entre os vinte e cinco e os trinta anos. Olhando para ele agora, começo a duvidar da minha primeira impressão. Apesar da aparência jovem, há algo nele — uma serenidade, uma sensação de controle inabalável — que transmite uma aura inegável de alguém...

Mais velho.

— Invocar tanto poder bruto sem ter a menor ideia do que está fazendo não é só perigoso — prossegue ele, sem rodeios —, é uma imprudência absurda.

— Acho que me saí muito bem.

Seus dedos apertam a haste da taça.

— O sangue na sua capa diz outra coisa.

— Eu sobrevivi, não foi?

— Por um triz.

— Essa não foi a pior coisa a que eu tive que sobreviver na vida — murmuro. — Para ser sincera, não foi nem a pior da última semana.

— Hmmm. E se você tivesse desmaiado aos pés de outra pessoa? E se não fosse eu a encontrá-la ali, à beira da exaustão? Você poderia ter acabado em péssima companhia.

— Não tenho tanta certeza de que não foi exatamente o que aconteceu.

Ele contorce os lábios para um lado. Então levanta a taça em uma saudação.

— Justo.

Eu o observo beber, o movimento rítmico da garganta ao engolir o vinho. Minha taça permanece intocada. Não aceitarei nada da sua mesa, não importa quão tentadora pareça a refeição à minha frente. Fatias de carne seca, queijo e pão crocante estão empilhados em bandejas ao lado de azeitonas marinadas, uvas frescas e uma variedade de outras iguarias. Meus olhos se fixam em uma tigela de morangos vermelho-rubi, e uma onda de saliva enche a minha boca.

Faz muito tempo que eu não como um morango. Anos. Nas últimas colheitas, até a próspera horta de Eli começou a definhar. Quaisquer que sejam os males que assolam Anwyvn, qualquer que seja a praga que afeta as estações de cultivo nos reinos das Terras Médias, por sorte pouparam Seahaven durante a maior parte da minha juventude. Mas o solo fértil da península não poderia permanecer para sempre imune à praga que faz com que as plantações definhem e deixa os fazendeiros famintos diante de mesas vazias. No fim, tudo o que conseguíamos cultivar eram os vegetais mais resistentes. Milho. Batata. Cenoura ou rabanete de vez em quando.

Ainda assim... não me esqueci da doçura de um morango em minha língua.

— Pegue um. — Uma voz melodiosa interrompe meus pensamentos.

Eu me sobressalto, olhando para o par de olhos azuis penetrantes. Eles me encaram com tanta intensidade que meu pulso acelera.

— Não, obrigada.

— Está na cara que você quer um. Por que não se permite esse pequeno prazer?

Cerro os dentes quando minto:

— Não estou com fome.

— Não está envenenado, se é o que você está pensando.

— Isso nem passou pela minha cabeça.

— Como preferir.

Rápido como um raio, ele estende a mão e pega um morango suculento do topo da pilha. Seus olhos se fixam nos meus enquanto ele dá uma mordida. Reprimo uma indesejável onda de inveja enquanto o observo mastigar, sua mandíbula esculpida movendo-se com uma lentidão provocante. A ponta rosada da sua língua desliza para lamber o suco que escorre do seu lábio inferior.

— Que delícia — murmura ele, sem tirar os olhos de mim muito depois do morango ter desaparecido.

— Fico feliz que um de nós esteja se divertindo.

— Não está encantada pela minha adorável companhia? — Seus olhos se estreitam. — Duvido que você goste do meu lado menos charmoso. Confie em mim.

— Mas eu não confio em você.

— Essa pode ser a decisão mais sábia que você tomou até agora.

Minha pulsação acelera ainda mais.

Ele toma outro gole do vinho.

— Por falar em decisões... talvez você possa me explicar por que achou sensato invocar um poder para o qual não está nem um pouco preparada. Você quer morrer ou algo assim?

— Não, é instinto de sobrevivência — rebato. — Eu não conseguia respirar. Precisava me livrar da fumaça de alguma maneira. Eu não tinha outra opção.

— Sempre há uma opção.

— Quando as alternativas eram ter um pequeno sangramento no nariz ou ser queimada viva... — Dou de ombros. — A escolha parecia bem óbvia.

— Um pequeno sangramento no nariz? É só isso que você acha que foi?

Ele bebe o último gole da sua taça e a enche mais uma vez — não com vinho, mas com água de um robusto jarro de pedra. Ele não bebe, apenas gira lentamente a haste da taça entre dois dedos. A luz refrata através do vidro, salpicando minúsculos diamantes de luz do sol pela superfície da mesa, quando o líquido começa a girar.

Sua voz é baixa.

— Pense em cada brisa que já soprou por cada folha de grama em todos os cantos deste mundo. Pense em cada rajada impetuosa de vento que já inflou as velas de cada veleiro em mares distantes. Pense em cada corrente que impulsionou cada pássaro que ousou abrir as asas em todos os céus longínquos...

Sua mão não está mais tocando a taça, mas o líquido dentro dela continua girando, sem diminuir a velocidade, mas acelerando, cada vez mais rápido, um pequeno vórtice sob seu comando. Sinto o leve gosto de magia no ar, um suave sussurro que me invade a cada respiração. E sob essa corrente invisível, bem no fundo do meu peito, sinto um poder pulsar em resposta quando minha marca desperta após um longo sono.

Hipnotizada, não consigo desviar o olhar quando a água se eleva da taça, projetando-se em direção ao céu como uma tromba-d'água no coração de uma tempestade oceânica. Vários glóbulos do tamanho de pesadas gotas de chuva se soltam e começam a orbitar ao redor da taça, um delicado balé de água e ar que me deixa fascinada.

Engulo um arquejo e me forço a olhar para o homem responsável pela proeza. Ele me observa, sem prestar atenção ao que está acontecendo com a água na taça, como se o deslumbrante espetáculo lhe exigisse tão pouco esforço que nem merecesse sua atenção.

— Cada brisa. Cada vendaval — continua ele. — Desde um sussurro até um grito, do mais leve sopro à tempestade mais impetuosa... tudo isso reside dentro de você. Tudo isso e muito mais.

Não ouso falar. É o máximo que consigo fazer para não encará-lo boquiaberta quando o líquido giratório desaba de repente de volta na taça. Não há respingos, nem uma única gota é derramada quando ele libera o controle sobre o líquido. Nem sequer uma ondulação perturba a superfície. A água está totalmente imóvel.

Com o coração martelando no peito, eu me obrigo a desviar o olhar. Ele ainda me observa. Se percebe o quanto estou abalada, não demonstra qualquer intenção de me acalmar. Seu tom é uma leve carícia; mas suas palavras são tudo menos gentis.

— Sem controle, sem treinamento... você não imagina com que facilidade seu próprio poder pode te destruir. Se não tomar cuidado, ele vai esfarelar sua mente como a casca de um ovo. E tudo o que define quem você é se espalhará pelo seu crânio, uma gosma inútil de potencial desperdiçado.

DEZESSEIS

Finjo não notar como estou trêmula ao estender a mão para pegar a taça de vinho da mesa e levá-la aos lábios. É melhor do que qualquer coisa que já provei, mas quando dou um longo gole, o único gosto que consigo sentir é do meu próprio terror.

Com o que ele disse.

Com o que isso significa para mim.

Vai esfarelar sua mente como a casca de um ovo...

— Você precisa de um protetor — diz ele, com a voz suave. Seus olhos deslizam para meu pescoço, me observando engolir. Para meus dedos, pálidos de tensão. E, então, para meus ombros, encolhidos de pavor.

Eu os pressiono contra o encosto da cadeira e levanto o queixo em um frágil desafio.

— Talvez eu já tenha um.

— Quem? *Pendefyre?* — Ele solta uma risada sombria. — Pendefyre não é um protetor. Não para alguém como você.

— Ele me manteve viva até agora.

— Ah, sim, ele pode te proteger de inimigos óbvios. De monstros horrendos e feras famintas — concorda ele. — Mas ele pode te manter a salvo de você mesma?

Tudo o que define quem você é se espalhará pelo seu crânio...

— Foi o que eu pensei — murmura, lendo o medo em minha expressão como se fosse um livro.

Minha boca se fecha com um estalo suave. Não percebi que estava entreaberta. Não consigo formular uma palavra, reunir meus pensamentos dispersos em algo coerente.

— Você precisa de mais do que um guerreiro feroz no campo de batalha. Precisa de alguém que te ensine a controlar esse poder que carrega dentro de você. Ensine a canalizá-lo sem deixar que ele a esmague completamente. A maior ameaça que enfrentará, a batalha mais difícil que travará, é contra seus próprios limites. — Ele faz uma pausa. — Você mal começou a descobrir um por cento de quem realmente é, pequena guardiã do vento. Do que você é. Do que ainda vai se tornar.

— E quem você sugere para esse ilustre papel de protetor? — pergunto com a voz vacilante, tentando engolir as emoções que obstruem minha garganta. — Ah, deixe-me adivinhar: *você*.

— Hmm. Por mais que eu me deleite com a oportunidade de irritar Pendefyre — seu sorriso é irônico —, eu me recuso a me envolver em outra tentativa fracassada de desafiar o destino. Se ele insiste em tentar remediar o passado em uma tentativa vã de amenizar a própria culpa, esse é um problema dele. Não meu.

— Culpa? Culpa de quê?

Ele solta uma risada sincera, a cabeça jogada para trás, o som ecoando pelo terraço como o estrondo de um canhão. Quando seus olhos se voltam para os meus, não irradiam alegria, e sim a mesma luz brilhante e predatória de que me lembro tão bem do nosso primeiro encontro.

— Pobre cotovia... — sussurra ele — presa em uma teia tão emaranhada que nunca terá a chance de desbravar os céus. Sabe... talvez fosse melhor que você não soubesse de nada. Morrer na ignorância pode ser uma bênção.

— A morte nunca é uma bênção.

Seus lábios se curvam.

— Você ainda pode mudar de ideia em relação a isso.

— Já senti o sabor da morte muitas vezes — digo, friamente. — É um sabor amargo. Duvido que encarar meu fim de olhos vendados torne a partida mais doce.

Ele parece refletir, ponderando minhas palavras contra as próprias incertezas. Por um longo tempo, há apenas silêncio — tão longo que acho que ele não voltará a falar. Mas então, com um dar de ombros casual, que contradiz a intensidade do seu olhar, ele solta um longo suspiro e se recosta na cadeira.

— Não diga que eu não avisei. — Ele pega outro morango da tigela e começa a mastigá-lo. — Vamos começar com o que você sabe.

— Sei que tenho uma marca Remanescente... Sei que sou o... — Retraio os ombros, impotente. — *Ar.*

— E?

— O que mais há para saber?

— Pelos deuses. — Ele joga a água da taça no terraço e a enche de vinho. Recostando-se na cadeira, ele me encara com olhos semicerrados. — Você ao menos sabe o que é uma Remanescente?

— Um símbolo de poder elemental. — Foi o que Penn me disse. — Marca aqueles com habilidades mágicas adormecidas.

— Só isso? Foi só isso que ele te contou?

Desvio o olhar, irritada, mas ele continua.

— Em primeiro lugar, uma Remanescente não é uma marca comum, concedida a qualquer feérico capaz de provocar uma brisa ou mexer a água em uma taça. Muitos grão-feéricos conseguem realizar pequenos truques mágicos. Algumas das linhagens mais antigas têm habilidades ainda mais poderosas, como lançar um feitiço e ativar um portal. Mas apenas quatro almas possuem a marca Remanescente. Uma para cada um dos elementos. Água, ar, fogo, terra.

Meu corpo paralisa enquanto processo as palavras. Quatro elementos. Quatro almas. Eu havia presumido — erroneamente — que havia muitos outros nas Terras do Norte com marcas como a minha. Muitos com o dom de controlar os elementos. Ou, se não muitos, pelo menos... alguns.

Você é uma guardiã do vento, disse Penn.

E não você é *a* guardiã do vento.

A *única* guardiã do vento.

Meu rosto deve estar pálido, pois o homem sentado à minha frente suspira e passa a mão pelo cabelo escuro.

— Vejo que ele não te contou essa parte.

— Não — suspiro, abalada. — Ele não me contou essa parte.

— Hmmm. — Ele toma outro gole da taça. — Em certo momento, existem quatro Remanescentes. Nem mais, nem menos.

— Sempre?

— Sempre.

— E se um deles morrer?

— Outro é enviado.

— Enviado? Enviado de onde? Por quem?

— Há perguntas para as quais nem mesmo eu tenho as respostas — murmura ele. — Os deuses do alto raramente compartilham suas motivações. Os do submundo são ainda menos inclinados a isso.

Tomo mais um gole de vinho para me acalmar.

— O que você sabe da história de Anwyvn? — pergunta ele, com os olhos semicerrados. — Antes do início das guerras. Antes que a praga começasse a adoecer a terra.

Franzo o nariz ao tentar recordar as lições de Eli. Parecem pertencer a uma outra vida, um eco distante. Lembro apenas os detalhes básicos, mas, como uma aluna esforçada, eu os recito.

— Anwyvn já foi um grande reino, governado por um único imperador feérico. Durante seu reinado, a magia não era vista como uma maldição a ser erradicada, mas como uma dádiva a ser celebrada. Humanos e grão-feéricos conviviam em harmonia, e a miscigenação era livre. Dizem que foi uma era de grande paz.

Balanço a cabeça, mal conseguindo imaginar uma época assim. Tudo o que conheço é a guerra. Nasci nela. Passei vinte anos mergulhada nesse caos, assistindo a reis ambiciosos travarem batalhas por pedaços de terra devastada que eles mesmos destruíram, pouco se importando com aqueles que acabaram presos no fogo cruzado. Qualquer outro modo de vida parece saído de contos de ninar.

— Continue — insiste ele, com a voz suave.

— Não sei muito mais. — Franzo o cenho. — Em algum momento, as coisas mudaram. Os mortais se uniram e derrubaram o imperador. Depois da queda do império, a magia passou a ser punida com a morte. A miscigenação foi proibida. Qualquer pessoa com o mínimo vestígio de poder foi caçada e morta. Tem sido assim desde então. Por duzentos anos. — Faço uma pausa. — E não prevejo que isso vá mudar tão cedo, tendo em vista as trevas que assolam as Terras Médias.

Ele digere minhas palavras por um longo tempo, depois murmura, enigmático:

— Suas previsões não importam.

— O quê?

— A profecia, é ela que importa, muito mais do que suas suposições sobre o futuro.

Eu o encaro, perplexa.

— Não conheço profecia nenhuma.

— Por que isso não me surpreende? Os mortais têm o péssimo hábito de erradicar qualquer menção à tradição feérica dos registros. Para além da cordilheira, essas histórias foram esquecidas há gerações. — Ele suspira, como se o motivo de sua irritação fosse apenas um bando de crianças malcriadas em vez dos reis mais poderosos de Anwyvn. — Mas, sim, existe uma profecia. Muito antiga, hoje lembrada por poucos. Ela fala de uma tétrade feérica, destinada a restaurar o equilíbrio. Remanescentes, renascendo de novo e de novo, até que todos os quatro elementos estejam enfim reunidos.

— O... o *equilíbrio*?

— O equilíbrio do poder. Da magia. Sem isso... — Ele inclina a cabeça, pensativo. — Anwyvn está doente. A terra está morrendo. E já faz bastante tempo. Desde muito antes de você nascer. Começou no dia em que os mortais mataram a família real, massacraram o imperador feérico e exterminaram toda a sua linhagem.

— O Massacre.

Ele assente.

— Um ato tão hediondo, tão abominável, que esgarçou o próprio tecido da terra. Rompeu as costuras que mantinham Anwyvn unida, permitindo que nosso mundo se desintegrasse. Isso só piorou com o tempo. É uma mancha que se espalha como uma praga por toda a terra.

— Então é uma maldição?

— Alguns acreditam que sim. Dizem que o imperador, em seu último suspiro, condenou aqueles que o traíram à mesma morte que lhe impuseram.

— É nisso que você acredita?

— Para mim, pouco importa a causa. Se o desequilíbrio é fruto de uma maldição ou se é apenas um sintoma da guerra dos mortais contra a magia... No fim, todos somos obrigados a suportar suas consequências. Alguns com mais sucesso do que outros.

— O que você quer dizer com isso?

— Aqui nas Terras do Norte, onde a magia ainda não desapareceu completamente, estamos relativamente protegidos da praga. Nossa geografia nos poupou do pior do Massacre há duzentos anos. E continua a nos proteger, das guerras incessantes que assolam as Terras Médias, das tentativas ocasionais de invasão quando um rei tolo o bastante decide provar seu valor no Estreito de Avian.

Assinto, distraída, pensando em Seahaven. Na Floresta Starlight, nos confins da costa, onde os galhos brilhavam com uma luz sobrenatural e o solo vibrava sob meus pés, como uma corrente de energia adormecida. Seriam esses vestígios de poder que mantinham nossa terra fértil, apesar da praga que se alastrava?

Depois de ver mais das Terras Médias nos últimos meses, tenho quase certeza de que sim.

— Além das montanhas — continua ele —, os patéticos mortais vivem existências breves e miseráveis, repletas de fome e sofrimento, enquanto seus falsos reis lutam por terras tão envenenadas que não podem mais produzir e colher.

Meus olhos se voltam para os dele.

— Você fala como se eles merecessem tal destino.

— E não merecem? — Ele ergue uma sobrancelha. — Não foram os mortais que perturbaram o equilíbrio? Não foi o egoísmo deles que os levou a trair um imperador a quem haviam jurado lealdade? Não foi a ganância deles que fez com que essa maldição se abatesse sobre todo o continente?

— A ganância de seus ancestrais, talvez. Não a deles.

— Quem somos nós, senão o legado que deixamos para trás? Eles são tão culpados quanto seus antepassados.

— Um homem não é sua história.

— Não? — Seus olhos são tão azuis, tão profundos, que por um instante penso que poderia me afogar neles. — Você acha que algum desses mortais, homens criados sob a égide dessa linhagem assassina, levantaria um dedo para ajudar alguém como você?

Penso na corda no meu pescoço. Na árvore onde quase fui enforcada. Nos sorrisos de escárnio, nos olhares semicerrados, nas mãos ávidas para desembainhar as espadas.

Vadia pontuda.

Escória feérica.

— Existem pessoas boas nas Terras Médias — insisto, afastando as lembranças como teias de aranha que assombram os cantos mais escuros da minha mente. Tentando encontrar bons exemplos.

Tomas me entregando um bolo de mel recém-saído do forno. Ele era mortal e me mostrou bondade.

O rosto carinhoso de Eli, seus braços reconfortantes. Ele era mortal, e me amava. Um amor tão forte que morreu por ele.

— Existem pessoas ocupadas demais tentando sobreviver para se preocupar em odiar os halflings. E, por mais difícil que seja para você acreditar, vivendo aqui no conforto privilegiado do norte... — Olho atentamente para a tigela de morangos. — Existem pessoas que não só estenderiam a mão para ajudar alguém como eu, mas também arriscariam tudo, dariam a própria *vida*, em troca da minha.

— E você já conheceu pessoas assim... — Seu tom é de descrença.

— Conheci. — Engulo em seco, lutando com as emoções que arranham minha garganta. — Você não pode condenar uma região inteira pelos crimes de alguns.

— Eu não condeno ninguém. Não me importo o suficiente para isso, não mais.

— Mas já se importou alguma vez? — Acho difícil acreditar que a criatura mordaz e cínica sentada diante de mim já tenha se importado genuinamente com alguma coisa.

Sua mandíbula se contrai.

— Há muito tempo.

— E o que mudou?

— Achei que talvez o equilíbrio pudesse ser restaurado. Que eu pudesse ajudar a profecia a se cumprir. Que o meu papel em tudo isso realmente importava de alguma forma. Agora eu sei que não é bem assim. — Ele encara a taça. — Sou um mero observador nisso tudo. Vou me sentar e bebericar vinho enquanto vejo os reinos do sul se desfazerem em cinzas e ossos.

— Isso parece muito dramático.

Ele sorri, um lampejo inesperado de dentes brancos que faz meu coração gelar.

— De fato.

— Essa profecia que você mencionou... — Entrelaço as mãos sob a mesa. Minhas unhas cravam-se na pele, deixando para trás uma fileira de luas crescentes. — O que mais ela diz sobre nós?

Ele suspira outra vez, como se não quisesse me contar, mas acaba cedendo. Seu tom é carregado de desdém.

— Quatro elementos. Quatro Remanescentes, reencarnados em carne e osso. Uma tétrade predestinada, com a marca dos deuses. Espalhados pela terra. Se todos os quatro se reunirem e se tornarem um só, o equilíbrio será restaurado. A magia retornará, a praga cessará, a terra será curada, todos celebrarão. Abundância, glória etc. — Ele solta um riso cínico dentro da taça enquanto toma outro gole. — Falsas promessas de um vidente senil, que provavelmente inventou tudo isso depois de exagerar no ópio.

Eu o encaro por um longo tempo.

— E se você estiver errado? E se for verdade?

— Como eu disse, o destino de Anwyvn não me diz mais respeito.

— Mas você... você é... a *Água* — insisto, atônita.

— Sou muitas coisas. Um dançarino de valsa fantástico, por exemplo. Um excelente lutador. Um cozinheiro mais ou menos. — Seus olhos brilham com diversão. — Quase um deus na cama.

Ignoro suas tentativas de me distrair.

— Você está tão desiludido a ponto de ignorar o próprio destino? Ou é tão egoísta que prefere condenar o restante do mundo só para não perturbar a própria paz?

— Cuidado. — A ameaça é proferida com uma indiferença tão contraditória que um arrepio percorre minha espinha. — Você fala de coisas que estão muito além da sua limitada compreensão.

— É óbvio que está fora da minha compreensão! Você acabou de me dizer que eu sou uma das quatro chaves que, juntas, abrem a porta para a salvação do mundo — grito, furiosa demais para prestar atenção à advertência nas suas palavras. — No entanto, ao mesmo tempo, você espera que eu simplesmente aceite sua total apatia em relação ao seu papel nisso tudo.

— Apatia é o caminho mais sensato, posso garantir. A alternativa não passa de um exercício para a frustração.

— Como? Como pode ser, se já estamos na metade do caminho? Quando temos dois dos quatro elementos sentados frente a frente a esta mesa?

— E um terceiro chegando muito em breve, sem dúvida — murmura ele.

— O quê?

Ele ignora minha pergunta.

— Pensei que a nossa aula de história tivesse terminado, mas parece que preciso explicar alguns detalhes para que sua mente ainda em desenvolvimento consiga compreender nossa realidade atual. — Ele se inclina um pouco, o tom de voz mais enfático. — Os primeiros quatro Remanescentes nasceram há mais de duzentos anos, logo após a revolta. Alguns acham que suas almas chegaram neste mundo no exato momento em que a alma do imperador partiu.

— E daí?

— *E daí* que, se a tétrade original tivesse se encontrado, você acha que estaríamos sentados aqui tendo esta conversa?

— Imagino que não.

— Você imagina corretamente. Toda vez que um Remanescente morre, e nós *podemos* morrer, não duvide disso, embora nos curemos depressa e sejamos mais difíceis de matar do que a maioria, o elemento renasce em outra pessoa. Enviado de volta para começar de novo, em um novo corpo. Uma nova alma. — Seus olhos examinam meu rosto. — Você tem quantos...? Dezessete anos? Dezoito?

— Vinte.

— E tão magrinha. — Seus lábios se contraem quando faço um gesto obsceno, que sugere exatamente onde ele deve enfiar suas opiniões indesejadas. — Isso significa que, em algum lugar neste mundo, há cerca de vinte anos, o último guardião do vento morreu. Provavelmente de forma dolorosa, com uma corda no pescoço ou na ponta de uma espada.

Não posso discordar dessa suposição, visto que estive muito próxima desse mesmo destino. Minha mente gira com curiosidade, perdida em pensamentos sobre os outros que vieram antes de mim. Encarnações passadas do Ar. Quantas existiram? Quem foram? Onde viveram? Como eram suas vidas antes de serem brutalmente exterminadas?

— E então veio você — continua ele, trazendo-me de volta ao presente. Ele inclina a cabeça, pensativo. — No entanto, o último Remanescente do Ar que me lembro de ter conhecido deve ter morrido há... pelo menos setenta anos. Não faço ideia de quantos outros viveram e morreram nesse intervalo de meio século entre a morte dele e o seu nascimento. Pode ter sido um; podem ter sido cem. Se conseguiram sobreviver além da infância, nascidos em famílias camponesas de mortais supersticiosos... Se conseguiram escapar das garras de reis assassinos... nunca tive o prazer de conhecê-los.

Eu o encaro, atônita. O homem sentado à minha frente não aparenta ter mais de trinta anos. Apostaria minha vida nisso.

— Quantos...? — Engulo a onda de descrença. — Quantos anos você tem?

— Essa é uma pergunta muito indelicada, segundo todas as mulheres que já conheci.

— Não estou com humor para suas gracinhas.

— Que pena.

— Será que não pode me dar uma única resposta direta?

— Ah... — Ele acena com a mão, em um gesto displicente — Alguns séculos, mais ou menos. Embora já tenham me dito que eu não pareço ter mais de cento e cinquenta.

Arregalo tanto os olhos que quase saltam das órbitas. Somente os feéricos mais elevados — a realeza — são dotados de uma longevidade sobrenatural. Os halflings comuns raramente têm o privilégio de envelhecer — pelo menos, não nas Terras Médias —, mas os raros que conseguem não vivem mais do que cento e quinze anos. Talvez cento e vinte. E, nesses casos excepcionais, eles certamente *aparentam* a idade que têm. Mas não há uma única ruga ou marca de envelhecimento no rosto perfeito desse estranho. Seu cabelo escuro e exuberante não tem um único fio grisalho.

— *O quê?* — É tudo que consigo dizer com um arquejo perplexo.

— Como já mencionei, os Remanescentes são difíceis de ferir, e ainda mais difíceis de exterminar — explica ele, como se meu raciocínio fosse lento demais. — Longevidade. Cura rápida. Você logo vai descobrir. — Seus olhos se voltam para o meu pulso quando pego outra vez o vinho, observando as cicatrizes pálidas que circundam a carne. — Se é que ainda não descobriu.

Dou um longo gole. Minha cabeça está começando a girar — não sei se pela enxurrada de informações ou por beber com o estômago vazio.

— Então, a menos que alguém se esforce para me matar, eu vou simplesmente viver... para sempre?

— Talvez.

— Eu não quero viver para sempre — murmuro, incrédula.

— A maioria consideraria a imortalidade uma dádiva.

— Viver enquanto todos os outros morrem... Sobreviver enquanto todos aqueles com quem você se importa são aos poucos consumidos pelo tempo... — Luto para conter o arrepio que percorre minha espinha. — Isso parece mais um tormento.

Ele não diz nada. Apenas me olha com uma intensidade tão cortante que preciso reprimir a vontade de me remexer no assento. É como se ele tentasse enxergar minha alma.

Um pensamento me ocorre.

— Se a profecia for cumprida... Se o equilíbrio for restaurado, quero dizer... O que vai acontecer? Nós... morremos?

— Não sei. Mas como não acredito que isso vá acontecer, não perco muito tempo considerando.

— Mas...

— Nunca encontramos o último elemento — interrompe ele. — A Terra. Nem uma única vez. Nem um único vestígio. Não em todos os meus longos anos. E embora a minha apatia atual possa parecer decepcionante, eu posso assegurar... houve uma época em que dediquei um grande esforço nessa busca.

Respiro fundo.

Nunca.

Nem uma única vez.

Nem em duzentos anos de procura.

Seu olhar desvia para além do meu ombro. Ao me virar, vejo uma das criadas de passos leves parada ali, seus olhos transmitindo alguma mensagem silenciosa. Seja o que for, provoca uma careta no rosto do meu anfitrião e uma tensão em seus ombros.

— Nosso tempo está se esgotando — explica ele, olhando de volta para mim. — Seu querido príncipe se aproxima para matar o dragão malvado que capturou a bela donzela.

Eu me endireito na cadeira.

— Penn está aqui?

— Passando pelos meus portões agora mesmo.

— Leve-me até ele agora mesmo — exijo, já de pé. — E devolva minhas coisas.

— Ah, sim, aquela linda capa.

— Você pode ficar com a capa. Mas quero minha adaga de volta. — Não espero por ele, apenas disparo pelo terraço, os frágeis chinelos azuis deslizando no piso.

— Vejam só, já está dando ordens. — O comentário divertido ecoa logo atrás de mim, ele se aproximou sem que eu percebesse. — Tão poderosa.

Lanço um olhar por cima do ombro quando chego às portas. Elas se abrem nas mãos de dois criados uniformizados. Ambos são ao menos em parte feéricos, dadas as orelhas pontudas que vejo enquanto passamos.

Não nos falamos enquanto atravessamos a fortaleza. Apenas o barulho suave dos meus chinelos contra o chão de pedra quebra o absoluto silêncio. Ele, como sempre, se move sem um único ruído. Eu me pergunto se essa habilidade é um dom inerente ao seu poder, resultado de um rigoroso treinamento militar ou alguma combinação dos dois.

Não demora muito para chegarmos aos portões. A propriedade não é tão grande quanto eu imaginava. Embora imaculadamente limpa de poeira e detritos, tenho a sensação de que quase não é usada. Os corredores que percorremos são desprovidos de personalidade. Espio os cômodos abertos enquanto passamos e os encontro vazios — de arte, de vida, de pessoas. Além dos criados silenciosos, não vejo vivalma. Nem mesmo guardas. Mesmo depois de passarmos por um conjunto de imensas portas de madeira com braçadeiras de metal e entrarmos em um pátio murado, não vejo um único homem de vigia. Os canteiros do jardim são estéreis, a grama infestada de ervas daninhas. Com minha saia azul esvoaçante, me sinto o único ponto de cor em um mundo que se tornou cinza.

— Não costumo passar muito tempo aqui — comenta meu enigmático anfitrião ao meu lado, notando o meu olhar curioso enquanto caminhamos.

— Você não mora aqui?

Ele olha com aversão para a pesada estrutura de pedra, o pátio sem vida.

— Pelos deuses, não. A Fortaleza de Acrine fica perto do Estreito, em terreno neutro. Nós a mantemos para assuntos formais de Estado, reuniões estratégicas... — Ele olha para mim, os lábios se contraindo enquanto acrescenta: — Negociações de reféns.

— Então eu *sou* uma refém.

— Tenho certeza que Pendefyre acha que você é.

— Está tentando provocá-lo?

— Se eu quisesse provocá-lo, eu a teria levado para Hylios. — Seu sorriso desaparece. — Embora não seja preciso muito para provocá-lo.

Hylios.

Já ouvi esse nome antes, da estalajadeira de Vintare que me deu a capa da sobrinha. O que foi que ela disse mesmo?

Ela a deixou para trás quando se mudou para Llŷr na primavera passada. Com certeza não há necessidade de peles em Hylios.

Llŷr.

Hylios fica em Llŷr.

Olho de relance para meu anfitrião enquanto novas perguntas sobre sua identidade brotam dentro de mim, mas seus olhos azuis estão fixos nos estábulos, onde um cavalariço conduz um grande garanhão preto para fora. O cavalo parece relutar a cada passo, puxando o bridão e mostrando os dentes, a cabeça balançando enquanto seus relinchos ecoam pela fortaleza.

— Onyx! — chamo.

A cabeça dele se vira imediatamente ao som da minha voz. Os olhos pretos e brilhantes se fixam em mim, e o relincho cessa. Caminho até ele, com a mão estendida, e acaricio seu focinho aveludado quando ele o encosta na minha palma. Está pronto para ser montado. Meu arco e minha aljava estão exatamente onde os deixei, presos atrás da sela.

— Está tudo bem, garoto — sussurro, encostando minha testa no seu pescoço. — Já passou. Penn está aqui. Ele veio nos buscar.

Uma tosse seca chama minha atenção de volta para o homem ao meu lado.

— Seus pertences estão nos alforjes. A adaga e tudo mais.

Assinto.

— Aqui, vista isso.

Eu não havia notado a capa em suas mãos até que ele a ergue na minha direção. É de um tom profundo de azul, quase preto. O tecido é um veludo espesso e quente. Não me oponho quando ele envolve meus ombros com ele. Está frio no pátio; a viagem será ainda mais gélida, especialmente quando o sol desaparecer no horizonte.

Suas mãos permanecem no fecho da gola por um instante, enquanto ele me encara. Com uma delicadeza que me faz prender a respiração, ele desliza a mão por baixo do meu cabelo e o liberta do tecido pesado.

— Da próxima vez que você quase se matar canalizando um poder que mal compreende — murmura ele —, pelo menos o sangue não ficará visível.

Quase sorrio.

— Fantástico.

Suas mãos ainda estão no meu colarinho.

— Seria uma pena se você morresse tão cedo. — Sua voz é tão baixa que já não sei se ele está falando comigo. — Algumas horas de conversa em troca de setenta anos de espera? Não me parece justo. Mas o Deus da Sorte sempre foi um canalha imprevisível.

Não tenho ideia do que ele está falando, mas respondo de todo modo.

— Talvez os deuses ouviriam mais se você parasse de insultá-los.

Os cantos dos seus olhos se enrugam levemente.

— E a quem você gostaria que eu apelasse, pequena cotovia? Ao Deus da Morte? — Ele faz uma pausa e, enquanto observo, cada vestígio de humor se esvai da sua expressão. Seu tom fica estranhamente sério. — Não. A Deusa do Destino, creio eu, é a quem devo agradecer por essa reviravolta tão interessante.

Engulo em seco o súbito nó na minha garganta, tentando — sem sucesso — formular uma resposta inteligente. Nossos rostos já estão bem próximos, mas ele se inclina ainda mais, até que tudo o que consigo ver são os traços perfeitamente simétricos do seu rosto, as maçãs do rosto salientes como lâminas sob a pele queimada de sol. As sobrancelhas sempre irônicas, agora inesperadamente franzidas. A boca acostumada ao escárnio, de repente séria. E os olhos, dois oceanos insondáveis, tão profundos que ameaçam me engolir.

Cada músculo do meu corpo fica totalmente imóvel em resposta à sua proximidade. Como uma presa indefesa que se aproximou demais de um predador mortal, eu congelo quando o mais sensato seria fugir. Sua presença é uma consciência dolorosa, cada fibra do meu corpo sensível ao toque da sua mão na gola da capa, seus dedos apertando o tecido forrado de pele.

Meu coração acelera à medida que o momento se prolonga, o silêncio pairando entre nós. Quero dissipar essa estranha tensão, mas estou paralisada. Nossos olhares permanecem presos um ao outro, unidos por um magnetismo do qual nem tento escapar. Sei, sem precisar tentar, que seria inútil. Pura perda de tempo.

Ninguém escapa desse homem, penso, minha pulsação rugindo em meus ouvidos. *Não a menos que ele queira.*

— Qual é o seu nome? — pergunta ele, finalmente me libertando, tanto do seu toque quanto do seu olhar.

Eu o encaro, pega desprevenida quando o ar carregado de tensão se dissipa de repente e consigo respirar novamente. A primeira respiração após um longo tempo.

— Estou surpresa que se importe o suficiente para perguntar.

— Não me importo. É que chamá-la de *Remanescente do Ar* parece um pouco formal.

— Não acho que você terá muitas outras ocasiões para me chamar de qualquer coisa — retruco. — Duvido que voltemos a nos ver depois que eu partir.

Uma risada suave sai dos seus lábios.

— Você acha mesmo?

Parece mais seguro não responder.

— Se nunca mais vamos nos ver, por que se importa que eu saiba seu nome?

Reflito sobre sua pergunta. E talvez seja porque estou exausta. Talvez seja por ele ter me dado tantas informações sem pedir nada em troca. Talvez eu simplesmente sinta falta do som do meu nome nos lábios de alguém...

— Rhya — revelo, em um sussurro hesitante. — Meu nome é Rhya Fleetwood.

— Rhya Fleetwood. — Ele repete lentamente, como se saboreasse cada sílaba que se forma em sua boca. — Prazer em conhecê-la.

Eu espero, mas ele não retribui a gentileza. Franzo o cenho, irritada.

— Você não vai me dizer o seu?

— Não.

— *O quê?* Por que não?

— Nomes têm poder. Ainda mais nomes completos. Nunca o diga para um estranho sem saber como ele pretende usá-lo.

— Mas... eu já falei o meu!

— E?

— E é uma questão de boa educação retribuir uma gentileza!

— Ah, já faz um século desde a última vez que me importei com algo tão banal quanto a boa educação. — Ele sorri, saboreando meu desconforto. — Sua ingenuidade não me obriga a ser ingênuo. Além disso, creio que logo descobrirá minha identidade, mesmo contra a minha vontade.

Eu o encaro.

— Toda conversa entre nós vai ser assim? Cheia de pegadinhas e armadilhas?

— Pensei que nunca mais iríamos nos ver.

Meu olhar fica irritado.

Ele parece não se importar, ou nem sequer nota. Seus olhos azuis brilham com escárnio quando ele faz um gesto teatral na direção oposta do pátio.

— Seu herói a aguarda.

DEZESSETE

Caminhamos lado a lado até o portão levadiço que separa a fortaleza do mundo exterior, Onyx trotando atrás de nós. Soltando um gemido, o portão é erguido quando nos aproximamos, subindo em direção ao céu com a ajuda de grossas correntes. Arregalo os olhos ao ver o que nos espera do outro lado.

Um pelotão completo de soldados uniformizados está reunido. Nunca vi tantos feéricos em um só lugar antes. Trinta deles, talvez mais, todos vestidos com túnicas marrom-escuras combinando e armados com espadas. Bandeiras com o brasão de Dyved — uma montanha flamejante — ondulam no ar.

Essa deve ser a famosa Guilda Flamejante. Farley havia falado sobre ela — o pelotão especial que atua diretamente sob o comando de Penn sempre que ele está em Caeldera. Guerreiros altamente habilidosos no campo de batalha, treinados exaustivamente em todas as áreas de combate.

À frente do batalhão, um pouco afastados dos demais, seis homens estão montados em cavalos. Seus uniformes exibem pequenas variações em relação ao padrão, com emblemas adicionais no peito que sinalizam suas patentes mais altas. Reconheço Mabon, Uther e Jac entre eles, todos com expressões sérias e cautelosas.

No centro, em uma montaria cinza, está Penn. Ele não usa o elmo. Nunca vi o rosto dele à luz do dia, constato, com a boca de repente seca. Seu cabelo é de um castanho intenso, as pontas queimadas em tons mais claros de ouro acobreado. Sua pele está bronzeada de cavalgar ao sol, as bochechas, coradas pelo esforço. Sua expressão é cuidadosamente inescrutável.

E seus olhos estão fixos em mim.

Engulo um arquejo diante do calor contido em suas profundezas. Fúria e fogo. Eles ardem com intensidade suficiente para me escaldar, sem nunca desgrudar do meu rosto enquanto ele desmonta e se aproxima dos portões. Meu coração dispara até a garganta enquanto seus passos largos encurtam a distância entre nós. Meu alívio é um eco palpável da minha pulsação frenética.

Ele está aqui.

Ele veio me buscar.

Minha mão aperta as rédeas de Onyx quando Penn para a uns dez passos de distância. Seus olhos percorrem meu corpo, procurando por qualquer sinal de ferimentos ou maus-tratos. Ao não encontrar nenhum, ele dá um breve aceno de cabeça e volta sua atenção para o homem ao meu lado.

— Pendefyre — cumprimenta meu anfitrião com uma falsa animação. — O que o traz aqui?

— Soren — responde Penn, com a voz ríspida.

O mundo parece se mover sob meus pés. Fico surpresa por conseguir sustentar meu corpo enquanto a realidade oscila e se acomoda com uma rapidez de estremecer os ossos.

Soren.

O homem ao meu lado é o rei Soren. Rei Soren de Llŷr. Um homem cujo nome, por si só, é suficiente para fazer homens adultos tremerem de medo e cujo título é sinônimo de morte. Um selvagem. Um bruto. As histórias de suas façanhas no campo de batalha — a crueldade incomparável com que rechaça os invasores, a fúria implacável que lança sobre seus inimigos — têm ares míticos, espalhando-se por toda Anwyvn.

E eu me sentei à mesa com ele. Observei-o enquanto bebericava vinho e comia morangos. Vi sua cabeça tombar para trás em meio a risadas e seus olhos brilharem de alegria.

Não consigo conciliar a realidade com sua fama.

— Já faz muito tempo. — A voz de Soren é leve como uma pena. — Setenta anos, não é mesmo?

— Vamos pular a conversa fiada — rosna Penn. Ele evita olhar para mim. Tenho a sensação de que é intencional, de que, se o fizesse, perderia o controle sobre uma fúria contida a muito custo. — Isso acaba agora. Devolva-a para mim.

— É assim que você agradece a um velho amigo por cuidar tão bem de sua intrigante nova posse, depois de perdê-la de forma tão descuidada?

A mandíbula de Penn se contrai.

— Chega.

— Eu não poderia concordar mais. Já chega. — O tom de Soren perde toda a cordialidade. — Chega de você tentar se intrometer em assuntos que sabe que é melhor deixar pra lá. Ou não aprendeu a lição da última vez?

Os olhos de Penn faíscam de fúria.

— Não é a mesma coisa.

— Não é? Tudo o que vejo aqui são os velhos padrões se repetindo. A única diferença é que, desta vez, não pretendo ficar de braços cruzados enquanto você ateia fogo na nossa melhor chance em um século.

Penn cerra os dentes com tanta força que acho que vão quebrar.

— Não é a mesma coisa. Ela é diferente.

— Não é com a Rhya que estou preocupado.

O corpo inteiro de Penn reage ao ouvir meu nome. Ele é rápido em esconder o choque, mas é tarde demais. Soren percebe o sutil estremecimento e logo entende o significado. Seus lábios se curvam em um sorriso satisfeito enquanto ele olha para mim e murmura:

— *Interessante.*

Eu o encaro com um olhar fulminante.

— Encare o quanto quiser. — Ele ri. — Você vai precisar desse espírito combativo se quiser sobreviver à ira de Vanora.

— Seria sensato não dizer mais nada — adverte Penn, com firmeza.

— Por quê? Tem medo de que, quando ela souber a verdade, não esteja tão disposta a ir com você para Dyved?

— Não sei por que se importa. Você não acabou de dizer que não tem intenção de se envolver? — Penn não espera por uma resposta. Sem desviar o olhar de Soren, ele estende a mão na minha direção. — Venha. Vamos embora.

Hesito apenas por um breve momento, antes de deslizar minha mão na dele. Em um piscar de olhos, ele me puxa para longe de Soren e me segura firme ao seu lado. Seu calor me envolve como uma fornalha através da grossa capa marrom.

— Fogo e Ar, juntos novamente — comenta Soren, alternando o olhar entre mim e Penn. — Se isso não é a história se repetindo, eu não sei o que é.

Fogo e Ar.

Permaneço imóvel, ainda atônita, quando a realidade oscila pela segunda vez em tão pouco tempo. Penn percebe meu choque diante da revelação. Deve ter percebido, mas não me olha. Nem sequer menciona o barril de pólvora que Soren, com evidente satisfação, lançou em nossa direção.

De repente, dezenas de peças se encaixam em minha mente, uma imagem emergindo dos fragmentos desconexos. O calor abrasador e inexplicável que emana do corpo de Penn, como se houvesse fogo sob sua pele. Sua espada incandescente durante a batalha, como se a lâmina tivesse sido deixada por horas sobre brasas. As chamas que incineraram os corpos dos cyntroedis na caverna, apesar de não haver combustível para alimentá-las. O incêndio devastador na montanha, que reduziu os saqueadores a cinzas em uma muralha de fogo que se movia de maneira sobrenatural. Suas palavras, depois que tirei a flecha do seu ombro.

Eu me curo rápido.

Tudo faz sentido. Tanto sentido que nem acredito que não consegui juntar as peças antes. Eu não tinha entendido nem mesmo o comentário de Soren sobre o guardião do vento anterior — que eles conheceram há *setenta anos* — até este momento. Mas se Penn também estava lá... ele também é dotado de uma longevidade sobrenatural.

Ele não é um halfling, e sim um grão-feérico.

É da realeza feérica.

O Remanescente do Fogo.

Olho de Pendefyre para Soren, do Fogo para a Água, mal conseguindo recuperar o fôlego. Nenhum dos dois me olha — estão concentrados demais em se encarar, olhares grudados como dois lobos prestes a lutar pelo domínio.

— Use o portal no Estreito, se quiser — oferece Soren com indiferença. — Você tem minha permissão. Mas só desta vez.

Penn nega com a cabeça.

— Vamos cavalgando.

— Dyved fica a quatro dias de viagem.

— Eu sei a que distância fica a merda do meu reino. — Penn se irrita.

— Então você também sabe quantos perigos o aguardam no caminho.

— Nada que os meus homens não possam enfrentar.

— Você arriscaria a segurança dela? Depois de todo esse tempo, todos esses anos de busca, você a colocaria em perigo só por orgulho? — A voz de Soren se eleva por um breve instante, um lampejo de irritação que contrasta com sua habitual indiferença. — Fiquei sabendo o que aconteceu na ponte Thawe. Sei quem o perseguiu até lá.

— Está me vigiando, Soren?

— Vigiando Efnysien, como você bem sabe. — Ele faz uma pausa. — Os homens dele a viram?

Penn fica em silêncio.

— *Eles a viram?* — insiste Soren, tentando conter a irritação.

— Sim — responde Penn, entre dentes.

— Merda!

Faz-se um longo silêncio, carregado de tensão. Os dois se encaram fixamente, em uma comunicação silenciosa que escapa à minha compreensão.

— Ele vai suspeitar quando souber que você está com uma garota feérica — comenta Soren, por fim. — Assim como metade de Vintare, devo acrescentar. Você poderia muito bem ter desfilado com ela pelas ruas de Dymmeria declamando aos gritos trechos da profecia.

— Não faria diferença — murmura Penn. — Efnysien já sabe que ela não é uma halfling comum. Ela usou o poder na ponte, diante de um pelotão inteiro de soldados dele.

Outro xingamento explode da boca de Soren. Ele me olha por um instante, com os dentes trincados, depois se vira para Penn.

— Perfeito. Simplesmente perfeito. Muito bem, Pendefyre. Ele não vai descansar agora. Não até colocar as mãos nela.

Minha respiração vacila.

A mão de Penn aperta a minha.

— Isso não vai acontecer.

— Você conhece Efnysien. Ele é implacável quando persegue alguém. Enviará mais homens e não vai desistir até capturá-la.

— Ele pode tentar. A ponte Thawe desabou. Eu mesmo cortei as cordas — informa Penn, impassível. — E presumo que você ainda detenha o controle sobre o Estreito de Avian.

— Há outros caminhos para as Terras do Norte. É apenas uma questão de tempo até que Efnysien encontre um deles.

— Não me venha com sermões, ninfo.

Soren inspira fundo, controlando seu temperamento. Suas mãos se erguem em um gesto de rendição.

— Tudo bem. Boa sorte para você, então. Mas se os homens de vermelho chegarem à sua preciosa Caeldera e sequestrarem a garota, não venha chorar para mim.

Um breve instante de tensão toma conta do momento, então Penn responde com um tom ríspido:

— Adeus, Soren.

— Nós nos veremos... — Dois olhos cor de safira deslizam para os meus. — Em breve.

— Não conte com isso — rosna Penn.

— Ah, mas é claro que conto. Agora que você retornou ao norte, sua presença é esperada nas festividades do casamento de Arwen, no solstício de verão. Ou se esqueceu de suas obrigações como príncipe de honrar nosso tratado?

Fúria emana de Penn em ondas.

— Isso vale para assuntos formais de Estado. Não tenho intenção de ir ao casamento da sua irmã.

Soren apenas sorri. Um sorriso cruel e astuto que faz meu estômago se contorcer de apreensão.

— Imagino que sua rainha terá algo a dizer sobre isso. — Ele arqueia as sobrancelhas. — O que será que ela dirá sobre a nossa nova guardiã do vento? Considerando o quanto ela gostava de Enid, duvido que será uma recepção calorosa.

— *Pare.*

— Parar o quê? Não estou fazendo nada.

— Você não vai brincar com as emoções dela como fez... — Penn se interrompe, sua voz tensa. — Que diabos, Soren. Isso não é um joguinho. E ela não é a Enid.

— Eu sei que ela não é — rebate Soren, cauteloso. — Será que você sabe?

Penn aperta a minha mão com tanta força que sinto os ossos rangerem. Solto um pequeno gemido de protesto e ele imediatamente afrouxa o aperto. Os olhos de Soren se voltam para mim ao ouvir o som, tão azuis que fazem o céu parecer desbotado. Tento desviar o olhar, mas não consigo... não até que Penn me vire e me conduza pela estrada. Onyx, sempre leal, nos segue de perto.

Percorremos mais da metade do caminho até o pelotão de soldados que nos aguarda quando Soren grita.

— Uma última coisa, pequena cotovia. — Ele quase ronrona, com uma voz que flui como água em um leito de pedras. — Cuidado com o príncipe. Ele tem um temperamento quente. Eu odiaria ver suas asas queimadas antes que você tenha a chance de voar.

NÃO OLHO PARA trás enquanto nos afastamos da Fortaleza de Acrine.

Cavalgamos em silêncio, Penn abre mão da outra montaria para se acomodar comigo em Onyx. Seu tronco pressiona minhas costas, o braço tão apertado em volta da minha cintura que é difícil respirar. Como se temesse que eu pudesse desaparecer outra vez se ele me soltasse por um instante sequer.

Ele não me dirigiu uma única palavra — exceto por um tenso "Você está ferida?" e um breve murmúrio de concordância quando assegurei que estava bem — antes de me erguer na sela e nos conduzir para longe.

Eu me permito relaxar em seu peito, deixando o calor do seu corpo me aquecer junto da grossa capa de veludo azul. Sinto o peso da exaustão em cada poro. A conversa com Soren, seguida do confronto com Penn, está exigindo mais do que meu corpo e minha mente desgastados são capazes de suportar. Preciso me enfiar na cama e dormir por uma semana se quiser assimilar tudo o que descobri hoje.

Depois de algum tempo, chegamos a uma bifurcação na estrada, onde a rota única se divide em três. A primeira leva aos picos nevados, uma subida íngreme coberta de gelo, e faço uma prece silenciosa para que não seja nosso caminho. Já tive minha cota de montanhas. A segunda ruma para o sul, passando por várias barracas de soldados de baixa patente, levando ao que só pode ser o infame Estreito de Avian — a passagem estreita e de derramamento de sangue onde tantos exércitos ávidos acabaram esmagados sob o peso das botas de Soren. A terceira segue para noroeste, uma rota plana e sinuosa que serpenteia ao longo da faixa de território neutro na base da cordilheira.

É por essa que seguimos.

O sol do meio da tarde já está começando a se inclinar em direção ao horizonte. Acompanhamos sua trajetória pelo céu, um palmo para cada hora passada na estrada. Nosso ritmo é muito lento, marcado pelas passadas cadenciadas dos homens a pé, que marcham em filas ordenadas atrás de nós. Nada parecido com nosso voo frenético pelo cume.

Com toda a Guilda Flamejante atrás de nós, não há como sermos discretos. Também não há necessidade. Se a demonstração de força não for o suficiente para afugentar um inimigo em potencial, as espadas embainhadas em seus ombros com certeza serão.

Jac cavalga à nossa esquerda, com um semblante solene bastante incomum. Uther e Mabon flanqueiam o outro lado, montados em cavalos castanho-claros. Eu me pergunto o que aconteceu com os robustos cavalos de patas peludas que eles montaram para a batalha. Espero que tenham sobrevivido ao incêndio.

Quero perguntar sobre os animais e sobre os acontecimentos que os levaram até a porta de Soren, mas engulo minha curiosidade. A atmosfera tensa não é propícia para jogar conversa fora. Nenhum dos homens parece disposto a falar. Estão ocupados demais esquadrinhando os arredores em busca de ameaças.

É uma pena, um pouco de distração cairia bem. Minha mente não é um lugar particularmente reconfortante para estar no momento. Depois de semanas sedenta por uma mísera informação, de repente, me vejo afogada nelas. Meus pensamentos se desviam para Soren com quase a mesma frequência com que se voltam para o homem às minhas costas.

Dois homens muito diferentes, com temperamentos muito diferentes. Um é um vulcão incandescente prestes a explodir em fúria, o outro é uma corrente subterrânea, insondável e imprevisível. Não é de admirar que se enfrentem com tanta ferocidade. A única coisa em que parecem concordar é na total aversão que têm um pelo outro.

Existe uma história entre eles — uma que deixou cicatrizes profundas. O que quer que tenha acontecido, o que quer que tenha transformado sua antiga aliança nessa rivalidade feroz que ambos insistem em alimentar, parece envolver uma das guardiãs do vento de antes.

Enid.

O nome ecoa nos recantos mais distantes da minha cabeça, evocando tantas perguntas que não tenho escolha a não ser enterrá-las bem fundo; caso contrário, corro o risco de me desconectar da realidade. Mantenho minha atenção fixa nos detalhes da estrada enquanto seguimos em frente. Légua após légua, hora após hora.

Em algum momento, quando minha exaustão se torna implacável demais para resistir, me rendo ao abraço da inconsciência. Não sonho — nem com o mar sombrio, nem com coisa alguma.

ABRO OS OLHOS quando paramos bruscamente.

A noite chegou enquanto eu cochilava. A luz tremula nos postes de lampiões que se alinham no pátio de uma casa na rua principal de uma cidade desconhecida. Ao meu redor, os homens desmontam e se dispersam. Cascos ecoam pelo ar enquanto os cavalos são levados para os estábulos; botas rangem no pavimento nevado enquanto o grande pelotão de soldados se divide em grupos menores de dois ou três. Os homens se fundem à noite escura como sombras: alguns entram pelos portões da frente, atraídos pelos sons animados da música que se espalha pelo centro da cidade; outros assumem postos de guarda no perímetro do pátio e da propriedade. Não vejo Mabon, Jac ou Uther em lugar algum.

— Você está acordada? — pergunta Penn, com a voz rouca. Seu braço ainda envolve minha cintura.

— Estou.

Ele desliza da sela e então estende os braços para me ajudar a desmontar. Suas mãos seguram minha cintura por apenas um batimento. Ainda assim, sinto seu toque atravessar as finas camadas do meu vestido, reverberando por cada canto do meu corpo cansado. Meus músculos doem, rígidos após a longa viagem, mas engulo as reclamações quando ele entrelaça seus dedos aos meus e me conduz até a entrada.

A casa é cinza com venezianas pretas, todas firmemente trancadas — contra o frio, contra intrusos, contra olhares curiosos da rua, onde os habitantes da cidade passeiam sob a luz dos lampiões, fazendo compras e socializando apesar da hora avançada.

— Onde estamos?

— Coldcross — responde Penn, sem mais explicações.

— Que fica onde, exatamente?

— É um entreposto de comércio. Fica na fronteira entre Llŷr, as Frostlands e as Cimérias. A família real mantém uma residência aqui.

Ele me conduz por três degraus de pedra em direção a uma pesada porta de madeira. Ela se abre antes de chegarmos perto o suficiente para bater. Um criado está na soleira, fazendo uma leve reverência ao ver Penn.

— Príncipe Pendefyre. Bem-vindo, bem-vindo. Fizemos todos os preparativos conforme as instruções que chegaram no corvo essa manhã.

— Obrigado, Gael.

Penn solta minha mão e pressiona a base das minhas costas, de modo que não tenho escolha a não ser cruzar a porta.

— Providencie acomodações para ela. Preciso cuidar do meu cavalo e dos meus homens.

— Agora mesmo, senhor. Mas, se quiser, os cavalariços podem cuidar...

Mas Penn já está a caminho dos estábulos.

— Como preferir — diz Gael, com a voz animada, fechando a porta. — Venha, senhorita... — Ele se interrompe, deixando uma pergunta no ar.

A advertência de Soren sobre nomes e o poder que eles detêm está fresca em minha mente. Abro um sorriso constrangido.

— Os homens me chamam de Ace.

Ele apenas me encara.

— Muito bem, senhorita... *Ace*.

— Pode me chamar só de Ace.

— Hum... claro. — Por sorte, sua compostura é muito menos abalável do que a minha. — Se fizer a gentileza de subir aquelas escadas, senhorita Ace...

Dois minutos depois, estou sozinha em um quarto espaçoso no andar superior da casa. As venezianas estão trancadas e as cortinas, fechadas, impedindo qualquer visão do mundo lá fora. O fogo queima fraco na lareira, aquecendo o cômodo.

Tiro a capa de veludo azul e a penduro em um gancho ao lado do guarda-roupa. Resisto à vontade de espiar as gavetas da cômoda e vasculhar a escrivaninha, e me dirijo à sala de banho anexa, escondida atrás de um biombo no canto. Depois, eu me sento na poltrona de brocado perto da lareira e espero.

Não preciso aguardar muito.

Penn abre a porta com tanta força que ela chacoalha nas dobradiças. Os alforjes em suas mãos caem no chão com um baque oco enquanto ele atravessa o quarto a passos largos. Seus olhos me observam da cabeça aos pés, um olhar cortante que se intensifica ainda mais enquanto ele percebe o vestido que estou usando.

— Pelos deuses — sibila ele. — Você está usando as malditas cores dele.

— Eu não tive opção. Não foi exatamente uma escolha...

Seu olhar feroz interrompe minhas palavras.

— Que tolo eu fui por pensar que você precisava ser resgatada. Pelo visto, estava gostando mais da companhia de Soren do que jamais gostou da minha.

— Não é verdade.

— Ah, não? — Ele solta uma risada sarcástica. — É impressionante como se tornaram íntimos depois de... O quê? Dois dias? No entanto, você está em minha companhia há quase quinze dias e tive que ouvir seu nome da boca de Soren.

— Penn...

Quando digo seu nome, o fogo na lareira aumenta, como se alguém tivesse jogado um copo de bebida alcoólica. Meus olhos se arregalam.

Ele engole com dificuldade, lutando para se controlar.

— Não suporto olhar para você quando está vestida como se fosse propriedade dele.

Minha coluna se enrijece e me levanto devagar da poltrona.

— Você está... com *raiva* de mim?

Sua risada é fria. Sem qualquer vestígio de humor.

— Com raiva? Se estou com *raiva*? *Raiva* é uma palavra muito leve para o que estou sentindo.

— Por quê?

— *Por quê?* — As chamas se agitam mais uma vez. — Da última vez que eu te vi, você estava fugindo para a segurança do Desfiladeiro da Viúva. Lutei contra a merda de uma horda de saqueadores, queimando metade de uma montanha, e quase deixei que meus homens fossem incinerados... só para descobrir que você não estava lá. Não estava em lugar algum. Desapareceu, sem deixar vestígios.

— A passagem... — Tento falar.

Ele me interrompe.

— Então, depois de dois dias, dois malditos dias vasculhando aquela montanha, pensando que você estava morta, me culpando por tê-la perdido de vista, recebo uma mensagem do tipo mais cruel de homem, um homem a quem eu não confiaria meu pior inimigo, muito menos... — Ele suspira fundo. — E, no fim, você não está morta. Está muito bem. Dormindo tranquila em Acrine, desfrutando da companhia do demônio.

Dois dias?

Eu realmente dormi por dois dias inteiros?

Soren nunca mencionou isso.

Meu olhar encontra o de Penn. Seus olhos estão quase incandescentes. Como se o poder concedido pela Remanescente ardesse dentro dele, prestes a se libertar.

— Eu não sabia — sussurro, sem querer irritá-lo ainda mais.

— O que você não sabia?

— De nada disso. Quem ele era, onde eu estava, o que tinha acontecido... — Balanço a cabeça. — Não fui parar lá por vontade própria.

Faíscas saltam das pontas dos dedos de Penn. Eu me afasto, preocupada com o tecido leve que envolve minhas pernas. Ele as apaga com a bota antes que queimem a madeira. Mas ele solta um urro tão intenso que me dou conta de que algumas faíscas são a menor das minhas preocupações.

— *Ele a levou contra a sua vontade?*

Minha boca se fecha diante da fúria avassaladora que crepita em sua voz e se manifesta em faíscas ao seu redor. Escolho as palavras seguintes com extrema cautela. Palavras que, percebo tarde demais, poderiam dar ao Príncipe de Dyved motivos para retaliar contra o rei de Llŷr. Palavras que, com ou sem intenção, poderiam iniciar uma guerra.

Está tentando provocá-lo?, eu havia perguntado a Soren.

Se eu quisesse provocá-lo, ele respondeu, *eu a teria levado para Hylios.*

— Não, não foi contra a minha vontade. Não exatamente — explico, ansiosa para aplacar a raiva que arde dentro dele. — Ele me encontrou na montanha. Eu estava exausta, sem forças para continuar. Ele... ele me ajudou.

Penn respira fundo várias vezes. Parece um pouco mais calmo quando se aproxima da lareira e pousa as mãos na cornija. Deve estar quente, mas ele não parece afetado pelo calor, assim como não se incomoda com o frio extremo. Ele não olha para mim quando rosna uma ordem curta e ríspida por cima do ombro.

— Explique.

E assim eu faço. Conto o que aconteceu depois que ele incitou Onyx a galopar para longe da clareira. Sobre o segundo bando de saqueadores, que me encurralou na passagem. Sobre a perseguição pela floresta. Sobre o fogo selvagem que se aproximava.

Ele fica tenso com o relato, os ombros rígidos feito pedra. Mas o fogo na lareira não se agita, e as mãos sobre a cornija não soltam uma única faísca, então parece seguro continuar a história. Minha voz vacila apenas quando descrevo o momento em que decidi usar meu poder Remanescente.

Como colocar em palavras a sensação de ser rasgada de dentro para fora? Nunca serei capaz de expressar com exatidão a sensação de usar meu poder pela primeira vez. Como minha pele parecia fina demais para contê-lo, minha mente entorpecida demais para compreender o vento que atravessava meu corpo. Foi como tomar um gole de vinho de uma taça e sentir um barril inteiro sendo despejado goela abaixo; inspirar uma única vez e receber uma rajada forte o suficiente para explodir meus pulmões.

Ele me deixa falar sem interromper, até eu descrever a travessia do rio com Onyx.

— Você atravessou o rio — diz ele, sem alterar a voz. Consigo ver a ruga franzindo seu semblante mesmo a alguns passos de distância.

— Sim — confirmo, sem saber por que ele está tão confuso. Acabei de contar a ele que uma rajada de vento irrompeu de dentro de mim como uma tempestade, quase me matando, e ele nem piscou. Mas a simples travessia de um riacho na montanha o faz duvidar de mim?

— Nesta época do ano, esse rio é um turbilhão gelado de corredeiras furiosas, do topo até a base da montanha. Não há como atravessá-lo sem se afogar. Muito menos usando um vestido encharcado, com um garanhão a reboque.

— Encontrei uma curva estreita onde a correnteza era suave — argumento.

— Percorri toda aquela margem procurando por você. Essa curva não existe.

— Talvez você não tenha visto…

— Não vi — concorda ele —, porque ela não existe.

— E, ainda assim — rebato, sentindo a irritação se agitar dentro de mim —, aqui estou eu.

— Então você é a garota mais sortuda que já conheci.

Minhas sobrancelhas se erguem alto. Sortuda? Não me sinto sortuda. Por outro lado... enquanto refuto seus argumentos, minha mente está de volta ao rio. Mergulhada até os joelhos naquela água gelada, lembrando-me da forma como ela me envolveu enquanto eu atravessava o rio. Sem me arrastar pelo rio, sem lutar contra meu avanço. Às vezes, quase me impulsionando para a frente, ajudando minha travessia.

Direto para as garras de Soren.

Ele estava lá. Parado na margem oposta. Quase como se esperasse por mim. Quase como se... a água tivesse me levado até ele.

Soren facilitou minha travessia? Conteve as corredeiras furiosas, as águas turbulentas, enquanto eu lutava para chegar à margem em segurança?

Balanço a cabeça, afastando minhas suspeitas. Mesmo que sejam verdadeiras, não vou compartilhá-las com Penn. Sua fúria está no limite. E Soren é a gota d'*água* capaz de fazê-la transbordar de vez.

— Chame do que você quiser. Sorte, obstinação, desespero... mas o fato é que consegui atravessar — digo, com a voz suave. — Mas nisso gastei minhas últimas forças. Desmaiei na margem, meu escudo de ar se desfez e perdi a consciência. Quando acordei esta manhã, estava na Fortaleza de Acrine. Apesar de você achar que eu estava *desfrutando da companhia do demônio*, na verdade não passei mais do que uma hora com Soren antes da sua chegada.

Parte da tensão se dissipa dos ombros de Penn. Ele tira as mãos da cornija e se vira para mim. Dá um passo em minha direção e, sem pensar, eu recuo, com o coração palpitando na garganta.

Ele paralisa.

— Você está com medo de mim.

— Não — sussurro. — Eu só... nunca te vi desse jeito. Normalmente você é tão... controlado.

— Eu... Soren, ele... — Sua garganta se contrai, engolindo com dificuldade. — Você não tem ideia do que senti ao vê-la ali, ao lado dele. Saber que ele estava perto o suficiente para respirar o mesmo ar... Pensar no que ele poderia ter feito com você... que eu poderia não chegar a tempo...

— Ele não me fez nada. Nós conversamos, só isso.

— Você não pode confiar nele — explica Penn, e seus olhos se incendeiam mais uma vez. É como encarar o interior incandescente de uma fornalha. — Ele não medirá esforços para te envenenar contra mim.

— Por quê?

— Nós temos uma... — ele se esforça para encontrar as palavras — ... uma história complicada. Não sei o que ele te contou a meu respeito...

— Quase nada.

Penn solta uma risada sombria.

— Duvido, já que agora você está com medo e, há apenas dois dias, era em mim que buscava proteção.

Eu apenas o encaro, surpresa. Ao recuar, eu o magoei mais fundo do que imaginava. Não sei bem por que isso me faz sentir tão culpada.

Eu *o* magoei?

Ele *me* magoou!

Foi ele quem mentiu. Foi ele quem escondeu sua verdadeira identidade. Não me contou nada — nem sobre nosso destino compartilhado, nem sobre a profecia, nem sobre Soren. Muito menos sobre a misteriosa Enid e o que quer que tenha acontecido com ela há setenta anos.

Não devo nada a ele. Nem confiança. Nem lealdade verdadeira. Ele pode ser meu protetor, mas não é meu amigo.

Então por que seu coração dói ao olhar para ele, Rhya?

Reprimo os indesejados indícios de compaixão. No momento, tudo o que importa é que Penn é a âncora que me impede de ser arrastada por esse turbilhão. Até que essa tempestade passe, não tenho escolha a não ser ficar ao lado dele, sob sua proteção.

Ignorando as batidas frenéticas do meu coração, dou um passo deliberado à frente e o encaro para provar que não tenho medo dele.

— Penn...

Seu corpo inteiro reage ao meu sussurro.

— Estou exausta, está bem? Você não consegue entender isso? — Minha voz falha. — Estou tão cansada que mal consigo ficar de pé. E toda vez que acho que encontrei meu equilíbrio, o chão desaparece sob meus pés mais uma vez. Esses últimos dias... entre usar o meu poder pela primeira vez e saber que faço parte de uma tétrade predestinada a decidir o futuro de Anwyvn...

— Então ele te contou. Sobre a profecia.

Assinto.

— Nem preciso dizer que estou tentando organizar os meus pensamentos. Preciso de um pouco de tempo. Mais do que isso, preciso dormir um pouco.

Ele me encara por um longo momento.

— Claro. Vou deixar você descansar.

— Obrigada.

Ele caminha em direção à porta, mas se detém.

— Estou... — começa ele, hesitante. Os músculos dos ombros se contraem sob o tecido marrom da capa. Como se tentasse se conter, lutando contra o peso das palavras que ele não consegue, ou não quer, dizer. — Estou muito aliviado por você estar viva.

E, então, ele sai para o corredor e fecha a porta com um clique firme. Só quando estou sozinha nos meus aposentos, respirando fundo para acalmar o tamborilar frenético do meu coração, noto as duas marcas de queimadura idênticas na cornija de madeira.

São duas mãos enormes gravadas na madeira.

DEZOITO

Acordo ao som de vozes abafadas ressoando pelas tábuas do assoalho. Levo um momento para me lembrar de onde estou e como vim parar aqui. Encaro o teto por um tempo, tentando me situar enquanto a sonolência se dissipa.

Um sono profundo e sem sonhos — a melhor noite de descanso que tive em anos. Uma sensação revigorante me invade, um zumbido sob minha pele. Eu praticamente salto da cama até a janela. Puxo as cortinas para o lado, abro as venezianas e, pela primeira vez, vejo Coldcross à luz do dia.

Sou saudada por um mar de chaminés fumegantes e telhados de ardósia cinza. A casa está situada em uma pequena elevação nos arredores da cidade, proporcionando uma visão privilegiada das ruas de paralelepípedos que serpenteiam como um labirinto a partir de um mercado central ao ar livre. O lugar já fervilha de pessoas que circulam pelas muitas barracas de comida quentinha e trocam suas moedas por novas mercadorias.

Um forte anseio me invade. Um desejo desesperado de me juntar ao fluxo de pessoas, me perder por um tempo no burburinho das conversas e negociações. Mas duvido que eu vá ter a oportunidade. Penn pretende partir ao amanhecer.

Ou... pretendia.

Ao ver que o sol da manhã já brilha alto no céu azul coberto de nuvens, eu me pergunto o que levou à mudança de planos. Seja o que for, sou grata por isso. A oportunidade de acordar totalmente descansada, em vez de ser arrancada do sono por batidas na porta ou ordens urgentes na calada da noite, é um presente raro.

Nos alforjes ao lado da porta, encontro minhas roupas e, como Soren prometeu, minha pequena adaga letalmente afiada. Também fico surpresa ao descobrir um farnel, uma bolsa de camurça azul cheia de moedas llŷrianas, um pente com cabo de prata e a escandalosa camisola transparente que usei na Fortaleza de Acrine. Minhas bochechas queimam só de olhar para ela, mas logo me distraio com o item desconhecido escondido no fundo.

Franzo a testa enquanto retiro o objeto para examiná-lo de perto. É um livro. Bem antigo, dado o estado das suas páginas amareladas. Não é maior do que minha mão, com um símbolo estranho gravado na capa de couro: quatro triângulos voltados para fora, cada um com um desenho único, e se juntam para formar um diamante intrincado.

A tétrade.

Deslizo a ponta do dedo lentamente pelo triângulo superior. O Remanescente do Ar. Reconheço os traços etéreos e familiares, idênticos aos da marca gravada em minha pele. Com vontade própria, minha mão se move ligeiramente para baixo e para a esquerda, pousando nas arrojadas espirais que formam o Remanescente da Água. Mordo o lábio enquanto meu dedo desliza pelos elegantes redemoinhos e espirais. Luto contra um rubor indesejado ao me lembrar do momento em que tracei os mesmos contornos no peito de Soren.

O gemido gutural. O sussurro surpreso.

Isso é sensível.

Minha mão se afasta bruscamente da gravura como se tivesse sido queimada. Após uma rápida olhada nos outros dois símbolos Remanescentes, abro a capa e observo a primeira página. Letras garrafais adornam o pergaminho em tinta preta desbotada.

A TÉTRADE PREDESTINADA: UMA HISTÓRIA DOS REMANESCENTES DE ANWYVN

Uma onda de entusiasmo me invade. Este é o melhor presente de despedida que Soren poderia ter me dado. Muito melhor do que moedas de ouro ou um vestido colorido.

O presente das respostas.

Estou ansiosa para devorar esse conteúdo até que todas as perguntas que me atormentam sejam enfim respondidas, mas sei que, com a manhã avançando lá fora, não tenho muito tempo. Penn pode entrar a qualquer momento. Só os deuses sabem como ele reagiria ao me ver com um presente do rei de Llŷr. Ele pode confiscá-lo antes que eu tenha a chance de ler além da primeira página. Dadas as suas últimas reações inflamadas, o livro inteiro pode pegar fogo e ser reduzido a cinzas inúteis.

As respostas terão de esperar mais um pouco.

Guardo o livro de volta no fundo do alforje e o cubro com a camisola azul transparente, prometendo a mim mesma que encontrarei uma oportunidade de lê-lo quando tiver certeza de que não serei interrompida.

Em uma tentativa de evitar a ira dos dyvedianos, decido colocar meu vestido vermelho, em vez do azul transparente, e calçar botas resistentes. Ao sacudir as pregas amassadas da minha saia, algo cai no chão com um baque seco. O apito de madeira entalhada. Parece que se passou uma eternidade desde que Penn o deu para mim. Eu o aperto na palma da mão por um longo momento, antes de pendurar o cordão de couro no pescoço.

Seguindo o som das vozes, desço a escada em direção aos fundos da casa. A sala de estar está vazia. Estão todos reunidos na cozinha, sentados ao redor de uma mesa de madeira rústica — Mabon, Uther, Penn, Jac e dois outros que reconheço da viagem de ontem. A conversa cessa de repente quando apareço na soleira da porta.

— Bom dia — cumprimento, tentando disfarçar o nervosismo.

— Não fique aí parada, Ace. — Jac abre um largo sorriso para mim. — Sente-se.

Com um sorriso tímido, caminho até o banco livre ao lado de Mabon. Ao me sentar, noto o curativo no lado direito da sua cabeça careca, logo atrás da orelha. A atadura branca contrasta com a pele retinta.

— Você está bem? — Solto um arquejo assustado.

— Forte como um touro.

— O que aconteceu?

— Saqueadores — murmura, como fosse um xingamento.

Qualquer questionamento adicional é interrompido quando Uther coloca uma tigela fumegante de mingau de aveia à minha frente. Eu nem sequer o vi sair da mesa.

— Obrigada, Uther.

Ele dá uma piscadela para mim enquanto se senta. Ainda não olhei para Penn. Meu olhar passa direto por ele e pousa na outra ponta da mesa. Os dois homens sentados ali são membros do alto escalão da Guilda Flamejante, a julgar pelas insígnias em suas túnicas marrons. E, pela maneira como me olham — como se um fosse um inseto incômodo que invadiu sua casa e precisa ser exterminado na primeira oportunidade — não estão nada satisfeitos com a minha presença.

— Tem algo de errado com o mingau? — pergunto, torcendo o nariz para eles.

Os dois homens apenas me encaram, surpresos.

— É que, pelo jeito que estão me olhando, estou começando a desconfiar que despejaram um frasco de beladona nele. E se for para morrer, prefiro que minha última refeição não seja mingau. — Faço uma careta. — Pelo menos me deem uma fatia de bacon. Uma omelete. Algo mais *comestível.*

Jac, Mabon e Uther riem baixinho. Um dos homens — com cabelo preto escorrido e expressão soturna — se levanta e sai sem dizer uma palavra. Seu colega, cujo cabelo é quase tão claro quanto o meu, inclina-se ligeiramente para a frente e me lança um olhar desconfiado.

Eu retribuo o olhar.

— Veneno é arma de mulher — diz ele, por fim. — Se eu decidir matar você, vai me ver chegando.

— Então vou me certificar de manter os olhos fechados perto de você. — Minha cabeça se inclina enquanto examino suas belas feições. — Não é um grande sacrifício, na verdade, com um rosto desses.

Seus lábios se contraem levemente.

— Eu me chamo Cadogan.

— Eu diria que é um prazer conhecê-lo, Cadogan, mas não gosto de mentir. — Então pego minha colher e como meu mingau.

Um silêncio paira sobre a mesa. Cadogan é o primeiro a quebrá-lo; sua risada desencadeia um coro de gargalhadas masculinas que leva vários segundos para se dissipar.

— Ela tem a língua afiada — comenta Cadogan, quando todos silenciam. — Gostei dela.

— Você deveria vê-la com um arco — comenta Jac. — Aí, sim, vai se apaixonar.

Penn solta um grunhido baixo e nem um pouco satisfeito. Eu o ignoro, estreitando os olhos para Jac, que está sentado bem na minha frente.

— Eu não sabia que você era capaz de amar algo além do próprio reflexo.

Mabon solta uma risada abafada.

Jac leva a mão ao peito.

— Assim você me magoa, Ace.

Tomo outra colherada de mingau. Não é terrível, na verdade.

— A propósito... — Os olhos cinzentos de Uther têm um ar tranquilizador. — Não ligue para o Gower. Ele é um velho rabugento de oitenta anos no corpo de um guerreiro.

— Presumo que Gower seja o homem que saiu da mesa quando eu cheguei?

Uther confirma com a cabeça.

— Ele está de mau humor porque já queria estar na estrada — explica Jac. — O homem não sabe o que fazer com as mãos quando elas não estão segurando as rédeas ou o próprio pau.

— Por que o atraso? — Raspo minha colher no fundo da tigela. — Pensei que partiríamos ao amanhecer.

O silêncio se instala outra vez. De repente, todos evitam meu olhar.

Ergo as sobrancelhas.

— O que foi? Por que estão calados?

É Penn quem responde, suas palavras um murmúrio grave.

— Você precisava descansar.

Viro a cabeça bruscamente para ele.

— Não fomos por *minha* causa?

Ele assente.

Pelos deuses.

Um pelotão de trinta soldados treinados, de braços cruzados para que eu pudesse ter o meu sono da beleza. Não é de admirar que Gower me odeie. Eu também me odiaria. Uma pontada de vergonha me atinge como um soco. Eu me levanto, a colher tilintando ao cair na mesa.

— Só preciso de dois minutos para pegar a minha capa e podemos ir emb...

— Senta.

Minha boca se fecha ao ouvir o comando de Penn.

— Mas...

— *Senta.*

Obedeço.

— Termine o seu café da manhã. São três dias inteiros de estrada até chegar a Dyved. Você precisa recuperar suas forças.

— Estou pronta para cavalgar.

— Ótimo. Mas não é por isso que precisará de forças. Mais tarde, falaremos sobre sua estadia na Fortaleza de Acrine. Em detalhes.

Seus olhos são dois carvões em brasa, incandescentes com propósito quando ele se levanta da cadeira, acena para seus homens e sai da cozinha sem dizer mais nada.

Eu me forço a comer o restante do mingau enquanto Jac, Cadogan, Mabon e Uther conversam em um tom descontraído sobre a rota que tomaremos para Dyved. Mas a aveia, antes saborosa, é como lodo na minha boca, grumosa e sem sabor.

COLDCROSS É o último vestígio de civilização que vemos pelos próximos três dias. Seguimos lentamente para oeste, viajando ao longo da base das Cimérias pelas planícies cobertas de neve que fazem fronteira com Frostlands. Não entramos no minúsculo reino que serve de divisa entre Dyved e Llŷr. Não que eu quisesse, pois, pelo pouco que pude ver, é apenas um pedaço de geleira congelado e inóspito. Quando pergunto a Jac como as pessoas conseguem sobreviver lá sem campos para cultivar ou colheitas para se alimentar, ele faz uma careta e responde:

— Você não precisa cultivar nada quando tem uma frota de navios de ataque para destruir, pilhar e saquear cada pedaço da costa do Mar do Norte.

Não peço a ele que elabore mais.

Acampamos à noite em clareiras próximo à estrada, preparamos o jantar em fogueiras e dormimos em sacos de dormir sob as estrelas. Geralmente, um dos homens pega uma ocarina ou um alaúde e toca uma música enquanto comemos. Vez ou outra, após o jantar, há competições de luta e queda de braço, que se tornam bastante acaloradas, mas sempre param antes que sangue seja derramado. Fora isso, a vida na estrada é um tanto sem graça — uma marcha lenta e monótona sem muitos perigos. Na verdade, o inimigo mais assustador que encontro durante nossa jornada compartilha a sela comigo.

Depois de passar o primeiro dia na estrada sem que Penn tenha emitido mais do que um grunhido em minha direção, começo a pensar — e a torcer — que ele tenha esquecido a intenção de me interrogar sobre o meu tempo nas garras do seu inimigo. Quando me sento para jantar na primeira noite, começo a baixar a guarda. Depois de uma porção generosa de coelho, cortesia de Uther, acompanhada de duas canecas do potente hidromel que Mabon me serve em silêncio, ela desmorona por completo.

O que é um erro.

Mas não me dou conta disso, mesmo quando me esgueiro pela escuridão da noite em busca de um momento de privacidade nos densos arbustos, longe dos olhares curiosos e dos ouvidos atentos dos homens. Tomo cuidado para não me afastar muito nem demorar demais.

Com a boca aberta em um enorme bocejo e as pálpebras mais pesadas do que bigornas, volto para o acampamento com a atenção direcionada para o meu saco de dormir e o sono que me espera. Minha alma quase sai do corpo quando uma enorme figura masculina surge das sombras a menos de uns dez passos de distância.

— Pelos deuses! — Levo a mão ao peito, sentindo meu coração palpitante. — Você quase me matou de susto!

Penn se aproxima de mim, com um olhar de reprovação.

— Você não deveria andar por aí sozinha.

— Algumas coisas não precisam de plateia. — Sinto minhas bochechas corarem. — Além disso, eu trouxe o apito.

Seus olhos se voltam para o cordão de couro que pende sobre o corpete. Em três passos curtos, ele diminui a distância entre nós; mais um, e ele fecha o punho ao redor do apito, com tanta força que a madeira range.

— E de que adianta — pergunta ele, a voz baixa e ameaçadora —, se você não o usa quando está em apuros?

— O q-quê?

— Isso não é um maldito acessório de moda.

— Eu sei disso!

— Sério? Porque suas ações sugerem o contrário.

— Como assim?

— Você deveria tê-lo usado naquele dia na montanha, no momento em que percebeu que não conseguiria chegar ao Desfiladeiro da Viúva! Eu saberia que você estava em perigo. Teria ido encontrar você.

— Assim como todo saqueador com um par de orelhas!

— Eu teria lidado com eles. Na verdade, eu lidei com eles.

— Seu fogo lidou, você quer dizer.

Seus olhos se estreitam ao ouvir o tom acusatório em minha voz, mas ele não diz nada. Ainda está segurando o apito, seus dedos torcem o cordão de couro como se fosse uma coleira em meu pescoço.

— Eu ouvi os gritos — solto, sem rodeios, tentando controlar meu pulso acelerado, e falhando miseravelmente. — Quando o fogo os rodeou, eu os ouvi morrer. Já ouvi homens morrerem antes. Homens jovens, homens velhos. De febre, quedas brutais e todo tipo de doença. Mas nunca ouvi homens gritarem como aqueles saqueadores quando o inferno que você desencadeou os alcançou. — Estremeço com a lembrança enquanto um arrepio percorre meus braços. — Foi horrível. Foi... anormal. O fogo não se move assim. Com tanta *voracidade.*

— Não era para você estar lá — diz ele entre dentes.

— Aconteceu mesmo assim, quer eu estivesse lá para testemunhar ou não.

— E? — Ele solta uma risada sarcástica. — Você espera que eu sinta pena de um clã de bárbaros que odeia feéricos e que teria feito muito pior conosco? Cortado nossas orelhas e usado como adornos ao redor do pescoço? Cravado ferro em nossos corpos até que a agonia fosse tão insuportável que imploraríamos pela morte muito antes de eles a concederem?

Meu rosto fica pálido.

— Eu...

— Você já se esqueceu do que viu naquela clareira? O que eles fizeram com o pelotão do Jac?

Balanço a cabeça, incapaz de falar. Não me esqueci. Jamais esquecerei, não enquanto eu viver.

— Eles gostam de prolongar o sofrimento — continua Penn. — Os últimos soldados nossos que eles capturaram... Vou poupá-la dos detalhes, mas basta dizer que não sobrou o suficiente para levá-los de volta às suas famílias para os rituais fúnebres quando os encontramos. — Ele franze a testa. — Não. Não sinto pena. Não vou perder meu sono sabendo que aquela horda assassina de fanáticos pela pureza de sangue morreu se contorcendo de dor sob minhas chamas. Pelo contrário, dormirei ainda mais tranquilo por saber disso. Eu só queria ter estado perto o suficiente para ouvi-los. Os gritos seriam uma ótima canção de ninar.

Estremeço tanto com as palavras sombrias quanto com o tom ácido em que são ditas. Minha respiração está acelerada; minha voz sai fraca.

— Acha mesmo que me convencer de que é um monstro vai me intimidar a ponto de me curvar para você?

— Você já me achava um monstro muito antes de saber que eu podia controlar o fogo. — Ele se inclina para a frente, aproximando o rosto a um palmo do meu. Ao fazer isso, aperta ainda mais o cordão de couro, impedindo que eu me afaste. — Não é verdade?

Não tenho como contestar. De fato, eu o chamei de monstro depois que ele cortou as cordas da ponte Thawe e matou os homens que a atravessavam. Na época, ele pareceu não se incomodar com meu julgamento. Olhando para Penn agora, percebo que sua indiferença é uma máscara que esconde suas verdadeiras emoções de maneira mais eficaz do que o elmo que costuma usar para ocultar sua identidade. Por trás dela, há algo mais, algo que quase tenho medo de encarar tão de perto. Um tipo de desespero selvagem que faz meu coração se apertar.

— Pensei que você não se importasse com o que eu penso — sussurro, a voz ríspida, os olhos fixos nos dele, o coração disparado.

Um momento de silêncio recai entre nós. No ar, sinto o gosto da mesma possibilidade que vejo em seu olhar quando ele encara minha boca, a mesma possibilidade que sinto em meu pescoço quando a pressão no cordão aumenta levemente, me instigando a chegar mais perto.

Quase uma provocação.

Quase um desafio.

Não me furto a aceitá-lo, recusando-me a ser a primeira a recuar. Não desta vez. Cedo apenas alguns centímetros, aproximando meu rosto do dele até que nossos narizes quase se toquem. À medida que a distância diminui, a tensão aumenta — um jogo traiçoeiro de controle e rendição. Nossos lábios estão tão próximos que compartilhamos cada respiração. Sou invadida pela vertiginosa consciência de que, se um de nós dois se mover um milímetro que seja — eu me erguendo nas pontas dos pés, ele inclinando o rosto um pouco mais —, não estaremos mais lutando, mas fazendo algo muito diferente. Algo que eu digo a mim mesma que não tenho o direito de sequer pensar, muito menos de desejar.

Ainda assim... não há como negar o desejo que percorre minha espinha à medida que o momento se prolonga; nem como ignorar o vórtice de atração que serpenteia no fundo da minha barriga como fumaça densa — o primeiro sinal de alerta de um incêndio que, se for libertado, inevitavelmente se transformará em um inferno que consumirá tudo.

Meu coração para por um instante quando ele finalmente se move, preenchendo o ínfimo espaço. Seus lábios roçam os meus, leves como o bater das asas de uma borboleta.

Não chega a ser um beijo.

É apenas um quase beijo.

Sinto cada palavra que ele sussurra contra meus lábios muito antes de chegarem aos meus ouvidos.

— Eu daria *tudo* para não me importar.

Antes que eu consiga assimilar suas palavras, ele já se foi. Sua boca se distancia da minha, ele larga o apito e, com uma risada amargurada, vira de costas. Meu coração bate descompassado enquanto o observo dar alguns passos para longe. Tento respirar, mas parece impossível encher meus pulmões com oxigênio suficiente. Cada inspiração é trêmula e superficial. Minhas emoções são um nó entalado em minha garganta, ao mesmo tempo contraditórias e confusas. Arrependimento e alívio. Desejo insaciado e decepção inegável.

Eu daria tudo *para não me importar.*

Então somos dois.

Acho que Penn vai simplesmente desaparecer, sumir na floresta e me deixar sozinha no escuro, mas ele para. Também parece respirar com dificuldade, cada expiração reverbera pelas suas costas largas. Conto as respirações irregulares — *uma, duas, três* — antes que ele finalmente retome o controle, fechando a rara brecha na máscara que oculta suas emoções com o mesmo autocontrole que usa para brandir sua espada e conduzir seu cavalo.

Por um momento, permanecemos em silêncio, quebrado apenas pelo crocitar distante de uma coruja sobrevoando o céu noturno. Quando finalmente me sinto capaz de falar outra vez, faço uma pergunta que está me incomodando desde que saímos da Fortaleza de Acrine.

— Por que você não me disse que é um Remanescente? Que você é... como eu?

Ele não se vira para me encarar, falando para as sombras.

— Teria feito alguma diferença? Você confiaria em mim mais do que confia agora?

— Talvez.

— Duvido.

— A confiança precisa de uma base na qual se apoiar. Mas você nunca me revelou nada. Descobri mais em uma hora com seu suposto inimigo do que com você em semanas.

O silêncio que se instala é tão gélido que fico surpresa por não condensar minha respiração.

— Então você confia mais em Soren do que em mim, é isso?

— Eu não disse isso...

Ele se vira e me lança um olhar fulminante.

— Um vestido elegante e alguns elogios melosos foram o suficiente para se aliar a ele? Foi tão fácil assim conquistá-la com boas maneiras e vinhos refinados? Achei que você fosse mais esperta.

— Ele não me conquistou, eu não sou um prêmio.

— Mas você confia mais nas palavras vazias dele do que nas minhas ações. — Ele solta uma risada irônica. — Talvez eu devesse ter mimado você enquanto fugíamos para o norte e escapávamos por um triz dos homens de Efnysien. Talvez eu devesse ter sido mais gentil ao transportar seu corpo moribundo pelas planícies e campos de gelo. Quem sabe assim eu seria digno do mesmo voto de confiança que você deu a Soren sem titubear.

Ergo o queixo com um ar de desafio.

— Não confio nele, titubeando ou não. Sei que ele é perigoso.

— Você não sabe nada.

— Eu ouvi as histórias de batalha...

— Essas histórias são apenas uma fração dos crimes dele. — Seu tom é frágil. — Você não tem ideia de quem ele é. Do que ele fez. Do sangue que ele derramou. Das vidas que arruinou. Quaisquer rumores que tenham chegado às Terras Médias são uma versão leve e mais suavizada da sua verdadeira natureza. Somente bajuladores e tolos juram lealdade a um homem assim. Você se encaixa em alguma dessas categorias?

— Não!

— Então onde está sua lealdade?

— Comigo mesma! — Minha voz se eleva bruscamente. — Você diz que eu seria uma tola de confiar em Soren. E o que eu seria se confiasse em *você*, quando não me deu um único motivo para isso?

— Mantê-la viva todo esse tempo não conta para nada, pelo visto.

— Não quando se recusa a revelar seus motivos. E não tente se passar por algum tipo de salvador benevolente. Você pode até ter me mantido viva, mas sua relutância é evidente.

— *Salvador benevolente*. — Ele solta uma risada amargurada. — É isso que pensa de Soren? Ah, lógico, protegido atrás das fronteiras dele. Sem nunca arriscar o pescoço por algo que não lhe traga um benefício direto. — Sua voz se torna um rosnado. — É fácil ser um cavalheiro dentro de um castelo. Eu não tive direito a tal *gentileza* quando estava infiltrado no exército de Eld. Não pude me dar ao luxo de exibir meus bons modos enquanto estava atolado até os joelhos em cadáveres no campo de batalha.

Estremeço.

Ele percebe, e seus olhos perdem um pouco da ira ardente. Com uma inspiração longa, ele consegue controlar parte da sua raiva.

— O que você quer? Um pedido de desculpas?

— Não — declaro, embora uma parte de mim queira, sim. — Suas ações passadas não me preocupam tanto quanto as futuras. — Estreito os olhos para ele. Seu rosto está ligeiramente virado para o lado, e sua mão se apoia no tronco de uma árvore. — Quais são seus planos para mim em Dyved?

— Você verá por si mesma, em breve.

— Serei uma prisioneira?

— Uma *prisioneira*? — Ele balança a cabeça em descrença. — Pelos deuses, você não pode estar falando sério. Eu teria tido todo o trabalho de salvá-la, repetidas vezes, apenas para torná-la minha prisioneira?

— Se não sou uma prisioneira, sou o quê?

— Você é uma peça de um quebra-cabeça que venho tentando resolver há mais de um século.

Apenas o encaro, piscando os olhos lentamente.

— Então seu objetivo é cumprir essa profecia de que Soren falou? Restaurar o equilíbrio? Ou é...?

— Ou é o quê?

— Ele insinuou que... que você... Bom, que você estava tentando aliviar sua culpa por algo que aconteceu há muito tempo. — Inspiro fundo e me forço a continuar, apesar da tensão que emana de Penn em ondas. — Algo relacionado com a guardiã do vento anterior. Com a... Enid.

O tronco da árvore sob os dedos de Penn começa a fumegar. Com um gesto brusco, ele retira a mão, cerrando os punhos com força ao lado do corpo. Mantenho os olhos fixos no tronco da árvore chamuscado enquanto ele murmura:

— Não é a hora nem o lugar para falarmos disso.

Ele começa a se afastar.

— *Confiança*. — A palavra que digo ecoa no ar, e ele para. — É assim que ela é construída, Penn. Quer que eu pare de questionar seus motivos? É só me dar uma razão para isso.

É o mais próximo que me permito chegar de implorar. Em algum lugar por baixo da sua raiva, ele deve ter percebido a súplica em minha voz, porque não se afasta. Seus ombros estão rígidos quando ele se vira para me encarar. Os dez passos que nos separam parecem, ao mesmo tempo, uma distância pequena e grande demais.

— Pergunte, então — pede ele, sem rodeios. — O que quer saber?

— Quem era ela?

— Uma Remanescente do Ar, como você já sabe.

— Eu não perguntei o que ela era. Perguntei *quem* ela era.

Sua expressão é vazia, todas as emoções cuidadosamente contidas.

— Eu a encontrei há setenta anos, em uma cidade perto do lago Lumen. Onde hoje é Westlake, embora na época tivesse outro nome. Outro rei. Ela nasceu como filha de um lorde da região. O pai dela era um homem sábio, para um mortal. Havia lido sobre a história de Anwyvn e percebeu a doença silenciosa que se espalhava por suas terras. Assim, quando sua esposa deu à luz uma bebê com uma estranha marca no peito... ele não a abandonou, como outros teriam feito. — Ele respira fundo. — Abrigar um halfling era punível com a morte. Mas ele sabia que ela era uma das crianças da profecia. Então a batizou de Enid, que significa *alma* ou *espírito*, pois ela tocou a alma dele desde a primeira respiração. E, por dezesseis anos, ele fez o possível para mantê-la segura.

Nunca o ouvi contar tanto. Permaneço imóvel e em silêncio, temendo que qualquer interrupção quebre o encanto das suas palavras.

— Mas o descontentamento crescia nas Terras Médias, estimulado pela fome e pela praga. E, com ele, uma violência insaciável. Guerras se alastravam, reis eram destronados e substituídos com tanta rapidez que nem valia a pena escrever seus nomes nos registros históricos.

Reis de papel, como Eli os chamava. *Seus reinados desmoronavam com um sopro.*

— Era uma época sangrenta — continua Penn. — Uma época perigosa para todos, mas especialmente para os feéricos. E mais ainda para um Remanescente. Enid passou a vida inteira trancada naquela mansão, escondida de um mundo que a mataria na primeira oportunidade. Ela nunca saiu de casa, nunca pôde rir, brincar ou ser criança. Os livros eram sua única fuga do confinamento. Ainda assim, não foi o suficiente. Criados falam. Nem todo o prestígio de seu pai poderia silenciar os rumores para sempre.

Meu estômago se transforma em chumbo, tomado por um mau pressentimento.

— Uma vez que os rumores começaram a se espalhar, não havia como detê-los. Diziam que a filha verdadeira do lorde havia sido substituída por uma impostora ao nascer, e que uma halfling vivia sob o teto dele. Que era um truque dos feéricos. E que ele, enfeitiçado por seu amor, era incapaz de enxergar a verdade. Portanto, era indigno de governar seu pequeno feudo. — Um músculo se contrai em sua mandíbula. — Eu a tirei de lá enquanto os habitantes da cidade cercavam a mansão armados de tochas e forquilhas, e os soldados do rei chegavam para terminar o trabalho.

— E a família dela?

— Assassinada. Todos na mansão, incluindo os criados. Mataram até mesmo os cães de caça.

Sinto um bolo na garganta, as palavras sufocadas pelo horror.

— E a Enid?

— Eu a levei para o norte. Para Dyved. Depois para Llŷr. — A voz de Penn é controlada, seu rosto, inescrutável. Até os olhos perderam o calor habitual, como se falar sobre isso exigisse tanto controle que ele não tem escolha a não ser esmagar suas emoções em um torno. — Houve uma época em que Soren e eu não éramos inimigos. Não éramos nem simples aliados. Nós...

— Vocês eram amigos — concluo.

Eu já suspeitava disso. Não se trata de uma rixa entre inimigos distantes ou um desentendimento casual entre meros conhecidos. Um ódio tão duradouro só é capaz de sobreviver alimentado pelo rancor de uma amizade arruinada. Pois o que é o ódio senão o amor transformado em veneno?

Penn me encara, hesitando por um longo momento. Tenho a sensação de que está relutante em revelar o que está prestes a dizer.

— Você precisa entender que existe um certo... vínculo... entre todos os Remanescentes. Querendo ou não, estamos conectados.

Eu ergo as sobrancelhas.

— O que você quer dizer com *conectados*?

— Temos uma compatibilidade nata. Uma energia comum. Pense nisso como um laço de sangue ou um vínculo familiar, só que mais profundo, pois essa conexão nunca pode ser realmente rompida. Somos quatro contrapesos suspensos na mesma balança, sempre em busca do equilíbrio que somente os demais podem nos proporcionar. Independentes, mas irrevogavelmente conectados.

Penso no intrincado símbolo da tétrade gravado na capa do livro de Soren: os quatro triângulos, individuais, mas interligados.

— É assim com você e Soren?

Ele assente com um gesto contido.

— E com a Enid?

— Sim. — Ele faz uma pausa. — E, só posso supor, será assim com você.

— Quando eu estava com o Soren, não senti nenhum... vínculo — rebato, um tanto incrédula.

— Você mal começou a entender os próprios poderes. Está tateando no escuro, incapaz de distinguir as sombras. Com o tempo, sua visão vai se ajustar e se adaptar. — Seus olhos se fixam nos meus. — Consegue sentir comigo agora?

— Sentir... o quê, exatamente?

— A energia. Como um fio invisível que nos conecta, nos prende um ao outro.

— Não… — Balanço a cabeça. Meu coração bate tão forte que não consigo ouvir meus pensamentos. — Não tenho certeza.

Ele diminui um pouco a distância entre nós e ordena com a voz suave:

— Feche os olhos.

Hesito.

— Confiança — ele devolve meu argumento, gesticulando do peito dele para o meu — exige reciprocidade.

E então eu fecho os olhos.

— Ótimo. — Eu o ouço se aproximar. — Agora, acalme a respiração. Inspire pelo nariz e expire pela boca. Isso. Um ritmo lento e estável. Concentre-se na sua pulsação. Sinta cada batida do seu coração.

Obedeço, bloqueando tudo ao meu redor até que só restem os batimentos cardíacos pulsando contra minhas costelas. Aos poucos, meu coração desacelera de um tamborilar frenético e descompassado para um ritmo uniforme.

— Muito bem — diz Penn. Ele está ainda mais perto agora, sua voz está a apenas um braço de distância. — Quando estiver pronta, expanda seus sentidos.

— Não sei como fazer isso.

— Quantos sentidos você tem?

É uma pergunta que até uma criança pequena saberia responder.

— Cinco.

— Errado.

— Visão, olfato, paladar, tato e audição. São cinco.

— *Você* tem mais um — responde ele. — Só precisa aprender a usá-lo.

Sua mão pousa no tecido do meu vestido, exatamente sobre a minha Remanescente. Prendo a respiração. Sinto o calor dos seus dedos, um contraste nítido com o frio constante que irradia da minha marca. Manter os batimentos cardíacos estáveis é uma batalha silenciosa.

— Aqui — diz ele, aplicando um pouco mais de pressão. — Esse é o centro do seu poder. Está sentindo?

Assinto com a cabeça. Estou sentindo. Aquele formigamento frio pulsando em meu peito.

— Qual é a sensação?

— É como se... como se houvesse uma tempestade dentro de mim — explico, hesitante. — Minha marca é o olho da tempestade. Uma frágil ilha de quietude, cercada pelo caos.

— Concentre-se na quietude. Ignore o caos. Encontre o seu centro.

Tento visualizar a tempestade dentro de mim. Na minha mente, vejo um furacão avançando sobre as águas, nuvens girando em espirais cada vez mais furiosas, enquanto a superfície se agita em imensas ondas de espuma branca. E, no coração da tempestade, vejo um núcleo silencioso.

Calmo.

Frio.

Controlado.

Dentro dele, a superfície da água permanece imóvel, refletindo o céu azul cristalino como se fosse um espelho. Eu me concentro até que as nuvens se tornem um estrondo distante, até que o vento se acalme em uma brisa e, então, cesse por completo. Até que o mar ao meu redor se transforme em uma lagoa morna e plácida.

— Consegui — sussurro, flutuando. — Estou no centro.

— Expanda seus sentidos. Abaixo da tempestade. Além do caos. O que mais você sente?

— Nada. Não há nada.

— Não é nada. Concentre-se.

— Não há... — Observo as águas calmas, sem saber o que devo procurar, até que eu vejo. Sinto. Uma leve ondulação, perturbando a serenidade. — Espera. Há... mais alguma coisa.

E, de fato, há. Uma corrente invisível que me puxa para a frente. Morna como uma fonte termal subterrânea brotando em meio à torrente fria da minha percepção. Um convidativo aroma de castanhas assadas pairando na brisa outonal. Flutuo em sua direção, seguindo meus sentidos. Rompendo as barreiras da minha consciência, abro os olhos e encaro a origem.

— É você — murmuro, surpresa. — Estou sentindo... *você*.

Ele está perigosamente perto. Seus olhos são uma chama viva, queimando os meus.

— Qual é a sensação?

— É como... um gole de chá quente após um dia inteiro no frio. — Sinto a corrente que nos une, deixo minha mente deslizar por ela como mãos examinando um objeto precioso. — Como um leve cheiro de fogueira no ar, vindo de algum lugar distante. Um sopro de fogo e calor.

Ele não diz uma palavra. Não move um músculo. Nem parece estar respirando.

— É assim que você me sente? — pergunto.

— Não. Você... — Ele contrai um músculo da bochecha e sua mandíbula fica tensa. — Você é como um filete de água fresca escorrendo pela nuca sob um sol abrasador. Como babosa fria em uma queimadura.

— Nossa. — É tudo o que consigo dizer.

Ficamos nos encarando por um longo tempo. Absorvendo um ao outro com essa nova percepção. Ele tem razão: é como ter um sexto sentido. Uma segunda visão. Assim como posso vê-lo, sentir seu cheiro, tocá-lo... agora também posso *sentir* sua presença. Mesmo com os olhos fechados, sei que seria capaz de saber sua localização exata. É como enxergar através de um feitiço, mas em vez de sua verdadeira aparência, vejo sua alma.

— Você conseguirá sentir quando eu estiver por perto — diz ele com uma voz rouca. — E até sentir algumas das minhas emoções, se eu não me proteger contra isso.

Arregalo os olhos em um súbito pavor.

— Você consegue sentir as minhas?

— Às vezes.

— *Às vezes?*

— Só as muito intensas. — Ele desvia os olhos. — Como acontece com qualquer conexão, quanto mais você a aprimora, mais forte ela se torna. Quanto mais tempo passarmos juntos, mais profundo será o vínculo e mais aguçada será minha percepção. — Sua garganta luta para engolir. — Pelo menos comigo sempre foi assim.

Com Soren.

Com Enid.

Uma sensação incômoda percorre meu corpo.

— Certo. É claro.

Em silêncio, ele encara as árvores por um longo tempo.

— É melhor voltarmos. Já escureceu. Os homens devem estar preocupados.

— Mas...

Ele se vira e vai embora antes que eu possa perguntar mais alguma coisa. Com a mente confusa, espero até que ele esteja quase fora de vista para segui-lo de volta ao acampamento.

Só mais tarde, depois de me acomodar no saco de dormir junto à fogueira, é que percebo que ele não me fez uma única pergunta sobre Soren ou sobre meu tempo na Fortaleza de Acrine.

DEZENOVE

Caeldera não é nada do que eu imaginava.

Depois de tantos dias passados à sombra gelada das montanhas, talvez as minhas expectativas fossem injustamente baixas. Imaginei a capital como uma versão maior de Coldcross ou Vintare.

Eu não poderia estar mais enganada.

Em nosso terceiro dia de viagem, as planícies geladas chegam a um fim abrupto quando alcançamos um vasto cânion. Estendendo-se a perder de vista desde as Cimérias até o Mar do Norte, ele é uma fronteira inquestionável entre Frostlands, dominadas por geleiras, e o planalto coberto de neve onde fica Dyved. O platô rochoso se projeta contra o céu azul, não tão imponente quanto a cordilheira, mas elevado o suficiente para tornar uma invasão quase impossível.

Não é de admirar que as Terras do Norte não tenham sido conquistadas durante o Massacre. Com as montanhas ao sul, os mares ao norte e a oeste, e o cânion a leste, o reino de Penn está protegido por todos os lados.

Depois de cruzar a fronteira, subimos por uma passagem sinuosa até o topo do planalto — uma escalada que leva várias horas. Apesar das defesas geográficas naturais de Dyved, é evidente que eles não se arriscam quando se trata de proteger seu território. Contei pelo menos cinco postos de guarda ao longo do caminho, cada um com uma torre de madeira e um pelotão de soldados armados em uniformes marrom-escuros. Eles assumem posição de sentido quando veem nosso pelotão se aproximar, mas ao reconhecerem

Penn, se curvam em uma reverência solene. Às minhas costas, ele acena com a cabeça para retribuir os cumprimentos.

O platô não é árido, como eu havia imaginado, mas densamente arborizado com pinheiros de casca branca. Uma espessa camada de agulhas cobre a terra congelada de ambos os lados da trilha à medida que avançamos para o interior. Eu me pergunto se os montes de neve chegam a derreter completamente, mesmo no calor do verão.

Será que daqui a duas estações ainda estarei aqui para ver com meus próprios olhos?

Por horas, não há nada além de floresta. Mas então a trilha se alarga, se tornando um caminho de terra e, por fim, uma estrada de paralelepípedos que se ramifica em várias direções. Em cada encruzilhada, marcadores de pedra indicam a distância até Caeldera. Conforme nos aproximamos, passamos por povoados e vilarejos, cruzando com outros viajantes em carroças e carruagens, a pé e a cavalo. Ao avistar nosso grupo de cavaleiros, todos fazem a mesma reverência solene ao príncipe que regressa.

Nunca estive tão consciente da minha posição na sela, sentada à frente de Penn. Sinto o peso dos inúmeros olhares sobre mim, a curiosidade pairando no ar conforme nos aproximamos dos limites da cidade.

O príncipe Pendefyre retornou.

E trouxe uma garota com ele.

Mantenho a coluna ereta, os ombros alinhados e as mãos firmes no cepilho enquanto a estrada contorna uma rocha escarpada e, em seguida, desce repentinamente por um túnel profundo na terra. Em um piscar de olhos, o sol do meio-dia é substituído pelas sombras, uma mudança tão abrupta que me faz prender a respiração. O barulho dos cascos reverbera em todas as direções, como uma câmara de ecos. As paredes estão cobertas de samambaias e musgo sob a luz fraca. O minério incrustado na rocha forma veios reluzentes, uma galáxia de cristais cintilantes, que quase ofusca minha visão.

É uma beleza sombria, apesar da minha aversão inata a espaços fechados. A sensação de pânico que costumo sentir sempre que perco o céu de vista é ligeiramente atenuada pelos tetos altos e pela amplitude do túnel. Mesmo assim, quando atravessamos um par de portões espessos na extremidade oposta, perco o fôlego e sinto uma vertigem ao ver Caeldera pela primeira vez.

Estamos no fundo de uma cratera profunda e verdejante. Como o centro oco de um tronco de árvore, o desfiladeiro é cercado pelas íngremes paredes do platô, que se erguem e nos cercam por todos os lados. Aninhadas nos penhascos, algumas inclinadas em ângulos arriscados, moradias de todas as formas e tamanhos ocupam o espaço. Elas parecem ter sido esculpidas na própria rocha, com paredes rústicas recobertas por uma camada felpuda de musgo. Chaminés bem-cuidadas brotam dos telhados revestidos de cobre e janelas envidraçadas brilham intensamente contra o crepúsculo que se aproxima. Estradas estreitas e quase verticais serpenteiam pelos penhascos cobertos de neve como marcas de garras, afunilando na base da cratera, onde um grande lago se estende em tons de azul-esverdeado.

O lago é alimentado por uma grande cachoeira que troveja dos penhascos. Mercados ao ar livre cercam suas margens, onde comerciantes de alimentos e especiarias negociam com o mar de compradores vestidos com capas elegantes e trajes refinados. As ruas de paralelepípedos se estendem em anéis circulares desde a beira do lago até a base dos penhascos.

É uma visão espetacular. Mal consigo assimilar tudo. Mas o que realmente me tira o fôlego e faz meus olhos se arregalarem não é o lago deslumbrante, nem as charmosas construções de pedra que o cercam, nem a estonteante cachoeira, e sim a fortaleza.

Não.

Não é uma fortaleza.

É um castelo. Construído na parede rochosa na base da cachoeira — na verdade, uma das alas parece se estender para *dentro* da cachoeira —, as torres e muralhas se elevam em direção ao céu, atravessando o véu da névoa. A torre mais alta quase alcança o topo da cratera.

— Bem-vinda a Caeldera — sussurra Penn, ao meu ouvido.

Seguimos por uma ampla avenida que passa por um mercado central até a ponte em arco que atravessa o lago. Eu achava que havíamos atraído atenção mais do que suficiente ao cruzar o planalto, mas ela não é nada comparada aos olhares de escrutínio de milhares de caelderanos que se enfileiram ao longo do caminho, seus olhos fascinados, fixos em nós. Alguns jogam flores ao nosso redor; outros nos saúdam em um coro exaltado.

— Príncipe Pendefyre!

— Bem-vindo ao lar, Vossa Alteza!

Penn não parece se abalar com a comoção. Continua a acenar com toda a calma, erguendo o braço ocasionalmente para cumprimentar alguém que reconhece na multidão. Espero que a minha expressão não esteja tão pálida e trêmula quanto me sinto. Quando chegamos à ponte, meu estômago parece uma bola de chumbo.

Como se obedecessem a um comando invisível, os soldados a pé se separam do contingente a cavalo, rumo aos alojamentos para um merecido descanso após a longa jornada. Apenas sete de nós — eu, Penn e membros das patentes mais altas da Guilda Flamejante — continuarão até o palácio. Embora a ponte em si seja larga o suficiente para pelo menos quatro cavalos andando lado a lado, as outras montarias aguardam que Onyx lidere o caminho. Jac, Uther e Mabon seguem em nosso encalço. Cadogan e o sempre desagradável Gower vão na retaguarda.

Ao nosso redor, pedalinhos de dois lugares e barcos a remo de contornos angulares deslizam pela superfície do lago, transportando os moradores de uma margem à outra. Estico o pescoço na tentativa de manter a torre mais alta na minha visão enquanto nos aproximamos do palácio. Há três torres redondas de altura crescente; a mais baixa à esquerda e a mais alta à direita. A mais alta está tão envolta na névoa criada pela proximidade com a cachoeira que me pergunto se alguém lá dentro consegue enxergar pelas janelas, se as paredes internas são úmidas e frias devido à umidade constante.

Quando finalmente chegamos aos portões da frente, que têm pelo menos três vezes a altura de um soldado médio, meu rosto está salpicado de gotículas de água. São necessários quatro guardas robustos para abri-los para nós. Eles se abrem para dentro com um ranger de dobradiças, levando a um pátio de ladrilhos escuros, onde um comitê de boas-vindas aguarda para nos receber. Uma equipe de criados uniformizados se alinha ao longo do caminho, todos vestidos no mesmo tom marrom-escuro, com as cabeças baixas em sinal de respeito. Sob o imponente arco da porta interna, um grupo de cortesãos nos espera como pavões coloridos.

Talvez eu seja uma garota de gostos simples, sem apreço pela pompa da corte, mas o luxo exagerado dos cortesãos parece inadequado para a beleza natural de Caeldera. Eles estão cobertos de pedras preciosas: rubis reluzem nas gravatas, safiras cintilam nas abotoaduras, esmeraldas brilham nas orelhas, diamantes cobrem amplos decotes. É uma ostentação de riqueza tão impressionante que ofusca meus olhos enquanto nos aproximamos ao som retumbante dos cascos.

Ninguém brilha tanto quanto a mulher de cabelo grisalho no centro da multidão. Sua coroa de ouro é tão cravejada de pedras preciosas que não sei como ela consegue manter a cabeça erguida. Mesmo sem a coroa, eu a reconheceria como realeza apenas pelo semblante. Sua postura é inabalável. Ela parece esculpida em mármore, mais uma estátua do que uma pessoa de carne e osso.

Penn para Onyx diante dela. Seu corpo está estranhamente tenso às minhas costas, uma tensão incomum que transparece em seus movimentos quando ele desmonta e, então, me ajuda a descer da sela. Atrás de nós, ouço o som dos outros homens imitando-o, suas botas batendo contra o ladrilho, mas não olho para eles. Estou ocupada limpando a poeira da estrada da capa, passando os dedos rapidamente por meu cabelo emaranhado. Não posso dizer que já sonhei ser apresentada a uma rainha, mas, provavelmente teria imaginado fazer isso após um banho decente.

Penn mantém a mão na base das minhas costas enquanto me conduz diretamente até ela. Sua *irmã*. É chocante ver os dois juntos. Sei que eles devem ter quase a mesma idade, mas suas aparências não poderiam ser mais opostas — um carrega as marcas implacáveis do tempo, enquanto o outro parece imune a ele.

Penn se inclina em uma mesura. Sinto uma leve pressão na minha coluna e me curvo depressa em uma reverência desajeitada. Para alguém que nunca fez isso antes, acho que não me saí tão mal assim. Não até endireitar meu corpo e encontrar a rainha e seu séquito sorrindo para mim como se eu fosse um urso treinado para andar sobre duas patas em um circo itinerante.

— Pendefyre, você voltou para nós.

O tom aveludado é para o irmão, mas os olhos dela permanecem cravados em mim. Eles têm o mesmo tom de cinza que os de Uther, mas não exalam o mesmo calor; nos dela, não há o menor vestígio de uma recepção cordial. Seu olhar é emoldurado por rugas. Não são marcas suaves deixadas pelo riso, mas vincos profundos de alguém que passou a maior parte de sua vida com uma expressão de descontentamento.

— Irmã. — A voz de Penn é cuidadosamente neutra. — Muito obrigado por nos receber. Não havia necessidade. — Ele faz uma pausa calculada. — De verdade.

— Como eu poderia permitir que meu amado irmão voltasse para casa sem uma recepção adequada depois de tanto tempo? — Ela finalmente olha para ele. Seus lábios se curvam em desdém. — No entanto, se eu soubesse que você traria metade da sujeira da Estrada das Cordilheiras com você, talvez eu tivesse pedido aos criados para estenderem lonas no chão.

— Não seja por isso, volte para dentro, Vanora. Eu odiaria que alguém com a sua idade avançada corresse o risco de pegar um resfriado.

Os cortesãos soltam risos abafados, enquanto um burburinho inquieto se espalha pela multidão diante do inegável insulto. O olhar da rainha se torna ainda mais severo, seus olhos cinzentos, frios como pedra em um rosto marcado pelo tempo.

Ela já foi bonita. Deslumbrante, até. Sua beleza ainda é perceptível — um vestígio desbotado que persiste sob o peso de um século vivendo nesta terra. Com a mesma clareza, é possível perceber que ela não aceitou a perda com serenidade. Sua vaidade se transformou em amargura à medida que as estações mudaram e as pétalas de sua juventude murcharam até secar por completo.

Não é de admirar que ela mal consiga olhar para o irmão. Penn, a imagem da juventude e da vitalidade. Uma figura imponente de ombros largos e quase imortal. O ressentimento dela é mais denso do que a névoa no ar.

— Sua preocupação com minha saúde é comovente, irmão. Devo dizer que fiquei surpresa quando recebi a notícia da sua chegada às Terras do Norte. Não o esperávamos até o degelo da primavera. Receio que os criados tenham tido pouco tempo para preparar seus aposentos.

— Não me importo com um pouco de poeira.

— Imagino que não. Afinal, você sempre se sentiu mais à vontade rolando nas arenas de treinamento.

— Melhor as arenas de treinamento do que o covil de víboras que você chama de corte — murmura Penn.

— Hmmm. — Os lábios da rainha se contorcem em um sorriso sem humor quando ela olha para trás de nós, para a Guilda Flamejante, enfileirada às nossas costas. Meus joelhos quase cedem quando seu olhar de granito se volta para mim mais uma vez. — Mas, me diga, quem é essa que você trouxe consigo? Uma nova garota para a cozinha? Receio que nossa equipe esteja bem cheia, mas talvez eu possa encontrar uma vaga nos estábulos. Eles estão sempre precisando de mais um par de mãos para limpar as baias.

Penn fica imóvel.

— Espero que ela não seja mais uma de suas prostitutas — continua a rainha Vanora. — A última fez um verdadeiro espetáculo quando você se cansou dos encantos dela. Foi um *dramalhão*. Nem minhas cadelas de caça fazem tanto escândalo quando estão parindo.

Minhas bochechas se inflamam quando todos os olhares do pátio se voltam para mim com grande interesse. Minha boca está tão seca que, mesmo que eu fosse capaz de formular uma resposta coerente, não conseguiria pronunciar as palavras.

— Esta mulher é minha convidada — anuncia Penn, com firmeza. — E espero que ela seja tratada com todo o respeito que essa condição exige. Até mesmo por você, querida irmã.

A rainha arqueia as sobrancelhas delineadas com kajal.

— Vai me dar ordens no meu próprio palácio?

Penn se inclina alguns centímetros, cravando seus olhos nos dela.

— Você pode até ocupar o trono, Vanora, mas nós dois sabemos que isso só acontece por minha contínua indulgência. Eu sou o Remanescente do Fogo. Meu direito de nascença supera todas as suas ilusões delirantes. Se eu arrancasse a coroa da sua cabeça, não haveria uma única alma em Dyved que levantaria um dedo para me impedir.

Vanora estremece visivelmente.

A mão de Penn se estende e agarra a minha, os dedos se entrelaçam aos meus em um aperto de triturar os ossos. Ele eleva a voz para se dirigir a todo o pátio, criados e cortesãos, um tom autoritário que reverbera pelos ladrilhos.

— Nossa casa agora tem a distinta honra de receber não apenas um, mas dois Remanescentes sob seu teto. Permitam-me ser o primeiro a apresentá-los formalmente à tão esperada Remanescente do Ar, a Guardiã do Vento, e, até que eu considere adequado, nossa convidada de honra.

Um surpreso arquejo coletivo explode entre os cortesãos. Imagino seus rostos congelados em um misto de choque e espanto, mas não tenho chance de ver com meus próprios olhos. Penn me arrasta pela mão, desviando da irmã e abrindo caminho entre a multidão atônita, direto para as portas abertas do átrio. Ouço passos de botas atrás de nós, e sei que Jac, Mabon, Uther, Cadogan e Gower nos seguem.

Passamos por um majestoso salão de baile com tetos altos, rápido demais para que eu consiga ver todos os detalhes, depois subimos uma grande escadaria de pedra que se divide em três em um patamar. Penn toma o caminho da direita sem hesitar.

Quando tropeço na minha saia, ele nem reduz o passo. Agarra minha cintura, me levanta e me carrega pelo restante do caminho.

— Você pode *parar*? — protesto, enquanto me debato para tentar encontrar apoio nos degraus de pedra, os pés chutando o ar inutilmente. — Me põe no chão! Eu sei andar!

Penn solta um grunhido quando acerto um chute em sua canela.

Ele não para.

Continuamos subindo por uma escadaria que parece interminável. Os degraus se tornam mais íngremes, depois se estreitam e tomam a forma de uma espiral. Devemos estar dentro de uma das torres. As paredes são circulares e as janelas estão cobertas por gotículas de água. Embora eu nunca admita isso a ele, estou grata por estar nos braços fortes de Penn. É uma longa subida e, depois de três dias seguidos na sela, estou exausta.

Não percebo que perdemos nossa escolta até finalmente chegarmos ao topo. Penn abre uma porta espessa de madeira e me põe no chão em um aposento esférico. Ele está empoeirado devido ao desuso, mas não é nada desagradável. Uma cama imponente está encostada em uma parede, uma escrivaninha de madeira escura, centralizada diante de uma grande janela e um guarda-roupa abandonado em um canto, ao lado de vários baús pesados. Uma lareira se ergue pela parede em frente à cama, com uma enorme cornija de pedra. Várias estantes estão repletas de livros grossos. Perto de uma sala de banho protegida por um biombo, dois suportes altos estão repletos de lâminas de aparência letal, de todas as formas e tamanhos. Apesar da poeira, elas brilham como se tivessem sido afiadas há poucas horas.

O aposento não é muito grande; talvez vinte passos de largura em qualquer direção. As janelas da frente têm vista para toda Caeldera, enquanto as do lado oposto estão embaçadas pela umidade. A parte de trás da torre foi construída diretamente na encosta do penhasco, a rocha natural servindo de parede no lugar de pedra e argamassa.

— Este é o seu quarto?

Penn assente.

— Quando foi a última vez que você esteve aqui?

— Seis... Não, sete meses.

— Tanto tempo longe de casa.

Ele faz uma pausa.

— Esta não é minha casa há muito tempo.

Eu o encaro do outro lado do quarto. Ele está de pé junto à janela, olhando para a sua cidade. Daqui, o lago é como uma pedra preciosa brilhando em tons de verde-esmeralda sob o sol do fim da tarde. Os barcos que deslizam em sua superfície parecem insetos em uma tigela de água.

— Quanto tempo você passou com o exército do rei Eld?

— Quase uma década. — Ele passa a mão pelo cabelo grosso. — Antes disso, eu estava com o rei cujas posses Eld acabou usurpando. E outro antes dele, em um território mais ao sul.

Fico chocada com a informação. Tão chocada que não consigo segurar minhas palavras.

— *Por quê?*

Ele olha para mim, as sobrancelhas arqueadas.

— Mesmo com as minhas habilidades, levei tempo para chegar a uma posição de alto escalão. Feitiços e truques mentais só vão até certo ponto.

— Não, quero dizer, por que fazer isso? Por que ficar lá? Qual era o objetivo?

— Você realmente não sabe?

Prendo a respiração. Ele não pode estar querendo dizer que...

— Estou te procurando há muito tempo — murmura ele, observando-me atentamente. — Perdi a noção dos anos. Dos homens que comandei. Dos inimigos que matei. Perdi a conta de quantas execuções de halflings supervisionei em meu papel como Comandante Scythe.

O sangue se esvai do meu rosto.

— Você...

— Não consegui salvá-los. Não todos. O fervor dos mortais por matar é forte demais, a ânsia pela violência é insaciável. Na maioria das vezes, o melhor que eu podia fazer era oferecer uma morte rápida. Refrear os impulsos mais hediondos dos grupos de caçadores. — Seu olhar se torna frio. — Você achava que eu era um monstro? Não faz ideia de quanto sangue tenho nas mãos. Quantas pilhas de cinzas feéricas eu espalhei pelos céus. Quantas vidas já ceifei, incapaz de erguer um dedo para impedir as execuções.

Não é de admirar que ele não tenha demonstrado um pingo de gentileza quando nos conhecemos. A gentileza foi consumida pelos horrores da guerra. De repente, me lembro das palavras de Farley, nas Cimérias.

Não posso culpá-lo por estar de mau humor, depois de passar todo esse tempo nas Terras Médias... Ele vai demorar um tempo para se adaptar à vida normal de novo...

Será que alguém realmente se adapta depois de viver em uma zona de guerra?

Será que alguém volta ao normal?

Minha língua permanece imóvel dentro da boca, recusando-se a pronunciar qualquer palavra.

Penn não parece precisar de uma resposta. Seus olhos estão distantes; sua voz se transforma em um sussurro que não sei se deveria ouvir. Seus pensamentos vagam para longe — para os horrores sangrentos do seu passado.

— Tanta morte. Tanto desespero. Era interminável. Ano após ano. Enforcamento após enforcamento. Pira após pira. Eu tinha começado a perder toda a esperança de encontrar outro Remanescente. Mas então... então, *finalmente...* a notícia de uma halfling. Uma garota, capturada perto do Abismo Vermelho. Uma criaturinha estranha com olhos prateados e a marca do demônio, que, de alguma forma, feriu um homem sem levantar um dedo.

— Eu — sussurro.

Seus olhos voltam a focar meu rosto.

— Você.

O ar fica estático. Elétrico. Como o céu antes de um raio. Tenho medo de olhar para ele e, de alguma forma, também tenho medo de desviar o olhar. Eu me forço a me virar, fixando os olhos na parede natural no fundo do quarto. Passo minhas mãos sobre a superfície áspera. Assim como o restante dos penhascos, a rocha é escura, quase preta, com veios de um vermelho intenso. Nunca vi nada igual.

— Que tipo de rocha é essa?

— Não é rocha. São cinzas petrificadas.

— Cinzas?

— Caeldera foi construída dentro da cratera de um vulcão há muito adormecido. Essas paredes, como a maioria dos penhascos daqui, são fluxos de lava petrificada.

— Estamos dentro de um vulcão — murmuro. — Neste momento.

— Um vulcão adormecido, sim.

Meus olhos estão enormes, como os de uma coruja.

— Há quanto tempo ele está adormecido?

— Há mais tempo do que alguém se lembra. Um milênio ou mais. A cidade foi construída pelos ancestrais dos meus ancestrais, durante a época do império. A Corte do Fogo. Uma das quatro fortalezas mágicas de Anwyvn.

— E as outras?

— Duas foram destruídas após a revolta, seus templos foram saqueados por sacerdotes do Massacre e seus palácios, pilhados por exércitos invasores. — Ele faz uma pausa. — A Corte da Água permanece. Sob o controle de Soren.

— Hylios?

Ele assente.

— Soren e eu podemos não ser amigos, mas Dyved e Llŷr são aliados na guerra. Apesar de nossas diferenças pessoais, estamos unidos contra os reis das Terras Médias... e as forças malignas que começam a emergir nas Terras do Sul.

— O exército vermelho?

— Sim. O exército de Efnysien.

— Você e Soren falam de Efnysien como se ele fosse o próprio diabo encarnado.

— Porque de fato é.

— Mas quem é ele?

— Houve um tempo em que Soren o chamava de família. Um laço de casamento, não de sangue, os tornou irmãos. Mas o veneno da inveja pode reduzir até mesmo os laços de parentesco a uma rixa amarga. Por fim, Efnysien foi banido da corte de Soren. De toda Llŷr.

— O que ele fez para merecer algo tão extremo?

— Até hoje, não sei todos os detalhes. Mesmo que soubesse... não é minha história para contar e, sim, de Soren. — Ele suspira. — Tudo o que você precisa saber sobre Efnysien é que ele é um inimigo, não só da própria família, mas de todos os feéricos.

— Como os saqueadores.

Ele nega com a cabeça.

— Não. Os saqueadores odeiam os feéricos por causa da magia, que eles consideram sobrenatural. O preconceito se transformou em veneno. Já Efnysien... não nos odeia porque somos dotados de magia, mas porque ele não é. Inveja e ego estão no cerne de sua cruzada. Ele cobiça as habilidades dos feéricos e passou a vida inteira procurando maneiras de adquirir um poder que supere o do cunhado.

— E isso é possível?

— Sim, mas apenas por caminhos obscuros. Antigas práticas druídicas de sangue e sacrifício, da época anterior ao império. Onde ele as descobriu, com quem aprendeu... eu não sei. Nem quero saber. Mas são métodos cruéis, uma perversão de todos os códigos morais, tanto dos mortais quanto dos feéricos. — Suas sobrancelhas se franzem em profunda reflexão. — Roubar magia é como rasgar uma alma ao meio, drenando a essência vital de uma pessoa. Efnysien não tem escrúpulos. Ele extrai o poder de qualquer fonte que consiga encontrar. De qualquer halfling que cruze seu caminho.

— Mas halflings não têm poder.

— A maioria não. Alguns nascem com vestígios ínfimos. Apenas algumas gotas no fundo de um copo quase vazio. Efnysien recolhe essas gotas e as usa para saciar sua sede de poder. Pouco importa que ele tenha nascido sem o dom da magia, desde que se alimente com os dons alheios. Ele se impõe pela força bruta, uma abominável convergência de incontáveis sacrifícios de sangue.

— E ele... — Minha voz falha. — Ele é capaz de usar magia?

— Não a magia natural. Não a elemental. É algo... mais obscuro. Deturpado. Algo que lhe concedeu uma longevidade sobrenatural, que ele usou para erguer o próprio reino de trevas. Dymmeria.

Lembro-me de Dymmeria dos mapas antigos de Eli. Um vasto território desértico na extremidade sudeste de Anwyvn, isolado do restante do continente por uma terra devastada de areia e sombras. Não sei mais nada sobre o lugar, exceto o que o meu mentor me disse: qualquer halfling que esteja nas Terras do Sul estaria melhor morto do que capturado. Com base no que Penn está descrevendo, não posso dizer que Eli estava errado. Rasgar uma alma ao meio é uma maldade que mal consigo conceber. Nem mesmo os reis mortais das Terras Médias, em toda a sua guerra infinita e matança sem sentido, são tão cruéis.

Minha mente frenética se depara com um pensamento que faz o nó em minha garganta se apertar de pânico.

— O quê? — pergunta Penn, dando um passo repentino em minha direção. Lendo o terror estampado no meu rosto. — O que foi?

— Se ele caça halflings por meros vestígios de poder... o que aconteceria se colocasse as mãos em um Remanescente?

Os olhos de Penn se tornam frios, assim como sua voz.

— Nunca vamos descobrir.

— Mas ele... os homens dele me viram na ponte. — Balanço a cabeça, os pensamentos girando mais rápido do que consigo compreendê-los. — Eles sabem o que sou capaz de fazer e você disse... *pelos deuses*, você mesmo disse isso a Soren! Eles virão atrás de mim. Ele virá atrás de mim...

— Rhya.

Meus olhos o encaram, com um sobressalto. É a primeira vez que ele diz o meu nome, e ouvi-lo faz com que o meu coração, já acelerado, dispare dentro do peito.

— Você está segura aqui — garante ele, com uma gentileza incomum. — Você está segura comigo.

— Mas...

— Mesmo que eles consigam atravessar o Estreito de Avian, o que não vai acontecer, não enquanto Soren de Llŷr ainda respirar, eles nunca conseguirão chegar até aqui. A cidade inteira é protegida. Ninguém consegue invadir Caeldera. Nem mesmo o exército vermelho de Efnysien.

Ergo as sobrancelhas.

— Protegida?

— Sim. Escudos protetores que repelem convidados indesejados, como uma barreira de defesa invisível. Eles cercam a cidade inteira. Pessoas mal--intencionadas são mantidas a distância.

— Como? É algum tipo de feitiço? Um encantamento?

— Não. Não sou feiticeiro, posso te garantir.

Ele caminha até mim e coloca a mão na parede, ao lado da minha. Os veios das cinzas pretas começam a brilhar em vermelho-sangue, respondendo ao seu toque. Retiro a palma da mão quando o calor fica muito intenso. Ele faz o mesmo, e o brilho desaparece instantaneamente da pedra escura.

— A lava petrificada que permeia as muralhas da cidade é dotada de energia natural, que, por sua vez, pode ser aproveitada. Ou melhor, infundida. Como um condutor ou um cristal que absorve energia.

— É você que fornece essa energia?

— Sim. Um pulso do meu poder, uma ou duas vezes por ano, é suficiente para reforçar as defesas naturais que protegem Caeldera. Como um campo de força magnético, ele atrai energia positiva e repele qualquer coisa que represente uma ameaça. — Ele dá de ombros levemente. — Também aquece toda a cratera durante os meses frios. É por isso que tudo aqui é tão exuberante e verde, mesmo no meio do inverno. E por isso o castelo é tão quente, mesmo aqui em cima na torre.

Penso no meu insignificante escudo de ar, uma frágil bolha de proteção, e quase rio alto. Eu tinha ficado tão orgulhosa de conseguir defender um pequeno pedaço de terra. Mas ali, ao ouvir Penn descrever com tanta casualidade a rede de segurança na qual envolve uma cidade inteira, parece ridículo. A magnitude de seu poder é tão imensa em comparação, que me dou conta de que estou começando a enxergá-lo com outros olhos.

Quem é esse homem diante de mim?

Esse estranho que já foi meu inimigo, esse inimigo que se tornou um protetor. Um homem com um passado cheio de cicatrizes e um incêndio ardendo em seus ossos. Apesar de todo o tempo que passamos juntos, ainda não o conheço. Mal cheguei à superfície de tudo o que ele já suportou em sua longa vida. Mas... uma parte de mim deseja conhecê-lo. Anseia por isso com uma intensidade avassaladora.

Esse desejo me abala profundamente. Minha curiosidade recém-descoberta trava uma batalha contra todos os instintos de autopreservação, que gritam para que eu fuja de sua complexidade ardente tão rápido quanto fugi das chamas em Seahaven.

— Venha — diz Penn, chamando-me de volta ao presente. — Vou te mostrar seus aposentos.

— Eu não vou...? — Olho em volta, lutando contra o rubor quando meus olhos passam pela cama. — Pensei que fosse ficar aqui.

Com você.

Ao seu lado.

Onde é seguro.

— De certa maneira, você vai. — Ele me conduz pelo quarto redondo. Perto do guarda-roupa, há uma escada de metal presa à parede, que leva às vigas do teto elevado que separam o quarto de Penn da torre pontiaguda no topo.

— Vamos... — Ele ergue o queixo para a escada. — Suba.

— Você está brincando.

— Não estou.

— Tem espaço lá em cima para alguém ficar de pé?

— Só há um jeito de descobrir. — Ele me dá um leve empurrão, sua mão pressionando a base das minhas costas. — Não tenho tempo para ficar aqui discutindo com você sobre onde vai dormir. Tenho assuntos a tratar, assuntos urgentes. Voltarei em algumas horas e então a levarei para o jantar. Enquanto isso, não saia da torre. Há olhos por toda parte neste palácio.

— Espiões da sua irmã?

— Espiões, cortesãos. Chame-os como quiser. Tudo o que seu séquito espalhafatoso mais ama é uma fofoca, e sua chegada provocou um verdadeiro alvoroço. Eles estarão ansiosos para encurralá-la sozinha. Tente não dar a eles a oportunidade. — Ele faz uma pausa, com os lábios se contraindo de um lado. — Embora talvez seja divertido ver você enfrentá-los. Uma jovem coruja no meio de um bando de pavões.

Então, ele se vira e me deixa sozinha. Aguardo até que a porta se feche atrás dele antes de soltar um suspiro e subir a escada até a torre.

VINTE

Já é noite quando alguém bate à minha porta. Meu coração para durante um segundo ao ouvir o som. Desço correndo da torre — que, após uma breve exploração, revelou-se surpreendentemente aconchegante, apesar do teto inclinado e da falta de janelas — e quase voo pelo quarto. Mas, quando abro a porta esperando encontrar Penn, me deparo com Jac parado na soleira, segurando alforjes familiares em uma das mãos e uma bolsa desconhecida na outra.

— Entrega especial — anuncia ele, colocando os dois pacotes em meus braços. — Cortesia das costureiras reais. Você deve vestir algo adequado para o jantar e depois vou acompanhá-la até o Salão Principal.

Olho de relance para meu vestido de musselina vermelha desgastado. Admito que ele já viu dias melhores.

— Quanto tempo você leva para ficar bonita? — pergunta Jac, com um tom de provocação nas palavras. — Aposto que um tempão…

Reviro os olhos.

— Onde está o Penn?

— Ocupado.

— Fazendo…?

— Coisas de príncipe, acredito eu. — Ele olha para os objetos em minhas mãos. — O tempo está passando. A rainha Vanora é desagradável até de bom humor. Se chegarmos atrasados à mesa, ela *não* estará de bom humor, Ace.

— Você pretende observar enquanto troco de roupa, ou posso ter um momento de privacidade?

— Estarei aqui fora. Envelhecendo a cada segundo que passa. Tente ser rápida.

Bato a porta na sua cara sorridente.

Meu cabelo ainda está úmido do banho. Já fiz uso da área reservada, que abriga uma tina de banho de porcelana, um vaso sanitário simples com descarga de cordão e um espelho antigo que distorce os reflexos. Os canos gemeram em protesto quando abri a torneira, mas depois de alguns instantes de engasgos, água morna jorrou na banheira. Foi glorioso esfregar todos os vestígios de poeira da estrada da minha pele com sabão de limão; um luxo pentear meu cabelo com um óleo que cheirava a jasmim. Pela primeira vez em muito tempo, me senti realmente limpa.

Na bolsa, encontrei um vestido dobrado com cuidado, de um tom sem graça que lembra esterco, junto de um par de sapatilhas de cetim combinando. Com uma gola alta e um corte quadrado, ele não chega nem perto da beleza do vestido azul esvoaçante ainda escondido nas profundezas do alforje, mas sei que não posso nem pensar em usar as cores de Llŷr enquanto estiver no palácio real de Dyved. Eu o visto, apressada, prendo meu cabelo úmido com uma fita cor de marfim, calço as sapatilhas e me dirijo à porta.

Jac está encostado na parede de pedra da escada, e assobia quando me vê.

— Você está bonita, Ace.

— Você também está muito elegante. — Inclino a cabeça, examinando sua bela camisa marrom, a calça escura justa e o colarinho branco engomado. — Deveria tomar banho com mais frequência. É quase tolerável ficar perto de você.

— Não vá se apaixonar por mim — adverte ele, olhos com um lampejo de diversão, enquanto estende o braço. — *Milady*.

— Nobre cavalheiro.

Brincamos e rimos durante todo o caminho até o Salão Principal, que já está lotado de pessoas. Todos os assentos do piso principal parecem ocupados. Jac faz vários comentários inapropriados enquanto nos esgueiramos por entre as mesas repletas de soldados e cortesãos, me distraindo dos olhares curiosos que me acompanham a cada passo pelo mármore brilhante.

Meu estômago revira quando percebo que estamos nos dirigindo para o tablado elevado que percorre todo o comprimento do salão. A mesa de banquete lá em cima é grande o suficiente para acomodar trinta pessoas, e já está ocupada por cortesãos privilegiados. O círculo íntimo da rainha. Estão ainda mais ridiculamente enfeitados com joias do que no pátio hoje à tarde. Vanora ainda não está presente; a cadeira ornamentada na cabeceira da mesa está vazia.

Não estamos atrasados.

Isso é um alívio, assim como a visão de vários membros do alto escalão da Guilda Flamejante ocupando os assentos na extremidade oposta. Vejo vários rostos conhecidos — entre eles, o de Penn. Ele está sentado na outra ponta da mesa, parece surpreendentemente à vontade com uma taça de vinho na mão. A luz bruxuleante do candelabro à sua frente ilumina seus traços marcantes. O cabelo ainda está molhado do banho, e ele veste elegantes roupas feitas sob medida que nunca vi. Pela primeira vez desde que nos conhecemos, não é difícil associá-lo à realeza. Cada detalhe reflete sua posição de príncipe herdeiro.

Ele nem sequer me olha, totalmente absorto na conversa com Cadogan, enquanto Jac e eu nos esprememos nos assentos ao lado de Uther, mais ao centro da mesa. Estou sentada há poucos segundos quando a rainha entra com sua comitiva. Toda a corte se levanta em sinal de respeito, enquanto Vanora se dirige à cabeceira da mesa. Ela se acomoda em um turbilhão de saias de seda; sua coroa ornamentada é como uma auréola dourada sobre o cabelo grisalho. Quando faço menção de me sentar, Jac me segura pelo pulso antes que meus joelhos se dobrem mais do que um centímetro.

— Espere — murmura ele.

Ao que parece, precisamos da permissão da rainha para nos sentar — algo que ela leva um tempo excessivo para conceder, examinando minuciosamente cada um de nós à mesa do banquete, um por um, seu olhar implacável percorrendo toda a fileira. Ela franze os lábios em sinal de desaprovação para uns, acena com discreta aprovação para outros. Para a maioria, ela olha com uma indiferença calculada. O irmão, ela ignora por completo. Mas quando seus olhos chegam a mim, uma gargalhada de prazer irrompe de seus lábios.

— Minha nossa, com esse trapo marrom pensei que uma das criadas tinha vindo jantar conosco!

Os cortesãos ecoam suas risadas.

Jac e Uther ficam tensos ao meu lado.

— Enid, pelo menos, sabia como se vestir — continua Vanora, visivelmente encantada com a oportunidade de me humilhar em público. — Mas *ela* era filha de um lorde. Diga-nos, garota, de onde você vem?

Centenas de olhos se fixam em mim. O salão está tão silencioso que até as chamas das lareiras parecem parar de crepitar.

Pigarreio antes de responder.

— Um pequeno reino nas Terras Médias.

— Qual deles?

Quando permaneço em silêncio, a tensão no ar se torna palpável. Ignorar uma pergunta direta da rainha é algo que não se faz. Não em particular, e muito menos na presença de toda a sua corte.

Jamais.

Lanço um olhar rápido para Penn, na esperança de que ele intervenha. Mas parece que ele também quer ouvir minha resposta. Seu rosto permanece impassível, com os lábios cerrados em uma linha severa.

— Você não está entendendo, garota? — esbraveja Vanora. — Responda agora!

— *Ace* — pede baixinho Jac, pressionando o cotovelo na minhas costelas.

Cerro os punhos e forço minha língua a pronunciar uma única palavra.

— Seahaven.

— Aquele pequeno pedaço de terra insignificante que avança para o Mar do Oeste, não é? — pergunta Vanora ao conselheiro mais próximo. Ao receber a confirmação, ela ri com vontade, provocando um coro de risadas bajuladoras do restante dos seus cortesãos. — Minha nossa! Será que alguém pode chamar um lugar tão irrelevante de reino? Aquela península atrasada não deve ter sequer água encanada ou estradas rudimentares.

Cerro os dentes para não retrucar.

— Não é de admirar que você se misture tão bem com os empregados. — A velha rancorosa sorri. — Diga-nos, garota, que tipo de educação você teve em Seahaven?

Olho para ela, sentindo a irritação pulsar em minhas veias. Sei que meus olhos devem transparecer esse sentimento com a mesma intensidade.

— Eu não era filha de lorde, se é isso o que está perguntando. Cresci em um chalé do tamanho desta mesa.

A mulher à minha frente, envolta em joias, ri por trás da mão enluvada.

— Hmmm. — Os olhos de Vanora transbordam com um triunfo vitorioso. — Você tem certeza de que ela é a Remanescente do Ar, irmão? Talvez não fosse uma marca em seu peito, mas uma mancha de sujeira do chiqueiro em que você a encontrou.

As chamas de todas as velas do salão saltam abruptamente, um súbito clarão de luz. Os risos dos cortesãos se transformam em gritos de pavor. Todas as risadas cessam instantaneamente, substituídas por um silêncio inquietante. Instantes depois, o ranger de uma cadeira sendo arrastada ecoa pelo ar.

Por baixo dos meus cílios, arrisco um olhar para Penn. Ele está sentado à ponta da mesa, apesar de Vanora não ter concedido sua permissão. Essa atitude envia uma mensagem sutil, mas inconfundível, para toda a corte.

Mesmo ela sendo a rainha, ele não se curvará à autoridade dela.

— Rhya — diz ele, sem olhar para mim —, sente-se.

Talvez seja apenas minha imaginação, mas sinto um pulso de fúria através do vínculo, serpenteando pelo fio invisível que nos une. Observo as velas acesas sobre a mesa. Elas queimam com tanta intensidade que a cera escorre em pequenos riachos. Ninguém no salão se move, ninguém nem sequer respira, enquanto puxo lentamente minha cadeira e me sento.

A mandíbula de Vanora se contrai em desagrado, mas ela não diz mais nada, imersa em um embate silencioso com seu irmão do outro lado da mesa. O ar no Salão Principal se adensa, carregado de tensão, à medida que o confronto se prolonga.

Por fim, ela cede, levantando a mão a fim de dar a ordem para que o restante do salão se sente. Centenas de cadeiras são arrastadas em uníssono, um som estridente que reverbera pelo salão. Logo, a atenção de todos se volta para os criados que emergem das laterais, carregando dezenas de travessas e jarras.

— Esses dois fazem o ar nas Cimérias parecer acolhedor. — Jac desdobra seu guardanapo de pano fazendo uma careta. — É o suficiente para fazer um homem sentir saudades de um jantar simples ao redor de uma fogueira, te garanto…

DUAS HORAS DEPOIS, estou inclinada a concordar com Jac: preferiria estar comendo coelho assado na brasa sob as estrelas a suportar mais um momento do suntuoso banquete de Vanora.

Encaro meu prato adornado com filigranas douradas. Há mais comida nele do que eu seria capaz de consumir de uma só vez. A mesa do banquete está tão repleta de pratos e travessas que é difícil enxergar a toalha de brocado por baixo. Filé mignon assado e perus recheados, costeletas refogadas e presuntos caramelizados com mel. Cestas de pães frescos, de uma dezena de formatos e tamanhos diferentes. Pilhas fumegantes de espigas de milho. Batatas cozidas cobertas com pedacinhos crocantes de bacon. Cenouras e nabos assados. Aspargos grelhados salpicados com lascas de queijo. Vegetais exóticos em tons de roxo que não crescem nas Terras Médias — pelo menos, não mais. E essa é apenas a parte que consigo ver.

Se esta é uma refeição normal no palácio, como deve ser um verdadeiro banquete?

As mesas menores, destinadas àqueles que jantam no piso principal, estão menos abastecidas do que a nossa, mas a diferença é quase imperceptível. A maioria dos meus companheiros de jantar brinca distraidamente com a comida em seus pratos, como se fosse apenas mais uma decoração no luxuoso salão. Mais para exibição do que para ser consumida. É ostentação o suficiente para amargar as iguarias em minha boca.

Tanto desperdício...

Metade das famílias que conheci em Seahaven passava fome. Os outros reinos das Terras Médias pareciam estar em situação ainda pior, pelo pouco que vi.

— Aguentando firme?

Olho para a esquerda ao ouvir a pergunta sussurrada de Jac. Ele parece tão desconfortável quanto eu, puxando o colarinho rígido em seu pescoço como um animal recém-domesticado.

— Melhor do que você, pelo visto — brinco, sufocando uma risada.

— Mais cedo, você disse que eu estava muito elegante com essa roupa chique!

— Mais cedo, você não estava se remexendo na cadeira como se as suas calças estivessem cheias de formigas.

— Ela tem razão. — Uther se inclina ao meu lado para se juntar à conversa cochichada. — Pelos deuses, cara, você passou tanto tempo no campo que se esqueceu de como é fazer uma refeição decente?

— Não é tanto a comida, é mais a companhia — murmura Jac. Ele ergue sua taça, sinalizando para que um dos criados que circulam pelo salão a encha de vinho. — Eu teria mais o que discutir com um bloco de gelo do que com metade desse povo pomposo da alta sociedade.

— Quanto tempo precisamos ficar?

— Pelo menos mais uma hora — responde Uther. — Embora, se a oportunidade surgir, talvez eu saia mais cedo. Carys está em casa e não gosto de deixá-la sozinha depois de tanto tempo fora. Especialmente na condição em que ela está.

— Carys?

— Minha esposa.

Minha boca se abre.

— Você é casado?

— Sim. — Seu sorriso ilumina os olhos cinzentos. — Há quatro anos.

— Eu não fazia ideia.

— Bom, não teria como saber, já que eu nunca te contei. — Ele dá uma risadinha. — Não tivemos muita chance, entre enfrentar os cyntroedis, lutar contra os saqueadores, resgatar você de Acrine e trazê-la de volta inteira para cá.

— Não deixe que ele engane você. — Jac faz uma careta brincalhona para o amigo. — Ele esconde Carys de propósito. Egoísta, não? Acho que ele tem medo de que ela se apaixone por mim se ele a deixar se aproximar demais.

— Isso mesmo. — Os lábios de Uther se curvam em um meio-sorriso antes que ele olhe de volta para mim. — Você precisa ir lá em casa para conhecê-la. Moramos ao lado dos alojamentos, na rua Elevada. Carys não pode se deslocar muito no momento.

— Ela está bem?

— Muito bem. Muito grávida. Vai dar à luz em menos de um mês.

— Ah, Uther! — exclamo em voz alta, com um sorriso tão largo que minhas bochechas doem. — Parabéns! Isso é maravilhoso!

A conversa ao redor da mesa cessa por um momento quando os convidados ouvem minha exclamação e tentam escutar a conversa. Sinto olhares curiosos em mim de ambos os lados da mesa. Com esforço, mantenho meu foco em Uther e abaixo o tom.

— É seu primeiro filho?

— Sim. — Ele sorri, radiante. — Estamos muito animados. Ainda mais agora que estarei em casa para o parto. Carys faz questão de agradecer-lhe pessoalmente.

— Agradecer a mim? Mas por quê?

— Tínhamos mais quatro meses de temporada na cordilheira antes de voltarmos para casa. Se não tivéssemos encontrado você e Pendefyre no meio do caminho, ainda estaríamos nas montanhas.

— Ou pior — acrescenta Jac, tomando um gole de vinho.

Ficamos em silêncio. Nenhum de nós esqueceu o massacre que testemunhamos na encosta da montanha. No entanto, até o momento, eu não havia pensado que foi o pelotão *deles* que os saqueadores mataram. Homens que haviam lutado lado a lado com Uther, Mabon e Jac por quase um ano. Eles haviam perdido mais do que companheiros de batalha naquele dia. Sem dúvida, perderam amigos.

Respiro fundo.

— Nunca tive a chance de dizer o quanto lamento pelo que aconteceu com seu pelotão.

Jac resmunga e toma outro gole de vinho.

— A culpa não é sua, nem de Pendefyre, embora ele tenha a tendência a se culpar. — Uther corta uma fatia de carne assada e a leva à boca. Ainda mastigando, ele murmura: — Como Jac disse, encontrar vocês pode ter sido a única coisa que nos poupou do mesmo destino.

Pouso o garfo no prato. Perdi o apetite. Não que eu tivesse muito desde o início. Meu estômago está embrulhado de tensão a noite toda. Não arrisquei encarar Penn desde que me sentei. Mas posso sentir seus olhos em mim com cada vez mais frequência à medida que a noite passa, o calor ardente do seu olhar arrepia o cabelo fino da minha nuca.

— Acho que não sobreviverei a mais uma hora dessa tortura — declara Jac. — Tenho coisas para fazer, pessoas para ver...

— Bordéis para visitar? — arrisca Uther. — Estou surpreso que essa não tenha sido sua primeira parada hoje à tarde.

— Quem disse que não foi? — As sobrancelhas louro-escuras de Jac se erguem sugestivamente. — Foi um inverno longo e solitário na patrulha. A voluptuosa Brenda e seus fartos encantos merecem uma segunda visita.

— Você não se preocupa que sua mão fique com ciúmes?

Rio com o rosto enfiado na minha taça de vinho ao ouvir o comentário malicioso de Uther.

— Cuidado, velhote, ou usarei minha mão para uma tarefa menos satisfatória... uma que envolve o seu nariz.

A mulher de rosto pouco amigável sentada à minha frente faz um ruído indignado, olhando para Jac como se ele tivesse saído de um pântano. É evidente que ela desaprova o rumo da nossa conversa. Ainda assim, não ousa expressar isso abertamente. Desde a tentativa da rainha de me humilhar, tenho sido sumariamente ignorada por seu grupo durante todo o jantar. Se acham que isso me ofende, é porque não me conhecem muito bem. Na verdade, fico feliz em desaparecer em meio à mobília.

Um súbito toque de instrumentos de corda ressoa no piso principal do salão, chamando a atenção de todos. Um menestrel vestido com uma túnica listrada volumosa começa a dedilhar uma canção.

— Pelos deuses, não o maldito alaúde... — geme Jac. — Ficaremos aqui até o solstício de verão...

Mas as súplicas divinas de Jac não são ouvidas. Somos embalados por três músicas animadas enquanto os criados retiram os pratos sujos e trocam as travessas de jantar — a maioria ainda cheia de comida — por uma infinidade de sobremesas. Tortas, doces, bolos. Frutas mergulhadas em chocolate. Encaro os morangos por um longo momento antes de pegar um do topo. Quando o levo aos lábios, a voz de Soren sussurra na minha mente.

Que delícia.

Um arrepio percorre meu corpo, e coloco a fruta no meu prato, intocada.

— Obrigado por prestigiar minha arte, Vossa Majestade. — A voz do menestrel ecoa durante um intervalo entre uma música e outra. Ele se vira de Vanora para Penn. — Vossa Alteza Real. Seja bem-vindo de volta. É uma grande honra tocar para o senhor e sua estimada convidada hoje à noite.

Quando seus olhos se voltam para mim, fixando-se em meu rosto com intensidade, minha boca seca. Ele é mais velho do que parecia à primeira vista — a idade avançada evidente nas rugas ao redor das suas têmporas e boca —, mas ele a carrega com dignidade; sua voz ainda é forte e nítida, seus dedos ainda deslizam pelo instrumento com destreza.

— Gostaria de saber se posso tocar "A Canção da Profecia", em homenagem à Remanescente do Ar que finalmente foi encontrada. — Enquanto ele fala, seu foco nunca se desvia de mim. — Sua presença nos traz esperança. Esperança que havia muito se pensava estar perdida por aqui, nas décadas que se seguiram à partida da alma da senhorita Enid.

— Não será necessário... — resmunga Vanora.

— Por favor — interrompe Penn, com a voz suave. — Toque, senhor.

Um silêncio paira sobre o salão, todas as conversas cessam. O menestrel levanta seu alaúde e, desta vez, quando seus dedos encontram as cordas, eles não dançam alegremente pelos acordes como antes. A melodia que ele toca é mais lenta, mais suave; um ritmo melancólico que ecoa pelo ar de um jeito que parece enfeitiçar a todos.

Fico totalmente paralisada enquanto o observo tocar. Não conheço a música, mas quando ele começa a cantar, sinto que, de alguma maneira, conheço a letra antes mesmo que as palavras saiam da sua boca.

"No fim dos tempos,
Os Remanescentes terão seu momento

O que inunda,
O que queima.

O que sopra,
O que treme.

Quatro caminhos se dividem,
Quatro destinos se entrelaçam..."

Sua voz é límpida, as palavras são nítidas e leves, fluindo em uma bela corrente sonora. Gravo cada verso na memória.

"Um sozinho perecerá,
Chama ardente a devorar.

Dois em conflito hesitarão,
Maré avassaladora sem trégua.

Três em luta se quebrarão,
Vento cortante indomado.

Quatro unidos triunfarão,
Abalando a terra sem cessar.”

Não consigo desviar os olhos. Mas sinto algo intenso emanando de Penn através de nosso vínculo. Pode ser luto. Pode ser preocupação. Pode ser outra coisa completamente diferente. Estou com medo de tentar descobrir.

“Vinculados pelo poder,
Abençoados pela luz.

A tétrade ascende,
Para banir a praga.

Quando o último, enfim,
Unir os quatro,

O equilíbrio renascerá,
Para eternamente reinar.”

O menestrel deixa a última nota se dissipar em silêncio. Então se curva em uma reverência, com o alaúde erguido ao lado do corpo, enquanto absorve a estrondosa onda de aplausos que irrompe pelo Salão Principal. Quando as palmas atingem o ápice, não consigo me conter, e me viro para encarar Penn. Ele está me observando, sua expressão cuidadosamente contida em uma máscara inescrutável. Mas os sentimentos que capto dele podem ser muitas coisas, mas não são indiferentes.

O que será que ele sente emanando de mim? Pânico, provavelmente. Uma coisa foi ouvir de Soren sobre a profecia. Outra bem diferente é ouvi-la na íntegra, cada sílaba fatídica soando, uma declaração inevitável do destino.

Penn ergue o queixo, um gesto que não compreendo muito bem, mas que, de algum jeito, me reconforta. Tentando esboçar um sorriso fraco, dou de ombros em resposta.

— Toque algo menos sombrio — ordena a rainha Vanora ao menestrel em um tom severo, interrompendo os aplausos. — Nós o trouxemos aqui para nos entreter, não para nos fazer dormir.

— Como desejar, Vossa Majestade.

Então, o menestrel inicia uma melodia alegre e vibrante. O momento se dissipa. Mas a corrente subterrânea de pânico continua pulsando em minhas veias, pinicando a marca no meu peito. E, embora ele cante uma música completamente diferente, as palavras que ecoam em minha mente falam de vento cortante e marés avassaladoras, terra abalada e chamas ardentes.

PENN E EU voltamos juntos para a torre depois que o jantar finalmente termina. Ele permanece em silêncio enquanto subimos as escadas, seu semblante está tão fechado que não ouso arriscar uma conversa. Somente quando chegamos a seus aposentos é que ele parece finalmente reconhecer minha presença.

— Vou sair para a varanda por um momento — avisa ele, em um tom formal. — Para lhe dar um pouco de privacidade.

— Não precisa...

Não termino a frase. Ele já está na metade do caminho, em direção à janela de vidro que se estende do chão ao teto. Não percebo que é, de fato, uma porta, até que ele a abre e sai para a noite. A varanda é estreita, mal dá para duas pessoas ficarem lado a lado. Mas a vista da cratera é espetacular. Mesmo por trás da figura imponente de Penn, consigo ver as casas construídas nos penhascos cintilando como uma segunda constelação de estrelas, espelhando o céu escuro. O lago azul-esverdeado brilha intensamente, luminoso apesar da hora avançada. Até a névoa da cachoeira parece brilhar, uma bruma cintilante pairando no ar.

Ele permanece do lado de fora enquanto eu me preparo para dormir. Depois de semanas tomando banho em riachos e me agachando atrás de arbustos na estrada, ter encanamento de verdade é um presente dos deuses. Revigorada, tiro o vestido marrom e as sapatilhas, restando apenas minha fina bata.

Penn ainda está na varanda quando volto — de costas para mim, com as mãos apoiadas na grade. O vento invade o quarto quente como dedos gelados. A postura dele expressa nitidamente a necessidade de solitude. Respeito sua vontade, subo para a torre e me enfio debaixo das cobertas sem nem sequer um boa-noite murmurado.

Parece que se passaram horas quando ouço o clique da porta da varanda se fechando. Tento ouvir melhor, escutando os ruídos abafados enquanto ele tira as botas, despe as roupas e abre a torneira com um gemido metálico de canos. O rangido da estrutura da cama quando ele se deita. O som da sua respiração, profunda e uniforme, quando ele adormece.

Demoro muito tempo para conseguir pegar no sono. Minha cama na torre não tem estrutura alguma — é pouco mais do que um estrado apoiado sobre vigas de madeira rangentes —, mas é coberta por um colchão de plumas e cobertores de lã quentes para afastar o frio. O rugido distante da cachoeira lá embaixo cria uma estranha canção de ninar. À medida que a noite avança, o vento começa a soprar ao redor da torre em um lamento incessante que ecoa o clamor das minhas emoções.

Durante horas, eu me reviro na cama, meus pensamentos presos no desperdício extravagante do banquete de Vanora, nas palavras da profecia e — inegavelmente — no homem dormindo no andar de baixo.

É estranho. Sei mais sobre Penn agora do que soube um dia. No entanto, desde que chegou a Caeldera, ele me parece mais um estranho do que nunca. É como se ele tivesse derrubado um muro, mas, em vez de conseguir entrar, eu simplesmente tivesse me deparado com mais pedra e argamassa. Outra parede, duas vezes mais espessa que a anterior e com bem menos chances de ceder.

EM ALGUM MOMENTO, devo ter cochilado, pois acordo de um sobressalto, aninhada na torre como um pássaro em uma gaiola. Um assobio feminino distraído sobe pelas vigas, acompanhado por um farfalhar de saias. Descubro de quem são ao descer a escada. Duas camareiras com uniformes marrons sem graça estão arrumando o quarto, removendo todos os vestígios de poeira e sujeira. As duas param quando me veem, fazendo uma meia reverência.

— Bom dia, senhorita. — Uma das mulheres vem em minha direção. Seus olhos castanho-dourados são um pouco mais claros do que a nuvem de cachos rebeldes que escapam do seu lenço. — Meu nome é Teagan; esta é a Keda. — Ela faz um gesto para a outra camareira, uma mulher bonita e alta, alguns anos mais jovem, com pele escura e olhos brilhantes. — Fomos designadas para arrumar os aposentos do príncipe enquanto ele estiver na residência e cuidar das suas necessidades. Qualquer coisa de que precisar, basta nos informar e faremos o possível para providenciar.

— Ah, eu não preciso de nada. De verdade.

— Bobagem, senhorita. Penduramos suas roupas no outro guarda-roupa ali. — Keda aponta para o outro lado do quarto. — E trouxemos mais um vestido. Quando estiver pronta, nós a ajudaremos a se vestir para o dia.

— Aonde... — Minha voz falha, e me sinto tola. — O Penn... o príncipe... o príncipe Pendefyre disse para onde foi?

— Não, senhorita. Receio que não.

— E por acaso ele mencionou como devo passar o dia?

— Não, senhorita. Mas... — As camareiras trocam um olhar preocupado. — Acreditamos que o desejo dele é que permaneça aqui. Há muitos livros, e trouxemos uma bandeja com o seu café da manhã...

Então devo passar meu tempo trancada nesta torre?

Comprimo os lábios em desagrado. Mas não digo uma palavra enquanto tomo o café da manhã. Tampouco esboço um único protesto enquanto Keda e Teagan me ajudam a me vestir para o dia — algo que, devo acrescentar, tenho feito perfeitamente bem sozinha há vinte anos. O vestido que elas escolheram é de um tom de bege suave. Grossas meias-calças brancas de lã deslizam pelas minhas pernas. Meu cabelo é escovado até brilhar, e depois arrumado em tranças elaboradas que caem pesadamente sobre um dos meus ombros. Enquanto trabalham, elas conversam entre si sobre o clima excepcionalmente ensolarado e o próximo Festival Fyremas, que marcará o início oficial do degelo da primavera.

Bebo meu chá, ouvindo apenas parte da conversa. Minha atenção está voltada para os meus sentimentos, flutuando em um mar calmo no centro de uma tempestade. Estou concentrada no vínculo que me conecta a Penn. A princípio, não consigo senti-lo. Ele está muito longe. Mas insisto, deixando que meu poder flua em mim, através de meu corpo. Expandindo meus sentidos até que, finalmente, sinto uma leve ondulação em algum lugar nas profundezas. Uma fissura de calor, quase imperceptível. Um vestígio de folhas queimadas em um vento outonal.

Pendefyre.

Eu me agarro ao fio invisível que nos conecta. Não o solto enquanto as camareiras terminam seu trabalho. Enquanto vou até o guarda-roupa para pegar minha capa forrada de pele. Enquanto calço as botas e saio pela porta, ignorando os gritos de preocupação das duas mulheres que ficaram no quarto.

O fio fica mais forte quando o sigo pela longa escada, atravesso o salão de banquetes vazio e saio pelas portas do castelo. Ninguém me detém enquanto caminho pelos ladrilhos escuros até os portões da frente, embora os guardas de vigia me olhem com curiosidade quando passo por eles até a ponte. O lago está deslumbrante sob o sol da manhã, sua superfície pontilhada com embarcações elegantes. Perto da margem, alguns homens pescam, lançando pesadas redes circulares nas águas rasas, capturando percas douradas que se debatem freneticamente.

O aroma de especiarias paira no ar enquanto percorro um píer repleto de vendedores. Eles chamam por mim e pelos outros compradores, exibindo sua grande variedade de produtos. A cena me recorda das minhas viagens a Bellmere com Eli, quando visitávamos os mercados para estocar suprimentos medicinais e ervas curativas. No entanto, aqui os produtos não estão quase podres.

Viro a cabeça para todos os lados, absorvendo os detalhes. Legumes frescos, queijo, carnes curadas, peixes salgados. Tinas de sidra quente mexida por mulheres com aventais brancos engomados. Em uma barraca, um homem assa castanhas em um espeto giratório. Ele faz uma pausa e me lança um largo sorriso, revelando a ausência de vários dentes.

Retribuo o sorriso, desejando ter algum dinheiro para gastar. Duvido que a bolsa de moedas llŷrianas que Soren me deu tenha algum valor aqui. Mesmo sem conseguir comprar nada, observo um pouco mais, fascinada pela agitação. Muitos olhares curiosos me seguem enquanto caminho pela multidão, mas ninguém se aproxima ou fala comigo. De vez em quando, noto algumas pessoas fazendo um gesto estranho no ar ao cruzarem meu caminho — dois dedos traçando a forma de um diamante. Se é uma maldição ou uma bênção, eu não faço ideia.

Por fim, deixo o mercado ao ar livre para trás, seguindo meu fio invisível ao longo da costa, até um conjunto de estruturas baixas incrustadas na base de um penhasco muito íngreme. Há um enorme estábulo ao lado de uma oficina de armamentos e uma forja. As fornalhas estão acesas, com os mestres trabalhando pesado — martelos batem nas bigornas num ritmo frequente, preenchendo o ar com a música do meticuloso trabalho.

Uma fileira de quartéis circunda um pátio central com arenas de treinamento, bonecos de treino e alvos de arco e flecha. Soldados circulam por toda parte, arremessando lanças e atirando com arcos. Alguns estão de uniforme completo, prontos para sair em patrulha com espada e escudo, mas a maioria veste trajes simples, calças e camisas leves.

Um grande grupo de espectadores se reúne ao redor da arena central. Passo despercebida pela multidão em polvorosa, avançando até chegar a uma cerca de postes e cordas. Dentro da arena, dois homens se movem em círculo, trocando golpes com uma ferocidade que me tira o fôlego. Eu os reconheço mesmo sem ver seus rostos.

Cadogan e Penn.

Ambos estão sem camisa, com a pele brilhando de suor devido ao esforço. Enquanto observo, Cadogan acerta um soco no estômago de Penn, que o faz recuar com um grunhido de dor. Seu torso gira, e vejo as espirais escuras que se espalham pelo peitoral.

Sua Remanescente.

É uma imagem espelhada da marca de Soren — um desenho triangular que se espalha pelo lado direito do peito como fumaça transformada em carne. Não consigo ver os detalhes perfeitamente a essa distância, mas há algo no desenho que dança como uma chama viva, espirais afiadas e curvas sinuosas que lembram as labaredas de uma lareira. Não consigo evitar pensar que a marca real é infinitamente melhor do que a versão gravada na capa de couro do livro escondido sob meu travesseiro na torre.

O punho de Penn se move rapidamente, atingindo em cheio a boca de Cadogan. Um jato de sangue atinge o chão arenoso da arena.

— Você se rende? — pergunta Penn, com um sorriso sombrio.

Cadogan nega com a cabeça, limpa a boca ensanguentada e ergue os punhos. Eles continuam a se enfrentar. Eu estremeço a cada golpe desferido. Os outros espectadores aplaudem e fazem apostas sobre qual homem enfim admitirá a derrota. Poucos apostam contra Penn — talvez por ele ser seu príncipe, mas, o mais provável é porque sua habilidade é evidente para qualquer um que esteja assistindo.

Estou tão absorta que nem noto a presença de Mabon, Gower e Jac em meio à multidão até que eles se materializam ao meu redor.

— Olá, rapazes.

— Ace — cumprimenta Jac, com um leve cutucão do cotovelo na minha costela. Seus olhos não se desviam da arena. — Que surpresa te encontrar por aqui.

— Eu deveria ter ficado sentada na minha torre como uma heroína trágica em uma história de criancinha?

— Não. Mas você poderia pelo menos ter avisado para onde estava indo.

— Eu não preciso de uma babá. — Toco o bolso da minha capa, sentindo o cabo da adaga pressionar a coxa. — Posso cuidar de mim mesma.

— Seja como for, sua vida é muito valiosa para ser colocada em risco. Penn vai pedir nossas cabeças se descobrir que você está andando por aí desprotegida. Ainda mais fora dos limites do castelo.

Mabon grunhe em concordância.

Gower, como de costume, olha para mim como se eu fosse um inseto a ser esmagado.

— Tudo bem. — Engulo parte da minha petulância. — Da próxima vez, eu aviso antes de deixar o castelo.

— Agradeço muito, Ace.

Ficamos observando a luta por alguns instantes. Os dois homens se movem com tanta fluidez que poderiam muito bem estar dançando em um salão de baile — não fosse por todo o sangue manchando a arena.

Um leve tumulto irrompe atrás de nós quando alguém força a passagem pela multidão. Eu me viro bem na hora em que surge um homem com cabelo vermelho-acobreado, apoiado em um par de muletas de madeira.

— Farley! — solto um grito de alegria.

— Ora, ora, ora. Se não é a própria Senhorita Mira Certeira.

— Como está a sua perna?

— Está se recuperando, graças a você. — Ele sorri para mim. — Estarei de volta à ativa em pouco tempo.

Eu me ajoelho, esparramando o vestido na terra enquanto examino a tala. O que consigo ver da sua perna sob as ataduras parece saudável. Apalpo a carne com cuidado, feliz por não encontrar nenhum inchaço ou desalinhamento.

— Está cicatrizando bem — afirmo, enquanto me levanto. — Mas você não deveria estar andando por aí. Se forçar demais, o osso não vai se calcificar como deveria.

Ele revira os olhos.

— Eu me viro muito bem com essas muletas. E me recuso a passar mais um dia com a bunda na cadeira. A viagem de carroça de Vintare levou uma eternidade.

— E ele não parou de reclamar disso desde então — murmura Jac.

Mabon ri.

Gower ainda está ocupado demais me encarando para achar graça. Seu humor é tão sombrio quanto o cabelo desgrenhado que cai ao redor do seu rosto.

Franzo a testa para Farley.

— Vamos pelo menos tirá-lo do meio dessa multidão. Se cair, ninguém vai conseguir levantar você.

— Não vou a lugar nenhum, Ace. Apostei vinte coroas que o Cadogan vai vencer essa.

— Todo o meu trabalho pesado para curá-lo será em vão se você for pisoteado como um inseto.

— Ela não vai desistir, vai? — resmunga Farley.

— Não — responde Jac, observando enquanto Penn derruba Cadogan com uma rasteira. A multidão vibra com gritos e aplausos. — Lá se vão suas coroas. É melhor ir com ela, cara. — Ele faz uma pausa, desviando os olhos para mim. — Só... não vá muito longe.

Eu suspiro.

— Sim, ó dedicada babá.

A multidão de soldados avança à medida que mais sangue jorra na arena, me prensando contra a cerca e quase derrubando Farley. Estendo a mão para segurá-lo.

— Tudo bem, Ace. — Ele agarra as muletas com mais força. — Estou indo com você. Mas já vou avisando: se eu for, você terá que me entreter.

— Ah, é? E como, exatamente, vou fazer isso?

— Já arremessou um machado?

Balanço a cabeça.

— Não.

— Um dardo?

— Não.

— Mas, com certeza, já arremessou lanças.

— Não, Farley, não posso dizer que tenho muita experiência com lanças.

Meus olhos se voltam para Jac quando ele solta um som engasgado.

— Nem ouse falar.

Sua boca se fecha, interrompendo uma risada.

— Falar o quê?

— Qualquer comentário impulsivo e inapropriado que, com certeza, estava na ponta da sua língua.

— Como você sabe que era inapropriado?

— Quando você diz algo apropriado?

Ele apenas sorri.

— Se vocês dois já terminaram — intervém Farley, girando em suas muletas —, acho que vamos deixar os instrumentos de arremesso para quando eu estiver recuperado. Vamos ficar com algo que já sabemos que você sabe fazer.

— Que é...

— Eu vi alguns alvos de arco e flecha livres perto do quartel dos fundos — anuncia ele por cima do ombro enquanto desaparece na multidão. — Vamos ver se sua mira é boa à luz do dia, Ace.

VINTE E UM

— Mais um!

— Quantos já foram? — resmunga Farley atrás de mim.

— Doze na mira. — Sorrindo, abaixo meu arco e me viro para encará-lo. — Pode ir pagando o que me deve.

— Você vai tirar até as minhas calças, mulher.

Dou de ombros com indiferença, enquanto caminho de volta até o muro baixo de pedra que cerca a arena de arco e flecha, onde passei a última meia hora acertando cada alvo com uma precisão que impressiona até a mim mesma. Uma multidão de espectadores se reuniu para assistir enquanto cravo flecha após flecha no centro do alvo. Suspeito de que a maioria deles esteja mais interessada em ver a Remanescente do Ar de perto do que admirar minhas habilidades com o arco, mas, ainda assim, eles fizeram suas apostas. Na rodada final, acertei os doze bonecos diretamente no coração. Farley havia apostado cinquenta coroas que eu erraria pelo menos um.

— Ele já está meio dodói, Ace. — Jac parece muito satisfeito enquanto embolsa o dinheiro que ganhou do amigo ruivo. — Quer que ele acabe pedindo esmola na rua também?

Sento ao lado de Farley no muro de pedra e bato de leve meu ombro no dele.

— Preciso de dinheiro para gastar. E, já que apostou contra mim, não consigo sentir muita pena de você.

— Não guarde rancor. — Farley retribui o gesto. — Eu não era o único apostando contra você! A essa distância, só um idiota acreditaria que você seria capaz de acertar todos os doze.

— Por quê? — Meus olhos se estreitam. — Porque sou mulher?

— *Ei!* Não coloque palavras na minha boca. — Ele observa a extensão de terra entre nós e os alvos. — Duvido que até mesmo os melhores arqueiros da Guilda Flamejante consigam acertar sem um único erro. Você é uma feiticeira, tenho certeza disso.

— Não sou!

Jac cruza os braços sobre o peito e olha para Farley.

— Ela não precisa de feitiçaria, seu idiota. Ela é a maldita Remanescente do Ar.

— E daí?

— *E daí* que não é de espantar que ela seja melhor do que os nossos melhores arqueiros... Se ela se concentrar ou usar seu poder, não há alvo no reino que ela não consiga acertar. Ela consegue controlar as malditas correntes de vento. Suas flechas sempre encontrarão o alvo.

— O quê? — explode Farley. — Ace! Você poderia ter me contado, sua trapaceira!

— Eu não sou trapaceira! Não fique resmungando só porque me subestimou.

— O Jac acabou de dizer...

— O Jac não sabe do que está falando. Sou uma boa arqueira. Talento natural. Isso não tem nada a ver com meu poder Remanescente.

— Aham. — Jac solta uma risada debochada. — Odeio ter que te contar isso, Ace, mas seu talento com o arco tem tudo a ver com seus poderes. Na maior parte do tempo, você nem sequer ajeita sua postura ou mira direito antes de disparar e, ainda assim, de alguma maneira, acerta o alvo todas as vezes. Como isso é possível? Eu te respondo: *não é*. A menos que você esteja manipulando o vento para guiar as flechas pelo ar com nenhuma resistência. Só porque você não percebe que está fazendo isso não significa que eu esteja errado.

Eu o encaro, piscando lentamente, perplexa e em silêncio. Será verdade? Será que tenho usado meu poder sem perceber? Parece impossível. Mas talvez ser uma guardiã do vento seja algo tão profundamente arraigado em meu ser que transborda em minhas ações mais mundanas sem nenhuma intenção real.

— Não fique tão tristinha, Ace. Não é você que está com os bolsos vazios. — Farley sorri para mim. — Embora, no futuro, já sei que não devo apostar contra você.

— Eu não sabia... — A frase fica no ar, e balanço a cabeça. — Como posso estar usando o meu poder sem nem sequer perceber?

— Agradeça por ele ter se manifestado em suas excelentes habilidades de arco e flecha — diz Jac. — Há formas muito mais desagradáveis de a magia Remanescente se manifestar. Acredite em mim.

Penso nas faíscas que saltam das pontas dos dedos de Penn. Nas marcas de mãos na lareira de madeira. Nas velas se transformando em rios de cera na mesa de banquete.

— Quão descontrolado pode ficar? — pergunto, baixinho. — O poder do príncipe?

Os dois homens me encaram com intensidade. Toda a leveza anterior desaparece abruptamente de seus rostos.

— Você vai ter que perguntar a ele. — Os olhos de Jac estão sérios. — Mas é importante que entenda... o poder dele é um fardo difícil de suportar. Não é difícil entender o motivo. De todos os elementos, o fogo é talvez o mais... volátil. O mais imprevisível. Sem dúvida, o mais destrutivo. Ele luta contra essa realidade todos os dias. Na maioria das vezes, ele vence.

— Mas nem todas.

— Nem todas — concorda ele. Sua voz fica mais baixa, fora do alcance dos ouvidos dos outros soldados que circulam pela arena de arco e flecha atrás de nós. — Aquele dia nas montanhas, com os saqueadores, depois que ele invocou as chamas... eu não tinha certeza de que conseguiríamos trazê-lo de volta. A fúria da batalha ardia tão intensa dentro dele que parecia que a pele de Penn estava em chamas. Tivemos que mergulhá-lo na água gelada do rio para esfriá-lo. Foram três barris de água. Eles se romperam ao redor dele, rachando como melões, um após o outro. E a água não apenas ferveu... ela *evaporou*. Achei que nunca conseguiríamos apagar o fogo.

— Os saqueadores...

— Não foram os saqueadores. — Jac me interrompe. — Eu lutei ao lado dele centenas de vezes. Centenas de inimigos. Monstros, homens e tudo o que há entre um e outro. Nunca o vi perder o controle daquela maneira. Nunca o vi tão perto do limite. — Seus olhos se prendem nos meus. — Não foi por causa dos malditos saqueadores. Foi por *sua* causa.

Fico de boca aberta. Mas qualquer resposta que eu pudesse ter dado foi varrida pelo som de passos se aproximando. Não me viro para olhar. Nem preciso — o leve puxão no fio invisível conectado ao meu coração me diz exatamente quem está ali. Vários soldados murmuram saudações ao seu príncipe, mas ele não diz nada. Suas palavras, quando saem, são para mim.

— O que diabos você está fazendo aqui?

Meus ombros ficam tensos. Será que ele é incapaz de uma palavra gentil? De fazer uma simples saudação? Luto contra o impulso de lhe lançar um olhar fulminante ao me virar na sua direção. Minha intenção era encará-lo, mas meu olhar se fixa no seu peito. Ele ainda está sem camisa, com a marca à mostra. De perto, o desenho é ainda mais intrincado, gravado com um detalhamento impressionante. Não consigo desviar o olhar.

— Rhya.

Ergo os olhos para encará-lo. Um calor toma conta das minhas bochechas.

— O que foi?

— Eu perguntei o que diabos você está fazendo aqui.

— O que você acha?

— Acho que você desobedeceu às minhas ordens diretas de ficar na torre.

— Você nunca me deu ordem alguma. Na verdade, você nem estava lá quando eu acordei.

Ele cerra os dentes.

— Não me provoque. Não estou com humor para isso.

— Pelo que sei, você está sempre com o mesmo humor. *Rabugento, soturno, irritadiço...*

Farley e Jac engolem o riso.

— Levante-se. — Penn me encara, sem qualquer traço de diversão. — Agora.

Eu o encaro de volta e continuo sentada no muro de pedra. Ele tolera o desafio por cerca de três segundos antes de se abaixar, agarrar meu bíceps e me levantar.

— Ei! — protesto. — Me solta! Estamos no meio do treino com arco! E o Jac vai me ensinar a arremessar adagas.

— Não mais.

— Mas...

— Pode se despedir.

Lanço um olhar desesperado para Farley e Jac enquanto Penn me arrasta para longe. Os dois abrem um largo sorriso. Farley levanta uma das muletas e acena para mim enquanto sou puxada por uma esquina, para fora de vista.

— Você sempre precisa agir como um brutamontes? — sibilo.

Penn permanece em silêncio.

Não seguimos pela estrada principal, mas por uma estreita passagem secundária que contorna os quartéis e serpenteia pelos fundos dos estábulos. É muito menos movimentada do que a rua do mercado; cruzamos apenas com alguns jovens cavalariços limpando as baias e engraxando arreios de couro. Eles mantêm os olhos respeitosamente abaixados enquanto Penn me reboca pela rua, ignorando minhas nítidas tentativas de resistência.

— Para onde você está me levando?

— De volta para o castelo — responde ele, sem interromper os passos largos.

— Pensei que eu não fosse uma prisioneira.

— Você não é.

— Então por que tenho que ficar na torre?

— É mais seguro.

Meu coração se aperta. Eu me esforço para manter o tom de voz firme, mas, ainda assim, a preocupação transparece nas minhas palavras.

— Pensei que você tivesse dito que eu estava segura aqui. Que ninguém poderia chegar até mim.

— Não é com a *sua* segurança que estou preocupado. — Ele para tão abruptamente que tropeço em meus próprios pés. Só não caio porque ele está segurando meu braço. — Até descobrirmos do que você é capaz, não vou deixá-la vagar por aí causando problemas. Entendido?

— Não, não estamos *entendidos*. Você não pode me manter trancada lá sozinha pelo restante da eternidade. Eu vou perder o juízo!

— Posso fazer o que eu achar melhor.

Meu sangue ferve.

— Não vou passar meus dias enclausurada, longe da vista de todos, tendo apenas livros e bolotas de poeira como companhia. Não sou sua perfeita e preciosa Enid, que precisava de proteção constante.

Sua mão larga meu braço como se eu o tivesse escaldado.

— Tenho plena consciência disso. Você não poderia ser mais diferente dela nem se tentasse.

— Eu... — Minhas palavras se esvaem com a expressão em seu rosto. Dor. Uma dor inconfundível. Ele a esconde rapidamente, mas não o suficiente. Ao vê-lo assim, minha raiva se dissipa tão depressa quanto surgiu. Em seu lugar, surge uma onda de arrependimento por ter falado sem pensar. — Desculpe. Eu não deveria... Eu não tinha o direito...

A mandíbula de Penn se contrai.

— Está tudo bem.

Mergulhamos em um silêncio tenso, sem saber como agir. Estou envergonhada por ter recorrido a palavras tão cruéis. Por que consigo passar horas agradáveis com seus homens, brincando e rindo, mas quando estou na presença dele minha língua se afia feito uma navalha?

Na realidade, não sei o suficiente sobre a relação dele com a antiga guardiã do vento para tecer comentários. Se eles eram meros amigos ou algo mais... Penn nunca me contou, e eu ainda não tive coragem de perguntar. Seja qual for a verdade, é evidente que ela era importante para ele. Ainda é, se os vestígios de dor que assombram seu rosto servirem de indício.

— Você não tem ideia de como controlar seu poder — diz ele, por fim, rompendo o pesado silêncio que paria sobre nós. — Pode machucar alguém.

— Então me treine.

Ele se sobressalta, surpreso.

— Como é?

— Você diz que sou um perigo, para mim mesma e para todos ao meu redor. Então me ajude. Me ensine a controlar meu poder.

Ele fica em silêncio por um longo tempo, me encarando. Quando ele fala, é quase um sussurro, embora não haja ninguém por perto para ouvir.

— Você confiaria em mim para isso? Para treinar você?

— Se houvesse outra pessoa a quem eu pudesse pedir, eu pediria. Mas nós dois sabemos que você é o único a quem posso recorrer. — Engulo em seco, tentando controlar o meu pulso acelerado. — Se não foi para me treinar, por que me trouxe aqui?

— Para manter você segura, viva. Se você morrer, só os deuses sabem quanto tempo levará para encontrar seu substituto. Não pretendo passar anos nas Terras Médias caçando halflings de novo. Não tenho estômago para isso.

— Eu sou... — procuro as palavras certas — *grata*... pela sua proteção.

Sua boca se contrai.

— Está bem.

— Gratidão à parte — continuo rapidamente —, eu estava falando sério. Não posso passar minha vida trancada em uma torre de pedra. Não nasci para isso.

— Enquanto você estiver sob o teto da minha irmã, receio que terá que marcar um mínimo de presença na corte. — Ele solta um suspiro. — Você acha que eu participaria daqueles malditos jantares se tivesse escolha?

— Pelo menos você está acostumado com este mundo. Cresceu aqui. Ninguém se atreve a questionar sua presença. — Minha voz se reduz a um murmúrio enquanto desvio os olhos para meus pés. — Eu não pertenço a este lugar. Não fui feita para a alta sociedade. Não tenho vontade de me empanturrar com banquetes requintados; não dou a mínima para conversas afetadas com cortesãos cobertos de joias. Eu... cresci em um chalé. O mais perto que cheguei da realeza até agora foi a abelha-rainha da colmeia em nosso jardim. Eu não bordo, nem pinto aquarelas, nem toco piano ou... seja lá o que as elegantes damas da corte fazem para ocupar o tempo. E nem quero. Por que desperdiçar um dia inteiro enclausurada quando posso usá-lo para caçar ou curar?

— Você não pode apenas descansar por um tempo? Até que esteja um pouco mais encorpada e corada? Até que esse olhar assombrado desapareça dos seus olhos, e você pare de se encolher a cada barulho repentino? — Penn parece mais exasperado do que nunca. — Ou será que passou tanto tempo fugindo que se esqueceu de como ficar parada?

Meus olhos permanecem fixos nos meus sapatos. As pontas das minhas botas recém-polidas brilham no sol do meio-dia.

— Não venha me falar de descanso. *Você* não descansa. Um dia em casa, e já está na arena de treinamento.

Ele grunhe um som de concordância relutante.

— Depois de tanto tempo longe, a vida na corte é sufocante, até para mim. Vai passar. Você vai se adaptar. Tenha paciência.

Balanço a cabeça.

— Eu não vou...

Com um movimento repentino, sua mão segura o meu queixo, interrompendo minhas palavras. Ele ergue meu rosto até o dele, de modo que não posso mais escapar do seu olhar, arde com uma convicção que me pega desprevenida.

— Você diz que não pertence a este lugar? Mas seu lugar é comigo. Enquanto eu estiver aqui, ninguém ousará levantar um dedo, ou dizer uma palavra contra você. Está entendido?

— Eu... — Engulo com dificuldade; seus olhos acompanham o movimento. — Entendi.

— Ótimo.

— Ainda assim, você precisa ao menos me dar a liberdade de sair durante o dia. Sentir o vento, a luz do sol e a grama sob meus pés. Preciso de um propósito aqui, algo além de ser uma borboleta rara presa em uma redoma.

Ele me olha fixamente, ainda segurando o meu queixo. Posso ver os pensamentos fervilhando em seus olhos, mas não consigo decifrá-los. Não sinto nada por meio do vínculo que nos une, uma linha de tensão que se estende da marca exposta em seu peito até a marca oculta no meu; não há qualquer indício do que ele possa estar sentindo. Por isso, suas palavras me pegam totalmente de surpresa.

— Você não se parece em nada com ela.

Estremeço, interpretando o comentário como um insulto.

Até que ele continua a falar.

— Enid... era muitas coisas. Gentil. Bondosa. Inteligente. Mas... não era forte. Nem destemida.

Meus lábios se entreabrem. Ele observa meu leve arquejo de surpresa, seus olhos fixos nos meus lábios com tanta intensidade que não me atrevo a respirar.

— Eu não sou destemida.

Ele não responde. Mas seu toque no meu queixo muda, passando de um aperto firme para quase uma carícia. Minha respiração fica presa na garganta quando seus dedos fortes deslizam ao longo da linha angulosa da minha mandíbula e, então, descem lentamente pela curva do meu pescoço. Um arrepio percorre meu corpo ao sentir o arranhar dos calos criados pela espada.

Há tanta força naquelas mãos. Tanto poder. Com um mínimo de esforço, elas poderiam me despedaçar, ceifar minha vida no intervalo silencioso entre um e outro batimento cardíaco. Ainda assim, elas percorrem minha pele com uma delicadeza torturante. Seu polegar desliza pela sensível concavidade do meu pescoço, traçando a pulsação que lateja em minha jugular. Meu coração bate acelerado, como se eu tivesse acabado de correr uma longa distância. O que é irônico, considerando que nunca fiquei tão imóvel. Meus pés estão firmemente plantados no chão. Neste momento, eu não me moveria por nada.

— Penn — sussurro.

A palavra quebra o feitiço que paira sobre nós. Seus olhos deslizam para os meus, fazendo uma breve pausa em minha boca ao longo do caminho. Com um último tracejar do polegar sobre minha jugular, sua mão se afasta e pende ao lado do corpo.

— Você quer aprender sobre seus poderes? — Sua voz é grave e rouca. — Então venha. Vou ensinar a você o que eu puder.

Eu apenas o encaro.

— *Agora?*

— A menos que você tenha algo mais urgente para fazer agora à tarde — rebate ele, dando meia-volta e caminhando pelos fundos da oficina de armamentos, em direção ao castelo ao longe. Observo suas costas nuas desaparecerem ao redor da lateral do prédio, os músculos bronzeados ondulando ao sol.

Após uma longa respiração para me recompor, eu o sigo.

PARAMOS FRENTE A frente na saliência rochosa oculta atrás da cachoeira. Protegida pelo fluxo constante de água, a meia caverna fica totalmente escondida dos olhares curiosos. É um lugar secreto — do tipo que não se encontra por acaso, acessível apenas por uma escalada traiçoeira por degraus rústicos esculpidos na rocha e envoltos na névoa. Símbolos estranhos estão gravados nas paredes de cinzas vulcânicas. Um código de glifos, indecifrável e ancestral. Eu me pergunto qual seu significado e quem o esculpiu. Estariam aqui desde a fundação da cidade? Ou até antes disso?

A água é um rugido constante ao nosso redor. Temos que gritar para ouvir um ao outro em meio ao barulho, mesmo estando a poucos passos de distância.

— Concentre-se, Rhya. Encontre o seu centro.

— Estou tentando.

— Não é o que parece. Posso sentir sua ansiedade através do vínculo. Seu medo. Ele está dominando você.

Eu estreito meus olhos para ele.

— Pare de ler as minhas emoções!

— Então esconda-as de mim. Me empurre para fora.

— Você faz parecer tão simples...

— É simples. Tão simples quanto fechar os olhos ou tapar os ouvidos.

— Você se esquece de que tudo isso é novo para mim. Já faz isso há muito mais tempo do que eu. — Faço uma pausa, inclinando a cabeça, pensativa. — Quantos anos você tem, afinal de contas?

— Muitos.

— Isso não é muito específico.

Suas sobrancelhas se franzem.

— Sou mais velho que você, não tão velho quanto Soren. Velho o suficiente para saber que atribuir uma idade a um imortal é tão útil quanto vender gelo em Frostlands. Agora, podemos voltar a questões mais importantes?

— Tudo bem — resmungo, fechando os olhos mais uma vez. — Estou me concentrando.

Eu o ouço suspirar. Tento ignorá-lo, voltando meus sentidos para a tempestade que se agita incessantemente no meu interior. É mais fácil ignorar o rugido da cachoeira ou o homem à minha frente do que silenciar as preocupações que espiralam em minha mente. Penn tem razão: estou com medo. Medo de usar meu poder Remanescente de novo. Da última vez que o fiz, passei os dois dias seguintes inconsciente.

Ele fala novamente, muito mais perto desta vez.

— Enquanto você temer o próprio poder, estará permitindo que a controle. Se ele a controlar, poderá dominá-la. Poderá machucar você... e quem estiver ao seu redor quando ele inevitavelmente escapar.

— Então como faço para vencer o medo?

— Enfrentando a causa. — Ele faz uma pausa. — O que a deixa tão assustada?

Engulo com força, ouvindo as palavras de Soren na minha cabeça.

Ele vai esfarelar sua mente como a casca de um ovo...

— Rhya, olhe para mim.

Abro os olhos e encaro Penn. Seu rosto está próximo — perturbadoramente próximo.

— Pense na sua Remanescente como um portão, que mantém todo o seu poder contido — murmura baixinho. — Quando esse portão se abre, você permite que uma pequena parte escape. No passado, isso só acontecia quando você estava com medo ou em perigo. Inconscientemente, você abria uma fenda e libertava um pouco do seu poder. O suficiente para manter você viva, o suficiente para protegê-la.

— Na ponte.

— Sim, na ponte. No Abismo Vermelho. Na montanha. — Seus olhos se estreitam levemente. — Uma fenda não tem problema, desde que seja controlada, desde que você consiga fechar o portão outra vez quando o perigo passar. Porém, mais do que isso…

Minhas sobrancelhas se erguem em uma pergunta silenciosa.

— Você não quer liberar tanto poder a ponto de escancarar o portão — pondera ele, com a voz carregada de cautela. — Caso contrário, talvez nunca mais consiga fechá-lo de novo.

Um arrepio percorre meu corpo.

— Não se preocupe. Vou ensinar você a controlá-lo. A modular a intensidade. Você só precisa estar sempre alerta.

— Você fala como se meu poder Remanescente fosse um inimigo a ser combatido.

— E é. Eu travo uma guerra contra o meu poder a cada respiração. Ainda luto para mantê-lo sob controle, e faço isso há muito mais tempo do que você tem de vida. Espero que para você seja mais fácil.

— Mas você usa seus poderes.

— Uso. Com relutância e moderação. E somente na falta de opções melhores. Não é um truque de salão para ser usado como entretenimento.

Lembro de Soren e seu cálice de água, das gotas dançando no ar. Não sei se o Remanescente da Água concordaria.

— Por quê?

— Você viu o incêndio na encosta da montanha. Como ele se alastrou. Você mesma disse que não era natural. Era indomável. — Ele não desvia o olhar de mim, nem por um instante. — Por que você acha que eu estava tão desesperado para tirá-la de lá?

— Da batalha…

— Não da batalha. De perto de *mim*. Eu estava protegendo você de mim. Eu sabia o que aconteceria quando eu liberasse minhas chamas. Sabia que sairiam do meu controle. Sabia que havia uma chance de matar todos ao meu redor. Incluindo Jac, Mabon e Uther.

Prendo a respiração, surpresa.

— Mas você não matou.

— Não, eu tive sorte. Dessa vez, consegui contê-las antes que tirassem vidas inocentes. — Seus olhos estão assombrados, cheios de fantasmas flamejantes que não consigo decifrar.

Dessa vez.

Houve outras vezes em que ele não conseguiu se controlar. Não conseguiu conter o próprio poder. E outros pagaram o preço.

De repente, vejo seu desespero para me tirar daquela montanha sob uma nova perspectiva. Eu *o* vejo com novos olhos. Ele exerce um controle rígido em todos os aspectos da sua vida, não porque seja um tirano por natureza, mas porque, no fundo, tem pavor do inferno que poderia desencadear caso seu controle falhasse por um único instante.

— Deve ser exaustivo — sussurro.

Ele ergue as sobrancelhas.

— O quê?

— Manter o controle o tempo todo.

Não me refiro apenas ao seu poder. Falo de sua dor. Seu desespero. Sua profunda solidão. Não há ninguém ao seu redor que consiga realmente entender o peso que recai sobre seus ombros. Sobre a sua alma.

Penn me observa por um longo tempo. Quando finalmente fala, sua voz é pouco mais do que um murmúrio.

— É melhor aprimorar o controle do que sofrer as consequências de o perder. Agora, feche os olhos e se concentre.

Fecho os olhos com força, buscando mais uma vez a tempestade que se agita dentro de mim. O vento aumenta de imediato, um uivo sob minha pele que reverbera por todo o corpo. Meus pelos se arrepiam quando deixo o poder pulsar. A Remanescente lateja em meu peito, fria como gelo, acompanhando o ritmo frenético do meu coração.

— Acalme sua mente.

Concordo com a cabeça enquanto procuro o olho da tempestade, onde tudo é calmo e centrado. Demoro um tempo para vencer as ondas revoltas e o vento uivante, mas, quando chego ao núcleo, sou tomada por uma sensação de serenidade. Um tipo de lucidez que só sinto ali, flutuando em águas tranquilas enquanto o furacão me cerca a uma distância segura.

— Bom. — Penn pega minhas mãos sem aviso, pressionando suas palmas grandes e calejadas firmemente contra as minhas. Meu coração quase sai pela boca quando um pulso de poder, quente como brasa, salta de Penn para mim, como um choque estático. Em minha mente, a água em que estou flutuando se aquece vários graus, como se ele tivesse incendiado o vínculo que nos une.

— O que... o que você está fazendo? — sussurro, abrindo os olhos apenas o suficiente para vê-lo.

Ele envia outro pulso cintilante pelo vínculo.

— Está sentindo?

— S-sim — gaguejo.

— Existe uma simetria natural entre a magia que sopra em suas veias e a que arde nas minhas. O contato físico ajuda no início, quando a conexão ainda é... nova. — Ele faz uma pausa. — Quando você usou o vínculo para me encontrar hoje, qual foi a sensação?

— Como puxar um fio ou seguir um novelo de lã desenrolado.

— Uma sensação leve?

Assinto.

— Vai ficar mais forte. Com o tempo, e um pouco de prática, você será capaz de me localizar com muito mais facilidade. E sentirá o fogo, assim como minha presença física. — O calor volta a irradiar pelo vínculo; e estremeço ao sentir a onda quente se espalhar pelo meu corpo. — Vai conseguir me canalizar, de certa maneira. E vice-versa.

— Canalizar você? — Meu coração martela descontrolado. — Você quer dizer usar o seu poder?

— Sim. Às vezes, é possível canalizar o poder de outro Remanescente.

— Nem sempre?

— Assim como o ar alimenta o fogo e a água o apaga, os quatro poderes Remanescentes podem se fortalecer ou se consumir mutuamente. Há compatibilidades naturais. E, com elas, limitações inerentes. Alguns elementos funcionam melhor juntos do que outros. Por exemplo, o fogo e o ar são...

Arqueio uma sobrancelha.

— Explosivos?

— Eles podem ser, sim. Seu poder e o meu funcionam bem juntos, pois o ar alimenta uma chama crescente, levando-a a outros níveis. Mas quando se trata de fogo e água... — Seus ombros bronzeados pelo sol se erguem em um leve dar de ombros. — Soren e eu não somos apenas opostos em termos de personalidade. Nossos poderes são polos opostos da tétrade.

Penso em suas marcas Remanescentes — a de Soren se estendendo pelo lado esquerdo do peito, a de Penn, pelo direito. Apesar de alinhadas, em posições espelhadas.

— Então você não consegue canalizar o poder dele? Não pode se conectar com ele?

— Não seria fácil. E imagino que não seria agradável para nenhum de nós. Mesmo quando nos dávamos melhor, nunca tivemos a oportunidade de testar.

— Então vocês são adversários naturais? Inimigos por natureza?

— Não inimigos, exatamente. *Forças opostas* seria um termo melhor. Você provavelmente experimentará uma sensação semelhante com o Remanescente da Terra, se ele for encontrado.

— Por quê?

— Terra e ar são opostos fundamentais, forças naturalmente incompatíveis. Estamos todos conectados, mas algumas dessas conexões são mais harmoniosas do que outras. — Suas mãos apertam as minhas. — Mesmo dentro da tétrade, há um equilíbrio natural de poder. Nenhum dos quatro pode se expandir sem limite ou exercer seu poder sem controle, pois cada um de nós tem uma força oposta.

Minha mente processa a informação. Faz sentido.

— Água para apagar o fogo, terra para conter o ar...

Ele assente.

— E fogo para evaporar a água, vento para mover a terra.

— Isso significa que o ar e a água também seriam compatíveis? Se eu fundisse meu poder com o de Soren... — Minhas palavras são interrompidas bruscamente quando um pulso de poder mais quente, quase escaldante, dispara pelo vínculo quando menciono o nome de Soren. Meus olhos arregalados examinam o rosto de Penn, que arde em fúria.

Talvez não seja prudente mencionar Soren neste momento.

Penn se recupera depressa do lapso. Suas narinas se dilatam, e sua mandíbula se contrai enquanto ele tenta se recompor da súbita erupção.

— Desculpe — murmuro, sentindo o suor escorrer pela minha nuca. Minha temperatura corporal ainda não se estabilizou depois da onda de calor.

— Não precisa se desculpar. — Percebo um vestígio de humor em sua voz. — Aqui estou eu, tentando ensinar você a ter controle, e quase perco o meu antes mesmo de começarmos.

— Está tudo bem.

— Não, não está. — Ele range os dentes. — É exatamente o que você disse: *fundir*.

Ergo as sobrancelhas.

— Isso não é o mesmo que canalizar?

— Não. Não é. Antes do Massacre... fundir-se com outro feérico... — seus olhos se fixam nos meus — ... era como um laço de parceria. Um pacto inquebrável e indissolúvel. Uma fusão de almas.

— Diferente do vínculo entre os Remanescentes?

— Sim. — Ele faz uma pausa tensa. — São dois poderes separados que se fundem em uma magia indomável. Uma união de almas que não pode ser imposta, e jamais poderá ser desfeita.

— Nunca ouvi falar de algo assim.

— Nem poderia. Mesmo na época do império, as parcerias eram extremamente raras. Alguns afirmam que não passam de lendas. Outros acreditam que o próprio imperador era o fruto de uma dessas uniões, que seus pais haviam se fundido e, ao gerá-lo, transmitiram uma potente mistura de poderes elementais.

— Isso é mesmo possível?

— Não tenho certeza. Mas dizem que, em seu auge, ele podia controlar mais de um elemento.

— Quais? — pergunto, com o coração acelerado.

Ele hesita por um instante.

— Fogo e ar.

Nossos olhos permanecem fixos um no outro, sem que nenhuma palavra seja dita. Até que as mãos de Penn apertam as minhas, como se despertasse de um transe.

— Desviamos do assunto. Vamos voltar a tratar de coisas mais importantes antes que escureça. Feche os olhos.

Obedeço de imediato, desesperada para escapar da intensidade do seu olhar. Quando me concentro outra vez e volto a flutuar nas águas calmas da minha mente, um pulso de calor irradia por meio do vínculo.

— Está sentindo? A pulsação?

Aceno com a cabeça.

— Ótimo. Agora, quero que a envie de volta para mim.

— O quê? Eu não consigo…

— Você consegue. Assim como fez na montanha, quando criou seu escudo de ar para manter o fogo afastado. Mas, ao invés de lançá-lo para fora, canalize-o internamente por meio do vínculo. Para mim.

— E se eu canalizar demais? — pergunto, nervosa com a perspectiva de perder o controle. — E se ele me dominar e…

— Aqui é um lugar seguro. Os glifos esculpidos nas paredes desta caverna são feitiços de proteção. Qualquer poder liberado aqui será absorvido pelas cinzas vulcânicas. Se seu controle falhar, você apenas vai fornecer uma carga extra às barreiras que protegem Caeldera. Portanto, mesmo que não consiga controlá-lo, você estará me ajudando, não me prejudicando.

Isso me acalma um pouco. Minha voz é baixa quando expresso meu maior receio.

— Mas você está aqui comigo. E se eu te machucar? E se…

— Você não vai me machucar.

— Mas…

— *Confie*, Rhya. — Suas mãos apertam as minhas até começar a doer. — Confie em mim. Confie em si mesma.

As nuvens tempestuosas do meu poder giram cada vez mais rápido ao meu redor. Ao longe, um relâmpago atinge a água, uma faísca de poder incontrolável. O vento, selvagem e impiedoso, ruge em meus ossos.

— Agora — ordena ele. — Liberte-o. Deixe que flua para mim.

E eu obedeço.

O poder se expande em ondas, uma explosão que atravessa meu corpo. Para fora de mim. Da minha pele. Da minha alma. Como aconteceu na montanha, só que dez vezes mais intenso. Penn é lançado para trás quando o poder passa por mim e o atinge. O vínculo entre nós se estica, tenso como uma corda de arco, rangendo sob a força avassaladora do poder que flui entre nós. Aperto suas mãos, agarrando-as com toda a minha força, com medo de soltá-las. Com medo de que, se eu o largar, perderei o controle da magia que ameaça me dominar.

Tento mantê-lo sob controle. Tento impedir que o poder ultrapasse os limites da minha mente. Mas, enquanto me esforço, as nuvens de tempestade que circundam o refúgio calmo e seguro dentro de mim se transformam em breu, escurecendo o céu à medida que se aproximam por todos os lados. As águas nas quais eu flutuava, antes mornas e plácidas, se transformam em um redemoinho de espuma, agitadas por ondas imprevisíveis que se erguem ao meu redor.

Percebo o exato momento em que sou arrebatada — sinto o momento em que a caverna ao nosso redor fica estática, o rugido do poder reverberando em meus ossos, em nosso vínculo até se tornar um uivo real e visceral que ecoa no ar quando o poder intangível se torna concreto.

— Rhya!

Meus olhos se abrem quando o ar rasga violentamente nossas roupas, um vórtice rodopiante de névoa e poeira. Penn ainda está lá, o cabelo castanho sendo chicoteado pelo vento, os olhos cravados nos meus, ardendo com a magia que espreita na superfície. Ele segura minhas mãos, absorvendo as ondas de choque do meu poder. Ao nosso redor, os feitiços de proteção brilham na escuridão crescente, como cicatrizes incandescentes contra a pedra vulcânica, enquanto o vento foge do controle.

— Domine isso! — grita Penn, por cima das rajadas de vento. — Encontre o centro da sua mente!

Mas eu estou perdida — perdida na tempestade, perdida no caos das correntes de vento que rapidamente se transformaram em um furacão incontrolável. As comportas estão abertas, exatamente como eu temia, e não tenho forças para fechá-las de novo. Minha cabeça dói como se estivesse sendo partida ao meio, os ossos do meu crânio rangem como se fossem se estilhaçar a qualquer momento.

Ouço Penn gritando meu nome, dando ordens, mas sua voz parece distante demais. Não consigo mais sentir o aperto das suas mãos nas minhas. Não consigo mais sentir absolutamente nada.

Nada além do vento.

Nada além do frio.

Em meu peito, a Remanescente queima. Tira meu fôlego. Ofusca minha visão. Ela pulsa dolorosamente — uma, duas. Uma terceira vez. E, então, justamente quando acho que vou morrer de agonia, justamente quando o vento furioso ameaça nos arrancar do chão e nos arremessar na cachoeira...

Minha mente cede.

Minha consciência se apaga.

E eu me entrego, enfim, à escuridão.

VINTE E DOIS

Mais um vez, sonho com o grande mar escuro. Ele se agita ao meu redor em um turbilhão feroz. Envolvendo-me com carícias lânguidas com o intuito de me engolir por inteiro. De me arrastar para baixo, para as profundezas, onde nem a luz nem o som podem penetrar.

Por mais estranho que pareça, não sinto medo. Mesmo quando afundo, desaparecendo em seu abismo incolor, não tenho medo. Apenas curiosidade para saber o que me espera no fundo, se é que há algo.

Não estou destinada a descobrir. Pelo menos, não desta vez. Pois, assim que o mundo desaparece de vista, uma corda se enlaça ao meu redor no abismo — quente e insistente, puxando-me de volta à superfície.

De volta ao ar.

De volta à consciência.

Sinto uma mão deslizar pela minha testa, alisando o cabelo nas minhas têmporas. *Eli*, penso de imediato, minha mente entorpecida evocando impossibilidades. Mas não... Não pode ser Eli. Ele já se foi há muito tempo e, além disso, a mão que naquele momento se move com tanta delicadeza pela minha pele é grande e cheia de calos. E quente. Tão quente que provoca uma febre dentro de mim, queimando no fundo do meu ventre.

A mão se move para o meu pescoço. Um polegar traça o frágil pulsar da minha veia enquanto algo roça minha testa. Um par de lábios. São suaves como um sussurro quando pressionam minha pele em um beijo fugaz, que não dura mais do que um batimento cardíaco.

Com certeza, ainda devo estar sonhando.

Estou totalmente imóvel, não respiro uma única vez, mesmo quando o silêncio se estende por uma pequena eternidade. Mesmo quando os meus pulmões começam a arder com a falta de ar. Pois, se isto é um sonho, ainda não estou pronta para despertar. E, se não for...

— Eu sei que você está acordada.

Meus olhos se abrem ao ouvir as palavras suaves.

Penn está ali, *bem ali*, seus olhos fixos nos meus enquanto a realidade me atinge com força. Sua mão ainda está em meu pescoço, mas ele a retira assim que tento me sentar na cama. Exige mais esforço do que deveria. A exaustão varre meu corpo em ondas avassaladoras e implacáveis. Ele se estica para ajeitar os travesseiros enquanto eu desabo contra a cabeceira da cama.

Ofegante pelo esforço, olho ao redor pela primeira vez. Estou na torre. Na cama de Penn. Não me lembro de ter chegado aqui. Minhas bochechas queimam ao perceber que ele deve ter me carregado.

— O que aconteceu? — Minha voz sai trêmula.

— Você perdeu o controle. E, então, ficou inconsciente.

— Eu me lembro de estar na caverna... tentando invocar o vento. Tentando contê-lo... — Balanço a cabeça. — Mas era demais. Poder demais, rápido demais para controlar.

Seus dedos se contraem nos cobertores cinza-azulados que me cobrem da cintura para baixo. Eu os puxo um pouco mais para cima quando percebo que não estou usando nada além de uma fina camisola branca.

— A culpa é minha — diz Penn, sem rodeios. — Eu sabia que você não estava pronta. Ainda assim, deixei que me convencesse a te ensinar algo que não conseguiria suportar. Permiti que você ultrapassasse seus limites.

— A culpa não é sua. Como você mesmo disse, fui eu quem o convenceu a fazer isso.

Sua mandíbula se contrai.

— Você me pediu para ajudá-la. Em vez disso, acabou se machucando...

— Eu estou bem. Olhe para mim.

Ele obedece, seus olhos examinando meu rosto com atenção. Não parece convencido.

— De verdade. Estou bem. — Luto contra um bocejo. — Nada que seis anos de sono não curem.

— Vou deixar você dormir por seis décadas se isso significar que ficará segura. É exatamente por isso que eu não queria que você tentasse usar seus poderes.

— Eu tenho que aprender meus limites. Se nunca os explorar, se passar a vida reprimindo meu poder, como fiz até agora... — Estico os braços enquanto falo e estremeço ao sentir os músculos doloridos. — Isso poderia acabar em um desastre muito pior do que apenas perder a consciência. E você sabe disso. Só é teimoso demais para admitir isso agora.

Ele faz uma careta para mim.

Sorrio para ele.

— Quanto tempo eu dormi, afinal?

— Um dia inteiro.

Comprimo os lábios, processando a informação. Uma melhora em relação à última vez, ainda que sutil. Está quase anoitecendo lá fora, e o crepúsculo derrama sua luz tênue através das janelas embaçadas da torre. Meus lábios se curvam em um sorriso torto.

— Olhando pelo lado positivo, eu consegui evitar outro jantar detestável na corte.

Seus olhos se iluminam com humor, mas sua expressão permanece séria.

— Assumo total responsabilidade pelo que aconteceu. Da próxima vez, se houver uma próxima vez, seremos mais cuidadosos. Muito mais cuidadosos. Eu prometo.

— Eu não culpo você, Penn.

Sem pensar, estendo a mão e a pouso sobre a dele. Seu corpo inteiro estremece, como se um pequeno terremoto sacudisse seus ossos. Com uma lentidão quase dolorosa, ele olha para baixo, para os meus dedos — finos e pálidos contra sua pele bronzeada de sol. Duvido que sua expressão fosse mais perplexa se ele se deparasse com sua mão entrelaçada à de um gigante de gelo.

Digo a mim mesma para recuar, para me afastar, mas meu corpo já não obedece à razão. Por um longo momento, simplesmente ficamos ali sentados, na quietude do crepúsculo, nenhum de nós ousando se mover ou falar.

— Você precisa saber que eu... — Penn hesita. — Se eu imaginasse por um instante que...

— Que o quê?

— Você tem muito mais poder do que eu esperava — admite ele, quase a contragosto. — Para alguém com um domínio tão limitado das próprias habilidades, você é capaz de liberar uma quantidade impressionante de energia bruta.

— Sério?

— Você quase me jogou na maldita cachoeira.

Eu o encaro.

— Foi mesmo?

— Sim.

— Não me lembro.

— Isso é de surpreender. Quando você deixa o poder fluir sem controle, ele anula todos os seus outros sentidos. — Seu olhar se torna severo. — É por isso que tenho enfatizado a importância de aprender a contê-lo. Você tem sorte de ter perdido a consciência antes que ele a matasse. Antes que matasse nós dois.

Lembro-me da agonia que senti antes de desmaiar na caverna; da dor lancinante que ameaçava partir minha cabeça ao meio. Nunca na vida senti uma dor como aquela. E não tenho a menor vontade de experimentá-la outra vez. Ainda assim, preciso aprender a dominar meu poder. Caso contrário, corro o risco de que ele se manifeste sem que eu o invoque e, quando isso acontecer, acabar ferindo qualquer pessoa em meu caminho.

— Então, e agora?

— Agora você descansa. Recupera suas forças. — Ele suspira, um suave sopro de ar. — Então, quando eu decidir que é o momento certo, vamos tentar de novo.

— E se eu não conseguir aprender a controlá-lo?

— Você vai aprender.

— Mas e se eu não conseguir?

Sua mão se afasta, deixando a minha fria e vazia sobre os cobertores. Sua voz se torna dura como pedra.

— Você vai conseguir, Rhya. Porque precisa. Não vou permitir que você se machuque ou machuque qualquer outra pessoa. Não vou permitir que sua consciência carregue o peso das consequências de perder o controle.

— Você… — Hesito, quase temendo perguntar. — Você já perdeu o controle, então? Machucou alguém com o seu poder sem querer?

Ele assente com um breve gesto da cabeça, lábios pressionados em uma linha tensa, mas não oferece mais explicações. Em vez disso, ele se levanta e começa a andar de um lado para o outro ao pé da cama.

Eu me forço a perguntar:

— Quando?

— Há muito tempo.

— O que aconteceu?

Ele balança a cabeça — em um recusa categórica. Parece travar uma batalha interna, as mãos cerradas em punhos apertados. Eu me pergunto quão perto da superfície seu fogo queima; quão perto esse incêndio está de se libertar a qualquer momento.

Por um instante carregado de tensão, encaro Penn, criando coragem para falar.

— Quando eu estava na Fortaleza de Acrine com Soren...

Um músculo salta na bochecha de Penn.

O fogo da lareira se intensifica.

Eu me apresso antes de perder a coragem.

— Ele insinuou que...

— Insinuou *o quê*?

— Que você é de alguma forma responsável pela morte de Enid.

Penn titubeia e quase tropeça. Um silêncio denso se instala, quebrado apenas pelo som das botas contra as tábuas do assoalho quando ele volta a andar. Quando enfim fala, sua voz sai áspera, carregada de um desprezo por si mesmo que faz meu coração se apertar.

— O que aconteceu com Enid foi a maior tragédia da minha vida. E a maior vergonha.

Não me atrevo a falar.

— Ela era tão frágil. Tão protegida. Para uma garota como ela, que passou a vida trancada a sete chaves, escondida das atrocidades do mundo, testemunhar o que testemunhou, viver o horror que sofreu... sua família assassinada, seu lar destruído... — Ele engole com dificuldade, a garganta se movendo. — Ela não estava preparada para lidar com isso. Algo se partiu dentro dela. Rachou seus alicerces em fissuras irreparáveis. E essas rachaduras... permitiram que seu poder fluísse de um jeito imprevisível. Elas a tornaram instável. Não só as emoções. Mas a *força elemental.*

Respiro fundo.

— Pensei que trazê-la para cá poderia salvá-la. Achei que poderia reparar os estragos que haviam sido causados. Que, juntos, Soren e eu poderíamos, de alguma maneira, restaurar o que havia sido destruído, usando nossos poderes para manter os dela sob controle. Para acalmar o vento furioso dentro dela antes que ele a varresse completamente. — Ele faz uma pausa. — Mas eu estava errado. Muito errado. E foi Enid quem pagou o preço pelos meus erros. Pagou com a própria vida.

Meus dedos se contraem nos lençóis, tão apertados que os nós ficam esbranquiçados.

— Ela... então, ela morreu por...

Eu me interrompo, incapaz de terminar a pergunta. Ele assente com a cabeça, igualmente incapaz de responder.

Ela morreu por causa dele.

Ela morreu pelas mãos dele.

Sob o peso da minha profunda exaustão, o vínculo entre nós se transformou em um silêncio entorpecido. Mas não preciso de uma conexão psíquica para saber o que ele está sentindo agora. A dor em seu rosto é tão intensa, tão cortante, que sinto um bolo na minha garganta e faz meus olhos lacrimejarem. Quero atravessar o quarto correndo até ele. Dissipar seu sofrimento da maneira que eu puder. Mas conheço Penn bem o suficiente para saber que qualquer gesto de consolo será rejeitado.

Por isso, permaneço perfeitamente imóvel, sem esboçar qualquer tentativa de consolo, enquanto ele permanece ali, equilibrado no fio da navalha de um momento dilacerante do seu passado, irradiando vergonha e autodesprezo em ondas tão densas que dificultam a respiração. Eu me forço a sustentar seu olhar, mantendo minha expressão serena, isenta da condenação que ele parece antecipar. Ele espera que eu o odeie por isso. Que recue. Que me afaste. E há uma parte de mim que, por instinto, quer fazer exatamente isso. Mas eu a sufoco, a enterro bem fundo. Eu o encaro — sem piscar, sem hesitar —, até que ele seja o primeiro a desviar o olhar.

— Soren me culpou — continua ele, enfim, olhando para a parede incrustada de veios vermelhos. — Ainda me culpa. Ele achava que estava apaixonado por ela. Como se alguém como ele fosse capaz de amar.

— E você? — pergunto, com um tremor na voz. — Você estava apaixonado por ela?

Uma risada mordaz e amargurada escapa de seus lábios.

— Quem não amaria um pássaro com a asa quebrada? Quem resistiria ao desejo de acolhê-lo, de curar seus ossos, de mantê-lo seguro até que ele estivesse forte o suficiente para voar?

Meu coração se aperta com uma pontada de compaixão — e algo mais, algo que tenho medo e vergonha de sentir. Mordo meu lábio inferior, incapaz de dizer uma única palavra. Consigo ver apenas o perfil do rosto de Penn. A expressão cuidadosamente desprovida de emoções enquanto ele fala.

— Durante muito tempo, achei que não houvesse nada que eu não faria, nenhum limite que eu não transgrediria, para desfazer o que aconteceu. Para voltar àquele dia. Para trazê-la de volta. Para consertar tudo. — Ele inspira tão fundo que todo o seu corpo se alarga. — Só recentemente, pela primeira vez em setenta anos, senti o mínimo alívio desses anseios inúteis. Pois se ela ainda estivesse aqui... você não estaria.

Meu coração dispara novamente, uma pontada dolorosa contra minhas costelas. Aquele calor febril e latente em meu ventre — que começou no momento em que recuperei a consciência e o encontrei ali, a poucos centímetros de mim na cama, esperando que eu acordasse — se intensifica até que mal consigo permanecer imóvel.

— Penn...

— Você precisa descansar. E eu preciso ir até o Salão Principal. Estou atrasado para o jantar da Vanora. — Ele ainda evita olhar para mim. — As camareiras logo trarão uma bandeja de comida para você. Quando se sentir forte o suficiente, elas vão preparar um banho.

— Está bem — murmuro, sem saber o que dizer.

— Durma aqui. Não arrisque subir a escada até a torre. Ainda está muito fraca.

— Está bem.

— Pegue o livro que quiser.

— Está bem.

— Venho ver você daqui alguns dias.

— Está be... Espera. Você disse alguns di... *Espera!* — grito, mas ele já cruzou o quarto e passou pela porta, que se fecha com um clique firme atrás dele.

Furiosa com sua saída autoritária, afundo na pilha fofa de travesseiros ao meu redor. Quando me enfio debaixo das cobertas, fico irritada ao perceber que elas têm o cheiro de Penn. Fumaça com especiarias, fogo sombrio. Fico ainda mais irritada ao perceber que uma parte de mim gosta muito de estar aqui, na cama dele, inalando seu aroma a cada respiração, meus sentidos inebriados pela sua presença indelével.

Minha cabeça mergulha em um turbilhão de pensamentos sobre Enid, pois, embora ele tenha me contado da morte prematura dela, suas palavras foram vagas e evasivas. Ainda tenho perguntas. Mais do que consigo expressar em palavras. Mas elas já começam a se dissipar da minha mente cansada à medida que as ondas de exaustão, contra as quais tenho lutado desde o segundo em que abri os olhos, me arrastam de volta para as profundezas da inconsciência.

Aninhada sob os cobertores, segura e aquecida, deixo que minhas pálpebras se fechem e me entrego a um sono profundo. Se chego a sonhar, não me lembro.

FICO CONFINADA À cama por três dias intermináveis e excruciantes.

Minhas camareiras, Keda e Teagan, são mulheres adoráveis que fazem o possível para me manter feliz e saudável, enquanto, pouco a pouco, recupero as forças que a desastrosa sessão de treinamento drenou. Mas mesmo o carcereiro mais gentil ainda é alvo do ressentimento de seus prisioneiros. Especialmente quando a sentença se prolonga sem trégua.

Ao fim do primeiro dia, estou fisicamente recuperada; não sinto mais dor nos ossos, o formigar frio do poder voltou a latejar em meu peito, restando apenas um leve resquício de cansaço quando me esforço demais. Na tarde do segundo dia, estou ansiosa para me livrar desse confinamento cada vez mais tedioso. Na manhã do terceiro dia, já abandonei qualquer tentativa de civilidade em favor de um silêncio taciturno, então só falo quando sou diretamente questionada, e minhas respostas são tão ríspidas e grosseiras que surpreendem até a mim.

Digo a mim mesma que minha constante irritação não tem nada a ver com a ausência de um certo príncipe rabugento. Afinal, Pendefyre não apareceu por aqui uma única vez desde que acordei e me vi em sua cama. Eu me pergunto onde ele está dormindo — e, nos momentos de fraqueza, com quem ele pode estar dormindo, enquanto a voz de víbora de Vanora serpenteia em minha mente.

Espero que ela não seja mais uma de suas prostitutas. A última fez um verdadeiro espetáculo quando você se cansou dos encantos dela.

Não importa em que cama ele dorme. Não tenho nada a ver com isso. No entanto, não há como negar minha irritação crescente conforme os dias se arrastam sem uma única visita; um sentimento que só se intensifica quando percebo que não consigo mais sentir sua presença por meio do nosso vínculo. Nem sequer um lampejo, não importa quanto tempo eu fique sentada no sofá junto à lareira, expandindo meus sentidos na tentativa de encontrá-lo.

Justo quando eu começava a me acostumar com a ligação invisível entre nós, ela desaparece abruptamente, fazendo meus olhos arderem com uma angústia amarga. Franzo o cenho em uma carranca — a raiva é uma emoção mais segura do que qualquer outra coisa que eu possa estar sentindo — e encaro o local vazio na escrivaninha, onde antes repousava um reluzente elmo de batalha preto ao lado de uma bandoleira com lâminas finas e letais.

Keda, sempre observadora, percebe meu olhar sombrio e prontamente me informa que o príncipe deixou a cidade para tratar de assuntos oficiais.

— Com certeza, deve estar cuidando dos preparativos para o Fyremas — comenta Keda, passando uma escova de cerdas de javali em meu cabelo, com movimentos lentos, desde o alto da cabeça até as pontas, que desce até minha lombar. — Falta apenas uma quinzena. O castelo inteiro está em polvorosa com os preparativos. Tenho certeza de que o príncipe está tão ocupado quanto todos nós.

— Quando ele volta?

— Não tenho a menor ideia, senhorita. Não se preocupe, não é nada fora do comum. Ele sempre se ausenta para resolver disputas comerciais, se consultar com o general comandante Yale nas províncias do norte, ou participar de reuniões diplomáticas em outros reinos...

— Ah.

— Agora que retornou, Sua Alteza retomará a maior parte das suas responsabilidades fora da capital. Desconfio de que se ausentará ainda mais do que antes, já que a rainha não tem herdeiros e Sua Majestade raramente deixa o palácio devido à idade avançada e à saúde debilitada. Acho que não veremos muito o príncipe Pendefyre por aqui por um longo tempo.

A notícia faz meu coração se apertar de uma maneira totalmente irracional. Tento — sem muito sucesso — não parecer tão desanimada quando pergunto se ele voltará para o festival.

— Com certeza — garante Keda. — Ele nunca perde o Fyremas.

— O que é o Fyremas, exatamente?

— Seu antigo reino não celebrava o equinócio, lady Rhya?

Balanço a cabeça.

— Que pena! É o dia mais maravilhoso do ano. — A escova se enrosca no cabelo, e ela faz uma pausa momentânea em suas explicações. — Ele marca o início do degelo da primavera e a recarga das barreiras de proteção ao redor da cidade. Há uma cerimônia em que o príncipe... Bom, não vou estragar a surpresa. É algo que você precisa ver com os próprios olhos. — Ela me dá uma piscadinha travessa. — Depois, há desfiles pelas ruas, procissões de flores e dançarinos de fogo. Comida e bebida por toda parte. Apresentações musicais dos melhores bardos e menestréis de Dyved. Ah, e muito *fogo*, é claro! Todos acendem tochas na frente de suas casas e as deixam acesas a noite toda, do anoitecer ao amanhecer, iluminando as ruas com um mar de chamas. — Ela solta um suspiro sonhador. — Tem até uma exibição de fogos de artifício no lago à meia-noite. Você já viu fogos de artifício?

— Não.

— Você vai adorar. É um espetáculo deslumbrante. — Vejo seu sorriso radiante no reflexo do espelho embaçado pelo tempo enquanto ela continua a escovação. — De todos os festivais, o Fyremas é o meu favorito. Embora eu ache que seja o favorito da maioria das pessoas.

— As pessoas ficam felizes em se despedir do inverno.

— É verdade. Ainda mais nas cidades no platô superior, onde a neve se acumula em camadas espessas e o ar é gelado. Temos sorte de sermos poupados do pior do frio aqui na capital.

— É bom ter um Remanescente do Fogo como príncipe, infundindo calor mágico em toda a cidade.

— Com certeza, senhorita. Com certeza. — Seu sorriso se alarga. — Mas essa é uma grande parte do motivo pelo qual Fyremas é tão popular. É o feriado *pessoal* do príncipe.

Ergo as sobrancelhas.

— Ele tem um feriado *pessoal*?

— Como eu disse, o festival celebra o início da nova temporada de plantio. Mas, com o passar dos anos, tornou-se uma espécie de tributo ao príncipe Pendefyre. Pois não importava quanto tempo ficasse longe de casa, ele sempre fazia questão de voltar para Caeldera, no Fyremas, para recarregar as barreiras de proteção da cidade. Sempre. Sem exceções. Em alguns anos, essa era a única vez que o víamos ao longo de dez ou onze meses. — Ela para de escovar meu cabelo, e sua expressão se torna solene. — Estamos todos muito felizes por ter Sua Alteza em casa por mais tempo, agora que ele finalmente concluiu a missão no sul. Agora que... bem, agora que ele a encontrou, senhorita.

As pontas dos meus dedos cravam-se no tecido do meu vestido.

— Mas estou falando demais. — Keda balança a cabeça e retoma a escovação. — Desculpe, senhorita. Sou tagarela por natureza. Minha mãe sempre diz que eu falo mais do que uma matraca.

— Não precisa se desculpar.

Seus olhos se arregalam de repente.

— Ah! A senhorita vai precisar de um vestido.

Se pareço confusa diante da súbita constatação, é porque já tenho um cabideiro inteiro de vestidos novos, cuidadosamente guardados no guarda-roupa de Penn por minhas camareiras no primeiro dia de confinamento. Aponto para o vestido simples cor de marfim que estou vestindo.

— Posso usar este.

— Ah, não, senhorita. Esse não serve. De jeito nenhum. Você é a Remanescente do Ar! Estará em um lugar de destaque durante a cerimônia. E provavelmente também durante o cortejo das sacerdotisas fyre depois. Uma posição de grande honra, que exige mais do que um simples vestido do dia a dia, com certeza.

— Vestidos simples são tudo o que tenho — argumento, apesar da imagem do vestido llŷriano em tons de azul passar pela minha mente. — Vão ter que servir.

— Vou falar com as costureiras reais. Ver se já planejaram algo para a senhorita.

— Isso não é necessário. De verdade. Não quero causar nenhum incômodo.

— Ah, senhorita, eu não quis insinuar...

— Você não insinuou nada — digo, com uma piscadela tranquilizadora. Mas o gesto não tem o efeito desejado, pois Keda se recolhe em um silêncio inquieto e permanece calada enquanto termina de arrumar meu cabelo. Em seguida, sai apressada pela porta sem olhar para trás.

Várias vezes ao longo do dia, flagro Keda cochichando com Teagan. As duas sussurram uma para a outra enquanto me observam do outro lado do quarto. Esse comportamento me deixa inquieta e, apesar dos meus esforços para permanecer otimista, provavelmente contribui para o meu humor cada vez mais irritadiço, pois mais uma noite cai sem nenhum sinal do adorado príncipe herdeiro.

TRANCAFIADA EM MINHA torre, enfim tenho tempo para abrir o livro que Soren me deu quando deixei a Fortaleza de Acrine. O primeiro capítulo é um relato sucinto de coisas que já sei, sobre o Massacre e a queda do império. Pulo adiante até encontrar um trecho que trata das cortes elementais.

Meus olhos percorrem a página, absorvendo cada palavra.

> *Antes do Massacre, as quatro fortalezas elementais de Anwyvn permaneceram por milhares de anos em seus respectivos territórios. Governada por soberanos nomeados pelo imperador, cujos reinados às vezes duravam séculos, cada Casa acabou estabelecendo as próprias práticas culturais, procedimentos judiciais e hierarquias dentro de suas cortes.*

Informações interessantes, ainda que não inteiramente novas. Continuo lendo.

> *Antes de serem destruídas, as fortalezas eram consideradas por muitos como impenetráveis. No entanto, duas das quatro caíram quase imediatamente quando o império foi derrubado. Um relato mais completo das batalhas individuais pode ser encontrado no Capítulo XXVI.*

Nas margens, alguém rabiscou um adendo a esse parágrafo em uma caligrafia masculina inclinada. *Pule o Capítulo XXVI. Leitura muito chata. Passa mais tempo descrevendo a estrutura das muralhas do que a estratégia de batalha propriamente dita.*

Quase posso ouvir a voz grave e melodiosa de Soren sussurrando as palavras ao meu ouvido. A um reino de distância, sua irritante presença é quase tangível. Reviro os olhos e continuo a ler.

A seguir, você encontrará uma crônica das quatro casas elementais, detalhando suas características únicas, desde o clima até a cultura e a dinâmica da corte. Para uma lista detalhada das linhagens e da liderança, consulte o Capítulo XLIII.

Pule o XLIII também. Nada além de uma interminável lista de feéricos velhos e mortos que não tiveram o bom senso de prever o Massacre.

Desvio os olhos do comentário sarcástico de Soren e volto minha atenção ao assunto pertinente. O capítulo é dividido em quatro seções principais, cada uma dedicada a uma das cortes elementais. Passo os olhos, ansiosa, pela primeira, minha curiosidade forte demais para ser reprimida por mais um segundo.

CASA DE LLŶR: A CORTE DA ÁGUA

Localizado na extremidade leste das Terras do Norte, o proeminente reino de Llŷr há muito tempo é a fonte da magia da água. Governado a partir da cidade insular de Hylios, o vasto território inclui as regiões semiautônomas de Daggerpoint e Prydain. Apesar das inúmeras tentativas de conquista pelos mortais, a Corte da Água permanece intacta até hoje.

INSÍGNIA: O Sol Submerso
SOBERANO: Rei Soren, Remanescente da Água
HERDEIROS: Nenhum (possíveis filhos bastardos permanecem desconhecidos para este autor no momento da publicação, mas não podem ser totalmente descartados como uma possibilidade)

Meus olhos deslizam, quase por conta própria, para as margens da página, onde Soren rabiscou: *Um tanto crítico este autor, não acha?* Eu reprimo um sorriso — meu primeiro em dias, desde que estou confinada.

Vejo mais alguns parágrafos detalhando os prós e contras de Hylios, mas passo impacientemente por eles para a próxima seção em destaque.

CASA DE DYVED: A CORTE DO FOGO

Localizado no extremo oeste das Terras do Norte, o reino nevado de Dyved ergue-se sobre um planalto elevado que se estende do Mar do Norte até as Montanhas Cimérias. Como lar da magia do fogo, talvez seja especialmente adequado que a capital Caeldera esteja localizada dentro da cratera de um vulcão há muito adormecido. As formações geográficas únicas do reino o mantêm protegido das tentativas de invasão de vários clãs de saqueadores a oeste, que ocupam a região de gelo vizinha, bem como dos ladinos habitantes de Frostlands, que avançam regularmente pelo leste.

INSÍGNIA: A Montanha Flamejante
GUARDIÃ: Rainha Vanora
HERDEIRO: Príncipe Pendefyre, Remanescente do Fogo

Ao lado do título de Penn, Soren acrescentou: *e um idiota pomposo*. Mordo os lábios para conter a risada e passo para a próxima seção. Mas o sorriso desaparece quando minha mente processa as palavras que leio a seguir.

CASA DE TARANIS: A CORTE DO CÉU

A chamada Corte das Nuvens já foi considerada a mais bela das quatro fortalezas mágicas. Depois da queda do reino de Taranis durante o Massacre, muitas de suas estruturas únicas foram reduzidas a escombros. As ruínas estão localizadas na região sudoeste de Anwyvn, na fronteira com o lago Lumen e o Mar do Oeste, em um território atualmente ocupado por mortais.

INSÍGNIA: A Estrela Cadente

SOBERANA: Rainha Arianrhod (morta em batalha defendendo seu trono)

HERDEIROS: Nenhum (todos falecidos)

Soren não escreveu nenhum comentário sarcástico nas margens. Talvez tenha adivinhado que eu não estaria com humor para brincadeiras depois de ler sobre a destruição da minha própria corte. Estou tão perturbada que não consigo fazer mais do que dar uma rápida espiada na quarta seção, intitulada Casa de Amaethon: a corte da terra, antes de fechar o livro com um baque oco.

Meu ânimo já estava bastante ruim antes dessa deprimente sessão de leitura. Ele piora ainda mais quando deixo o livro de lado. É a manhã do quarto dia de confinamento. Observo Teagan e Keda enxugando a água morna que escorre pelos azulejos que recobrem a bandeja do café da manhã que permaneceu intocado. Minhas tentativas de ajudá-las a arrumar a bagunça depois do meu banho matinal foram todas recusadas com veemente delicadeza, assim como todas as minhas tentativas anteriores de ajudar a arrumar a torre, de me vestir e de escovar o cabelo. Fico surpresa que elas permitam que eu leve a colher à boca enquanto como meu mingau.

Por dentro, estou fervendo de raiva pelo fato de Penn ter me largado aqui sozinha. Um dia de descanso teria sido mais do que suficiente para eu me recuperar. Esse confinamento forçado só serve para ameaçar minha sanidade. Minhas mãos anseiam pelo meu arco. Pela monotonia reconfortante de moer ervas em meu almofariz. Pelo tedioso trabalho de organizar o impecável almoxarifado de Eli, apenas para ocupar as infinitas horas que se arrastam com uma lentidão angustiante. Meu apetite — por comida, por diversão, pela vida em si — desapareceu por completo.

— Não tocou no seu café da manhã, senhorita — adverte Teagan, tirando-me do meu devaneio enquanto joga a toalha molhada no balde e caminha apressada na minha direção. — Você precisa comer.

— Não estou com fome.

— Ainda assim, precisa se alimentar. Precisa recuperar as forças. O príncipe Pendefyre instruiu…

— Ah, eu não dou a mínima para o que ele instruiu. Mais um dia trancada aqui e eu me atiro da varanda só para mudar de ares.

Teagan torce as mãos. Seus cachos estão escapando do lenço novamente.

— Senhorita, não diga isso...

— Eu tive uma ideia — interrompe Keda. — Algo que poderíamos fazer...

— Keda! — sibila Teagan, em um tom de advertência. — Como já conversamos, isso não é uma opção.

Eu me animo.

— Que ideia?

— Nossa conversa de ontem me fez pensar. Há uma costureira aqui na cidade, uma velha amiga minha dos nossos primeiros anos de escola. Ela é casada com um membro da Guilda Flamejante, por isso não nos vemos com muita frequência. Círculos sociais diferentes, sabe? — A pele marrom das suas bochechas fica corada, mas ela continua. — Ainda mantemos contato de vez em quando. E tenho certeza de que, se eu levá-la até lá, ela ficará honrada em fazer um vestido digno da Remanescente do Ar.

— Keda — repreende Teagan. — Você sabe que a rainha Vanora já mandou providenciar um vestido para ela com as costureiras reais!

— Mandou? — pergunto.

O rosto magro de Keda se contorce em uma careta.

— Aquele *trapo* horrível? Você não pode estar falando sério! Tem cor de pus! Não combina nem um pouco com as tonalidades de lady Rhya. Isso se conseguirem ver o rosto dela com tantos babados na gola...

Meus lábios se retorcem.

— Quanta... consideração... de Sua Majestade por pensar em mim.

— Você é uma mulher linda. Tenho certeza de que ficará... — mesmo torcendo as mãos em sinal de angústia, Teagan não consegue mentir — ... apresentável em qualquer vestido.

— Ela será apresentada para a cidade inteira! — Keda praticamente grita. — E você quer que ela pareça uma pústula?

— Não ponha palavras na minha boca, Keda! Você sabe que eu não quero que a lady Rhya pareça uma pústula!

— Eu também preferiria não parecer uma pústula — acrescento. — Só para constar.

As duas me ignoram, ocupadas trocando olhares furiosos.

— Tem certeza de que eu preciso comparecer?

— A senhorita tem que comparecer — respondem elas em uníssono.

— Então, meu voto é que façamos uma visita a essa amiga costureira. — Eu me levanto. — Pelos deuses! Eu caminharia até a guilhotina só para ter a chance de esticar as pernas.

— Está decidido, então. Vamos visitá-la hoje à tarde. Você pode conversar com ela enquanto fazemos as compras no mercado, e na volta passamos para buscá-la.

Teagan faz um último apelo.

— O príncipe não ficará feliz quando souber disso...

Keda coloca as mãos nos quadris em sinal de desafio.

— O que você acha que desagradaria mais ao príncipe? Voltar e descobrir que ela escapou da torre por algumas horas sob nossa supervisão, ou encontrá-la estatelada nas pedras debaixo da cachoeira porque estava entediada demais na ausência dele?

— Aposto na segunda opção — murmuro.

Ambas as mulheres me ignoram pela segunda vez.

— Vamos, Teagan. Você há de concordar que ela precisa de um pouco de distração — insiste Keda. — Não vejo mal nenhum nisso. Estaremos com ela praticamente o tempo todo!

— Mas o príncipe...

— Então fique! — Keda ergue as mãos, exasperada. — Se está tão preocupada em seguir o protocolo, fique aqui. Não vamos demorar.

— Eu não vou ficar aqui! Só os deuses sabem em que tipo de problema vocês duas vão se meter sem que eu esteja lá para impedir.

E assim partimos, nós três, juntas. Ninguém tenta nos impedir enquanto descemos as muitas escadas e atravessamos os corredores de pedra do castelo. Ninguém nos dá a mínima atenção. Keda estava certa: todos estão ocupados demais com os preparativos do festival para notar duas camareiras de roupas marrons e sua protegida de capa azul escapando pelos portões da frente e atravessando às pressas a ponte.

Assim que o sol bate no meu rosto, meu ânimo se eleva. De ambos os lados, o lago brilha como facetas de uma pedra preciosa azul-esverdeada.

Passamos por uma caravana de comerciantes recém-chegados, suas carroças atreladas a cavalos estão repletas de alimentos, flores, fogos de artifício, legumes frescos e decorações festivas. Algumas levam gaiolas com galinhas, gansos e outras aves vivas; outras trazem porcos puxados por cordas, caminhando para a morte com seus focinhos sorridentes. A fila de comerciantes se estende por quase toda a extensão da ponte, todos esperando a oportunidade de descarregar nos portões da frente.

O mercado está igualmente lotado, ainda mais cheio do que na primeira vez que o vi, cada barraca repleta de compradores. Keda caminha pela aglomeração com passos decididos, abrindo espaço apenas com a força do seu olhar. As pessoas saem apressadas do nosso caminho como baratas à luz de tochas. Com ela na liderança, não demoramos muito para atravessar a multidão.

Instantes depois, estamos em uma parte da cidade que eu nunca tinha visto antes. As ruas são de paralelepípedos, as calçadas, ladeadas por postes de lampiões bruxuleantes. As construções são coladas uma na outra, formando uma linha ininterrupta; uma mistura de lojas, depósitos, becos estreitos e armazéns com fachada de pedra. Passamos por uma imponente casa bancária, onde um fluxo constante de clientes entra e sai pelas altas portas da frente, trocando coroas retiradas das recheadas bolsas presas aos cintos.

Por fim, saímos da avenida principal e entramos em uma rua agradável, cercada por árvores bem-cuidadas e várias lojas com fachadas de vidro que emanam elegância. Noto um boticário, uma sapataria e uma chocolataria de aroma irresistível antes de pararmos em frente a um prédio azul-claro no final do quarteirão.

Vários vestidos de baile fabulosos estão expostos na vitrine, uma mistura de pedrarias intrincadas, cortes ousados e bordados chamativos. Um deles parece um pássaro dourado em pleno voo, com um corpete recoberto de plumas e mangas esvoaçantes que lembram asas. Outro parece digno de uma sereia, com um corpete adornado de pérolas e uma longa cauda de discos brilhantes que reluzem feito escamas. A porta da frente está entreaberta para permitir a entrada da brisa. A placa de madeira pendurada na fachada exibe o nome — ATELIÊ DE ALTA-COSTURA — em letras esculpidas e ornamentadas.

— É aqui — anuncia Keda, parando de súbito. — O ateliê da Carys.

— Carys? Sua amiga se chama Carys?

— A senhorita a conhece? — pergunta Teagan.

— Não — responde uma voz melodiosa vinda da porta, de onde uma mulher acaba de surgir. Seu cabelo preto e brilhante está trançado em uma coroa perfeita, seus olhos verde-claros exalam ternura e suas mãos repousam sobre o ventre arredondado pela gravidez avançada. — Mas ela conhece meu marido muito bem.

VINTE E TRÊS

— Bem-vinda, Rhya. — Carys estende a mão em um gesto de boas-vindas. — Ouvi falar muito de você.

Aperto sua mão, sorrindo timidamente para ela.

— Gostaria de poder dizer o mesmo, mas, sendo sincera, não fazia ideia de que este ateliê era seu.

— Mundo pequeno, não é? — Keda dá um passo à frente para cumprimentar sua amiga de infância com um abraço terno. — Você está um pouco mais redonda do que da última vez que nos vimos, minha amiga.

— E você continua engraçadinha como sempre! — Carys sorri. — Pelo visto é preciso ter um bebê para que você faça uma visita.

— Eu não tinha ideia de que você estava grávida! Você deveria ter me escrito.

— Quando eu encontrar um minuto livre em que meus dedos não estejam fazendo a bainha de um corpete ou enfiando a linha em uma agulha, você receberá uma longa carta.

— Então acho melhor eu esperar sentada. Sei o quanto você é ocupada. — Keda solta um suspiro culpado. — Detesto sobrecarregá-la ainda mais, mas não estamos aqui para uma visita social. É um assunto oficial com a melhor costureira da cidade. Lady Rhya está precisando urgentemente de um vestido para o Fyremas. Parece que as costureiras reais estão trabalhando com afinco em uma monstruosidade amarelo-esverdeada cheia de babados, sem dúvida atendendo às ordens de Sua Majestade para que Rhya pareça o mais ridícula possível durante o cortejo.

— Isso realmente parece um plano digno de nossa magnânima rainha. — Carys olha para mim. — Não se preocupe. Encontraremos algo mais adequado para você. Não há tempo para fazer algo do zero, mas tenho vários vestidos no meu acervo que podem ser adequados a tempo para o festival.

— De verdade, eu não quero dar tr…

— Você é um anjo, Carys! — Keda me interrompe, radiante. — Eu sabia que estávamos certas em vir até você.

— Não se esqueça de exaltar minha natureza angelical quando as costureiras reais ficarem furiosas ao descobrirem que sabotei o trabalho delas. — Ela faz um gesto convidativo com a mão. — Entrem, por favor.

Os lábios de Keda se comprimem de remorso.

— Gostaríamos de ficar, mas Teagan e eu temos que ir ao mercado. O palácio está um alvoroço, um verdadeiro caos. Temos uma lista de compras de uma légua de comprimento. Voltaremos daqui mais ou menos uma hora para buscar lady Rhya.

— Só se estiver disposta a ter companhia, Carys — interrompo. — Se você estiver muito cansada…

A costureira dispensa minhas palavras com um aceno.

— Fico feliz por ter companhia.

Depois que nos despedimos de Keda e Teagan, Carys me leva para dentro do ateliê, com seus olhos perspicazes brilhando de felicidade e um andar arrastado por causa do pesado fardo que carrega. É um lugar iluminado e limpo, repleto de tecidos — rolos e mais rolos encostados na parede, junto de dezenas de meadas de fitas de cetim e enfeites de renda. Há carretéis de linha de todas as cores imagináveis, prateleiras de agulhas de todos os comprimentos e espessuras. Vários vestidos prontos estão expostos nos cabideiros suspensos, seus designs tão elegantes e excêntricos quanto os da vitrine. Outros estão presos com alfinetes em manequins de tecido nos fundos do ateliê, em diferentes estágios de confecção.

— Seu ateliê é lindo, Carys.

Ela me lança um olhar afetuoso enquanto me conduz a uma sala aconchegante com espelhos do chão ao teto, decorada com duas chaises estofadas e um par de poltronas combinando.

Carys imediatamente se joga em uma das poltronas.

— Você terá que perdoar minha falta de hospitalidade. Costumo ser uma anfitriã muito melhor, mas neste estado... — Ela faz uma careta para sua barriga protuberante. — Sinto que estou prestes a explodir, e ainda faltam semanas.

— Qual a previsão? — pergunto, enquanto me acomodo à sua frente.

— Daqui a duas semanas. Bem a tempo para o Fyremas.

— Você deve estar muito animada.

— Para conseguir ver meus pés novamente? E voltar a amarrar meus cadarços? Ou ficar mais de uma hora sem correr para o banheiro? — Ela solta uma risada abafada. — Com certeza.

Eu rio.

— Uther está transbordando de orgulho. Nunca o vi tão sorridente como quando falou de você e do seu filho.

— *Ah!* Se dependesse dele, eu estaria confinada na cama, trancada a sete chaves, pelas próximas duas semanas, aquele patife. Eu disse para ele que estou carregando uma criança, não uma carga de explosivos. Um pouco de movimento é saudável.

— Ele se preocupa.

— Ele *exagera*. — Então faz uma careta, mas posso ver o amor cintilando em seus olhos. — Mas nem posso me queixar disso agora. Ele está em uma missão com a Guilda Flamejante. Não conte a ele, eu jamais admitirei se você contar, mas estou realmente entediada sem ele aqui para monitorar cada espirro e soluço meu.

— Eles voltarão logo?

— Em alguns dias, eu acho. — Seus olhos lampejam com um ar malicioso. — Ansiosa para ver o príncipe Pendefyre de novo, não é? Ouvi dizer que vocês dois são inseparáveis.

— Eu... — Minhas bochechas queimam. — Não, eu...

— É verdade que você está hospedada nos aposentos dele?

— Bom, sim, mas não é...

— Ah, veja só como você ficou vermelha! Desculpe! Só estou te provocando. Que maldade a minha, ainda mais quando você é a primeira distração que tive o dia todo. — Ela solta um suspiro. — Para falar a verdade, não tenho a menor ideia de quando os homens vão retornar. Tudo o que sei é que houve outro terremoto perto da fronteira há alguns dias, não muito longe da cordilheira.

— Não sabia que os terremotos tinham avançado tanto para o norte — murmuro, franzindo as sobrancelhas ao ouvir a notícia. Tremores de terra não eram incomuns nas Terras Médias. Eli me disse que eles eram ainda piores no extremo sul, fortes o suficiente para arrasar cidades inteiras. Mas não costumavam ocorrer nas Terras do Norte.

Pelo menos, não até agora.

— Morei em Dyved a minha vida inteira e nunca houve tantos tremores como nos últimos anos. — Carys balança a cabeça lentamente. — Muitos dizem que é um mau presságio do que está por vir. Um aviso de que a praga está se espalhando mais rápido, avançando além das montanhas que nos protegeram por tanto tempo.

— Esse terremoto... foi muito forte?

— Ao que parece, forte o bastante para provocar uma avalanche. Um posto comercial inteiro na base das montanhas foi soterrado em neve e gelo.

— Isso é terrível. — Solto um breve suspiro. — Houve sobreviventes?

— Imagino que a Guilda Flamejante tenha ido descobrir exatamente isso. É isso que eles fazem quando não estão lutando em alguma campanha contra os saqueadores e nossos inimigos de Frostlands. Eles vão para onde são mais necessários, geralmente de última hora, sempre que o príncipe pede.

— Pede? — Arqueio as sobrancelhas. — *Ordena* seria mais preciso, não?

— Talvez você tenha razão. Os homens dele o seguem por dever ao soberano. Mas desconfio de que, mesmo sem um título real, eles seguiriam Pendefyre até o fim do mundo. Ele conquistou a lealdade deles há muito tempo. É um homem bom. — Ela faz uma pausa. — Você deve saber disso melhor do que ninguém.

Fico em silêncio, sem saber o que dizer.

Seus olhos esverdeados são afiados como lâminas, apesar da suavidade da sua voz.

— Você sabia que, antes de a avalanche levá-lo para o sul, ele passou dois dias inteiros indo de porta em porta pela cidade, visitando as viúvas e viúvos do pelotão que foi assassinado? Todos os homens e mulheres que perderam seus maridos contra os saqueadores; todas as crianças que perderam um pai. Mais de trinta famílias.

— Não. — Respiro fundo. — Eu não sabia.

— Os corpos foram recuperados das Cimérias e entregues para as viúvas no mesmo dia em que você chegou aqui. Uther me disse que o príncipe organizou e compareceu pessoalmente a cada funeral.

Um estranho nó se forma em minha garganta. Engulo com força para tentar desfazê-lo.

— Muitos dos viúvos e viúvas são meus amigos. Por isso, sei o quanto significou para eles ter o príncipe presente enquanto as piras queimavam e as cinzas eram espalhadas. Ver seus maridos serem sepultados com dignidade. Dar um propósito a essa perda sem sentido. — Ela me observa com atenção. — O príncipe Pendefyre é um bom líder e um amigo ainda melhor. Ele pode não ser um perfeito cavalheiro, pode parecer rude, arrogante e explosivo... mas há um coração batendo atrás das grossas muralhas que ele construiu para se defender. — Seus lábios se curvam em um sorriso irônico. — Só é preciso ser esperta o bastante para escalá-las.

— O coração dele não bate — murmuro baixinho. — Ele sangra como uma ferida aberta.

— O que você disse?

Meu olhar encontra o dela e elevo minha voz para um tom audível.

— Ele não quer que eu escale as muralhas dele, assim como eu não quero que ele atravesse as minhas.

— Tem certeza?

Hesito por um longo tempo — tempo o suficiente para que Carys bata palmas e mude de assunto.

— De qualquer jeito, eles foram ajudar como podem. Imagino que ficarão fora por pelo menos uma semana. Mas, desde que Uther retorne antes que o bebê decida fazer sua grande estreia, já fico feliz.

— Se ele não voltar a tempo, você tem alguém para ficar com você?

— Tenho uma moça, uma espécie de aprendiz, que vem todas as manhãs para arrumar o ateliê e ver como estou. Embora, atualmente, ela tenha muito pouco para fazer. Não estou aceitando novas encomendas até depois do parto.

Concordo com a cabeça.

— E sua família? Eles estão por perto?

— Meus pais faleceram há muitos anos, assim como os de Uther.

— Sinto muito.

Ela olha para a barriga.

— Vai ser bom ter mais alguém além de nós dois por aqui. Com a bênção dos deuses, será um parto tranquilo.

Que os deuses a abençoem.

Os poucos partos que presenciei no passado foram tudo menos *tranquilos*. Tento disfarçar a preocupação em minha voz quando pergunto sobre as parteiras da cidade.

— Há várias parteiras que moram a meio dia de viagem — garante ela. — Todas muito habilidosas. E há também a Guilda da Vida, os curandeiros da cidade, caso algo dê realmente errado. Estarei em boas mãos quando chegar a hora. Eu só... não quero que o Uther perca o nascimento. Tentamos engravidar por tantos anos, mas só agora os deuses acharam por bem nos abençoar. — Seus olhos ficam levemente marejados enquanto ela acaricia a barriga. — Em muitos aspectos, esta criança é o nosso milagre. E se ele ou ela for nosso *único* milagre, meu marido deveria estar aqui para testemunhá-lo.

— Tenho certeza de que ele voltará a tempo.

Ela força um sorriso em meio à onda de emoções.

— Ah, me desculpe! Estou parecendo uma manteiga derretida. Acredite em mim, não costumo ser tão chorona. Hoje em dia, choro por qualquer coisa.

— Não precisa se desculpar, Carys. É muito comum que as gestantes fiquem mais emotivas à medida que o parto se aproxima.

— Ah, claro, você entende dessas coisas. Uther disse que você é uma excelente curandeira.

— Eu tenho um pouco de habilidade.

— Só *um pouco*? Eu vi a tala do Farley quando ele veio me visitar outro dia. Você fez um ótimo trabalho. Graças a você, ele vai andar sem dificuldade. Talvez até volte a cavalgar. Ele não parava de elogiar você até que Pendefyre ameaçou quebrar as pernas dele de novo. — Ela dá uma risadinha. — Foi uma conversa muito mais interessante do que o papo de sempre sobre armamento e táticas de guerra.

Arqueio as sobrancelhas.

— Eles costumam se reunir no ateliê?

— Não aqui, lá em cima. Eu e Uther moramos no apartamento no andar de cima. Os conselheiros mais próximos do príncipe costumam se reunir à minha mesa até altas horas da madrugada, discutindo os ônus e bônus da vida militar. No entanto, nos últimos dias, você tem sido o tópico de conversa mais frequente.

— Eu?

— Ah, sim. Você tem um verdadeiro fã-clube na Guilda Flamejante. Todos gostam muito de você. — Ela faz uma pausa. — Bom, menos o Gower, mas eu não levaria isso para o lado pessoal. Ele não gosta de ninguém. Mas com você agora deve ficar ainda pior, já que ele recebeu ordens para ficar para trás e cuidar de você.

Isso é novidade.

— Recebeu?

— Ordens diretas do próprio príncipe.

— Não vi nem sinal dele.

— Hmmm. Aquele lá se mantém nas sombras. Sempre se escondendo como um vampiro. — Carys faz uma pausa e arqueia a delicada sobrancelha preta. — Você não pensou que o príncipe a deixaria aqui completamente desprotegida, não é?

Na verdade, pensei.

— Não custa nada sonhar.

— Não faça essa cara. Ele se preocupa com você. — Seus lábios se curvam em um sorriso brincalhão. — Embora eu não possa dizer o quanto, já que ele deixou o Gower encarregado do seu bem-estar. Pobre coitado. Eu o conheço há anos e nunca o vi sorrir.

— Bom saber que não sou a única a deixá-lo irritado.

— Não é mesmo. Ele raramente confraterniza com os outros membros da guilda, portanto, não deve ser difícil evitá-lo. Da próxima vez que eles se reunirem na minha cozinha, venha também. Você pode me fazer companhia enquanto eles tagarelam.

— Duvido que Penn permita. Se dependesse dele, eu passaria o restante da minha vida trancada no palácio. — Meus olhos se estreitam. — O que é muita hipocrisia, considerando que ele próprio passa o mínimo de tempo possível lá.

— Ele jamais gostou da corte. Ele e a irmã não se dão bem. São muito diferentes em temperamento, e em suas prioridades para o reino. O príncipe, por exemplo, sempre teve um interesse especial por seus súditos, sejam os da capital ou dos lugares mais remotos do planalto. Já a rainha, durante todo o seu reinado extremamente longo, poucas vezes se dá ao trabalho de tirar os olhos do espelho por tempo o suficiente para ajudar alguém. Poucos sentirão falta dela quando enfim deixar o trono. — Ela abre um sorriso. — *Rei Pendefyre* soa bem, você não acha?

Eu me sobressalto. Nunca me permiti considerar o fato de que Penn um dia governará todo o reino. Mais um peso sobre seus ombros, mais uma responsabilidade para carregar. É um milagre que ainda esteja de pé sob todo esse fardo.

— O que foi? — pergunta Carys, com a voz suave. — Você parece aflita.

— Estou bem. Eu só... — Balanço a cabeça para afastar os pensamentos. — Keda me disse que o Festival de Fyremas é praticamente o feriado pessoal de Penn. Estou começando a entender por que ele é tão querido por aqui.

— É verdade, Fyremas se tornou uma espécie de tributo a ele. Mas tenho certeza de que não será nada em comparação à festa de casamento dele.

Meus olhos se voltam para o elegante tapete sob meus pés. Minha pulsação acelera de repente.

— Ele vai se casar em breve, então?

Quando Carys não responde após alguns segundos torturantes, ergo os olhos e a vejo sorrindo para mim outra vez.

— Por quê? — pergunta, com os olhos faiscando. — Você ficaria incomodada?

— Claro que não! Não é da minha conta. — Minhas bochechas estão em chamas. — Nem sei por que perguntei.

— Eu sei exatamente por que você perguntou. — Ela solta uma gargalhada. — Ah, você ficou vermelha de novo. Essa foi a última das minhas provocações, eu prometo. Além disso, deveríamos nos concentrar em assuntos mais importantes, como encontrar algo extraordinário para você usar no Fyremas. — Ela estende a mão e agita os dedos. — Me ajude a levantar, por favor?

Levanto da poltrona e a encaro com uma expressão inquisitiva.

— Sabe que não precisa fazer isso, não é?

— Claro que sei. Não faço nada que não queira fazer. Basta perguntar ao meu marido.

Solto uma risada abafada. *Pobre Uther.*

— Eu quero fazer isso — declara Carys, com firmeza. — Primeiro, porque estou morrendo de tédio. Segundo, porque fiquei sabendo das tentativas da rainha Vanora de humilhá-la no banquete, vestindo-a como uma criada. E, terceiro, porque nada me daria mais prazer do que desbancar as costureiras da corte e sua preciosa Guilda das Estilistas, que desfilam por aí como se suas agulhas fossem de ouro e suas criações feitas pelos próprios deuses.

Uma risada escapa de meus lábios mais uma vez.

— Agora, você vai me ajudar a levantar? Ou devo me debater como um peixe fora d'água até ficar de pé?

Sorrindo, pego sua mão e a ajudo a se levantar.

CARYS E EU nos tornamos amigas em um instante.

Depois daquela primeira tarde, visitar o ateliê se tornou um ritual diário. Todos no palácio estão ocupados demais com os preparativos do Fyremas para me vigiar. Até Teagan e Keda foram sugadas pelo furacão, e só aparecem no início do dia, para entregar minha bandeja de café da manhã, e no final da noite, para deixar meu jantar. Posso estar totalmente recuperada, mas não a ponto de encarar o Salão Principal sozinha. Pretendo continuar fazendo as refeições na torre enquanto for possível.

Se alguém questionar minhas atividades fora dos muros do palácio, tenho a desculpa perfeita para voltar ao ateliê na rua Elevada: Carys está reformando o vestido que escolhemos. Originalmente desenhado para uma mulher muito mais alta, ele precisa de todo tipo de bainhas e ajustes para se adequar à minha forma menor.

Na verdade, eu visitaria o ateliê com prazer mesmo sem o álibi do vestido. Nunca tive uma amiga de verdade. Carys é uma década mais velha do que eu, mas nos damos bem como se tivéssemos compartilhado o mesmo útero. Ela tem a mente afiada, um olhar perspicaz, um riso fácil e me provoca sem dó sempre que lhe convém.

O que, devo acrescentar, acontece com frequência.

Por insistência de Uther, ela parou de aceitar novas encomendas à medida que a data do parto se aproxima. Sem trabalho para ocupar suas mãos ou um fluxo constante de clientes para mantê-la entretida, Carys está quase tão entediada quanto eu, trancada sozinha em minha torre.

Passamos o tempo conversando e tomando xícaras de chá de ervas, seja na aconchegante sala de estar do ateliê ou no andar de cima, nos elegantes aposentos. O apartamento é pequeno, mas acolhedor, um ambiente acolhedor que contrasta com a frieza do palácio. O bom gosto de Carys é impecável, desde as tapeçarias nas paredes até os móveis antigos dispostos com elegância e o quarto do bebê decorado com todo carinho. Eu me sinto à vontade lá — uma paz que não sentia havia muitos meses.

Na presença tranquila e sempre sorridente de Carys, é fácil compartilhar histórias da minha infância em Seahaven. Conto a ela sobre o chalé de Eli, com suas janelas tortas e amplos jardins. Sobre minha praia favorita, onde a areia era tão branca que às vezes parecia neve das Cimérias. Sobre a Floresta Starlight, um lugar sagrado de poder ancestral onde a casca das árvores brilhava na escuridão e as folhas tinham veios de prata. Conto até sobre Tomas, meu malfadado romance de verão, destinado a terminar ainda que ele tivesse sobrevivido ao incêndio que destruiu meu vilarejo.

Em troca, ela me conta histórias de sua juventude em Caeldera, onde cresceu como filha de um soldado de infantaria e uma costureira, elevada à posição social atual por meio do seu casamento com Uther — que é, segundo fiquei sabendo, um parente da família real. É primo de Vanora, embora distante. Às vezes, ela me conta histórias sobre as muitas campanhas e conquistas da Guilda Flamejante. Ela tem o cuidado de não falar demais sobre nada relacionado a Penn. Acho que ela percebe que falar dele só serve para me deixar abalada, irritada ou constrangida.

Rapidamente me acostumo com a nossa amizade fácil. Talvez seja por isso que, em minha quinta visita à rua Elevada, quando Carys me leva até a sala de estar, fico surpresa ao ver que ela já tem outro convidado tomando chá. Antes mesmo de ver as muletas apoiadas na chaise ou o cabelo acobreado brilhando à luz do sol de meio-dia, ouço o estrondo caloroso da sua voz gritando o meu apelido.

— *Ace!*

Farley — deixado para trás pelos amigos da Guilda Flamejante enquanto se recupera, e visivelmente irritado com isso — está tão desesperado por companhia quanto eu e Carys. Talvez até mais. Assim, nós o incluímos em nosso ritual diário, e nossa dupla se tornou um trio. Em breve, seremos um quarteto, dada a circunferência cada vez maior da barriga de minha nova amiga.

Eu a observo com a preocupação de uma curandeira quando ela não está olhando e faço orações silenciosas aos deuses para que Uther volte para casa.

Sua barriga está baixa. Se eu tivesse que apostar, diria que o bebê não nascerá em semanas, e sim em poucos dias.

— Você parece exausta — solto, sem rodeios, quando ela abre a porta uma semana após nosso primeiro encontro. Entro sem muita cerimônia. Está chovendo muito, e o pacote que carrego sob a capa corre o risco de ficar encharcado.

— Provavelmente porque eu estou. — Seu rosto se contorce em uma careta de desconforto. Há círculos profundos sob seus olhos. — O bebê está chutando sem parar desde ontem à tarde. Não preguei os olhos.

— Você deveria descansar. Eu volto amanhã.

— Não se atreva! Não vi vivalma o dia todo. Além disso, estou acostumada com o cansaço. Acho que não tenho uma noite de sono decente desde que Uther foi promovido a patentes mais altas.

— Você se preocupa com ele.

— Sim, mas sem necessidade. Ele é tão habilidoso, tão experiente. — Ela suspira e me leva até a escada estreita nos fundos do ateliê. — Pelos deuses, como eu amo aquele homem. Não posso culpar o príncipe por promovê-lo. Ele sabe reconhecer o talento. E também recompensá-lo.

Eu a ajudo a subir as escadas até o apartamento, mantendo uma das mãos nas suas costas para apoio. Através do tecido do seu vestido, consigo sentir a rápida oscilação da sua respiração. Essa curta subida logo se tornará cansativa demais para ela. Quando chegamos ao segundo andar, ela precisa se apoiar na parede para recuperar o fôlego.

— Desculpe — lamenta ela, ofegante. — A escada...

— Você não deveria ficar subindo e descendo, Carys. Não é bom para você se esforçar desse jeito. Seria melhor se estivesse repousando.

Ela dispensa minhas palavras com um gesto, pega impulso na parede e se arrasta para a sala de estar. Deixo que ela se recupere no sofá e sigo até a cozinha para colocar a chaleira no fogo, como é nosso costume. Pego duas canecas no armário acima da pia e coloco um torrão de açúcar em cada uma enquanto a água ferve. Não uso as folhas de chá que Carys costuma preferir; em vez disso, uso as ervas da lata que trouxe comigo.

A parada que fiz no boticário do quarteirão me custou todas as moedas que ganhei apostando em minhas habilidades de arco e flecha, e mais um punhado que encontrei na gaveta da escrivaninha de Penn. Imagino que ele não sentirá falta. E, mesmo que perceba, não sinto qualquer remorso. É por uma boa causa. E se oito coroas é suficiente para quebrar o banco real, ele tem problemas maiores com que se preocupar.

Quando volto para a sala, Carys ainda está ofegante e com as bochechas coradas. Seu rosto se contorce de nojo quando ela toma um gole do chá.

— *Eca!* Isso não é camomila!

Eu tomo um gole da minha xícara fumegante de chá de hortelã e sorrio.

— Não, não é.

— O que é essa mistura horrível?

— Solidago e raiz de gengibre. Vai ajudar a diminuir o inchaço nos seus pés.

— Tem gosto de terra.

Dou de ombros, sem me incomodar.

— Farley não veio hoje?

— Deve ter ficado preso nos alojamentos por causa da chuva. Estou surpresa por você ter vindo do palácio. Está caindo o mundo lá fora.

Comprimo os dedos dos pés dentro das minhas botas encharcadas.

— Não me importo com a chuva. Combina com o meu humor nesses últimos tempos.

Ela toma outro gole do chá e faz uma careta.

— Hmmm. E esse humor melancólico teria algo a ver com a ausência contínua de um certo homem com uma queda pelo fogo?

— *Não.* — Cerro os dentes. — Não é por causa do Penn. É pela minha total falta de propósito aqui.

— Talvez a falta de propósito seja o seu propósito.

— Espertinha.

— Você já voltou à caverna atrás da cachoeira?

Aperto os lábios, sabendo que minha resposta não vai agradá-la. Nas últimas manhãs, quando saí para caminhar até o ateliê, meus pés me levaram em uma direção diferente — não para o outro lado da ponte, longe do castelo, mas para trás dele, em meio à névoa espessa da cachoeira estrondosa. Por um lance de degraus de pedra escorregadia. Até uma caverna antiga com paredes gravadas com glifos.

Quando estive lá com Penn, os glifos brilhavam intensamente, vermelhos como a ponta das pinças de um ferreiro deixadas por muito tempo na forja. Agora, eles estão apagados e inertes, com o mesmo tom cinza-escuro de cinzas petrificadas que caracteriza o restante das fundações de Caeldera. E, no entanto, quando levanto a mão para traçar os padrões indecifráveis, sinto uma profunda vibração de magia sob a ponta dos meus dedos.

Passo horas meditando na caverna, buscando o ponto central de quietude em minha mente, ao som da cachoeira. Está cada vez mais fácil localizar o olho do furacão; mergulhar nas águas calmas no centro do ciclone. Mas, mesmo ao flutuar na calmaria, nunca perco a consciência do perigo que me cerca, não tão distante assim. Aproximando-se com a promessa sombria de poder infinito — e de dor inimaginável.

Penn quer que eu aprenda a domar essa tempestade. Que eu a atraia mais para perto e, de alguma maneira, consiga mantê-la contida, como uma inspiração profunda presa nos pulmões, sem jamais ser liberada. Parece impossível de imaginar, quanto mais de realizar. De todo modo, tenho que tentar. Depois de ouvir a história de Enid, os riscos são altos demais para serem ignorados.

Vou aprender a manter o portão fechado, digo a mim mesma de novo e de novo, com a mandíbula cerrada em determinação. *Vou aprender a conter essa tempestade que se agita dentro de mim.*

Não há outra opção.

Carys franze a testa para mim, captando a verdade em meu silêncio prolongado.

— Não acho que ir lá sozinha seja uma boa ideia, Rhya.

— Você deixou bem claro o que pensa sobre o assunto, Carys.

— Depois do que aconteceu da última vez, não acredito que você esteja pensando em testar seus poderes outra vez. E se você perder o controle? E se você se machucar?

— Não vou perder o controle novamente.

— Você parece bastante confiante para uma garota que acabou de ficar um dia inteiro inconsciente. — Ela estreita seus olhos verdes para mim. — Vou ficar muito irritada se todo o meu trabalho árduo para reformar seu vestido para o Fyremas for desperdiçado porque você acabou se matando por acidente.

Eu rio.

Ela, não. Seu tom é extremamente sério.

— Você deveria esperar pelo Pendefyre.

Comprimo os lábios em vez de responder.

— Por que é tão importante fazer isso sozinha? — insiste Carys.

— Não quero depender de ninguém. Está bem? Muito menos… *dele*.

— Ele parece ser a *única* pessoa em quem você realmente pode confiar. O único que entende pelo que está passando. Vocês não são iguais?

Solto uma risada indignada.

— Não poderíamos ser mais diferentes! Ele é o homem mais teimoso, arrogante e explosivo que já conheci!

— Eu não te conheço há muito tempo, então não posso dizer que sou uma especialista na sua personalidade. Mas, a julgar pelas histórias que o meu marido contou sobre você enquanto passavam pelas Cimérias, seu temperamento não me parece muito diferente, Rhya. — Seus lábios se contorcem em um sorriso irônico. — Talvez se você parasse de tentar odiar tanto o Pendefyre, acabaria descobrindo que vocês têm muito em comum.

— Humpf.

— Por que você continua a negar a atração entre vocês dois?

— *Atração?* Os hormônios da gravidez afetaram sua cabeça, Carys. Não sentimos atração nenhuma.

Exceto, talvez, por alguns momentos de tensão na estrada, quando trocávamos olhares perto da fogueira… Ou durante nossa briga na clareira, quando achei que ele estava prestes a me beijar… Ou quando o vi pela primeira vez sem camisa na arena de treinamento… Ou quando acordei na sua cama e senti seus lábios na minha testa…

Balanço a cabeça para afastar as lembranças indesejáveis.

— Mal suportamos ficar no mesmo ambiente, na maior parte do tempo — insisto, tentando convencer tanto a mim quanto a ela. — Nunca tivemos uma única conversa que não terminasse em gritos ou caos.

— E daí?

— *E daí?* Você distorceu a realidade para se adequar à sua narrativa romântica ilusória.

— Me explique, então. Como realmente é a relação entre vocês dois.

Eu hesito.

— Estamos… conectados de forma única. Há um vínculo entre nós que não pode ser quebrado.

— O vínculo dos Remanescentes. Sim, Uther me contou sobre isso. É verdade que vocês conseguem ler os pensamentos um do outro?

— Não, não bem é assim. — Estremeço, horrorizada com a ideia de ter Penn dentro da minha cabeça. — É mais como... saber que alguém está logo atrás de você, mesmo sem que a pessoa tenha se anunciado. Você pode sentir a presença dela em seus ossos, pode localizá-la quando estão perto. — Mordo o lábio inferior. — Não consigo sentir a presença dele desde que deixou a cidade.

— Hmmm.

Meus olhos se estreitam diante do sorriso malicioso que curva sua boca por trás da xícara de chá.

— Hmmm... *O quê?*

— Acho interessante que você afirme não se importar com ele, mas acabe de admitir que tenta sentir a presença dele. Parece um tanto contraditório.

— É sempre bom saber onde estão seus inimigos.

Ela revira os olhos diante da minha declaração insolente.

— Conte-me mais sobre o vínculo. Acho tudo isso tão fascinante.

— Não há muito o que contar. Estamos conectados. Ligados. Nossos corpos, nossa magia, nossas emoções.

— Suas emoções?

— Às vezes, sentimentos intensos também podem... transbordar. — Tomo meu último gole de chá e pouso a xícara vazia na mesa. — Estou trabalhando para controlar os meus.

— Por quê? Acho que seria ótimo que meu homem soubesse exatamente como me sinto em qualquer momento do dia, sem que eu tenha que abrir a boca.

— Penn *não* é meu... — Eu faço uma careta para o sorriso que se espalha em seu rosto. — Você está me provocando de novo.

— Não consegui resistir. Continue.

— Basicamente, é isso. Penn disse que os Remanescentes conseguem canalizar uns aos outros de alguma forma. Mas, como mal consigo controlar meu poder, duvido muito que eu consiga lidar com algo assim. — Solto uma risada desdenhosa. — Talvez os deuses tenham escolhido a garota errada para cumprir a maldita profecia. Foi um desperdício colocarem essa marca em mim.

— Você está sendo muito dura consigo mesma.

— Estou sendo realista — corrijo. — Agora, podemos conversar sobre outra coisa? *Qualquer* coisa. Eu imploro, se for preciso.

Carys me observa por um longo tempo do outro lado da mesa de centro de madeira polida. Seus olhos verdes enxergam mais do que eu gostaria, desvendando facetas particulares que eu preferiria esconder. Com um sorriso familiar e malicioso ainda estampado nos lábios, ela muda o rumo da conversa para questões menos polêmicas.

— Se o bebê nascer alguns dias antes, talvez eu não perca o festival inteiro. Adoro fogos de artifício. Eu odiaria ficar de cama durante toda a festa...

VINTE E QUATRO

A chuva diminuiu de um aguaceiro para uma garoa quando me despeço de Carys e começo minha marcha encharcada de volta ao palácio. Nunca vi as ruas tão vazias; o típico burburinho do mercado no meio do dia foi forçado a ficar em casa por causa do mau tempo. As barracas dos vendedores estão vazias. Até mesmo o assador de castanhas, que parece ser uma presença constante, não está no posto habitual.

Caminho entre as poças, minhas saias molhadas grudam nas pernas a cada passo. A capa está empapada de chuva. O barulho constante da chuva no chão é o único som, exceto pelo ranger das minhas botas ensopadas. Pela primeira vez, estou ansiosa para voltar ao calor da torre, com sua lareira crepitante e parede vulcânica.

Os paralelepípedos brilham em laranja e vermelho, um espelho de água que captura a luz bruxuleante dos lampiões. O ar está frio, mas quase não o sinto. Estou mergulhada em meus pensamentos enquanto caminho apressada pela estrada deserta, com a cabeça abaixada para evitar ao máximo os pingos de chuva.

Estou preocupada com Carys, com a possibilidade de Uther não chegar em casa a tempo do nascimento, com a possibilidade de ela tropeçar na escada e entrar em trabalho de parto prematuramente. Tenho vontade de dar meia-volta e voltar para a rua Elevada, só para não deixá-la sozinha, mas sei que minha ausência no palácio será notada se eu não retornar em algumas horas, quando as camareiras fizerem a visita noturna.

— Amanhã, logo cedo, volto para ver como ela está — murmuro para mim mesma enquanto passo por uma fileira de carroças de comerciantes estacionadas, carregadas com as mercadorias para as entregas da manhã seguinte. — Vou me certificar de que ela não se esforce demais. E farei com que ela beba mais do chá curativo que tanto detestou...

O punho surge do nada.

Ele me golpeia na boca, com força o suficiente para rasgar meu lábio. Sinto gosto de sangue na língua, uma onda quente e metálica, e grito de dor. O som é abafado pela mão grande que tapa minha boca. Em um piscar de olhos, um segundo braço, duro feito granito, envolve minha cintura e me puxa para trás. Chuto e arranho enquanto sou arrastada entre duas carroças estacionadas, mas quem quer que esteja me segurando tem um peito largo e braços fortes como bigornas. A rapidez com que sou dominada chega a ser ridícula.

Meus olhos se arregalam quando vejo para onde ele está me levando. Uma das carroças está com a parte de trás aberta. De imediato, percebo que serei a carga. Meus dentes se cravam na parte mais alta da sua palma, forte o suficiente para que ele me solte por um momento. Ele sibila um xingamento quando me abaixo e me desvencilho dele, caindo de cara em uma poça quando as saias molhadas se enroscam em minhas pernas. Esfolo as mãos enquanto me arrasto pela calçada áspera tentando encontrar apoio.

No instante em que fico de pé, começo a correr a toda velocidade. Ele me persegue, suas botas pisoteando as poças, tão perto que consigo sentir os respingos nas costas.

Onde diabos está o Gower quando eu preciso dele?

A cada passo, o poder frio no meu peito lateja com mais força, ardendo através da capa. Tento encontrar dentro de mim o vento que poderia me salvar, mas ele escapa inutilmente entre meus dedos, entorpecido pelo medo e pelo pânico que dominam meus sentidos. Recorro aos métodos mais tradicionais e enfio a mão no bolso da capa para pegar a adaga, enquanto a outra procura o apito pendurado no cordão em meu pescoço.

Não estou muito longe dos alojamentos dos soldados. Se eu conseguir pedir ajuda, alguém certamente me ouvirá. Alguém virá correndo. Alguém vai...

O apito não chega aos meus lábios.

O homem me golpeia por trás com algo muito mais duro do que um punho. Parece uma tábua de madeira ou o cabo de uma espada. Estrelas explodem no meu campo de visão, fragmentando o mundo ao meu redor em um caleidoscópio de cores. Desabo de uma vez, aterrissando de bruços em uma poça. Sinto a água suja penetrar o tecido do meu vestido até minha pele.

Depois, não sinto absolutamente nada.

A CARROÇA CHACOALHA sobre a estrada esburacada, sacudindo meu corpo dolorosamente a cada solavanco. Estou jogada no chão, na parte de trás, com as mãos amarradas por uma corda grossa. Há uma mordaça na minha boca, tão apertada que mal consigo respirar. Minha língua está seca como areia. Minha cabeça lateja com uma dor tão intensa que é um milagre eu conseguir enxergar direito.

Com dificuldade para me sentar, apalpo cuidadosamente a parte de trás do meu crânio e descubro um calombo do tamanho de um ovo embaixo da trança. Não é à toa que minha cabeça está doendo. Limpo a crosta de sangue seco do meu lábio inferior com a manga úmida do vestido. Para minha surpresa, o corte já está cicatrizado, assim como as palmas das minhas mãos esfoladas. Pelo menos, minhas habilidades mágicas de cura estão intactas.

Por uma pequena abertura na frente, consigo ver a nuca do meu captor. Ele ainda não percebeu que estou acordada, concentrado em conduzir o par de mulas sob a luz do crepúsculo que se aproxima. Ainda não está totalmente escuro. Isso é um bom sinal. Fiquei inconsciente por pouco tempo, o que significa que não percorremos uma longa distância. Talvez ainda estejamos em Caeldera.

Com o coração acelerado, pressiono minha bochecha contra a lateral da carroça, tentando distinguir fragmentos da paisagem que passa entre as tábuas de madeira lascadas. Não vejo nenhuma construção. Apenas campos de terra árida ainda com resquícios de gelo e pinheiros cobertos de neve derretida. A estrada não é de paralelepípedos, mas de terra avermelhada e compacta.

Estamos além dos limites da cidade.

Além das barreiras de proteção.

Meu coração se aperta enquanto a esperança se esvai dentro de mim. Fui capturada. Com que propósito, não sei dizer. Por quem, também não. Tudo o que sei com certeza é que a culpa é só minha.

Confiei em Penn quando ele disse que ninguém conseguiria me capturar na capital. Eu me considerava segura dentro do berço protetor da cratera, resguardada dos males externos por uma barreira invisível. Eu me iludi ao acreditar que era intocável em minha nova vida no palácio. E assim, baixei a guarda, abandonei minha constante vigilância.

Tudo isso por... o quê? Refeições todos os dias? Um lugar para deitar minha cabeça? Um baú com roupas quentes? Um pouco de companhia?

Por tão pouco, sacrifiquei minha vida.

Não sou melhor do que um gato de rua faminto, facilmente seduzido por alguns restos de comida.

Eu me acostumei rápido demais aos novos hábitos do palácio. Como pude esquecer tão facilmente que nunca pretendi ficar — nem em Caeldera, nem com Penn. Não para sempre.

Onde estava meu instinto de autopreservação?

Onde estava a base lógica sobre a qual Eli me criou?

Ignorei tudo o que me manteve viva, tudo o que me ajudou a sobreviver durante os longos meses de fuga. E agora tenho que arcar com as consequências.

Minha pulsação dispara quando paramos. Vozes masculinas abafadas falam com meu sequestrador, pedindo suas credenciais. Estamos em um posto de controle de segurança. A esperança ressurge. Mas quando estou prestes a começar a bater na lateral da carroça com minhas mãos amarradas, ouço meu captor responder aos guardas na torre, sua voz rouca ecoando pelo crepúsculo.

Minha alma se aquieta com meu corpo.

Conheço essa voz.

Eu a reconheço.

— Minhas *credenciais*? Sou o segundo-tenente Gower, da Guilda Flamejante — rosna ele. — Não tenho tempo para isso. Que tal agilizarmos?

Gower!

Faz-se uma pausa tensa.

— Não fomos informados de nenhum transporte...

— Nem deveriam. Esse é um assunto pessoal do príncipe Pendefyre.

— Certamente — o guarda hesita —, mas você precisa entender que temos protocolos...

Minha mente atordoada se esforça para compreender essa inesperada reviravolta. Talvez Gower esteja me levando sob ordens de Penn?

Descarto a possibilidade quase tão rápido quanto ela surge. Penn nunca permitiria que alguém colocasse as mãos em mim, muito menos que me jogasse na parte de trás de uma carroça sob o manto da noite e me levasse para fora da cidade.

Em um impulso desesperado, bato meus punhos amarrados contra a lateral da carroça com força suficiente para me machucar. Grito, mas o som mal atravessa a mordaça em minha boca. Puxo-a com força para baixo e tento de novo.

— Socorro! — grito. — Socorro! Aqui atrás!

— O que, em nome dos deuses, é...

A pergunta do guarda é interrompida abruptamente quando Gower salta do assento do condutor, sacudindo a carroça com o peso de seu corpo. Eu me arrasto em direção à pequena abertura na frente. Não consigo ver nada. Exceto as crinas curtas e eriçadas das duas mulas. Mas o que eu ouço é o suficiente para ter uma boa noção do que está acontecendo. O som metálico de uma espada deslizando da bainha. Uma luta rápida, corpos se chocando e golpes desferidos. Um breve grito de dor. E então...

Um silêncio arrepiante.

Quando o rosto de Gower, vermelho pelo esforço, aparece do outro lado da abertura, eu recuo tão rápido que caio sentada em um emaranhado de saias. Olho fixamente em seus olhos frios e mortos enquanto sou tomada por um desespero crescente.

Os guardas estão mortos.

E, com eles, minha chance de escapar.

— Vadia estúpida — sibila ele. — Se eu não estivesse sendo pago para entregá-la intacta, você sentiria o fio da minha espada por causa dessa gracinha.

Estou tremendo de raiva e medo quando me levanto.

— Você matou todos eles. Os guardas lá fora...

— E de quem é a culpa? — vocifera, tão furioso que a saliva voa pela fenda. O cabelo preto cai sobre sua testa coberta de suor. — Se você tivesse ficado de boca fechada, eles ainda estariam vivos.

Eu o encaro — um lampejo de ódio descontrolado irradia de seus olhos — e sei que não vale a pena discutir. Endireito a postura e pergunto:

— Por que está fazendo isso?

— Não preciso dar explicações para gente da sua laia.

— Por dinheiro? Só pode ser. — Minha cabeça se inclina, pensativa. — Eu me pergunto, Gower... qual é o preço da traição hoje em dia?

— Eu não te devo lealdade, vadia. Eu não te traí.

— Talvez não. Mas traiu seu líder. Seu príncipe. E tenho certeza de que ele não será nada compreensivo quando descobrir.

Ele estremece levemente com minhas palavras.

— Ele não vai descobrir.

Solto uma risada.

— Você está delirando. Acha mesmo que pode me sequestrar e ninguém vai perceber?

— Eu tenho um plano...

— Imagino que seu plano tenha ido por água abaixo no minuto em que você matou aqueles guardas.

Os olhos de Gower faíscam de raiva.

— Você não sabe de nada!

— Eu sei que Penn vai matá-lo por isso — sussurro, com uma voz ríspida. — Não vai poder correr, nem se esconder. Ele vai te caçar até te encontrar. O rosto dele será a última coisa que você verá antes de sua patética existência ser apagada como uma vela.

— Eu lutei ao lado de Pendefyre por anos. Você chegou há... o quê? Algumas semanas? — Sua voz é de puro ódio. — Ele pode até gostar de te levar para a cama, mas garanto que nem vai lamentar sua perda. Ninguém vai. Você pode ser importante para os nossos inimigos, mas todos em Caeldera te esquecerão muito antes de eu receber a recompensa por esse acordo.

Suas palavras me cortam como uma navalha, mas mantenho minha expressão calma e tranquila como as águas no centro da minha mente.

— É assim que você justifica suas ações, Gower? A sacola de recompensa pesa mais que sua consciência? Supondo que você tenha consciência, claro. Duvido, visto que você me sequestrou por algumas moedas.

— Não são apenas algumas moedas, sua vadia estúpida! Efnysien está oferecendo imortalidade para quem te entregar para ele!

Luto para manter meu choque enterrado sob uma máscara de indiferença.

Os olhos de Gower se tornam vagos, como se ele não estivesse totalmente presente. Como se não estivesse me vendo nem falando comigo.

— Entregue a garota e viva para sempre. Os batedores dele espalharam a mensagem por toda parte. É apenas uma questão de tempo até que alguém aceite o acordo. Por que não eu? Por que eu não deveria me beneficiar da sua existência? Sua vida pela minha. A meu ver, parece uma troca justa. Quem em sã consciência resistiria a uma recompensa dessas?

Meus olhos examinam seu rosto com mais atenção. Eu nunca havia olhado para ele — *realmente* olhado para ele — antes. Ele sempre faz cara feia para mim ou se afasta antes que eu possa observá-lo com mais cuidado. Mas agora, vendo-o de perto pela primeira vez, percebo um leve amarelado em sua pele. Um tom ictérico que já observei em bebês doentes e homens moribundos. Seus olhos também mostram sinais da doença. Estão rodeados por olheiras profundas, e a parte branca tem um tom opaco, parecido com creme coalhado. Além disso, as maçãs do rosto estão encovadas, o que não combina com a aparência de um guerreiro saudável.

— Há quanto tempo você está morrendo, Gower?

Seu olhar se volta para o meu, arregalado de choque.

— *O que você disse?*

— Você está morrendo. É nítido. A julgar por sua palidez, você está doente há um bom tempo. — Arrisco um palpite, torcendo para que minha intuição esteja certa. — Os vômitos já começaram? As fezes com sangue? A bile queimando na garganta?

— Cala a boca!

— Sua reação sugere que sim — concluo, com a voz suave. — Você deve estar sentindo muita dor.

— Você não faz ideia. Não faz ideia do que… — Ele se engasga em silêncio, rangendo os dentes para conter as palavras. — Não importa. Em breve, estarei curado. Serei imortal. E você… você estará morta.

— Não.

Seu semblante se torna ainda mais sombrio.

— Ah, não?

— Não. — Balanço a cabeça para ele, quase com pena. — Eu não vou morrer. Pelo menos, não hoje. E não por sua causa, seu miserável patético.

— Sua vadia…

— Você será o único a morrer, Gower — interrompo. — Muito antes de chegar a Efnysien para reivindicar sua suposta imortalidade.

Devo parecer calma para ele neste momento, com a expressão serena e o tom de voz equilibrado. Mas, por dentro, estou longe de estar calma. Por dentro, sou uma tempestade em formação. Um ciclone girando, ganhando força, crescendo até se igualar à fúria que pulsa em minhas veias enquanto encaro o traidor que pretende roubar meu futuro.

Não vou permitir.

Não quando tenho o poder para detê-lo latejando no centro do meu peito, pronto para atacar com uma ferocidade que só senti uma vez antes.

— O que... o que você está fazendo? — O desprezo desaparece do rosto de Gower. Substituído por puro pavor quando ele grita por cima do vento crescente que ruge dentro da carroça. As tábuas de madeira chacoalham enquanto toda a estrutura sacode com uma rapidez crescente.

— Pare com isso! — grita ele, afastando o rosto da abertura. — Seja lá o que for que estiver fazendo, pare agora mesmo!

— Adeus, Gower.

Fecho os olhos e me rendo à tempestade da mesma maneira que fiz na encosta da montanha quando contive o incêndio. O poder irrompe sob minha pele, explodindo de mim como uma onda de choque de ar eletrificado. Desta vez, não há glifos ancestrais para contê-lo. Nenhum vínculo de apoio emanando da imponente presença de Penn.

Estou livre.

Livre das amarras.

Livre do remorso.

Minhas amarras se rompem, arrancadas dos meus pulsos como se fossem feitas de papel. Minhas costas se curvam com a força liberada — a coluna arqueada, a cabeça pendendo para trás. Ouço o som de madeira se estilhaçando. Meus olhos se entreabrem e não vejo o teto da carroça, mas o céu aberto.

Em algum lugar no fundo da minha mente, Penn está gritando para que eu contenha o poder. Que o controle antes que me mate. Não dou atenção a ele quando outra onda de choque explode, ainda mais forte do que a anterior. Tão forte que me suspende no ar. Eu me preparo para uma queda, mas meu corpo não atinge o chão; em vez disso, ele se eleva em direção ao céu. Flutuo pelo ar como um pássaro em voo: braços abertos, cabelo esvoaçando ao meu redor, saias tremulando como asas.

Pairo no ar enquanto a carroça entra em combustão embaixo de mim. Pregos se soltam da madeira, rodas voam dos seus eixos, tábuas se desfazem em pedaços. As duas mulas disparam em pânico em um tropel, os arreios arrastando pela terra. Não vejo Gower no meio da confusão, mas ouço seu grito de dor — um breve ganido de agonia —, antes que o som seja carregado pelo vento. Ao meu redor, o vórtice levanta uma nuvem de poeira e destroços, crescendo até se transformar em um imensa nuvem em forma de funil que se estende da terra até as nuvens.

Ouço um urro; um som sobrenatural e sobre-humano. E, após um momento, percebo que sou eu. Sinto a tensão na mandíbula enquanto o grito escapa sem controle. Sangue escorre dos meus olhos como lágrimas, descendo pelo meu rosto até a boca aberta.

Tem gosto metálico.

Tem gosto de dor.

Tem gosto de loucura.

Poder puro. Selvagem demais para ser contido sem me despedaçar. Intenso demais para suportar sem que meu crânio se parta ao meio. Está dilacerando meu corpo, me partindo em mil pedaços. Flutuo no centro do tornado, sentindo minha mente se apagar pouco a pouco enquanto os pulsos de poder se tornam mais fortes. Minha consciência oscila sob o peso esmagador de agonia e ar, sob o frio cortante em meu peito que perfura meus pulmões e rouba meu fôlego. Não sou mais eu — não sou mais Rhya Fleetwood, a Remanescente do Ar.

Sou... o próprio ar.

O próprio vento.

Pense em cada brisa que já soprou por cada folha de grama em todos os cantos deste mundo... Pense em cada rajada impetuosa de vento que já inflou as velas de cada veleiro em mares distantes... Pense em cada corrente que impulsionou cada pássaro que ousou abrir as asas em todos os céus longínquos...

Estranho... É a voz de Soren que ouço no último segundo antes que minha mente se apague por completo.

Desde um sussurro até um grito, do mais leve sopro à tempestade mais impetuosa...

Tudo isso reside dentro de você.

Tudo isso e muito mais.

Outra onda de choque me atravessa, levando consigo o último resquício de minhas forças. Minha mente se transforma em escuridão tão de repente que não há tempo nem de me preparar enquanto despenco do ar para a estrada de terra batida.

Se a aterrissagem dói, não tenho a menor ideia.

Já estou inconsciente.

O AMANHECER ESTÁ despontando no horizonte quando me desvencilho dos meus sonhos, emergindo do mar profundo e escuro em que estou me afogando, e desperto ofegante quando minha cabeça emerge na superfície. Fico encarando o céu, completamente atordoada.

Estou deitada em uma cama de lascas de madeira estilhaçada. Fragmentos da carroça destruída estão espalhados pelo chão ao meu redor, a maioria menor do que o comprimento do meu antebraço. O vento se foi; apenas um fraco sussurro da brisa agita as folhas de grama que margeiam a estrada. Lutando contra a exaustão familiar que me acomete sempre que uso meus poderes, consigo me sentar. Leva muito tempo para que os meus membros me obedeçam. Parecem feitos de gelatina, mesmo depois de uma noite inteira de sono.

Acho que deveria me sentir sortuda por ninguém ter me encontrado enquanto estava inconsciente. Mas é difícil sentir qualquer coisa, exceto horror, enquanto meus olhos esquadrinham o local, observando, pela primeira vez, a magnitude da destruição. Vários pinheiros estão tombados, arrancados pelas raízes, com seus troncos estatelados na terra salpicada de neve. Um deles caiu diretamente sobre o que, em algum momento, deve ter sido um posto de guarda. Agora não passa de uma pilha de destroços.

Tento não olhar para os corpos espalhados sob os detritos, os guardas mortos. Três deles, jovens e fortes, os olhos sem vida fixos no céu. Suas espadas jazem inutilmente na terra ao lado deles.

Um gemido abafado chama a minha atenção, e giro a cabeça. O movimento brusco provoca uma onda de vertigem, que só se dissipa após algumas piscadas insistentes. Quando minha visão finalmente se ajusta, vejo a fonte dos gemidos agonizantes. É Gower. Ele está deitado de costas na estrada a uns vinte passos de mim, contorcendo-se de vez em quando. Suas mãos apertam o abdômen, onde uma estaca de madeira atravessou seu corpo quando a carroça explodiu.

Deuses.

Eu me arrasto até ele em meio aos destroços, lutando contra meus músculos cansados a cada centímetro. A exaustão martela em minhas têmporas, uma dor implacável, mas eu a expulso da minha mente. E eu dormi por horas. Desde o crepúsculo. Já aquele homem ter sobrevivido tanto tempo com um ferimento desses...

Não consigo nem imaginar a dor que está sentindo.

Teria sido uma misericórdia morrer imediatamente, na explosão. Seis centímetros mais para cima, a estaca teria perfurado seu coração e o teria matado na hora. Mas, por um capricho cruel do destino, ela perfurou as partes musculosas da sua barriga, condenando-o a uma morte lenta que eu não desejaria ao meu pior inimigo.

— Gower — sussurro com os lábios ressecados, olhando para o seu rosto. — Gower, você consegue me ouvir?

Suas pálpebras tremem, mas não se abrem. Ele não responde, exceto por um gemido — um som baixo e angustiado. Está pálido devido à perda de sangue. A terra ao redor do seu corpo está encharcada de vermelho.

— Gower?

— M-misericórdia. — A palavra sai entrecortada, ofegante. — *Misericórdia.*

Sua cabeça pende para o lado, como se o esforço de uma única súplica fosse mais do que ele consegue suportar. Sua mão está pálida e pegajosa quando a envolvo com as mãos trêmulas e a aperto com o máximo de força que consigo reunir. Ele não aperta de volta. Duvido que o fizesse, mesmo se conseguisse.

Afinal, eu o matei.

A estaca em seu abdômen é mais grossa do que meu punho. Os melhores curandeiros de Anwyvn não conseguiriam curá-lo. E mesmo se conseguissem, ele não sobreviveria à febre que viria em seguida. Não quando seu corpo já está tão fraco, sua imunidade tão prejudicada pelo câncer que corrói suas entranhas.

Qualquer pessoa que passe algum tempo perto de mortos ou moribundos aprende rápido que a morte tem um cheiro. Um aroma específico que assombra tanto os campos de batalha quanto as enfermarias. Não apenas sangue ou bile, e sim algo mais. Um presságio sombrio do que está por vir.

Eu o sinto agora. Inspiro-o para meus pulmões como um perfume letal enquanto seguro a mão do homem que teria me entregado para Efnysien sem nem sequer olhar para trás, feliz em trocar sua vida pela minha.

Misericórdia.

Ele me pediu por isso. Implorou. Seu último desejo é o alívio para sua agonia, a libertação dessa tortura prolongada. Mas por que eu deveria lhe conceder misericórdia? Ele não me mostrou nenhuma. Praticamente me condenou à morte nas mãos de um tirano sedento por poder.

Enquanto observo seu peito subir e descer em arquejos trêmulos e dolorosos, não sinto compaixão. É o que digo a mim mesma, enquanto meus olhos ardem com lágrimas contidas, e minha garganta se aperta com um nó de tristeza. Isto é exatamente o que ele merece: uma consequência direta das próprias escolhas egoístas. Traidores não são dignos de uma passagem honrosa da alma para o éter.

Esse é o destino que ele fez por merecer.

Ainda assim, é mais forte que eu. Então pouso sua mão ao lado do corpo, estendo meu braço em direção à sua bota, onde o familiar cabo de um punhal brilha sob a fraca luz do sol da manhã. É a minha adaga, roubada quando ainda estávamos nas ruas de Caeldera. Por um momento, observo os glifos esculpidos no cabo, imaginando, mais um vez, o que significam. Então, com uma firmeza aperfeiçoada por anos de prática de cura, empunho a adaga e a levo até o pescoço de Gower.

Sob a pele fina, observo o pulsar de seu coração na jugular. Está fraco. Descompassado. Ao contrário do meu, que dispara em um ritmo frenético enquanto ajusto o ângulo da adaga na cavidade abaixo da orelha, onde o pescoço se une à mandíbula.

— Sua vida pela minha — sussurro, repetindo as palavras que ele me disse antes. — A meu ver, parece uma troca justa.

Em um golpe certeiro, corto sua garganta.

NÃO SEI POR quanto tempo fico sentada na terra ao lado do cadáver de Gower, olhando para o sangue em minhas mãos. Tempo suficiente para o sol se elevar no céu. Tempo suficiente para que a dor em minhas têmporas diminuísse de uma dor ofuscante para um latejar distante. Tempo suficiente para que parte do poder drenado pela explosão da noite anterior volte a pulsar no centro do meu peito, uma suave corrente de vento que se enrosca em meu coração.

Quando a exaustão começa a diminuir, avalio minha situação. Não faço ideia de onde estou. E, principalmente, não sei para onde ir. Devo voltar para Caeldera? No momento, essa parece ser a pior ideia possível. Seria diferente se Penn estivesse lá... mas ele não está, e pode levar dias até que retorne. Só os deuses sabem se mais alguém acreditaria na minha história.

Sequestrada por um membro da estimada Guilda Flamejante. Obrigada a matá-lo para escapar. Sem falar nos guardas mortos e na torre destruída pelo vento...

Balanço a cabeça em uma lenta negação. Não confio em ninguém na capital para me proteger das repercussões das minhas ações. É certo que não posso esperar qualquer apoio da rainha Vanora ou dos membros da sua corte. Eles já me odeiam. Estão sedentos por uma desculpa para me ver humilhada ou banida do reino. Não me surpreenderia se fosse jogada nas masmorras do palácio para apodrecer.

Carys ficará do seu lado, sussurra uma voz dentro de mim. *Farley também. E Teagan. E Keda...*

Sufoco a voz. Não posso colocar meus novos amigos nessa posição. Não pedirei a eles uma demonstração de lealdade que colocará em risco seus meios de subsistência ou suas reputações.

Não.

Não retornarei para Caeldera. Encontrarei uma maneira de sobreviver por conta própria. Já fiz isso antes. Posso fazer de novo.

Quando me sinto forte o suficiente para me mover, me forço a vasculhar os destroços em busca de algo útil. Nas ruínas do posto de guarda, encontro um esconderijo de armas — machados de batalha e espadas largas —, todas pesadas demais para eu empunhar. Em um golpe de sorte, vejo um arco de caça e uma aljava cheia de flechas meio escondidos sob os galhos de uma árvore caída. Perto dos restos destruídos de uma mesa, pego alguns pães velhos, um farnel de frutas secas e nozes e um grande pedaço de queijo embrulhado em papel encerado.

Fecho os olhos sem vida dos guardas enquanto revisto seus bolsos, encontrando uma pequena faca de entalhe e uma bolsa de camurça cheia de moedas de Dyved. Coloco tudo o que consigo carregar em uma mochila empoeirada que encontrei ao lado do corpo do último soldado. Penduro-a nas costas junto da aljava e sigo em direção à floresta.

Sem olhar para trás.

VINTE E CINCO

As florestas de Dyved fervilham de vida.

Vejo mais animais nas florestas em dois dias do que em todos os meus anos de vida. Os cervos que eu costumava caçar em Seahaven eram criaturas famintas e esquálidas — já moribundos quando minhas flechas os derrubavam. Os alces e as corças que cruzam meu caminho aqui estão no auge da forma física, criaturas magníficas com chifres imponentes, pelagem reluzente e olhos brilhantes e perspicazes. Coelhos-de-cauda-de-algodão saltitam tão rápido pelo bosque que é difícil avistá-los em meio à vegetação rasteira. Pássaros exóticos de diversas espécies cantam do alto dos pinheiros, preenchendo o ar com suas melodias estranhas.

Quando chego a um trecho da floresta em que a cantoria dos pássaros desaparece em um silêncio abrupto e vejo as cascas de várias árvores marcadas com garras profundas, rapidamente mudo de rota. Não tenho nenhuma vontade de descobrir se os ursos de Dyved são saudáveis como os cervos. Ou se estão famintos.

Não me importo muito com a direção que sigo, desde que ela me leve um pouco para o sul. Não tenho um destino em mente. Na primeira noite, acampo na curva de um rio, acendendo uma fogueira usando folhagem e gravetos que encontro espalhados no mato. Assim que as chamas se acendem, alimento o fogo com toras secas até que arda de maneira constante, alto o suficiente para afastar as sombras, mas discreto o bastante para não atrair atenção indesejada. O degelo da primavera está bem adiantado e, embora ainda haja resquícios do frio do inverno, a temperatura é tolerável. Ainda mais vestindo uma capa grossa forrada de pele e botas de couro resistentes.

Muito diferente da minha última estadia na natureza.

As horas se transformam em dias, e uma espécie de paz se instala em meus ossos. As coisas são mais simples na floresta. Não há costumes sociais a serem respeitados, nem cortesãos debochados a serem impressionados, nem conversas traiçoeiras a serem contornadas. Aqui, não sou uma criança da profecia, nem uma convidada insignificante em um jantar, nem um ser mágico de grande importância. Sou apenas uma garota na floresta. Se estou com fome, como. Se estou cansada, descanso. Se estou entediada, brinco de identificar as plantas medicinais e as flores que colorem a floresta.

Rosa-mosqueta. Sálvia. Tanásia. Confrei. Chicória. Milefólio. Murta. Corniso-florido. Epilóbio. Zimbro. Tiririca-de-flor-amarela.

Usando o canivete do guarda morto para coletar mudas das plantas mais úteis. É um tanto otimista pensar que um dia encontrarei um lugar para plantar um jardim medicinal, quanto mais cultivá-lo até florescer. Mesmo assim, não paro até que minha mochila esteja cheia de raízes e caules cuidadosamente embrulhados. Um pequeno boticário, envolto em gaze.

À medida que os dias passam, sigo lentamente para o sul, atravessando o planalto. Não penso muito sobre para onde estou indo. Meu plano, se é que se pode chamá-lo assim, depende inteiramente de encontrar a Estrada das Cordilheiras e voltar para Coldcross. Ou encontrar algum lugar parecido. Qualquer cidade neutra de comércio servirá, desde que eu possa desaparecer na rotina diária sem causar alarde. Mais uma halfling anônima na colcha de retalhos da sociedade, ignorada e comum.

Não vejo ninguém na floresta, mantendo-me longe das estradas. Ocasionalmente, passo um pouco perto demais dos arredores de um vilarejo ou uma fazenda, mas é fácil desviar meu curso aos primeiros sinais de vida. Não sei exatamente a que distância estou de Caeldera; perto o suficiente para não me arriscar a ser reconhecida em uma pousada, por mais que os meus músculos cansados e minhas solas doloridas apreciassem uma noite de descanso em um colchão de penas em vez do chão pedregoso. Além disso, ainda não confio em mim mesma perto das pessoas. Não depois da carnificina que desencadeei. Não depois de Gower...

Afasto o pensamento antes que ele chegue a tomar forma.

Nas horas mais escuras da madrugada, quando o mundo parece mergulhar em sombras e meus piores medos se agitam nas correntes que os mantêm aprisionados, uma voz sussurra em minha mente, sugerindo que estou me recusando a enfrentar a realidade. Que estou apenas na floresta me escondendo — do que fiz, de quem estou me tornando. De tudo.

Mas eu tento ignorá-la.

Estou bem.

Muito bem.

Qual o problema de me desesperar ao ver a lâmina do meu punhal manchada de sangue seco? Qual o problema de correr para o primeiro riacho que encontro, mergulhar minhas mãos na água gelada e esfregar, esfregar, esfregar até que todos os vestígios de sangue saiam? Qual o problema de continuar esfregando, mesmo quando a lâmina já está limpa, e só parar quando minha mão escorrega e faço um corte profundo na minha palma?

Eu me sento na margem do riacho e observo meu sangue brotar, escorrer e pingar — um vermelho vibrante e vívido contra o manto preto de agulhas de pinheiro secas que recobrem o chão — com um leve distanciamento. Apenas meu treinamento enraizado ao longo dos anos é capaz de me convencer a rasgar uma tira da bainha da minha saia e enfaixar o ferimento até que o sangramento pare e o corte comece a se fechar. Incapaz de suportar a visão de mais sangue, deixo o tecido encharcado na margem do rio e sigo meu caminho.

Nessa noite, no final do meu terceiro dia de caminhada, o sol começa a mergulhar no horizonte quando chego a uma parte estranha e silenciosa da floresta. A princípio, penso em mais ursos. Mas não... esse é um tipo diferente de silêncio. Uma quietude absoluta toma conta. Nenhum pássaro, nenhuma brisa, nenhum som. Nenhum coelho corre pelo mato, nenhum cervo de passos leves mordisca frutinhas dos arbustos.

As árvores exibem sinais muito piores do que de garras de ursos. Algumas estão sem galhos, como se uma enorme criatura tivesse passado às pressas, arrancando tudo pelo caminho. Outras foram derrubadas, tal qual sentinelas caídas, deixadas para apodrecer com suas raízes expostas ao clima.

Quando vejo os rastros profundos no solo — alguns tão compridos quanto a minha altura —, sou tomada por uma vontade incontrolável de correr. Correr, *rápido*, para longe deste lugar, antes que eu fique cara a cara com a criatura colossal que deixou essas pegadas gigantescas.

Volto pela floresta até o riacho onde lavei minha adaga à tarde, prendendo a respiração até ouvir o reconfortante canto dos pássaros e ver um par de coelhos correndo um atrás do outro em direção à toca na base de um freixo. O sol quase já desapareceu, e uma lua crescente emerge lentamente para tomar seu lugar. Acendo uma fogueira, tomando cuidado extra para manter o fogo baixo. Consegui me afastar até uma distância razoável daquele trecho sinistro da floresta, mas ainda estou abalada demais para correr riscos desnecessários.

Meu estômago ronca em protesto enquanto encaro as chamas. Não comi mais do que um punhado de nozes secas o dia todo. Eu me forço a mastigar um pão velho enquanto observo as brasas devorando os gravetos, um brilho desafiador em meio às sombras crescentes. Enquanto mastigo o pão insosso, meus pensamentos se voltam para Penn. Isso sempre acontece quando encaro as chamas. Duvido que algum dia eu consiga olhar para uma fogueira sem que sua imagem invada minha mente. Os contornos angulosos do seu rosto. A mandíbula marcada. O sorriso raro. Por um breve instante, eu me permito imaginar se ele soube do meu desaparecimento; se está pensando que o abandonei por vontade própria.

Não importa, digo a mim mesma de novo e de novo, até que as palavras percam o sentido. *Ele não importa.*

Jogo o restante do pão velho no fogo, me recosto no tronco oco e coberto de musgo de uma árvore caída, ajusto minha capa em volta do corpo e deixo que o murmúrio suave do riacho próximo me embale em um sono inquieto.

ALGUMA COISA ME desperta na calada da noite.

Acordo em um sobressalto, os olhos arregalados. Está escuro como breu. A fogueira quase se apagou. Desencosto da árvore e me levanto, vasculhando a escuridão em busca de monstros. Nem sinal. Aguço a audição à procura de ruídos, de qualquer coisa que indique que não estou sozinha na clareira. Não há nada, exceto o pio suave de uma coruja que passa voando.

Ignoro minha paranoia e me inclino para jogar um punhado de gravetos nas brasas. Mal fico de pé quando uma grande mão surge às minhas costas e tapa minha boca.

Dou um grito.

— Quieta — murmura Penn; sua respiração agita o cabelo na minha têmpora. — Você não vai querer atrair as criaturas que habitam a Floresta Abandonada.

O grito morre em minha garganta. Engulo em seco, tentando acalmar meu coração acelerado. À medida que minha respiração se estabiliza e minha mente se acalma, sinto o puxão do fio invisível no centro do peito, pela primeira vez em mais de uma semana. A sensação me tira o fôlego. Não tinha percebido o quanto desejava sentir o vínculo Remanescente — sentir Penn novamente — até este momento.

— Você já está calma? Posso tirar a mão?

Assinto.

Ele puxa o braço e recua. Inspiro fundo o ar noturno e endireito os ombros antes de ter coragem de me virar para encará-lo. Ele está com o mesmo elmo escuro que usava quando nos conhecemos, a proteção nasal metálica, com ares reptilianos, acentuando a ferocidade da sua expressão severa. Uma espessa barba por fazer cobre sua mandíbula contraída.

— O que você está fazendo aqui? — sussurro, hesitante.

— Eu que te pergunto. — Suas sobrancelhas estão franzidas, seus olhos escuros percorrem meu rosto rapidamente como se estivessem memorizando cada detalhe. — Você tem ideia de quanto tempo faz que estou te procurando? Dois dias inteiros nesta maldita floresta, andando em círculos atrás dos seus rastros. Você se move como um maldito fantasma.

Ergo o queixo com um ar de desafio.

— Por quê?

— O quê?

— Por que você está me procurado?

— Isso é algum tipo de brincadeira?

— Estou falando muito sério. — Eu o encaro. — Você pretende me arrastar de volta para Caeldera para ser julgada? Me jogar nas masmorras para apodrecer? Porque eu preferiria que você me matasse aqui e agora. Acabe logo com isso.

Enquanto eu falo, a expressão de Penn se torna tempestuosa.

— Você acha que perdi todo esse tempo te rastreando pela mata porque *quero te punir*? — Ele quase treme de raiva. Fico surpresa que não saia fumaça de seus ouvidos. — Você acha que, depois que senti a explosão de poder que você liberou há três dias... depois que senti sua angústia, sua dor, seu medo... depois que me deparei com as ruínas daquela carroça e vi o chão cheio de corpos... e não senti *nada* do nosso vínculo, nem um maldito *lampejo* da sua presença... — Um músculo salta em sua mandíbula enquanto ele luta para se controlar. — Você acha que depois de tudo isso... eu quero te machucar?

— Eu... — O chão sob meus pés de repente parece estremecer. — Eu não...

— *Pelos deuses*, Rhya! — Ele quase grita, tomando cuidado para manter o tom moderado mesmo em meio à exasperação. — O que preciso fazer para conquistar sua confiança? O que preciso fazer para provar que não vou te machucar? Que eu faria tudo, *qualquer coisa*, para mantê-la segura?

— Eu... Eu não sei.

Seus punhos se cerram ao lado do corpo.

— Você é a mulher mais irritante, teimosa e infernal que eu já conheci. E eu estou vivo há mais de um século.

Endireito minha coluna.

— Se é assim que você realmente se sente, por que se deu ao trabalho de vir atrás de mim?

— Como eu disse — murmura ele. — *Infernal.*

— É só porque eu sou Remanescente? — Gostaria que a minha voz não estivesse tão trêmula. — Só por causa de uma profecia estúpida que impôs a você o honroso dever de me proteger?

— Mas que diabos, Rhya! — Seus olhos se fixam nos meus, faiscando na escuridão. — Não dou a mínima para a profecia. Não mais. Eu me importo com *você*.

Meu coração está martelando. Forte demais. Rápido demais. Não consigo nem pensar direito, quanto mais expressar em palavras o que estou sentindo. Especialmente com ele me olhando dessa maneira.

— Você não entende. Eu não posso voltar. Não depois...

— Que você o matou... Gower.

Dou um passo para trás, como se ele tivesse me golpeado. *Lógico*. Ele viu a cena horrível. Lógico que ele sabe o que eu fiz. Meu estômago se aperta em um nó doloroso.

— Mas como você... Quando...

Ele se sensibiliza quando minha voz falha em um silêncio sufocante e responde às perguntas que não consigo formular.

— Você tinha saído havia pouco mais de uma hora quando suas camareiras perceberam que algo devia ter acontecido e deram o alarme. Eu já estava voltando da fronteira com um pelotão de homens. Quando passamos pelos portões da frente, dois comerciantes se apresentaram dizendo que viram você ser colocada inconsciente na parte de trás de uma carroça por um homem usando um uniforme da Guilda Flamejante. Os guardas posicionados no túnel confirmaram que foi Gower quem passou por lá. — Seus dentes rangem de frustração. — Eles não pensaram em revistar a carroça quando ele disse que estava a serviço do príncipe.

Confirmo com a cabeça.

— Ele tentou a mesma tática com os guardas do posto avançado. Mas eles desconfiaram desde o início. E, quando me ouviram batendo na traseira da carroça, perceberam que havia algo errado. Eles tentaram me ajudar, mas...

— Gower os matou.

Não consigo sustentar seu olhar. Seus olhos são muito intensos, perspicazes demais. Em vez disso, encaro a fogueira enquanto falo. As brasas ardentes, vermelhas como sangue.

— Ele estava desesperado. Estava morrendo. Uma morte lenta, suas entranhas sendo corroídas pouco a pouco. Já vi esse tipo de doença antes, lá em Seahaven. Duvido que ele tivesse mais de um ano de vida.

Um silêncio pesado paira no ar.

— Pelo que ele me disse, Efnysien está oferecendo imortalidade ao sortudo que conseguir me capturar — acrescento.

O silêncio se torna elétrico, carregado de raiva.

— Eu pensei... — Minha voz vacila. Engulo em seco e tento outra vez. — Pensei que estivesse segura em Caeldera.

Uma pontada de culpa atravessa o vínculo, afiada como uma agulha entre minhas costelas.

— Eu também — afirma Penn, com um suspiro pesado. — Achei que as proteções seriam suficientes para manter nossos inimigos afastados. Não esperava ser traído por um dos nossos. Menos ainda por um de meus homens de confiança.

Comprimo os lábios, sem saber como responder.

— Os membros da Guilda Flamejante são escolhidos a dedo — continua Penn. — Eles treinam durante anos antes de chegarem a uma patente semelhante à de Gower. Eu não tinha motivos para pensar que você estava em perigo com ele.

Ainda assim, permaneço em silêncio. Não confio em mim mesma para falar. Minhas emoções estão à flor da pele, minhas reações, descontroladas demais.

— Rhya — insiste Penn, depois de um momento. — No que você está pensando? Diga alguma coisa, me dê ao menos uma pista.

Dou de ombros e passo as mãos pelo meu cabelo emaranhado. Meus pensamentos estão tão confusos quanto meus sentimentos. Despejar tudo em cima dele não ajudará em nada.

A voz de Penn se torna rouca de frustração.

— O que você quer que eu diga? Que eu sinto muito? Pelos deuses, Rhya, você sabe que eu sinto. — Ele respira fundo para se acalmar, mas não consegue disfarçar o lampejo de raiva. — A propósito, era para você ter ficado no palácio até que eu voltasse.

Todo o meu corpo se enrijece. Finalmente, encontro forças para falar.

— Bom, você nunca deveria ter ido embora, para começo de conversa.

— Caso não tenha notado, tenho outras responsabilidades além de cuidar de você. Tenho um reino inteiro para administrar. Não posso passar cada minuto me certificando de que você não vai andar por aí distraída e cair em armadilhas fatais…

— *Distraída?* Então a culpa é minha por ter sido sequestrada?

— Eu não disse isso — esbraveja ele. — Mas se você não estivesse andando por aí sem supervisão…

— Eu não estava sem supervisão! Eu tinha o *Gower* cuidando de mim! — devolvo. — Acho que eu deveria ter previsto que ele iria bater na minha cabeça, me enfiar em uma carroça e tentar me entregar para Efnysien como um cordeiro premiado para o abate!

— Rhya…

— Sabe, eu quase não culpo Gower — interrompo. Minha risada é mordaz. Ácida. — Ele teria feito tudo para sobreviver. Não era pessoal.

— Não invente desculpas para o que ele fez — diz ele, com os dentes cerrados.

— Não estou inventando desculpas, só estou dizendo...

— Já chega. — Ele fecha os olhos. — Conte o restante. Termine a história.

— Não me dê ordens como se eu fosse um de seus homens. Eu não obedeço sempre que você estala os dedos, ó grande príncipe.

— Rhya.

Ele parece cansado o suficiente para conseguir que eu coopere. Solto um suspiro e, em seguida, em voz baixa, descrevo nos mínimos detalhes o tornado que invoquei. A explosão que destruiu a carroça, que fincou a estaca nas entranhas de Gower. Penn ouve sem interrupções na maior parte do tempo, mas ouço sua forte inspiração quando chego à parte final da história.

— Eu cortei a garganta dele — sussurro, sem rodeios. — Ele se foi em um instante.

Faz-se um longo silêncio, enquanto Penn respira fundo várias vezes. Quando finalmente fala, sua voz é gutural, carregada de vingança.

— Você deveria tê-lo deixado agonizar. Até apodrecer. Ele não merecia um fim tão misericordioso.

Assustada, meus olhos se voltam para o rosto de Penn.

— Ele era um de seus homens de confiança. Foi um tenente leal por anos.

— Um erro que não esquecerei tão cedo — jura ele, com frieza. — Não tenho piedade de traidores. Ele não terá direito à pira funerária, nem receberá os últimos ritos. Que apodreça lá até que os animais carreguem seus ossos para desbotar ao sol. Que sua alma vague por toda a eternidade em exílio.

— Penn...

— Ele deveria ter mantido você segura! Confiei a ele o mais importante dos deveres em minha ausência. O mais sagrado. E, na primeira oportunidade, ele me traiu. Traiu você. Traiu a todos nós, pois sem você, nossas esperanças estariam destruídas.

— Mas, Penn...

— Não. *Não*. Não vou ouvir mais nenhuma palavra em defesa dele. Ele teria tirado você de mim. Ele teria me condenado a uma vida sem você. — As palavras são pronunciadas com tanta fúria que meu coração dá um salto. — Se ele ainda estivesse vivo, eu mesmo o mataria. E, Rhya... — seus olhos me encaram; intensos e carregados de sinceridade — ... eu iria saborear cada segundo.

Sob minha capa, envolvo meus braços em volta do corpo, em parte para não tremer. Mas, acima de tudo, para conter o impulso de tocá-lo. O desejo é tão forte que preciso de toda a minha concentração para resistir. Eu me pego desejando que, apenas uma vez, Penn permita que seu autocontrole inabalável ceda. Que ignore sua relutância, me puxe para os seus braços e… e…

— Apague a fogueira e pegue suas coisas. Vamos embora — diz ele, a fúria dissipada, junto das minhas fantasias ridículas. — Temos uma longa jornada de volta para casa.

Não me movo.

— Caeldera não é minha casa. Eu não vou voltar.

— Você vai.

— Não — sussurro, tensa. — Não vou.

— Para onde você vai, então?

Franzo o cenho e desvio o olhar.

— Isso importa?

— Droga, Rhya…

— Só me deixe ir! Você mesmo disse que tem um milhão de outras responsabilidades para lidar. Não precisa de mim complicando a sua vida.

— E se eu quiser você lá? — ele pergunta, com a voz suave, tão suave que meus olhos se voltam para seu rosto antes que eu possa impedi-los.

— Penn…

— E se eu quiser que você complique a minha vida? E se eu te dissesse que não consigo dormir nem pensar direito sem saber que você está a salvo? E se eu te dissesse que só a ideia de você se machucar, ser morta, é o suficiente para me deixar arrasado?

Eu só consigo encará-lo. Incapaz de falar com meu coração preso na garganta. Mas o vínculo entre nós fala por mim. É uma dor aguda, como uma faca sendo retorcida. Meus sentimentos jorram como se fossem meu próprio sangue.

Arrependimento e remorso. Medo e esperança tola. Mas o mais devastador é o *desejo*. Um desejo tão intenso que me faz perder o fôlego. Um desejo tão intenso que quase transcende todas as minhas convicções.

— Você está fugindo — afirma Penn, com os olhos fixos nos meus. — Fugindo por medo.

— Não estou.

— Você está e sabe disso.

— E do que eu estaria com medo? — zombo, tentando disfarçar meu pavor. — De você?

— De si mesma. Do que você é capaz.

Eu cerro os dentes.

— Vou aprender a conter o meu poder. Aprender a controlá-lo. Só preciso de mais prática. E de tempo.

— Eu não estava falando do seu Remanescente, Rhya. Eu estava falando do que aconteceu com Gower.

Não há como esconder o estremecimento.

— Não sei o que ele tem a ver com isso.

— Você matou um homem.

Estremeço mais uma vez. Minha voz dispara como um chicote.

— Foi um ato de misericórdia. Ele estava morrendo.

— Morrendo de um ferimento que você causou quando libertou aquele tornado — prossegue ele, com uma suavidade que quase me faz chorar.

— Está me chamando de assassina? — Lágrimas brotam em meus olhos sem que eu perceba. — Ele me sequestrou. E teria me matado.

— Tenho certeza de que isso é verdade. Não se engane, ele merecia morrer. Mas nenhuma justificativa mudará o que você sente sobre o aconteceu. — Penn balança a cabeça lentamente. — Se fosse eu, não pensaria duas vezes antes de enfiar minha espada nas entranhas dele. Eu adoraria ter essa oportunidade. Mas você... *Eu conheço você.* Sei o quanto você protege o seu coração. Sei que, apesar de tudo o que sofreu, ainda acredita no bem e no mal. Na moralidade. Portanto, quer ele tenha merecido morrer ou não, a morte dele é uma cicatriz que você carregará pelo resto dos seus dias.

Não suporto mais olhar para ele. Ou talvez eu não suporte que ele olhe para mim. Não com a pressão se acumulando como nuvens de tempestade atrás dos meus olhos, ameaçando desabar em um dilúvio de lágrimas iminentes.

Penn se aproxima, invadindo meu espaço. Suas mãos deslizam ao redor do meu pescoço, um roçar suave de calos contra minha pele delicada. Fecho os olhos enquanto o calor dele se espalha pelo meu corpo e pressiono os lábios com força para conter o gemido de desespero que ameaça escapar.

— Rhya — sua voz é quase uma carícia —, algumas dores são pesadas demais para serem carregadas sozinhas. Liberte-se delas. Deixe que eu as carregue por você.

O gemido escapa dos meus lábios.

Suas mãos aumentam a pressão quando ele me ouve. No entanto, suas palavras permanecem suaves como um sussurro.

— Pare de fugir de um passado que você não pode mudar. Siga em frente, ao meu lado.

Pensei que, depois de todo esse tempo juntos, eu já tivesse visto todos os lados do príncipe Pendefyre de Dyved. Mas ali, bem diante de mim, está um homem que eu nunca tinha visto antes.

Gentil.

Atencioso.

Carinhoso.

É um contraste tão marcante com sua habitual rispidez, seu sarcasmo mordaz e sua brutalidade crua, que mina o último fragmento da minha compostura. As lágrimas que me esforcei tanto para conter saem em uma enxurrada quente, escorrendo pelo meu rosto sem controle. Elas não têm a chance de cair, pois Penn me puxa para mais perto, colando seu corpo ao meu, e, antes que eu perceba o que está acontecendo, meu rosto está enterrado na curva do seu pescoço.

Eu me permito chorar, aninhada em sua pele, despejando toda a minha dor em seu corpo forte e imponente. Como se ele realmente pudesse tirá-la de mim, absorvê-la como uma esponja até que minha alma se esvazie.

Choro pela vida que tirei. Choro pelo sangue em minhas mãos, em meu coração. Choro pela garota que eu costumava ser, que via o mundo com perfeita nitidez. O certo e o errado. O bem e o mal. O santo e o pecador. Mas, acima de tudo, choro porque sei, em meu íntimo, que não me arrependo da escolha que fiz. Se eu pudesse voltar àquele momento na carroça, quando decidi libertar o vento… faria tudo de novo. Eu me salvaria mil vezes, se fosse preciso.

Mesmo que, para isso, tivesse que matar.

Não tenho certeza de quanto tempo ficamos ali — meus braços envolvendo Penn, seus dedos entrelaçados no meu cabelo. Quando meus soluços finalmente se transformam em arquejos irregulares, meus trèmores diminuem para pequenos espasmos e meus olhos estão inchados e doloridos… inclino a cabeça para trás para encontrar seu olhar.

Seus olhos se suavizam ao ver as lágrimas que ainda brilham nos meus. Nossos rostos estão tão próximos — a um fio de cabelo de distância. Nossa respiração se mistura no pequeno espaço entre nossas bocas. Começo a respirar mais rápido enquanto tento me lembrar de todas as razões pelas quais percorrer essa ínfima distância seria uma má ideia, uma decisão irreversível com consequências que ecoarão no futuro, uma escolha que mudará tudo entre nós para sempre...

Mas então *ele* se move.

Todos as minhas razões se dissipam, espalhando-se ao vento como tufos de um dente-de-leão. Minha hesitação desaparece em um piscar de olhos; minhas desculpas evaporam como se nunca tivessem existido. Porque a boca de Penn está na minha, mergulhando em um beijo ardente que rouba meu fôlego, faz meu peito palpitar e esvazia minha mente.

Ele me beija com o mesmo desespero que corre em minhas veias. Com o mesmo desejo pulsante que sinto espelhado no vínculo que flui entre nós. Agora, não apenas entre nós, mas nos envolvendo, entrelaçando nossos corpos como um laço invisível. Cada vez mais apertado. Até que eu não saiba mais onde eu termino e ele começa.

Eu retribuo o beijo, com tudo o que tenho — toda a dor, toda a raiva e todo o desejo, todo o anseio sufocado por semanas enquanto mentia para mim mesma, fingindo que isso não era exatamente o que eu queria dele há mais tempo do que estou disposta a admitir. Que isso — sua boca na minha, suas mãos no meu cabelo, seu coração batendo no ritmo do meu — não é o que eu desejava em cada uma de nossas brigas, provocações e farpas trocadas.

Ele inclina a cabeça, aprofundando o beijo enquanto minhas mãos deslizam pelo seu peito. Um som rouco escapa de sua garganta quando meus dedos tocam sua nuca, onde o cabelo espesso se enrola abaixo do elmo. A ponte metálica é fria contra o meu rosto febril quando me levanto na ponta dos pés, precisando estar mais perto dele. Precisando de mais. Mais de tudo. Mais pele, mais calor, mais fogo em meu sangue.

Mais Penn.

Seus braços me envolvem, como cintas de aço que me prendem firmemente junto a ele. Fico grata por Penn estar me segurando, pois não há como minhas pernas suportarem meu peso, não há como meus joelhos enfraquecidos não cederem diante do peso esmagador das minhas emoções.

O vento uiva ao nosso redor, agitando as folhas aos nossos pés em um vórtice, enquanto a fogueira solta faíscas em direção ao céu. Tento controlar meu poder para não provocar uma tempestade, mas Penn me consome por completo. Estou mergulhada no seu sabor, seu toque, seu cheiro. Não consigo me concentrar em nada, a não ser no jeito como suas mãos deslizam pelas minhas costas, em uma exploração ardente. A deliciosa pressão dos meus seios contra seu peito rígido enquanto me inclino em sua direção, perdida nas sensações.

Pelos deuses.

Ofego, e, no instante em que meus lábios se separam, a língua de Penn me invade. Meu corpo relaxa em seus braços, entregando-se sem resistência enquanto ele explora minha boca. Ele derruba minhas defesas, pouco a pouco, mas há algo de belo nessa rendição. Ele toma posse da minha boca com a mesma ferocidade implacável com que domina as arenas de luta e os campos de batalha — sem hesitações, sem dúvidas.

Só consigo me agarrar a ele enquanto seus lábios me mantêm sob cerco, levando meu desejo a um patamar que nunca experienciei. Pelo menos, não até que sua mão desce pela lateral do meu corpo, por baixo da capa, e encontra a curva suave do meu seio. Um gemido escapa da minha garganta — um som rouco e faminto — quando seu polegar desliza sobre meu mamilo enrijecido através do tecido do vestido.

Folhas e faíscas da fogueira continuam a girar ao nosso redor, cada vez mais depressa, até que o mundo se torne um borrão de vento e chamas. Se continuarmos assim, vamos incendiar toda a floresta.

No entanto, neste momento, não consigo me importar.

— Deuses — murmura Penn, sua boca se afastando da minha por tempo suficiente para recuperar o tão necessário fôlego. Também estou ofegante, meus pulmões gritam sob o frio penetrante da minha Remanescente. Mas isso não me impede de agarrar sua nuca, puxando-o de volta para mim. Ainda não estou pronta para que esse momento acabe, ainda não estou disposta a deixar que o crescente ardor entre nós se apague.

Preciso da sua boca.

Preciso do seu toque.

Nunca na vida precisei tanto de algo.

Seus lábios se apossam dos meus novamente em um beijo intenso e avassalador que reverbera em todos os cantos do meu corpo. Ele está me tocando, sua mão quente acariciando meu seio, o calor penetrando em minha carne e incendiando meu sangue. Um ritmo frenético de paixão desperta em mim, acelerando a cada batida descompassada do meu coração.

O cheiro de folhagem queimada tinge o ar fresco da noite. Folhas chamuscadas voam ao nosso redor, com suas bordas secas ainda fumegantes, aprisionadas em correntes de vento que não consigo — nem tento — controlar. Minhas emoções estão à flor da pele, intensas demais para serem controladas. Elas se propagam pelo vínculo entre nós, cada vez mais quentes, até se tornarem um canal pulsante de desespero puro e ardente. O meu e o dele — entrelaçados. Não consigo mais separar nossos sentimentos, não consigo mais discernir meu desejo do dele.

Eu torço para que... *Deuses...* Eu rezo para que ele esteja sentindo o mesmo que eu. Espero que seu desejo por mim esteja prestes a incendiar sua pele, pois a minha parece estar a poucos segundos de entrar em combustão.

Despejo todo o meu ardor no beijo, transmitindo com meu corpo tudo que passei semanas com medo de expressar em palavras. Minha pulsação dispara quando sua outra mão desliza para baixo e agarra a minha bunda, me puxando contra seu corpo, e sinto a rígida evidência de sua paixão pressionando firmemente contra meu abdômen.

Ele também está ardendo de desejo por mim.

Um fogo voraz em seu sangue, em seu corpo — que eu mesma desencadeei. Sou tomada por um desejo selvagem de alimentar esse incêndio até que ambos sejamos totalmente consumidos. Até que o passado se apague, abrindo espaço para que algo novo floresça entre nós.

A constatação é suficiente para fazer minha mente girar. Meus pensamentos são fragmentos que não consigo juntar em um pensamento coeso, muito menos expressar em palavras.

Quero mais.

Quero que ele...

De repente, um estranho urro corta a noite, tão alto que parece um trovão. Ele ecoa com violência suficiente para abalar os céus. Não é o rugido de um urso ou o uivo de um lobo. É mais forte. Mais gutural. Infinitamente mais assustador.

O beijo é interrompido bruscamente, ambos estamos respirando com dificuldade. Penn me encara com uma expressão atordoada e desesperada, que tenho certeza que se reflete no meu próprio rosto. Mas com várias piscadas fortes, a névoa da luxúria se dissipa, e seu corpo fica tenso. Ele me solta e me empurra para longe de seus braços com a mesma urgência com que me puxou para eles.

— Precisamos ir — anuncia ele, aos sussurros. — Agora.

O estranho urro ecoa novamente, rasgando o céu, e sua mandíbula se contrai.

— O que é isso? — murmuro, vasculhando a escuridão. Um alarme dispara pelo meu corpo, apagando qualquer vestígio da paixão. Não parece com nenhum animal que eu já tenha ouvido. Parece…

— Gigantes de gelo — responde Penn, seus olhos agora livres do intenso desejo que ardia em suas profundezas há apenas alguns segundos. — Tem uma colônia aqui perto.

Solto um arquejo surpreso.

— *O quê?*

— Este lugar não é chamado de Floresta Abandonada à toa. Há um motivo para as pessoas evitarem estes bosques. Todos os anos, quando a neve nas Cimérias começa a derreter, eles rondam por aqui, habitam em cavernas repletas de ossos e se alimentam de qualquer criatura estúpida o suficiente para cruzar seu caminho antes de hibernarem durante os meses de verão.

Ele olha por cima do meu ombro, para a escuridão. Seu corpo está tenso e alerta. Como se, a qualquer momento, pudéssemos nos deparar com um monstro mitológico do gelo. Meu coração estremece quando penso no estranho bosque de árvores em que estive há poucas horas, com seus galhos quebrados e uma quietude letal. Comprimo os lábios com força, imaginando quão perto eu havia chegado da morte nas mãos gigantescas dessa criaturas.

— Você tem sorte de não ter dado de cara com eles — murmura Penn. — Ou não estaríamos tendo esta conversa.

— Ah, sim — rebato, com a voz fraca. — *Sorte.* Essa é minha marca registrada.

Ele não parece notar a ironia em minha voz. Está ocupado apagando as brasas da fogueira com as botas. Ele recolhe meus pertences perto da árvore oca e me entrega o arco e a aljava para que eu os pendure no ombro enquanto ele coloca a sacola nas costas. Quando nossos olhos se encontram novamente, há um diálogo silencioso — de palavras não ditas, de promessas não cumpridas — que paira entre nós com tanta intensidade que nenhum dos dois respira. Um momento que implora por *mais*; por horas, por dias, por um mês inteiro para terminar o que começamos.

— Para casa? — sussurra Penn, enfim, com uma voz rouca.

Casa. É uma palavra pequena.

Com enormes implicações.

Ela me assusta, mas eu respondo assim mesmo:

— Para *casa.*

Uma chama cintila em seus olhos, aparece e desaparece tão rápido que não tenho certeza se não foi minha imaginação. Ele estende a mão e a entrelaça na minha, seus dedos fortes apertando como se ele nunca mais fosse me soltar.

Eu a aperto de volta.

Juntos, deixamos a floresta para trás.

Seguimos para Caeldera.

Para... *casa.*

VINTE E SEIS

Olho desconfiada para o arco de vinhas entrelaçadas. Densas e cobertas de espinhos afiados, elas desafiam as leis da natureza, erguendo-se do chão em duas colunas retorcidas que se curvam para formar uma grande porta.

— *Isso* é um portal?

— O que você estava esperando?

— Não sei. — Dou de ombros. — Algo um pouco mais mágico. Isso aí só parece fazer parte da natureza.

— A magia é parte da natureza.

Luto contra o impulso de revirar de olhos.

— Você sabe o que eu quero dizer. Ele não brilha, não pulsa... não faz nada.

— Eu te asseguro que faz. — Ele me lança um olhar intrigado. — Além disso, portais não são feitos para chamar a atenção de um viajante qualquer. A maioria das pessoas nem sequer consegue vê-los. Eles têm um feitiço que os mantém ocultos de todos, exceto daqueles com forte sangue feérico. Para um mortal, e para a maioria dos halflings, este lugar pareceria apenas uma clareira vazia.

Dou uma olhada ao redor. Está situada no coração da Floresta Abandonada, onde as árvores são tão largas que seria preciso uma dúzia de homens adultos com os braços estendidos para circundar seus troncos. O solo é coberto de musgo e samambaias, um tapete verde que brilha levemente a cada passo. Milhares de fyrewisps flutuam no ar, cintilando como estrelas vivas até que o primeiro sinal do amanhecer os afugente.

Levamos horas de caminhada para chegar ao portal. A jornada teria sido muito mais rápida com Onyx para nos carregar, mas Penn disse que não arriscaria levar seu garanhão para perto de gigantes de gelo. Muito menos qualquer um de seus homens.

— Como isso funciona, exatamente? — Observo as vinhas arqueadas com mais atenção. Um leve brilho envolve toda a clareira, mas, além disso, detecto pouco em termos de poder.

— Os portais são como uma rede de portas, todas conectadas. Você entra por uma e sai por outra.

— Simples assim, é?

Seus lábios se contraem diante da minha incredulidade.

— O truque é manter o foco onde você quer chegar. Só tente viajar entre portais quando souber a localização exata deles. Caso contrário... pode acabar se perdendo.

— Me perdendo onde?

— No meio do caminho. Entre as dobras do espaço-tempo.

— Não parece muito agradável. — Estreito meus olhos para ele. — Por que não podemos simplesmente voltar para Caeldera a pé?

— Além do fato de essas florestas estarem repletas de monstros, levaríamos mais de uma semana. Um tempo que não temos. Já estamos longe há muito tempo. O Fyremas é daqui a poucos dias e um dos meus tenentes mais confiáveis está prestes a se tornar pai...

— Ah! *Carys!* — Meu coração se aperta com uma súbita culpa. Quase me esqueci da minha amiga durante o drama dos últimos dias. — Ela deve estar muito preocupada!

O olhar de Penn se intensifica ao perceber a familiaridade no meu tom, mas ele decide não comentar.

— Mais uma razão para voltarmos o mais rápido possível. Isso significa que precisamos do portal. Eu te garanto, é perfeitamente seguro.

— A menos que você acidentalmente perca o foco e acabe vagando pelas dobras do espaço-tempo por toda a eternidade?

— Tenho certeza de que em algum momento você encontraria a saída. Há muitos pontos de saída para escolher, mesmo que você não tenha certeza absoluta de para onde eles vão te levar.

— Quantos portais existem?

— Não há como saber. Alguns se perderam no tempo, foram destruídos pela praga ou demolidos pelos mortais quando saquearam os locais sagrados de poder. Mas ainda há um punhado deles espalhados pelas Terras do Norte.

— De onde eles vieram?

— Foram construídos por nossos ancestrais. Feéricos antigos. Eles queriam uma maneira de conectar as linhas de ley mais fortes de cada região. Para viajar rapidamente entre as quatro cortes.

— Já ouvi falar das linhas de ley, mas não sei se entendo direito o que elas são — admito.

— Se Anwyvn fosse um homem, as linhas de ley seriam as veias sob sua pele. Em vez de sangue, elas transportam magia. Normalmente, são invisíveis a olho nu. Inacessíveis. Exceto em locais onde a magia é particularmente potente.

— Como a caverna atrás das cachoeiras?

Ele concorda com a cabeça.

— Há certos pontos em que o tecido do mundo se entrelaça. Como uma costura que une dois lados de uma peça de roupa. Nesses lugares existe uma concentração natural de poder. É provável que você já tenha passado por um deles antes, mesmo sem perceber.

— A Floresta Starlight — sussurro. — Em Seahaven. Eu sentia algo. Uma corrente sob a terra. Como um poder latente.

— É provável que fosse um portal.

— Se era, agora não passa de cinzas. A floresta foi incendiada por soldados na noite em que fugi de casa...

Nossos olhares se encontram, e percebo que ele me observa com atenção. Nunca compartilhei por vontade própria qualquer informação sobre a minha origem, de como era minha vida antes dos nossos caminhos se cruzarem.

Talvez finalmente seja hora de mudar isso.

— Um dos reis das Terras Médias enviou soldados. — Engulo o nó na minha garganta. — Muitos soldados. Eles invadiram toda a península, cercaram todos os povoados. Mataram todo mundo. Meu vilarejo inteiro.

— E sua família?

— Mataram meu mentor. Ele se chamava Eli Fleetwood. Era mortal. Um curandeiro, e muito habilidoso. Ele poderia ter estabelecido seu apotecário em Bellmere, em qualquer cidade grande, mas preferiu viver em um chalé à beira-mar. As pessoas viajavam de todos os cantos do reino em busca da ajuda dele. Foi Eli quem me ensinou a colocar ossos no lugar, misturar unguentos e preparar tônicos. Ele me manteve segura, me manteve protegida, a minha vida toda.

— E... — A voz de Penn está hesitante, como se temesse ir longe demais. — E os seus pais?

— Eu nunca os conheci. Pelo que sei, fui abandonada no dia em que nasci. Eli me encontrou chorando em uma cesta de vime na costa perto da Floresta Starlight. Deixada lá para ser levada pela maré, como algum tipo de sacrifício aos deuses.

Penn ouve minha história em silêncio, depois murmura um suave:

— Sinto muito.

— Pelo meus pais? Não sinta. Você não pode sofrer por algo que nunca conheceu.

— Não por eles. Pelo seu mentor. — Seus olhos estão muito escuros sob a luz do alvorecer. — Você deve sentir falta dele.

Não digo nada. Apenas aceno com a cabeça e desvio o olhar. E Penn, sendo Penn, entende que há algumas coisas que ainda não estou pronta para falar. Algumas feridas ainda estão muito abertas para serem cutucadas.

— Esse portal está inativo no momento — avisa ele, mudando rapidamente de assunto. — Se atravessássemos agora, ainda estaríamos aqui na clareira, em vez de voltarmos para Caeldera.

— E como é ativado?

— Com sangue.

Arqueio as sobrancelhas.

— *Sangue?*

— Sangue mágico, para ser mais específico. Sangue de um grão-feérico. Sangue como o nosso.

— Parece um tanto primitivo.

— Sempre que alguém viaja, seja a cavalo, de barco ou de trenó, sacrifica alguma coisa. Tempo, sono, energia, dinheiro. Neste caso, o sacrifício é apenas pago adiantado em troca de uma passagem segura. — Ele me olha fixamente, percebendo a apreensão em meu rosto. — Não se preocupe. Vamos atravessar juntos desta vez.

Antes que eu consiga dizer mais alguma coisa, Penn saca uma das lâminas da bandoleira amarrada em seu peito e faz um corte fundo na mão. Ele nem sequer reage. Estou tão ocupada olhando para o sangue que se acumula em uma poça em sua palma que não percebo que ele pegou a minha até sentir a fisgada da lâmina em minha pele.

— Ai!

— Vem, rápido — murmura Penn, me puxando na direção do portal. — Antes que as feridas cicatrizem.

Juntando nossas palmas ensanguentadas, ele me puxa até ficarmos diante do arco. A essa distância, os espinhos parecem afiados feito punhais. As vinhas estão mais do que apenas entrelaçadas; estão fundidas. Inseparáveis, mesmo com a lâmina mais afiada.

O sangue escorre pelas nossas mãos entrelaçadas quando Penn as posiciona no meio do portal, que cintila — uma, duas vezes — e então começa a brilhar, emitindo um fluxo contínuo de luz tão intensa que ofusca nossa visão. O sussurro da magia que paira no coração da floresta se intensifica até se transformar em um estrondo que vibra o próprio ar. Minha Remanescente formiga, como se absorvesse parte do poder latente que flui ao nosso redor.

Olho para Penn em busca de orientação.

— Haja o que houver — ele sorri para mim, o raro lampejo de dentes brancos me faz perder o fôlego —, não me solte.

E, sem mais uma palavra, ele me puxa em direção à luz.

VIAJAR PELO PORTAL é como ser lançada em um estilingue diretamente para o sol. É vertiginoso. Desorientador. Um turbilhão de cores, um incessante zumbido de ruído branco. O mundo se encolhe até o nada e depois se expande até o infinito. Ele se inclina para o lado, vira de cabeça para baixo. Gira como um pião trêmulo em uma tábua de madeira.

Não há matéria — nem no mundo ao meu redor, nem no homem ao meu lado. Nem em *mim*. Meus ossos se dissolvem em partículas, espalhadas como poeira quando somos arremessados por um feixe de luz pura. Eu não vejo, apenas intuo. Não toco, apenas sinto.

Eu sou a luz do sol.

Eu sou o tempo.

Eu sou o ar.

Não, não o ar, mas...

A quinta-essência.

Nós nos lançamos pela rede de linhas de ley, delicadas e brilhantes como uma teia de aranha à luz do sol, que se cruzam e se ramificam por todo o continente. É informação demais para minha mente compreender de uma vez só, vasto demais para absorver sem me despedaçar. Quero fechar os olhos, mas eles não estão lá para fechar. Eu me pergunto como ainda posso estar segurando a mão de Penn se já não tenho mãos. Como posso estar pensando sem cérebro, sem crânio, sem mim.

A viagem dura uma eternidade e, ao mesmo tempo, menos de um segundo. Uma vida inteira contida em um único piscar de olhos. Paramos de repente, com um baque violento que estremece minha alma. Sinto minhas partículas dispersas se reunirem novamente, a poeira se transformando em sangue e ossos, tudo o que estava diáfano retornando à forma sólida.

E então estamos de volta. De volta à terra firme, de volta ao mundo. Pés nas minhas botas, respiração em meus pulmões. A mão de Penn segura a minha, quente e firme. Respiro descompassadamente enquanto luto contra as ondas de náusea que reviram meu estômago e pisco para dissipar os pontos brilhantes que dançam diante dos meus olhos.

Estamos em uma caverna redonda muito parecida com a que fica escondida atrás da cachoeira, só que maior — e bem mais árida, sem um manto constante de névoa para umidificar o ar. As paredes de pedra ao nosso redor têm glifos no mesmo estilo antigo e entalhado, mas não circundam todo o cômodo. Em vez disso, formam uma porta.

Um portal.

Tem mais ou menos o mesmo tamanho e formato do arco de videira pelo qual atravessamos na floresta. Enquanto observo, os glifos passam de um brilho vermelho-vivo para sua tonalidade natural de cinza-escuro, à medida que o portal se torna inativo. Em poucos segundos, ele retorna à sua aparência de arte antiga esculpida na pedra.

— Onde estamos? — pergunto, com a voz abafada.

— Veja você mesma.

Penn não solta a minha mão enquanto me leva até a entrada da câmara. Ao sair em uma borda estreita, me deparo com Caeldera. Estamos no topo da cratera, com uma vista para toda a capital espalhada abaixo de nós. Bem em frente ao nosso ponto de vista, o palácio brilha em meio ao rugido das cachoeiras. Suas torres refletem os primeiros raios de luz da manhã, pintando a fachada tipicamente cinza com os tons pastel do alvorecer.

Solto um arquejo surpreso diante da visão, impressionada com a beleza que se estende como um tapete aos meus pés.

— Este é o meu lugar favorito em toda a Caeldera.

Desvio o olhar da paisagem e encaro Penn.

— Não é difícil entender o motivo.

— Venho aqui para espairecer. — Seus lábios se retorcem de um lado. — Ou para escapar de Vanora.

— Ela sempre foi assim? Tão... calculista?

— Vanora nasceu sem a magia do fogo. Em vez disso, ela queima com ressentimento. A necessidade dela de adoração é uma chama que nunca se apagará.

Enfim, Penn solta minha mão para retirar o elmo, que coloca sobre o parapeito de pedra à nossa frente, com um baque metálico. Tento não prestar muita atenção enquanto ele passa as mãos pelo cabelo para bagunçar os fios amassados pelo elmo. De alguma maneira, a visão consegue ser mais fascinante do que a vista da cidade.

— Mas seu maior ressentimento é de mim. — continua Penn, apoiando-se na pedra. — Não temos laços de sangue, nenhum vínculo familiar verdadeiro. Ela é filha do rei Vorath, o primeiro Remanescente do Fogo, que nasceu no caos do Massacre e reivindicou o trono quando atingiu a maioridade. E eu era filho de um ferreiro.

— *Era?* Não é mais?

— Poucos minutos após o meu nascimento, me tiraram dos braços da minha mãe e me trouxeram para cá. Para o palácio. Fui apresentado à rainha Amitha, a mãe de Vanora. — Ele faz uma pausa. — Você precisa entender que, aqui nas Terras do Norte, era considerado uma grande honra dar à luz ao próximo Remanescente. Eu não fui protegido como Enid, nem abandonado como você. Meus pais biológicos foram elevados na posição social, cobertos de ouro, receberam joias e um pedaço de terra no Mar do Norte por terem me gerado.

— Por abrirem mão de você — corrijo, com a voz suave.

Penn dá de ombros.

— Quem tem poder tem razão, como dizem. A rainha Amitha me criou bem, embora nunca tenha conseguido me dar um verdadeiro amor de mãe. Mesmo em sua dor, ela não era cruel. Era serena. Gentil. Frágil demais, talvez, já que se juntou ao marido nos céus apenas uma década após a partida da alma dele.

— É uma pena que a filha dela não tenha herdado essas mesmas qualidades.

— Vanora já nasceu carregando uma amargura que nenhum amor no mundo poderia mudar. Acho que ela nunca aceitou minha chegada repentina em sua vida, especialmente porque coincidiu com a morte do pai. Sua pira ainda nem tinha esfriado quando fui trazido para Caeldera, um bebê recém-nascido, um plebeu, com uma marca Remanescente... — Sua expressão oscila entre diversão e apatia. — Aos cinco anos, ela não conseguia entender por que eu possuía algo que lhe foi negado. Por que o legado dele havia passado para mim e não para ela, sua filha de sangue. A amargura que já fervia dentro dela transbordou.

— E seus pais biológicos... você nunca mais os viu?

— Não. Eles abriram mão de todos os direitos de guarda. Mas isso não é incomum. Nas cortes feéricas, sempre foi assim: os mais fortes assumem as rédeas do governo e administram os reinos. Depois da revolta, quando o imperador foi morto e a magia desapareceu, isso se tornou ainda mais essencial. Não havia ninguém para unir as quatro cortes elementais. Nenhum poder único para defender nossas fronteiras da invasão, para proteger nosso povo da matança. Estávamos por conta própria. — Sua voz profunda exala um ar reflexivo. — Duas das fortalezas caíram logo após o início das guerras. Até hoje, elas estão em ruínas.

— Ar e Terra — murmuro. — Você já me disse isso uma vez.

E, desde então, eu havia lido mais sobre elas no livro de Soren. Era um compilado de informações interessantes — ainda que as descrições do autor fossem tediosas e vagas. Na semana passada, antes de ser sequestrada, eu havia lido uma passagem sobre o lento desgaste da magia, mesmo nas fortalezas que haviam sobrevivido ao Massacre.

> *Os dons mágicos se tornam mais raros a cada geração. Mesmo entre as mais antigas linhagens feéricas, em que o poder antes era garantido, não há mais a certeza de que uma criança*

nascerá com as habilidades mais básicas para controlar um elemento. Várias famílias entrevistadas para este relato confessaram, sob a condição de anonimato, que seus filhos mais novos não conseguem acender uma vela ou encher uma taça, muito menos se curar mais rápido após um ferimento.

Outros afirmam que são incapazes de conceber, o que leva a temores crescentes de que toda a raça mágica possa se extinguir no próximo século. E, embora se especule que uma criança nascida de um dos Remanescentes — ou, talvez, de um casal — poderia apresentar um dom elemental mais forte, até o momento não há evidências que confirmem essas teorias esperançosas.

Nas margens, Soren havia rabiscado: *Estou surpreso por ele não ter tomado a liberdade de comentar sobre a minha legião de potenciais bastardos.*

Só ele poderia fazer piada com a erradicação total do nosso povo.

— Sim — continua Penn, me trazendo de volta ao presente. — A Corte do Fogo sobreviveu, mas por um triz. Milhares foram mortos nas mãos dos saqueadores e de nossos inimigos em Frostlands, que se uniram aos mortais que usurparam o império em sua sangrenta ofensiva. O exército de Dyved os repeliu, mas a um grande custo. — Ele encara a cidade que chama de lar, as sobrancelhas franzidas, e os dedos flexionados junto à pedra. — Depois disso, o rei Vorath usou seu poder para manter o reino unido. Ele vedou nossas fronteiras para todos de fora do planalto, fechou as rotas comerciais de entrada e saída. Seu reinado foi uma época de rígido controle e estrita obediência. De isolamento, desconfiança e medo. Muito medo. Essa foi a Dyved em que Vanora foi criada, a argila da qual ela foi moldada.

— Mas isso não justifica as ações dela.

— Justifica? Não. Explica? Talvez. Ela não era mais do que uma menina quando o próprio pai forçou demais seus poderes, tentando manter as barreiras de proteção. Ele acabou morrendo. E então…

— Você nasceu.

— Sim, o próximo Remanescente do Fogo — confirma, com um toque de amargura na voz. — Vanora era a herdeira de sangue de Vorath. Mas eu que herdei o poder. A chama dele. — Ele ergue a mão até o peito, pressionando a bandoleira sobre a marca que sei que está gravada em sua pele. — Muitas pessoas querem que eu assuma o trono. Ele é meu por direito, muito mais do que jamais foi dela.

— Por que não o assume?

Ele me encara, com as sobrancelhas erguidas.

— Vanora pode ser vaidosa e egocêntrica, mas ela não tem sido má guardiã do trono. O povo está feliz. Por mais de um século, ela tem sido uma boa governante. Eu permito seus jantares luxuosos, seus bailes ridículos e suas ostentações extravagantes. Em troca, mantenho minha liberdade... para viajar além do planalto. Para reabrir nossas fronteiras, restabelecer nossas rotas comerciais. Para fazer alianças que antes pareciam impossíveis. — Ele olha para trás, para a cidade. — Eu era praticamente uma criança quando parti para a Corte da Água pela primeira vez com um contingente de soldados de confiança em minha retaguarda. Queria saber se ela ainda existia. E quando tive a confirmação, exigi uma audiência com o rei.

— Soren?

Ele faz um leve aceno com a cabeça.

— Deuses, ele deve ter se divertido ao me ver, quase um fedelho, batendo em seus portões com uma lista de exigências. Mas ele me deixou entrar. E mais, ele me ouviu sem descartar de imediato minha ideia de um tratado. — Ele faz uma pausa. — Soren pode ser um canalha amargurado e misantropo, mas tem palavra. Somos aliados desde então, juramos ajudar um ao outro em tempos de guerra para proteger as Terras do Norte contra invasões e para conter a praga pelo maior tempo possível.

— Quando estávamos saindo da Fortaleza de Acrine, ele mencionou suas obrigações reais de comparecer ao casamento da irmã dele...

— A princesa Arwen. — Penn suspira. — Ela vai se casar no meio do verão. Suponho que terei de comparecer. Mesmo que fosse receptiva à ideia, Vanora agora está muito frágil para viajar até Llŷr.

Mordo o lábio.

— E eu? Devo comparecer?

A atmosfera fica estática com uma tensão palpável.

— Você quer ir?

— Eu gostaria de ver Hylios — admito. — Tenho curiosidade em conhecer a Corte da Água.

O silêncio se prolonga por um instante sufocante.

— Como eu já te disse muitas vezes, Rhya... você não é prisioneira aqui. Pode ir para onde quiser. Não tenho o direito de te impedir.

Meu olhar traça as linhas do seu perfil. Os olhos escuros virados para longe de mim. O contorno afilado e reto do seu nariz. A boca teimosa, quase sempre franzida. Vi apenas um ou outro sorriso escapar daqueles lábios, e as risadas são ainda mais raras.

Eu me pego imaginando como seria o formidável Pendefyre de Dyved se tivesse nascido sem aquela marca no peito, sem o inferno que arde sob sua pele. Se ele tivesse crescido como filho de um ferreiro em vez de uma criança da profecia. Uma imagem repentina surge em minha mente — os ombros fortes sem o peso esmagador de seu destino, o sorriso radiante em um rosto manchado de fuligem, bonito o suficiente para chamar a atenção de todas as garotas do vilarejo — e desaparece em um piscar de olhos.

— Ainda faltam meses — digo, com a voz tensa. — Primeiro vamos ver se eu sobreviverei ao Fyremas.

Minhas palavras têm a intenção apenas de aliviar o clima, que se tornou visivelmente sombrio, mas é como se o despertassem de um transe. Ele se afasta do parapeito de pedra e pega o elmo.

— É melhor irmos para casa. O sol está nascendo e será um longo dia.

Abro a boca para dizer alguma coisa — *qualquer coisa* — para mantê-lo aqui comigo por mais um tempo, para prolongar este breve instante de transparência entre nós. Mas não tenho a menor ideia do que dizer e, além disso, ele já está se afastando. Caminho logo atrás dele, uma sombra silenciosa que o segue de volta à câmara de pedra. Contornamos o portal adormecido, agora quase imperceptível contra a parede ao fundo, e entramos em uma passagem estreita que leva para o interior da terra. É tão escuro que mal consigo distinguir a silhueta dos ombros largos de Penn a uns três passos à frente. Mas posso senti-lo ali, mesmo sem enxergar, o vínculo entre nós me puxando como um potro em uma rédea de treinamento.

Quando ele para no final da passagem subterrânea, eu o imito prontamente. Ele levanta a mão e a coloca na parede. Um breve brilho vermelho surge quando uma barreira de proteção é ativada na escuridão. Um instante depois, ouço um estrondo profundo na terra e o chão cede sob nossos pés. Eu grito quando minhas mãos voam e se agarram à capa dele.

— Penn!

— Relaxa. — Sua voz está carregada de humor. — É um elevador, construído em um dos antigos poços da mina. Há uma rede inteira de túneis ao redor da cratera. Alguns ainda estão em uso para armazenamento e coisas do tipo, mas o restante está fechado para o público.

Meu pulso acelerado diminui um pouco quando o elevador segue em uma descida surpreendentemente suave. Obrigo meus dedos a soltarem o aperto desesperado na capa dele.

— Meus ancestrais mineraram a terra ao redor do antigo vulcão por gerações, mas, à medida que Caeldera se transformou em uma cidade mais cosmopolita, essa prática foi abandonada — conta Penn. Tenho a sensação de que ele está falando principalmente para me distrair. — A maior parte das nossas pedras preciosas e minerais agora vêm das encostas perto das Montanhas Cimérias e das planícies de sal nas províncias do norte.

Concordo com a cabeça, sem prestar muita atenção, enquanto espero o fim da lenta descida. Inspiro superficialmente o ar viciado, imaginando o céu aberto, o amanhecer claro rompendo as nuvens. A claustrofobia finca suas garras conforme os segundos se passam. Enfim, paramos no fundo do fosso. A terra sob minhas botas é abençoadamente sólida enquanto Penn me guia por outra passagem curta e, por fim, para a luz. Respiro fundo, enchendo meus pulmões com todo o ar que consigo inspirar.

— Vejo que uma carreira na mineração está fora de cogitação para você.

Olho de relance para Penn ao ouvir o comentário sarcástico. Ele está recostado na rocha na base do penhasco, olhando para mim com uma mistura de preocupação e diversão.

— Estou bem agora. — Solto o ar, trêmula, já me sentindo mais estável. — Nunca gostei muito de lugares fechados.

— Hmmm. As profundezas da terra são a antítese de tudo o que você é. Você nunca se sentirá em casa em lugares onde não há céu aberto. Assim como eu não estou destinado a me tornar um capitão do mar. Há algumas coisas que, apesar de todo o nosso poder, não conseguimos superar.

Reflito sobre o comentário enquanto voltamos para o palácio, passando pelas ruas tranquilas de Caeldera, que lentamente ganham vida. A aurora mostra todo o seu esplendor, banhando os paralelepípedos limpos e varridos com sua luz. Os galos acordam e anunciam o início de um novo dia com uma cantoria rouca. Em breve, seus donos sairão, rumo aos moinhos, às forjas e aos armazéns que ocupam as ruas ao nosso redor. Mas, por ora, tudo está quieto. Tudo está imóvel.

Pensei que nunca mais voltaria para este lugar. Ainda assim, neste momento, sinto que estou voltando para casa. E, sendo honesta comigo mesma, talvez isso tenha mais a ver com o homem caminhando ao meu lado do que com a cidade em si.

Não revelo esse sentimento para Penn. Mas entre nós, o fio invisível vibra com tanta força, com tanta certeza, que acho que se eu ousar levantar meu punho, firmemente cerrado ao lado do meu corpo, conseguiria tocá-lo, criando uma música de nosso silêncio tenso, como se dedilhasse uma harpa.

Quando chegamos ao palácio, meus punhos estão tão cerrados com o esforço de mantê-los imóveis que meus dedos estão dormentes.

VINTE E SETE

A rapidez com que me reintegro à vida em Caeldera me surpreende. Nos dias em que estive fora, não pensei muito em como aqueles que deixei para trás poderiam se sentir ao saber do meu sequestro. Minha atenção estava tão focada no sangue em minhas mãos, eu estava tão convencida de que minhas ações eram imperdoáveis que nem sequer cogitei que meu retorno seria recebido de braços abertos e com um alívio genuíno.

Mas consigo ver o sentimento nos olhos úmidos das minhas camareiras, que piscam para conter as lágrimas enquanto me preparam um banho quente e escovam meu cabelo emaranhado. Consigo ver no toque suave dos dedos de Jac sob meu queixo quando ele me acompanha até o jantar no Salão Principal. No sorriso discreto de Mabon, na piscadela rápida de Cadogan. No modo como Uther puxa gentilmente minha cadeira para trás e se senta ao meu lado para o jantar. No pedido sarcástico de Farley para que, da próxima vez que eu for sequestrada, pelo menos espere até que sua perna esteja curada o suficiente para que ele possa ajudar na missão de resgate. Afinal, eu não sabia que ele é o melhor rastreador da Guilda Flamejante?

Eles me cercam em um círculo impenetrável de proteção e carinho, dizendo sem palavras que não me culpam pela morte do companheiro deles, que não há ressentimento por ter tirado a vida de Gower. Tudo isso — a gentileza, a compreensão — é demais para suportar com qualquer estoicismo. Quase desejo que Vanora me insulte novamente, nem que seja para acalmar a maré de emoções que ameaça levar embora qualquer senso de compostura. Engulo colheres cheias de nabo e mantenho meus olhos marejados fixos no prato de jantar.

Os soldados de Penn são uma companhia constante, mas quase não o vejo. Depois do que aconteceu na Floresta Abandonada, presumi que as coisas seriam diferentes entre nós. Que a sinceridade recém-descoberta que compartilhamos após atravessarmos o portal continuaria, agora que estamos de volta ao palácio. Que a paixão ardente que acendemos com nossas mãos, lábios e dentes naquele lugar escuro da floresta se reacenderia, alimentada pela proximidade constante, dia após dia, noite após noite.

E, no entanto... aquele momento que mudou tudo para mim evidentemente não mudou nada para ele. Penn está mais ocupado do que nunca, absorvido pela tarefa nada insignificante de administrar um reino. Os momentos fugazes em que nossos caminhos se cruzam são raros e esparsos.

Ainda o vejo rapidamente à noite na extremidade da mesa do banquete, é claro. Vez ou outra, observo Penn na arena de treinamento, brandindo uma espada ou arremessando uma lança quando passo a caminho da rua Elevada todas as manhãs, com Farley andando com dificuldade atrás de mim em suas muletas. E então, à noite, depois que escureceu, há as longas horas em que fico deitada em meu estrado na torre, imóvel como pedra, aguardando seu retorno.

O poder no meu peito se enrola como uma mola, cada vez mais retesada, conforme sinto sua aproximação por meio do vínculo. Então, por fim, ouço o ranger da porta ecoando pelas vigas. Os baques abafados das suas botas batendo no chão. O ruído metálico de um baú de madeira abrindo e fechando. O barulho de uma bainha sendo devolvida ao seu suporte.

Esses vislumbres efêmeros, esses vestígios vagos de sua existência, é tudo o que me resta para me apegar. Ele não me procura, nem para treinar nem para conversar. E, certamente, nem para nada *além* de conversas. É como se ele tivesse erguido uma barreira invisível ao seu redor, projetada apenas para me manter a distância. Não sei ao certo o motivo, nem quando exatamente ela surgiu... só sei que está lá. E tenho ainda menos certeza de como derrubá-la outra vez.

Absorvo esse golpe como se fosse apenas um leve incômodo, embora, na verdade, esteja longe disso. Se Pendefyre se arrepende do que aconteceu entre nós, é uma decisão dele. Não minha. Se ele quiser fingir que nunca aconteceu...

Tudo bem.

Também posso fingir.

No entanto, ainda que eu repita para mim mesma que não me importo em ter sua companhia, com frequência me pego desejando estar perto dele com um desespero que me aterroriza. Minha mente está presa em uma espiral perpétua de expectativa, meus sentidos em alerta, aguçados por um novo tipo de consciência cada vez que estou em sua presença.

Agora que sei seu sabor, agora que conheci o ardente calor dos seus lábios, agora que experimentei a sensação de encaixar cada curva do meu corpo contra os contornos rígidos do seu peito...

Não consigo fingir que nada disso aconteceu.

Não consigo esquecer.

Mesmo que ele queira.

NO TERCEIRO DIA após meu retorno, eu me sento em um canteiro do jardim há muito abandonado no pátio fechado nos fundos do ateliê de Carys, arrancando ervas daninhas e plantando as mudas que colhi na Floresta Abandonada. A pá emprestada está suja de terra.

Sentada em uma espreguiçadeira baixa sob uma esguia bétula-branca, Carys tagarela distraidamente enquanto eu trabalho. Farley, esparramado na espreguiçadeira idêntica ao lado dela, de vez em quando a interrompe com um comentário espirituoso ou uma observação perspicaz. Passamos muitas manhãs como esta, nós três, unidos por nossos confinamentos.

— Se esse bebê não chegar logo, vou entregá-lo aos cuidados das sacerdotisas fyre no Templo dos Deuses — decreta Carys. — Nesse ritmo, vou perder todas as festividades do Fyremas.

Arranco uma erva daninha particularmente grande, sem me incomodar com suas ameaças. Não há raiva nelas. Além disso, já ouvi todas antes, feitas com frequência cada vez maior à medida que sua barriga fica cada vez mais redonda, seu fardo cada vez mais pesado, e ainda não há sinais de trabalho de parto.

— E meu marido? Onde ele se enfiou? Depois de me deixar nesta situação, ele simplesmente desaparece? — Ela faz uma careta, mas as mãos continuam acariciando a imensa barriga com extrema ternura. — *Homens.*

— Ah, não, Carys — retruca Farley, com coragem. — Uther está fazendo o melhor que pode para ajudar Pendefyre a apaziguar os ânimos na Guilda Flamejante. Você sabe como as coisas estão tensas desde...

Ele se cala de repente. No silêncio que se segue, posso ouvir as palavras não ditas. *Desde Gower*. E sinto dois olhares preocupados fuzilando minha nuca enquanto me curvo sobre o canteiro de flores, minha saia esparramada ao meu redor em uma nuvem de tecido. Eles nunca expressam suas preocupações. Nem para mim, nem em voz alta. Mal falamos sobre o que passei. Naquela primeira manhã, Carys apenas acariciou minha bochecha com a sua mão delicada, me olhou profundamente nos olhos e murmurou algo sobre preparar o chá. Como se tivesse se passado apenas uma noite desde nosso último encontro. Como se nada tivesse acontecido.

— Rhya, querida — diz ela agora, tentando manter um tom leve. — Você é uma curandeira. Me diga como posso apressar esse nascimento.

Eu me apoio sobre os calcanhares e limpo as mãos no avental.

— Seu bebê virá quando for a hora. Isso não é uma corrida. Não há razão para apressar o parto se você estiver saudável o suficiente para aguentar mais alguns dias.

— Rhya — o leve lamento em sua voz é familiar —, *por favor*.

— Existem certas ervas que induzem o parto, mas eu só as daria a você em último caso. — Solto um suspiro resignado. — Alguns dizem que alimentos picantes podem provocar as contrações. Outros juram que o chá de folhas de framboesa resolve o problema. E há uma massagem terapêutica dos pontos de pressão, usando óleo de sálvia ou extrato de rosa-mosqueta...

— Então? Qual método devemos tentar primeiro?

— Nenhum deles, Carys.

— Por que não?

— Porque a melhor maneira de apressar o bebê não requer extratos ou chás. Você só precisa de um pouco de atividade física. Atividade física *leve* — enfatizo, vendo o brilho animado em seus olhos. — Uma caminhada curta. Ou... bem... atividade de outro tipo...

— E que tipo de atividade é essa? — pergunta Carys quando eu hesito.

Farley solta uma risada contida.

— Você não consegue adivinhar? Olha como ela está corada! Aposto que é o tipo de atividade que requer a ajuda do seu marido.

Lanço um olhar fulminante para ele.

— Eu não estou corada!

— Está parecendo um tomate, Ace.

Eu o ignoro e olho para Carys com o máximo de dignidade que consigo reunir.

— Por mais irritante que ele seja, não está errado. Alguns dizem que... atividades íntimas no leito conjugal são suficientes para... estimular...

— Farley! — exclama Carys, bruscamente. — Pare de rir como um garotinho e vá chamar o meu marido. Agora.

— Mas...

— Nada de "mas"! — rebate ela, encarando o ruivo contrariado. — Ele deve estar na arena de treinamento. Se você se apressar, mesmo com essas muletas, poderá estar de volta com ele em menos de uma hora.

— Eu não posso deixar vocês duas sem supervisão — argumenta ele, com um ar sério. — Pendefyre disse...

— Ai! Tudo bem! Esquece! — Com grande esforço, Carys se senta na espreguiçadeira. Firmando os chinelos no piso de pedra, ela se levanta com um impulso determinado. — Se é um incômodo tão grande, eu mesma vou buscá-lo...

Suas palavras se tornam um gemido quando um jato de água escorre entre sua saia, espalhando-se pelo chão de ardósia. Por um longo momento, nós três ficamos paralisados, como se o próprio tempo tivesse parado. Carys olha para os pés com uma expressão atordoada. Seus lábios rosados se abrem em um círculo perfeito em total choque.

— Ah. — É tudo o que ela consegue dizer. — *Ah.*

Encaro os olhos de Farley. Não há vestígio da sua alegria habitual; estão arregalados pelo choque.

— Esqueça a arena de treinamento — digo a ele. — Vá buscar a parteira. Diga a ela que está na hora.

EM TODOS os meus anos como assistente de Eli, nunca ajudei em um parto como o do filho de Carys e Uther. Dada sua hesitação em vir ao mundo, quando ele finalmente chega, é com uma velocidade impressionante.

Mal acomodei Carys na espreguiçadeira do jardim quando as primeiras contrações começam. Depois disso, não há como fazê-la subir as escadas até o apartamento. Por baixo da sua saia, consigo ver que o bebê já está bem próximo de nascer.

Embora seja curandeira, não presenciei muitos partos. As gestações se tornam cada vez mais raras a cada ano que passa, à medida que a praga estende suas garras pela terra. A maioria das gestantes não consegue levar a gestação adiante e, se conseguem, os bebês geralmente nascem... *com má-formação.* Braços e pernas disformes, olhos que não enxergam. Órgãos expostos nos seus frágeis abdomens. Muitos nascem roxos e inertes sem jamais respirar fora do útero. Os poucos que sobrevivem raramente vivem muito tempo, incapazes de respirar por conta própria.

E com seus bebês, vão-se as mães. Seja porque seus corpos sucumbem à sangrenta batalha do parto, ou porque suas almas as abandonam, incapazes de suportar a dor avassaladora de perder um filho, são poucas as que sobrevivem à provação. Tragicamente, o que antes era uma prática comum, natural como respirar, agora é uma raridade. Partos saudáveis, em que mãe e filho sobrevivem, são uma dádiva preciosa entre os mortais. Nascimentos feéricos bem-sucedidos são ainda mais raros, uma anomalia mágica em uma era sem magia.

Não me permito pensar nesses fatos enquanto examino minha amiga. Minha voz é firme quando falo palavras suaves para mantê-la calma, para convencê-la de que não há problemas. Por dentro, porém, estou contando os minutos até o retorno de Farley com a parteira a reboque. Por dentro, estou gritando que, de alguma maneira, preciso levá-la para dentro, para o andar de cima, para o quarto dela, onde há roupas de cama limpas, água fresca e confortáveis travesseiros de plumas para apoiá-la.

Mas como posso fazer isso, com o bebê nascendo tão rápido? Quando as contrações chegam a um ritmo assustador, uma após a outra, contorcendo seus músculos com tanta força que arqueiam sua coluna e lhe roubam qualquer senso de controle? Se ela tiver uma contração na escada, não há como prever o que acontecerá. Ela pode cair. Pode se machucar, assim como o bebê.

Não vou arriscar a vida deles. Não quando não tenho certeza de quanto tempo resta até que o bebê comece a coroar. Carys já parece muito mais fraca do que eu gostaria, seu rosto pálido como um lençol, sua respiração superficial e tensa. A dor toma conta de seus olhos verdes brilhantes. E de onde, *deuses*, de onde está vindo todo esse sangue?

— Tem alguma coisa errada — diz Carys, gemendo e agarrando minha mão com uma força esmagadora. — Está doendo...

— Não tem nada de errado. Eu sei que está doendo, mas você está se saindo bem.

Engulo em seco, tentando acalmar meu próprio pânico. Ele pulsa rápido e quente em minhas veias, formigando minha marca Remanescente como pequenas descargas elétricas. Uso todo o meu autocontrole para conter as emoções, para manter meu poder trancado bem fundo. Não posso permitir que meu pânico crescente se espalhe em uma onda que tornará uma situação crítica ainda mais mortal.

Não me permito pensar no que vai acontecer com minha amiga se o bebê dela ficar preso. Ou pior, se descer invertido. Só a ideia de ter que usar uma lâmina é o suficiente para desfazer qualquer fachada de autocontrole.

— Rhya! — exclama ela, ofegante, quando outra contração a domina. Os ossos dos meus dedos rangem sob seu aperto.

— Era isso que você queria, Carys. Pelo que você orou. Lembra? Seu filho está chegando, ansioso para conhecê-la. — Forço um sorriso enquanto deslizo minhas mãos pela sua barriga. O bebê já está bem baixo. — Para alguém que resistiu com tanta teimosia, ele agora está com uma pressa impressionante.

— Igualzinho ao pai. Essa teimosia silenciosa... Que os deuses me ajudem, com dois turrões nesta casa...

— Se alguém é capaz de lidar com eles, é você — asseguro a ela. — Apenas continue respirando. Isso. Devagar e estável. A parteira logo estará aqui.

Mas ela não chega.

Uma hora se passa, e Farley ainda não voltou. Nem com a parteira, nem com Uther. Nem com ninguém. Pego alguns suprimentos básicos no apartamento no andar de cima e faço o possível para deixar Carys confortável enquanto ela se contorce em um desconforto crescente, tentando distraí-la com uma conversa suave e constante. Falo até minha voz ficar rouca, divagando sobre qualquer coisa — minha infância, minhas comidas favoritas, meu vestido para o festival que se aproxima. A última briga de Keda e Teagan quanto aos passos corretos da valsa dyvediana. A nova paixão de Farley por um belíssimo guarda do palácio.

Enxugo o suor da sua testa com uma toalha úmida e seguro sua mão quando as dores a dominam. Durante todo o tempo, sangue escorre por entre suas pernas, um fluxo mortal.

Esse sangramento é normal?, eu me pergunto, com o coração acelerado. *Ah, Eli, como eu gostaria que você estivesse aqui...*

O momento de fazer força está cada vez mais próximo. Em breve, não haverá mais tempo para esperar. Sinto a cabeça do bebê começar a se projetar e seguro a mão da minha amiga com força.

— Cadê ele? — sibila Carys. — Cadê o Uther?

— Ele está chegando. Logo estará aqui.

— A parteira...

— Não podemos esperar pela parteira — digo, com a voz mais firme que consigo, encharcando minhas mãos com o destilado forte que encontrei no armário da cozinha. — Você vai ter que fazer força.

— Não, eu não consigo. Não até que...

— Você precisa. Carys, está me ouvindo? Não pode se dar ao luxo de esperar, e seu filho também não. — Ajeito a toalha que coloquei entre suas pernas. A pontada de preocupação dentro de mim se intensifica ainda mais quando vejo mais sangue encharcando o tecido branco. — Sei que não era assim que você queria fazer isso; sei que não era esse o plano. Mas estou aqui com você. Estou bem aqui.

Ela engole seus protestos. Respira fundo e olha para mim — com tanta confiança, com uma fé tão inabalável, que meus olhos se enchem de lágrimas.

— Está bem, Rhya.

— Você consegue fazer força?

Ela assente.

— Estou aqui. Estou com você — repito, posicionando-me entre seus joelhos, aos pés da espreguiçadeira. — Você consegue. *Nós* vamos conseguir.

Minha voz soa firme o suficiente, eu acho. Mas, lá no fundo, estou gritando — uma súplica vinda direto da minha alma, ecoando pelo vínculo que me liga a Penn.

Onde você está?

Eu preciso de você.

Por favor, venha.

Venha logo.

ELES IRROMPEM PELO pátio dos fundos, ofegantes e armados até os dentes, prontos para uma batalha que já havia terminado. Uther, Penn, Mabon, Cadogan e Jac. Todos param quando me veem ali, sentada na terra dos canteiros de flores com o bebê recém-nascido nos braços. Ele está enrolado em um cobertor macio que peguei no quarto de criança no andar de cima quando Carys finalmente o soltou por tempo o suficiente para que eu o limpasse. Ela agora cochila suavemente na espreguiçadeira, exausta pelo esforço do parto e pelo chá sedativo que a obriguei a tomar.

Uma dose também não me faria mal. Minhas mãos ainda tremem. As últimas horas foram as mais angustiantes que já vivi. Mesmo agora, com a mãe e a criança respirando pacificamente, não consigo acalmar meus nervos em frangalhos.

Por um longo momento, os homens apenas olham, vidrados, a cena diante deles. Suas expressões atordoadas são quase cômicas. Seus olhos se fixam no sangue. Já limpei o pior dele, mas ainda há vestígios espalhados ao meu redor. No piso de pedra. No meu avental de jardinagem descartado. Nas toalhas e cobertores empilhados ao lado da espreguiçadeira. É um contraste gritante com a atmosfera pacífica do belo pátio de Carys.

Atrás deles, a porta se abre mais uma vez quando Farley surge, equilibrando-se em suas muletas. Uma mulher idosa segue em seu encalço. A parteira. Elas também param bruscamente quando me veem.

— Antes tarde do que nunca — solto para Farley com um tom despreocupado. Por trás da minha petulância, há uma corrente subterrânea de angústia reprimida. — Você atravessou as Cimérias para buscar ajuda?

Uther é o primeiro a se recompor, correndo para o lado da esposa. Ele se ajoelha na terra, mal olhando para o filho recém-nascido. Seu olhar é para Carys, e somente para ela.

— Ela está...?

— Ela está ótima — asseguro, notando o medo incomum em sua voz. — Houve um pouco de sangramento, mas já foi controlado com alguns pontos. Ela ficará em observação por alguns dias, mas não tenho dúvida de que ela terá uma vida longa e saudável. — Meus olhos se voltam para o bebê enrolado em meus braços. Ele tem um cabelo escuro e uma boca delicada como um botão de rosa. As pontas afiladas de suas orelhas são tão finas que quase posso ver através delas. — Assim como seu filho.

— Temos uma enorme dívida com você, Rhya — diz Uther, com um tom solene. Ele olha para o filho, aninhado em meus braços, e seus olhos serenos e cinzentos brilham de emoção. — Uma dívida que juro pagar, da melhor forma que puder.

Sinto um nó na garganta. Minhas emoções se agitam dentro de mim como uma tempestade furiosa. Consigo apenas acenar com a cabeça em resposta.

Os olhos de Carys se abrem. Ela esboça um leve sorriso para o marido.

— Ele se parece com você, meu lindo. Mas ele tem meus pulmões. Você deveria tê-lo ouvido gritar quando respirou pela primeira vez...

— Eu gostaria de ter ouvido, meu amor. Desculpe por ter demorado tanto para chegar aqui. Não estávamos no quartel. Estávamos no platô superior, reforçando os postos de guarda do perímetro antes do festival...

— Shhh. — Ela ergue a mão e pousa sobre a dele enquanto Uther acaricia sua bochecha. — Rhya e eu conseguimos nos virar bem sozinhas.

Ele olha para mim.

— Pendefyre sentiu sua angústia por meio do vínculo. Ele sabia que algo estava errado. Se não fosse por isso, talvez nunca soubéssemos. Teriam se passado horas até voltarmos.

Passo a criança para os braços hábeis de Uther e me retiro para dar à nova família um momento de privacidade. Antes que eu consiga dar dois passos, a mão de Carys dispara e me agarra pelo pulso com uma força surpreendente.

— Rhya.

Eu me viro para ela, com as sobrancelhas erguidas.

— Obrigada — diz ela. — Do fundo do meu coração. Obrigada por estar aqui.

— Não precisa me agradecer. Você fez todo o trabalho.

Minhas palavras saem em uma voz tensa que mal reconheço. As emoções rodopiam dentro de mim, prestes a derrotar meu autocontrole. Suor brota em minha testa. Meu coração bate acelerado. Meu estômago parece uma bola de chumbo. Preciso sair daqui, *agora*, antes que eu desmorone completamente. Antes que a intensidade dos meus sentimentos me domine.

Sorrio para ela com toda a ternura que consigo reunir e me retiro em silêncio. Talvez me sentisse mais culpada de fugir se a parteira não estivesse a postos, examinando Carys e o bebê com o olhar perspicaz de uma especialista. Ela acena para mim, em um gesto de respeito mútuo, quando nossos caminhos se cruzam no meio do pátio.

Jac, Cadogan, Mabon e Farley falam comigo assim que me aproximo do grupo reunido junto à porta. Agradecem e me parabenizam. No entanto, por mais que me esforce, não consigo me concentrar em nada do que estão dizendo, nem mesmo quando dão tapinhas nas minhas costas e sorriem para mim. Estou travando uma batalha silenciosa contra mim mesma, lutando contra a crescente onda de poder — reprimida enquanto Carys precisava da minha ajuda, mas que agora ressurge com força total. Minha pulsação troveja em minhas veias; descargas elétricas percorrem meus nervos como relâmpagos. Coloco a mão em minha Remanescente, pressionando-a com força através do tecido do meu vestido, como se pudesse obrigá-la a se acalmar apenas pela pura força da minha vontade.

A marca formiga em desafio.

Encostado na parede oposta, como se fosse esculpido em pedra, Penn dá uma rápida olhada para meu rosto, agarra minha mão e me puxa para longe sem dar qualquer explicação aos seus homens.

— Penn — digo, sobressaltada, com um tom desesperado na voz.

— Aqui não — murmura ele, enquanto me arrasta para dentro do ateliê vazio. — Ainda não.

Não digo mais nada. Em silêncio, atravessamos a porta da frente, passando por rolos de tecido e manequins espetados com alfinetes. Saímos para a luz intensa do meio-dia e cruzamos para o outro lado da rua Elevada, desviando de uma carroça de suprimentos do boticário e de uma enorme pilha de sacos de farinha em frente à chocolataria.

Não preciso explicar a Penn quão frágil é o fio que sustenta meu autocontrole; nem revelar que a espiral de poder em meu peito ameaça se libertar a cada instante que passa. Minhas emoções fluem como um rio impetuoso; meus sentimentos atravessam o vínculo sem encontrar resistência. Não há como contê-los, não há como reprimi-los. Ele sente minha agitação pulsante, a ansiedade crescente, a cada passo que damos pelas ruas de paralelepípedos de Caeldera, a cada respiração instável que luto para puxar até meus pulmões descontrolados.

A multidão é densa ao nosso redor, aglomerações de compradores e comerciantes lotam as ruas. Os rostos são um borrão em minha visão periférica, um mar ondulante que não consigo distinguir. Eles abrem caminho, enquanto Penn me leva de volta ao palácio. Sua mão, quente e forte, segura a minha, me ancorando quando as emoções atingem um nível febril.

Luz e alegria estão sendo lentamente substituídas por escuridão e desespero. Visões fervilham em minha mente a cada passo.

Meu corpo, flutuando no centro de um tornado. Uma carroça despedaçada no chão. O cadáver de Gower, atravessado por uma estaca. Minha pequena adaga cortando sua garganta.

Um cenário de devastação.

Um cenário de morte.

Provocado por mim.

Você matou um homem.

Preciso de um alívio. Estou por um fio. Por mais que eu tente reprimi--lo, mantê-lo dentro de mim, ainda não aprendi a conter meu poder, como se fosse uma inspiração profunda, sem deixá-lo escapar em uma rajada que destrói tudo ao meu redor.

Penn estava certo quando me encontrou na floresta. Estou com medo. Medo do que sou capaz de fazer. Medo de que possa machucar alguém. Penso em Soren — em sua habilidade despreocupada com o cálice, fazendo as gotas de água dançarem em um intrincado balé só para me entreter. Como ele consegue controlar seu poder com tanta sutileza, quando eu não consigo sequer acessar o meu sem libertar uma onda de energia bruta que me arrebata? Como é possível que ele domine suas habilidades, enquanto Penn, que tem quase o mesmo tempo de vida neste mundo, mal consegue usar as suas sem incinerar tudo em seu caminho?

Com certeza deve haver um meio-termo entre reprimir meu poder e usá--lo como uma extensão de mim mesma. Mas, se existe esse equilíbrio, não faço ideia de como alcançá-lo. Quando o vento desperta dentro de mim, é como um ciclone. Indomável. Impenetrável. Não consigo contê-lo. Tudo o que posso fazer é tentar me proteger ou lutar para evitar o pior.

Quando chegamos à caverna atrás da cachoeira, eu me sinto tão pálida e trêmula quanto Carys durante o parto. Os passos de Penn nunca vacilam enquanto ele me conduz pelos degraus de pedra. A névoa densa paira no ar, enchendo meus pulmões e umedecendo minha pele. Comprimo meus lábios com força, como se isso fosse suficiente para conter tudo dentro de mim, não ouso nem sequer respirar.

— Rhya.

Olho de relance para Penn, mas mal o vejo. Meus olhos estão voltados para o meu interior, para a tempestade violenta que sacode meus ossos. Meus pulmões imploram por ar, mas me recuso a obedecer.

— Respire — ordena Penn, segurando meus ombros. Seus dedos se cravam em minha carne com força suficiente para me machucar. — Você precisa respirar.

Balanço a cabeça. Tenho medo de relaxar os lábios, medo de que a menor brecha no meu controle externo desencadeie o caos interno.

— Pelos deuses, você *sente* demais! Esse seu maldito coração vai acabar te matando. — Ele resmunga um palavrão. — Você precisa se distanciar de suas emoções. Separar sua mente do seu coração. Seu coração do seu poder.

Ele faz parecer tão simples.

— Emoções fortes são um risco. Elas são um gatilho poderoso para alguém como você. Para alguém como eu. Sentir qualquer coisa com muita intensidade, dor, pânico, medo, alegria, desejo ou... — sua voz vacila — *amor.* — Ele pigarreia, com força, antes de continuar. — É muito mais perigoso do que não sentir nada. Pode fazer você perder o controle num piscar de olhos. Pode te lançar numa espiral de puro caos.

Luto para me concentrar no que ele está dizendo. Suas palavras soam distantes, abafadas pelo rugido do vento dentro da minha cabeça.

— Aquilo que mais desejamos neste mundo... aquilo que desperta nossos sentimentos mais intensos... — seus olhos estão fixos nos meus, sem nunca desviar, tentando transmitir algo que ele se recusa a expressar em palavras — é justamente aquilo que não podemos ter. Não sem um grande risco.

Tento assentir, mas não consigo. Apesar dos apelos de Penn para que me distancie delas, minhas emoções ainda estão à flor da pele. Meu coração dói quase tanto quanto meus pulmões agonizantes. Mas nada lateja mais do que a marca em meu peito.

— Você é mais forte do que o seu medo, Rhya. É forte o suficiente para controlar o poder. Você só precisa acreditar. — Ele me sacode com tanta força que minha cabeça inclina para trás. — Você é o portão que mantém o vento afastado. A sentinela no limiar do caos. Você não vai ceder. Não vai desmoronar. Está me ouvindo?

Ele está me assustando — quase tanto quanto eu mesma estou me assustando. E, no entanto, há uma pequena parte de mim que reage à intensidade do seu aperto, ao tom intransigente das suas palavras. Então, fecho meus olhos e faço o que ele diz. Busco meu centro e me vejo flutuando no olho de um furacão. As nuvens de tempestade são escuras como breu, carregadas de fúria. As águas não estão calmas; elas se agitam ao meu redor, um presságio espumante da tempestade que está por vir. Sei que não tenho muito tempo até que o vento irrompa sob minha pele. Estremeço enquanto luto para não afundar, tentando manter minha cabeça acima das ondas geladas.

— Você consegue, Rhya — diz uma voz vinda de algum lugar muito distante. — Contenha o vento. Empurre-o com força. Prenda-o lá no fundo.

O ciclone se aproxima por todos os lados, um cerco cada vez mais apertado. Não há como contê-lo, não há como impedir que ele me devore.

Todas as vezes que tentei enfrentá-lo no passado, fracassei. Todas as vezes que tentei resistir, fui vencida.

Não desta vez.

Deixo de lado minhas dúvidas, minha ansiedade latente de que os deuses escolheram errado, que não sou a criança da profecia, que esse destino é um fardo pesado demais para meus frágeis ombros suportarem. Pois, querendo ou não, não há mais ninguém para carregá-lo.

Eu estou aqui.

Esta tarefa, por mais intransponível que pareça, é minha.

Eu sou a Remanescente do Ar. Sou a guardiã do vento. Nasci para isso. Sou mais forte do que meu medo. Serei a barreira contra o caos. Manterei o vento a distância. Trancarei o portão do lado de dentro.

Mesmo que isso me mate.

Em minha mente, conjuro um escudo de ar como o que fiz na montanha, mas bem maior, mais espesso, que se estende das profundezas do mar até os confins do céu. Usando toda a minha concentração, expando o escudo em todas as direções. Enfrentando as nuvens de tempestade. Forçando-as a recuar, pouco a pouco, cada palmo conquistado é uma árdua batalha, cada centímetro avançado drena minha determinação.

Mesmo assim, continuo empurrando.

Empurro e empurro, sem parar, até que a tempestade escura se dissolva em um borrão cinzento. Até que as águas se tornem um lago de verão. Até que o furacão recue para além dos limites do meu mar mental e a marca no meu peito se esfrie e silencie.

O poder ainda está lá — sempre esteve e sempre estará —, mas eu consegui. Finalmente acalmei a tempestade, contive a ameaça antes que ela irrompesse sem controle. Fiz o impossível, domei o indomável.

Derrotei o vento.

Embora a guerra tenha sido travada apenas na minha mente, sinto como se tivesse lutado uma batalha real. Meus músculos estão doloridos, minha boca está seca. Meus pulmões necessitados de ar são como lâminas afiadas de agonia. Respiro, trêmula, o primeiro fôlego que tomo em muito tempo.

Abro os olhos devagar e me deparo com Penn. Seu rosto está tão próximo que posso ver cada pontinho carmesim em seus olhos escuros feito brasas. E, neste momento de vitória silenciosa, desejo que ele me beije mais uma vez. Desejo mais do que tudo.

Mas ele não me beija.

Suas mãos soltam meus ombros e deslizam até meu pescoço. O polegar acaricia suavemente a jugular, onde meu coração pulsa em um ritmo acelerado. Suas palavras carregam uma mistura de orgulho e alívio.

— Muito bem, guardiã do vento — sussurra ele. — Muito bem.

VINTE E OITO

Os dias que antecedem o Fyremas escorrem por entre meus dedos antes que consiga agarrá-los. Passo as manhãs treinando na caverna, invocando meu poder e, em seguida, contendo-o com meus escudos mentais de ar, repetidas vezes, até que se torne, se não instintivo, um pouco mais fácil impedir que o vento escape sem controle. Faço isso sozinha. Penn não me acompanha outra vez — nem à caverna, nem a qualquer outro lugar. Eu o vejo ainda menos do que antes de Carys dar à luz. Ele faz questão de me evitar, mantendo-me a distância com uma fachada fria de civilidade sempre que nossos caminhos inevitavelmente se cruzam. Sempre que estamos no mesmo cômodo, ele sai apressado. Inventa desculpas para se retirar de conversas com seus homens quando estou presente e nunca retorna à torre até ter certeza de que já estou dormindo.

É provável que seja melhor assim — ou é o que digo a mim mesma para mascarar a profunda dor causada pela sua renovada indiferença. Não posso me dar ao luxo de depender dele. Esse poder é um fardo que preciso aprender a lidar sozinha.

Nunca fiquei tão feliz por ter o livro de Soren como guia. Há capítulos que tratam das diversas nuances de magia que cada Remanescente pode controlar — desde correntes de água até bolas de fogo —, mas me mantenho focada nos trechos mais simples, que detalham os princípios básicos para alcançar a maestria.

Os guardiões do vento, em especial, devem se concentrar no trabalho de respiração. O ar nos pulmões é, afinal de contas, a própria fonte de seu poder, diz o livro em determinado capítulo.

Evite espaços fechados a todo custo, sugere o autor em outro. *O confinamento pode restringir drasticamente as habilidades mesmo do mais proficiente silfo do céu.*

Cuidado com as mudanças de humor, alerta o livro, por fim. *Um guardião do vento é suscetível a mudanças bruscas de temperamento, tal como tempestades repentinas. Elas podem aparecer do nada e dominar você se não estiver prevenido.*

Abaixo, Soren escreveu: *Me lembre de nunca te tirar do sério, cotovia.*

Depois das minhas primeiras sessões solitárias de invocação de poder, deixo a caverna com as pernas tão trêmulas que mal aguento subir a escada de volta para a torre antes que elas cedam. Mas, sob toda a exaustão, encontro um novo alívio. Cada vez que consigo acalmar minhas tempestades internas, fico mais confiante em minhas habilidades. Ouso ter esperança de que, um dia, eu consiga ter uma vida normal. Não como a Remanescente do Ar, mas como mim mesma. Rhya. Pois, com meu poder preso em meu interior, não serei mais um perigo para as pessoas ao meu redor. Não precisarei mais viver com medo do que sou capaz de fazer ou de que possa ferir alguém. Posso apenas... *viver.*

As tardes passam em um borrão de visitas a Carys, Uther e seu novo filho. Eles o batizaram de Nevin — seu pequeno santo — e a alegria que paira no ar de seu apartamento é intensa o suficiente para fazer meus olhos arderem com lágrimas. Não sou a única a ser atraída por essa atmosfera. Quase sempre, quando chego, encontro alguns membros da Guilda Flamejante, sentados ao redor da robusta mesa da cozinha discutindo estratégias aos sussurros para não acordar o bebê, ou demonstrando técnicas de esgrima com galhos caídos da esguia bétula do pátio, seus golpes ressoando em suaves estalos. Observo essas demonstrações inesperadas de cuidado com uma diversão maldisfarçada enquanto cuido do jardim recém-plantado, tentando não rir quando o duelo entre Cadogan e Mabon se transforma em uma discussão travada inteiramente por gestos obscenos.

Quando ela permite — o que é raro, pois reluta muito em soltar o filho por mais do que alguns instantes —, ajudo Carys com Nevin. Ela recuperou a energia com uma rapidez impressionante e parece um turbilhão incansável em constante atividade, apesar das minhas repreensões gentis para que descanse e meu apelo para que recupere plenamente as forças. Ela está impaciente para voltar ao trabalho de costureira, retomando as costuras que foi forçada a deixar de lado no final da gravidez.

Enquanto ela checa os intrincados pontos do meu vestido para o Fyremas pela centésima vez durante o cochilo da tarde de Nevin, eu a lembro de que ela tem pontos mais importantes com que se preocupar. Meu trabalho precisa de tempo para cicatrizar. Mas ela apenas ignora minhas palavras com um comentário impertinente.

— Sou costureira, querida amiga. Entendo de pontos. Acho que posso muito bem retirar esses quando chegar a hora...

As olheiras dela e de Uther me dizem que os pulmões fortes do filho os mantêm acordados à noite, mas nenhum deles reclama. Nevin é um milagre há muito esperado. O amor deles pelo filho resplandece, evidente no roçar suave de seus lábios na pequena testa enrugada, na delicadeza de seus dedos quando ajeitam as cobertas ou embalam o berço. Eu nunca havia presenciado um afeto tão puro. Uma devoção tão incondicional.

Nesta noite, véspera do festival, eu me pego observando-os com uma mistura de fascínio e profundo anseio. Perguntando-me como alguém poderia sentir algo assim por uma filha e, ainda assim, decidir abandoná-la; como alguém seria capaz de colocar sua recém-nascida em um cesto e deixá-la nos confins do mundo, como uma oferenda para deuses desconhecidos.

Acho que consigo disfarçar esses pensamentos da minha expressão enquanto observo o trio. Mas não há como me esconder de Penn. Não preciso me virar para vê-lo sentado junto à parede, sua figura imponente em meio às sombras, envolvido em uma conversa sussurrada com Farley e Cadogan. Sinto sua presença com uma nitidez absurda, como se estivesse me tocando; como se atravessasse o cômodo e deslizasse um dedo pela minha espinha, incendiando cada terminação nervosa.

Mal consigo me concentrar nas cartas de twyllo em minha mão, muito menos me lembrar das regras de apostas que Jac e Mabon estão tentando me ensinar. A sensação se torna cada vez mais intensa até que não consigo mais suportá-la. Largo as cartas e me levanto de repente, um movimento abrupto que chama mais atenção do que eu gostaria. Todos os olhares se voltam para mim ao mesmo tempo.

— Rhya, querida, você está bem? — questiona Carys.

— Estou bem — asseguro a ela. — Só estou um pouco cansada. Vou voltar mais cedo para o palácio e ter uma boa noite de sono antes das festividades de amanhã. — Olho para Jac, paralisado com sua caneca a meio caminho da boca. Seus olhos azuis estão arregalados. — Você me acompanha de volta?

Ele lança um olhar rápido para as sombras onde Penn está sentado antes de se levantar e coloca a caneca na mesa com um baque abafado.

— Claro, Ace. É um prazer.

Pego minha capa do gancho perto da porta e a visto. Meus dedos se atrapalham com o fecho da gola, tremendo sob o peso de vários olhares atentos, mas, por fim, consigo prendê-lo.

— Tem certeza de que não quer ficar para o jantar? — insiste Carys, a preocupação estampada no rosto quando se aproxima de mim. — Temos bastante comida.

— Obrigada, mas não estou com fome. — Antes que ela possa dizer mais alguma coisa, lanço um olhar rápido pelo cômodo, evitando encarar alguém em particular. — Boa noite, pessoal.

Saio apressada do apartamento e praticamente corro pela escada estreita até o ateliê escuro, sem nem pensar em esperar por Jac até chegar à rua. E me apoio em um lampião da rua, respirando com dificuldade. Instantes depois, a porta da frente se abre com um tilintar de sinos às minhas costas.

— Achei que já estaria na metade do caminho para o palácio, já que saiu com tanta pressa.

Maldição dos deuses.

Meus olhos se fecham ao ouvir a voz — um tom grave e rouco que não pertence ao homem que eu esperava, mas àquele de quem estou tentando fugir desesperadamente. Respiro fundo antes de me virar para encarar Penn. Nossos olhares se encontram de imediato. Não tenho a menor ideia do que dizer. No que diz respeito a ele, meus pensamentos nunca pareceram tão confusos.

— Carys disse que você vai precisar disso. — Ele faz um gesto para a caixa branca acomodada debaixo do braço. Uma fita dourada brilhante amarra a tampa.

— Meu vestido para o Fyremas — murmuro. Saí tão apressada que me esqueci de pegar o pacote que Carys preparou com tanto carinho. — Obrigada — acrescento após um instante, estendendo a mão para pegá-lo. Minhas mãos tremem visivelmente.

— Eu carrego para você.

— Você? — Arqueio as sobrancelhas. — Pensei que o Jac fosse me acompanhar.

— O Jac já está na terceira cerveja. Ele não vai acompanhar ninguém a lugar algum. Eu vou com você.

— Não é necessário. Tenho certeza de que Mabon ou Cadogan...

— Estou voltando de qualquer maneira. — Suas sobrancelhas escuras se erguem no alto. — A menos que haja algum motivo para achar minha companhia desagradável.

— Nenhum — respondo com os dentes cerrados.

— Então vamos.

No mesmo instante, começo a marchar pela rua Elevada. Penn logo me alcança, acompanhando com facilidade meu ritmo determinado. Ele tem pernas irritantemente longas. Franzo o cenho, irritada, ao virar na avenida do Rei. Mas é difícil manter qualquer sentimento real de raiva enquanto a atmosfera vibrante da cidade me envolve.

Por toda parte, as ruas fervilham de vida. É hora do jantar, normalmente um momento tranquilo, mas hoje, em vez de se reunirem em torno de suas mesas, os caelderanos lotam as calçadas em frente a suas casas, conversando animados enquanto preparam suas residências para as festividades do dia seguinte. Varandas são varridas; soleiras das portas, decoradas. Guirlandas são penduradas nas janelas. Festões de azevinho e zimbro serpenteiam pelos corrimões. A bandeira de Dyved tremula em postes de lampiões e toldos, a montanha flamejante ondulando com orgulho na brisa. Durante a noite, grandes tonéis de metal surgiram em cada esquina, todos empilhados com gravetos em preparação para as fogueiras que queimarão do anoitecer até o amanhecer.

Conforme passamos, muitos deixam de lado suas tarefas para acenar, vozes calorosas chamando por seu príncipe. Quando me veem ao seu lado, vários deles fazem um gesto familiar com a mão — dois dedos formando um diamante no ar.

— O que isso significa? — pergunto a Penn, esquecendo meus planos de ignorar sua existência durante todo o caminho de volta ao castelo. — O sinal que eles fazem quando passamos.

— É o símbolo da tétrade sagrada. Uma saudação honorífica para demonstrar o respeito que têm aos Remanescentes.

— Então eles não estão me amaldiçoando?

Ele solta uma risada debochada enquanto passamos pelo grupo de guardas posicionados na entrada da ponte.

— Muito pelo contrário. Eles a veem como uma bênção.

Meu passo vacila, um leve tropeço de surpresa.

Penn percebe minha reação.

— Por que é tão difícil para você acreditar que essas pessoas queiram sua presença aqui? Que elas te acolheriam de braços abertos?

— Experiências passadas — justifico, na defensiva. — Quando você passa a vida sendo caçado, o impulso de fugir primeiro e fazer perguntas depois deixa de ser uma escolha e se torna um instinto profundamente arraigado.

Ele fica em silêncio por um momento, absorvendo minhas palavras. Já percorremos cerca de um quarto da ponte. O palácio se ergue diante de nós, perfurando a névoa em direção ao céu. Uma fileira de pescadores lança seus anzóis pela superfície plácida do lago, seus baldes de isca exalam um odor pungente. Penn espera até que tenhamos nos afastado antes de voltar a falar.

— Você pode tentar manter o mundo afastado, mas não adianta, Rhya. Querendo ou não, no curto período em que está aqui, você já construiu um círculo de afeto ao seu redor.

Meus ombros ficam tensos.

— Não sei do que você está falando.

— Sabe, sim. Carys a considera uma dádiva de Deus depois da sua ajuda no parto. Uther jurou lealdade eterna em nome do próprio filho. Farley deve a você a capacidade de andar. Todos os meus homens, Jac, Mabon, Cadogan, qualquer um deles daria a vida por você sem pensar duas vezes. E eu… — Ele se interrompe, cerrando os dentes.

— Você *o quê*? — pergunto, parando de súbito.

Ele também para, mas não me encara. Seu olhar permanece fixo no lago, onde um jovem casal em um barco flutua entre os lírios, rindo enquanto disputa o controle dos remos. Penn parece a imagem da calma — exceto pelo músculo em sua mandíbula, que se contrai com uma tensão pulsante reveladora.

— O que você sente por mim, Penn? — questiono em um sussurro trêmulo. — Achei que eu soubesse. Ou que estava começando a entender, pelo menos. Pensei que, depois do que aconteceu na Floresta Abandonada… — ele fica tenso com a lembrança, mas continuo, determinada — … eu tivesse alguma noção do que significamos um para o outro. Mas desde que voltamos para cá, tudo está diferente. Você está diferente.

— Ah é? E como eu estou *diferente*? — Seu tom é incisivo. — Sou o mesmo homem que você conheceu em Eastwood.

— Isso não é verdade, e você sabe disso! — Sinto minhas bochechas corarem. Ele realmente vai me fazer dizer em voz alta? — Nos últimos dias, você me trata como... como se eu fosse algum tipo de peste que deve ser evitada!

— Ah, sim — resmunga ele baixinho. — Foi exatamente por isso que me ofereci para acompanhá-la até em casa.

— Não seja sarcástico. — Estreito meus olhos. — Eu mantenho todos afastados? E o que *você* faz? Porque, a meu ver, você não é melhor do que eu quando se trata de deixar alguém se aproximar. Na verdade, é ainda pior. Você mantém um escudo impenetrável ao seu redor, tão eficaz quanto as proteções que cercam sua cidade. No momento em que alguém se atreve a se aproximar, você se afasta.

— Eu não sabia que estava sendo objeto de um estudo tão minucioso. Por favor, continue sua avaliação dos meus inúmeros defeitos. Estou realmente fascinado.

Eu me enrijeço com seu sarcasmo mordaz. Posso sentir sua raiva, sua exasperação, palpáveis no ar entre nós. Vibrando através do vínculo, transbordando dele para mim. É uma prova do quanto ele está irritado. Normalmente, ele é melhor em me bloquear. Minha própria frustração é uma fera selvagem dentro de mim, espumando e arranhando, ávida para se libertar depois de dias sufocando minhas palavras.

— Achei que as coisas tinham mudado — revelo, sem rodeios. — Pensei... Não importa o que eu pensei. É nítido que eu estava errada. Nós não significamos nada um para o outro. Não somos... — procuro a palavra certa para nos descrever, mas não há nenhuma em nosso idioma capaz de abranger nossas complexidades — ... *amigos* — concluo, tropeçando na palavra. — Nunca fomos. Não somos mais do que dois estranhos cujos mundos se chocaram quando se encontraram sob uma árvore de enforcamento em um pântano nas Terras Médias. Que tola eu fui ao esperar outra coisa...

Ele desvia o olhar, com uma expressão vazia. Se eu esperava que ele negasse minhas palavras, estou prestes a me decepcionar. Meu estômago é uma bola de chumbo quando estendo a mão e pego a caixa de seus braços. Ele não resiste. Suas mãos pendem ao lado do corpo, cerrando-se em punhos no mesmo instante.

— Você mesmo me disse isso, naquele dia na caverna. Eu não entendi na hora, mas agora entendo. *Emoções são um risco. Distancie-se delas.* — Eu agarro a caixa com tanta força que ela quase se desfaz. — Obrigada pela demonstração. É uma lição que não esquecerei.

Eu me viro para ir embora, mas só consigo dar alguns passos antes que seu sussurro, carregado de dor, me detenha.

— Rhya.

Há uma batalha interna em sua voz, que vejo refletida em seu rosto quando olho para ele. Emoções dominam seus olhos rápido demais para que eu possa decifrá-las. Raiva, arrependimento, resignação e algo mais... algo tão atormentado que me assusta.

— O quê, Penn? — pergunto, com a voz embargada. As lágrimas ameaçam transbordar. Não quero estar diante dele quando elas se libertarem. — O que você quer me dizer?

Sua pausa é tão tensa quanto sua postura.

— Você conhece meu passado. Sabe... que da última vez que me importei com alguém... as coisas não acabaram bem...

Enid.

Ele está falando de Enid.

Inspiro fundo.

— Você não entende? — Sua voz sai trêmula. Seus olhos são chamas ardentes quando encaram os meus. — Não posso fazer isso de novo. *Não vou fazer isso de novo.* Não agora. Nem nunca mais.

E lá está.

Finalmente.

A verdade.

Por mais que sinta alguma atração momentânea por mim, ele não vai permitir se entregar. De repente, o motivo de toda a sua indiferença desde o nosso retorno à capital se torna dolorosamente evidente, uma verdade devastadora.

O distanciamento que ele vem mantendo de mim desde o beijo?

É sua maneira de retomar o controle.

O novo muro entre nós, impossível de ser escalado?

É sua maneira de recuperar a autonomia que acredita ter perdido.

Ele tenta controlar seus sentimentos, sufocando a atração que sente por mim. Fingindo que ela não existe. Que *eu* não existo.

Eu cairia na risada, se não estivesse à beira das lágrimas. Porque a verdadeira dor disso é que eu *entendo*. Entendo muito bem. Ele prefere renunciar a qualquer possibilidade de amor a arriscar perder o controle sobre seus poderes. Prefere fingir que não significamos nada um para o outro a se expor a mais dor, a mais sofrimento. A outra falha em seu rígido autocontrole — como a que aconteceu há setenta anos. Uma falha que custou a vida da mulher que ele amava.

Sua necessidade de controle é mais forte do que tudo o que ele sente por mim. Nós somos — e sempre seremos — um risco que ele não está disposto a correr.

Pelos deuses, como isso dói.

Sinto a dor me rasgar por dentro, me dilacerar até os ossos.

— Se você quer fingir que nada aconteceu entre nós, é isso que faremos — minto, com o coração acelerado. — Fico feliz em esquecer tudo isso. Mais do que feliz. Considere o assunto morto e enterrado.

— Por mim, tudo bem. — Sua mandíbula está tão cerrada que me surpreende que seus dentes não trinquem.

Outra fisgada de dor atinge meu peito. Será que meu coração já está sangrando?

— Muito obrigada pela escolta, príncipe Pendefyre — agradeço com a polidez gelada que costumo reservar para Vanora e seus cortesãos. — Posso me virar sozinha pelo restante do caminho. Tenha uma ótima noite.

Então giro nos calcanhares e me afasto, sentindo a dor aumentar a cada passo adiante sem que ele tente me impedir. Minha sorte é que o caminho é uma linha reta, pois as lágrimas escorrem dos meus olhos com tanta velocidade que é impossível ver para onde estou indo.

— AH, LADY RHYA! — exclama Teagan. — Você está linda.

No espelho, uma estranha de cabelos claros me encara. Semanas atrás, olhei para o meu próprio reflexo e encontrei uma halfling esquálida, com olheiras, pulsos marcados por cicatrizes e a alma destroçada fitando de volta. A mulher que vejo agora é igualmente desconhecida, mas não menos impactante.

Não se pode negar o benefício de refeições constantes e sono em dia. Há cor em minhas bochechas e carne em meus ossos. Algumas de minhas curvas, perdidas durante os longos meses de fuga, foram restauradas à sua antiga plenitude. O vestido abraça meu corpo e valoriza minha silhueta com um corpete decotado que marca minha cintura. Feito de uma seda em tom de dourado suave, ele brilha com os raios de sol que atravessam as janelas da torre.

O vestido havia sido confeccionado por Carys para um baile de inverno no último Yulemas, mas sua cliente adoeceu na véspera do evento e, por isso, ele permaneceu intocado, guardado em seu depósito por mais de um ano. Apesar do brilho dourado, o modelo é bastante simples à primeira vista — sem babados ou plumas que desviem a atenção de suas linhas elegantes ou da minha Remanescente. Mas a parte de trás é espetacular. Minhas costas estão nuas da nuca até a lombar. Em vez de mangas simples, Carys uniu tecidos em um padrão sinuoso que se projeta das minhas omoplatas e desce ao longo dos meus braços.

Asas.

Quando me movo, pareço pronta para me lançar aos céus. Cada passo dá a sensação de estar voando. Eu me sinto como um pássaro magnífico, uma criatura rara do éter — uma ilusão reforçada pelo diadema de ouro que circunda minha testa e desce em direção ao meu nariz com uma ponta que lembra um bico. No centro do acessório, uma impressionante pedra preciosa em tom de âmbar brilha a cada reflexo de luz. É meu único adorno, um presente que descobri esta manhã, escondido no fundo da caixa do vestido junto de um bilhete.

Rhya,

Não há joias suficientes em todas as minas de Dyved para expressar nossa gratidão. Por favor, use isso com todo o nosso amor. Feliz Fyremas — seu primeiro de muitos que virão.

Uther, Carys e Nevin

Sinto o peso do diadema em minha testa, seu significado irradia um calor suave em meus ossos cada vez que o vejo no espelho. Meu cabelo, trançado e preso em uma centena de cachos intrincados, brilha como platina. Meus olhos estão delineados com kajal, meus lábios pintados de rosa, minha pele coberta de pó perolado. Quase não me reconheço. É preciso esforço para não estender a mão e tocar o espelho, para ter certeza de que o reflexo é real.

— Carys se superou — elogia Keda, com um leve toque de orgulho. — Já imaginou se tivéssemos deixado as costureiras reais fazerem o que quisessem?

Nós três olhamos em sincronia para o canto da sala, onde a monstruosidade repleta de babados que o lacaio de Vanora entregou esta manhã espreita pelo topo do embrulho. Minhas camareiras não exageraram; é tão horrível quanto elas descreveram. Um mar de babados em um tom repugnante de enxofre.

— Sua Majestade vai ter uma bela surpresa ao te ver — comenta Keda, ajustando um dos grampos de cabelo na parte de trás da minha cabeça.

— Ela não será a única — acrescenta Teagan, sorrindo. — Aposto que Sua Alteza não vai conseguir tirar os olhos de você.

Quase solto uma risada sarcástica, mas me contenho no último momento. Se ao menos ela soubesse o quanto suas previsões são equivocadas. Depois da discussão de ontem à noite na ponte, acho mais provável que Penn nunca mais olhe para mim pelo restante de nossas vidas imortais.

— Já estou pronta? — pergunto. — Adoraria passear um pouco pelas ruas antes da cerimônia, talvez até fazer uma visita a Carys para mostrar o trabalho dela.

— Receio que não haja tempo para isso. Já está quase anoitecendo. A cerimônia deve começar em breve. Além disso, haverá muito tempo para aproveitar a festa depois das formalidades.

Suspiro e vou até a varanda, onde posso assistir às celebrações a distância. Tecnicamente, o Fyremas só começa depois do anoitecer — iniciando com a recarga das proteções feita por Penn, seguida de um banquete formal no Salão Principal e, mais tarde, um baile que dura até o amanhecer. As pessoas dançarão a noite toda, comemorando a chegada da primavera com uma celebração à vida e ao renascimento, parando apenas para assistir aos fogos de artifício sobre o lago à meia-noite. Hoje à noite, os portões do palácio estão abertos a todos os caelderanos, um raro convite para que o povo se misture aos cortesãos elitistas de Vanora — embora eu ainda não entenda por que alguém escolheria conviver com pessoas tão esnobes por livre e espontânea vontade.

Na cidade, a folia começou há muito tempo. Do alto da torre, posso ver a multidão que já congestiona as avenidas de paralelepípedos. Não consigo ouvir os festejos por causa do rugido da cachoeira, mas imagino que o ar esteja repleto de risadas, música e conversas, regados a comida e bebida à vontade. Eu daria tudo para estar lá embaixo com o povo, em vez de ser exibida como parte do espetáculo real.

— Já está quase na hora. — Keda olha para a porta, como se esperasse uma batida a qualquer instante. — Tenho certeza de que o príncipe Pendefyre planeja acompanhá-la pessoalmente...

— Hmmm — murmuro, descrente.

Não o vejo desde a ponte. Ele só voltou muito depois de eu ter me recolhido para a torre na noite passada e mal havia amanhecido quando o ouvi sair hoje pela manhã, fazendo as dobradiças tremeram ao bater a porta. A animosidade que ainda paira sobre nós é o único vestígio de amargura em meu crescente entusiasmo. Mas lança uma sombra inegável em relação à noite que se aproxima.

Céus, tudo era muito mais simples quando vivíamos brigando, mas não estávamos tão ligados um ao outro...

À medida que a hora da partida se aproxima, as camareiras ficam cada vez mais apreensivas. Keda está dobrando os lençóis para não torcer as mãos, Teagan mordendo o lábio enquanto tira a poeira inexistente da superfície da escrivaninha de Penn. Ambas quase pulam do chão quando, finalmente, ouvimos uma batida firme ecoar pela madeira.

— Agora é Sua Alteza! — grita Keda, correndo para a porta.

Não tenho coragem de destruir suas esperanças. O vínculo me diz claramente: quem quer que tenha vindo me acompanhar até o Fyremas, não é o príncipe Pendefyre. Ele está longe, em uma parte distante do castelo, com camadas de pedra e ardósia nos separando. Mesmo sabendo disso, não consigo evitar uma pontada de decepção ao ver Jac e Cadogan parados na soleira da porta, vestidos com uma versão mais sofisticada de seus uniformes da Guilda Flamejante — gibões marrons, calças de camurça escura e lustrosas botas de couro até os joelhos. Faixas pretas bordadas atravessam seus peitos musculosos, com o símbolo de Dyved costurado na altura do coração.

Os dois entram na torre sem esperar um convite e param quando me veem na varanda. Cadogan parece atônito, engolindo em seco. Jac só consegue dizer uma palavra, murmurada entre os dentes cerrados:

— *Deuses.*

Olho para minha roupa.

— O quê? Estou ridícula? Espera, não responde. É tarde demais para mudar de roupa agora. Além disso, a Carys fez esse vestido para mim. Ela vai ficar ofendida se eu não usá-lo.

Os homens se entreolham.

— Ele vai se arrepender de ter nos encarregado da escolta — afirma Jac, em voz baixa.

— Amargamente — concorda Cadogan.

— Aposto vinte coroas que ele vai comparecer ao baile este ano.

— Dinheiro fácil.

— Apostado.

— Ahem. Com licença? — Pigarreio para interromper a estranha conversa paralela. — Algum de vocês poderia explicar do que estão falando?

— Não — respondem em uníssono, enfim olhando de volta para mim.

Cadogan evita meu olhar. Posso jurar que ele está ficando corado. Jac, por outro lado, não demonstra tanta modéstia. Um sorriso lento se espalha pelo seu rosto enquanto seu olhar me percorre da cabeça aos pés, demorando-se em lugares que fazem meu estômago se contorcer.

— Você está um verdadeiro banquete para os olhos, Ace.

Reviro os olhos.

— Isso não quer dizer muita coisa. Já me sentei ao seu lado no jantar. Qualquer coisa é um banquete para você!

— Temos que ir — interrompe Cadogan. — É uma longa caminhada até a sala do trono. Você está pronta?

— Ela está pronta — anuncia Teagan, com um empurrãozinho em direção aos meus acompanhantes.

— Ela está *perfeita* — declara Keda.

Deixo que as mulheres me conduzam até a porta. Mas, quando chegamos à soleira, paro e as abraço brevemente, sussurrando palavras de agradecimento em seus ouvidos.

— Ai! Anda logo! — ralha Teagan, me empurrando para longe. — Não vou ser culpada pelo seu atraso. — Apesar das palavras duras, noto que ela está piscando rápido demais, como se estivesse segurando as lágrimas.

Keda apenas me dá uma piscadinha alegre e sussurra:

— Divirta-se, lady Rhya.

— Você também — retribuo, apertando suas mãos com força. Olho de relance para Teagan. — As duas. Vocês merecem aproveitar as festividades, depois de tudo o que fizeram para preparar o palácio. Dancem nas ruas. Comam algo delicioso. Exagerem no vinho com especiarias. Seduzam um estranho bonitão. Quero saber de todos os detalhes amanhã!

Elas se despedem e me entregam aos cuidados de Jac e Cadogan — uma troca de turnos das minhas babás. Cadogan se mantém em silêncio enquanto descemos a torre, uma espiral descendente sem fim, mas Jac não para de tagarelar sobre a justa em que competiu na arena do festival, erguida fora dos limites da cidade. Hoje, ele foi derrotado por um sujeito corpulento chamado Smithy; amanhã, ele terá sua vingança na arena de combate corpo a corpo, se os deuses permitirem.

Ouço apenas palavras soltas, tentando me concentrar para não tropeçar na minha longa cauda. O vestido dourado tem muito mais tecido do que os simples vestidos de dia que eu me acostumei a usar.

Chegamos ao andar térreo e passamos pelo grande salão de baile e pelo salão de banquetes. O palácio está repleto de pessoas vindas de perto e de longe, todas vestidas em seus melhores trajes. Eu já sabia, é claro, que Dyved era rica em pedras preciosas — o círculo íntimo de Vanora as exibe em todas as oportunidades —, mas, hoje à noite, a ostentação de riqueza é impressionante. Rubis, diamantes, safiras, esmeraldas. Homens e mulheres estão cobertos de joias enquanto se dirigem à sala do trono nos fundos do palácio. Meu vestido, por mais deslumbrante que seja, parece modesto em comparação ao mar de cortesãos envoltos em seda que desfilam ao nosso redor.

Nós nos juntamos à aglomeração, três peixinhos levados pela correnteza da opulência. Seria fácil ser engolida por essa multidão. Mas Jac e Cadogan mantêm um espaço de segurança ao meu redor enquanto caminhamos, evitando que qualquer pessoa fique a menos de três passos. No entanto, não há como impedir os olhares curiosos ou os comentários sussurrados quando as pessoas me reconhecem.

— *É ela.*

— *A nova guardiã do vento.*

— *Você viu os olhos dela? Parecem nuvens de tempestade prateadas!*

— *Ouvi dizer que ela e o príncipe estão...*

Faço o possível para ignorá-los, mantendo meus passos firmes e meu queixo erguido enquanto nos dirigimos para as impressionantes portas em arco que dão acesso à sala do trono. Em todas as minhas andanças pelo palácio, nunca estive aqui. Ela não é usada com frequência, exceto para assuntos formais de Estado ou grandes celebrações. Localizada na parte mais antiga do palácio, mais parece uma caverna do que uma sala propriamente dita, incrustada nas profundezas da rocha atrás da cachoeira. Não é muito diferente da câmara cheia de glifos, onde passei tantas manhãs treinando — exceto por estar totalmente protegida da névoa e ter dimensões muito mais grandiosas.

A sala do trono é tão grande que tenho dificuldade de enxergar o teto. As paredes irregulares têm o tom sombrio das cinzas petrificadas, cheias de fendas onde os fluxos de lava secaram e se solidificaram há um milênio. Sem janelas, o interior seria escuro como breu se não fossem as trincheiras de fogo que circundam o perímetro, com chamas vigorosas. Colunas de pedra, largas como os troncos das árvores no coração da Floresta Abandonada, se erguem em direção ao teto. Em suas bases, mais fogueiras ardem em gaiolas metálicas de dentes afiados, com labaredas dançantes que lambem a pedra com voracidade. Eu gostaria de ter parado na entrada para absorver a grandiosidade do lugar, mas somos arrastados pela multidão, que já desce os degraus de pedra. Aos pés da escada, a multidão se separa, dividindo-se nas laterais de um corredor central que corta entre as colunas imponentes. A sala já está quase lotada; há pessoas lado a lado até a tribuna elevada no lado oposto. Apesar da lotação, o salão está quase silencioso, há apenas um suave burburinho enquanto os espectadores se deslocam tentando encontrar posições para enxergar melhor. Eu me preparo para segui-los, mas Jac e Cadogan me conduzem para o corredor.

— Onde...

Jac me interrompe antes que eu consiga dizer mais do que uma palavra.

— Você tem um lugar privilegiado bem na frente, Ace.

Permaneço em silêncio enquanto eles me conduzem, ciente dos olhos e ouvidos atentos ao meu redor. Cadogan e Jac me flanqueiam de ambos os lados, acompanhando os meus passos, com expressões impenetráveis, as espadas presas às costas brilhando quase tanto quanto as joias que adornam a multidão que nos cerca.

A atmosfera fervilha de expectativa. O próprio ar parece estático, sagrado, como se todos prendessem a respiração. Um silêncio absoluto se espalha pela sala como uma onda enquanto eu caminho pelo corredor, um passo de cada vez, descendo cada vez mais nas profundezas da terra. Mantenho minha expressão impassível, uma máscara de serenidade que oculta as pontadas de ansiedade que percorrem minhas veias. Não é apenas pelo peso de ser o foco de tanta atenção; é a claustrofobia se manifestando, minha aversão natural por lugares subterrâneos me rondando com suas garras afiadas.

As paredes de pedra se estreitam ao meu redor, o pesado teto de pedra parece desabar sobre meus ombros, me pressionando em direção ao chão. Cada passo exige esforço, cada respiração é uma batalha. Sinto o gosto de terra no ar, inalando o peculiar sabor do confinamento a cada inflar dos meus pulmões. Visões de ser enterrada viva, de cyntroedis oportunistas rastejando, estalando suas pinças e mastigando os meus ossos, me assombram.

Mas continuo caminhando.

O trajeto até a tribuna do trono parece interminável. O frio do chão se infiltra pelas solas finas das minhas sapatilhas douradas. Eu me concentro nesse frio, tentando imaginá-lo não como a rocha opressora ou a terra sufocante, mas como a brisa fresca de uma noite de inverno, o beijo gelado da primeira neve da estação. Não estou aqui, não estou presa. Estou no ar. No céu. Um pássaro em voo, as asas douradas em minhas costas se abrindo enquanto eu subo.

Essas visualizações ajudam um pouco. Mas a autoilusão tem seus limites. Quando chego na metade do corredor, minha respiração está superficial, minha pele, úmida de suor. Estou à beira de um infinito abismo de pânico, prestes a me virar e sair correndo.

Mas então eu sinto.

Uma onda de calor no vínculo. Um pulso de poder bruto que me puxa para longe da beirada do precipício.

É Penn.

Sua presença atravessa a névoa do pânico num piscar de olhos. Eu o sinto com súbita nitidez — como se, até este momento, ele estivesse se protegendo, mas agora permitisse que suas defesas caíssem. Ele está aqui, logo à frente, não muito longe. O fio invisível se aperta em volta do meu coração, me puxando mais para perto, me impulsionando para a frente. Eu me agarro a ele, permitindo que a força tranquilizadora de Penn revigore minha determinação vacilante.

Ergo a cabeça, meus olhos o procuram, mas não há sinal dele. No final do corredor, a multidão de cortesãos que se aglomerava de ambos os lados é substituída por duas fileiras ordenadas de soldados de infantaria vestindo uniformes marrons engomados. Em posição de sentido na frente da brigada, um homem gigantesco observa minha aproximação com olhos castanhos e perspicazes. As dragonas douradas em seus ombros revelam sua identidade.

É o General Yale, que lidera os exércitos de Dyved nas províncias do norte.

Ele é mais jovem do que eu imaginava quando ouvia os homens falarem sobre ele — não mais do que uma década mais velho do que eu. Mas esses anos não foram muito gentis. Seu cabelo escuro tem mechas grisalhas nas têmporas, e uma cicatriz vermelha e saliente percorre toda a extensão da sua bochecha esquerda, da têmpora ao maxilar.

Ele me observa com interesse particular à medida que a distância diminui entre nós, suas emoções indecifráveis. Tenho a sensação de que quase nada escapa de seus olhos dourados. Respiro melhor quando saímos do seu campo de visão.

Além da brigada de infantaria, vinte membros de elite da Guilda Flamejante se alinham ao longo da tribuna do trono, com seus uniformes em marrom e dourado, idênticos aos usados pelos homens ao meu lado. A tribuna fica vários degraus acima do piso principal. Em seu centro, há um pesado trono, feito do mesmo metal escuro das gaiolas de fogo na base das colunas. No momento, ele está desocupado. Ao seu lado esquerdo, um degrau abaixo, em um assento menor de material semelhante, está a rainha Vanora. Uma posição de honra — digna da guardiã do reino.

Mas não de uma verdadeira rainha.

Não é de admirar que ela não use este cômodo com frequência, penso, enquanto seus olhos frios se fixam nos meus. *É um lembrete perpétuo de suas limitações, uma exibição pública de sua falta de soberania plena.*

— Guardiã do vento — cumprimenta ela, quando paramos diante da tribuna. Cada sílaba é uma picada venenosa quando sai de sua boca enrugada.

Seus olhos me examinam da cabeça aos pés, e vejo um lampejo de fúria inegável quando ela percebe a ausência dos babados cor de enxofre. Ela usa um resplandecente vestido em um tom de vermelho profundo, adornado com uma profusão de rubis combinando. Sua coroa repousa pesadamente sobre seu cabelo grisalho. — Seu atraso é imperdoável.

Silêncio absoluto paira pelo salão diante de sua reprovação. Ao meu lado, Cadogan e Jac se curvam em uma mesura. Faço uma reverência um tanto desajeitada, feliz por poder olhar para o chão.

— Minhas sinceras desculpas, Majestade — digo, encarando as pedras.

— Você se acha mais importante do que uma cerimônia de proteção que mantém todos nós vivos?

— Não, rainha Vanora.

— Você se considera superior à proteção desta cidade e de seu povo?

— Não, rainha Vanora.

— Então sente-se — sibila ela —, antes que nos atrase ainda mais.

Sinto um tipo diferente de pulsação através do vínculo quando endireito meu corpo — não é mais uma sensação tranquilizadora, mas de pura raiva. Onde quer que esteja, Penn está perto o suficiente para ouvir os insultos da irmã. No entanto, quando arrisco um olhar para as sombras além do trono, ainda não consigo ver nem sinal dele.

Minha escolta me leva para longe do olhar crítico de Vanora, até uma área com bancos semelhantes aos de um templo, dispostos ao longo do nível inferior da tribuna. Carys e Uther estão lá, com o bebê Nevin nos braços fortes do pai. Reconheço vários outros membros do alto escalão da Guilda Flamejante sentados ao lado das esposas. Sorrio para Carys; ela retribui o sorriso, seus olhos verdes brilhando de orgulho enquanto observa seu trabalho.

Jac e Cadogan encontram um lugar vazio quase na ponta do banco, ao lado de Farley. Franzo o cenho para o ruivo, percebendo que suas muletas foram substituídas por uma simples bengala. Eu já lhe disse várias vezes que ele deveria esperar pelo menos mais uma semana. O teimoso vai acabar prejudicando sua recuperação em nome de uma irritante demonstração de virilidade. Ele apenas dá de ombros, impassível diante do meu olhar fulminante, enquanto me sento ao seu lado.

Mal ajeitei minha saia quando a rainha Vanora começa a falar, dando as boas-vindas aos seus súditos antes de começar a recitar tudo o que ela fez pelo reino desde o Fyremas anterior: a disposição de fundos para limpar uma área perto do Mar do Norte, onde uma nova geração de agricultores poderá se estabelecer; o envio de novas tropas para as fronteiras do sul, onde os saqueadores representam uma perigosa ameaça; a recente varredura na Floresta Abandonada, onde os gigantes de gelo haviam se instalado nas semanas anteriores.

Ela, ela, ela.

Nada sobre Pendefyre. Nada sobre o General Yale. Nada sobre a Guilda Flamejante. Ela fala como se carregasse todo o fardo do reino sozinha nas costas. Como se cada vitória fosse somente dela, e não dos esforços combinados de dezenas, centenas, milhares de cidadãos de Dyved. Depois de dez minutos seguidos de autoelogios, Jac simula um ronco à minha esquerda.

Mordo meu lábio, sufocando uma risada.

Finalmente, a megera se cansa. Um suspiro coletivo de alívio parece ecoar pelo salão quando ela se cala. Suas mãos agarram os braços da cadeira, a tensão evidente em cada articulação artrítica, enquanto a atenção é desviada por uma grande rajada de luz, calor e som.

Todos os olhos se voltam para o alto, para a parede de sombras atrás da tribuna do trono, seguindo o par de trilhas de fogo que se erguem das trincheiras do chão até o teto em duas linhas crepitantes que iluminam a parede dos fundos da caverna...

E, com ela, o Príncipe Herdeiro de Dyved.

VINTE E NOVE

Um suspiro coletivo ecoa quando Pendefyre aparece. Meus lábios se entreabrem quando o vejo de pé em um beiral na metade da parede de pedra, em uma câmara natural esculpida na rocha, com suas feições banhadas pela luz do fogo. Há inúmeros glifos entalhados na pedra ao redor dele, profundas cicatrizes mágicas que zunem com um poder latente.

Seu traje é simples, apenas uma calça preta — está sem camisa e descalço, com sua Remanescente à mostra —, mas parece uma visão divina enquanto nos observa lá do alto. Todos os olhares estão voltados para ele, os pescoços esticados, as bocas abertas. Uma congregação em adoração à sua divindade.

— O Fyremas chegou — começa Penn, lançando um olhar pelo salão, sua voz poderosa reverberando nas paredes. — Mais uma vez, celebramos a mudança de estação. Do inverno para a primavera, da neve para o degelo. No momento em que nossos campos despertam do torpor do inverno, em que a vida renasce das profundezas da terra, em que retomamos a tarefa de arar e semear o solo, pedimos aos deuses que nos abençoem com uma colheita frutífera, pedimos aos nossos ancestrais que nos concedam seu favor, afastando a praga que corrói nossas terras. Pedimos que as barreiras mágicas nos protejam, como têm feito há gerações, de qualquer um que queira nos prejudicar.

Ele respira fundo, os músculos do peito contraídos.

— Já percorri o mundo além das nossas fronteiras. Vivi fora das terras que chamamos de lar. Senti no ar o gosto das cinzas de reinos em ruínas e vi em primeira mão a ruína que se espalha por toda Anwyvn.

Seus olhos se fecham. Quando se abrem, ele está olhando diretamente para mim. Mesmo a essa distância, posso ver — *sentir* — o calor em seu olhar. Toda a sua intensidade.

— Em uma época de morte e perda generalizadas, temos a sorte de ainda termos tanto a proteger. De possuir tantas coisas dignas de proteção. Portanto, nesta noite, acima de tudo, agradecemos pela salvação que já nos foi concedida. Pelas dádivas já recebidas. Pelos retornos ao lar que pensávamos que nunca chegariam. E por aqueles que amamos, aqueles pelos quais vale a pena lutar.

Prendo a respiração.

— Que a luz do Fyremas brilhe até o amanhecer, um lembrete de que não há noite tão devastadora que não possa ser suportada; nem escuridão tão pesada que não possa ser dissipada. Nós somos Dyved. Somos a chama na escuridão. E deteremos as sombras, seja qual for a forma em que se apresentem.

Os braços de Penn se erguem à sua frente. A multidão ofega mais uma vez quando vê que, acima de cada mão, pairando no ar, há uma esfera de fogo incandescente. Todos parecem prender a respiração, aguardando o próximo movimento de Penn. O esforço para manter o controle é nítido, seu rosto está contraído, as sobrancelhas franzidas em concentração.

Pela primeira vez, todos os seus escudos estão abaixados, o que me permite ter um raro vislumbre da sua psique. Por meio do nosso vínculo, sinto suas emoções como se fossem minhas. O autocontrole inabalável, a intensidade do poder latente. Não há medo, nem ansiedade. Ele não permite que esses sentimentos se enraízem, mesmo que os sinta despertar em seu interior.

Você é a sentinela no limiar do caos.

Você não vai ceder.

Você não vai desmoronar.

A tensão crepita no ar, como o céu carregado de eletricidade antes de um relâmpago. Mesmo a essa distância, a força bruta que ele emana ameaça fazer meus joelhos cederem. Penn se agacha e coloca as mãos flamejantes na pedra. A terra estremece, uma ondulação percorre a caverna enquanto o poder pulsa, desenfreado, pelas grossas camadas de cinzas petrificadas. Penetra nas barreiras de proteção, incrustadas nas profundezas da terra. Nas linhas de ley, as costuras sagradas da magia ancestral que mantêm nosso mundo unido.

As labaredas das trincheiras de fogo se atiçam ao redor do piso, iluminando a sala do trono quase como se fosse dia. As chamas nas gaiolas na base de cada coluna faíscam ainda mais alto, fazendo com que aqueles que estão mais próximos se afastem, temerosos. A temperatura aumenta em vários graus à medida que a magia de Penn continua a jorrar, onda após onda, pulso após pulso. Uma enxurrada de energia bruta. Os glifos na câmara ao redor dele brilham em vermelho — um brilho que se espalha pelas paredes como sangue pelas veias, até que toda a caverna esteja carregada.

A magia preenche o ar, densa e palpável. Em meu peito, minha Remanescente desperta em resposta. Cerro os punhos, tentando manter o controle. Não consigo mais distinguir minhas emoções das de Penn.

É o meu medo ou o dele que aperta minha garganta?

É a preocupação dele ou a minha que arde em meus olhos?

Deixo que seu poder me domine e percorra meu corpo, enquanto busco o centro de tranquilidade dentro da minha mente, acalmando minhas próprias tempestades internas antes que sejam ampliadas por aquela que Penn desencadeou.

E então tudo termina com uma rapidez que estremece os ossos. Seu poder desaparece de uma vez, como uma válvula fechada, uma rolha enfiada em uma garrafa. Em um momento, o mundo está repleto de magia, as paredes brilham, o ar cintila... e, em um piscar de olhos, as chamas voltam à altura normal em suas trincheiras. O calor se dissipa; o ar fica leve de novo. O único vestígio do que acabou de acontecer são os fluxos de lava como veias vermelhas, que ainda cintilam ao nosso redor, pulsando levemente como se a terra sob nossos pés tivesse um coração vivo e palpitante.

Seu controle é absoluto, sua habilidade é impressionante. Não sei se fico mais impressionada com sua maestria ou mais ansiosa por não conseguir fazer nada parecido com isso.

A multidão irrompe em aplausos — botas batem contra o chão, palmas estalam no ar, bocas gritam vivas de comemoração. Farley solta um grito de alegria. Jac sorri com um leve cutucão em minha costela. Até Cadogan está sorrindo.

O Fyremas começou oficialmente. É hora de comemorar. As barreiras de proteção estão carregadas, a cerimônia chegou ao fim. Mas enquanto a onda de júbilo percorre a sala, percebo que sou o único ponto de quietude, olhando para cima, para a parede dos fundos da caverna.

Na beirada do penhasco, a câmara cerimonial está vazia.

No meu peito, o vínculo Remanescente está estranhamente entorpecido.

Pendefyre se foi.

— JAC! — GRITO, SEM fôlego. — Chega! Estou tonta.

Ele sorri enquanto me gira mais uma vez, rodopiando com a habilidade de um homem que tem evidente experiência em ter mulheres em seus braços — tanto na pista de dança quanto fora dela. É nossa terceira dança seguida. Minha respiração está ofegante; minha cabeça, zonza. As taças de vinho quente que consumi no jantar podem estar contribuindo para a minha tontura, mas os movimentos cada vez mais selvagens do meu parceiro não ajudaram em nada.

— Não tenho culpa se você não consegue acompanhar o ritmo, Ace!

— Eu deveria ter pedido ao Cadogan — retruco, avistando o segundo membro da minha escolta enquanto rodopiamos pelo salão. Seu cabelo loiro é um farol brilhante mesmo no canto escuro onde ele está de vigia.

Apesar das comemorações que acontecem ao seu redor, Cadogan permanece sóbrio e contido. Ele não dança nem bebe. Seus olhos nunca se desviam de mim, mesmo quando, com o passar das horas, a festa se desloca do Grande Salão para o salão de baile e, depois, para o pátio. Se ele não está me observando, seus olhos estão examinando a multidão. Sempre que faço uma pausa longa o suficiente para dar um bom gole de vinho, ele imediatamente me cerca, afastando qualquer um que se aproxime demais para o seu gosto. Vários jovens corajosos — uma quantidade bastante lisonjeira, diga-se de passagem — se arriscam a se aproximar e tentam puxar conversa comigo, mas logo são rechaçados por Cadogan.

Ele leva seus deveres de guarda muito a sério.

Jac é uma história diferente. Ele me acompanhou bebida a bebida no jantar, mas logo me ultrapassou. A essa altura da noite, seus olhos estão vidrados e os movimentos, desajeitados. Fico surpresa por ele conseguir me rodopiar sem me derrubar. Talvez ele confie em sua memória muscular, pois é óbvio que não consegue pensar em passos e ritmos há muito tempo.

— *Bravo!* — Ele aplaude, quando o quarteto de cordas toca seus últimos acordes, sua voz se juntando a um coro de assobios e aplausos. Seus olhos azuis brilham como estrelas quando encontram os meus. — Mais uma?

— Não — solto, ofegante, pressionando o espasmo muscular que se espalha pela minha lateral. — Uma pausa.

— Fracote — murmura ele, seguindo-me da pista de dança improvisada que surgiu do lado de fora do palácio. Há centenas de pessoas circulando, indo e vindo do salão de baile, onde Vanora e sua comitiva reluzente estão reunidos, para o pátio. Alguns se aventuram ainda mais longe, atravessando os portões em direção à ponte que cruza o lago e leva à cidade, onde a festa continua nas ruas enquanto toda a Caeldera dança para celebrar a chegada da primavera. Imagino Keda e Teagan em algum lugar no meio da multidão.

— Parece que o Farley arranjou companhia — comenta Jac, se divertindo. — E nós aqui sentindo pena dele por não poder dançar…

Meus olhos acompanham para onde seu queixo aponta, e abafo uma risada. Farley está reclinado em uma espreguiçadeira perto das mesas de bebida, cercado por um enxame de admiradores. Apenas pelos gestos exagerados, posso ver que ele está contando a história do ataque dos cyntroedis. Enquanto ele imita duas pinças quebrando sua perna, uma beldade de cabelo escuro acaricia sua bochecha para consolá-lo. Um homem deslumbrante, vestido de seda âmbar, estende a mão para entrelaçar os dedos aos de Farley, em um gesto de empatia.

— Acho que isso explica por que ele foi tão inflexível em se livrar das muletas. — Meus lábios se contorcem, em um misto de diversão e preocupação. — É melhor ele não exagerar. Talvez eu devesse…

— Ah, para com isso. Deixe o homem se divertir um pouco, Ace. É o Fyremas, pelo amor dos deuses! Ele não vai quebrar a perna se rolar no feno. — Jac faz uma pausa. — Na verdade, mais de uma vez, pelo que parece.

— É um tom de inveja que estou percebendo na sua voz?

— Sem dúvida.

— Vá em frente, então. Encontre uma parceira para se divertir. Não preciso de você cuidando de mim.

— Penn vai me esfolar vivo se eu sair do seu lado hoje.

— Penn não está aqui para saber — retruco, em um tom ríspido.

Em um raro momento de sabedoria, Jac segura a língua.

— Você não vai me deixar sozinha — argumento. — Ainda terei Cadogan me vigiando como um falcão.

— Você não espera realmente que eu te abandone no seu primeiro Fyremas, não é? Posso ser um canalha de vez em quando, mas não sou um *completo* canalha. Além disso, se você ficasse sozinha com o Cadogan, morreria de tédio. O homem consegue se entreter vendo a grama crescer.

Eu sufoco uma risada quando nos aproximamos do assunto da nossa conversa, à margem da multidão. Mais do que só alguns admiradores estão ao seu redor, lançando olhares esperançosos para as formas robustas de Cadogan em seu belo uniforme, mas ele não dá a menor importância. Sua mão grande segura uma taça — de água, não de vinho.

— Onde estão Uther e Carys? — pergunto a ele, com as sobrancelhas levantadas.

— Voltaram para casa.

— Mas eles vão perder os fogos de artifício! Carys disse que os fogos de artifício são sua parte favorita.

— Tenho certeza de que eles vão assistir do próprio pátio. — Cadogan olha para mim como se eu tivesse criado duas cabeças. — Você não esperava que eles fossem dançar a noite toda com um recém-nascido nos braços.

— Claro que não — murmuro, como se tivesse levado uma bronca. — Eu só queria ter me despedido.

Jac solta uma risada.

— Você vai ao ateliê da Carys quase todos os dias. Em poucas horas vocês vão se ver de novo.

— Você tem razão — digo, comprimindo os lábios. — É só que…

— O que foi, Ace? O Fyremas não está correspondendo às suas expectativas?

— Não, não é isso. É tudo maravilhoso, de verdade. Eu só… acho que imaginei que nós estaríamos todos juntos. Se não para as comemorações, pelo menos para os fogos de artifício.

Os homens trocam um olhar.

— *Nós?* — pergunta Jac, com a voz suave.

— Nós. A gente. Todos nós. — Sinto minhas bochechas esquentarem. De repente, queria ter algo para beber, vinho com especiarias, hidromel, cerveja, qualquer coisa serviria. — Farley, Mabon, Carys, Uther... — Deixo a frase morrer, engolindo o último nome que está na ponta da minha língua.

— Bom, o Mabon está na patrulha no túnel hoje à noite, o pobre coitado, então ele não estará de volta até o amanhecer — conta Jac, coçando o colarinho.

— Farley parece um pouco ocupado no momento... — Cadogan sorri enquanto seus olhos desviam brevemente por cima do meu ombro, até a espreguiçadeira. O par de admiradores está agora empoleirado em cada lado do assento almofadado, seus corpos bloqueando a maior parte da nossa visão do ruivo reclinado. — Mas tenho certeza que podemos tirá-lo de lá...

— Não. — Eu suspiro. — Não, não precisa. Esqueçam o que eu disse.

— Ace...

Afasto a preocupação deles com um gesto da mão. Sinto-me um tanto tola por nutrir algo parecido com decepção. Nunca na minha vida participei de um festival como este. Em Seahaven, Eli e eu homenageávamos o início da primavera fazendo um passeio noturno pela Floresta Starlight, admirando os novos botões prateados brotando nos galhos baixos e deixando bênçãos para os deuses sob a antiga Árvore Áurea no centro da floresta. Uma tradição honrosa, embora pouco empolgante.

Em comparação, o Fyremas é um banquete para os sentidos. Música por toda parte. Mais comida e bebida do que é possível consumir. Guirlandas de pinheiro e zimbro entrelaçadas com as primeiras flores da primavera, perfumando o ar enevoado pela fumaça. E a luz do fogo... Fogo por toda parte. Ardendo em tochas e crepitando em tonéis de metal, refletindo nos olhos de todos enquanto dançam, bebem e riem. Tudo parece um sonho, uma arrebatadora conjuração da imaginação. E, no entanto, por trás da alegria que fervilha em minhas veias, não consigo dissipar a pontada de descontentamento.

A ausência de Penn me incomoda muito mais do que eu imaginava, muito mais do que deveria, considerando a maneira como nos despedimos no último encontro. Depois do seu desaparecimento durante a cerimônia de proteção, presumi que ele participaria das festividades. No entanto, ele não estava presente no banquete, nem durante a procissão para acender as fogueiras que seguiu pelas ruas, liderada por uma comitiva de sacerdotisas fyre vestidas de vermelho, empunhando tochas e entoando bênçãos ao Deus da Chama. Mesmo quando os músicos pegaram seus instrumentos e a dança começou, não havia sinal dele — nem diante dos meus olhos, nem por meio do nosso vínculo.

Não consigo senti-lo de forma alguma, mesmo quando expando meus sentidos o máximo que consigo.

Agora, o ponteiro do relógio se aproxima da meia-noite, e sua ausência contínua coça como uma casca em uma ferida recém-cicatrizada. Não quero perguntar a seus homens onde ele está. Fazer isso seria admitir que de fato me importo com ele... e essa é uma verdade que mal consigo confessar a mim mesma, quanto mais a Jac e Cadogan.

Então me mantenho em silêncio e paciente. A qualquer momento, sem dúvida, ele sairá de algum canto sombrio e dirá algo ao mesmo tempo exasperante e enigmático...

— Ele não vem.

Meus olhos se voltam para os de Cadogan. Seu belo rosto está sério enquanto ele me observa.

— *O quê?*

— Pendefyre. Ele não vem. — Ele olha para Jac, ao meu lado. — Sinto muito, nós... pensamos que você soubesse...

Meu rosto deve revelar minha incredulidade atordoada, pois Jac se aproxima e toca meu queixo com um gesto afetuoso.

— Não leve para o lado pessoal, Ace. Não é você que ele está evitando. Ele nunca participa das festividades.

— Mas... — Balanço a cabeça para organizar meus pensamentos. — Onde ele está, então?

Eles trocam outro olhar.

— Ninguém sabe realmente para onde ele vai, apenas que ele vai — informa Cadogan, com um tom de desculpas em sua voz. — Não o veremos até o amanhecer, na melhor das hipóteses.

É um golpe surpreendentemente devastador saber que o momento que eu aguardava ansiosa a noite toda nunca chegará. Tento disfarçar, mas tenho certeza de que os dois podem ver a decepção estampada em meu rosto.

— Vamos, Ace. Vamos pegar outra caneca de cerveja. — O ombro de Jac esbarra no meu em um gesto brincalhão. — Depois vamos voltar para a pista de dança, quer você goste ou não.

Forçando um sorriso, ergo os olhos para o céu.

— Que os deuses me ajudem.

MINUTOS ANTES DA meia-noite, uma figura imponente emerge das sombras ao meu lado. Meu coração dá um salto... até que percebo os olhos claros, cor de avelã, não os de brasas escuras; o cabelo preto entremeado ao grisalho no lugar do castanho queimado pelo sol. Suas dragonas brilham como o sol do meio-dia.

— General Yale, senhor — cumprimentam Cadogan e Jac em uníssono, ambos acenando com a cabeça em sinal de respeito.

A cicatriz de Yale lhe dá uma aparência sobrenatural à luz bruxuleante das tochas quando ele acena de volta. Seus olhos estão fixos em mim.

— Eu esperava poder roubar a guardiã do vento para uma valsa antes dos fogos de artifício.

Ele fala como se fosse um pedido, mas sei que não é bem assim. Meus guardas também, pois não dizem uma palavra quando pouso minha mão na de Yale e permito que me conduza até a pista. Ele abre caminho com facilidade em direção ao centro, sem nunca me soltar enquanto passamos pela multidão de foliões embriagados.

Com o deslizar dos arcos pelas cordas, os violinistas tocam as primeiras notas de uma nova valsa. No mesmo instante, a outra mão de Yale encontra minha cintura. Respiro fundo e tento me concentrar nos passos. Keda e Teagan me ensinaram o básico de algumas das danças típicas do norte, mas estou longe de ser especialista. Isso não importava tanto quando eu estava dançando com Jac. Ele é um amigo. Yale é...

Ainda não tenho certeza do que Yale é.

— Você parece estar aproveitando o seu primeiro Fyremas — comenta ele, enquanto nos movemos no ritmo da música. É uma melodia mais lenta, um alívio bem-vindo após a sucessão de canções animadas. Eu o acompanho, como uma marionete nas cordas. Ele se movimenta com uma graça surpreendente para um guerreiro calejado pela batalha.

— Sim — concordo, embora ele não tenha realmente perguntado. Yale tem o hábito de formular suas perguntas como afirmações, como se soubesse as respostas muito antes de expressá-las em palavras. — E você?

— O Fyremas raramente é uma noite monótona. Este ano não é exceção. Embora talvez por motivos diferentes.

Arqueio as sobrancelhas.

— E quais motivos seriam esses?

— Decerto Pendefyre já lhe informou sobre a horda de saqueadores que vem atacando nossas fronteiras, causando estragos com persistência cada vez maior. Eles tomaram vários postos avançados nas últimas semanas. Não importa quantas vezes os expulsemos, eles parecem determinados a invadir.

— Os saqueadores têm sido um problema para Dyved há anos, não?

— Agora é diferente. Os clãs sempre foram verdadeiros abutres, atacam de maneira oportunista, esporádica, raras vezes golpeiam duas vezes no mesmo lugar. Mas, nos últimos tempos, há mais de mês, eles têm agido de um jeito metódico e sistemático, com um nível de organização nunca visto. Estranho, não é mesmo? Esse fervor repentino. Faz a gente se perguntar o que pode ter motivando isso. O que, ou *quem*, eles estão tão desesperados para capturar.

Uma espiral de inquietação se agita na minha barriga.

— Mas não preciso desperdiçar meu fôlego com esses assuntos — continua Yale. — Você deve saber mais sobre isso do que qualquer um. Afinal, pelo que me informaram, você é a confidente mais próxima do príncipe.

Engulo em seco, sem dizer nada.

Os olhos de Yale são duas lâminas douradas que atravessam qualquer possibilidade de fingimento.

— A julgar pela sua expressão neste momento, acho que talvez eu precise de informantes melhores. Ele evidentemente não falou sobre isso com você.

— Não, mas parece que você está mais do que ansioso para me contar. Ou será que está apenas querendo me provocar, usando informações como iscas, esperando que eu caia em sua armadilha? Se for isso, posso garantir que não vai funcionar. Não sou uma presa.

Ele sorri, um lampejo predatório de dentes brancos e fortes.

— Não há necessidade de ser sarcástica, Rhya... Posso chamá-la de Rhya?

— É o meu nome. E, como não tenho planos de me referir a você como *General* ou *Comandante*, não me importo com um pouco de informalidade.

— Ótimo. Eu a chamarei de Rhya. Você pode me chamar do que quiser. Os homens me chamam de Yale. Os amigos me chamam de Jareth.

— Yale serve, por enquanto.

Seu sorriso desaparece.

— Seria sensato de sua parte cortejar minha amizade. A alternativa pode ser menos agradável.

Não gosto de suas ameaças veladas e gosto menos ainda do brilho perspicaz em seu olhar. Mas mantenho o rosto impassível e meu tom de voz leve enquanto rodopiamos pela pista, permitindo que ele me gire dentro do espaço entre seus braços. O ritmo da música do violinista está acelerando, assim como os meus batimentos cardíacos — embora isso tenha mais a ver com a nossa conversa do que com a dança.

— Já tenho muitos amigos — digo, com frieza.

— Sim, deu para perceber. E amigos de grande influência, nada menos. O círculo íntimo do príncipe se fechou em torno de você de tal forma que estou surpreso por terem me permitido roubá-la para uma dança. — Sua mão se contrai levemente em minha cintura. — Alguém até poderia imaginar que sua vida está em perigo.

— Se pretende me assustar com insinuações vagas...

— Não tenho a menor intenção de não ser direto, posso assegurar-lhe. Terei o maior prazer em explicar quanta perturbação sua presença provocou.

— *Minha* presença?

— Você tem alguma ideia do tempo que levou investigar um exército inteiro para eliminar qualquer indivíduo que pudesse ficar tentado a receber a recompensa que Efnysien colocou por sua cabeça? — Seus olhos brilham de raiva, um lapso rapidamente ocultado com uma civilidade gélida. — Tem ideia de quantos soldados eu fui coagido a desviar para cá sob ordens específicas do príncipe Pendefyre, simplesmente para proteger *você*?

Meus olhos se arregalam. Eu sabia que Penn havia reforçado a segurança dentro da Guilda Flamejante após o incidente com Gower. A estrutura hierárquica se tornou mais rígida, as lealdades foram testadas. Eu não sabia que ele havia ordenado um escrutínio semelhante no restante das forças armadas de Dyved, nem que havia requisitado parte do exército por minha causa... Um exército normalmente comandado, com autoridade absoluta, pelo homem em cujos braços danço agora.

— O que te incomoda mais, Yale? — pergunto. — O fato de Penn ter passado por cima de sua autoridade? Ou que ele tenha feito isso para me proteger?

Ele aperta minha cintura com mais força. A mão que segura a minha parece um par de algemas.

— Acho que até você concordaria que não é sensato nem prudente proteger uma mulher à custa de todo o reino.

— Atentaram contra a minha vida. Penn está apenas...

— Eu sei o que Pendefyre está fazendo. Assim como sei sobre o traidor em sua preciosa Guilda Flamejante. O segundo-tenente Gower, não foi?

Os olhos de Yale são tão frios que rivalizam com a Remanescente em meu peito, que agora queima na pele enquanto ele fala — um sistema de alerta interno que avisa que o perigo está próximo. Ele me levou tão para dentro da multidão de casais rodopiantes que perdi Cadogan e Jac de vista na beira do pátio. De repente, me vejo cercada por um mar de rostos desconhecidos, uma multidão tão densa que não consigo enxergar além dela.

— O que você sabe sobre Gower? — questiono, receosa da resposta.

— Apenas que ele não conseguiu fazer o que queria. — O tom de Yale sugere que ele talvez desejasse um resultado diferente. — E que há outros como ele por aí, tantos que não conseguimos rastrear todas as ameaças. Alguns deles podem estar aqui hoje à noite. Alguns deles podem estar nesta pista de dança.

— E você... — engulo o nó na garganta — é um deles?

Seus lábios se contraem; ele parece achar graça.

— Eu? Não, Rhya. Não preciso eliminá-la. Só preciso ser paciente. É apenas uma questão de tempo até que um dos lacaios de Efnysien tenha sucesso na tarefa em que o tenente Gower fracassou.

Meus batimentos cardíacos rugem em meus ouvidos, o sangue fluindo em um turbilhão atordoante.

— O que você quer de mim?

— De você? Nada.

— Quer me assustar para que eu vá embora, então?

A música atinge o ápice da melodia. Ele me rodopia com maestria, girando-me em um círculo completo. Seu peito toca minhas costas por um breve momento enquanto me viro em seus braços. Sua boca se aproxima do meu ouvido para sussurrar:

— Quem me dera. Mas você não parece se intimidar facilmente.

Antes que eu possa retrucar, ele me vira para encará-lo e retomamos a valsa, nossos olhares travados em um duelo silencioso do qual não consigo escapar. Sua cicatriz, vermelha e retorcida, brilha à luz do fogo, dando-lhe uma aparência demoníaca. Minha pele se arrepia sob seu toque. Sinto uma vontade arrebatadora de me soltar dos seus braços, chutar sua canela e correr para encontrar meus amigos. Mas minha curiosidade vence.

— Por que essa farsa, Yale? Por que me convidar para dançar, se não for para me fazer ceder? Presumo que sua curiosidade vá além das minhas habilidades na valsa.

— Hmmm. Umas aulas não te fariam mal, embora sua graça natural a torne uma parceira fácil de conduzir.

— Falsos elogios parecem um tanto desnecessários a esta altura, não? — Estreito meus olhos. — Diga logo o que você quer, ou usarei minha suposta graça natural para me retirar da sua presença.

— Você tem um grande talento para o drama por trás dessa fachada de serenidade, não é mesmo? — Ele faz uma pausa teatral. — Para ser sincero, eu queria vê-la mais de perto depois de tanto tempo observando-a de longe.

Um arrepio desagradável sobe pela minha espinha ao pensar nele — ou em sua rede de espiões — me vigiando.

Ele sente meu tremor; seus lábios se curvam em um sorriso quando ele acrescenta:

— E para verificar se os rumores são verdadeiros.

— Rumores raramente são. É por isso que se chamam rumores, não fatos.

— Justo. Mas, pelo que observei desde que voltei a Caeldera, parece que os boatos das ruas não estão tão longe da realidade. O príncipe Pendefyre se apaixonou novamente, por outra guardiã do vento, nada menos. A história parece estar fadada a se repetir.

Cerro os dentes com força. Já ouvi esse tipo de insinuação antes, de Soren. Gosto ainda menos de ouvi-la da boca presunçosa de Yale.

— Eu achava que o estimado general comandante dos exércitos de Dyved não daria ouvidos a fofocas fúteis.

— Mas não é fútil. Ele está apaixonado por você. Eu vi isso com meus próprios olhos.

— Isso é ridículo — rebato. — Você não viu nada, pois não há nada para ver. Não há nada entre mim e Pendefyre.

Exceto na minha memória.

Exceto nos confins do meu tolo coração.

— Às vezes, o afeto se revela nas coisas que não foram ditas, nas ações que não foram tomadas. — O tom de Yale é suave. — Às vezes, o amor mais profundo se disfarça de indiferença, pois demonstrá-lo seria o mesmo que se despir. Nenhum homem admitiria de bom grado tal fraqueza. Talvez nem para si mesmo.

Meu pulso acelera.

— Mesmo que suas ideias ridículas fossem verdade, acho que um homem de sua posição tem coisas melhores para se preocupar do que a vida amorosa do príncipe.

— É aí que você se engana, Rhya. — Sua condução firme nunca vacila, mesmo quando sua voz se enche de determinação. — Pendefyre é o nosso rei legítimo. Ele reivindicará o trono. E o fará em breve. Sei que isso é um fato. Também sei que é volátil. É da natureza dele, a própria essência. O fogo queima muito forte dentro dele, assim como queimava no rei Vorath. — Ele balança a cabeça. — Não posso usar o próprio temperamento contra ele. Mas um homem como Pendefyre, um homem do qual depende o destino do meu reino, talvez até do meu mundo, quando se apaixona, a volatilidade pode se transformar em violência. E quando esse homem também é um rei, a violência traz consequências para todos. Somente um general muito tolo ignoraria tal ameaça a tudo que ele jurou proteger.

— Você me vê como um perigo, então. Algo a ser eliminado.

— Eu a vejo como uma variável imprevisível. E não gosto de variáveis imprevisíveis. Elas tendem a provocar o caos.

— Não tenho intenção de provocar o caos.

— Suas intenções não importam; apenas os resultados delas.

— Acho que você superestima minha influência sobre o príncipe Pendefyre. Mesmo que ele esteja — quase engasgo com as palavras — *apaixonado* por mim, isso não afetará sua liderança.

— Já vi grandes homens se perderem pela luxúria. Vi o mais forte dos líderes se dobrar sob o peso do desespero por um amor perdido, ou serem consumidos pela fúria em um acesso de ciúme. Para um rei comum, essas provocações já poderiam ser desastrosas. Com Pendefyre no trono... temo que possam desencadear uma devastação total.

— O que você quer que eu faça, Yale? — indago com firmeza. — Que o abandone? Que deixe Dyved?

— Isso eu não posso responder. Só posso oferecer conselhos quando considero necessário para o bem de todo o reino.

— Ele não vai me deixar partir. Acredita que eu tenho um papel a desempenhar em tudo isso. Em restaurar o equilíbrio. Cumprir a profecia.

— Você pode muito bem nos condenar à destruição muito antes da tão esperada salvação — rebate Yale, em um tom cortante. — Desaconselho veementemente essa união. Peço que ponha um fim nisso, antes que seja tarde demais.

Meu coração bate tão forte que pressiona minhas costelas.

— E se eu não obedecer?

— Então esteja preparada para enfrentar as consequências. Fui encarregado de proteger esta terra. Não posso, e não vou, permitir que uma ameaça passe despercebida. Nem mesmo vinda de uma criança da profecia.

A música ainda não terminou, mas eu paro e me afasto de seus braços. As asas douradas do meu vestido esvoaçam enquanto abaixo os braços ao lado do corpo. Estou farta de sua falsa demonstração de civilidade, de suas ameaças camufladas e julgamentos maldisfarçados.

— Obrigada pela dança tão agradável — digo em um tom que contradiz minhas palavras.

Não espero por uma resposta, apenas me viro e saio apressada, abrindo caminho a esmo em meio à multidão de casais que deslizam pela pista. Mas a voz dele me alcança enquanto me afasto, uma ameaça afiada que me atinge até os ossos.

— Seria sensato levar meu aviso a sério, Rhya. Não haverá outro.

TRINTA

Os primeiros fogos de artifício explodem no céu enquanto corro pela ponte, desviando das pessoas que se amontoam junto às grades para assistir ao vibrante espetáculo de sons e cores. Um estrondo repentino me assusta, mas não diminuo a velocidade nem paro. A multidão é densa, mas está distraída — rostos voltados para o céu, bocas entreabertas de fascínio, olhos arregalados de admiração. Ninguém presta muita atenção em mim enquanto passo correndo.

Rastros coloridos me seguem até o final da ponte e depois ao longo da margem do lago. Cada explosão é refletida na superfície da água, um arco-íris fluido na escuridão da noite. Ainda mais caelderanos se reúnem às margens, uma onda de foliões bêbados que se espalhou pela praça principal ao bater da meia-noite.

O mercado parece ser o epicentro das festividades da noite, repleto de espectadores e artistas. Paro por um instante para observar os engolidores de fogo cuspindo labaredas em um palco improvisado, não hesito por mais que um segundo para assistir aos contorcionistas, com os corpos pintados, pendurados em aros suspensos acima da multidão, derramando uma bebida espumante de garrafas cristalinas nos lábios entreabertos dos espectadores.

Não há tempo a perder. Muito em breve, Cadogan e Jac perceberão que desapareci do salão, aproveitando a agitação provocada pelos fogos de artifício para camuflar minha fuga. Eles virão atrás de mim, não tenho dúvida. Mas não penso nisso enquanto corro, como um relâmpago dourado, pelas ruas iluminadas pelo fogo, com minhas frágeis sapatilhas de cetim batendo nos paralelepípedos com força suficiente para machucar as solas dos pés. Tampouco considero que talvez não seja a ideia mais sensata abandonar minha rede de proteção enquanto dobro as esquinas e passo em disparada por varandas iluminadas, onde casais se abraçam e famílias de todos os tipos estão reunidas — especialmente depois do que acabei de ouvir de Yale.

Não conseguimos rastrear todas as ameaças. Alguns deles podem estar aqui hoje à noite. Alguns deles podem estar nesta pista de dança.

Viro em uma rua estreita quando uma sequência de estrondos poderosos ecoa pelo ar. Tons de vermelho, violeta, azul e laranja tingem o céu em um caleidoscópio de pólvora flamejante. Esbarro em um grupo de jovens distraídos, tão hipnotizados pelo espetáculo que nem me notam. Sua alegria inocente é um forte contraste com a batalha que travo dentro de mim.

Não posso voltar para a festa. Meus pensamentos estão tão confusos quanto os sentimentos que se agitam em meu peito, onde meu coração bate em um ritmo frenético. Minhas emoções são uma tempestade em formação, ecoando a tormenta repleta de magia que ruge nas profundezas da minha pele.

As palavras de Yale me assombram a cada passo.

É apenas uma questão de tempo até que um dos lacaios de Efnysien tenha sucesso na tarefa em que o tenente Gower fracassou.

Corro, mais rápido, com mais força, tentando fugir da sua voz na minha cabeça. Mas sei que é inútil. Não posso fugir da verdade. Não por muito tempo.

Ele está apaixonado por você. Eu vi.

Estou perdendo o controle. Minhas emoções estão por um fio, ameaçando derrubar minha barreira de contenção. Meu poder se agita, desesperado por libertação. Normalmente, eu iria para a caverna atrás das cachoeiras para me reequilibrar. Hoje não. Há muita gente nos arredores do palácio, muitos olhares atentos acompanhando cada movimento meu.

Você pode muito bem nos condenar à destruição.

Só me dou conta de para onde estou indo quando já estou lá, parada aos pés do penhasco, encarando a boca sombria do antigo poço da mina. Com uma inspiração funda e trêmula, eu me preparo para a desagradável sensação de confinamento e entro no túnel. A escuridão me envolve. Escuridão e silêncio absoluto — uma diferença gritante em relação ao restante da cidade. Até mesmo os estrondos da exibição de fogos de artifício são silenciados pela espessa camada de terra.

Quando chego ao elevador, a claustrofobia se apossa de meus pulmões como uma garra. Ergo a mão trêmula em direção à parede, meus dedos deslizam pela superfície áspera, me guiando para o que meus olhos não conseguem ver, até sentir os entalhes na pedra.

Um glifo.

Nunca ativei um glifo antes — não intencionalmente, pelo menos —, mas não duvido das minhas habilidades quando puxo um filete diáfano de magia das nuvens de tempestade que se agitam dentro de mim. Ele flui com muita facilidade; minha magia fervilha muito perto da superfície esta noite. Com uma expiração profunda, libero a energia pulsante através da palma da mão. Uma sensação satisfatória me invade quando sou recompensada com um brilho vermelho.

O piso estremece quando o elevador é ativado, subindo em um ritmo constante pelo poço. Prendo a respiração durante todo o percurso. Se sinto algum alívio quando enfim paro no topo, ele é rapidamente substituído por emoções mais intensas; as mesmas que me trouxeram até aqui. Saio do túnel e luto contra o impulso de correr para me livrar da escuridão. Atravesso a câmara do portal, onde os glifos permanecem apagados e adormecidos na parede oposta. Com uma inspiração trêmula, dou um passo em direção ao precipício. O ar fica preso na garganta quando meus olhos pousam na silhueta junto à borda.

Ele está aqui.

É claro que ele está aqui. Afinal, foi por isso que vim... seguindo o tênue fio do nosso vínculo noite afora, sem pensar, sem pensar duas vezes, assim que me aproximei o suficiente para senti-lo.

Ele está de costas para mim, seus antebraços apoiados no parapeito de pedra enquanto observa os fogos de artifício explodirem sobre sua cidade. A vista desta altura é indescritível, de uma beleza quase impossível de absorver, mas não me permito mais do que uma espiada fugaz. Meus olhos estão fixos em Penn.

Ele ainda está sem camisa, vestindo apenas a calça preta folgada que usou durante a cerimônia de proteção. Ele deve ter vindo direto para cá depois. Observo sua coluna se enrijecer, seus ombros ficarem tensos, e sei que ele ouviu minha respiração trêmula. Ainda assim, ele não se vira para me encarar. É como se eu não estivesse ali.

Eu tinha certeza — tanta certeza que nem cogitei duvidar — de que saberia o que dizer a ele quando finalmente o encontrasse. Agora que o encontrei, minha garganta se aperta em um nó de frases inúteis, um emaranhado sufocante que parece impossível desfazer. Por mais que eu tente, não consigo pronunciá-las.

Então é Penn quem fala.

— Você não deveria estar aqui.

A exaustão em sua voz me pega desprevenida. Dou um passo cauteloso para mais perto e sussurro:

— Você também não.

Sua única resposta é o silêncio.

— Você está bem?

Mais silêncio. No entanto, vejo os músculos dos seus ombros se contraírem enquanto uma onda de tensão percorre seu corpo.

— Eu estava preocupada — admito com a voz suave, dando mais alguns passos. Minhas sapatilhas de cetim não fazem barulho na pedra. — Quando você não apareceu no festival... eu tentei, mas mal consegui sentir sua presença por meio do vínculo.

— Recarregar as proteções drena minha magia quase até a exaustão. Estou surpreso por você conseguir me sentir.

— Eu não estava conseguindo. Não de início. Só quando cheguei mais perto.

Há uma pausa tensa.

— Presumo que sua escolta altamente competente não tenha ideia de onde você está no momento...

Sinto minhas bochechas corarem.

— Não culpe Cadogan ou Jac...

— Eu culparei quem eu quiser — esbraveja ele. Com um inspiração profunda, ele faz um enorme esforço para acalmar o tom de voz. — Você deveria voltar para a festa. Não sou uma boa companhia para ninguém hoje.

— Eu não sou *ninguém*. Sou a Rhya.

— Mais uma razão para você ir.

— Você está assim tão decidido a passar a noite sozinho? — Diminuo ainda mais a distância entre nós e paro ao lado dele no parapeito. De perfil, sua mandíbula está rígida como pedra. Vejo olheiras profundas de exaustão sob seus olhos. — Pensei que o Fyremas fosse uma noite de união e comunhão.

Ele solta um riso cínico.

— União? Isso vindo da garota que, em nossa última conversa, fugiu da minha presença como se eu fosse veneno?

Não tenho como refutar. Pressionando meus lábios, eu me viro para admirar a cidade. Achava que os fogos de artifício eram impressionantes vistos de baixo, mas, daqui do alto, eles são incomparáveis. De tirar o fôlego. Eles se espalham como fyrewisps ao longe — alternando entre amarelo, azul, vermelho e violeta, alguns gigantes e duradouros, outros cintilando apenas por um instante.

Abaixo de nós, pontos de luz salpicam toda a cratera. Tochas e fogueiras ardem das margens lotadas do lago até as casas mais íngremes no meio dos penhascos — uma galáxia de estrelas terrestres.

— O que a deixou tão angustiada?

A pergunta repentina de Penn faz com que eu me volte em sua direção.

— Quem disse que estou angustiada?

— Rhya, suas emoções estão quase transbordando. Mesmo com minha magia esgotada, posso sentir que você está quase perdendo o controle. — Ele finalmente encontra meus olhos. — Então me diga. O que, ou *quem*, a aborreceu?

Quero virar o rosto, mas estou presa nas brasas escuras do seu olhar, tremendo com sua intensidade, por mais que tente me manter firme.

— Yale.

— Eu deveria saber. — Penn passa a mão pelo cabelo em sinal de frustração. — O que ele disse?

— Isso importa?

— Óbvio que importa.

Agora consigo desviar o olhar.

— Digamos que ele não gosta muito de mim.

— Rhya.

— Está bem — resmungo, sabendo que ele não vai esquecer o assunto. — Ele disse que há ameaças contra mim. Tantas que você redirecionou algumas das tropas dele para a cidade como proteção extra.

— E?

— *E* — forço a palavra a sair — ele pode ter insinuado que não ficará muito abalado quando, inevitavelmente, um dos capangas de Efnysien conseguir driblar toda essa proteção extra e me eliminar da sua vida. Para sempre.

— Aquele desgraçado de merda!

— Penn...

— Ele está furioso porque passei por cima da autoridade dele com o exército. E está descontando em você. É só isso. Não ligue para ele.

— Então eu não estou em perigo?

Sua hesitação é reveladora.

— Rhya...

— Eu estou! — Balanço a cabeça em descrença. — Pelos deuses, Penn, você não pretendia me contar?

— Não.

— *Não?* — explodo. — Depois do Gower, eu sabia que havia ameaças, sabia que havia perigo, mais até do que você estava disposto a admitir. Mas isso... Como você pôde esconder algo assim de mim?

— Porque eu tenho tudo sob controle. Dobramos o número de guardas nas torres ao redor da capital, em todo o platô, na verdade. As rotas comerciais têm postos de controle. Todos que entraram ou saíram da cidade na última semana foram parados para interrogatório e revistados em busca de armas. O principal túnel de acesso a Caeldera foi fechado com portas de pedra tão grossas que só um troll seria capaz de derrubá-las. Sem mencionar que acabei de recarregar as proteções com tanta energia que estou surpreso por ainda estar consciente. — As palavras saem rápidas e afiadas. — Você está segura. Eu me certifiquei disso.

— Mesmo assim, você deveria ter me contado...

— Eu queria que você aproveitasse o seu primeiro Fyremas! — grita ele, interrompendo meus protestos. Sua voz suaviza ligeiramente enquanto ele me encara. — Eu queria que você tivesse uma noite, apenas uma maldita noite, em que pudesse se divertir. Se eu tivesse contado sobre as ameaças, teria apagado todo o brilho dos seus olhos. Estou cansado de ter ver assim. Eu... Você... merecia mais. Eu queria te dar mais. Isso é tão difícil de compreender?

— Eu... eu não... — Engulo com dificuldade, tentando encontrar as palavras certas enquanto nossos olhares se fixam por um longo momento.

Minha mão pousa inutilmente em meu peito, pressionando não minha Remanescente, mas meu coração. Ele parece descompassado. — Obrigada — termino, sem jeito.

— De nada — murmura ele.

Nós dois desviamos os olhos um do outro no mesmo momento para observar a cidade. Agora, os fogos de artifício explodem em rápida sucessão, traçando rastros coloridos pela atmosfera em um final grandioso projetado para atordoar os sentidos. Fixo o olhar neles, lutando para estabilizar minha respiração. Nem sequer me dou ao trabalho de tentar acalmar meu pulso acelerado.

— Foi só isso?

Ergo as sobrancelhas de um sobressalto, roçando o pesado diadema.

— O quê?

— Yale. Foi só isso que ele disse?

Sinto minhas bochechas corarem quando a voz de Yale ecoa na minha cabeça.

Ele está apaixonado por você.

Sou uma péssima mentirosa.

Eu sei disso.

Mas minto ainda assim.

— Sim, foi só isso que ele disse.

O ar fica carregado. Quanto mais tempo a mentira flutua entre nós sem ser confrontada, mais a tensão aumenta. Sinto que estou prestes a entrar em combustão. Até que não consigo mais suportar. Então me afasto do parapeito e me viro para sair.

— Desculpe por interromper seu momento sozinho. Eu já vou…

Sua mão agarra meu braço com força, me prendendo no lugar. Não me atrevo a respirar quando ele me puxa para encará-lo. Seu olhar é como âmbar incandescente — e eu, a criatura indefesa presa dentro dele, congelada no tempo, incapaz de me mover.

— O que mais Yale disse?

— Eu já falei…

— Você mentiu.

— Eu não menti!

— Você pode tentar me enganar com palavras, Rhya — rosna Penn, inclinando-se mais para perto. Seus olhos se voltam para o corpete decotado do meu vestido, onde minha Remanescente está totalmente exposta entre meus seios. Meu peito se agita a cada respiração, um movimento rápido que não consigo controlar. — Mas o vínculo entre nós não mente.

— Pela última vez — digo entre dentes —: *pare. De ler. Minhas. Emoções.*

— Eu vou parar, quando você aprender a me expulsar.

— *Pelos deuses*, você é o homem mais arrogante, detestável e teimoso que já conheci. Às vezes não consigo suportar você! — Tento puxar meu braço, mas ele não cede um centímetro. — Me solta!

— Acha que eu não sei o que você sente por mim? Com ou sem vínculo, tenho plena consciência de que você me despreza. Como eu poderia não saber? Você já me disse isso várias vezes. — Seus olhos se estreitam até se transformarem em pequenas fendas. — Eu sei que você gostaria que nossos caminhos nunca tivessem se cruzado, que eu nunca tivesse te encontrado, que eu nunca tivesse trazido você aqui.

— Isso não é verdade!

— Não é?

— Não!

— Então qual é a verdade? — Ele me chacoalha de leve quando não respondo. — Acha mesmo que *quero* ler suas emoções, Rhya? Pensa que é agradável para mim, dia após dia, ficar perto de você, a poucos passos de distância, e não ser afetado por tudo o que você sente? Acha que eu gosto de tentar me controlar quando suas emoções me atingem como uma enxurrada incessante? — Ele me puxa para mais perto, tão perto que nossos narizes se tocam. — Tudo o que você sente vem direto para mim, do seu coração para o meu, não importa o quanto eu tente te bloquear. Não importa o quanto eu tente mantê-la afastada. Acredite em mim, tudo o que eu mais queria era que você aprendesse a me bloquear. *Maldição dos deuses!* Você acha que eu sou feito de pedra?

Recuo, como se ele tivesse me esbofeteado. Mas não consigo me afastar muito com sua mão agarrando meu braço com uma firmeza implacável.

— Desculpe se é tão horrível ficar perto de mim! — Eu o encaro, vermelha de raiva. — Sugiro voltarmos ao seu plano de nos evitar mutuamente no futuro. Prometo que não vou procurá-lo mais, já que minha presença é um fardo tão *insuportável* para você!

Então consigo arrancar meu braço do seu aperto e me viro bruscamente. De repente, estou desesperada por distância. As lágrimas estão prestes a transbordar, e a última coisa que quero é que ele as veja. Mas só consigo dar alguns passos antes que duas mãos agarrem meus braços por trás, me imobilizando mais uma vez.

Solto um meio grito furioso. Mas o som evapora na minha garganta quando o peito quente de Penn pressiona minhas costas. Sua cabeça se inclina contra a curva do meu pescoço, seus lábios roçam o lóbulo sensível da minha orelha, e fico imóvel.

Até a minha alma fica imóvel.

— Rhya — sussurra Penn, com a voz hesitante —, você não entende? Você... você me desarmou completamente. Quando olho para você, toco você, sinto sua presença, eu... — Sua voz se torna ainda mais baixa, quase inaudível. — Sempre me orgulhei de manter o controle de tudo. Sou mestre nisso. Mas, ultimamente, mal me reconheço. Meus nervos estão em frangalhos, estou exausto de tentar tanto me controlar cada vez que estou perto de você.

— E como você acha que eu me sinto?

Seu corpo todo se contrai.

— Não fui *eu* quem criou essa distância. Não fui *eu* quem ergueu essa nova barreira — lembro a ele, com a voz embargada. — Foi você quem quis esquecer o que aconteceu entre nós.

— Rhya...

— Você me fez pensar que estava arrependido — interrompo. — *Eu* me senti um erro que você queria esquecer.

Sua testa encosta na minha nuca.

— Eu sei. Eu sei, e sinto muito. Pelos deuses, eu sei que isso não é justo com você. Sei que te magoei, que te afastei. Mas não sei mais como ficar perto de você sem... sem...

— Sem o quê, Penn? — pergunto, voltada para as sombras, desejando poder ver o rosto dele. — Sem admitir que você não consegue conter todas as emoções a cada minuto de cada dia? Que você pode ter defeitos quanto o restante de nós, capaz de ter sentimentos como qualquer um, mesmo que você os veja como um risco?

— Eles *são* um risco.

— Talvez para você, mas não para mim! — Minha raiva dispara como um chicote. — Você nos vê como um risco que não vale a pena correr, mas eu nunca nos vi dessa forma! Pelo menos, não até você começar a me manter longe. Não até você começar a agir como se não significássemos nada um para o outro.

— Eu tenho responsabilidades. Tenho um reino pelo qual sou responsável. Não posso me dar ao luxo de correr atrás dos meus desejos sem pensar nas consequências. — Ele faz uma pausa, a voz se transforma em um sussurro. — Prefiro que você me odeie e fique segura a colocá-la em perigo se…

— *Se* o quê? — Lágrimas nublam meus olhos. — Se me deixar amar você?

Seu corpo pressiona o meu, como se lutasse para eliminar qualquer distância entre nós, mesmo que suas palavras sombrias digam o contrário.

— Seria melhor se você me odiasse.

— Para quem? Com certeza, não para mim. — Balanço a cabeça lentamente, para a frente e para trás, a dor me dilacerando por dentro. Sei que ele sente cada pulsação excruciante por meio do vínculo. E, neste momento, não me importo.

Quero que ele sinta.

Quero que ele saiba.

Ele solta um grunhido de dor, compartilhando minha angústia.

— Quer saber a verdade mais triste? — pergunto, com a voz embargada. — Eu nunca odiei você. Nem no início. Nem quando éramos inimigos. Nem mesmo quando pensei que você queria *me matar*. Porque, já naquela época, havia uma parte de mim que se sentia atraída por você. Como o ar atraído pela chama.

Todo o seu corpo estremece. Suas emoções nunca estiveram tão expostas, tão acessíveis para mim. Esta noite, ele não tem forças para escondê-las.

— Como você pode pensar, depois de tudo o que passamos juntos — agora, as lágrimas escorrem sem controle —, que eu seria capaz de odiar você?

— *Pare*. — Sua voz é uma súplica desesperada. — Não fale mais nada, Rhya. Não diga algo em que não poderá voltar atrás.

— Eu não vou voltar atrás! — rebato, determinada. — Você pode querer viver uma mentira, Pendefyre, mas eu não quero. Não mais. Se você não me quer, então me diga. Estou cansada de tentar distinguir o que é real do que é fingimento.

Faz-se um silêncio interminável. Acho que ele vai me soltar, me deixar ir embora. Mas, em vez disso, ele solta um gemido gutural.

— Você acha que eu não quero você? *Pelos deuses.* — Seus lábios roçam pelo meu pescoço, deixando um rastro incandescente. — Tudo em que consigo pensar é na sua boca na minha, seu cabelo nas minhas mãos, seus dedos na minha pele. Todas as noites, eu me deito ouvindo você se revirar na cama, e preciso de toda a minha força de vontade para não subir aquela escada. Para não carregá-la para baixo, colocá-la na minha cama e deixar que o fogo que acendemos naquela floresta arda até o fim.

O calor serpenteia pelo meu corpo com suas palavras, se enroscando nas profundezas do meu ser. *Céus.* Se eu soubesse, durante todas aquelas noites insones, que ele estava deitado no andar de baixo, compartilhando meus pensamentos torturantes... meus desejos secretos...

— Por que você não fez isso? — sussurro.

— Porque sei que não devo! — Seu aperto se intensifica, os dedos cravados em meus braços. — Sei que o que sinto por você é perigoso, para você, para mim, para nós dois. Para todo mundo.

Yale tinha dito quase a mesma coisa no salão de baile. Ouvir isso saindo da boca do próprio Penn é como uma espada fincada no coração.

— Então por que você ainda está me segurando?

— Porque, que os deuses me ajudem, *eu não me importo mais*! — Sua voz vacila. — Não me importo com os riscos. Não me importo com as consequências. Eu tentei. Tentei não me sentir assim, tentei trancafiar meus sentimentos. Não adianta. Não sou forte o suficiente. Não quando se trata de você.

Ele respira fundo, seu peito nu colado em minhas costas. Pele com pele. A rígida evidência do seu desejo pressiona minha lombar. Inegável. Senti-lo só intensifica o vazio latejante que se forma em meu âmago.

— Desejar você é tudo o que eu faço, Rhya. Acordado ou sonhando, evitando ou buscando sua presença. Eu te quero e te quero e te quero... e... *Isso. Me. Apavora. Pra. Caralho.*

— Você acha que também não estou apavorada? Acha que o que sinto por você não me assusta? — Faço uma pausa, o coração batendo forte. E então, incapaz de me conter, me viro em seu abraço. Ele inspira fundo quando envolvo seu rosto com minhas mãos. Sob a ponta dos meus dedos, sua pele é como uma fornalha. Meus olhos se desviam para os seus lábios. — Por favor, Pendefyre... não me deixe ir embora de novo.

— Eu posso te machucar. — Sua confissão sai carregada de angústia. — A maneira como o fogo se enfurece dentro de mim, a maneira como minhas emoções o alimentam... Se eu perder o controle, se eu me descuidar...

— Não vai se descuidar. Não vai me machucar.

— Você não pode ter certeza disso.

Encaro seus olhos. Eles ardem nos meus, vulcânicos, com tanto desejo que não consigo ver mais nada. Não consigo sentir nada além dele.

— Eu não tenho medo de você, Penn. Não tenho medo do seu fogo. Tenho muito mais medo do que vamos perder se nunca tentarmos. Se deixarmos o medo vencer.

As palavras mal saíram dos meus lábios quando a boca dele pressiona a minha, uma intensidade esmagadora. Seu beijo é uma tempestade de fogo — um calor imprevisível, um desejo incontrolável. Ele percorre meu corpo como um incêndio voraz que me consome de dentro para fora, queimando cada uma das minhas terminações nervosas.

Foi para *isso* que eu vim até aqui. Não para contar a ele sobre Yale, não para ver se ele estava bem, não para brigar com ele. Exatamente isso, seus lábios nos meus, seu corpo ardente colado ao meu, tão perto que sinto que poderíamos entrar na pele um do outro e nunca mais sair. Ele invade meus sentidos, inunda cada parte da minha mente. O vínculo entre nós se incendeia, um canal de chamas invisíveis, ardendo o suficiente para queimar minha alma, enquanto as emoções faíscam de uma marca para a outra.

Penn aprofunda o beijo. Sua boca se torna feroz. Implacável. Selvagem. Minha cabeça se inclina para trás por instinto enquanto seus lábios me devoram. Meu corpo se arqueia como uma corda de arco quando suas mãos deslizam pela minha coluna nua até minha nuca. Ele pressiona os polegares por meu pescoço, onde minha pulsação dispara em um ritmo frenético, e eu gemo em sua boca, um som indomável de puro desejo.

O som desperta algo dentro dele. Derruba a última barreira do seu autocontrole. Em um minuto, estou em seus braços e, no seguinte, ele me ergue do chão, me carrega por três passos e me coloca sobre o parapeito. Ele mal me dá tempo para me firmar antes que suas mãos alcancem a fenda das minhas saias. Com um movimento brusco, ele abre minhas pernas e se encaixa entre elas. Toda a hesitação é uma mera lembrança distante, qualquer consequência, insignificante demais. Não existe passado nem futuro, somos o agora, consumidos pela urgência da nossa fome um pelo outro.

Quando vê a adaga presa na bainha de couro em minha coxa, Penn sorri — um lampejo branco na penumbra. Seus lábios ainda têm um ar divertido quando tomam os meus. Mas toda a diversão se incendeia como papel quando envolvo minhas pernas em sua cintura, prendendo seu corpo junto ao meu enquanto meus braços se enroscam em seu pescoço. Seu desejo pulsa entre minhas pernas, ecoando a necessidade que lateja em minhas veias. Chupo seu lábio ao mesmo tempo que mergulho meus dedos em seu cabelo, como ansiava havia tanto tempo, me deliciando com a sensação da textura na minha pele.

— Deuses, Rhya. — Ele arqueja em minha boca enquanto seu quadril se esfrega no meu, um movimento delicioso que atordoa meus sentidos. — Se você continuar me tocando assim, não vou conseguir parar.

— Não quero que você pare.

Com outro grunhido rouco, ele me beija mais uma vez. Suas mãos agarram meu quadril, segurando firme, criando um atrito delicioso que me faz arfar. Aproveitando-se dos meus lábios entreabertos, sua língua desliza entre eles. Meu desejo aumenta à medida que nossas bocas se movem juntas, em uma dança tão voraz que fica difícil respirar.

Mas quem precisa de ar?

Até que enfim Pendefyre está me beijando.

A respiração pode esperar.

Meu pulso martela como um tambor, o ritmo cada vez mais rápido conforme deixamos as chamas nos consumirem. Ar e fogo, uma paixão inextinguível. Incendiando juntos em pura e absoluta...

Combustão.

Sua mão desliza pela pele sensível da minha coxa, detendo-se brevemente na bainha da adaga. Seus dedos brincam com a tira de couro por um torturante segundo antes de subirem mais... desta vez, sem parar até encontrar o calor abrasador entre minhas pernas. Um calor que se torna cem vezes maior quando ele me toca em minha parte mais íntima.

Deuses.

Sim.

Eu me agarro em seus ombros, movendo meu corpo contra sua mão, sentindo minha mente se dissolver em puro êxtase. Sentindo que a paixão que acendemos jamais se consumirá, não importa quanto tempo nos toquemos, não importa até onde nos deixemos levar esta noite.

Enquanto seus dedos se movem em círculos lentos e rítmicos, elevando minha paixão a novos patamares, minha mão desliza por seu peito nu — hesitando apenas por um momento na pele saliente da sua Remanescente — até encontrar seu membro. Eu o acaricio por cima do tecido da calça, sentindo uma onda de satisfação me percorrer quando ele solta um rosnado baixo em minha boca. O som faz com que minhas coxas se apertem ao redor dos seus dedos.

— Rhya — solta ele, em tom de advertência. Sua mão permanece entre minhas pernas. — Talvez devêssemos...

— Chega de talvez — interrompo, ofegante. — Chega de desculpas. Já conversamos bastante, Pendefyre. Apenas... *me toque*. Por favor.

Sua hesitação se dissipa feito fumaça. Sua boca toma a minha com voracidade, beijando-me com mais força, mais desejo, mais intensidade. É um choque de línguas e dentes, uma batalha ardente — em que ambos saímos vencedores. Nossos lábios nunca se separam, mesmo quando nossas mãos desesperadas exploram territórios antes proibidos. Lugares que mal ousamos sonhar em tocar, até agora. O botão se abre, o cós desliza. Penn solta um suspiro alto quando seguro seu membro. Amo a sensação dele, nu, em minhas mãos. Forte e vigoroso como o restante do seu corpo. E Penn não esconde a própria satisfação quando seus dedos encontram o caminho por baixo das minhas roupas íntimas. Um rugido ecoa do fundo do seu peito com a sedosa confirmação do meu desejo por ele.

Nossos beijos se tornam ainda mais vorazes conforme encontramos novos ritmos, criando um compasso cada vez mais intenso até que sinto que não conseguirei suportar sem me desfazer. Eu me movo em seus braços — inquieta, faminta. Ansiando por algo que não consigo expressar. Ao menos, não com palavras.

O pulso latejante dentro de mim atinge um nível febril.

Mal consigo manter meus pensamentos coesos, perdida no toque avassalador de Penn. Mesmo com sua magia estafada, o vínculo amplifica nossa conexão, alimentando-a, atiçando as chamas para algo mais do que o puramente físico. Algo mais profundo do que jamais senti com Tomas, algo além do que eu imaginava ser possível.

É uma conexão espiritual e profunda. Uma conexão que só torna a dança urgente de nossas mãos e bocas ainda mais intensa. O vínculo se firma ao nosso redor, um laço invisível, nos puxando para mais perto, mais perto, *mais perto*.

Quando minha respiração se reduz a ofegos instáveis, não consigo mais beijá-lo direito. Afasto-me apenas o suficiente para inspirar fundo e encará-lo. O olhar de Penn está cravado no meu, um ímã incandescente do qual não consigo escapar. Não *quero* escapar. O fogo que vejo nele é um reflexo do meu. Quero que ele me consuma, faísca por faísca. Quero que ele se transforme em um incêndio incontrolável. Eu quero...

Ele.

Quero Penn.

Ele está mais perto do que nunca, mas ainda não é o suficiente.

— Penn — sussurro, a palavra trêmula em minha garganta. — Por favor, eu... eu preciso de você.

Seus olhos brilham, incandescentes de desejo. Suas mãos deslizam até minhas coxas para que ele possa se aproximar mais, deixando um rastro de calor em minha pele. Prendo a respiração, a expectativa percorre meu corpo em um turbilhão quando percebo quão perto ele está — quão perto *nós* estamos. Seus lábios roçam minha orelha.

— Eu também preciso de você — confessa ele, com uma voz rouca.

Graças aos deuses.

Minhas mãos agarram seus ombros enquanto meu corpo se arqueia avidamente contra o dele. Há um fogo dentro de mim que só ele pode apagar. Uma brasa incandescente que me consome há meses, lentamente. Hoje, vamos transformar essas brasas em uma chama eterna.

Seu aperto se firma em meu quadril enquanto ele...

— Por mais que me doa interromper essa cena tão tocante — diz uma voz familiar, suave como água escorrendo pelo leito rochoso de um rio, ecoando de algum lugar que parece ao mesmo tempo muito próximo e muito distante —, nós três precisamos conversar.

PENN E EU nos afastamos como se um balde de água gelada tivesse sido jogado em nossas cabeças. O que, de certa forma, aconteceu. Pois a uns cinco passos de distância está o próprio Remanescente da Água.

O rei Soren de Llŷr, em carne e osso.

Uma silhueta demoníaca, um prenúncio de desgraça no corpo de um guerreiro. Seus olhos azul-claros cintilam na escuridão. Eles se movem entre mim e Penn com uma astúcia felina, observando cada detalhe. Eu, arrumando minhas saias enquanto desço do parapeito; Penn, fechando discretamente as calças com as mãos trêmulas. Nós dois ofegantes, bochechas coradas e lábios inchados.

— Soren. — O tom de Penn é puro gelo. — Que porra você está fazendo aqui?

— Ora, ora. — Soren cruza os braços sobre o peito largo. — Isso é jeito de receber alguém que veio salvar a sua pele?

— Mande um corvo da próxima vez — rosna Penn.

— É urgente.

— Não me importa a urgência da notícia. Você não pode atravessar meus portais quando bem entender.

— Tão possessivo com os seus brinquedos. — Os olhos de Soren deslizam para mim. Seus traços perfeitamente esculpidos são tão indecifráveis quanto eu me lembrava do nosso primeiro encontro. — Por falar em brinquedos, você está com uma ótima aparência, pequena guardiã do vento. Muito melhor. Devo admitir que talvez não a tivesse deixado partir tão rápido se soubesse que alguns meses de boas refeições transformariam aquela garotinha fraquinha e encharcada que encontrei na encosta da montanha em…

— Pensei que você tivesse notícias urgentes — interrompo de maneira incisiva.

— E tenho. — Seu semblante se torna mais sério, quando ele olha de volta para Penn, que parece prestes a explodir. — Você precisa preparar seu exército.

Penn enrijece.

— Por quê?

— Não faz muito tempo, recebi informações de uma das minhas generais. Durante uma patrulha de rotina na área, alguns dos batedores dela desapareceram. Ela enviou um pelotão para descobrir o que aconteceu. — Suas grossas sobrancelhas escuras se franzem. — Os homens seguiram os rastros até a sua fronteira sul. Direto para o território dos saqueadores.

— Lamento pela perda de seus batedores — diz Penn, impassível. — Mas, considerando os recentes ataques dos clãs contra meu povo, não posso dizer que estou surpreso…

— Pode apenas me *ouvir*, pode ser? — Soren respira fundo e se recompõe. Sua figura imponente exala tensão, sem qualquer vestígio da despreocupação habitual. — O relatório que recebi após a missão de resgate foi... bizarro. Os corpos não foram mutilados ou destroçados, como na maioria dos ataques dos saqueadores. Eles foram mortos com muita precisão, flechas nos olhos, pescoço estrangulados, crânios esmagados. Pouquíssimo sangue, poucas marcas abaixo do pescoço. E estavam nus. Os agressores roubaram os uniformes depois de matar os soldados.

Penn digere a informação, nitidamente perturbado.

— Os clãs costumam ter prazer em eliminar qualquer vestígio nosso, roupas e tudo mais.

— Eu pensei o mesmo. Assim como meus generais. Por isso, investigamos mais a fundo. Enviamos mais alguns batedores para a plataforma de gelo há dois dias. — A expressão de Soren é intensa. — Eles encontraram mais corpos despidos. Desta vez, não eram llŷrianos. Eram homens de Dyved, Pendefyre. Seus homens. Um pelotão inteiro, pelo menos.

— Eu teria sido informado se um pelotão inteiro estivesse desaparecido, Soren.

— Eles não desapareceram. Foram *substituídos*. — Soren se aproxima, o olhar inabalável. — Pense bem. Os uniformes roubados. As mortes estranhas. A crescente organização nos ataques. Isso vai além de uma disputa territorial que dura décadas.

— Deixe-me ver se entendi direito... Você acha que os saqueadores estão matando soldados de Dyved em segredo e roubando os uniformes?

Soren concorda com a cabeça.

— Com que propósito? Para brincar de se vestir como os feéricos que eles querem exterminar?

— Para se infiltrar em seu território sem serem detectados — rebate Soren, sua frustração finalmente se libertando dos grilhões. — Você pode não querer acreditar, mas é isso que está acontecendo. Os saqueadores estão se preparando para um ataque. E não estão sozinhos. Eles encontraram um novo aliado. Um aliado poderoso.

— Os clãs mal conseguem evitar um massacre mútuo a cada poucos anos. Eles não são capazes de conspirar com forasteiros.

— É o que você pensa. É o que todos nós pensávamos. Parece que estávamos errados. Por mais impensável que seja, os saqueadores se aliaram... — os olhos de Soren brilham como safiras escuras — com Efnysien.

Meu estômago se revira.

Penn balança a cabeça.

— Isso não é possível.

— É, sim — retruca Soren, cerrando os dentes. — Eu não mentiria sobre algo assim.

— Os saqueadores odeiam os feéricos mais do que tudo. Jamais aceitariam ajuda de alguém que usa magia, ainda que seja a forma sombria e distorcida que Efnysien domina.

— Aceitariam se achassem que isso lhes daria o que sempre cobiçaram: o controle de Dyved. A erradicação do seu povo. — O olhar de Soren é tão implacável quanto suas palavras. — O exército vermelho de Efnysien está se reunindo há meses na plataforma de gelo, sem ser detectado. Reforçando as tropas lentamente. Roubando uniformes para se infiltrar em suas terras sem ser notado. Tomando os postos das fronteiras sem chamar atenção. Aguardando a oportunidade de atacar.

— Deuses do céu — sussurro.

— Pelo que meus batedores testemunharam, eles não estão mais esperando — continua Soren. — Neste exato momento, eles estão marchando para o norte, cruzando o planalto com os olhos fixos em Caeldera. E não estão sozinhos. Metade dos clãs dos saqueadores marcha com eles.

Olho de relance para Penn. Seu rosto está pálido como cera sob a luz das estrelas quando as palavras de seu antigo amigo começam a ser compreendidas. Ainda assim, ele se agarra a um fio de esperança.

— Mesmo que isso seja verdade, mesmo que consigam abrir caminho pelo platô, eles nunca entrarão na capital. Jamais vão conseguir atravessar as proteções.

— Eles vão. — Soren dá dois passos adiante, e eles ficam frente a frente. Sua voz é sombria feito a morte. — Com a ajuda de Efnysien, eles conseguirão violar qualquer proteção mágica que normalmente os impediria de entrar. Você sabe que tenho razão. O poder de Efnysien já era imenso quando o bani há quase um século; agora, é incomparável. Suas proteções não vão resistir,

Pendefyre. E seu exército, por mais bem treinado que seja, está em menor número e despreparado. Ele não conseguirá vencer essa guerra.

Um horror súbito aperta meu coração.

— Precisamos avisar a todos. Precisamos evacuar! Com certeza, há algum lugar seguro para onde possamos ir...

Quando nenhum deles responde, meus olhos disparam de Soren para Penn e vice-versa. Seus olhares estão travados em um diálogo silencioso, comunicando algo sem dizer uma única palavra. A constatação me atinge feito uma guilhotina.

Caeldera é o lugar seguro. É o melhor refúgio de Dyved. Não há para onde ir, nenhum lugar melhor para enfrentar uma invasão em todo o planalto. Se a cidade cair...

Cairemos todos com ela.

— Quanto tempo temos? — questiona Penn, a única pergunta que realmente importa.

— Não sei — admite Soren. — Não esperei por outro relatório da situação. Vim direto para cá para avisá-los. Pode ser hoje à noite; pode ser amanhã.

Soren observa Caeldera, resplandecente em sua beleza noturna. Muito abaixo de nós, milhares de civis ainda comemoram nas ruas, alheios ao perigo iminente.

— Se fosse eu... se você fosse meu inimigo — Soren desvia os olhos da cidade — eu atacaria quando você estivesse mais vulnerável. Quando seu povo estivesse mais exposto, reunido nas ruas, no meio de uma comemoração, com os sentidos entorpecidos pela bebida...

— Efnysien sabe que os meus poderes estão exauridos hoje — constata Penn, com amargura. — Ele sabe que não posso proteger meu povo.

— Um batalhão completo de tropas llŷrianas estará aqui ao amanhecer. — Soren acena com cabeça para enfatizar suas palavras. — Nós só precisamos resistir até lá.

— Se as proteções ruírem...

— Então lutaremos — promete Soren. Seus olhos se voltam para mim. — Você não é o único com poder aqui, Pendefyre.

Engulo em seco, sufocando o medo, e assinto, endossando suas palavras.

— Nós lutaremos.

— Você não — rosna Penn, virando-se para me encarar. Sua mão agarra a minha com um aperto esmagador. — Venha. Precisamos voltar para o castelo, lá você estará segura. Se Soren estiver certo, talvez não nos reste muito tempo antes de...

Suas palavras são engolidas pelo som de uma detonação colossal. Em um primeiro momento, penso que são os fogos de artifício, uma explosão tardia na margem do lago. Mas não há chuva de faíscas, nem cascata de cores. O próprio céu estremece, como se estivesse prestes a desabar, e sei, com uma certeza paralisante, que não se trata de um truque de festa.

A atmosfera pulsa com uma luz intensa, um amanhecer vermelho-sangue. Uma névoa tremula no ar; a mesma névoa que vi poucas horas antes, quando o poder de Penn penetrou a terra, na sala do trono. As proteções estão reagindo a uma grande onda de poder. Só que, desta vez, elas não estão sendo reforçadas.

Estão sendo atacadas.

O estrondo da primeira explosão mal se dissipou quando um segundo impacto rasga o céu. Enquanto observo as proteções se acenderem mais uma vez, a névoa vermelha cintilando como relâmpagos de calor... sei, sem que Pendefyre ou Soren precisem dizer uma única palavra, que aqueles que planejam nos atacar não mais estão mais a caminho.

Eles já estão aqui.

TRINTA E UM

Nós corremos.

Penn à frente, eu no meio, Soren em nosso encalço. Atravessamos o túnel, passamos pelo portal — que ainda brilha levemente após a travessia de Soren — e chegamos ao elevador. Nenhum de nós fala quando Penn ativa o glifo e descemos para as entranhas da terra. O único som na quietude opressiva é o da minha respiração, ofegante e carregada de terror, entrando e saindo dos meus pulmões em arfadas irregulares.

A descida leva uma eternidade. Cada segundo é como um dia, um mês, um ano desperdiçado. O tempo escorre inutilmente enquanto as pessoas nas ruas se divertem, alheias ao perigo que se aproxima. Penso em todas as famílias pelas quais passei a caminho daqui, com os rostos voltados para o céu admirando os fogos de artifício, os sorrisos radiantes de alegria. Indefesas. Inocentes. Despreparadas. Quase tiro um pedaço do meu lábio inferior tentando conter minha respiração ofegante.

Chegamos ao nível do solo e avançamos, a toda velocidade, para a entrada da mina. Outra explosão atinge as proteções no momento em que saímos para o ar livre. O céu se tinge de vermelho, com um breve cintilar. Um grito ecoa pela multidão, um misto de encantamento e preocupação. A maioria, ainda imersa na euforia inebriante do Fyremas, acha que é parte dos festejos.

— Soem os alarmes! — grita Penn, para dois soldados com expressões atônitas posicionados em uma esquina, enquanto passamos correndo. — Estamos sendo atacados!

Não paramos para ver se eles obedecem. Corremos mais rápido. Um ritmo impossível. Uma corrida obstinada. Ao meu lado, Soren e Penn parecem incansáveis, suas longas pernas marchando sem nunca parar. De alguma forma, eu acompanho o ritmo, meus pés voando sobre os paralelepípedos como se tivessem ganhado asas, a cauda dourada do meu vestido esvoaçando atrás de mim como um estandarte de batalha. Sinto a queimação fria de poder no meu peito e percebo que, instintivamente, estou usando o vento para me impulsionar, as correntes de ar ampliam cada passo, me lançando mais alto, mais longe do que minhas pernas curtas jamais conseguiriam sozinhas.

Em circunstâncias normais, essa constatação poderia me surpreender ou até me fascinar. Agora, não há espaço em minha mente para nada além de puro pavor. Ele envenena minhas veias, um elixir tóxico, enquanto abrimos um caminho irregular rumo ao coração de Caeldera. Quando chegamos à avenida do Rei, a principal via que liga o túnel à margem do lago, a encontramos lotada de pessoas ainda dançando e bebendo.

— Vão para casa! — grita Penn, repetidamente. — Protejam-se!

Os rostos passam por nós como uma enxurrada — a princípio apenas preocupados, depois cada vez mais aterrorizados quando outra explosão de magia chacoalha o céu.

— Preparem-se para o ataque!

Uma cacofonia de caos e terror surge no lugar da música e do riso. Assim que chegamos à praça principal, o pavor atinge seu ápice quando os alarmes começam a soar: um toque estridente que rasga a noite, anunciando o ataque iminente. Até mesmo os foliões mais embriagados sabem o que isso significa.

As pessoas correm para se proteger. Barracas são derrubadas pela multidão. Vendedores abandonam suas mercadorias. O palco está deserto, os engolidores de fogo já se foram há muito tempo. Os arcos de contorcionismo foram abandonados. Avançamos pelo mar de gente, lutando para abrir caminho na direção oposta enquanto as pessoas esvaziam a margem do lago, passam pelo mercado e chegam à avenida do Rei. Seu medo é palpável, impregnando o ar, misturando-se com o cheiro persistente de pólvora dos fogos de artifício.

No momento em que chegamos à ponte, sei que não conseguiremos atravessar. Ela está lotada de pessoas que saem do palácio, desesperadas para chegar em suas casas e se reunir com seus entes queridos.

— *Ei!* — Um assobio alto atravessa o alvoroço. — Pendefyre!

Nós três paramos de repente. Em perfeita sincronia, nos viramos para ver Jac, Cadogan e Farley abrindo caminho em nossa direção em meio à confusão na entrada da ponte. Logo atrás deles, cerca de duas dúzias de membros da Guilda Flamejante se dispõem em fileiras ordenadas ao nosso redor, criando uma barreira contra a multidão em pânico. A grande quantidade de armas que carregam é um pouco tranquilizadora.

— Ah, graças aos deuses. Ela está com você. — Jac olha para mim como se quisesse me abraçar e me esganar ao mesmo tempo. — Droga, Ace, estamos te procurando há quase uma hora! Se o céu não estivesse desabando, mulher, eu juro...

— Desculpa. — Faço uma careta. — Se sobrevivermos a esta noite, prometo que vou me redimir.

— Não sei bem o que está acontecendo — interrompe Cadogan, dando um passo à frente para encarar Penn —, mas achamos que você poderia precisar disso.

Penn acena com a cabeça em agradecimento ao aceitar as botas, a espada e a bandoleira com facas de arremesso. Por todos os lados, as pessoas continuam a se acotovelar em um fluxo interminável. Quão rápido esta noite festiva e reluzente se transformou em sombras de desespero. Quão rápido as chamas de alegria se transformaram em cinzas. O céu fica vermelho novamente quando outra rajada de magia atinge as proteções.

— Alguém pode explicar que merda está acontecendo? — grita Farley por cima dos estrondos retumbantes.

— Estamos sendo atacados — retruca Jac. — É óbvio.

Farley revira os olhos.

— Seu imbecil, você acha que eu não sei que estamos sendo...

— *Chega!* — rosna Penn, enquanto amarra sua bandoleira com uma das mãos. Na outra, a lâmina exposta da sua espada brilha. — Os clãs de saqueadores encontraram um novo aliado em nosso velho inimigo Efnysien. Ele está tentando derrubar as proteções. Se ele conseguir, suas tropas vão entrar pelo túnel e saquear a cidade.

— Pelos deuses. — Jac empalidece. — Ele consegue fazer isso?

— Espero que não. — Penn olha para além da enxurrada de civis que corre em pânico em direção ao palácio ao fundo. — Onde diabos está Yale?

— Assumiu, por conta própria, a responsabilidade de proteger a rainha. — O rosto de Cadogan é uma máscara de desprezo. — Nosso bravo general comandante, barricado na sala do trono enquanto seus soldados lutam.

Ao meu lado, Soren solta uma risada debochada. Os outros homens olham para ele, como se só agora notassem sua presença. A expressão de espanto em seus rostos é quase cômica.

— O que diabos *ele* está fazendo aqui? — resmunga Farley.

— Ajudando — rebate Soren. — O que é mais do que posso dizer de você, rapaz. Pretende atacar com essa bengala todos os saqueadores que cruzarem seu caminho?

O xingamento de Farley é abafado por outro impacto vindo de fora da cratera. As proteções tremulam um pouco, pulsando em um tom desbotado de vinho barato — como se sua força diminuísse a cada ataque. Não sou a única a perceber isso, pois qualquer discussão é rapidamente deixada de lado em prol de ordens de batalha urgentes.

— Cadogan, leve seu pelotão para o túnel — ordena Penn, indicando a avenida do Rei com o queixo. — Mabon já deve estar lá com o restante da guilda e um contingente de soldados de infantaria. Reúna o máximo de homens aptos que você encontrar pelo caminho. Se eles estiverem sóbrios o suficiente para ficar de pé, estarão sóbrios o suficiente para lutar. — Ele faz uma pausa. — Temos que presumir que qualquer soldado fora do perímetro de proteção já esteja morto.

Cadogan assente, com uma expressão sombria.

— Jac, vá até o aviário — continua Penn. — Diga ao mestre dos pergaminhos para enviar corvos a todos os postos de guarda e bases avançadas do platô. Precisamos de reforços aqui o mais rápido possível.

— E depois? — pergunta Jac.

— Encontre-nos no túnel. Podemos precisar do seu machado.

Jac sai em disparada, indo para o oeste ao longo da margem do lago até a torre de pedra frágil que abriga um bando de mensageiros alados bem treinados. Cadogan, mais sombrio do que jamais o vi, já se voltou para as fileiras duplas da Guilda Flamejante, prontas para a batalha, dando suas ordens de marcha. Com um nó na garganta, eu os vejo partir até perder seus uniformes marrons de vista na metade da avenida do Rei.

— Onde está o Uther? — pergunta Penn, me trazendo de volta.

Farley dá de ombros.

— Em casa com Carys e o bebê, pelo que ouvi.

— Não. Eu estou aqui — responde uma voz ofegante logo atrás de nós, enquanto Uther corre e se junta ao nosso círculo. Seus olhos cinzentos e inabaláveis passam por mim e por Soren antes de pousar no rosto de Penn. — Onde precisa de mim?

— Uther, sua família... — Penn hesita. — Tem certeza...

— Como eu disse: *onde precisa de mim?*

Penn coloca a mão no ombro de Uther.

— Vá para o quartel. Certifique-se de que qualquer retardatário esteja fora da cama, armado e pronto para lutar. Leve todos que conseguir encontrar até os portões.

Uther concorda com a cabeça. Seus olhos encontram os meus por um breve instante, lampejando com um calor indisfarçável, antes que ele também desapareça na noite.

— Farley. — A atenção de Penn se volta para o ruivo, que parece sério, apoiando o peso do corpo na bengala, com arco e flecha presos nas costas e uma espada curta pendurada no quadril. — Você fica no castelo. Os guardas de lá já conhecem os protocolos de isolamento, mas quero garantir que as pessoas tenham um lugar seguro para se abrigar, se necessário.

— No castelo? Você só pode estar de sacanagem.

— Farley. É o lugar mais seguro...

— Foda-se a *segurança*! — O rosto de Farley se contorce de fúria. — Eu quero lutar!

— Sua perna ainda não está recuperada.

— Não preciso da minha perna para brandir uma maldita espada!

— Preciso de você com a Rhya.

Farley se cala.

Fico tensa.

Ao meu lado, Soren também.

— Estou com o Farley nessa — interrompo, quase tremendo em minha tentativa de não gritar. — Você não vai me deixar de lado. Não vou fugir nem me esconder. Não desta vez. Não enquanto todos vocês arriscam suas vidas para manter a cidade segura...

Penn me lança um olhar ameaçador.

— Rhya...

— Ela tem razão, Pendefyre — diz Soren, para minha surpresa. — Precisamos dela. Seus poderes não estão em plena força...

— Não preciso que você me lembre de minhas limitações, Soren. E definitivamente não preciso que você coloque ideias na cabeça dela. Rhya não tem treinamento para a batalha.

— Mas, então, o que diabos você ensinou a ela nas últimas semanas? — questiona Soren, incrédulo. — Pelo que vi lá em cima, talvez suas aulas tenham sido mais voltadas para o quarto do que para o campo de batalha.

A expressão de Penn se enche de fúria.

— Tenha muito cuidado com o que você vai dizer a seguir, ninfo.

— Por quê? — Soren arqueia as sobrancelhas com sarcasmo. — A verdade é muito difícil de engolir?

— Parem com isso! Vocês dois. — Eu me coloco entre eles, obstruindo a linha de visão de Penn para Soren antes que a tensão exploda em derramamento de sangue. — Penn, por favor. Agora não é hora de ser superprotetor...

— Estamos sob ataque — rebate ele. — É exatamente o momento de ser superprotetor.

— Você não pode me proteger *disso*!

— Posso muito bem tentar! — Suas palavras são um rugido, bem na minha cara. Mas, por trás da raiva, vejo o medo. E o sinto também, uma onda de pura emoção por meio do nosso vínculo. — Deuses, Rhya, só desta vez, você poderia me ouvir sem questionar cada maldita decisão...

Não consigo ouvir o restante do que ele diz. O céu estremece quando outra explosão de magia sombria colide com as proteções. Elas emitem um último pulso fraco de resistência, tremulando em um tom de vermelho pálido, e depois se apagam em uma nuvem de vapor inútil.

As barreiras de proteção ruíram.

Por um momento, há apenas silêncio. A cidade inteira prende a respiração, esperando para ver o que vai acontecer. Penn e eu nos encaramos fixamente. Cessaram as brigas, cessaram as palavras. Sua mão livre sobe até o meu pescoço e ele me puxa para perto. Nossas testas se chocam com um baque metálico do diadema.

— Fique em segurança — sussurra ele, com fervor. — Por mim.

Então sua boca encontra a minha em um beijo feroz e urgente. Não dura mais do que um batimento cardíaco. Tem gosto de despedida. Antes que eu possa pensar em retribuir, ele se foi, correndo em direção aos portões da frente sem dizer uma palavra.

Soren me lança um olhar breve e inescrutável antes de disparar atrás de Penn, tão rápido que ele é apenas um borrão azul-marinho diante dos meus olhos, ou talvez isso seja apenas por causa da nuvem de lágrimas que turva minha visão.

— Ace — chama Farley. A voz tão trêmula quanto eu me sinto. Quando ergo meus olhos marejados para ele, vejo que sua aparência está ainda pior. — É melhor buscarmos abrigo.

Apesar de suas palavras, nenhum de nós se move. Ao nosso redor, a multidão corre para suas casas; soldados se apressam para sacar as próprias armas. Todos parecem ter um propósito, um destino, um plano. Exceto nós. Somos um ponto de quietude em meio ao caos, sem rumo, hesitantes.

Nós dois olhamos brevemente para o castelo. Em direção à promessa de refúgio. Então, em um movimento silencioso e sincronizado, nossos olhares se voltam na direção oposta, para a estrada reta que nos separa do túnel fortificado do outro lado da cratera, onde, neste exato momento, nossos amigos se preparam para enfrentar qualquer mal que possa atravessar as pesadas portas de pedra.

Sei que Farley não está mais satisfeito do que eu com a ideia de se esconder enquanto os outros lutam, sangram e morrem. Mas eu não tenho habilidades de combate nem armas — além da adaga presa em minha coxa. Graças aos deuses, Carys concordou em adicionar a fenda para que eu possa acessá-la facilmente.

Carys.

A percepção me atinge em cheio.

— Farley, Carys está sozinha.

Seus olhos verde-claros se inundam de propósito. Sem hesitar, ele começa a andar na direção da rua Elevada, sua bengala se movendo em um ritmo constante.

— O que diabos estamos esperando, Ace? Vamos lá!

DESDE A MINHA chegada às Terras do Norte, ouvi muitas histórias sobre a crueldade dos saqueadores. Vi com meus próprios olhos o ódio que alimenta seu objetivo de exterminar minha espécie da face da Terra naquela clareira ensanguentada no topo das Cimérias, onde um pelotão inteiro de soldados foi massacrado na neve. Mas quaisquer histórias que eu tenha ouvido, quaisquer horrores que eu tenha visto, não se comparam às coisas que testemunhei na noite do Fyremas.

Farley e eu estamos na metade da rua Elevada quando o túnel desaba. O estrondo é inconfundível — muito parecido com as explosões que atingiram as proteções, só que mais próximo, mais alto e infinitamente mais aterrorizante.

Só um troll seria capaz de derrubá-las, disse Penn sobre as portas de pedra que fecham o túnel. *Você está segura.*

Mas eu não estou.

Ninguém está.

Não estamos nem perto da explosão, mas, ainda assim, o impacto sacode o chão sob nossos pés. O estrondo avassalador me faz tapar os ouvidos e me abaixar instintivamente, certa de que estou prestes a ser dilacerada em mil pedaços. Uma densa nuvem de poeira e cinzas se ergue, espalhando-se em uma névoa sufocante.

Daqui, não conseguimos ver o que está forçando a entrada na cidade. Um labirinto de ruas nos separa da avenida do Rei e dos portões mais adiante. Mas quando meus sentidos param de zunir, meus ouvidos captam no vento o inconfundível rugido da batalha. E sei, sem sombra de dúvida, que a fortaleza de Caeldera foi derrubada.

— Puta que pariu — xinga Farley, andando mais rápido. Em sua pressa, ele quase perde o equilíbrio em uma calçada irregular.

— Cuidado — murmuro. — Estamos quase lá.

Passamos pelo boticário, que prega tábuas de madeira freneticamente nas vitrines da loja. Quero dizer a ele para não desperdiçar sua energia, para procurar um lugar seguro, mas apenas aceno com a cabeça em saudação enquanto passamos correndo. A chocolataria já está abandonada, a porta entreaberta. O mestre chocolateiro saiu apressado. A sapateira e sua esposa nos observam por trás de venezianas parcialmente fechadas, o medo estampado em suas feições.

Todo o prédio de Carys está escuro, mas a porta se abre no momento em que paramos do lado de fora, como se ela esperasse por nós. Então nos empurra para dentro do ateliê escuro sem dizer uma palavra. O pequeno Nevin está aninhado em seu peito. Assim que atravessamos a soleira, ela fecha a porta.

— O que está acontecendo? — sussurra ela, olhando de mim para Farley. — Ouvimos os alarmes. Uther saiu para ver o que estava acontecendo. Ele disse para não sairmos até que ele voltasse, mas acabei de ouvir uma explosão...

— Saqueadores — revelamos em uníssono. — Eles invadiram o túnel.

— Mas e as proteções?

— As proteções ruíram. Temos que ir, Carys.

Ela agarra seu bebê com mais força. Seu rosto pálido como um fantasma.

— Ficaremos seguros aqui.

— Não tão seguros quanto no castelo...

— Eu não vou para o castelo. Meu marido me disse para ficar aqui até que ele retorne. E é isso que pretendo fazer.

Engulo a frustração quando ela desaba teimosamente em uma cadeira que virou de frente para a porta. E então noto um sabre fino e letalmente afiado sobre a mesinha ao seu lado. Quando percebe meu olhar, Carys dá de ombros. Seus lábios se curvam em um leve sorriso; um vestígio de humor atravessa seus olhos.

— Posso não ser um membro da Guilda Flamejante, mas Uther me ensinou o suficiente para deter qualquer coisa que passe por aquela porta.

— Estou aliviado por ter vocês, duas temíveis damas, para me proteger — solta Farley, com apenas um leve toque de zombaria em sua voz. Sorrindo, ele tira o arco e a aljava das costas e os entrega para mim. — Pegue isso, Ace. Você atira melhor do que eu.

— Mas...

— Já tenho minha arma. — Ele aponta para a espada curta em seu quadril. — Só aceite, tá bom? Nós dois sabemos que não vou conseguir mirar direito apoiado em uma bengala.

— Obrigada — murmuro, fechando os dedos em torno da aljava. O simples toque da arma em minhas mãos já me traz uma sensação de segurança. O silêncio paira no ar enquanto nos sentamos no ateliê, sobressaltando cada vez que uma explosão ecoa ao longe. Nenhum de nós tem ânimo para manter a farsa de uma conversa normal. Fisicamente, estamos no ateliê, mas nossos corações e mentes estão muito além dos limites dessas quatro paredes, mergulhados na luta que se desenrola nas ruas e chega mais perto a cada minuto.

Sem dúvida, a batalha é aterrorizante; mas há um tipo diferente de horror na espera pelo desfecho. Ficar sentado sem fazer nada, contando os minutos, contando os batimentos cardíacos, rezando para que as notícias, quando finalmente chegarem, sejam boas.

Nunca me senti tão inútil. Uma garota patética em um vestido bonito, sentada nas sombras, escondendo-se em vez de ajudar.

O que diabos você ensinou a ela nas últimas semanas?

Sou um fracasso. Não tenho talento para a magia, não tenho capacidade de manter ninguém seguro. Gostaria que esse dom tivesse sido passado para outra pessoa. Alguém digno dele. Alguém que realmente pudesse fazer a diferença em um campo de batalha, em vez de se esconder como o pior tipo de covarde.

Um pensamento assombroso dá lugar a outro em minha mente, um círculo sombrio que serpenteia pelo meu corpo e se enrola no centro do meu peito. Minha Remanescente queima, um lembrete constante da minha própria estagnação.

— *Carys*... — Tento mais uma vez quando uma explosão ecoa tão perto que o lustre balança no teto e vários rolos de tecido caem no chão. — Acho que é melhor...

— Eu não vou sair daqui — repete Carys, pela enésima vez, intransigente. — Uther disse...

— Uther não sabia da gravidade da situação! — Lanço um olhar desesperado para Farley, mas ele apenas faz uma careta, sem saber o que fazer. Não podemos simplesmente arrastá-la, chutando e gritando, para o meio de uma zona de guerra com um bebê nos braços. Também não podemos deixá-la aqui sozinha.

Estamos de mãos atadas.

— Ao menos pegue o bebê e se esconda — imploro a minha amiga teimosa. — Se a batalha chegar até nós...

Carys solta um suspiro irritado, mas atende ao meu pedido, e segue para a sala de estar dos fundos. Levando o sabre com ela.

Farley solta um suspiro tenso.

— Teimosa como uma mula, essa aí.

— Ela está com medo. Não quer deixar a própria casa.

— Talvez ela não tenha escolha, Ace.

Os sons da batalha se aproximam, aumentando de volume à medida que o derramamento de sangue se espalha para fora do túnel invadido, descendo a avenida do Rei até as praças e vielas estreitas da vizinhança e, por fim, para os pitorescos paralelepípedos da rua Elevada. Ouço sua chegada, a singular melodia da guerra — os gritos lancinantes, o choque estridente das lâminas, tudo se fundindo em uma cacofonia angustiante que perturba tanto os ouvidos quanto o coração.

Em pouco tempo, a luta explode diante da nossa porta. Apoio o encosto de uma cadeira sob a maçaneta, mas sei que a barricada é frágil, na melhor das hipóteses. Corro até a vitrine e me esgueiro entre dois manequins, pressionando meu rosto contra a vidraça para tentar espiar lá fora.

— Rhya...

Silencio Farley com um gesto brusco de mão. Pessoas correm pela rua, com os rostos manchados de terra, fuligem e sangue. Não soldados, mas civis, muitos deles ainda vestidos com os elegantes trajes do Fyremas. Meu coração aperta quando vejo uma mãe levando duas crianças pela mão, o desespero contorcendo seu rosto enquanto os pequenos tropeçam com seus pés minúsculos.

— Para o castelo! — grita um soldado de Dyved enquanto corre na direção oposta, apontando freneticamente por cima do ombro. — Abriguem-se no castelo!

A porta da loja do outro lado da rua se abre. Observo duas figuras femininas envoltas em capas saírem correndo, sem perder tempo sequer para trancar as fechaduras. A sapateira e sua esposa se juntam à multidão de caelderanos em fuga e desaparecem. Algumas lojas ao lado, o martelo e as tábuas do boticário jazem abandonados em frente às janelas parcialmente cobertas.

A multidão em fuga se esvai até que restem apenas alguns retardatários, correndo em direção ao mercado e ao palácio. Quando uma sombra surge em frente à porta, meu coração dispara em pânico. Mas percebo que não é um inimigo quando ouço as batidas desesperadas e uma voz familiar chama:

— Carys! Pelos deuses, Carys, você está aí?

De um salto pulo da vitrine, arranco minha barricada improvisada, puxo o ferrolho e abro a porta o mais rápido que minhas mãos trêmulas permitem.

— *Keda?*

— Rhya! — Ela me encara com os olhos arregalados. Seu rosto magro está coberto de fuligem, exceto pelos rastros idênticos em cada bochecha, onde as lágrimas escorrem em uma torrente constante. A bainha do seu vestido está em frangalhos. Ela estende os braços na minha direção, como se eu pudesse puxá-la fisicamente para a segurança. — Graças aos deuses! Por favor, me deixa entrar! Tentei chegar ao palácio, mas eles estão chegando, eles estão *aqui*, e eu...

Ela nunca termina a frase.

Suas mãos ainda estão estendidas para mim quando a ponta de uma lâmina atravessa seu coração.

TRINTA E DOIS

O corpo de Keda desaba aos meus pés.

O saqueador que a matou puxa a espada, grunhe e cospe no chão — um jato de saliva voa dos seus lábios perfurados por ferro e cai na calçada. Seus olhos estão desprovidos de emoção quando se voltam para os meus. Ele inclina a cabeça de lado e me observa como se eu fosse uma praga a ser exterminada.

Então ergue sua espada mais uma vez.

Eu não penso. Apenas reajo, a serpente de poder enrolada no meu peito dá um bote antes que eu tenha tempo de hesitar. Minha palma se levanta e dispara uma rajada de puro ar que se concentra diretamente no peito do saqueador. Ele é arremessado para trás como uma marionete puxada por cordas invisíveis, voando até o outro lado da rua e atravessando a janela da sapataria. Por um breve momento, encaro o buraco irregular deixado por seu corpo na vidraça, rezando para que ele não se levante.

Torcendo para que ele esteja morto.

Quando ele não reaparece, caio de joelhos na calçada. Keda já se foi. Uma poça de sangue se espalha em volta do seu corpo inerte, tingindo seu lindo vestido amarelo. Ela passou semanas bordando delicadas flores de narciso pelas mangas e bainha. Para a primavera, ela insistia, não havia nada como narcisos.

Ela nunca mais os verá florescer.

Ela nunca mais verá nada.

Seus olhos, sempre tão brilhantes, agora fitam, sem vida, o céu noturno. Passo a mão pelo seu rosto para fechar as pálpebras e depois me levanto, trêmula. A rua está deserta. Todos fugiram ou morreram tentando. Meu olhar segue o som de vidro se estilhaçando até o final do quarteirão, onde mais três saqueadores quebram janelas usando machados. Eles avançam metodicamente pela fileira de lojas, destruindo uma a uma. Não desvio os olhos deles enquanto alcanço a aljava em minhas costas e pego uma flecha.

Neste momento, se eu conseguisse sentir algo além de torpor, talvez estivesse com medo. Eles são uma visão assustadora — vestidos com couro e peles, tatuagens serpenteando por suas peles pálidas em padrões sobrenaturais que os fazem, mesmo sendo mortais, parecer mais mágicos do que qualquer outro feérico que já conheci. Seus cabelos são torcidos em tranças, suas bochechas com faixas de guerra pintadas com tinta preta. Argolas de ferro escuro envolvem seus pulsos, perfuram suas sobrancelhas, trespassam lóbulos e mamilos. Ao redor de seus pescoços, pendurados em cordões, pedaços de carne pendem como joias.

Orelhas de feéricos.

— Outra pontuda maldita! Ali!

Eles me viram. Emitem um rugido feroz do fundo de suas gargantas enquanto avançam, os gritos de guerra guturais ecoando em meus ouvidos. Dou um passo cuidadoso ao redor da minha amiga morta para esperá-los de frente, rezando para que Carys e Farley tenham o bom senso de trancar a porta. Não olho para trás nem para me assegurar enquanto levanto o arco.

O primeiro saqueador é atingido por uma flecha entre os olhos. O segundo, direto no coração. O terceiro chega perto demais para que eu possa atirar. Com um movimento do pulso, eu o arremesso para o outro lado da rua, com uma rajada de ar que explode de mim como um chicote. Ele bate de cabeça na parede de pedra da loja do boticário. Ouço o estalo seco do seu pescoço e uma satisfação sombria borbulha sob o poço gelado de indiferença em meu peito.

Quatro homens mortos pelas minhas mãos. Cinco, incluindo Gower. Cinco marcas entalhadas em minha alma. Cinco fissuras nos alicerces da minha moralidade, que um dia achei que era inabalável.

E não consigo me importar.

Sinto-me fria como gelo. Fria como minha marca Remanescente. Fria como o corpo de Keda se tornará, estendido nos escombros enquanto a cidade desmorona ao seu redor.

— Rhya! — Farley está me sacudindo. — Rhya, você está bem?

Eu o encaro, surpresa ao vê-lo ali. Não o ouvi sair do ateliê, mas aqui está ele — parado na rua, seu cabelo ruivo brilhando à luz do fogo que ainda arde ao nosso redor em tochas festivas, o único vestígio da celebração arruinada.

Carys está ao lado dele, com o bebê Nevin amarrado junto ao peito para liberar suas mãos. Ela empunha o sabre com tanta força que os nós dos dedos estão esbranquiçados.

— Keda está morta — digo, mal reconhecendo minha própria voz. Ela soa vazia. Assustadoramente vazia. Como se todas as minhas emoções tivessem sido arrancadas de dentro de mim.

— Eu sei — sussurra Carys. Seus olhos marejados se desviam para trás de mim, recaindo nos corpos inertes dos saqueadores. — Rhya, querida...

Balanço a cabeça.

— Mais deles virão. Não podemos ficar aqui — insisto.

Carys não discute. Não desta vez. Seguimos em silêncio, caminhando pelas ruas em direção ao palácio — um percurso que faço quase todos os dias desde que cheguei à cidade. Um caminho que já fiz tantas vezes que provavelmente conseguiria percorrê-lo de olhos vendados. Normalmente, não levaria mais do que meia hora, se estivesse com pressa.

Agora, a jornada dura muito mais tempo. Nosso progresso é terrivelmente lento. Carys tem o bebê para carregar e Farley, que os deuses o abençoem, não consegue se mover muito rápido com a bengala. Meus pés coçam para correr. Meu corpo crepita com um poder reprimido quando me esgueiro pelas esquinas, verificando se há ameaças antes de sinalizar para que meus amigos avancem. Passamos pela casa bancária, com suas imponentes janelas estilhaçadas, e nos apressamos ao passar pelo ferreiro, sua forja fria e silenciosa.

A princípio, não vemos ninguém. Ninguém, exceto os mortos, deixados nas ruas onde sucumbiram. Alguns estão sem as orelhas, arrancadas como troféus pelos saqueadores. Engulo em seco e desvio o olhar.

Conforme nos aproximamos da margem do lago, o ar se torna carregado de uma tensão sufocante e um arrepio percorre minha nuca. Os sons da batalha aumentam de um murmúrio distante para uma onda avassaladora, que nos atinge sem trégua. Os rostos de Carys e Farley são a imagem da apreensão quando chegamos à praça do mercado.

Paramos de repente, mergulhados em um silêncio estarrecido.

Não há mais vendedores sorridentes oferecendo especiarias, mexendo tinas de vinho quente, assando castanhas; não há clientes perambulando pelas barracas com bolsas recheadas de moedas, negociando os produtos mais frescos. Não. O mercado agora é um cemitério. Uma pilha de mortos, tanto de saqueadores quanto de caelderanos, entrelaçados como parceiros em uma dança macabra, condenada a durar mais do que qualquer melodia. O idoso boticário está caído ao lado da minha fonte favorita, suas mãos enrugadas pressionando a ferida fatal na barriga. Nenhum dos poderosos elixires estocados em sua organizada loja pode trazê-lo de volta.

— Que os deuses nos ajudem — murmura Farley, com três dedos desenhando um símbolo no ar, cujo significado só posso adivinhar. — Que os deuses ajudem a todos nós.

Sussurrando, Carys entoa uma oração. Capto alguns fragmentos enquanto atravessamos o mercado.

— ... que suas almas viajem em segurança da sombra para a chama, da chama para o éter...

Permaneço em silêncio, segurando meu arco com mais força. Tentando não olhar diretamente para a carnificina ao nosso redor. Estamos no meio da praça quando uma mulher grita por socorro — um som tão carregado de sofrimento que nós três trocamos olhares alarmados. Eu me movo por impulso, mas logo me detenho, lembrando-me dos meus companheiros.

— Pelos deuses, *vá*! — grita Carys, empurrando minhas costas. — Nós só vamos atrasar você. Podemos fazer o resto do caminho sem você.

— Mas...

— Rhya. — Farley empunha sua espada com firmeza. — Há pessoas que precisam de sua proteção muito mais do que nós hoje. Estamos bem armados e somos bem treinados. Sabemos o caminho. *Vá*.

A mulher grita outra vez, um berro de gelar o sangue.

— Apenas... cheguem no castelo! — grito para Farley e Carys, piscando para conter as lágrimas. — Eu os alcançarei assim que puder!

— Tenha cuidado! — pede Carys.

Mas eu já estou correndo. Os gritos da mulher estão mais fracos agora. Eu os sigo por um curto beco que se divide em dois, escolhendo aleatoriamente a bifurcação à esquerda. Espero que me leve até ela. Em minha cabeça, visualizo aquela mãe com seus dois filhos pequenos, correndo para salvar suas vidas. Vejo mais corpos sendo adicionados à pilha no mercado.

Corro mais rápido, impulsionada por correntes de vento. Praticamente *voando*. Ao sair do beco deserto, me vejo na avenida do Rei. A batalha ruge por todos os lados. Os membros da guilda e os soldados comuns brandem suas espadas e escudos contra os machados de duplo corte dos saqueadores. Não há sinal da mulher cujos gritos me atraíram para a luta, nem há qualquer chance de encontrá-la. No momento em que meu pé toca a rua, estou me esquivando dos golpes e girando para longe do alcance das lâminas.

Minhas mãos se movem por impulso, disparando no automático. Lanço as flechas, uma após a outra, derrubando mais saqueadores do que posso contar. Quando avisto um arqueiro de Dyved morto com uma aljava quase cheia em suas costas, eu a pego sem pensar duas vezes.

Ele não precisará mais dela.

Ao longe, avisto Cadogan liderando uma investida de tropas em direção ao túnel, as espadas erguidas enquanto expulsam o inimigo por onde veio. Jac está ao seu lado, acompanhando seus golpes, seu machado girando como um moinho de vento acima da cabeça. Um pouco do gelo que cobre meu coração derrete quando os vejo.

Ainda vivos.

Ainda lutando.

Perco vários preciosos segundos procurando por Penn, mas não o encontro em lugar algum. É provável que esteja perto do túnel, onde a luta parece mais intensa, enfrentando metade dos invasores sozinho — mesmo à beira da exaustão. Sinto apenas um leve pulsar de sua magia por meio do vínculo. Isso me diz que ele ainda está vivo.

Por enquanto, é o suficiente.

Eu avanço na direção do lago, deslizando pelos focos de combate como um fantasma. Minhas flechas encontram seus alvos. Perco a conta de quantas vidas ceifo, quantos saqueadores derrubo. Não me importo mais em contá-los, mesmo sabendo que, mais tarde, quando tudo isso acabar, carregarei o peso de suas mortes em meu coração pelo resto da vida.

Estou quase chegando à ponte quando uma figura sombria aparece em minha visão periférica de repente. Eu me viro, com o arco erguido, a flecha engatilhada, a corda tensionada. Minhas mãos paralisam quando reconheço o par de olhos azuis cristalinos olhando para mim.

— Olá, cotovia. — Soren praticamente ronrona. Magia zune pelo ar ao seu redor, espessa feito mel. Suas íris estão líquidas, agitando-se como as correntes oceânicas mais profundas, o azul estriado de prata. Não carrega nenhuma arma visível e não parece nem um pouco incomodado com o caos absoluto que se desenrola ao seu redor.

— Soren — murmuro, atônita, olhando para ele.

— Atrás de você.

— O quê?

Seus olhos brilham com irritação enquanto ele se esquiva de mim com um movimento ágil. Quando me viro, vejo um saqueador a menos de cinco passos de distância, seu machado de batalha erguido para desferir um golpe mortal. Ou, pelo menos, que teria sido mortal.

O rosto do guerreiro, contorcido pela fúria da batalha, é tomado por algo semelhante ao pânico. A arma cai no chão e ele agarra o pescoço, arranhando-o com um medo crescente, como se suas vias aéreas estivessem bloqueadas. Suas bochechas ficam vermelhas, seus olhos, injetados de sangue e, em seguida, vidrados. Ele parece estar sufocando. Sufocando com o nada, pelo que parece. No entanto, quando seu corpo desaba inerte aos meus pés, rendido pela morte, água escorre do canto da sua boca entreaberta.

— Afogado em terra firme... — Soren estala a língua, com desdém. — É uma pena que ele não tenha guelras...

— Você... — Eu o encaro. — Como você fez isso?

Mas Soren não me responde. Ele já está se virando para enfrentar mais invasores. Fico ali, paralisada, observando enquanto ele conjura um jato de água da fonte próxima apenas com o movimento de dois dedos e, então, lança tentáculos líquidos em direção ao trio de saqueadores que se aproxima.

Ele me mostrou esse mesmo truque uma vez, no dia em que nos conhecemos — uma dança de gotas ao redor de um cálice. Eu me lembro de ter achado fascinante.

Mas agora não há nada de fascinante.

Os membros do clã não têm nem a chance de se defender quando a água invade suas bocas, seus narizes. Enche suas gargantas, inunda seus pulmões.

Eles se afogam onde estão, caindo sem vida aos nossos pés quando suas forças se esgotam.

— Deuses — sussurro.

— Por mais divino que eu possa parecer, eu te asseguro que não sou um deus. — Os olhos de Soren nadam em tanta magia que quase transbordam. Fios prateados cintilam em um azul líquido. — E você não estaria tão impressionada com o meu poder se tivesse aprendido a usar o seu.

— Você... você... os sufocou.

— Não, eu os afoguei. Mas se quiser, *você* pode sufocá-los. Poderia arrancar o ar de seus pulmões em um piscar de olhos, guardiã do vento.

Começo a balançar a cabeça, mas outro gigante tatuado se destaca da confusão, olhos fixos em nós com intenção letal. Disparo uma flecha direto em seu coração antes que Soren tenha tempo de se virar.

— Obrigado — diz ele, em um tom sarcástico, lançando mais jatos de água em um grupo de saqueadores próximos que conseguiram ultrapassar um contingente de soldados.

— Sem problema — murmuro, disparando mais duas flechas.

Entramos em um ritmo natural de ataque, lutando lado a lado enquanto avançamos em direção à margem do lago. Ele cobre o lado que não vejo; eu protejo o dele. Juntos, derrubamos um bom número de saqueadores que perseguiam civis aterrorizados tentando fugir pela ponte — eu com meu arco, Soren com métodos menos convencionais. Ele não apenas usa a água como arma; ele luta como a água. Há uma força fluida em cada ação, um poder insondável que alimenta cada movimento.

— Estou quase sem flechas — aviso por cima do ombro. — Se por acaso você vir uma aljava...

— Você não precisa de flechas.

Ele solta isso enquanto arremessa uma enorme bola de água do lago em um grupo de seis guerreiros que avançam em nossa direção. Ela os empurra para trás, varrendo-os pela areia até a água. Eles manuseiam seus machados e brandem seus punhos, mas não há como lutar contra esse tipo de inimigo. Suas cabeças desaparecem sob a superfície azul-esverdeada, para nunca mais reaparecerem.

Olho de relance para Soren. Ele nem sequer parece cansado.

— É um truque muito útil.

— Hmm.

— Mas eu preciso de flechas — retruco, ríspida, alcançando minha aljava quase vazia. — Se eu quiser ser útil.

Ele se vira para mim. A perfeita simetria das suas feições esculpidas é maculada pela sobrancelha arqueada.

— Você tem uma arma muito melhor à disposição. Só precisa usá-la.

— Não posso.

— Por quê?

— Não consigo controlar meu poder como você faz. Ele surge em uma explosão, de uma só vez, e... me carrega.

— Te carrega?

— Eu perco o controle. Perco a *consciência*. E não tenho grandes chances de sobreviver se passar o restante da noite dormindo, à mercê de qualquer um que tropeçar no meu corpo.

Soren comprime os lábios em desaprovação.

— Pendefyre não te ensinou nada?

— Ele me ensinou a manter a tempestade contida! — Aponto outra flecha. É uma das últimas. — A fechar o portão interno, para que não seja arrancado e acabe me matando.

Ele balança a cabeça e rosna:

— Maldito Pendefyre e sua maldita necessidade de controle.

— Podemos nos concentrar? — Disparo uma flecha em um saqueador particularmente grande que encurralou uma família ao pé da ponte. — Há coisas mais importantes agora do que minha incapacidade de dominar o vento.

— Não, não há — esbraveja ele, em um ataque de fúria nada característico. Sua mão encontra o meu braço, e ele me faz parar. Por baixo da magia, seus olhos estão cheios de irritação controlada. — Me escuta.

— Soren...

— Pendefyre quer que você reprima seu poder porque é assim que ele consegue conviver com o dele. Como um alcoólatra diante de uma garrafa, ele se rende aos extremos. É tudo ou nada. Oito ou oitenta. Para ele, é mais simples se abster quando a alternativa é a aniquilação. — Soren se inclina de modo que seu rosto fica a um fio de cabelo do meu. — Mas você não tem as mesmas falhas que ele. Não tem os mesmos problemas de controle. Só precisa aprender a beber com moderação, e com alguém que saiba como fazer isso.

Recuo um centímetro.

— Eu não acho...

— No fundo, você sabe que tenho razão. Pense nas vezes em que sua magia veio naturalmente. Não quando você a forçou a sair, nem quando a coagiu com força bruta. Quando ela fluiu sem pensar, fácil como uma respiração em seus pulmões.

Penso em minhas flechas cortando o ar, sempre encontrando seus alvos. Visualizo meus pés voando sobre os paralelepípedos, impulsionada por asas de ar. Vejo as palmas das minhas mãos se erguendo, uma explosão pura de poder arremessando o assassino de Keda através de uma vidraça.

Não forcei a magia nessas vezes. Nem sequer pensei nela. Apenas fluiu exatamente como Soren disse, como uma extensão natural de mim mesma.

— O problema não é o seu poder — murmura ele. — É o seu professor.

Eu me sobressalto.

— Mas...

— Você não é como ele, cotovia. Você é como *eu*. — Os olhos líquidos de Soren são uma maré inquieta, deslizando pelo meu rosto. Sua mão se ergue por um breve momento até o decote do meu corpete, pousando sobre as espirais expostas da minha Remanescente.

Quase saio do corpo. Ninguém jamais tocou minha marca exposta. Ela é dolorosamente sensível sob seus dedos, a pele formigando de uma forma que torna impossível respirar, quanto mais falar.

— Você disse que há uma tempestade dentro de você que precisa ser domada. Vou te contar um segredinho — murmura ele, com a voz suave. O formigamento se intensifica, uma inundação de pura sensação, quando ele envia um pulso de magia diretamente em minha pele. — Ela não é um monstro que deve ser trancado em uma jaula, nem um demônio a ser derrotado. Não há tempestade para domar. *Você* é a tempestade, Rhya Fleetwood.

Nós nos afastamos bruscamente quando outro grupo de saqueadores corre em nossa direção, interrompendo o momento. Mas, enquanto pego outra flecha em minha aljava, não consigo parar de pensar nas palavras de Soren e no que elas significarão para o meu futuro... supondo que algum de nós sobreviva a esta noite.

Você não é como ele, cotovia.

Você é como eu.

Minha aljava está vazia quando vejo um rosto conhecido correndo em direção à ponte. Correndo em minha direção. Seus cabelos cinzentos esvoaçando ao vento enquanto ele corre em minha direção. Em seus olhos, um duelo de preocupação e compostura inabalável.

— Uther!

— Você viu a Carys? — Ele está cansado e suado, mas parece ileso. — Fui até o ateliê, mas não há sinal...

— Da última vez que a vi, ela e Farley estavam indo para o castelo. Eu estava com eles até chegarmos ao mercado, mas fui arrastada para a batalha e os perdi de vista.

Seu olhar preocupado percorre a margem do lago. Meus olhos acompanham, arregalando-se de surpresa com o que vejo. A batalha está diminuindo. A areia está repleta de mortos — a maioria saqueadores, noto com muita satisfação. Os poucos que permanecem vivos estão sendo rechaçados em direção à avenida do Rei. Alguns fogem em direção ao túnel. Por mais impossível que pareça, talvez estejamos realmente vencendo essa batalha.

— Tenho certeza de que Carys e Nevin estão seguros dentro do castelo — asseguro a Uther, enquanto pego sua mão e a aperto com firmeza. — Ela não queria sair do ateliê. Queria esperar por você lá. Mas quando a luta chegou à rua Elevada, não lhe dei escolha.

— Você fez a coisa certa. Obrigada, Rhya. Por ter ido até ela e por obrigá-la a ir para um lugar seguro. Sei como minha esposa pode ser teimosa.

— Ah, ela teria se saído muito bem sem mim. Afinal, ela tem o sabre dela.

Ele sorri.

— Fico aliviado em saber disso. Ainda assim, vou me sentir melhor quando confirmar com meus próprios olhos. Sofremos grandes perdas, tanto de soldados quanto de civis.

— Mas o pior da luta parece ter terminado.

— Por enquanto — concorda ele. — Pendefyre e Mabon fecharam o túnel novamente. Não sabemos por quanto tempo. Quaisquer inimigos que permaneçam na cidade estão sendo executados pelos pelotões de Cadogan e Jac agora mesmo. Mas os clãs foram apenas o mensageiro. O exército de Efnysien aguarda nos arredores da cidade. Cinco mil homens de vermelho, preparados para nos esmagar se os saqueadores não tiverem sucesso.

Prendo a respiração.

— Tantos assim...

— Tenha coragem, Rhya. Nem tudo ainda está perdido. — Ele aperta de leve meu braço. — Não enquanto ainda tivermos fôlego para lutar. Por mais escura que seja a noite, o amanhecer sempre chega.

— E, com ele, um batalhão completo de reforços llŷrianos — digo, em uma tentativa de reconfortar tanto a ele quanto a mim.

— Nunca pensei que veria o dia em que o rei Soren lutaria lado a lado com os soldados de Dyved. — Ele olha para além de mim, para a enseada arenosa. Sigo seu olhar até o Remanescente da Água, que, neste momento, afoga dois guerreiros perfurados por ferro nas águas rasas. Mesmo a distância, posso ver o brilho radiante do seu sorriso.

— Não se pode dizer que ele não foi útil — murmura Uther. — O sujeito praticamente limpou a margem do rio. Fica mais fácil de levar as pessoas para o castelo, onde é seguro.

— Eu ajudarei a orientá-los.

— Obrigado, Rhya — agradeceu ele, mas seus olhos estão fixos na ponte, onde um fluxo constante de pessoas ainda segue em direção ao refúgio oferecido pelo palácio. Sei que está procurando por Carys e Nevin no meio da multidão. Assim como sei que ele não conseguirá pensar em mais nada até ter certeza de que eles estão seguros.

— Vá — incentivo gentilmente. — Vá ver se você consegue encontrá-los.

— Não há tempo.

— Uther, a hora é *agora*. — Agarro sua mão outra vez. — O exército vermelho pode esperar até o amanhecer para lançar um novo inferno sobre nós. Talvez não. Pode ser que sobrevivamos à noite. Talvez não. De qualquer jeito... você lutará melhor sabendo que sua família está protegida atrás daquelas muralhas.

Uther hesita por um momento, ponderando o desejo pessoal contra seu inabalável senso de dever.

— Penn gostaria que você cuidasse da sua família — acrescento suavemente. — Ele não o culparia por isso.

Vejo o momento em que ele toma a decisão; seus olhos cinzentos e serenos se iluminam com puro alívio. Ele me lança um sorriso fugaz enquanto parte em direção à ponte. Suas palavras chegam até mim enquanto ele se mistura à multidão.

— Já volto!

Eu o perco de vista quase que instantaneamente. Ele não deve ter avançado mais do que um quarto do caminho quando um estrondo chama minha atenção para o alto. A princípio, mal posso acreditar no que estou vendo.

Rochas despencam dos penhascos de ambos os lados da cachoeira, uma grande avalanche de pedras. Pedregulhos do tamanho de carroças rolam das partes mais altas, esmagando casas enquanto caem em direção ao chão. Em um primeiro momento, penso que deve ser um deslizamento natural — talvez as fundações da cidade tenham se partido com a queda das proteções, desestabilizando as camadas de lava petrificada que nos cercam. Mas a origem dessa avalanche logo se torna alarmantemente evidente.

Todo o sangue foge do meu rosto ao ver as figuras gigantescas subindo pela borda da cratera. Elas têm um formato vagamente humano, mas é aí que as semelhanças terminam. Com pelo menos cinco vezes a altura de um homem comum, sua pele tem o tom branco-acinzentado de um lago congelado, e suas vestes são um amontoado disforme de peles de dezenas de animais. Cabelos sujos pendem ao redor de olhos arregalados em rostos de feições grosseiras. Eles não estão armados. Não precisam de armas.

Sei o que eles são, mesmo antes de ouvir a confirmação do soldado gritando a uns dez passos de mim na margem.

— *GIGANTES DE GELO!*

Eles deslizam pelos paredões de rocha com a mesma facilidade com que eu desceria de uma árvore, seus pés colossais se chocando contra os telhados de cobre das casas que se agarram às partes mais altas dos penhascos. Rezo, com todas as minhas forças, para que as pessoas que moram lá já tenham sido evacuadas.

Mãos do tamanho de cavalos agarram pedras e pedaços da fundação destruída. Não há tempo para se preparar, pois os gigantes começam a lançar os escombros sobre a cidade. A chuva de destroços derruba prédios e atinge a superfície do lago resultando em enormes respingos. Como formigas sob uma tempestade de granizo, nos dispersamos pela margem, correndo em todas as direções em busca de qualquer abrigo disponível. Eu me vejo completamente sozinha, me esquivando e serpenteando pelo caminho, com um olho fixo no céu à procura de projéteis e o outro tentando traçar uma rota segura em meio à multidão em pânico. Uma sensação de impotência crepita em minhas veias.

Há poucos instantes, eu achava que estávamos em vantagem, que a batalha estava próxima do fim. Agora, enquanto observo os gigantes de gelo descendo dos penhascos, minha garganta aperta tanto que não consigo mais respirar.

— Cuidado!

O grito ecoa uma fração de segundo antes do que parece ser o alicerce de uma casa cortar o ar, em direção ao trecho da enseada onde eu e uma dezena de soldados buscamos abrigo. Seus rostos cansados da batalha se contorcem de terror ao verem a morte se aproximar.

Minha mão se levanta sem que eu precise pensar, erguendo-se acima da cabeça, com os dedos esticados. Invoco o vento e, em um piscar de olhos, ele surge — saindo do meu peito em uma espessa espiral. Respiro fundo e lhe dou forma, imaginando uma parede sólida de ar, densa o suficiente para deter qualquer coisa, grande o suficiente para proteger todos ao meu redor.

Cambaleio para trás quando o pesado pedaço de fundação se choca em meu escudo de ar, sentindo como se tivesse levado um soco no estômago. Mas eu simplesmente cerro os dentes e, com um grunhido de esforço, empurro a coisa com toda a minha força. O destroço ricocheteia para trás e aterrissa no lago com um enorme respingo. Os soldados me lançam olhares de gratidão antes de saírem correndo pela areia, fugindo do que quer que os gigantes decidam lançar em seguida.

Por sorte, para nós que estamos no chão, o foco da atenção deles é o palácio. Para cada pedregulho que cai na cidade, três atingem as paredes de pedra do castelo, onde tantos caelderanos foram procurar abrigo.

Onde Carys, Nevin e Farley foram procurar abrigo.

Meus olhos se arregalam ao ver a torre onde eu dormia reduzida a escombros. A estrutura estremece sob o ataque. Cada vez mais horrorizada, percebo que esse sempre foi o plano. Uma primeira onda para nos reunir como gado em um local conveniente. E justamente quando começássemos a baixar a guarda, uma segunda onda para concluir o massacre.

Distraída por pensamentos sombrios, grito com inegável terror quando uma pedra do tamanho de um barril atinge a areia a menos de uns seis passos de mim. Dou um salto para trás e colido com um peito quente e firme.

— Está tudo bem — assegura Penn. — Estou aqui.

Eu me viro para encará-lo, absorvendo a visão do seu rosto — manchado de sangue por um corte na têmpora, coberto de terra, salpicado de suor.

Olheiras tão escuras que parecem hematomas. A espada em sua mão está coberta de sangue e brilha em um vermelho-vivo. Tenho menos de um batimento cardíaco para apreciar o fato de ele ainda estar respirando antes que sua mão envolva a minha e ele comece a me puxar.

— Penn, eles estão atacando o palácio...

— Eu sei. — Sua voz é sombria. — Preciso tirar você daqui, depois volto para ajudar.

— Carys e Farley estão lá dentro!

— Não, não estão. — Ele me puxa por três degraus de madeira até o píer que percorre toda a extensão do lago. — Há um porão embaixo do quartel. Eu mesmo os levei para lá.

— Eles estão seguros?

— Estão seguros.

O calor que me invade com a notícia se esvai antes que possa tomar forma. Finco os calcanhares, obrigando Penn a parar também.

— Rhya, não podemos parar aqui...

— Uther.

Seus olhos escuros se estreitam.

— O quê?

— Uther! — Lanço um olhar desesperado para o palácio. Milhares de pessoas que haviam fugido para lá agora correm no sentido oposto, em direção às ruínas cobertas de sangue da cidade tão rápido quanto suas pernas permitem. Procuro em vão por uma cabeça cinzenta entre elas. — Ele está na ponte. Foi procurar a Carys no castelo. *Eu* o mandei para lá, Penn. Temos que...

Minhas palavras se transformam em um silêncio inútil. Porque, enquanto observo, a torre mais alta estremece uma última vez quando uma pedra a atinge em cheio e ela tomba para o lado. Então colide com a torre do meio, e o estalo da pedra é tão alto que rasga a atmosfera como um trovão. As duas torres balançam por um momento e, em seguida, caem como uma só, daquela altura impossível, sobre o palácio abaixo. Elas racham o telhado abobadado do Salão Principal como a casca de um ovo, abrem uma fenda na muralha externa do pátio e, em seguida, desabam para a frente, em direção ao lago.

Em direção à ponte.

O tempo parece desacelerar nos segundos que antecedem o impacto. Da segurança da margem, observo as pessoas presas no meio da travessia erguerem os olhos para o céu desabando sobre elas. Não há tempo para se mover. Não há tempo nem mesmo para gritar. Não há como escapar. Não há como se esconder. Não há escudo de ar que os salve desse destino. O impacto estremece a cidade inteira, uma reverberação profunda de estalar os ossos que ecoa por toda a cratera.

Centenas de caelderanos ainda estão na ponte quando ela é soterrada sob toneladas de rocha e pedra. Quase todos são civis inocentes.

Pelo menos um deles é um soldado.

Um tenente condecorado da Guilda Flamejante.

Um homem de espírito forte, lealdade feroz e bondade incansável.

Um líder de homens.

Um marido amoroso.

Um pai orgulhoso.

Um amigo.

Meu amigo.

Já volto, me disse ele.

Foram suas últimas palavras para mim.

As últimas palavras que ele jamais dirá.

No silêncio que se segue à queda, observando as águas azul-esverdeadas do lago engolirem os destroços, sinto meu coração se estilhaçar em mil pedaços.

— Eu o mandei para lá — sussurro, dilacerada. Ao longe, os gritos aumentam em um crescendo. — *Eu o mandei para lá.*

TRINTA E TRÊS

Não há tempo para pensar em Uther, não há tempo para lamentar a insondável perda de tantos de uma só vez. Com o palácio reduzido a escombros, os gigantes de gelo soltam gritos guturais de vitória que perfuram meus tímpanos e gelam meu coração.

E, então, começam a descer para a cidade.

— Formem fileiras! — grita Penn. — Jac, Cadogan e Mabon, reúnam seus homens! Tomem posição ao longo da enseada!

Não consigo me mover. Não consigo respirar. Só consigo observar enquanto meus amigos disparam ordens aos seus pelotões, espadas prontas enquanto se preparam para enfrentar essa nova ameaça. Os soldados de Dyved formam linhas ordenadas ao longo da avenida do Rei, preparando-se para um segundo ataque. Soren, com os ombros tensos, fixa os olhos no palácio em ruínas e nos gigantes que o derrubaram.

Há dez deles, pelas minhas contas, cada um com a altura de um prédio e quase a mesma largura. Eles atravessam o lago, a água azul-esverdeada na altura da cintura, seus olhos fixos em nós com uma promessa letal.

Eles matarão todos nós, penso, observando-os se aproximar. *Vão esmagar toda a cidade. Vão nos devorar inteiros e usar nossos ossos como palitos de dente quando terminarem...*

— Bestas! — comanda Mabon, aos gritos, do flanco esquerdo. — Ao meu sinal!

Uma saraivada de flechas atravessa o lago. Muitas encontram seus alvos, atingindo os gigantes em seus braços, pernas e abdomens cheios de músculos.

Ainda assim, eles continuam avançando.

— Arqueiros, posições! — comanda Jac do flanco direito. Uma fileira de homens com arcos longos puxa as cordas de seus arcos. — *Disparar!*

As flechas também acertam em cheio. Mas os gigantes não param por mais do que um batimento — momentaneamente irritados com a chuva de hastes pontiagudas que ricocheteiam em sua pele, mas sem se intimidar. Seus rostos pálidos são uma máscara de fúria enquanto continuam a caminhar em nossa direção. O lago fumega ao redor deles enquanto se movem, pois sua carne é tão fria que instantaneamente transforma a água por onde passam em uma massa congelada.

Agora entendo por que eles são chamados de gigantes de gelo. Não é apenas por sua pele esbranquiçada como a geada, nem por sua predileção por habitar os recantos mais frios do mundo. É pela total ausência de calor em seus olhos, frios como a morte, implacáveis como a neve das Cimérias. Nunca senti a morte tão próxima quanto agora, parada na margem do rio, observando-os se aproximarem. Os soldados ao meu redor se agitam, inquietos. Alguém reza baixinho, uma súplica ao vento.

— ... que os deuses protejam aqueles que são fiéis e justos...

Os gigantes cruzam a metade do caminho.

— Espadas prontas! — berra Cadogan para seu contingente de soldados. — Escudos em posição!

Mas já nem presto atenção aos soldados. Em vez disso, encaro os dois homens parados lado a lado na beirada da água. Ambos com ombros largos, suas posturas são um espelho de pura determinação. Pelo vínculo, sinto uma onda de poder como nunca antes.

Como um só, eles erguem os braços. Nas mãos de Penn, bolas idênticas de fogo; nas de Soren, dois enormes globos de água. Como uma dança que eles coreografaram há tanto tempo que os passos estão gravados em sua medula, as explosões mágicas atravessam o lago em um ataque coordenado. O fogo envolve dois dos gigantes de gelo, queimando sua pele gelada e inflamando seus cabelos como tochas. Eles rugem de dor e fúria, agarrando seus rostos derretidos e cambaleando para trás.

Soren derruba outros dois. A água invade suas bocas escancaradas, assim como aconteceu com os saqueadores nas ruas. Eles engasgam e asfixiam, com as mãos gigantescas agarrando inutilmente os pescoços enquanto afundam no lago. A água envolve rapidamente suas cabeças, um redemoinho sob o comando de Soren.

As vozes de Mabon e Jac ecoam pelo ar, ordenando rajadas sucessivas de flechas e virotes. Os gigantes atacados por Penn perdem a batalha. E também são engolidos pelo lago.

Quatro já foram.

Restam seis.

Eles avançam, a água ondulando em suas cinturas. Já percorreram três quartos do caminho e estão ganhando velocidade. Se Soren e Penn conseguirem derrubá-los, talvez ainda haja esperança, afinal. Talvez não estejamos condenados. Talvez...

Sinto o momento exato em que a magia de Penn vacila e se esgota, seu fogo se extingue. Ele se esforçou além do limite hoje, se exauriu por completo. Tanto os músculos quanto a magia. Seus joelhos batem na areia, seus ombros se curvam enquanto ele ofega e cai para a frente. O pânico me invade quando o vejo desabar. Por meio do nosso vínculo, ele é apenas uma leve centelha. Um batimento cardíaco frágil, uma respiração fraca.

Eu me esgueiro do meu lugar atrás do contingente de espadachins — a última linha de defesa da cidade. Penn havia me dito, com um tom duro como granito, que em nenhuma circunstância eu deveria sair de trás de suas fileiras. Eu concordei, mas isso foi antes. Antes de vê-lo se esgotar. Antes de ver Soren lutando com os seis gigantes restantes ao mesmo tempo, seu rosto retorcido pelo esforço.

Corro pela margem com pés alados, cruzando a distância em três grandes passadas. Meu coração é um aríete, batendo contra minhas costelas quando paro entre os dois homens. Soren, à minha esquerda, ainda lutando; Penn, à minha direita, mal conseguindo respirar.

Ao longe, os soldados gritam ordens, disparando rajadas pelo céu. Suas vozes são engolidas pelo crescente rugido do vento que varre o lago, transformando a água parada em espuma. Suas flechas são desviadas do curso quando o ar começa a girar e girar, um ciclone ganhando força, ficando cada vez mais rápido a cada segundo. A areia se ergue ao meu redor, formando um redemoinho furioso. Abro os braços, as mangas douradas do meu vestido esvoaçam freneticamente enquanto a força do tornado que invoquei me arrebata do chão.

Os olhos de Soren se voltam para mim — apenas de relance, apenas por um segundo. O suficiente para que eu veja a surpresa em olhos profundos quando ele me vê subindo ao céu. Cada vez mais alto. Agora estou quase no nível dos olhos dos gigantes de gelo. Eles me encaram fixamente, a pouco menos de vinte passos de distância, com seus olhares vazios lutando para compreender o que estão vendo. Seus passos vacilam em um momento de incerteza.

Fecho meus olhos.

Você é a tempestade, Rhya Fleetwood.

E eu sou. Eu a sinto, dentro de mim, logo abaixo da superfície. Um furacão, uma tempestade. Nuvens escuras rodopiam, impulsionadas por ventos devastadores. Não tento domá-las. Em vez disso, eu as trago para perto, convido-as para brincar como velhas amigas ansiosas por um reencontro.

Por tantos anos, temi a escuridão dentro de mim. Durante toda a minha vida, tive medo do que eu era. De quem eu era. Eu já estava fugindo muito antes de deixar Seahaven. Afastando aquelas nuvens por medo do que aconteceria se eu permitisse que se aproximassem.

Não vou mais fugir.

Deixo a escuridão me envolver. Fluir pelo meu corpo. Sob minha pele, em minha medula. Deixo que ela me tome em seus braços e me conduza, lentamente, até seu núcleo. E lá não é tão escuro quanto eu temia. Pois dentro dessas nuvens, há luz. Não o brilho do sol, nem o calor de uma chama... mas o clarão cintilante de uma descarga elétrica, atravessando minha tempestade.

Sinto o gosto metálico em meus lábios e sei que dos meus olhos verte um pouco de sangue. A eletricidade desce pela minha espinha, pequenos volts de dor. Todos os pelos do meu corpo se arrepiam enquanto o ar dentro do meu tornado se transforma em pura energia estática. Meu peito dói como se um dos gigantes de gelo tivesse fechado um punho em torno dele e gradualmente espremesse a vida para fora do meu corpo. Mas eu me agarro aos meus últimos fragmentos de consciência, deixando a magia ganhar força, deixando a carga crescer dentro de mim até que eu não consiga mais contê-la.

Meus olhos se abrem no momento de soltá-la. Raios percorrem meu corpo, disparando a partir da marca em meu peito, depois descendo pelos braços e explodindo pela ponta dos dedos.

Um relâmpago.

Ele se ramifica em magníficos arcos, atingindo os gigantes de gelo bem no centro de seus peitos e penetrando a superfície da água. O lago absorve a carga e depois a amplifica mil vezes, a água conduzindo a eletricidade em uma explosão que ilumina o céu noturno como se fosse dia.

Os gigantes se contorcem ao serem eletrocutados. Os olhos brancos se revirando, as bocas desdentadas escancaradas, colunas arqueadas enquanto as convulsões partem seus ossos. Seus corpos não são mais do que cascas fumegantes quando a tempestade de raios finalmente se dissipa.

Sorrio diante da cena, enquanto meu corpo, levado ao limite da resistência, perde o controle do vórtice que me mantém no ar. Despenco de volta à terra em um emaranhado de saia dourada. Não tenho forças nem para tentar me amparar.

Ainda bem que Soren está lá para fazer isso por mim.

Ele solta um grunhido baixo quando seus braços se fecham ao redor do meu corpo. Tudo que consigo fazer é piscar os olhos enquanto o encaro, aninhada em seu peito.

— É um truque muito útil — diz ele, com os olhos marejados de magia e algo mais. Um toque de admiração.

Meus lábios se entreabrem para responder, mas não consigo. Minhas forças se esvaem, minha consciência está por um fio. Quando seu olhar examina meu rosto, percebendo a exaustão estampada em minhas feições, Soren libera um súbito pulso de puro poder direto em meu peito, emprestando-me um pouco de suas reservas aparentemente inesgotáveis. A energia me atinge como um tsunami e se enrola em torno da minha Remanescente dolorida. A sensação é diferente da provocada por Penn — não uma labareda ardente, mas uma ondulação suave e reconfortante. Ela restaura minhas forças de dentro para fora, até que minha própria alma transborde com sua magia fluida e volátil.

Ainda assim, não é o suficiente para evitar que eu apague.

Um mar escuro de exaustão me puxa para as profundezas.

Minhas pálpebras tremulam.

E eu afundo.

QUANDO DESPERTO, ESTOU deitada em um estrado simples em um quarto desconhecido. A montanha flamejante de Dyved está pintada sobre a porta. Uma prateleira de armas repousa contra a parede. Demoro um momento para perceber que devo estar no alojamento dos soldados.

Todos os músculos do meu corpo protestam quando me levanto. Minha cabeça gira tanto que preciso me apoiar na parede para não cair. Espero até que as ondas de tontura diminuam antes de sair do quarto.

Do lado de fora, o caos reina. A sala de jantar comunitária foi transformada em um hospital de campanha improvisado. Há caelderanos feridos por toda parte — deitados sobre as mesas, estendidos sobre cadeiras enfileiradas, sendo tratados por qualquer pessoa que esteja com as mãos livres. Antes de percorrer alguns passos, já estou ajudando uma senhora idosa que está tentando colocar o ombro deslocado de um soldado de volta no lugar. Quando o trabalho está concluído, ela se vira para mim — a primeira vez que me olha de verdade desde que parei para ajudar — e fica boquiaberta.

— Guardiã do vento. — Seu sussurro é reverente. Ela faz o sinal da tétrade no ar. — Que os deuses a abençoem.

Não sei como responder a isso, então apenas aceno com a cabeça e continuo meu caminho. Há mais sobreviventes do que eu ousara esperar, com todos os tipos de ferimentos de batalha. Paro novamente para ajudar — desta vez, auxiliando pais angustiados que suturam um corte profundo na perna da filha — quando sinto o calor da presença de Penn.

Ele espera até que eu termine de enfaixar o ferimento antes de se aproximar. Não diz nada ao parar ao meu lado, apenas entrelaça meus dedos aos seus e me conduz lentamente para fora da enfermaria, para a luz do dia. As arenas de treinamento do lado de fora abrigam mais sobreviventes. Vejo o vendedor de castanhas se movendo entre eles, distribuindo pacotes da iguaria fumegante para caelderanos de olhos cansados. Seu rosto enrugado está manchado de sangue e carregado de tristeza, mas ele consegue esboçar um leve sorriso desdentado quando nossos olhares se cruzam.

Penn me leva até o lago. Ainda há corpos espalhados pela margem, sangue tingindo a areia. Sua mandíbula está contraída de tensão. O ar, pesado com as palavras não ditas.

Amanheceu enquanto eu dormia. Sob a luz acinzentada da manhã, olho ao meu redor, atônita e calada ao ver a devastação. O palácio foi reduzido a uma pilha de escombros. O lago ainda exala um leve vapor, quente demais para que alguém se arrisque a entrar. A superfície está pontilhada de milhares de peixes mortos — vítimas não intencionais da minha tempestade elétrica.

Meu olhar se fixa por um longo momento nos restos submersos da ponte, soterrados sob as torres desmoronadas. Sei a resposta à minha pergunta antes de fazê-la. Ainda assim, preciso perguntar Preciso ouvir a resposta para que possa me convencer a aceitar a verdade.

— Uther? — Minha voz está trêmula.

Penn balança a cabeça.

— Maldição. — Lágrimas, há muito contidas durante a noite interminável, brotam dos meus olhos. — *Maldição dos deuses.*

Penn permanece em silêncio. Não há nada a dizer. Seu amigo está morto, sua cidade, em ruínas. E, no entanto, ainda estamos aqui. Vivos. Então, ele me puxa para seus braços e me deixa chorar junto a seu pescoço. Ele repousa o queixo repousa no topo da minha cabeça enquanto me abraça, suas mãos me agarram tão forte que mal consigo respirar.

— A Carys está perguntando por você — diz ele, quando consigo conter minhas lágrimas. — Ela está no ateliê. Não está… nada bem.

Inclino minha cabeça para trás e então encontro seus olhos. Eles estão sombrios, carregados de seriedade.

— Ela sabe? Que fui eu quem o mandou para o palácio?

— Rhya…

— Ela vai me odiar. — Outra onda de lágrimas ameaça me dominar. — E eu não posso culpá-la por isso. A culpa é minha.

— A culpa não é sua.

— Eu sou a responsável. Praticamente o matei.

— Você não matou o Uther. — Ele me sacode de leve. — Você salvou inúmeras vidas durante a batalha. Salvou a todos nós, Rhya. Sem você, teríamos sido esmagados como insetos pelos gigantes. Carys sabe disso. Todo mundo sabe. Um dia, escreverão canções sobre essa batalha e cantarão sobre a guardiã do vento que trouxe a luz no momento mais sombrio.

Meus lábios se retorcem. Não tenho certeza se gosto da ideia. Olhando ao redor, sigo os rastros da destruição. Levará muito tempo para reconstruir os prédios destruídos e as casas destroçadas. Levará ainda mais tempo para curar as feridas de tudo o que perdemos.

— Efnysien já estava hesitante em entrar na cidade quando soube que Soren havia se juntado à luta. Mas ele enfiou o rabo entre as pernas e fugiu assim que viu seu relâmpago — conta Penn. — Ele percebeu que, sem os saqueadores ou os gigantes de gelo, teria pouca chance de tomar a cidade. Seu exército já estava fugindo para o sul quando as tropas llŷrianas chegaram. Soren os está expulsando de nossas fronteiras neste exato momento. Está sedento para fazer picadinho do cunhado.

— Ele não está sozinho.

— Teremos nossa chance de retaliação, Rhya.

— Você acha que Soren não vai conseguir pegá-lo?

Penn nega com a cabeça.

— Efnysien é, acima de tudo, um covarde. Ele preza muito mais a própria vida do que a de seus homens ou de seus aliados em batalha. Ele teme nossa magia quase tanto quanto a cobiça. Então, por enquanto, ele fugirá de volta para seu reino sombrio de areia e trevas para reavaliar seu plano de ataque.

Engulo em seco.

— Ele vai voltar.

— Ele vai voltar — concorda Penn. Seu tom se endurece em uma promessa. — E, se não voltar, pouco importa. Pois eu o caçarei sem parar até exterminá-lo, mesmo que seja a última coisa que eu faça. Ele vai pagar, com sangue, por tudo o que tirou de nós.

Estremeço diante da ferocidade de suas palavras. Não há como duvidar da verdade nelas. Efnysien começou uma guerra. E nós vamos terminá-la.

Por Keda.

Por Uther.

Pelas centenas de vidas perdidas.

Pelos futuros roubados.

— Vanora sancionará uma guerra?

Penn se enrijece.

— Vanora está morta, assim como metade dos cortesãos na sala do trono. Esmagados quando as torres caíram. A Guilda Flamejante ainda está escavando os escombros em busca de possíveis sobreviventes.

— Deuses.

Ele assente.

— Penn, eu sinto muito. — As palavras parecem insuficientes diante de uma perda tão avassaladora. — Sei que o relacionamento de vocês era... *complicado*. Mas ela ainda era sua família.

— Vanora nunca foi minha família. Não de verdade. — Ele me olha outra vez. Seus olhos ardem como brasas, incandescentes mesmo sob a tristeza esmagadora que nos domina. — A única família com a qual me preocupo é a que eu mesmo escolhi. Meu cavalo. Meus homens. — Ele faz uma pausa. — Você.

Meu coração dispara dentro do peito. Tudo que mais quero é me erguer nas pontas dos pés e pressionar minha boca contra a dele, mas um pensamento me ocorre antes que eu sacie esse desejo.

— Espere um minuto, então, você é o rei!

— Acho que sim.

Meus olhos se arregalam.

— Você *acha*?

— Isso não muda nada. — Ele dá de ombros, indiferente. — Continuarei agindo como sempre fiz. Vou reconstruir minha cidade, proteger minhas fronteiras e ajudar meu povo a se recuperar. E, quando isso estiver concluído...

— Guerra — sussurro.

— Guerra — confirma ele.

Ficamos ali parados por um bom tempo, abraçando a cintura um do outro, olhando para o esqueleto destruído do castelo. Sem dizer nada. Por fim, fecho os olhos e entro no centro de calma em minha mente. Sinto Penn — o fio que nos une. Fogo e brasa, um fluxo de calor serpenteando pelas ondas suaves. Porém...

Há algo mais sob a superfície.

Outro fio, envolvendo minha alma. Parecido, mas completamente diferente. Fresco e límpido, fluido como a água que escorre sobre as pedras mais lisas do leito de um rio. Ele se estende para além da cidade em ruínas. Além, até mesmo, dos limites da cratera. E eu sei, no fundo da minha alma, que se eu o seguisse...

Daria de cara com o rei Soren de Llŷr.

O braço de Penn aperta minha cintura.

Abro os olhos para encontrar os dele.

— Venha — sussurra ele, roçando seus lábios nos meus, leves como uma pluma, mas carregados de promessa. — Temos um mundo para reconstruir.

GLOSSÁRIO DE TERMOS

Abismo Vermelho — Jazida profunda de minério de ferro que atravessa as Terras Médias.

Anwyvn — Uma terra compartilhada por mortais e feéricos.

Árvore Áurea — Árvore dourada mítica no coração da Floresta Starlight, em Seahaven.

Caeldera — Capital de Dyved, uma cidade situada dentro da cratera de um vulcão adormecido.

Cyntroedi — Espécie de centopeia gigante, de cor branca e com veneno verde tóxico, encontrada em áreas subterrâneas escuras.

Dyved — Reino das Terras do Norte situado em um planalto no extremo noroeste de Anwyvn, além das Montanhas Cimérias.

Estreito de Avian — Passagem estreita através das Montanhas Cimérias, a única rota conhecida para as Terras do Norte e o local de muitas batalhas sangrentas.

Floresta Starlight — Floresta de árvores ancestrais na costa oeste de Seahaven, que, segundo a lenda, é um local de grande poder feérico.

Fyremas — Feriado celebrado por todo o reino de Dyved para marcar o início da primavera.

Fyrewisps — Classe inferior de feéricos, também conhecida como fogo-fátuo ou luzes fantasmas, frequentemente vistos por viajantes noturnos flutuando em pântanos ou florestas.

Gigante do gelo — Monstro de gelo lendário encontrado principalmente em Frostlands e nas Montanhas Cimérias.

Guilda Flamejante — Pelotão de guerreiros altamente treinados que respondem diretamente ao príncipe Pendefyre de Dyved.

Halfling — Híbrido humano-feérico que descende de ambas as linhagens. Normalmente é desprovido de poderes e só se distingue dos humanos por suas orelhas pontudas.

Hylios — Capital de Llŷr.

Linhas de ley — Rede de fios mágicos nas profundezas da terra que une o tecido do mundo.

Llŷr — Reino das Terras do Norte situado no extremo nordeste de Anwyvn, governado pelo notório e sanguinário rei Soren.

Massacre — A revolta dos mortais contra a raça feérica, ocorrida há duzentos anos.

Ninfo — Gíria para um feérico com poderes sobre a água.

Paexyri — Montarias míticas outrora cavalgadas por feéricos na era da magia, que, segundo a lenda, tinham o dobro da velocidade e da resistência de um cavalo comum.

Ponte Thawe — Ponte suspensa de cordas no sopé sul das Montanhas Cimérias, ligando as Terras do Norte às Terras Médias.

Pontudo — Termo depreciativo para a espécie feérica.

Portal — Passagem mágica localizada em um ponto de poder, que permite viagens instantâneas por meio das linhas de ley.

Remanescente — Um dos quatro seres reencarnados de poder elemental.

Sacerdotes do Massacre — Homens santos que odeiam os feéricos e pregam a necessidade de purificação do sangue em Anwyvn. Muitos afirmam ser descendentes dos sacerdotes originais que mataram o imperador e sua família.

Sacerdotisas fyre — Membros de uma seita de mulheres sagradas dedicadas a honrar o Deus da Chama.

Silfo/Sílfide — Gíria para um feérico com poderes sobre o ar.

Tétrade — Reunião dos quatro Remanescentes.

Twyllo — Jogo de cartas e apostas popular nas Terras do Norte.

AGRADECIMENTOS

Agradeço, em primeiro lugar, a vocês.

Meus leitores.

Quando me vi, por acidente, trilhando essa carreira, há dez anos, eu era uma estudante universitária falida, munida apenas de algumas grandes esperanças e uma pequena montanha de empréstimos estudantis. Eu não tinha ideia do que estava fazendo ou do que esperar quando meu primeiro romance entrou na estratosfera. Poderia muito bem ter sido um desastre.

Mas vocês — todos vocês — transformaram os desejos mais inatingíveis em realidade. Transformaram um plano B na viagem mais louca da minha vida. Nunca conseguirei expressar minha gratidão a todos que têm um livro da J. J. em seu leitor digital ou sua estante. Suas resenhas, suas artes, suas mensagens... seu entusiasmo absoluto por minhas palavras e personagens... são o que me fazem continuar dia após dia, quando as coisas ficam confusas e a síndrome do impostor inevitavelmente cria raízes.

Vocês mudaram a minha vida.

Vocês são a minha vida.

Também preciso expressar minha mais profunda gratidão às minhas agentes na Bookcase Literary Agency, Flavia Viotti e Meire Dias, que não riram na minha cara quando eu disse que queria mudar radicalmente de gênero literário e explorar o vasto mundo da fantasia. Obrigada por embarcarem comigo para Anwyvn e por terem confiado em mim quando lhes disse que essa era uma história que meu coração precisava contar. Nada disso seria possível sem vocês.

Para Sarah Blumenstock, da Berkley, obrigada por ter apostado em mim (e na Rhya). Seus insights foram inestimáveis para transformar este livro em sua melhor versão possível.

A todos os muitos pares de mãos que tocaram este manuscrito, desde o rascunho inicial até a versão final que chegou às prateleiras — designers, copidesques, formatadores, impressores, artistas de capa, profissionais de marketing e tradutores de línguas estrangeiras... Fico admirada com seus talentos e eternamente impressionada com seus esforços. Não poderia pedir uma equipe melhor para me apoiar.

Ao meu gato, Atticus, por gritar nos momentos mais inoportunos, mastigar todos os pedaços de papel disponíveis, arruinar meu fluxo de escrita, interromper meu sono e, no geral, ser um verdadeiro pestinha... Não posso agradecer-lhe, mas ainda assim gosto da sua presença (na maior parte do tempo).

Por último, mas não menos importante, preciso mencionar minha família. Principalmente meus pais, David e Christine. Nenhum "obrigada" é suficiente para retribuir seu apoio inabalável durante meus períodos de mau humor, suas entregas silenciosas de café quando estou no fundo da caverna da escrita, suas sugestões sutis para que eu dê uma caminhada porque estou na minha mesa há seis dias seguidos e não vi a luz do sol nem respirei ar fresco. Vocês são minha âncora eterna, sempre me mantendo firme e, de alguma maneira, ao mesmo tempo, meu trampolim, me fazendo voar. Eu amo vocês.

Este livro foi composto na tipografia
Winchester New ITC Std, em corpo 11,25/15,
e impresso em papel off-white no Sistema Cameron
da Divisão Gráfica da Distribuidora Record.